GELUK OP DE SAVANNE

Ook verschenen van Anne Jacobs bij Xander Uitgevers

Het weesmeisje (2019)
De moed van het weesmeisje (2019)
De erfenis van het weesmeisje (2020)
De terugkeer van het weesmeisje (2021)
De belofte van het weesmeisje (2022)

Het landhuis (2020)
Storm rond het landhuis (2021)
Hoop voor het landhuis (2022)

Liefde op de savanne (2022)

ANNE JACOBS

Geluk op de savanne

XANDER

MIX
Papier | Ondersteunt verantwoord bosbeheer
FSC® C104608

Uitgegeven door Xander Uitgevers
www.xanderuitgevers.nl

Oorspronkelijke titel: *Sanfter Mond über Usambara*
Oorspronkelijke uitgever: Blanvalet in der Verlagsgruppe
Random House GmbH
Vertaling: Trieke Scholtens
Omslagontwerp: zero-media.net, Munich
Omslagbeeld: Alamy Nr. 2BWH2H2 | © Susan Schmitz, Alamy Nr. 2BWP750 |
© Susan Schmitz en FinePic®, München
Auteursfoto: Marlies GbR
Zetwerk: Michiel Niesen, ZetProducties

Eerste druk 2023

ISBN 978 94 0161 998 1 | NUR 302

Deel 1

Mei 1906

Charlotte Johanssen liet haar zere hoofd tegen de rugleuning van de bank rusten en deed haar ogen dicht om zich voor een moment over te geven aan de regelmatige cadans van de trein. Was wat ze voelde uitputting? Nee, eerder een toestand van onrustige spanning, een vreemde mengeling van vreugde en angst waar ze al de hele ochtend last van had en die toenam naarmate ze dichter bij haar bestemming kwam.

Van tijd tot tijd liet de locomotief zijn langgerekte fluitsignaal horen. De witte rookwolken die voorbij het raam dreven veranderden weinig aan het uitzicht op de groengrijze lappendeken van het Oost-Friese platteland. Het vlakke landschap van haar jeugd strekte zich uit tot aan de horizon. Akkers en velden werden van elkaar gescheiden door groene hagen en smalle greppels. Hier en daar zag ze enkele bloeiende fruitbomen, koeien en schapen, dan weer een bosje of een grijs dorp met een spitse kerktoren.

'Mama, zijn we nu gauw in Leer?' vroeg haar dochter Elisabeth die een goed half jaar geleden zes geworden was. Ze klonk nors. Het kind was na de wekenlange reis moe en jengelig. Ze zat geknield op de rand van de bank tegenover Charlotte, steunde met haar ellebogen op de armleuning en keek somber naar het voorbijtrekkende landschap. Ze had zich alles veel indrukwekkender voorgesteld, veel kleuriger en vrolijker. Er waren niet eens olifanten hier, alleen maar dikke zwart-witte koeien, en op de akkers waren witte vrouwen en kinderen aan het werk terwijl dat toch de taak van de zwarten was. Nee, in Afrika op de grote plantage waar ze geboren en getogen was, was alles heel anders.

'Het duurt niet lang meer,' zei Charlotte sussend tegen de kleine. 'Wil je nog wat thee? Er zijn ook nog koekjes.'

'Nee, dank je wel.'

Elisabeth trok een gezicht dat duidelijk moest maken dat er niets walgelijkers was op deze wereld dan koude thee en droge rijstkoekjes. Ze leunde nog wat dichter naar het raam en tuitte haar lippen.

'Niet doen alsjeblieft, kleine wilde,' waarschuwde Charlotte, die heel goed wist wat ze van plan was. Elisabeth vond het leuk om met haar natte vinger op het raam te tekenen.

Een diepe zucht was het antwoord. De kleine roetsjte terug op de bank en drukte haar rug tegen de leuning, haar benen vooruitgestoken op de brede zitting. Ze trok ongelukkig aan de kriebelende maillot die ze van haar moeder aan had moeten trekken en bewoog haar voeten heen en weer om de lichtbruine platte leren schoenen beter te kunnen bekijken. Ook die waren nieuw, stevig en vreselijk lomp, lang niet zo elegant als mama's schoenen die mooi gevormd waren en een halfhoge hak hadden.

De trein reed recht naar het zuiden. Die ochtend vroeg waren ze uit Hamburg vertrokken en in Bremen overgestapt op een andere trein. Daarin was het leuk geweest, want bij hen in de coupé zaten een jonge vrouw en twee kleine meisjes, een student en een oudere heer met een hoge hoed. Helaas waren die allemaal in Emden uitgestapt en nu was het alleen maar doodsaai.

'Als we in Leer zijn kun je je neefjes leren kennen. Ettjes jongens zijn ongeveer van jouw leeftijd...'

'Jongens,' mopperde Elisabeth en ze wiebelde met haar voeten. 'Wat moet ik daarmee?'

'Op de plantage heb je toch ook met jongens gespeeld? Je zult je vast niet vervelen.'

Charlotte probeerde de haarspelden in haar kapsel anders vast te zetten om comfortabeler naar achteren te kunnen leunen. Ook het ronde donkerrode hoedje dat George gisteren voor haar in Hamburg had gekocht omdat het zo mooi bij haar zwarte haar stond, moest verschoven en opnieuw bevestigd worden. Als die vervelende hoofdpijn nou eindelijk eens weg wilde trekken…

'Jullie kunnen het vast met elkaar vinden. En dan is de kleine Fanny er ook nog. De dochter van je neef Paul en zijn vrouw Antje, die moet al bijna vier zijn.'

'Pff, een baby.'

'Je zult het leuk vinden, Elisabeth. Ze verheugen zich allemaal op je komst, vooral grootmoeder.'

'Ik zou liever weer thuis zijn.'

De kleine meid wreef onrustig in haar ogen. Ze had de lange zeereis van Dar es Salaam naar Hamburg verbazingwekkend goed doorstaan. Zeeziekte was haar vreemd. Waarschijnlijk aardde ze naar haar grootvader, kapitein Ernst Dirksen, die zich op alle oceanen van de wereld thuis gevoeld had. Charlottes blonde dochter was het lievelingetje van alle passagiers van de eerste en tweede klas geweest en had zich door de dames laten bemoederen en verwennen terwijl ze de mannen het hemd van het lijf had gevraagd. Maar het was vooral George geweest die zich met Elisabeth had beziggehouden. Met onuitputtelijke fantasie vond hij nieuwe spelletjes uit, vertelde haar zelfverzonnen verhaaltjes voor het slapengaan en zorgde ervoor dat ze zich verder in lezen en schrijven oefende. De anders zo rusteloze George Johanssen bracht in de omgang met de zesjarige een zodanig geduld op dat Charlotte haar geliefde nauwelijks herkende.

Toen ze eergisteren in Hamburg aan land gingen, was Elisabeth nog overmoedig voor hen uit gelopen, maar de avond van hun eerste dag op Duitse bodem was ze hangerig en klampte ze zich vast aan haar moeder. Misschien miste ze de veilige, overzichtelijke gemeenschap die haar op de boot omgeven had of maakte de drukte van de grote Duitse stad haar angstig. Die eerste nacht die ze met z'n drieën in een gehorige hotelkamer doorbrachten lag Elisabeth urenlang wakker en praatte over de plantage bij de Kilimanjaro. De plantage die eerst van haar biologische vader, baron Max von

Roden, geweest was voordat hij door een verschrikkelijk ongeluk om het leven kwam en die nu door haar moeder met behulp van twee bekwame beheerders geleid werd. Ze praatte over haar zwarte kindervrouw, Hamuna, die ze zo vreselijk miste, over Sadalla, de huisknecht, over haar geitjes en de kleine hond die ze achter had moeten laten. Ook tijdens deze lange treinreis had ze geen moment geslapen.

'Waarom is George niet met ons meegegaan naar Leer?' vroeg ze haar moeder nu.

'Hij wil eerst een paar kennissen in Berlijn opzoeken. Je weet toch hoe belangrijk dat is voor zijn boeken en krantenartikelen?'

'Ik zou liever willen dat hij bij ons was.'

Charlotte deelde de wens van haar dochter. Het was verbazingwekkend, bijna belachelijk, hoe ze onder deze scheiding leed. George zou maar een paar dagen in Berlijn blijven om zich daarna bij hen in Leer te voegen, toch ervoer Charlotte zijn afwezigheid als pijnlijk. De indringende blik van zijn grijze ogen, de begrijpende glimlach, zijn arm om haar schouder, dat alles miste ze verschrikkelijk. Ze hadden zo lang uit de verte naar elkaar verlangd, zo veel hindernissen moeten overwinnen voor ze zich aan hun liefde hadden kunnen overgeven, dat ze de angst om hem weer te verliezen nooit helemaal van zich af kon schudden. Alsof hij een droombeeld was dat bij het wakker worden weer vervaagde. 'Zing dat liedje eens, mama, dat Hamuna altijd zingt als ik ga slapen.'

Elisabeth was bij Charlotte op de bank geglipt en klom op haar schoot. Dat had ze al lange tijd niet meer gedaan. Op de boot had ze zelfs resoluut verkondigd geen schootkind meer te zijn en alleen George nu en dan toegestaan haar op zijn knieën te laten wippen.

'"Wimbo wa watoto"? Hamuna's kinderliedje?'

'Geen kinderlied. *Matambuizo.* Hoe zeg je dat in het Duits, mama?'

'Een wiegenlied, liefje.'

Waren ze alsnog ingedut? Het blazen en fluiten van de voortrollende wagons verstomde en ineens boorde zich een welbekend metalig geknars in Charlottes toch al pijnlijke schedel. De trein remde af en drukte moeder en dochter naar achteren tegen de leuning om ze, eenmaal tot stilstand gekomen, weer naar voren te laten stuiteren.

'Leeeeer! Voorzichtig bij het uitstappen. De trein blijft tien minuten staan. Leeeeer! Voorzichtig bij het uitstappen. De trein blijft...'

'We zijn er, Elisabeth. Kom snel.'

Charlotte schoof het treinraampje omlaag en probeerde in de grijze rookwolken die buiten voorbijdreven iets te onderscheiden. Het stationsgebouw! Grote god, het zag er nog net zo somber uit als tien jaar geleden toen ze hier met Christian en Klara in het grauwe ochtendlicht in de trein gestapt was om de stad in het geheim te verlaten. Op de vlucht voor Christians schulden en met de hoop in het hart in den vreemde een nieuw, gelukkiger begin te kunnen maken.

'Charlotte! Charlotte! Hemel, ze is het echt. Duw de kruiwagen daarheen, Heinrich. Schiet op, knul. Zijn jullie blind of zo? Daar bij het raam staat ze. Charlotte!'

De stem kwam haar bekend voor, alleen de gezette persoon in de lichtblauwe jurk en met het witte hoedje op paste niet bij haar herinneringen.

'Die dikke vrouw die met haar armen wappert, hoort die soms bij onze familie, mama?'

'Dat is je tante Ettje...'

Charlotte zwaaide naar de stevige dame die toch echt haar vroeger zo tengere nicht Ettje was, pakte toen snel haar tas en gebaarde naar Elisabeth om haar tas en paraplu mee te nemen. Samen haastten ze zich naar de uitgang en op het perron waar een beambte al bezig was hun grote hutkoffer op de door Ettje meegebrachte kruiwagen te laden.

'Ach, Charlotte! Je ziet er nog precies hetzelfde uit als tien jaar geleden. Wat ben je knap! Zo mooi gekleed. En dat hoedje, zoiets vind je niet in Leer.'

Het moest bij de familie horen, dit onzinnige geklets als ze elkaar na lange tijd weerzagen. Ook nicht Klara, die anders altijd zo stil was, praatte bij dergelijke gelegenheden zonder kop of staart. Het volgende moment drukte Ettje Charlotte tegen haar weelderige boezem. Ze ademde de geur van haar kindertijd in toen hun kleren altijd een beetje naar natte wol, keukenluchtjes en mottenballen geroken hadden en was diep ontroerd door Ettjes oprechte vreugde over hun weerzien.

'Ik ben een beetje uitgedijd zoals je ziet,' babbelde Ettje terwijl ze haar nichtje nog steeds tegen zich aan gedrukt hield. 'Dat begon toen Peter een paar jaar geleden zo ziek werd en nu blijft het spek op mijn heupen plakken...'

'Ach, je bent een beetje voller geworden, maar verder ben je niet veranderd, Ettje... Je hebt toch ook drie knappe sterke jongens op de wereld gezet...'

'En jij een betoverend dochtertje. O, mijn god, ze ziet eruit als een Oost-Friese, zo blond en haar ogen heeft ze van grootvader, geen twijfel mogelijk...'

Elisabeth, nog slaperig, keek met knipperende ogen naar haar drie neven die zich met de koffer en tassen bezighielden toen ze onverwachts tegen de boezem van Ettje werd gedrukt, die met een ruwe hand door haar krullen streek.

Het was niet ver naar de Ulrichstraat en de namiddagzon scheen warm, dus ze gingen lopend. Er was niet veel veranderd sinds ze Leer verlaten had, dacht Charlotte. Hier een daar was een nieuw huis te zien. De haven was uitgebreid en er waren nog meer van die lelijke bruine loodsen bij gekomen op het eiland in de lus van de Leda. Steeds weer werd haar blik naar Ettje getrokken, die met een zware tred naast haar liep. Haar nicht was nu veertig jaar, vier jaar ouder dan zijzelf, en toch had ze het gevoel alsof er een generatie tussen hen lag. Ettje was nooit mooi of elegant geweest en ook nu leek het overgewicht dat haar ouder en nog minder aantrekkelijk maakte, haar niet te storen. Nicht Ettje was de trotse moeder van drie jongens en de verzorgende echtgenote van hun vroegere buurjongen, Peter Hansen, nu douanebeambte. En daarin had ze haar bestemming gevonden, meer verwachtte ze niet van het leven. Het verlangen dat Charlotte van kinds af aan naar verre oorden had gelokt, de allesverterende liefde voor een onbereikbare man, de dromen, de verwachtingen, de vervulling die ze in de muziek vond, al deze dingen had Ettje nooit gekend.

'Je zult je verbazen, Charlotte,' zei ze. 'Grootmoeder is nog steeds haarscherp en laat zich niets wijsmaken. Paul en zijn vrouw, Antje, hebben het niet gemakkelijk bij haar in huis. Alleen de kleine Fanny, die verwent ze schandelijk.' In de tuinen bloeiden nog enkele appelbomen, maar de meeste bloesem lag met bruine randjes verspreid over de bloembedden en het gras. De wieken van de windmolens draaiden, die gedrochten die de kleine Charlotte in haar jeugd zo'n angst aangejaagd hadden. Hoe ver weg leek die noodlottige dag in mei nu, toen ze met Paul en Ettje van de markt teruggekomen was, trots op het uitgespaarde geld dat ze in haar zakdoek verstopt had en waarmee ze wilde schitteren bij haar grootmoeder. Die dag was de dood abrupt in haar leven verschenen. Het was zo lang geleden en toch voelde ze nu ineens weer de pijn van de tienjarige die hardnekkig geweigerd had het verschrikkelijke nieuws te geloven en tot aan het einde van de zomer gehoopt had dat haar ouders en de kleine Jonny terug zouden komen. Tevergeefs.

Elisabeth had eerst de hand van haar moeder gepakt omdat de nieuwe familie nog zo onbekend was, maar al snel liep ze achter de kruiwagen aan waarin Heinrich, Ettjes oudste zoon, de bagage naar de Ulrichstraat vervoerde. 'Kijk uit!' riep ze naar de zwetende jongen. 'Daar is een gat in de weg. De koffer mag er niet uit vallen, want daar zitten jullie cadeautjes in. Voor iedereen wat. Maar als de koffer uit de kruiwagen valt krijg je niets.'

'Het is wel heel jammer dat je Klara niet meegenomen hebt,

Charlotte. Ik had haar zo graag teruggezien. Mijn kleine zusje Klara met haar manke been. Wie had ooit kunnen denken dat ze met een missionaris in Afrika zou trouwen en moeder van een zoon zou worden.'

In Charlottes herinnering was het huis van haar grootouders veel groter. Het kwam nu heel eenvoudig op haar over met de donkere bakstenen en het dak een beetje ingezakt. Had ze echt zo veel jaar in dit huis gewoond? Het was een wonder dat haar grootouders, tante Fanny, de nichtjes Ettje en Klara, neef Paul en zijzelf er allemaal in hadden gepast. Daarmee vergeleken was het woonhuis op de plantage bij de Kilimanjaro met zijn dikke witte muren die nog uit de tijd van de Arabieren stamden, bijna een paleis.

'Kom binnen,' riep Ettje en ze maakte een weidse armbeweging. 'We hebben boterkoek voor jullie gebakken en jullie mogen boven in onze oude slaapkamer slapen. Paul en Antje gebruiken zolang de bedden van onze grootouders en grootmoeder redt zich wel in de studeerkamer. Voor een paar dagen gaat dat prima.'

Er was niets veranderd, dacht Charlotte. De huisdeur met het bovenlicht was witgeverfd en net als vroeger bladderde de verf in het midden af, daar waar de regen ertegenaan kletterde. In de hal kwam haar de lucht van vochtig hout en boenwas tegemoet, vermengd met de gebruikelijke luchtjes uit de keuken. Op het oude dressoir stonden een paar stoffige weckflessen die net uit de kelder waren gehaald. Grootmoeder Dirksen zat in haar nette zwarte jurk met de bekende kanten muts op haar hoofd in de mooie kamer. Ze was kleiner geworden en veel dunner, haar eens zo gladde huid doortrokken met talloze rimpels en lijnen. Haar ogen leken dieper in haar gezicht gezonken te zijn, al stonden ze nog steeds helder en hadden ze de opmerkzame blik van de vrouw des huizes. Pauls vrouw zou met haar inderdaad geen gemakkelijk leven hebben.

'Lotte is terug,' riep grootmoeder en ze haastte zich naar de deur. 'In het holst van de nacht is ze toen weggelopen met die arme

Klara en Christian, die nietsnut. Ook in Afrika is er niet veel van hem terechtgekomen, nietwaar?'

In plaats van antwoord te geven nam Charlotte de oude vrouw in haar armen. Ondanks de krachtige stem van grootmoeder voelde het alsof zich een vogeltje onder de dikke laag kleding schuilhield. Alleen ijzeren wilskracht leek het lichaam van de vijfentachtigjarige vrouw overeind te houden.

'Laat me je dochter eens bekijken, Lotte. Wat is ze blond! En ze heeft de ogen van wijlen mijn Henrich, net als je vader, Lotte. Het is een echte Dirksen, dit meisje. Hoe heet ze? Elisabeth? Je hebt het hoog in de bol, nietwaar? Bij ons in Leer zeggen we gewoon Lisa. En kom nu gauw binnen. We hebben koffiegezet en goede thee.'

'Mijn piano,' fluisterde Charlotte ontroerd en ze streek met haar vingers over het gladde zwarte hout van het instrument.

'Ja,' zei Ettje, die met de gebakschaal binnenkwam, lachend. 'Die nutteloze kast staat hier nog steeds. Hoe vaak Paul en ik niet hebben gesmeekt om dat monster te mogen verkopen, want het lijkt er niet op dat oom Gerhard hem ooit nog op komt halen. Maar grootmoeder wil hem niet wegdoen.'

Oom Gerhard was de jongste zoon van het domineesechtpaar en hij was, zoals Charlotte al als kind uit hun beschrijvingen had kunnen opmaken, een echte nietsnut. Desalniettemin had hij een grote liefde voor muziek en hij had in Hamburg met het geven van pianolessen de kost verdiend. Niemand wist hoe het nu met hem ging.

'Op een dag staat Gerhard voor de deur en wil hij zijn piano hebben,' zei de oude vrouw koppig. 'Dus blijft de piano hier op hem wachten.'

Het instrument was hopeloos ontstemd. Dat was geen wonder want de mooie kamer werd in de winter alleen 's avonds verwarmd. Overdag bespaarden ze liever op het hout en zaten ze in de keuken, waar de haard altijd brandde. De voortdurende temperatuurswisselingen hadden de piano geen goed gedaan.

Een jonge vrouw kwam aarzelend de kamer binnen. Een schuchtere, beetje verbitterd lijkende verschijning met waterige blauwe ogen en dikke lippen. Het was Antje, de vrouw van neef Paul. Ze trok haar dochtertje Fanny achter zich aan, dat was gekleed in een wijde roze kiel met plooien en een gebreide muts op haar hoofd. De muts bedekte het dunne lichtbruine haar van het meisje, dat gelijk een standje van haar moeder kreeg omdat ze uit verlegenheid haar duim in haar mond stak.

Net als vroeger werden er stoelen uit de keuken gehaald zodat iedereen een plaatsje aan de tafel had. Ooit was dat Charlottes taak geweest, nu deden Ettje en Antje het. Voor Charlotte was er niets te doen. Ze mocht zelfs geen thee inschenken, daar hield Antje zich mee bezig. Ze schoof suiker en koffieroom over de tafel terwijl Ettje de boterkoek uitdeelde. Charlotte en Elisabeth waren gasten in het huis van grootmoeder. Ze werden als familie onthaald op eten en drinken en kregen een plek om te slapen. Maar hun thuis was het niet, anderen hadden die plaats ingenomen.

'Vind je het lekker?' vroeg grootmoeder aan Elisabeth.

De zesjarige zat vorstelijk op een keukenstoel waar een paar kussens op gelegd waren zodat ze over de tafel heen kon kijken. Charlottes waarschuwende blikken bleken onnodig. Elisabeth verklaarde nog nooit zulk lekker gebak te hebben gegeten en ook al praatte ze met volle mond, vanaf dat moment was ze verzekerd van haar overgrootmoeders tedere liefde.

'Is er in Afrika geen boterkoek?' wilde Ettje weten.

'Er zijn andere lekkere dingen, gemaakt van banaan, honing en mango, gebakken in pindaolie,' antwoordde Charlotte.

De anderen knikten meewarig. Gebakken in ranzige olie, je kon je voorstellen hoe dat smaakte. Zonder boter bestond er geen fatsoenlijk eten en al helemaal geen gebak. Dan kon Charlotte nog zo lang over knapperig gebakken maiskoekjes en dat Indische spul, samosa's, vertellen, dat was voer voor de Afrikanen en de Indiërs en zeker niet voor Duitse christelijke mensen.

'Ik heb ook kruiden meegenomen. Kurkuma en nootmuskaat. En gember. Zelfs komijn, witte peper en saffraan.'

Dit nieuws lokte vriendelijk geknik en een beetje nieuwsgierigheid uit. Antje vroeg schuchter of ze ook koffie meegenomen had en was teleurgesteld bij het horen dat er op de plantage bij de Kilimanjaro bijna alleen nog sisalplanten waren en nauwelijks koffieboompjes.

'En koffie groeit aan bomen? Wat raar. Moet je de bonen eruit schudden als ze rijp zijn?'

Elisabeth deed het voor. Zij kon precies vertellen hoe de koffie geplukt werd. Ze luisterden wantrouwend naar haar, vooral Ettjes zonen wilden niet geloven dat de koffie in rode besjes verstopt zat, en lachten de zesjarige uit. Maar Charlotte bevestigde Elisabeths verhaal.

'Wat een slim ding,' zei grootmoeder, die alleen nog maar ogen voor haar blonde kleindochter had, en ze knikte goedkeurend.

'God de Heer heeft jullie naar het vaderland teruggebracht,' zei Ettje heel ernstig. 'Nu hoop ik alleen nog maar dat Klara ook gauw terug naar de beschaving komt.'

Charlotte, berustend in het onbegrip van haar familie, antwoordde glimlachend dat Klara bij haar man zou blijven. Dat werd met trieste begripvolle blikken geaccepteerd. Ja, natuurlijk, dat was ook de plaats van een vrouw.

Kort daarop arriveerde nicht Menna met haar dochters Johanna en Grete en het kleine bakstenen huis leek uit zijn voegen te barsten. Was het vroeger ook zo benauwd geweest? Als dat al zo was, dan was het Charlotte niet opgevallen. Heel ongedwongen schoof men nog drie stoelen tussen de andere en zette gebakschoteltjes en kopjes op tafel. De theepot leek nooit leeg te raken en ook het gebak en de ronde koekjes die grootmoeder uit een blik haalde raakten niet op.

Menna begroette haar hartelijk, wat een opluchting was voor Charlotte. Menna was de zus van Marie, de eerste vrouw van haar man George Johanssen, van wie hij gescheiden was. En ook al was de scheiding lang geleden en woonde Marie intussen gelukkig getrouwd in Londen, Charlotte was stiekem toch bang geweest dat Menna haar iets zou verwijten. Maar Menna kletste vrolijk over dagelijkse aangelegenheden, prees Charlottes jurk en het betoverende hoedje en scheen verrukt van de knappe, levendige Elisabeth. Niets aan de hand, zo leek het. En pas nu voelde Charlotte weer de warmte van een grote familie, de zekerheid die deze saamhorigheid haar ooit gegeven had. Zeven kinderen krioelden door het huis. Ze speelden tikkertje in de gangen, gooiden met ballen in de tuin, kibbelden, trokken elkaar aan de haren, huilden, blèrden en staken dan weer opgewonden hun hoofden bij elkaar. En dat alles onder aanvoering van Elisabeth die de cadeautjes voor de kinderen mocht uitdelen en van de gelegenheid gebruikmaakte zich uit te sloven voor de volwassenen. Zakmessen voor de jongens, een rode rubberen bal voor de kleine Fanny, poppen met echt haar en aangekleed als deftige dames. Zelfs met kerst werden er hier in huis niet zulke mooie geschenken gegeven.

'Tenslotte kom ik maar eens in de tien jaar thuis,' probeerde Charlotte er met een slecht geweten een grapje van te maken. Zelf had ze niet zo overdadig willen inkopen. Het was George die er gisteren op aangedrongen had. Charlotte begreep wel wat erachter stak. George had zijn eigen kinderen in Londen maar al te graag terug willen zien, ze in zijn armen willen sluiten, hun cadeautjes willen geven. Maar Marie, zijn eerste vrouw, had wat deze wens betrof een heel duidelijk antwoord gegeven. Als hij van plan was met zijn vrouw en dochtertje naar Londen te komen, schreef ze, dan waren Charlotte en Elisabeth te allen tijde van harte welkom in haar huis. Voor George was een weerzien met zijn kinderen echter uitgesloten.

Ze hadden de brief van Marie ontvangen toen het schip aangemeerd lag in Napels. George had het schrijven bij het ontbijt geopend, het snel doorgelezen en het toen zonder iets te zeggen aan Charlotte gegeven. Ze had de pijn in zijn ogen kunnen zien en geprobeerd hem te troosten. Het zou niet altijd zo blijven. Berthe was al achttien, over drie jaar was ze volwassen en kon ze zelf beslissen of ze haar vader wilde zien. Voor Johannes, drie jaar jonger dan zijn zus, zou het wat langer duren. Vanbinnen was Charlotte woedend op haar nicht Marie, die met de grootste vanzelfsprekendheid van het leven nam wat ze hebben wilde. Marie beschikte over een belangrijke voorwaarde om gemakkelijk gelukkig te kunnen zijn: ze kende geen medeleven.

Nu, te midden van de vrolijke drukte in het huis van haar grootmoeder, gloorde bij Charlotte de hoop dat George hier in Leer een kleine compensatie zou vinden voor wat hij verloren had. Hier waren ze welkom. Men had hun hartelijk en onvoorwaardelijk in de grote familie opgenomen, in het warme nest dat een mens die vanuit den vreemde weer thuiskwam zo nodig had.

Ze stond erop Antje bij het afruimen te helpen en liet zich niet uit de keuken wegsturen.

'Ik heb me er jarenlang op verheugd deze borden weer af te mogen wassen,' zei ze lachend. 'Mijn hemel, wat een hoop herinneringen komen er naar boven nu ik in deze keuken sta.' Het waren zeker niet alleen mooie herinneringen. Het was hier waar ze met haar eerste man, Christian, had gezeten, woedend om opheldering vragend toen hij na het beschamende faillissement weer opdook, haveloos en uitgeput, een vreemde en toch haar echtgenoot die ze tot op die dag vertrouwd had. Gelukkig hadden nu de fijne herinneringen de overhand. De maaltijden in opgewekte kring, het vrolijke geklets bij het schoonmaken van de groente, de saamhorigheid met Klara die haar altijd zo trouw en liefdevol gesteund had… Ach, wat miste ze Klara. Het was zo jammer dat ze niet bij hen in Leer was.

Neef Paul dook pas tegen de avond op toen Menna al bijna weg wilde gaan en in de keuken een paar broodjes smeerde voor de kinderen die na het gestoei alweer honger hadden. Charlotte herkende hem amper. Zijn haar was dun geworden en hij kwam veel stijver en zwijgzamer op haar over dan vroeger. De tijden waarin Paul met modder naar de meisjes gooide en er plezier in had Charlotte met haar exotische uiterlijk, dat ze aan haar Indische moeder te danken had, te plagen leken voorgoed voorbij. Uit de jongen Paul was een streberige ambtenaar gegroeid. Zo één die ogenschijnlijk in een kantoor geboren leek te zijn en wiens huid de kleur van papier aangenomen had. De begroeting was vluchtig en ze hadden nauwelijks een paar woorden gewisseld of Elisabeth struikelde in de hal en viel met haar hoofd tegen het dressoir. Het meisje was door alle opwinding volkomen overstuur en huilde zo hard dat grootmoeder er de dokter bij wilde halen. Een natte doek moest er komen om op de buil te leggen en iedereen prevelde troostende woordjes tegen de kleine. Peter, die schuldig was aan het ongelukje, werd een verontschuldiging afgedwongen en pas toen droogden de tranen. Elisabeth knipperde met haar ogen van vermoeidheid.

'Mama, waar is mijn bed?'

Charlotte liep met haar naar boven. De kleine kamer waar ze vroeger met Klara, Ettje en tante Fanny had geslapen ontroerde haar diep. Daar stond echt nog het gammele bed uit haar kindertijd. De dromen die ze daarin had gedroomd, mooie, verlangende, ook treurige…

'Het is hier een vreselijke rommel, mama, en het ruikt vies.'

'Sst. Je maakt grootmoeder verdrietig als je zoiets zegt.'

'Ach, ze is toch bijna doof.'

Charlotte hielp haar dochter met uitkleden, trok haar de nachtpon over het hoofd en blies nog een keer op de nare buil zodat hij sneller weg zou gaan.

'Kom je ook gauw slapen, mama? Alsjeblieft?'

'Zo meteen. We zijn beneden in de woonkamer, je kunt ons horen.'

Ze verkortte het avondritueel omdat Elisabeths ogen al tijdens het gebedje dichtvielen. Ze zei het op in het Swahili zoals Hamuna haar geleerd had. Het liedje dat Charlotte daarna zachtjes zong, hoorde haar dochter alleen nog in haar slaap.

Er was nog steeds geen elektrisch licht in het huis van grootmoeder. Waarschijnlijk had de oude vrouw ronduit geweigerd het te laten aanleggen. Dus liet Charlotte uit voorzorg de petroleumlamp branden, streek nog een plakkerige lok van de wang van het slapende kind en probeerde de knarsende deur zo zacht mogelijk achter zich dicht te doen.

Op de steile trap was het al donker en ze moest al tastend met haar voeten de treden vinden. Ze verbaasde zich over zichzelf. Elke tree was haar vertrouwd, ze wist precies waar ze haar voeten neer moest zetten om de trap niet te laten kraken, waar een spijker uitstak en waar het hout splinterig was.

'Lotte wil dat geld vast niet terughebben. Waarom zou ze? Ze is met een rijke man getrouwd en heeft het niet nodig...'

Dat was de stem van Ettje die vanuit de keuken doordrong. Tegen wie praatte ze? Tegen Paul die haar een deel van haar erfenis schuldig was? Al het geld dat grootvader uit het vermogen van haar vader had gehaald om Paul te kunnen laten studeren. Zou grootmoeder de tekst die toen opgesteld was echt hebben bewaard?

'Dat zegt niets. Grootmoeder is in staat haar dat maffe stuk papier te overhandigen. Voor een rechtbank zal ze er niet ver mee komen, maar het kan me toch schade berokkenen. Een goede naam is snel geruïneerd als er praatjes komen...'

Dat was Paul. Charlotte rilde opeens, het was koud in de hal. 'Sst, zachtjes,' waarschuwde Ettje.

'Ach wat, ze is boven bij die kleine,' zei Menna. 'Wat een verwend nest is dat. En maar gewichtig doen bij het cadeaus uitdelen terwijl die toch allemaal met het geld van George betaald zijn, Charlotte bezit geen cent. Ik had haar die stomme poppen het liefst voor haar voeten gegooid, maar dat wilde ik mijn meisjes niet aandoen.'

'Je bent onrechtvaardig...'

'Hou je mond toch, Ettje. Ik weet wat ik weet. Mijn arme zus Marie heeft me in tranen verteld hoe Charlotte haar huwelijk van het begin af aan ondermijnd heeft. Ze heeft jarenlang met George gecorrespondeerd, de valse slang. "Mijn lieve, kleine Charlotte," schreef hij. Marie heeft alle brieven gelezen, zowel die van hem als van haar, dat spreekt vanzelf.'

'Marie las zijn post?'

'Natuurlijk, dom schaap. Mijn zuster is niet achterlijk, ze had al heel vroeg in de gaten dat haar nichtje Charlotte het op haar man had voorzien.'

'Dat geloof ik niet, Menna.'

'Lieve deugd, onze nicht Charlotte heeft twee mannen naar het kerkhof gebracht. Vind je dat normaal? En nu heeft ze George te pakken en hem dat kind opgedrongen dat helemaal niet van hem is. Die arme George zal er wel gauw achter komen wat hij zich op de hals heeft gehaald. Heb je dat mantelpakje gezien dat ze aanheeft? Dat hoedje? Ze smijt met zijn geld. Nee, je mag echt medelijden hebben met mijn arme zus Marie. Gelukkig dat ze zo'n fatsoenlijke man heeft gevonden toen George ervandoor ging...'

'Ik heb toch altijd begrepen dat het Marie was die bij George wegging en wilde scheiden...'

'Ik moet nu echt weg, Ettje. We moeten ons haasten, de trein vertrekt over twintig minuten. Hanna, Grete, waar blijven jullie...'

Charlotte deed geen poging zich te verstoppen toen Menna vanuit de keuken de hal in liep. Ze stond als verstijfd, niet in staat zich te bewegen. Zo moest een mens zich voelen die onverwachts in een ijzige afgrond gestort was. Verdoofd, verlamd. Menna zag haar niet. Ze had het veel te druk met het rechttrekken van de jassen van haar dochters en ze vervolgens de huiskamer in te sturen om afscheid van grootmoeder te nemen. Kort daarop verschenen ze alle drie weer in de hal en zeiden haastig gedag tegen Paul en Ettje. Nu besefte Charlotte dat ook Antje in de keuken geweest was.

'Ach, Charlotte,' riep Menna, die haar op dat moment op de trap ontdekte. 'Slaapt je dochtertje al? Helaas moeten we weg, het wordt anders te laat voor mijn meiden. Geef me een knuffel, het was zo fijn je weer te zien. We komen nog een keer langs als George er ook is. Hij komt toch over een paar dagen?'

Charlotte herpakte zich. Waarom zou ze zich opwinden? Ruziemaken? Het leidde nergens toe. Boosaardige leugens en kwaadsprekerij verdwenen daarmee niet uit de wereld.

'Ja, George zal zich gauw bij ons voegen. Hij zal het leuk vinden je te zien, Menna. Goede reis.'

Er was niets veranderd. Het warme familienest zat vol doornen en stekels. Ze had het moeten weten.

George liet een hele week op zich wachten. Zeven lange dagen die Charlotte jaren toeschenen. Ze maakte wandelingen door Leer, ontdekte oude bekende dingen en nieuwigheden, liet herinneringen naar boven komen en voelde dat ze in deze kleine stad niet meer op haar plek was. Het huisje van haar pianoleraar, organist Pfeiffer, was afgebroken, Ohlsens warenhuis in koloniale goederen in de Pfefferstraat was nu een horlogewerkplaats. Had ze echt twee jaar boven de winkel gewoond? Uit die kleine ramen op de grijze daken en naar beneden in de straat gekeken? Had Christian, die al sinds negen jaar in de Afrikaanse aarde begraven lag, echt de Leerse clientèle kruiden, rijst en koffie verkocht?

Soms nam ze Elisabeth mee op dergelijke wandelingen om haar over het verleden te vertellen. Maar de kleine had veel meer interesse voor de voorbijrijdende auto's dan voor Charlottes verhalen.

'Als we weer naar huis gaan wil ik mijn neefje Jonny meenemen,' deelde Elisabeth vastbesloten mee. 'Hij wil beslist de plantage en de zwarten zien. En hij wil niet geloven dat er op de savanne echte leeuwen en olifanten zijn. Hij mag mee, toch?'

'Ik ben bang dat zijn ouders dat niet goed vinden, Elisabeth.'

Het meisje fronste haar voorhoofd, schudde vervolgens haar twijfels van zich af en verklaarde stralend dat Jonny zich in de grote reiskoffer kon verstoppen. Eenmaal op de plantage konden tante Ettje, oom Peter en zijn broertjes hem komen opzoeken.

Charlotte liet het daar maar bij. Dit was niet het moment om het kind duidelijk te maken dat een terugkeer naar Duits Oost-Afrika er voorlopig niet in zat. George had gelijk gehad. Er gebeurde daar hetzelfde als in Duits Zuidwest-Afrika waar de Duitse koloniale machthebbers dorpen afbrandden, bronnen dichtgooiden en oogsten vernietigden om zo de opstand van de inheemse bevolking neer te slaan. Ontelbare mensen werden er zo tot de hongerdood veroordeeld. Anderen werden in strafkampen opgesloten waar ze langzaam wegkwijnden, ziek van lichaam en ziel, zonder hoop op een menswaardig bestaan. Max von Roden, Elisabeths vader, had ooit gezegd: 'In Afrika is genoeg plaats voor iedereen, zwarten en witten, Indiërs, Ghanezen en Arabieren.' Charlotte had hem geloofd, maar de gruwelijke gebeurtenissen tijdens de Maji-Maji-opstand in Duits Oost-Afrika hadden haar ogen geopend. In Afrika was alleen plaats voor de machtigen, degenen die het land met wapengeweld veroverden, zijn schatten roofden en zijn bevolking aan zich onderwierpen. Wie zich tegen de witte koloniale machthebbers verzette, betaalde daarvoor met zijn leven. Ze had bewondering voor George die onophoudelijk artikelen voor Duitse en Britse kranten en tijdschriften schreef en zo tenminste met zijn pen tegen het onrecht streed. Het was haar misschien wel gelukt om haar oren en ogen te sluiten en zich terug te trekken in het kleine paradijs, de plantage bij de Kilimanjaro. Voor George was dat echter onmogelijk. Hij had het ter wille van haar geprobeerd, maar ze had al snel ingezien hoe ongelukkig hij was. Hoeveel ze ook van Afrika hield en hoe erg het ook aan haar trok, het moest hen lukken om ergens op de wereld een andere plek te vinden. In Duitsland, Engeland of waar dan ook waar ze alle drie met een zuiver geweten en tevreden met elkaar konden leven.

Elisabeth, die eerst zo'n heimwee naar George had gehad, dacht ondertussen bijna niet meer aan hem. Ze had het druk met andere dingen. De zesjarige had tot nu toe slechts heel zelden contact met witte kinderen gehad. Haar speelkameraadjes waren zwarte jongens en meisjes geweest die zich bereidwillig naar haar wensen gevoegd hadden, zij was immers de dochter van bibi Roden. Charlotte had eigenlijk verwacht dat het kind om de haverklap huilend naar haar toe zou komen omdat Ettjes zonen geen zin hadden in haar heerszuchtige optreden, maar ze zat er helemaal naast. De kleine Elisabeth had de drie jongens van het begin af aan stevig onder de duim. Ze vormden de hofhouding van de blonde prinses uit Afrika en wedijverden met elkaar om haar bevelen uit te mogen voeren. Natuurlijk alleen 's middags, want 's ochtends moesten ze naar school. Dan hing Elisabeth bij Antje rond en speelde met de kleine Fanny die ze allerlei onzin bijbracht. Het kostte Charlotte moeite om haar zover te krijgen een paar sommen of een dictee te maken. Elisabeth was tot dan toe nog niet naar een school geweest, en Charlotte was al vroeg begonnen haar zelf les te geven, wat heel gebruikelijk was op de afgelegen plantages van Afrika.

Eigenlijk was ze blij dat het meisje zich zo gemakkelijk aan het leven in Leer aanpaste, want het viel haarzelf veel zwaarder. Misschien was het maar goed dat George zo lang wegbleef. Nu had ze de tijd om voor zichzelf haar positie in de familie duidelijk te krijgen en haar houding te bepalen. Menna's achterbakse gedrag had haar diep gekwetst, vooral ook omdat ze zich van geen kwaad bewust was. Uiteindelijk waren George en Marie al acht jaar uit elkaar en, daar had Ettje helemaal gelijk in, het was inderdaad Marie geweest die wilde scheiden. De mooie, bijdehante Marie had een andere echtgenoot voor zichzelf uitgezocht, een welgestelde Engelsman van adel die haar een luxe huis in Londen en een groot landgoed op het platteland kon bieden. Iemand wiens levenswijze beter paste bij haar ideeën over hoe een gezinsleven eruit moest zien dan George' voortdurende wens om van woonplaats te veranderen. In principe kon Marie volkomen tevreden zijn, ze was het klaarblijkelijk echter niet.

Erger nog, haar knappe nichtje Marie, die ze als jong meisje bewonderd en van wie ze gehouden had, verspreidde achter haar rug kwaadaardige roddels. Slechts een paar weken geleden had dezelfde Marie geschreven dat ze Charlotte en Elisabeth graag in haar huis ontvangen wilde, maar in werkelijkheid koesterde ze heel andere gevoelens. Wat vals was Marie, net als haar zus Menna. Waarom was haar dat nooit eerder opgevallen? Was ze zelf doof en blind geweest? Ze was zeker een dom schaap geweest.

Gelukkig was er niet alleen Menna. Er woonden ook andere mensen in Leer, mensen die om haar gaven en haar met oprechte blijdschap verwelkomden. Allereerst Ettje en ook grootmoeder. Ze zou met Paul gaan praten, hem laten weten dat ze haar erfenis niet zou opeisen. Charlotte nam zich voor Menna in de toekomst vriendelijk maar koel te benaderen, ze wist nu wat ze aan haar had. Marie woonde in Londen en voor haar part was ze er gelukkig. Charlotte zou in geen geval met haar corresponderen. In plaats daarvan zocht ze Ettjes gezelschap, ging met haar boodschappen doen en maakte zich nuttig in het huis en de tuin. Ze probeerde ook met Antje te praten, maar zij bleef gesloten en zwijgzaam. Als de vrouwen in de tuin achter het huis werkten, zetten ze een stoel voor grootmoeder neer zodat ze hen kon gadeslaan. Grete Dirksen mocht dan niet meer in staat zijn zelf te schoffelen en te wieden, ze was nog steeds de baas over de tuin. Zij bepaalde waar dit jaar de uien geplant en de wortelen gezaaid moesten worden en ze hield streng in de gaten of haar opdrachten naar de letter uitgevoerd werden. Charlotte schikte zich stilletjes lachend en bedacht meermaals dat haar dochter Elisabeth zeker iets van het heerszuchtige karakter van haar grootmoeder had geërfd.

'Het kind moet naar school,' mopperde de oude vrouw. 'Zo kan het niet, ze verwildert helemaal. Ik zal eens bij Grit Sandhof informeren, haar zoon geeft de kleintjes les. Het meisje is zes, ze kan in de eerste klas meedoen, ze zijn pas met Pasen begonnen.'

'Maar we weten nog helemaal niet waar we gaan wonen, grootmoeder. Ik wacht liever tot George er is.'

Ze voelde wel aan dat haar grootmoeder hoopte dat ze in Leer zouden blijven zodat haar kleindochter in haar buurt zou opgroeien.

'Waarom zou je weer weg willen? In de Muhlenstraat zijn percelen te koop, daar zou je kunnen bouwen. Dat is niet zo ver weg en dan kan de blaag 's middags bij mij langskomen...'

Ook Ettje vond dit een goed plan. Ze herinnerde Charlotte eraan hoe ze vroeger op zondag bij elkaar op bezoek gingen, en naar feesten en de kermis. En naar de kerk natuurlijk, voegde ze er snel aan toe om grootmoeder tevreden te stellen. Antje zei aarzelend dat het vast duur was om een huis te bouwen, maar op zich was het een goed idee, ook omdat de kinderen zo goed met elkaar konden opschieten.

'En jouw Lisa ziet er sowieso uit alsof ze hier geboren is,' zei Ettje lachend. 'Ze hebben Peter op school gevraagd of ze zijn kleine zusje is.'

'Ze is zeker een Dirksen,' benadrukte grootmoeder. 'Antje, hoe zit het met de bonen? Die kun je nu leggen, er komt geen vorst meer. Ettje, haal de stokken hiernaartoe.'

'Ja, grootmoeder.'

Charlotte keek peinzend naar de beide vrouwen en had opeens geen zin meer om bij het werk te helpen. Er waren hier buren die niet wilden geloven dat Elisabeth haar dochter was. Zo blond, zulke heldere blauwe ogen. Dat kon onmogelijk het kind van Charlotte zijn met haar zwarte haar en donkere ogen waarin het fonkelde als barnsteen. Dat was het slechte bloed van de mooie vrouw die kapitein Ernst Dirksen ooit uit Indië had meegebracht. Emily heette ze. Haar vader was een Engelsman, maar haar moeder was een inheemse.

Misschien was het wel goed dat Elisabeth niet op haar Indische grootmoeder leek. In elk geval hier in Leer.

Later die middag was grootmoeder een hele tijd in haar slaapkamer aan het rommelen tot ze Charlotte bij zich riep en haar een meermaals opgevouwen stuk papier gaf, de tekst die grootvader ooit opgesteld had.

'Recht is recht, Lotte,' zei de oude vrouw. 'En als je het niet voor jezelf nodig hebt dan kun je het voor het kind gebruiken.'

Ontroerd vouwde Charlotte het vel papier open en bekeek de dicht op elkaar geschreven regels, het kleine regelmatige handschrift van haar grootvader. Hoe goed kon ze zich die dag nog herinneren toen de oude man haar naar zijn werkkamer had geroepen om deze tekst langzaam en met overduidelijk onbehagen aan haar voor te lezen. Paul had zijn studie nooit afgemaakt, hij was voor zijn examen gezakt. Het was eigenlijk weggegooid geld geweest, net zoals de rest van haar bruidsschat, de erfenis van haar gestorven ouders die bij het faillissement van Christian Ohlens winkel verloren was gegaan. Maar wat maakte dat nu nog uit? Dankbaar omarmde ze haar grootmoeder en verzekerde haar dat deze tekst van nu af aan geen onvrede meer teweeg zou brengen in de familie.

Hoe harmonieus was het die avond in de woonkamer van grootmoeder. Paul was tot tranen toe geroerd toen Charlotte het stuk papier voor zijn ogen in de kleine kachel stopte. Hij omarmde haar zowaar en verzekerde haar dat hij deze schuld heus een keer afgelost zou hebben, maar het had zwaar op hem gedrukt. Op het moment spaarde hij zoveel hij kon om een beetje achter de hand te hebben. Antje was weer in verwachting en ze hoopten dat God hun dit keer een tweede kind en misschien zelfs een stamhouder zou schenken. Dat was allerminst zeker want Antje had na Fanny's geboorte al twee keer een miskraam gehad. Ze was niet al te sterk en moest zich tijdens de zwangerschap rustig houden.

Charlotte had Paul nog niet vaak zo praatgraag en vertrouwelijk meegemaakt. Het was toch vreemd dat je met geld het hart van iemand kon winnen. Ook Antje leek een ander mens. Ze schonk glimlachend thee voor Charlotte in en vertelde enthousiast dat ze op zeker moment een kleine erfenis zou krijgen. Haar ouders bezaten een huisje en een naaiatelier. Ze hadden haar alleen niets voor haar huwelijk mee kunnen geven. Dat was nu eenmaal zo. Ze was de oudste van zeven broers en zussen en de familie leefde eenvoudig. Toen Paul echter haar miskramen noemde, sloeg ze schuldbewust haar ogen neer en zweeg weer.

Ettje, die vlak in de buurt woonde, kwam langs met haar man Peter en sloot Charlotte hartelijk in haar armen bij het horen van wat er gebeurd was.

'Ik wist het wel, Paul. Ik heb je toch gezegd dat ze het geld niet terug zou willen hebben? Ik ken Charlotte toch, ze heeft een warm hart.'

Ook grootmoeder was tevreden. Als Charlotte afstand van het geld wilde doen en het niet voor haar dochter wilde bewaren, dan zou het in elk geval ten goede komen aan Paul, Antje en de kleine Fanny en zeker ook aan de ongeborene die deze keer zeker een jongen zou zijn. Ze had de wens van haar overleden man vervuld en dat was belangrijk voor haar. Alleen Peter, die Charlotte jarenlang aanbeden had en ook nu steeds weer naar haar moest kijken, zei zachtjes, zodat noch Paul, noch Antje het konden horen: 'Ik hoop niet dat je er ooit spijt van krijgt.'

Zijn woorden gingen in het geroezemoes verloren dat steeds opgewondener werd omdat Peter een fles wijn meegenomen had.

Ze praatten zo hard dat Elisabeth ten slotte in haar lange nachtpon in de deuropening verscheen met de kleine Fanny op sleeptouw.

'Jullie maken veel te veel lawaai,' klaagde ze wrevelig. 'We kunnen niet slapen en Fanny heeft honger.'

Het was grootmoeder zelf die moeizaam naar de keuken liep om voor haar twee lievelingen de taart aan te snijden die eigenlijk voor de volgende dag bedoeld was. Volgestopt met cake en melk werden de meisjes weer naar bed gebracht. Fanny kreeg van haar moeder twee klinkende oorvijgen – dat kon Charlotte duidelijk horen –

omdat ze zonder toestemming uit bed gekomen was. Vervolgens kroop Elisabeth weer uit haar bed en liep naar de kamer ernaast.

'Het was mijn schuld,' hoorde Charlotte haar dochter luid verkondigen. 'Zij wilde niet, maar ik heb haar meegenomen. Je mag haar niet slaan, tante Antje.'

Met rode wangen, maar met een tevreden uitdrukking op haar gezicht keerde ze terug naar haar bed, eiste een extra nachtzoen om zich toen naar de muur te draaien en gelijk in slaap te vallen. Charlotte wist niet goed of ze trots of boos op haar meisje moest zijn. Ze was moedig, haar kleine dochter, maar ook eigenzinnig en ze had de neiging om onder alle omstandigheden haar willetje door te drukken. Misschien zat er in Menna's kwaadaardige beschrijving – verwend nest – toch enige waarheid.

De volgende ochtend vroeg, toen iedereen behalve grootmoeder nog sliep, belde er iemand aan de deur. Charlotte voelde zich niet in staat de postbode of een of andere verkoper het hoofd te bieden en draaide zich slaapdronken op haar andere zij. Ze voelde zich geïrriteerd dat Elisabeth over haar heen klauterde om bij het raam te kunnen komen. Direct daarop werd het gordijn opengetrokken.

'Mama, dat stomme raam klemt. Ik krijg het niet omhoog.'

'Je moet het ook niet opendoen, Elisabeth. Grootmoeder gaat wel naar de deur.'

'Maar George staat beneden!'

'Hè?'

Charlotte gooide het dekbed van zich af en samen probeerden ze met vereende krachten het raam omhoog te krijgen. Het uitgezette hout toonde zich weerbarstig en gaf pas toe toen Charlotte het een flinke zet gaf.

Hij was het echt. Hij stond daarbeneden voor de deur in zijn beige pak, hoed in de hand en keek grijzend naar boven.

'Heb ik de dames wakker laten schrikken? Wat een heerlijk gezicht. Blonde en zwarte lokken, ongekamd en vast lekker warm naar slaap ruikend.'

'Grappenmaker! Waarom heb je geen bericht gestuurd? En waarom kom je zo vroeg?'

Ze hoorde hem vrolijk lachen en direct daarop werd beneden de deur opengedaan en slaakte grootmoeder een verraste kreet. Charlotte dook naar haar kleren terwijl Elisabeth ongegeneerd in nachtpon en op blote voeten de trap af liep. George was er! De kwellende tijd van het gescheiden zijn was voorbij. Haastig kleedde Charlotte zich aan. De kleine kamer schitterde opeens in het zonlicht. Hemel, ze gedroeg zich als een jonge meid die voor het eerst verliefd was. Het was een belachelijk, maar tegelijk ook een oneindig kostbaar moment. Ze kreeg een ogenblik van volkomen geluk cadeau en ze nam het gretig aan, wel wetend dat het leven spaarzaam was met dergelijke geschenken.

Toen ze de woonkamer binnenkwam, had George Elisabeth op zijn arm die opgewonden tegen hem praatte, maar zijn blik was op Charlotte gericht. In zijn grijze ogen lag nog steeds de uitdrukking die haar al als jong meisje betoverd had. De indringende poging om onder de oppervlakte iets te ontdekken wat tot dan toe voor ieder ander verborgen was gebleven.

'Ik kon me niet eerder losmaken,' zei hij en hij bukte zich om Elisabeth weer op haar voeten te zetten. 'Zo veel vervelende mensen, zo veel nutteloos geklets, verloren tijd. Het enige positieve van dit uitstapje is het inzicht dat ik niet zonder je kan, Charlotte.'

Hij trok haar naar zich toe en in zijn kus lag veel meer begeerte dan haar geschikt leek voor grootmoeders ogen, al maakte haar dat op dat moment niets uit. Ze voelde de warmte van zijn lichaam, zijn snelle hartslag, voelde dat hij haar ook vreselijk gemist had, een gewaarwording die haar in vervoering bracht. Het was moeilijk zich los te maken uit deze eerste intense omarming. Ze deden het uiteindelijk, onwillig, bijna of het een gevecht was, zonder elkaars handen los te laten. In plaats van de vele tedere dingen die ze graag tegen elkaar hadden willen zeggen, vroeg George hoe ze haar tijd in Leer besteed had.

'Het was fijn om mijn familie weer te zien. Ze hebben ons zo hartelijk ontvangen, ik ben er nog steeds ontroerd van.'

George glimlachte. Hij hoorde aan haar stem dat ze maar de halve waarheid vertelde.

'Daar ben ik blij om. Ik was al bang dat je je zou vervelen...'

Dat was het moment dat grootmoeder het heft in handen nam. George Johanssen was gearriveerd en net als vroeger, toen hij vanuit Engeland op bezoek gekomen was, spaarde ze kosten noch moeite om haar gast gepast te onthalen. Ook na al die jaren, zelfs na de scheiding van Marie, had George' charme niets van zijn uitwerking op grootmoeder verloren. Antje, die inmiddels aangekleed was, werd in de keuken ontboden, evenals Charlotte en Elisabeth. Paul, al bijna op weg naar kantoor, moest ondanks het zachte meiweer de kachel in de woonkamer aanmaken en George gezelschap houden tot het ontbijt klaar was. George' verzoek om geen extra drukte te maken ter wille van hem werd door de oude vrouw straal genegeerd.

Tijdens het ontbijt, waar ook Ettje bij aangeschoven was, vertelde George over de wonderen van de hoofdstad Berlijn, waar behalve paardenkoetsen en elektrische trams nu ook veel auto's in de straten reden. Er waren zelfs autobussen die helemaal zonder paarden vooruitkwamen, want net als de auto's werden ze door een motor aangedreven. Deze gevaartes maakten zo veel lawaai dat de passagiers zichzelf nauwelijks konden horen praten. Nee, de keizer had hij niet gezien, wel veel officieren en elegant geklede dames, grootse parades en jongens in wit-blauwe matrozenpakjes.

Na het ontbijt kondigde George aan dat hij een wandeling door de buurt ging maken met zijn vrouw en hij wilde niets weten van grootmoeders idee om een dutje in de woonkamer te doen, ook al had hij de nacht in de trein doorgebracht. Elisabeth had een hekel aan wandelen en besloot na enig overleg met Ettje mee naar het buurhuis te gaan en te helpen met groente schoonmaken. Jonny zou ook al snel uit school komen.

Charlotte en George gingen het huis uit, liepen snel door de Ulrichstraat zonder naar links of rechts te kijken en gingen pas langzamer lopen toen ze afgeslagen waren naar de Muhlenstraat. Uiteindelijk bleven ze staan en keken elkaar aan, humor blonk in George' ogen en ze begonnen te lachen.

'We zijn op de vlucht, liefste.'

'Voor pannenkoeken, witte kool en bloedworst.'

'Ik ben bang dat ze ons in zullen halen.'

Ze namen een zijstraat die naar de rivier leidde, gingen onder een iep zitten en keken naar de voorbijvarende zeilboten en vrachtschepen. Kinderen knikkerden in de buurt en maakten ruzie. Bij een huis wapperden blauwe overhemden en witte onderbroeken aan de waslijn.

'Dus jij wilt een stuk grond in de Muhlenstraat kopen en daarop een villa bouwen,' zei George fijntjes lachend en hij sloeg een vlieg van zijn been.

'Mijn hemel, nee!'

'O, ik dacht dat het al een uitgemaakte zaak was. Tenminste, zo deed je grootmoeder het voorkomen.'

Glimlachend schudde ze haar hoofd en leunde tegen hem aan. Ze wilde net zomin in Leer blijven als hij zin had om zich in Londen te vestigen.

Hij begon haar over Berlijn te vertellen. Hij had daar contacten gelegd, gelijkgezinden ontmoet en plannen voor een nieuw boek gemaakt. Het was heel goed mogelijk dat er een andere wind ging waaien wat de bewindvoering in de koloniën betrof. Volgens velen leek Bernhard Dernburg, de nieuwe staatssecretaris voor Koloniale Zaken, hoop te bieden op een omslag. Zelf twijfelde hij daar nog aan want Dernburg was een econoom en had eerder aan het hoofd gestaan van de Bank für Handel und Industrie. Het lag dus voor de hand wat hij van de koloniën verwachtte. In elk geval was Dernburg van plan door Oost-Afrika te gaan reizen, een teken dat hij zijn taak serieus nam.

Een sprankje hoop gloeide op in haar hart, maar ze zei niets. Afrika was ver weg, voorlopig konden ze niet terug. 'Berlijn is een fascinerende stad, Charlotte. Je zou het daar naar je zin hebben en er zijn veel mogelijkheden voor Elisabeth. Er zijn mooie meren en echt landelijke wijken. We zouden een huis kunnen huren en haar naar een goede school sturen.'

'Nee, niet naar Berlijn, George.'

Hij keek haar een ogenblik verward aan, toen begreep hij het.

'Max' broer en schoonzus hebben in geen jaren contact met je gezocht en ook Elisabeths grootouders hebben niets meer van zich laten horen...'

'Dat maakt niets uit,' hield ze opgewonden vol. 'Max' broer heeft na Max' dood de voogdij over Elisabeth opgeëist. De familie wilde dat ze bij hen op het landgoed in Brandenburg kwam wonen. Een Von Roden mocht niet in Afrika tussen de zwarten en de apen opgroeien! Nee, deze mensen mogen in geen geval te weten komen dat het meisje in Duitsland is.'

Hij ademde diep in en uit en ze kon zijn ergernis voelen. Ineens gaapte er een kloof tussen hen. Net nog was ze bereid geweest hem naar het einde van de wereld te volgen en nu stond er iets tussen hen in. Haar kind. Haar fantastische dochter die ze in geen geval wilde verliezen en al helemaal niet aan de familie van haar gestorven man met wie hij al lange tijd ruzie had gehad.

'Ik zou haar kunnen adopteren,' stelde George voor.

'Dat is een prachtig idee,' reageerde ze ontroerd. 'Maar zal dat niet een heel omslachtige en gecompliceerde aangelegenheid zijn?'

Haar twijfels waren niet ongegrond. George was Brits en Charlotte had door haar huwelijk ook de Britse nationaliteit gekregen. Elisabeth daarentegen was Duitse, net als haar gestorven vader.

'Misschien kunnen we weer naar Cairo gaan,' stelde ze voor in een poging een uitweg te vinden. 'Volgens mij kunnen we daar prima met elkaar leven.'

Hij grijnsde en omdat er behalve de spelende kinderen niemand in de buurt te zien was, kuste hij haar op de wang en zocht vervolgens haar mond.

'Jij wilt natuurlijk graag op een kameel door de woestijn rijden, heb ik gelijk of niet? Geef maar toe dat dat idee nog steeds in je leeft.'

'Dat is jouw schuld, George. Had je maar niet van die prachtige brieven en manuscripten moeten sturen...'

'Vleister.'

Lachend trok hij haar tegen zich aan en hield haar vast om vervolgens weer ernstig te worden. Ze hadden geen thuis, bevonden zich in het luchtledige met loshangende wortels die probeerden een geschikt plekje te vinden waar ze zich konden nestelen. 'Het maakt me niet uit, Charlotte. Ik ben tevreden waar jij ook gelukkig bent, maar ik vind dat Elisabeth naar een Duitse school moet.'

Dus Duitsland. Hij had in principe geen ongelijk.

'Noem een plaats,' drong hij aan.

Ze aarzelde en tekende met haar voet een cirkel in het gras, dat zich direct weer oprichtte.

'Emden?'

Daar had ze jarenlang met haar ouders en kleine broertje gewoond. Het was niet al te ver van Leer, dus grootmoeder kon Elisabeth af en toe zien en ook Ettje konden ze bezoeken. Een beetje nestwarmte, al was het dan uit de verte. Menna zou ze wel uit de weg gaan.

'Dan wordt het Emden,' riep George opgelucht. 'Voor mijn part. Het is net zo goed als welke andere plaats ook.'

Oktober 1906

Grijze wolkenformaties trokken langs de hemel als eindeloze kuddes vluchtende dieren. Ze balden zich tezamen, scheurden zich weer van elkaar los, rafelden uit tot een loodzwaar weefsel. Slechts zelden liet de zon een golf in de haven van Emden oplichten. Het water bleef net zo donker als de hemel en de vissersboten die aan de kade vastgemaakt waren kwamen Charlotte voor als treurige gevangenen. De zee was weids. Aan de overkant van de wirwar aan meren en kanalen, fabrieksschoorstenen en hijskranen zocht de Eems zich een weg naar de Noordzee. Stoomboten en roeibootjes konden haar loop volgen net als de meeuwen, die dappere vrije luchtzeilers. Charlotte kon het niet, zelfs niet met haar blik.

Ze was blij toen ze de beschermende huizenrijen bereikt had, sloeg huiverend de kraag van haar jas omhoog en bekeek de etalages van de winkels. Er waren prachtige winkels in Emden. Je kon Engelse stoffen en Spaanse wijn kopen, de nieuwste boeken en tijdschriften, lekkernijen uit alle windstreken evenals leuke rommel zoals lampen met paarlen snoeren, geverfde tabaksdozen, sierlijke theeserviesjes en porseleinen snuisterijen. Het was vreemd dat bij de aanblik van de oude grote koopmanshuizen vaak lang verscholen herinneringen naar boven kwamen. Haar moeder, tenger en met donker haar, rillend in haar mantel weggekropen. Had ze met haar voor deze zelfde winkel gestaan en door hetzelfde raam nieuwsgierig naar met rozen beschilderde borden en kleurige porseleinen engeltjes gekeken? Net zo snel als de beelden opdoken waren ze ook weer verdwenen.

Het was de zwangerschap, dacht ze glimlachend. Eerder, toen

ik Elisabeth in me droeg, herinnerde ik me ook zo veel dingen uit mijn kindertijd.

Misschien moest ze dit roze wassen beeldje kopen? Nee, George zou haar alleen maar uitlachen. Waarschijnlijk wachtte hij al ongeduldig op haar in het mooie huis aan de Osterstraat, zoals hij altijd deed als ze te lang in de stad rondzwierf en beladen met inkopen terugkwam. Ze moest vooral geen zware spullen dragen, alleen korte wandelingen maken, na het eten even gaan liggen, een beetje lezen, brieven schrijven of op de piano spelen die hij voor haar had gekocht. Goed, de zwangerschap verliep niet helemaal probleemloos, ze had pijn en zelfs kleine bloedingen gehad, maar dat was nu voorbij. Ze was in de vierde maand en voelde zich gezond. Charlotte, die toch al zesendertig was, ervoer het als een groot geschenk dat ze nog een keer een kind mocht krijgen. Dit kind was de vervulling van hun liefde. Sterker nog, het was een triomf. George, die zijn zoon en dochter in Londen niet mocht zien, zou weer vader worden en dit keer zou niets of niemand hem van zijn kind scheiden. Charlotte zou goedmaken wat Marie hem had misdaan.

Ze draalde nog even en overwoog of ze niet tenminste de theemuts van gewatteerde stof met een prachtig dessin van donker- en lichtgroene klimopbladeren zou kopen om vervolgens voor de honderdste keer tegen zichzelf te zeggen dat ze George' geld niet zo lichtzinnig moest uitgeven, ook al maakte hij haar wat dat betrof nooit verwijten. Integendeel, hij had glimlachend toegekeken hoe ze het gehuurde huis met allerlei mooie dingen vulde en als ze samen in de stad waren, verdween hij hier en daar in een winkel om een boek, een sieraad of een muziekbundel voor haar te kopen. Ook Elisabeth, die intussen naar school ging, kreeg veel van hem. Eigenlijk te veel, je zou kunnen zeggen dat hij haar door en door verwende.

Toen de klok van de grote kerk twaalf uur sloeg, droeg de wind de eerste regendruppels met zich mee en Charlotte besloot nu toch maar naar huis te gaan. Twee jongens in schooluniform en met rode mutsen op liepen haar voorbij. Het was vandaag woensdag en dan hadden de leerlingen van het gymnasium 's middags vrij. Ook Elisabeth, die op de lagere school zat, zou al snel door hun dienstmeisje opgehaald worden. De kleine was steeds vol van alle schoolbelevenissen als ze thuiskwam en Charlotte vond het belangrijk geduldig naar haar dochter te luisteren en om, als het nodig was, te helpen of een standje te geven. Elisabeth had zich weliswaar verrassend snel aan de nieuwe situatie aangepast, maar ze was, zoals te verwachten viel, haar medescholieren ver vooruit en verveelde zich tijdens de lessen, wat ertoe leidde dat ze allerlei ondeugd uithaalde.

Nat en hijgend van het snelle lopen sloeg ze af naar de Osterstraat, waar ze de wind in de rug had. Het bakstenen huis dat ze hadden gehuurd had twee verdiepingen, een rood pannendak en hoge smalle vensters. Op het grasveld in de voortuin lag een groot verroest anker. Een kapitein had het huis jaren eerder laten bouwen en nu was het zijn zoon die het ouderlijk huis niet wilde verkopen en blij was huurders gevonden te hebben. Bij haar eerste bezoek in Emden had grootmoeder haar het huis laten zien waar ze met haar ouders en kleine broertje gewoond had. Het stond niet ver van hun eigen huis vandaan en zag er een beetje hetzelfde uit, maar vreemd genoeg had Charlotte er geen herinneringen meer aan.

Voor de witgeverfde voordeur moest ze even op adem komen en haar hartslag tot bedaren laten komen. Eenmaal in de hal kwam Stine, hun dienstmeisje, uit de keuken lopen. Charlotte deed zuchtend haar hoed af en gaf haar natte jas aan het meisje.

'Is er nog post gekomen?'

'Die ligt bij meneer op zijn bureau.'

'Dank je, Stine, je kunt nu het eten opdienen.'

'Charlotte?'

George kwam zijn werkkamer uit en zette zijn goudomrande

leesbril af. Hij nam Charlotte verwijtend op, pakte haar toen bij de schouders en beroerde haar wang voorzichtig met zijn lippen. Sinds kort liet hij weer een baard staan, ook al had ze geprotesteerd dat die blonde haartjes vreselijk kriebelden.

'Je hebt weer te lang in weer en wind rondgelopen,' berispte hij haar. 'Je ziet bleek, Indische prinses. Ga zitten en eet wat zodat onze arme baby geen honger lijdt.'

In de eetkamer verschoof Stine nog wat aan de borden en het bestek en zette zorgvuldig de vaas met asters die George van de markt had meegenomen op het buffet. Ze deed erg haar best om alles wat men haar opdroeg zo goed mogelijk uit te voeren, helaas was ze daarbij verschrikkelijk langzaam, wat Charlotte vaak op de zenuwen werkte. Met haar zwarte bedienden had ze nog veel meer geduld moeten opbrengen, maar die beloonden haar met liefdevolle aanhankelijkheid en een opgewekt humeur. Nee, ze was niet eerlijk en zou Stine in geen geval tot spoed manen.

In plaats daarvan ging ze naar de werkkamer om de post na te kijken. George had de enveloppen al gesorteerd en de aan hem gerichte brieven geopend. Twee tijdschriften lagen aan de kant met de wikkels er nog omheen en daarnaast twee enveloppen die aan Charlotte Johanssen geadresseerd waren. Ze herkende de handschriften meteen. Eentje droeg Klara's mooie, vloeiende handschrift en was in Dar es Salaam gepost. De andere was van Jacob Götz, een van de twee beheerders van haar plantage bij de Kilimanjaro. Hij had samen met zijn beste vriend, Willi Guckes, eerst op een koffieplantage in het Usambaragebergte gewerkt voordat ze naar de Von Rodens waren gekomen. Charlotte was blij deze trouwe en hardwerkende beheerders voor haar bezit gevonden te hebben.

Ze pakte als eerste Klara's brief. De andere kon wachten, die ging vermoedelijk over de afrekening van de oogstopbrengsten of over nieuwe bouwplannen en andere ideeën die de mannen haar wilden voorleggen.

Stine had de zilveren briefopener glanzend opgepoetst. Dat moest ze stiekem gedaan hebben, want behalve Charlotte mocht niemand aan George' bureau komen. Er vielen tekeningen uit de envelop: het palmenbos op de Immanuelskaap, het missiehuis met de nieuwe aanbouwen, Afrikaanse kinderen op school, het uitzicht vanuit het raam van de kleine kamer in de evangelische missiepost waar Klara nu al weer maandenlang met haar man en de kleine Samuel woonde. Ook haar zoon, die intussen al vijftien maanden oud was, had Klara getekend: een tenger kind met grote, een beetje beschaduwde ogen die ernstig en vreemd wetend keken. Haar echtgenoot, de missionaris Peter Siegel, had Klara deze keer niet op papier gezet.

Zoals altijd kwam Klara's schrijven bij oppervlakkige lezing evenwichtig en haast vrolijk over, maar Charlotte kende Klara te goed. Het waren de korte bijzinnetjes die de waarheid openbaarden. Samuel at nu goed en was kerngezond. Had de kleine eerder voedsel geweigerd? Was hij ziek geweest? Klara had daar in vorige brieven niets over gezegd. Met Peter Siegel ging het goed en hij deed zijn best, voor zover zijn krachten het toelieten, om de medewerkers van de missie zo veel mogelijk te ondersteunen bij hun dagelijkse werkzaamheden. Klara's echtgenoot was na de overval op zijn missiepost in Naliene lang ziek geweest. Hij leek in de war en was wekenlang niet aanspreekbaar geweest. Charlotte betwijfelde of Peter ooit weer als missionaris zou kunnen functioneren en George deelde haar mening. Een terugkeer naar Duitsland zat er niet in, dat had Klara meermaals benadrukt. Nu deed hij dus eenvoudig werk voor de missie, dat was in elk geval een stap vooruit. Een echt perspectief zou het voor de kleine familie op de lange duur echter niet zijn.

Nadenkend bekeek ze de tekeningen en vroeg zich af waarom Klara steeds weer dergelijke beelden stuurde. Wist ze niet hoe zwaar Charlottes hart werd bij het zien van de slanke palmen, de donkere gezichten van de Afrikanen en de weidse oceaan? Klara was een goede tekenares, slechts met enkele penseelstreken ving ze het wezenlijke van een landschap en het kwam Charlotte bij het kijken ernaar voor alsof ze de regelmatige golfslag van de zee kon horen en de warmte van de Afrikaanse zon kon voelen.

'Mama? We gaan eten. De soep staat al op tafel.'

'Ik kom eraan, schatje.'

'Hè, getver, alweer gortsoep met rapen erin,' protesteerde Elisabeth zo gauw Charlotte de deksel van de soepterrine had gehaald.

'Klara heeft geschreven en een heleboel tekeningen meegestuurd,' zei Charlotte om haar af te leiden.

'Is Sammi nog steeds zo lelijk?' vroeg Elisabeth direct opgewonden. 'Heeft hij nog steeds geen haren op zijn hoofd? Hij is beslist het onaantrekkelijkste kind op de hele wereld...'

'Zoiets moet je niet zeggen, Elisabeth,' berispte Charlotte haar terwijl George ongegeneerd grijnsde.

'Waarom niet? Ze kunnen het toch niet horen. Tante Ettje zei laatst nog dat Sammi erg mager is...'

'In vergelijking met Ettjes zonen is hij zeker erg tenger,' viel George zijn stiefdochter bij. 'En toch heeft hij al een enorm gevecht geleverd. Een gevecht op leven en dood.'

Klara's zoon was vlak voor een door Afrikaanse opstandelingen gepleegde overval op de missiepost ter wereld gekomen en het was aan George' medische bekwaamheid te danken dat de baby de geboorte had overleefd. Hij had verkeerd om in zijn moeders buik gelegen met de navelstreng om zijn hals gewikkeld en ook Klara was bijna gestorven. Zijn eerste dagen op aarde bracht de kleine Samuel door in het oerwoud waar de rebellen de bij de aanval gewond geraakte missionaris met zijn familie en zwarte bedienden naartoe gejaagd hadden. Alleen door veel geluk werden ze op tijd door de *askari* die de Duitsers ondersteunden gered en naar Kilwa gebracht.

'Ik hoop maar dat tante Klara ons niet op komt zoeken,' zei

Elisabeth hardvochtig zoals alleen een kind dat kan. 'Anders moet ik nog met Samuel gaan wandelen, dat zou erg vervelend zijn.'

Na het middageten stortte ze zich nieuwsgierig op de tekeningen van tante Klara, mopperde en bewonderde en vroeg wanneer mama haar antwoord naar Afrika zou schrijven. Vervolgens liep ze naar de kinderkamer om het lang verwaarloosde tekenblok op te zoeken. Tante Klara prees haar tekeningen in elke brief, dus ging ze gelijk aan het werk.

George stond erop dat Charlotte een uurtje zou gaan liggen op de sofa in de woonkamer. Zelf wilde hij nog een poosje aan zijn boek werken en het geschrevene die avond aan haar voorleggen ter correctie.

'Een wandeling zit er ook niet in, kijk maar hoe het regent,' zei hij terwijl hij haar met een deken toedekte. 'Gelukkig hebben we dat anker in de voortuin liggen, zodat het huis niet wegspoelt.'

'Wil je me de tijdschriften en de brief van Jacob brengen?' vroeg Charlotte, die zich tijdens de gedwongen middagrust altijd verveelde.

Haar man fronste op een komische manier zijn voorhoofd. 'Je moet niet lezen, je moet een beetje uitrusten,' zei hij en hij verliet de kamer.

Charlottes hart klopte nog steeds sneller dan normaal. Eigenlijk was ze moe, maar om de een of andere reden kon ze niet tot rust komen. Nou ja, elke zwangerschap verloopt anders, dacht ze en ze deed haar ogen dicht om te ontspannen. De brief van haar plantagebeheerder kon ze ook later nog lezen.

Ze hoorde hoe George zachtjes naar zijn werkkamer ging. Beneden in de keuken rammelde een blikken emmer en de achterdeur naar de tuin werd geopend. Waarschijnlijk bracht Stine ondanks de regen het groenteafval naar de composthoop. In Elisabeths kamer was alles stil.

George kwam de kamer weer in en reikte haar eindelijk de tijdschriften en de brief aan. 'Wat vind je ervan als ik een paar van

Klara's tekeningen in mijn boek opneem? Ik zou haar er natuurlijk voor betalen, dat spreekt vanzelf.'

Charlotte glimlachte. George had herhaaldelijk aangeboden Klara en Peter financieel te ondersteunen, maar Charlotte wist dat Klara dat niet juist zou vinden.

'Ze zou heel trots zijn, liefste. Ze zou er alleen geen cent voor willen hebben, je kent haar toch.'

'Het is heel gebruikelijk dat illustratoren betaald worden.'

'Zeker, alleen heeft Klara totaal geen hoofd voor zaken, ze heeft haar tekeningen altijd weggegeven. Ik maak me zorgen om die drie. Peter lijkt nog steeds in shock te verkeren door die overval.'

'Het is niet nodig daarover te piekeren, Charlotte. Het Berlijnse missiegenootschap zal heus wel voor hen zorgen...' Hij trok de deken recht en kuste haar wang voordat hij naar zijn werkkamer terugging. De deur naar de woonkamer liet hij open om af en toe even bij haar te kijken en een vluchtige glimlach uit te wisselen.

Het was fijn om met hem samen te leven. De gelukkigste uren beleefden ze 's avonds met elkaar wanneer ze aan zijn teksten werkten. Dan dook ze in de fascinerende wereld van zijn gedachten, maakte deel uit van zijn gevechten en verwachtingen, liet zich door zijn beschrijvingen verleiden en realiseerde zich tegelijk dat hij een dromer was die zijn leven lang voor een paradijs zou vechten dat niet in deze wereld paste. Maar wat was de wereld zonder dromers?

Ze verwijderde de wikkel van de *Deutsch-Ostafrikanische Zeitung*. Dit tijdschrift werd sinds enige jaren door ene Willi von Roy uitgegeven in Dar es Salaam. Maar na het lezen van de eerste koppen legde ze het blad weer opzij. Deze dingen gebeurden allemaal ver weg en lagen buiten haar bereik, het was verstandiger zich er niet te veel mee bezig te houden.

Het andere tijdschrift, *Zeitschrift für Tuberkulose und Heilstättenwesen*, waarop George geabonneerd was en dat werd uitgegeven door een zekere Lydia Rabinowitsch-Kempner, liet ze onaangeroerd. In plaats daarvan maakte ze de brief open.

Tot haar verrassing trof ze drie epistels in een verschillend handschrift aan. Eén was afkomstig van Jacob Götz, de tweede was een kriebelig handschrift in het Swahili dat van Hamuna leek te komen. Wie zou het voor haar opgeschreven hebben? Waarom was ze niet naar Willi Guckes gegaan, die anders ook Hamuna's en Sadalla's berichten opschreef? Helemaal raadselachtig was de derde brief, want hij was afkomstig van een naburige planter, Josef Vosch, die zich drie jaar geleden in de buurt van haar plantage gevestigd had.

Haar handen trilden plotseling zo erg dat ze slechts met moeite de korte tekst van Jacob kon ontcijferen.

Zeer geachte mevrouw Von Roden!

Ik heb nog geen eindafrekening opgemaakt omdat ik de schade die door de brand in de opslagschuur is ontstaan nog niet kan inschatten. Het werk gaat voor en ik zal u de cijfers snel sturen. We hebben weinig regen gehad, wat goed is voor de sisalplanten. Er moet hout gekapt worden om planken te zagen en we hebben ook spijkers en prikkeldraad nodig. Ik laat alles bewaken, vooral 's nachts omdat we niet veilig zijn in het donker. Ik sluit een brief bij van Josef Vosch. Hij heeft die mij gegeven omdat hij uw adres in Duitsland niet heeft en ik het hem niet wil geven. Maar ik wil de brief ook niet achterhouden.

Uw getrouwe,
Jacob Götz

Charlotte las het schrijven meerdere malen zonder er echt wijs uit te kunnen worden. Jacob had zich nooit erg goed kunnen uitdrukken, hij was een eenvoudig man zonder veel opleiding, maar tot nu toe hadden zijn berichten altijd verstandig en logisch geleken.

Deze brief kwam echter volkomen verward op haar over. Er was brand in de opslagschuur geweest? Hoe had dat kunnen gebeuren? Was er iemand gewond geraakt? En wat was er verwoest, toch niet de al ingepakte sisalvezels? En waarom had hij de buren haar adres niet willen geven?

Onzeker keek ze even naar George, die echter totaal in zijn werk verdiept was. Ze besloot hem niet te storen en pakte de tweede brief. Het schrijven van Josef Vosch was zeker geen foutloos Duits te noemen, maar de inhoud was duidelijk. De buurman betreurde het tragische ongeval op haar plantage en bood tegelijkertijd een niet onaanzienlijk bedrag voor haar bezit. Hij motiveerde zijn royale aanbod door aan te geven dat de plantage voor hem gunstig gelegen was, direct in de buurt, wat het voor hem mogelijke maakte beide eigendommen zonder problemen samen te voegen.

Charlotte kreeg een ongemakkelijk gevoel bij dit voorstel. Zeker, ze had erover nagedacht de plantage te verkopen toen ze in maart naar Duitsland vertrokken, maar ondertussen was ze meer dan ooit gehecht aan dit stukje Afrikaanse aarde. Max had zijn hele hebben en houwen aan deze plantage gegeven, het was Elisabeths erfenis en het kind beschouwde de plek als haar vaderland. Nee, ze wilde de plantage niet verkopen en al helemaal niet aan de schrale, zuinige Josef Vosch die zich zo overdreven vroom voordeed terwijl de hebzucht uit zijn ogen straalde. Ze zou haar land in geen geval aan deze onaangename kerel toevertrouwen, zelfs niet als hij met een zak goud aan kwam zetten. Hoe kwam hij erbij haar zo'n aanbod te doen?

Iets trok zich samen vanbinnen en ontnam haar de adem. Ze probeerde zichzelf te kalmeren, als die hartkloppingen nou maar eens ophielden. Wat was er zo ongebruikelijk aan dit voorstel? Vosch was er al langer op uit zijn bezit uit te breiden en nu zij naar Duitsland teruggekeerd was, zag hij dat blijkbaar als een goede gelegenheid om haar plantage te kopen. Zaken waren zaken, je moest snel zijn en geen scrupules hebben. Dat wist ze zelf maar al te goed. Tenslotte had ze ooit zelf een winkel gerund en ze was een goede zakenvrouw.

Peinzend pakte ze de brief van Hamuna. Even overwoog ze om Elisabeth naar de woonkamer te roepen, want Hamuna's brieven richtten zich meestal voornamelijk aan haar lieveling, het dochtertje van bibi Roden die ze zo vreselijk miste. Maar het eigenaardige, vreemd krullerige handschrift weerhield haar.

Aan mijn lieve bibi Roden, mijn goede bazin die altijd voor ons allemaal gezorgd heeft. We zijn in groot ongeluk beland en er is geen hulp. We huilen elke dag om onze goede bazin die ons verlaten heeft. Slechte mensen, bezeten door boze geesten, zijn bij ons binnengedrongen. Vuur hebben ze ons gebracht, midden in de nacht, dat twee schuren en alle sisalbalen opgegeten heeft. Bwana Jacob en bwana Willi wilden de sisal redden, we hebben allemaal water aangedragen en in de vlammen gegoten, maar het vuur was te groot. Het heeft velen van ons wonden en blaren bezorgd. Sadalla heeft veel pijn aan zijn handen en benen en bwana Willi is nog dezelfde nacht gestorven door de vlammen en zijn ziel is naar God opgestegen. Nu heeft bwana Jacob groot verdriet. Hij kan niet eten en wil ook niet praten. De geesten willen hem met zich meenemen, daarheen waar bwana Willi is en we weten niet meer hoe we onze goede baas helpen moeten. We zijn alleen en er is niemand die ons vertelt wat we moeten doen.
Mijn goede bibi Roden, het is tijd dat je naar ons terugkomt. We zullen dansen van vreugde wanneer je weer bij ons bent en ook mijn kleine bazinnetje meebrengt.

Hamuna, Sadalla, Kapande, Mtitima

Dat was het. Grote god, dát waren de gebeurtenissen die Jacob Götz zo veranderd hadden en die hij in zijn vertwijfeling niet had kunnen beschrijven. Willi Guckes, die vriendelijke, hardwerkende kerel, die Jacob zo na stond en die bij het werk, tot ontsteltenis van de Afrikanen, meestal een deuntje voor zich heen floot. Willi was bij deze vreselijke brand om het leven gekomen. Wat een ondraaglijk verdriet moest Jacob hebben door het verlies van zijn vriend, ze waren onafscheidelijk geweest. Jacob leek door het drama zijn verstand verloren te hebben en niet meer in staat te zijn de plantage te leiden.

Charlotte gooide de deken van zich af en ging rechtop zitten. Er moest iets gebeuren. Iemand moest Jacob helpen, het beheer van de plantage overnemen, het werk verdelen, kijken wat er na de brand nog te redden was. Er zou ook een tekort aan geld zijn, blijkbaar was de hele oogst verbrand. Maar hoe moest ze hier in Duitsland een geschikte vervanger vinden? Iemand die het land kende, die wist hoe je een plantage moest leiden, die de juiste beslissingen zou nemen...

'George! Ik moet terug naar Oost-Afrika... Het is maar voor korte tijd, tot ik alles op mijn plantage geregeld heb...'

Ze wist zelf wel dat ze onzin uitkraamde, toch haastte ze zich naar hem toe en stak opgewonden de brief naar hem uit. George kwam geschrokken omhoog uit zijn stoel.

'In hemelsnaam! Charlotte!

In Charlottes oren klonk het gebrul van een woeste zee en de wind die aan ankerkettingen rukte. Ze zag hoe George op haar af kwam, maar zijn bewegingen leken vreemd langzaam en zwalkend tot ze begreep dat zij het was die wankelde. Ten slotte begaven haar benen het, de vloer leek zich te openen en ze stortte meters diep in een suizende, kloppende duisternis.

'Mama! Mama! Word nou wakker! Mama!'

'Wees maar niet bang, Elisabeth, ze komt alweer bij.'

Langzaam deed Charlotte haar ogen open en knipperde. Boven haar hing een goudkleurige kroonluchter met felgroene lampenkapjes. Waar kende ze die van? O ja, ze had hem zelf gekocht, hij hing in hun slaapkamer. In het gehuurde huis in Emden. Iemand ondersteunde haar hoofd en hield een glas tegen haar lippen, ze slikte helder, koud water door. Nu herkende ze ook George' baardige gezicht, de onderzoekende blik van zijn ernstige grijze ogen. Naast hem stond Elisabeth, hevig geschrokken en tegelijk verwijtend kijkend.

'Mama, ik dacht dat je dood was.'

'Wat een onzin, Elisabeth. Ik was gewoon even niet... mezelf.'

Elisabeth aaide met een warm kleverig handje over haar wang. Teder en sussend alsof ze haar moeder moest troosten.

'Ik weet het al, mama. George heeft het me uitgelegd. Het komt allemaal door dat stomme kleine broertje. Ik zou willen dat je geen kind kreeg...'

'Wacht maar tot het geboren is, dan denk je er vast anders over. Bovendien kan het net zo goed een klein zusje zijn.'

'Ik heb ze geen van tweeën nodig,' mopperde Elisabeth laatdunkend. 'Maar als jullie er zo blij mee zijn, dan zal ik er wel aan wennen.'

Charlotte voelde zich lusteloos. Nu herinnerde ze zich ook weer de brieven uit Afrika die waarschijnlijk de oorzaak van haar plotselinge flauwte geweest waren. Ze zei er niets over om Elisabeth niet ongerust te maken. Het meisje liep naar de kinderkamer om haar mama de tekening te laten zien waaraan ze had gewerkt en Charlotte prees haar uitbundig. Elisabeth vertelde omstandig wat ze nog meer zou tekenen en beloofde uiteindelijk ook haar huiswerk te maken.

'Het is weer iets alleen voor domkoppen, om bij in slaap te vallen,' verkondigde ze voor ze zich weer in haar kamer terugtrok.

Charlotte wachtte tot de deur achter haar gesloten was, ging toen voorzichtig overeind zitten en streek haar haar glad.

'Lieve hemel,' zei ze met een scheef lachje. 'Ik heb jullie behoorlijk laten schrikken, hè?'

'Dat kun je wel zeggen. Gaat het weer?'

'Alles in orde. Heb je die brieven gelezen?'

'Nog niet.'

'Lees ze alsjeblieft, George. Ik wil graag weten wat je ervan vindt.'

Hij nam haar met een kritische blik op voordat hij zich vooroverboog om de papieren van de grond op te rapen. Ongeduldig keek ze toe hoe hij op een stoel ging zitten, zijn bril uit zijn jaszak haalde en de brieven eerst aan beide kanten bekeek voor hij begon te lezen. Ze werd er zenuwachtig van. Voor de eerste keer sinds ze bij elkaar woonden, voelde ze de neiging boos naar hem uit te vallen. Waarom liet hij haar zo in spanning zitten?

'Nou, wat denk je?'

Hij liet de papieren op zijn benen rusten en keek haar over de rand van zijn bril aan. Indringend, zoals hij altijd deed in een poging de diepere oorzaak van haar ontsteltenis te begrijpen.

'Ik begrijp heel goed dat je je zorgen maakt, maar we moeten eerst meer te weten komen, deze brieven roepen veel vragen op.'

Zijn kalmte maakte haar ongerustheid alleen nog maar erger. Wat viel er meer te weten? De toestand was duidelijk: arme Willi Guckes was dood, zijn vriend Jacob was diep wanhopig en niet in staat de plantage te leiden. De oogst was verwoest, de arbeiders waren overstuur en de hebberige buurman wilde haar bezit inpikken.

'Ik moet iets doen, George. Het is mijn plantage, ik ben verantwoordelijk. Er moet een bekwame beheerder worden gevonden, niet een van die jonge onervaren knapen die zich inbeelden dat een plantage zichzelf leidt, maar een ervaren man die al een tijdje in de kolonie verblijft. Iemand die de omstandigheden kent en weet waar hij aan begint. En vooral iemand die met de zwarte arbeiders kan omgaan. Ik wil in geen geval dat er op mijn plantage mensen worden geslagen, snap je?'

Hij luisterde geduldig naar haar, knikkend, al kon ze zich niet aan de ergerlijke gedachte onttrekken dat hij haar alleen maar gerust wilde stellen. George kon niet begrijpen hoe belangrijk dit stukje aarde voor haar was, hij was niet geschikt voor het leven op een plantage. George was overal thuis. Overal en nergens.

Maar hij bewees direct dat ze hem verkeerd had ingeschat. Hij had heel goed begrepen wat ze voelde.

'Wat vind je ervan als ik ernaartoe ga en de situatie voor je regel?' stelde hij voor.

'Jij?'

Ze schaamde zich voor haar gebrek aan vertrouwen. Hij wilde daadwerkelijk naar Duits Oost-Afrika terugkeren, naar de kolonie die hij vol woede en afschuw verlaten had omdat de Duitse overheersers de inheemse bevolking nog steeds onmenselijk behandelden. Het was een ontroerend voorstel, alleen kon ze er niet blij mee zijn. In plaats daarvan overviel haar een heel ander gevoel: een idiote, knagende jaloezie.

'In dat geval wil ik met je mee.'

Hij stond op en legde de brieven op het dressoir, een meubelstuk uit de inventaris van de kapitein, net als het houten modelschip dat erop stond. Hij liep naar het raam en keek een moment naar de verregende tuin voor hij zich naar haar omdraaide.

'Alsjeblieft, Charlotte, ik wil liever niet dat je in jouw toestand zo'n reis onderneemt. Ik wil je niet de wet voorschrijven, dat zou ik nooit doen, ook al zijn er medische redenen voor. Maar ik hou van je en maak me zorgen om je.'

Ze wilde protesteren, hem vertellen dat ze zich goed voelde, dat zich van nu af aan geen problemen meer zouden voordoen, maar op hetzelfde ogenblik voelde ze weer een lichte pijn in haar rug en ze zweeg bedrukt. Misschien had George gelijk. Was de plantage het echt waard dat ze het leven van de ongeborene op het spel zette? Ze had al eens een miskraam gehad. Dat was weliswaar meer dan tien jaar geleden, maar die verschrikkelijke nacht zou ze nooit vergeten. En het ging nu om haar liefde voor George. Ze wilde haar man een kind geven, hun gezamenlijke kind dat niemand van hem af zou pakken.

'Ik wil niet dat je alleen naar Afrika gaat om daar mijn zaken te regelen, George. Het is uiteindelijk mijn plantage.'

Hij was zichtbaar opgelucht dat ze zo snel toegaf.

'Dan zullen we een andere oplossing vinden. Misschien kan een kennis daar ons helpen. Of je nichtje Klara.'

'Lieve hemel, alsjeblieft niet Klara. Hoe moet zij in vredesnaam een geschikte beheerder uitkiezen?'

Uitgerekend de zachtaardige Klara met haar te korte linkerbeen en de klompvoet, die zich nooit had onderscheiden door al te veel doorzettingsvermogen. Maar wat moesten ze dan doen? Een advertentie in verschillende tijdschriften zetten? De kandidaten konden zich hier in Emden presenteren. Nee, Charlotte verwierp het idee. Wie zich in de koloniën waarmaakte ging niet terug naar Duitsland, hij bleef in het land waarvan hij had leren houden.

'We hoeven het niet op stel en sprong te beslissen,' zei George en hij ging bij haar op het bed zitten om zijn arm om haar heen te slaan. 'Laten we er grondig over nadenken en er een nachtje over slapen.'

Ze genoot van zijn warmte, ook al werd de onrust in haar innerlijk er niet minder om. Nee, ze wilde deze situatie geregeld hebben, snel, liefst vandaag. Haar plantage raakte in verval en wanneer de onverschilligheid en nalatigheid eenmaal ingezet hadden, zou het van kwaad tot erger gaan. Vanuit Duitsland kon ze weinig doen. Opeens kwam haar de toestand totaal uitzichtloos voor. Waarom hield ze toch zo verbeten vast aan deze plantage?

'Vind jij dat ik de plantage beter kan verkopen?' vroeg ze moedeloos.

Haar ommezwaai overviel hem. Peinzend streelde hij haar haar en zweeg een poosje om zorgvuldig te overwegen wat hij hierop moest zeggen.

'Het is jouw beslissing, Charlotte. Neem hem niet te haastig, neem de tijd om de voors en tegens tegen elkaar af te wegen.'

Juist dat wilde ze niet. Haar hartslag versnelde en begon te razen toen ze haar besluit nam: ja, ze zou verkopen, het was het enige juiste wat ze kon doen. Haar plaats was bij George en zelfs als ze ooit naar Duits Oost-Afrika teruggingen zou haar man nooit op een plantage willen wonen. Het was afgelopen met dat sentimentele gedoe, ze zou orde op zaken stellen.

'Als ik verkoop, dan zeker niet aan die Josef Vosch,' zei ze vurig. 'Herinner je je hem? Hij is een keer bij ons op bezoek geweest, een kille, hebzuchtige kerel.'

Daar was George het mee eens. Ook trof het hem als onaangenaam dat Vosch zo snel na het tragische ongeval zijn bod had neergelegd.

'Je hebt gelijk, George. Het lijkt bijna alsof hij erop heeft gewacht. Laat me Hamuna's brief nog eens zien. Schreef ze niet zoiets als "slechte mensen zijn bij ons binnengedrongen en hebben vuur naar ons gebracht"? Dat klinkt bijna als brandstichting.'

George moest toegeven dat hij daar ook aan gedacht had, alleen Hamuna kon het ook anders bedoeld hebben, want verwoestend vuur was voor de Afrikanen afkomstig van *sheitani*, duivels of kwaadwillende geesten van voorvaderen. Hij zag de vrome buurman wel tot allerlei boosaardigheid in staat, maar toch niet tot brandstichting.

'Hij hoeft het niet zelf gedaan te hebben,' hield Charlotte vol. 'Hij kan iemand omgekocht hebben. O, George, dat is weerzinwekkend. Stel je voor, misschien was het wel een van mijn zwarte medewerkers...'

George keek diep bezorgd naar haar. Charlottes wangen gloeiden van opwinding, maar toen hij haar handen pakte bleken die ijskoud.

'Je fantasie gaat met je op de loop, lieveling,' probeerde hij haar te kalmeren. 'Waarschijnlijk is de brand ontstaan door slordigheid van een van de arbeiders. Je weet hoe het gaat. Een brandende lamp valt om en de biezen matten of het henneptouw waarmee de sisalbalen vastgesnoerd zijn vatten vlam.'

'En waarom schrijft Jacob dan dat hij het terrein laat bewaken, vooral 's nachts? Nu vallen mij de schellen van de ogen, hij was bang voor nog een brandstichting.'

'Ik heb het idee dat de arme kerel behoorlijk in de war is. Weet jij veel waarvoor hij 's nachts bang is? Wat er ook op de plantage gebeurd is, we kunnen het niet oplossen. Zie dat alsjeblieft in, Charlotte...'

Ze kreunde boos en schudde zijn arm af. O, het was allemaal zo gemeen, zo achterbaks. Waarom zat ze hulpeloos hier in Duitsland, niet in staat zich te verdedigen tegen deze misdadiger. Als ze in Afrika was geweest had ze kunnen vechten, dan had ze getuigen opgespoord, aangifte gedaan bij de politie, de brandstichter voor het gerecht gesleurd. Ze werd misselijk. Uitgeput liet ze zich terug in de kussens vallen en ademde diep in en uit om haar maag te kalmeren. Opnieuw overviel haar een diep gevoel van moedeloosheid.

'Als deze Josef Vosch daadwerkelijk iets met de brandstichting te maken heeft,' zei George langzaam en nadrukkelijk, 'dan is er maar één manier om hem deze schandelijke daad terug te betalen: je verkoopt je plantage aan iemand anders.'

Ze knikte moe en voelde hoe de misselijkheid langzaam wegtrok. Ja, dat was de juiste weg. Josef Vosch zou nog raar opkijken: hij kreeg haar land niet, ze zou een andere koper vinden.

'Ik zal direct een advertentie in de *Deutsch-Ostafrikanische Zeitung* laten zetten, George.'

'Misschien is dat inderdaad de beste oplossing.'

Ze hoorde aan zijn stem dat hij niet helemaal overtuigd was en dat maakte haar achterdochtig. Vond hij dat ze een overhaaste en lichtzinnige beslissing had genomen? Wat wilde hij nou echt? Ze verkocht de plantage voor hem, zodat ze samen konden zijn, was dat soms niet het beste?

'Je moet nu echt tot rust komen, Charlotte. Deze onzalige geschiedenis heeft je veel te veel opgewonden.'

Hij legde een hand op haar voorhoofd en ze deed haar ogen dicht, voelde de lichte aanraking van zijn slanke vingers die van haar voorhoofd over haar rechterslaap gleden en ten slotte in haar oorlelletje knepen.

'Au!'

Hij grijnsde brutaal en kondigde aan in de kinderkamer te gaan kijken of alles in orde was en Elisabeth haar huiswerk niet vergat. Zij kon rustig nog even blijven liggen, hij zou Stine vragen haar een kop thee en cake te brengen.

'Voor mijn part...'

De dag eindigde in harmonie. Het avondeten met z'n drieën, Elisabeths vrolijke geklets, haar tekeningen die op gepaste wijze bewonderd werden, een paar spelletjes halma om de dag af te sluiten – alles verliep ontspannen en in saamhorigheid.

De volgende dag was de regen opgehouden, de zon liet de vochtige blaadjes op het grasveld oplichten en Charlotte voelde zich weer gezond en opgewekt. Een koortsachtige bedrijvigheid had zich van haar meester gemaakt. Ze besprak het weekmenu met de kokkin, liet Stine de bedden verschonen en ging hoogstpersoonlijk naar het telegraafkantoor om de advertentie per telegram aan Dar es Salaam door te geven.

De respons op de advertentie was verbazingwekkend. Nog maar een paar jaar geleden hadden velen de Afrikaanse kolonie met een wantrouwig oog bekeken en waren liever naar Amerika vertrokken. Nu waren er, ondanks de opstanden, een boel mensen die wilden emigreren en een toekomst in Duits Zuidwest- of Duits Oost-Afrika voor zich zagen. Half november vonden ze een gegadigde die hun beviel en tevens een behoorlijke prijs bood. Ignaz Kummer was afkomstig van een grote boerderij bij Luneberg die later door zijn broer overgenomen zou worden. Hijzelf had er altijd van gedroomd een bestaan in Afrika op te bouwen. Ze kwamen overeen dat hij zich om Jacob Götz zou bekommeren en hem, zo gauw hij weer hersteld was, een baan op de plantage aan zou bieden. Eind november kwam Ignaz Kummer naar Emden om onder toezicht van een notaris het koopcontract te ondertekenen. Hij bleef bij hen eten en luisterde aandachtig naar Charlottes raadgevingen.

'Het is zonder twijfel een prachtig land en ik ben er trots op het werk van uw gestorven man voort te mogen zetten,' zei hij bij het afscheid.

Vanuit het raam zag Charlotte hem de Osterstraat uit lopen, een gespierde man van gemiddelde lengte, ongeveer dertig jaar oud, die zich in pak met hoed en mantel duidelijk ongemakkelijk voelde. De hand die hij Charlotte ten afscheid gegeven had, was breed en voelde hard en eeltig aan. Hij was een boer, hij zou van de Afrikaanse aarde gaan houden en ermee vergroeien.

Die middag was Charlotte in een uitgelaten stemming. Ze speelde verstoppertje met Elisabeth in de tuin en gleed lachend over het bevroren tuinpad, net zoals ze al kind zo vaak gedaan had. Vroeger hadden ze in de winter soms zelfs kunnen schaatsen op de Leda, vertelde ze haar dochter. En wie geen 'schuivels' had, zoals ze de schaatsen noemden, ging met de anderen kegelen, een balspel dat men in Emsland graag op bevroren landweggetjes speelde.

'Je zult zien dat de winter in Duitsland heerlijk is,' riep ze enthousiast.

's Avonds zat ze vol ideeën, deed George allerlei voorstellen voor nieuwe boeken, voegde korte alinea's toe aan zijn manuscript, lachte om zijn strenge uitdrukking en pikte zijn goudgerande bril om hem op haar eigen neus te zetten.

'Ga naar bed, boze kabouter,' schold hij haar lachend uit. 'Ik kom ook zo gauw ik mijn papieren weer op orde heb.'

Toen hij later in de slaapkamer kwam lag ze met zweet overdekt en kreunend van de pijn in de kussens. De weeën kwamen kort na elkaar, persten langzaam en onverbiddelijk het kind naar buiten en trokken zich er niets van aan dat zij vertwijfeld vocht om het ongeboren leven in haar lichaam vast te houden.

Ze kwam maar heel langzaam weer op de been. Het kind was groot geweest, zelfs in de vijfde maand, maar het was al dood toen het ter wereld kwam. George had haar aanvankelijk naar een ziekenhuis willen brengen en had het toen toch maar niet gedaan omdat Charlotte er zich, ondanks de pijn, hevig tegen verzette. Hij liet haar het dode kind niet zien, vertelde alleen dat het een jongetje was geweest en zwart haar had.

Ze huilde niet. Dagenlang lag ze, in niets geïnteresseerd, tegen de kussens en staarde naar de gouden lamp met de groene lampenkapjes, zag de schaduw van de kroonluchter in de vorm van een spin in het daglicht over het plafond van de kamer trekken en voelde niets anders dan doffe troosteloze onverschilligheid. Zelfs George, die zijn manuscript verwaarloosde en urenlang bij haar bed zat om haar eraan te herinneren dat ze nog steeds zijn liefde en een gezonde dochter had, zelfs hij kon de terneerdrukkende last van verdriet niet van haar wegnemen. Alleen als Elisabeth bij haar kwam kijken herpakte ze zich en zei een paar woorden, probeerde zelfs een grapje te maken, wat echter jammerlijk mislukte.

'Mama, je bent heel mager geworden,' constateerde Elisabeth en ze schudde met haar hoofd alsof ze met een koppig kind te maken had. 'George heeft gezegd dat je moet eten, anders blaast de wind je omver.'

Wat later ging Charlotte als een slaapwandelaarster aan de arm van George naar het kerkhof, waar men het dode jongetje begraven had. Ze staarde naar het kleine houten kruis en ontcijferde zijn naam.

Henrich Johanssen. Geboren op 27 november 1906 in Emden, gestorven op dezelfde dag.

De groene kransen op het kindergraf waren nog fris. De linten waren doornat van de regen en in de war geraakt door de noordwestenwind zodat Charlotte de opschriften amper kon lezen. Ze legde een krans van dennentakken en laurier op het heuveltje en pas toen kwam ze los uit haar verstarring. Huilend leunde ze tegen George aan, lag snikkend tegen zijn schouder en voelde zijn handen onophoudelijk over haar rug strelen.

'Eindelijk,' fluisterde hij. 'Huil maar uit, mijn schat. Daarna zal het beter gaan.'

Hij zou maar ten dele gelijk krijgen. Inderdaad nam ze de draad van haar leven weer op, nam deel aan de maaltijden, hield zich met het huishouden bezig en controleerde zorgvuldig Elisabeths huiswerk. De kleine dochter was intussen uitstekend gewend aan het leven in Emden. Er waren geen problemen op school, 's middags ging ze bij vriendinnetjes op bezoek of ontving die bij hen thuis en ze werd uitgenodigd voor verjaardagspartijtjes. De sneeuw en het ijs waarover haar moeder verteld had, lieten voorlopig nog op zich wachten. December was koud en regenachtig, alleen vroeg in de ochtend kon je glinsterende kristallen op de daken en schuttingen zien. Aan schaatsen was echter nog niet te denken.

Charlotte, die een paar weken eerder nog zo geestdriftig over de Duitse winter gepraat had, ervoer deze tijd nu als donker en vreugdeloos. Hoe had ze kunnen vergeten dat de dagen zo kort waren? De ochtendmist was amper opgetrokken of daar ging de dag alweer over in de avond. De hemel drukte zwaar op de stad en behalve grijs en zwart leken er geen andere kleuren te bestaan.

George was net als tevoren liefdevol, maar hij trok zich meer en meer terug in zijn werkkamer en verdiepte zich in zijn manuscripten. Wanneer ze 's avonds naar hem toe ging, glimlachte hij verstrooid en hij kon lang niet altijd met nieuwe teksten komen. Hij herzag, corrigeerde en stuurde af en toe artikelen naar tijdschriften zonder ze eerst aan Charlotte te laten zien.

'Je weet toch wel wat erin staat,' zei hij verontschuldigend toen ze het desbetreffende blad op zijn bureau aantrof. 'Het is hetzelfde als laatst, alleen een beetje aangepast en geactualiseerd.'

Ze liet hem niet merken hoe gekwetst ze was. Ze wilde zich tenslotte niet opdringen, temeer daar hij het altijd geweest was die erop aandrong dat ze zijn teksten las. Ze vroeg ook niet naar de inhoud van de vele brieven die hij ontving. Zij was niet zoals Marie, die stiekem de post van haar man las, ze vertrouwde hem en wist dat hij belangrijke dingen niet voor haar zou verzwijgen. Maar stilletjes maakte het haar bedroefd dat hij haar niet bij alles betrok wat hem bezighield.

De post die ze zelf kreeg was niet van dien aard dat het haar stemming kon verbeteren. Na een vertraging van drie weken viel er een geboortekaartje op de mat, waarmee men uit consideratie met haar 'ongeval' gewacht had om te versturen: Antje had het leven geschonken aan een gezonde jongen, die de namen Paul Johann Budde gekregen had. Natuurlijk gunde ze Antje haar moedergeluk, al trof het haar als zeer pijnlijk dat de kleine Paul Johann in dezelfde nacht gezond en sterk ter wereld was gekomen als waarin haar eigen zoon moest sterven.

Er was ook nieuws van Klara. Peter Siegel wilde weer aan het werk gaan in de lutherse missiepost Hohenfriedeberg, wat reden voor nieuwe hoop gaf. Klara zou met man en kind naar het Usambaragebergte trekken waar zich intussen al behoorlijk wat Duitsers gevestigd hadden. Charlotte was zelf maar tot Mazinde, aan de voet van het gebergte gekomen, maar ze had de berichten gehoord over de vruchtbare grond en het gezonde klimaat. Vooral de schoonheid van de natuur werd geprezen, het gebied was een Afrikaanse versie van het Duitse Harzgebergte, vol heldere bergbeken, steile rotsen en romantische watervallen. Klara schreef ook vol vreugde over de nieuwe wind die door de kolonie waaide en die zo voortreffelijk aansloot bij de leer van de christelijke kerk dat men in de missie op de Immanuelskaap nu blij en vol vertrouwen naar de toekomst keek. De nieuwe gouverneur Von Rechenberg wilde van Oost-Afrika een land voor kooplui, handelaren en inheemse culturen maken. De Indiërs die in Dar es Salaam vaak vijandig bejegend en verdreven waren, konden zich nu weer vrij vestigen. Maar het belangrijkste was dat het de witte kolonisten verboden werd om landbouwgrond te verwerven die voorheen aan een zwarte toebehoorde. Meneer Von Rechenberg wilde ervoor zorgen dat ook de Afrikanen plantages konden aanleggen en hun oogst verkopen.

Nu worden onze zwarte broeders uit hun armoede verlost en kunnen ze Gods goedheid herkennen waarover we hun zonder onderbreking vertellen. En we kunnen hun ware leermeesters en voorbeelden zijn zoals we altijd al gewild hebben. Ach, lieve Charlotte, ik kijk nu echt met blijdschap naar de toekomst en de enige wanklank in deze vreugde is dat jij niet bij ons kunt zijn. Maar ik weet zeker dat de Here God mijn gebeden zal verhoren en ons op een dag weer zal verenigen.

Tot dan, hartelijke groeten en kussen,
Je liefhebbende Klara

Er welde bitterheid in Charlotte op toen ze deze regels las. Er waaide dus een nieuwe wind door Duits Oost-Afrika. Wat fijn, maar wie kon zeker weten of dat met de waarheid overeenkwam? De lieve Klara was erg goedgelovig en de berichten over de dood van vele Afrikanen in het zuiden van het land waren nog lang niet verstomd.

Toch bleef ze peinzend bij het raam staan en ondanks de kale takken en dik ingepakte voorbijgangers zag zij groene berghellingen overwoekerd door bloemen en weelderig gebladerte, de dansende vlucht van kleurige vlinders, de glinsterende watervallen waarin het licht veelkleurig brak in de nevel. Usambara, het klonk zo melodieus, zo vol kleuren en geuren. Usambara. Hoe kon men dit land met een Duits gebergte vergelijken, alleen al de naam

Harz klonk bot en droog. Hoe mooi dit Harzgebergte, dat ze nog nooit gezien had, ook mocht zijn, hellingen van de Usambara waren wilder, de planten weelderiger, de hemel weidser. Usambara was Afrika, een groen paradijs. Zelfs de mist was daar licht en vol zachtheid en de mensen…

'Mama, mama! We moeten snel eten, want ik moet zo naar Julchens verjaardag.'

Elisabeth had haar jas nog aan, haar haren verwaaid, haar wangen rozig van opwinding. Ongeduldig omarmde ze haar moeder, trok zich direct weer los en vroeg of het cadeautje voor het vriendinnetje mooi ingepakt was. En of ze de nieuwe jurk met ruches aan de kraag aan mocht en haar haar los.

Later stond Charlotte bij het raam om haar dochter uit te zwaaien, die aan de hand van het dienstmeisje de Osterstraat uit liep.

'Wat heeft ze zich snel aangepast,' zei George die achter Charlotte stond en over haar schouder meekeek.

'Ja…'

Ze trok het gordijn recht en wees met haar hand naar de piano waarop ze haar post neergelegd had.

'Klara heeft geschreven.'

'Gaat het goed met haar?'

'Lees zelf maar. Peter gaat als missionaris in het Usambaragebergte werken.'

'Echt? Nou, dan is hij zeker genezen. Wat fijn.'

'Ja, ik ben er erg blij om.'

Ze glimlachte en hoorde hoe onoprecht ze klonk. George leek het niet op te merken.

Wat voor spelletje speelden ze toch? Voor Charlotte leek het alsof ze zich voortbewoog over een bevroren meer. Ze hoorde het zachte kraken, zag de fijne scheurtjes die zich als een spinnenweb uitbreidden over de melkachtige vlakte. Toch ging ze verder. Ook George bewoog zich over de dunne laag, behendig, met vederlichte stappen, de scheurtjes vermijdend, bij elk gekraak voorzichtig van richting veranderend. Niet erdoorheen zakken, want wat daar onder het ijs gorgelde en bruiste waren maalstromen die hen tweeën voor altijd uit elkaar konden drijven.

Nadenkend observeerde ze haar man die in een stoel was gaan zitten en vluchtig Klara's brief doorlas. Hij had zijn benen naar zich toe getrokken en boog zich voorover alsof hij elk moment wilde opspringen en weglopen. Pas toen hij de brief uit had, ontspande zijn lichaamshouding en leunde hij met zijn rug tegen de leuning. Zonder commentaar legde hij de brief op tafel. Geen woord over het biologisch landschappelijk onderzoeksinstituut Amani in het Usambaragebergte waar hij eerder per se naartoe had gewild. Geen woord over Von Rechenberg, de nieuwe gouverneur, en ook geen woord over de zogenaamd veranderde toestand in Duits Oost-Afrika. Het was alsof ze stilzwijgend overeen waren gekomen over deze dingen niet te praten.

'Het lijkt erop dat we beter weer krijgen,' zei George op een gekunsteld ongedwongen toon. 'We zouden een auto moeten huren en een beetje door de omgeving rijden. De frisse lucht zou je goeddoen.'

'Ja, dat zou leuk zijn... We moeten ook kerstgeschenken gaan kopen, hoogste tijd...'

'Natuurlijk, dat was ik bijna vergeten.'

George' instemming klonk te enthousiast om oprecht te zijn. Bij de paar bezoeken in Leer had Charlotte algauw gemerkt dat George net als daarvoor de familie onder zijn betovering bracht, maar als ze 's avonds terug naar huis reden, leek hij afgemat en opgelucht het kleine huis van Grete Dirksen eindelijk weer verlaten te hebben. Hij hield niet van deze familiebijeenkomsten en ging alleen maar mee ter wille van haar. Maar ook zijzelf voelde zich tijdens deze bezoeken steeds onbehaaglijker. De blijdschap van het eerste weerzien na tien jaar afwezigheid was allang vervlogen. Het was geen warm familienest dat ze had gevonden, niet eens lauw, het nest was kil. Alleen Elisabeth vond het fijn in Leer, waar ze door haar grootmoeder verwend werd en met Ettjes zonen door de omgeving zwierf.

'Misschien kunnen we Elisabeth met kerst een paar dagen in Leer laten en haar later weer ophalen,' stelde George voorzichtig voor.

Charlotte begreep dat hij geen zin had om in de kleine slaapkamer te overnachten en deze keer was ze het met hem eens. De kleine kamer stemde haar treurig, herinnerde haar aan de tijd dat ze er met Klara geslapen had. Haar kleine nichtje Klara, die waarschijnlijk al op de missiepost in Usambara woonde, was het enige lid van de familie die altijd onvoorwaardelijk van haar gehouden had. Klara had nooit verlangd naar het verre buitenland, alleen uit aanhankelijkheid aan Charlotte was ze toen mee naar Afrika geëmigreerd. En zij was er gebleven terwijl Charlotte weer in Duitsland woonde.

Vlak voor de feestdagen viel er tot Elisabeths grote vreugde een beetje sneeuw. Het waren dikke, natte vlokken die langzaam uit de wolken vielen, kietelend op je huid vastplakten en bolle kussentjes op de daken en schuttingen vormden, maar op de grond al snel weer water werden. George bracht het voltooide manuscript van zijn nieuwe boek eigenhandig naar de post en keerde met sneeuwvlokken op jas en hoed terug. Op zijn gezicht stond geen trots of tevredenheid over het afgesloten werk te lezen. In plaats daarvan herkende Charlotte de onrust die haar vroeger ook al opgevallen was.

'Nu heb ik voorlopig niets meer te doen,' stelde hij met een scheve grijns vast en hij greep naar de krant.

Zijn grijns leek vol zelfironie en dat had haar eigenlijk moeten verrassen, maar ze was boos op hem. Hij had het originele manuscript bij een tekstbureau laten redigeren in plaats van het werk aan haar over te dragen.

'Dan vergaat het je net als mij.'

Opgeschrikt door haar vinnige, bijna agressieve toon liet hij de krant zakken. Dacht hij misschien dat haar dagen gevuld waren met enkel voor haar dochter zorgen, een beetje pianospelen en het huishouden overzien? Was ze als Marie, die nooit iets anders had gewild dan kinderen opvoeden en een grootse huishouding voeren? Ze had een winkel in Dar es Salaam gehad en vijf jaar lang een plantage geleid.

Een plantage die ze verkocht had. Max von Rodens levenswerk werd door iemand anders voortgezet. Zij, Charlotte, bezat niets anders meer dan het geld op de bank dat ze eigenlijk voor haar dochter had willen beleggen, maar waar ze zich nog niet toe had kunnen zetten.

Ze ving George' verontruste blik en voelde plotseling weer de maalstromen onder de dunne laag ijs, de angst iets onvoorstelbaar waardevols op het spel te zetten. Nee, geen ruzie. Ze hielden van elkaar.

'Ik bedoel, als jij niets schrijft ben ik werkeloos omdat ik niets te corrigeren heb,' bond ze in.

'Wanneer de feestdagen eenmaal voorbij zijn, doet zich wel weer iets voor...' suste hij haar opgelucht en hij verdiepte zich in een artikel. Charlotte kon haar ogen niet van hem afhouden. Hij kwam haar voor als een vreemde in zijn gevoerde huisjasje en met die stomme bril op zijn neus. Was dit dezelfde man wiens brieven uit verre landen de aanleiding waren geweest voor haar verlangende dromen? George, de wereldverbeteraar, die zich op zoek naar schoonheid en avontuur steeds weer op het randje van de dood gewaagd had? De boze vechter tegen alles wat hem onrechtvaardig toeleek? De man die haar nog geen jaar geleden over de savanne geleid had voorbij dodelijke gevaren? Die haar zo hartstochtelijk bemind had onder de met sterren bezaaide Afrikaanse hemel?

Natuurlijk, hij was dezelfde, maar hij droeg een masker dat hem niet stond. En zij? Was zij nog dezelfde vrouw die ze toen geweest was? Stond zij niet in andermans schoenen op de verkeerde plek? Had zij niet geprobeerd de trouwe en zorgzame echtgenote en moeder te spelen en hem een behaaglijk huis te geven?

'Ja, laten we de feestdagen afwachten,' stemde ze moe toe en ze ging achter de piano zitten om Schubert te spelen. Franz Schubert, de componist die verdriet in schoonheid kon veranderen.

Het weer was zacht bij het aanbreken van de kerstdagen. De noordwestenwind droeg fijne regendruppels met zich mee die door je kleren heen drongen en je lieten huiveren. Het bezoek aan Leer was kort. Er werden geschenken uitgedeeld, theegedronken en Charlotte had het kleine neefje even op de arm, een teer, ziekelijk kind, dat zijn ouders zorgen baarde. George onderzocht de baby en schreef tot Antjes ontzetting een dagelijkse wandeling voor, goed ingepakt, ongeacht wat voor weer het was. In de bedompte, vochtig warme kamer zou het alleen maar slechter met hem gaan.

Elisabeth had haar bagage al naar de slaapkamer gebracht die ze voor een paar dagen met de kleine Fanny zou delen.

'Fanny is vreselijk vermoeiend,' vertrouwde ze hun bij het afscheid toe. 'Ze loopt de hele tijd achter me aan en als ik met de jongens wegga, begint ze te huilen. Ik ben heel blij dat ik geen klein zusje heb.'

George en Charlotte gingen met de trein terug naar Emden. Zwijgend zaten ze tegenover elkaar op de zachte gestoffeerde banken van de eerste klas, zonder goed te weten waar ze naar moesten kijken. Het landschap buiten lag in het donker, slechts hier en daar zagen ze het verlichte raam van een huis voorbijglijden. Op de stations brandden elektrische lampen, de regenstralen waren duidelijk te onderscheiden in het licht van de schijnwerpers.

Regentijd, dacht Charlotte en ze trok kouwelijk haar mantel om zich heen. Stil en koel. Geen donderslagen, geen zwarte wolken die boven het land openbarstten en de watermassa's naar beneden lieten storten. Geen dampende aarde waar de geur van warme vruchtbaarheid uit opsteeg... Alleen kille motregen op koude, modderige grond.

Ze zag dat George zijn ogen dicht had gedaan. Hij sliep niet, dat zag ze aan zijn trillende oogleden. Wat voor beelden zou hij voor zich zien? Ze zou er een lief ding voor overhebben om erachter te komen.

De dagen zonder Elisabeth brachten ze door in een vreemd gedwongen samenzijn. George was spraakzaam en deed zijn best steeds nieuwe gespreksonderwerpen te vinden. Hij drong erop aan vierhandig piano te spelen, liep met haar door de met kerstversieringen getooide stad en vroeg naar haar jeugdherinneringen. 's Avonds beweerde hij nog nooit in zijn leven zo'n knus huis te hebben gehad, prees haar smaak en praatte over nieuwe boekprojecten waarbij hij haar hulp nodig zou hebben. Charlotte ging overal op in, voelde zijn rusteloosheid aan en wist dat hij zichzelf maar wat wijsmaakte. Het enige oprechte waren zijn inspanningen haar niet te verliezen. Hij had haar sinds haar miskraam niet meer aangeraakt, maar nu sliep hij weer met haar. De eerste avond was hij heel voorzichtig alsof hij bang was haar pijn te doen. De volgende nachten nam hij haar hartstochtelijk meerdere keren achter elkaar en voor ze in slaap vielen zocht hij haar hand en hield hem vast.

Er moet iets gebeuren, dacht ze. Als we zo doorgaan worden we steeds meer vreemden voor elkaar. Waarom zijn we zo bang om de waarheid te zeggen?

De ijslaag waar ze zich zo behoedzaam overheen bewogen, barstte open toen Elisabeth twee dagen na Nieuwjaar in Emden terugkeerde. Paul had zaken af te handelen in de stad en begeleidde haar op de treinreis. Hij droeg haar koffer vanaf het station naar de Osterstraat om het geld voor een taxi uit te sparen. Ze aten samen, praatten over onbenullige dingen en waren opgelucht toen Paul ten slotte afscheid nam om zijn werkaangelegenheden te regelen.

Elisabeth had zich op haar nieuwe pop gestort, een kerstcadeau van George dat ze niet mee naar Leer had mogen nemen. De pop was Fräulein Mine genoemd, ze had een fijn gezichtje van beschilderd porselein en haar armen en benen waren beweegbaar. Je kon de jongedame haar kleren uittrekken, ze droeg echt ondergoed en een kanten broek, maar wat Elisabeth het allermooiste vond was het lange bruine haar dat beslist gekamd moest worden.

'George?' Elisabeth draaide zich vragend om naar haar stiefvader, terwijl ze met de kam aan het poppenhaar plukte. 'Is het waar dat Onze-Lieve-Heer mama gestraft heeft omdat ze met jou getrouwd is?'

Charlottes hart was bijna stil blijven staan. Ze wisselde een blik met George die zijn ogen tot spleetjes samen had geknepen alsof hij een gevaar aan zag komen dat hem welbekend was.

'Wie beweert dat?'

'De oudoom uit Aurich, die dominee die zo veel praat. Hij heeft dat tegen grootmoeder gezegd bij het koffiedrinken.'

'Oudoom Harm? De man van tante Edine?'

'Ja, die, geloof ik. Hij beweerde dat Onze-Lieve-Heer mijn kleine broertje weer bij zich genomen heeft omdat... omdat mijn mama de man van tante Marie afgepakt heeft.'

Charlotte was niet in staat iets te zeggen. Dominee Harm Kramer was de vader van Marie en Menna. Waarschijnlijk had hij nooit kunnen accepteren dat het huwelijk van zijn dochter Marie in een scheiding geëindigd was. Tenslotte had hij zijn dochter in de geest des Heren opgevoed. De scheiding kon dus onmogelijk de schuld van Marie zijn, er moest duivelswerk achter steken, een duivelse verleidster...

'Dat is volkomen onzin, Elisabeth,' hoorde ze George rustig zeggen. 'De lieve Heer heeft mij en je mama voor elkaar bestemd en bij elkaar gebracht. Zo is het gegaan.'

Niet onder de indruk ging Elisabeth rustig verder met het temmen van Fräulein Mines bruine haardos.

'Grootmoeder heeft ook gezegd dat het domme onzin was. Ze is echt woedend geworden en heeft hardop gescholden. Oudoom Harm heeft geen woord meer gezegd, maar tante Edine is opgestaan en heeft daarbij de koffie omgegooid. Later is grootmoeder naar haar slaapkamer gegaan en tante Ettje heeft mij en Fanny mee naar buiten genomen omdat grootmoeder rust nodig had.'

'Jouw grootmoeder is een slimme vrouw, Elisabeth. Ze heeft gelijk, dat alles was niets anders dan dom geklets.'

'Dat dacht ik al, maar waarom moet ik haar grootmoeder noemen, terwijl ze toch mijn overgrootmoeder is...'

Elisabeth gaf het nutteloze kammen op en bond het weerbarstige poppenhaar bij elkaar met een van haar eigen haarlinten. Voor haar was hiermee het onderwerp afgehandeld. Het lukte Charlotte slechts met moeite haar ontsteltenis voor het kind verborgen te houden en ze was blij dat George zich de rest van de dag om Elisabeth bekommerde. Toen de kleine in bed lag en het avondritueel was afgerond, bleef Charlotte nog even in de donkere hal met haar rug tegen de deur van de kinderkamer gedrukt staan. Vervolgens ging ze vastbesloten naar George' werkkamer.

Hij had haar al verwacht, en ze zag nu pas hoezeer hij van streek was.

'Ik weet maar al te goed waar deze laster vandaan komt, Charlotte. Ik heb het niet tegen je willen zeggen, maar Marie heeft altijd al een scherpe tong gehad, vooral wat jou betreft... Het is meer dan kwaadaardig, het is laag...'

'Dat is niet belangrijk meer, George.'

Hij kwam naar haar toe om haar in zijn armen te nemen. Ze ontweek hem, het was afgelopen met de leugens, vandaag was de dag van de waarheid.

'Ik wil hier weg,' zei ze vastbesloten. 'En ik weet dat jij dat ook wilt.'

Hij sprak haar niet tegen, liet zijn armen zakken en zag er plotseling hulpeloos uit.

'Hoe weet je dat?' mompelde hij.

'Ik voel het. Je staat op springen. Alles wat je doet bewijst het voor me. Hoe je kijkt, je bewegingen, wat je zegt en vooral wat je niet zegt.'

'En als dat inderdaad het geval zou zijn?'

'Dan zou ik met je meegaan. Zonder een moment te twijfelen, ongeacht waarnaartoe.'

Hij staarde haar een poosje aan, net of hij naar iets zocht wat tot dan toe verborgen was gebleven. Toen slaakte hij een diepe zucht alsof hij net een beslissing met verstrekkende gevolgen had genomen.

'Ik heb een aanbod gekregen,' zei hij, en hij trok een paar lades van zijn bureau open en begon tussen de papieren te rommelen.

'Wat voor aanbod?'

Hij stopte. Bij het zien van haar ongeduld leek hij zich te bedenken.

'Hertog Von Mecklenburg wil het komende jaar een expeditie door Afrika ondernemen. Daartoe heeft hij meerdere bekende wetenschappers en artsen uitgenodigd, onder wie mij. Hij heeft een paar van mijn boeken gelezen...'

Charlotte trilde van opwinding. Hij wilde naar Afrika. En hij had dat plan voor haar verborgen gehouden.

'Een expeditie? Waarheen precies?'

'Dwars door het continent. Van Mombassa door Brits Oost-Afrika tot aan het Victoriameer, dan verder door de Duitse koloniën, Rwanda en uiteindelijk de Kongo stroomafwaarts naar de westkust.'

'Maar dat is geweldig, George. Een buitengewone kans om samen met zo veel specialisten het land verder te ontdekken. En een prachtige erkenning van jou als arts en schrijver!'

Hij stopte met zoeken en steunde met beide ellebogen op het bureaublad.

'Ik heb het afgeslagen,' deelde hij mee zonder haar aan te kijken.

'Je hebt het afgeslagen? Maar waarom?'

Hij trok zijn schouders op en begon weer zenuwachtig in de bureaulades te graaien. Papieren vielen op de grond, de brief die hij zocht liet zich echter niet vinden. Of wilde hij hem helemaal niet vinden?

'Mijn god, Charlotte, snap je het dan niet? Het is nog geen jaar geleden dat ik die kolonie vol afschuw de rug heb toegekeerd. Ik heb onophoudelijk krantenartikelen tegen de daar heersende toestand geschreven. En moet ik dan nu, alleen omdat hertog Von Mecklenburg mij persoonlijk heeft uitgenodigd voor zijn expeditie, al mijn principes overboord gooien en naar Rwanda afreizen?'

Natuurlijk, hoe had ze het kunnen vergeten? Hij maakte zich zorgen dat hij ongeloofwaardig zou worden voor zijn aanhangers. Hertog Von Mecklenburg was een zeer ondernemende man met een open geest. Hij had het Oost-Afrikaanse koloniale bewind en de politiek van de verschroeide aarde echter nooit openlijk bekritiseerd. Hij was eerder een enthousiast grootwildjager.

'Maar... de omstandigheden zijn toch veranderd,' ging ze er voorzichtig tegenin. 'In de Rijksdag winnen nieuwe opvattingen aan terrein, Bernhard Dernburg wil een verzoening met de Afrikanen. Dat moet jij toch ook in de krant hebben gelezen, George? En de eerste uitwerkingen zijn zichtbaar in de koloniën, daarvan getuigen ook Klara's brieven.'

'Dat kan wel zo zijn, maar toch zullen alle hervormingen erop gericht zijn om op de een of andere manier geld uit de koloniën te persen. Als het niet met geweld is, dan is het wel met valse beloftes. Men zal de mensen daar ontwortelen, ze bekeren, tot beschaving brengen en uiteindelijk als goedkope arbeidskrachten uitbuiten.'

Hij leek in de verleiding te komen om de hele papierberg met zijn voet in de hoek te schoppen, maar hij deed het niet. In plaats daarvan duwde hij de lades krachtig dicht. Vervolgens keek hij haar met een treurig lachje aan.

'Het trekt aan je, hè?' vroeg hij zacht. 'Je hebt heimwee naar Afrika en wilt het niet aan mij toegeven. Denk je dat ik niet gemerkt heb hoe je expres alle winkels met koloniale waren gemeden hebt wanneer we in de stad waren?'

Hij had haar dus minstens net zo goed geobserveerd en begrepen als zij hem. Maar ook hij had niets gezegd.

'Ik begrijp je redenen, George. Er zijn nog andere plekken op de wereld, we hoeven niet per se naar Afrika terug te gaan en zeker niet naar Duits Oost-Afrika.'

Hij schudde bedroefd zijn hoofd.

'Jij hebt je plantage verkocht waar je zo aan gehecht was,' ging hij verder. 'Dat heb je voor mij gedaan, dat weet ik maar al te goed. En ik was niet sterk genoeg om je tegen te houden. Mijn god, misschien had ons kind nog wel geleefd als we in Afrika waren gebleven...'

'Hoe kun je zoiets zeggen?'

Zijn zelfverwijten maakten haar verdrietig en tegelijkertijd was ze kwaad op hem. De dingen waren nu eenmaal zo gelopen. Wat had het voor zin schuld op zich te nemen en naargeestige gedachten te koesteren.

'Luister, George,' zei ze met moeizaam verworven kalmte. 'Ik heb Afrika vrijwillig verlaten, niemand heeft me daartoe gedwongen, ook jij niet. Het was een goede beslissing om naar Duitsland te gaan. Je hebt hier contacten gelegd, je ervaringen gedeeld en wie weet of de huidige omslag niet ook voor een klein deel aan jouw publicaties te danken is...'

Ze werd weer boos terwijl ze sprak en hield zich even in om het effect van haar woorden te peilen. Er lag een zwak ironisch trekje om zijn mond, al keek hij haar ernstig aan.

'Goed, het viel me zwaar de plantage te verkopen,' vervolgde ze, 'maar het was mijn beslissing en je had me niet kunnen tegenhouden, zelfs als je het had geprobeerd, heb je dat goed begrepen? Jij bent niet voor mijn handelen verantwoordelijk, zelfs niet als het uit liefde voor jou is.'

Hij was niet in staat te antwoorden en de ironie om zijn mond was verdwenen. Hij staarde haar aan alsof hij haar voor de eerste keer zag, onderzoekend, verbaasd, met stijgende bewondering.

'En nog iets,' zei ze energiek. 'In het geval je besluit toch aan deze expeditie deel te nemen, dan ga ik met je mee. We kunnen

Elisabeth zolang op de missiepost onderbrengen en later besluiten hoe en waar we willen wonen.'

Dit was te veel. De bewondering ging over in hilariteit. Hij begon te lachen, uitgelaten en oneindig opgelucht tegelijkertijd.

'Je wilt me dus vergezellen, jij gekke vrouw!'

'Denk je soms dat ik je...'

Ze kon niet verder praten, want hij had haar ondanks haar verzet in zijn armen genomen en drukte haar dicht tegen zich aan.

'Hoe kun je je nu verbinden met zo'n wankelmoedig mens als ik,' fluisterde hij in haar oor. 'Een onbetrouwbare knaap, een kerel waar je niet van op aan kunt, zonder principes, eentje die je misleidt.'

'Dat is mijn beslissing, George Johanssen. Je moet morgen meteen een telegram sturen, beloof je dat? Wanneer wil hertog Von Mecklenburg vertrekken? In het voorjaar? Ach, lieve hemel, Klara zal weer bij hoog en laag volhouden dat de Heer haar gebeden verhoord heeft... George, kijk toch uit, nu heb je een knoop afgetrokken...'

Deel II

Maart 1907

's Ochtends was de Atlantische Oceaan nog een licht deinende blauwgroene vlakte geweest. Kleine golfjes veranderden in schuim als de boeg van het schip erdoorheen sneed. In de verte waren de grijswitte rotsen van de Bretonse kust te zien. En toen werd het monster in de diepte op de bodem van de oceaan wakker. Hij roerde zich, begon te steigeren, brulde en zweepte de zee op met zijn machtige staart.

De *Feldmarschall* werd als een speelgoedbootje omhooggetild, over de schuimende koppen van de golven gedragen om dan weer naar beneden in de duisternis te storten. De boeg van de stoomboot boorde zich diep in de grijsgroene zee, het water sloeg met geweld over het voordek en zelfs de meest ervaren zeemannen vroegen zich angstig af of niet de volgende golf voor eeuwig een eind aan hun reis zou maken.

De situatie aan boord was verschrikkelijk. In de salon van de eerste klas schoven meubelstukken door de vertrekken en botsten met het geluid van versplinterend hout tegen elkaar. Flessen en glazen vielen ondanks de houders waarin ze bewaard werden van de planken en sloegen te pletter in de algehele chaos. Niemand bekommerde zich erom, de stewards hadden hun handen vol met het verzorgen van de zeezieke passagiers, die zich wanhopig aan hun bedden vastklampten om er niet uit geslingerd te worden. Velen voelden zich zo ellendig dat ze alleen nog maar dood wilden, wegzinken in de koude golven, niets meer weten, niets meer voelen, alleen eindelijk van deze kwelling verlost zijn. Boven op de brug en onder in de machinekamer vocht de bemanning ondertussen vertwijfeld tegen de razende zee. Op koers blijven was een illusie, het enige wat ertoe deed was de aanvallen van de wilde oceaan heelhuids doorstaan.

Charlotte was een van de weinige passagiers die niet zeeziek was. De scheepsarts en twee verpleegsters zetten zich onvermoeibaar in om de in totaal meer dan honderdtachtig passagiers in de eerste en tweede klas te verzorgen. Helaas kon noch validol, noch kamfer hun lijden verlichten. Niemand maakte zich druk over de passagiers in de derde klas, waar zo'n tachtig personen verbleven, en al helemaal niet over de mensen op het tussendek, nog eens honderd die dicht op elkaar gedrongen in hun houten stapelbedden hokten, ze werden simpelweg aan hun lot overgelaten. Charlotte kende de omstandigheden daar, want zeven jaar geleden had ze deze reis met Klara en Christian op het tussendek doorgebracht. En ook al voelde ze mee met de ongelukkigen beneden, ze was nu blij deze lichte, mooi ingerichte hut in de eerste klas tot haar beschikking te hebben. Vooral omdat haar dochter, die op de heenreis zulke geweldige zeebenen had getoond, nu doodziek was.

'Mama, ik wil naar huis,' jammerde het meisje.

'De storm is zo voorbij, schatje,' troostte Charlotte. 'Dan zul je je beter voelen...'

Elisabeth was zo bleek dat Charlotte bang was dat ze flauw zou vallen. Steeds opnieuw begon ze te kokhalzen, ook al was haar maag allang leeg. Charlotte hield haar dochter in haar armen, probeerde de heftige schommelingen van het schip met haar eigen lichaam op te vangen, wiste haar voorhoofd met een vochtige doek en hield een kom voor haar mond als ze moest overgeven. Ze hoorden hoe de enorme golven steeds opnieuw donderend en bruisend over het voorschip sloegen, een stalen kabeltouw brak met het geluid van een zweepslag. De stoomboot slingerde, de machines werkten uit alle macht en de stalen romp leek te kreunen als een mens in hoogste nood.

George lag in de hut ernaast, ook hij was ten prooi gevallen aan zeeziekte, alleen hij weigerde koppig een beroep te doen op haar hulp. Charlotte schikte zich. Terwijl ze het huilende kind op schoot hield, staarde ze uit het kleine raampje dat slechts een klein beetje groter was dan een patrijspoort. George had hutten in het bovenste gedeelte van de scheepsopbouw gehuurd, zodat ze een goed uitzicht hadden op de zee en soms het land. Nu zag ze alleen een grauwe, kolkende watermassa die de stoomboot aan alle kanten omringde. Soms waaide een flard van een afgescheurde zonneluifel voorbij.

'Mama, ik wil naar huis...'

'Kijk over mijn schouder, Elisabeth. Je moet je op een vast punt richten, dan voel je het schommelen niet meer...'

'Ik zou willen dat we in Emden waren gebleven.'

'Het duurt niet al te lang meer voor we in Afrika zijn. Herinner je je niet meer hoe mooi het daar was?'

'Nee!'

De laatste maanden in Emden had Charlotte in een soort roes doorgebracht, zo gelukkig was ze toen het eindelijk zeker was dat ze Duitsland zouden verlaten. Ze had zich gevoeld als iemand die in een bedompte kamer het raam opendeed en een zonovergoten, bloeiend landschap voor zich zag. Het antwoord van hertog Von Mecklenburg had niet lang op zich laten wachten. Hij voegde George maar al te graag als deelnemer aan zijn expeditie toe en stuurde een lijst met de namen van de overige wetenschappers en hun uitrusting. George moest snel telegraferen of er een instrument of een ander, voor hem noodzakelijk onderdeel van de uitrusting ontbrak, zodat men desbetreffende omissie nog kon verhelpen. Daarnaast rekende de hertog erop dat de bekende reisverslaggever dokter Johanssen hem in aansluiting op de expeditie zou helpen om de opgedane ervaringen en kennis in een boek te publiceren. Deze hulp had hij dringend nodig omdat hij zich nooit met schrijven had beziggehouden. Hij was opgevoed om soldaat te worden en op de rug van een paard opgegroeid.

'Kijk aan, daar schuilt het addertje onder het gras,' had George spottend opgemerkt.

Het had echter geen enkele afbreuk gedaan aan zijn enthousiasme voor het ophanden zijnde avontuur. Ook Charlottes optimisme bleef ferm intact. De hertog had er beleefd op gewezen dat het onmogelijk was een vrouw op deze lange en gevaarlijke reis mee te nemen, maar ze was vastbesloten een mogelijkheid te vinden.

Alleen Elisabeth was doodongelukkig. Niets kon haar overtuigen, geen enkele belofte hielp, ook niet als ze haar eraan herinnerden dat ze nog maar een paar maanden geleden zo veel heimwee had gehad naar Hamuna en de plantage. Nee, ze wilde in geen geval haar vriendinnen verliezen en zeker niet haar neven en de kleine Fanny in Leer. Hier in Emden was ze thuis en de plantage had mama toch al verkocht.

Ze vond een sterke bondgenote in haar grootmoeder, die verbitterd vocht voor haar zo geliefde achterkleinkind.

'Als jullie twee zo nodig terug willen naar de zwarten en de apen, goed dan, maar laat het meisje tenminste hier. Zo'n leven heeft het kind niet verdiend...'

Charlotte troostte zich ermee dat Elisabeth vast snel weer zou wennen in Afrika. Klara had een van blijdschap overlopende brief geschreven en natuurlijk had ze op de kracht van haar gebeden gewezen die nu waren verhoord. Bovendien werden op missiepost Hohenfriedeberg ook witte kinderen onderwezen, gescheiden van de zwarte kinderen, daar hechtten de Duitse kolonisten grote waarde aan. Toch ging Charlotte het verdriet van haar dochter aan het hart. Het herinnerde haar aan de tijd dat het huis van haar ouders in Emden verkocht werd en ze zelf zo diep ongelukkig was geweest. George en zij hadden geleidelijk aan de pas aangeschafte meubels weggedaan, de mooie lampen, de vazen, het servies. Veel hadden ze royaal aan Ettje en Paul gegeven, andere spullen waren ingepakt om mee naar Afrika te nemen. Waar ze ook zouden gaan wonen, een paar mooie meubelstukken uit het vaderland zouden altijd van pas komen. Zelfs Charlottes piano lag uit elkaar gehaald, in onderdelen verpakt in kisten in het ruim van de stoomboot waar hij hopelijk geen schade zou oplopen.

Later die dag zocht ze George op in zijn hut. Hij zat op het bed met een boek opengeslagen op zijn knieën. Naast hem stond een dienblad met daarop een kan en kopjes. Hij had zichzelf een kopje thee ingeschonken en zelfs al wat gedronken.

'Ik ga watermonsters uit meren en rivieren nemen om microscopisch te onderzoeken,' kondigde hij aan toen ze de hut binnenkwam. 'De avonden zullen met werk gevuld zijn.'

Hij hield zich dus weer met de expeditie bezig, een goed teken.

'Maak je geen zorgen, ik zal je erbij helpen.'

Verstrooid sloeg hij het boek dicht, dronk wat thee, vertrok walgend zijn gezicht en maakte een spottende opmerking over de typisch Duitse gewoonte om bij elke ongesteldheid kamillethee te drinken.

'Hoe gaat het met Elisabeth?'

'Veel beter. Ze ligt nu met Fräulein Mine in bed en slaapt.'

George liet zich achterover zakken, vouwde zijn armen achter zijn hoofd en staarde naar het plafond van de hut. Hij haalde diep adem en bracht toen zijn hoofd een beetje omhoog om haar aan te kijken.

'We hebben een prachtige kleine dochter, Charlotte,' zei hij glimlachend. 'En dat meen ik oprecht, want Elisabeth is voor mij als een eigen kind.'

Charlotte was een beetje verrast door de nadrukkelijke manier waarop hij het zei. Ze wist toch dat hij van Elisabeth hield en ook het meisje, dat zich haar eigen vader niet meer kon herinneren, had Georg vanaf het begin geaccepteerd. Het was geweldig dat het hem gelukt was nog voor hun vertrek alle noodzakelijke papieren te ondertekenen en Elisabeth daadwerkelijk te adopteren. Charlottes zorg dat Max von Rodens broer zijn dreiging zou waarmaken en de voogdijschap zou opeisen, was daarmee zo ver als mogelijk uit de wereld geholpen. Toch voelde ze zich nog steeds onbehaaglijk bij de gedachte aan de adellijke familie in Brandenburg en bij elke zeemijl die de Feldmarschall verder richting Afrika stoomde, werd ze wat minder ongerust.

'Ze zal snel weer gewend zijn in Afrika,' zei George. 'Klara zal als een moeder voor haar zijn, maar Elisabeth heeft een strakke hand nodig en daarvoor is je kleine nichtje zeker niet de aangewezen persoon.'

'Wat wil je daarmee zeggen?' vroeg Charlotte met kloppend hart.

George liet zijn hoofd terugzakken en legde een hand op zijn maag.

'De expeditie kan een jaar of nog langer duren, Charlotte. Heb je je dat gerealiseerd?'

Ze wachtte tot de volgende middag om hem de vraag te stellen. Ze zouden geen ruzie maken, zeker niet zolang hij ziek was. Maar ze was vastbesloten nooit weer een zo'n verwoestend zwijgen tussen hen te laten ontstaan als in Emden. Van nu af aan zou ze hardop zeggen wat ze dacht en voelde en ze verwachtte van hem hetzelfde.

De gelegenheid deed zich voor toen Elisabeth op het sportdek een partijtje ging sjoelen, een pleziertje waar niemand de vorige dag zelfs maar aan had durven denken. De Atlantische Oceaan liet zich vandaag van zijn vriendelijke kant zien. 's Ochtends hadden de sportfanatiekelingen onder de mannelijke passagiers alweer hun langeafstandsronden afgelegd. En ook een kleine groep vooruitstrevende dames had hun veel belachelijk gemaakte en vooral door enkele van hun seksegenoten fel bekritiseerde ochtendgymnastiek weer opgepakt. De hemel was zwaarbewolkt en de Franse kust nog slechts een grijze schaduw in de verte, maar de stoomboot vervolgde rustig zijn uitgestippelde koers.

Charlotte en George hadden een tijdje geamuseerd toegekeken bij het sjoelen en waren vervolgens naar het promenadedek gegaan waar meerdere passagiers bijkwamen van de geleden ontberingen en de frisse zeelucht inademden. Af en toe bleven ze even staan om met een kennis de staat van hun gezondheid uit te wisselen, zich over de verschrikkelijke storm en de zo ontstane vertraging te beklagen en niet in de laatste plaats de degelijkheid van de Duitse rijksstoomboot te loven. Weer viel het Charlotte op hoe gemakkelijk het George afging de sympathie van zijn medereizigers, vooral de vrouwelijke, te winnen. Was het die vreemde combinatie van luchtigheid en ernst die hem zo aantrekkelijk maakte? Zijn complimentjes aan de dames hadden altijd een vrolijke nuance, maar klonken oprecht en waren ook zo gemeend. In langere gesprekken kon hij ongelooflijk geestig zijn, onbekommerd, ad rem, en toch schuilde in zijn grappenmakerij een diepere bedoeling die zijn gesprekspartner tot nadenken uitdaagde. Vaak maakte hij een vermoeide indruk na dergelijke gesprekken. Hij had haar een keer bekend dat al die mensen een vreselijke inspanning van hem vroegen en dat hij blij was als ze hem met rust lieten. Maar bij de volgende gelegenheid gedroeg hij zich weer net zo charmant als altijd. Ze had de afgelopen nacht veel over hem nagedacht en zich afgevraagd wat ze eigenlijk van George Johanssen afwist. Zonder enige twijfel was de man van wie ze hield een acteur, maar diep vanbinnen was hij een mens die leed aan melancholie.

'Laten we even gaan zitten.'

Ze wees naar een bankje dat een ouder echtpaar net verlaten had. Ondanks de dekens en warme dranken waarmee de stewards de passagiers verzorgden, hielden de meesten het met de koude, vochtige wind niet lang op het dek uit.

'Als je dat wilt...'

Voelde hij aan wat ze van plan was? Zorgvuldig schikte hij een deken over haar knieën en leunde achterover, waarbij hij zijn arm om haar schouders legde. Het gebaar had iets teders, iets waar ze altijd van genoot, ze hield ervan zijn warmte te voelen. Het kwam haar voor dat hij nu wel heel nadrukkelijk haar nabijheid zocht, hij trok haar zelfs nog dichter tegen zich aan en stoorde zich niet aan de blikken van de andere reizigers.

'Ik wil je een vraag stellen, George. Niet omdat ik je wil bekritiseren of ruzie met je wil maken, ik wil gewoon duidelijkheid, dat is alles.'

Ze voelde zijn vingers over haar schouder bewegen.

'Waarom de lange inleiding, mijn schat? Vraag en ik zal antwoord geven.'

Ze was bang geweest dat hij een ironische opmerking zou maken en haalde opgelucht adem bij het horen van zijn ernstige toon.

'Wil je eigenlijk wel dat ik met je meega op deze expeditie?'

Ze keek hem vragend van opzij aan, probeerde zijn antwoord alvast aan de hand van zijn gezichtsuitdrukking te raden, maar ze zag alleen hoe hij erover nadacht.

'Ik zou heel graag al die ervaringen met je delen, Charlotte,' reageerde hij na een poosje bedachtzaam. 'Het opwindende gevoel als eerste Europeaan voet op die paden te zetten, te genieten van de eindeloze schoonheid van de natuur en ja, ook de avonturen, het onverwachte, de gevaren...'

Hij glimlachte enthousiast. Hij verheugde zich op deze expeditie, leek nauwelijks te kunnen wachten tot de karavaan eindelijk vertrok.

'Maar?' drong ze aan.

'Nou, natuurlijk maak ik me ook zorgen over jou. Een expeditie in het binnenland van het Afrikaanse continent is vol gevaren. Ik weet dat het niet de eerste keer is dat je met een karavaan meereist, alleen tot nu toe was dat niet in een volkomen onontdekt gebied. En daarbij als enige vrouw tussen zo veel mannen...'

Hij praatte verder, waarbij hij onophoudelijk haar schouder streelde, had het over inheemse stammen die hun mogelijk vijandig gezind waren, over noodgedwongen marsen door onherbergzame streken, giftige insecten, ziekten, sterfgevallen, over verschrikkelijke, zelfs afgrijselijke gebeurtenissen die hij haar graag wilde besparen.

'Daar ben ik allemaal niet bang voor, George. Ik zou veel banger zijn als ik ergens op jou zou moeten wachten zonder te weten hoe het met je gaat, of je gezond bent of zelfs nog maar in leven...'

Hij lachte zachtjes, drukte haar nog dichter tegen zich aan en mompelde dat hij allang niet meer die dwaze knaap van vroeger was die zijn krachten met de dodelijke weidsheid van de Sahara wilde meten. Hij was een doorgewinterde woudloper en had ook ervaring op de savanne. Hij was als een kat met negen levens voordat de dood hem zou overwinnen.

Ze vroeg zich af of hij weer koorts zou krijgen. Dat was de normaalste zaak van de wereld. Alle deelnemers aan expedities vielen vroeg of laat ten prooi aan koorts, de meesten zelfs meerdere malen en soms zo ernstig dat ze de expeditie moesten afbreken. In het beste geval kwam hij dan in een door witten bewoond gebied terecht waar betere klimatologische omstandigheden heersten, in het slechtste geval daarentegen...

'Bovendien ben ik niet de enige arts in de groep,' ging George verder. Charlotte betwijfelde echter of hij zich aan de handen van een collega zou toevertrouwen zolang hij zich nog op de een of andere manier op de been of liever gezegd, in het zadel kon houden. Ze zouden op muildieren en inheemse ezels rijden en ook korte stukken moeten lopen. Daarnaast was er nog de mogelijkheid zich door de Afrikanen te laten dragen. Elk reisgezelschap nam hiervoor doeken of stoelen mee. Niettemin huiverde Charlotte bij de gedachte dat het zover kon komen.

Ze had van tevoren geweten dat hij het niet lang op een plek uithield. Alleen had ze geloofd zijn rusteloze leven met hem te kunnen delen. Ze staarde uit over de zee, probeerde in de nevel de contouren van de kust te herkennen, maar ze zag slechts een vage grijze streep die net zo goed een mistflard of gezichtsbedrog kon zijn.

George interpreteerde haar zwijgen op zijn manier en sneed voorzichtig het onderwerp Elisabeth aan, die zich op de missie in het begin misschien een vreemde zou voelen. Charlotte luisterde maar met een half oor naar hem. Hij vertelde haar niets nieuws, het was haar maar al te duidelijk dat ze haar kind niet zo lang alleen kon laten. In de eerste roes van blijdschap over hun vertrek had ze aangenomen dat de expeditie van hertog Von Mecklenburg hooguit een maand of twee zou duren, Maar een heel jaar?

'Misschien moeten we het gewoon op ons af laten komen,' zei hij. 'Misschien kun je een gedeelte van de reis meemaken. Met de Oegandaspoorlijn tot aan het Victoriameer en van daaruit met een boot tot Entebbe en Bukoba. Dat is een prachtig traject, ik zou het fijn vinden dat samen met jou af te leggen.'

'Maar de echte expeditie begint juist pas bij Bukoba.'

'Het is maar een voorstel, mijn schat. Je zult zelf beslissen wat je doet en ik weet dat je de juiste beslissing zult nemen.'

Een steward bood hun koffie en belegde broodjes op een dienblad aan, waarvoor ze allebei bedankten. Andere passagiers daarentegen tastten toe. Het avondeten was al over een uur, maar ze hadden de dag ervoor niet veel kunnen eten en moesten dat daarom nu inhalen. Er waren reizigers, vooral oudere echtparen, die ongeduldig op elke maaltijd wachtten en wier gesprekken voornamelijk om het genoten eten draaiden.

'Laten we eens gaan kijken hoe het met Elisabeth is,' stelde George voor toen Charlotte bleef zwijgen. 'Waarschijnlijk heeft ze al van iedereen gewonnen. Dan kan het geen kwaad als ze zich met een serieuze tegenstander moet meten.'

Hij grijnsde ondernemend en leek bij het vooruitzicht op een uitgelaten spelletje in een onbezorgde jongen te veranderen. Haar maakte hij niets wijs, zijn grijze ogen keken bezorgd, hij wist wat haar zwijgen betekende.

Charlotte schoof de deken van zich af en stond op, een teken voor andere passagiers om de vrijkomende plaats in te kunnen nemen. De bemanning had nog geen ligstoelen neergezet, ze moesten eerst de uitrolbare zonneschermen vervangen die de storm aan flarden had gewaaid.

Zonder iets te zeggen liep ze naast George, die nu haastig op het sportdek afstevende en de vrolijke kreet van een medereiziger beantwoordde. Zijzelf knikte verstrooid en glimlachte alsof ze genoot van deze rustige namiddag met haar man. In werkelijkheid voelde ze zich diep teleurgesteld. Wat had deze discussie nu helemaal opgeleverd? George had niet geweigerd antwoord op haar vraag te geven. Hij had haar zelfs uitvoerig beantwoord en zijn argumenten waren redelijk. En toch hield ze het onaangename gevoel dat hij handig en diplomatiek om de waarheid heen gemanoeuvreerd had. Als het erop aankwam wilde hij liever zonder haar op expeditie gaan. Het maakte hem helemaal niet uit dat ze een heel jaar van elkaar gescheiden zouden zijn.

Gedurende de volgende drie weken meden ze het onderwerp en Charlotte raakte er meer en meer van overtuigd dat ze George onrecht deed. Had hij niet eerst deelname aan deze expeditie afgeslagen? Als zij niet zo aangedrongen had was George bij haar en Elisabeth in Emden gebleven. Nee, hij was heel gelukkig met haar, hij hield van haar en haar dochtertje. Zij waren zijn familie bij wie hij zich geborgen voelde. Achter zijn aarzelende houding stak vast niets anders dan de zorg dat ze niet opgewassen zou zijn tegen de ontberingen. En daarnaast lag Elisabeths welbevinden hem na aan het hart. Toch zou ze een oplossing vinden, nam ze zich voor. Het verlangen met hem mee te gaan was gewoon te sterk.

Alsof hij aanvoelde wat er in haar omging, gedroeg George zich vanaf dat moment nog attenter. Hij week nauwelijks van haar zijde en de boeken die hij ter voorbereiding van de expeditie had meegenomen verdwenen in zijn koffer. Ze stonden dicht naast elkaar aan de reling om over de zee uit te kijken en raakten in vervoering van de steeds nieuwe kustlandschappen die in zicht kwamen. Bij Napels gingen ze aan land en huurden een auto om samen met

Elisabeth de stad te verkennen. Ook reden ze op ezels door het bloeiende landschap aan de voet van de Vesuvius. In Caïro liepen ze met z'n drieën door de steegjes en over markten. Hij kocht fijn bewerkte zilveren oorbellen voor haar en een ketting met blauwe stenen die Elisabeth graag wilde hebben. Later liet hij hun het huis zien waar hij met Marie en zijn kinderen gewoond had, het dakterras waar hij 's avonds op gezeten en aan zijn lieve kleine Charlotte geschreven had. Ze praatten over de tijd dat ze nog gescheiden waren geweest en hij onthulde veel dingen die hij tot dan toe verzwegen had. Zijn ontsteltenis toen hij hoorde dat ze met Christian Ohlsen was getrouwd, zijn berusting na zijn bezoek aan de plantage van Max von Roden bij de Kilimanjaro, waar zij zo gelukkig en tevreden aan de zijde van haar man leek.

's Nachts kwam hij vaak zachtjes naar de hut waar zij met Elisabeth sliep en boog zich over haar heen om haar wakker te kussen. Zijn kleren roken naar de frisse zeelucht omdat hij op het dek rondgelopen had tot hij er zeker van kon zijn dat Elisabeth in slaap gevallen was. Dan slopen ze op hun tenen als twee stoute kinderen naar zijn hut, deden de deur dicht en beminden elkaar. Hij was elke nacht iemand anders en wist haar met steeds nieuwe aanrakingen op te winden. Nog meer dan met zijn lichaam betoverde hij haar met zijn woorden, het zachte geprevel waarmee hij zoete schaamteloze fantasieën in haar wakker maakte. Als ze uitgeput van de liefde uitrustten smeedde hij plannen voor hun toekomst, vertelde over een wit huis zoals de Arabieren die hadden, dat hij voor haar wilde bouwen in Dar es Salaam. Een huis met een eigen bron en een rechthoekige vijver op de binnenplaats van het gebouw, met koele lemen muren behangen met tapijten en een dakterras beschaduwd door lichte doeken. Hij zou als arts in de kliniek voor de inheemse bevolking werken en daarnaast tijd vinden om nieuwe boeken te schrijven. Misschien had zij zin om weer een winkel te openen zoals ze in de Inderstraat in Dar es Salaam had gehad, want hij wist wat een gepassioneerde zakenvrouw ze was. Wat hij nooit benoemde, was het feit dat dat gezamenlijke leven pas kon beginnen als hij van de expeditie was teruggekeerd. Tenminste in het geval ze geen oplossing zouden vinden die het haar mogelijk maakte om met hem mee te gaan. In de korte uren van hun intieme samenzijn kwam het haar echter voor alsof die onderneming niet meer was dan een fantoom dat bij het vooruitzicht van hun gelukkige toekomstplannen verbleekte.

Daar, waar de zon in de zee onderging, lag Oost-Afrika, een gedachte die in Charlotte een roes van vreugde teweegbracht. Nog maar een paar dagen. Was ze ooit zo rijk geweest? Haar kind, haar geliefde en haar Afrikaanse vaderland. Het was alsof het leven haar alles had gegeven waar ze altijd op gehoopt had.

Zodra de havenstad Tanga in zicht kwam zette iemand een grammofoon op het dek die een orkestrale versie van het volkslied van het Duitse keizerrijk liet weerklinken.

George had Elisabeth opgetild zodat ze alles beter kon zien en niet op het idee zou komen om op de reling te klimmen.

'Kijk, Lisa! Daar in de verte, die blauwgroene heuvels, dat is het Usambaragebergte.'

Elisabeth rekte haar hals, wat echter niet al te veel hielp. De planten en gebouwen aan de kust waren in een fijne nevel gehuld, doorzichtige sluiers die de zon steeds meer een gouden gloed gaven tot die uiteindelijk doorbrak, wat een prachtig gezicht was.

De baai van Tanga strekte zich zacht lichtblauw glanzend voor hen uit met vlakke zandstranden, hier en daar een donker koraaleiland, witte koloniale gebouwen met zuilengangen en hoge ramen. Rode daken, nat van de mist, glansden in de zon. Een vloot zeilbootjes, kleine schepen met witte of kakelbonte opbollende zeilen, kwam de stoomboot tegemoet, die zelf een flink stuk van de oever verwijderd voor anker moest gaan. Ook rubberbootjes gleden over het water naar hen toe. Zo meteen zou het gebruikelijke gekibbel om passagiers en bagage losbarsten.

'Volgens mij staat Peter Siegel daar verderop,' zei Charlotte verrast en ze wees richting het land.

George knipperde tegen de zon terwijl hij Elisabeth stevig vasthield. 'Peter? Waar?'

'Daar, voor het havengebouw. Zie je die vele houten bogen tussen de twee witte torens? Vanaf het houten terras in het midden leidt een trap naar het strand beneden. De in het wit geklede man tussen de Afrikanen.'

George had scherpe ogen, maar hoe Charlotte Peter Siegel vanaf deze afstand kon herkennen was hem een raadsel. De witte man droeg de baard en kleding van een missionaris, alleen zijn gezicht werd door de brede rand van zijn hoed beschaduwd.

'Hij is het, ik weet het zeker. Zijn stijve houding is onmiskenbaar.'

George zette Elisabeth op de grond met de waarschuwing niet te ver naar voren te leunen, ook niet om te kijken of de matrozen misschien een touwladder hadden uitgehangen. Toen zwaaide hij naar de onbekende die zijn groet echter niet beantwoordde.

Voor het havengebouw had zich een menigte mensen met verscheidene huidskleuren verzameld. Een heleboel riksja's stonden al klaar voor de passagiers uit de hogere klassen. Witte kooplui begroetten hun bekenden. Een niet meer zo jonge Duitse vrouw werd door haar bruidegom, een ambtenaar met een enorme snor, afgehaald. Twee mannen uit Beieren die op groot wild gingen jagen, scholden luidkeels op die verdomde Afrikanen die hun eigendommen nog niet uitgeladen hadden. Ze zouden nog even geduld moeten hebben omdat men eerst de passagiers, daarna hun bagage en de postzakken en uiteindelijk de uit Duitsland meegenomen spullen in de bootjes naar de wal vervoerde.

'Hij is het inderdaad,' concludeerde George toen ze voet aan land gezet hadden. 'Kom, dan gaan we erheen.'

Peter Siegel was niet naar het strand afgedaald om hun tegemoet te komen. Hij stond nog steeds op dezelfde plek, wuifde zich met zijn hoed koelte toe en hield alleen even zijn arm omhoog zodat ze hem op zouden merken.

De begroeting was vriendelijk, maar niet uitbundig. De missionaris schudde hun de hand en verklaarde dat Gods ondoorgrondelijke beschikking hen weer naar Afrika geleid had. Ieder mens moest op zijn wijsheid en goedertierenheid vertrouwen. Zijn woorden klonken nog pathetischer en holler dan vroeger, vond Charlotte.

'Waar is tante Klara?' wilde Elisabeth weten. 'En uw le... geliefde zoon?'

Peter richtte zijn wat omfloerste bruine ogen op Elisabeth, die geschrokken op haar onderlip beet. Dit meisje is brutaal en verwend, leek zijn blik te zeggen, hij had het altijd al geweten. 'Klara is met Samuel in Hohenfriedeberg gebleven. Zo'n reis is veel te inspannend voor haar. Ik ben hier alleen naartoe gekomen omdat ik enkele goederen in ontvangst moet nemen en naar de missiepost moet brengen.'

'Nou, wat een gelukkig toeval dat je ons bij gelegenheid gelijk mee kunt nemen,' antwoordde George met lichte ironie terwijl Charlotte beduusd haar mond hield. Als ze nog gedacht hadden dat Peter Siegel in eigen persoon was gekomen om hen te verwelkomen en naar Hohenfriedeberg te begeleiden, dan wisten ze nu wel beter.

'Ja, een gelukkig toeval,' stemde Peter in die hun ontsteltenis niet leek op te merken.

Ondanks zijn vreemd koele manier van doen had Charlotte medelijden met de missionaris. Peter Siegel was sterk vermagerd. Zijn neus stak scherp naar voren in zijn baardige gezicht, zijn lippen waren dun en droog. Hij had iets van een treurige roofvogel.

Wat was er van de eerzuchtige predikant geworden die haar toen in Naliene zo trots zijn nieuw gevestigde missiepost had laten zien? Het kleine paradijs, zoals Charlotte het genoemd had, was bij de overval van de opstandige Afrikanen tijdens de Maji-Maji-opstand verwoest. Peter had zwaar hoofdletsel opgelopen waarvan hij blijkbaar nooit helemaal was genezen. Geduldig lieten ze zijn geklaag over de hitte en het ongezonde kustklimaat over zich heen komen en kwamen te weten dat hij al twee dagen op de Feldmarschall had moeten wachten omdat het schip met vertraging aangekomen was. Nu wilde hij zo snel mogelijk terug naar de missie.

Er zou dus niets terechtkomen van hun mooie plan om eerst een paar dagen in Tanga door te brengen en daar in alle rust naar een geschikte plek te zoeken om hun kisten op te slaan. Er waren een paar meubelstukken, waaronder de piano, die ze in geen geval mee naar boven in het Usambaragebergte wilden nemen. Maar omdat Peter op haast aandrong, vertrouwden ze hun bezittingen halsoverkop toe aan een Indische koopman die hun voor het transport vanaf de haven naar zijn magazijn, naast de opslagkosten, een veel te hoge prijs aftroggelde. Toen ze verhit en ontevreden bij het havengebouw terugkeerden, wachtte de echtgenoot van Klara al vol ongeduld op hen. Tien jonge Afrikanen die hij uit Usambara meegenomen had, stonden klaar om de goederen voor de missie naar het station te brengen.

'Wil je vandaag nog naar Mombo?'

'Het is maar vijf uur per trein. Vanaf Mombo kunnen we, als we een beetje opschieten, missiepost Wuga bereiken en morgen direct de bergen in trekken.'

Deze haast beviel Charlotte helemaal niet. Het hoorde niet bij Afrika, waar alle mensen tijd in overvloed hadden.

'We zullen nog een paar dragers moeten huren om jullie bagage naar het station te vervoeren. Ik vraag me af waarom drie mensen zo veel koffers nodig hebben...'

'We zijn met z'n vieren, oom Peter. Je hebt Fräulein Mine niet meegeteld.'

Nu had Charlotte er serieus spijt van dat ze niet naar George had geluisterd, die hoofdschuddend voorgesteld had een paar dagen later naar Hohenfriedeberg te gaan en Peter vooruit te laten reizen.

Vooral omdat de missionaris niet voor hen naar Tanga was gekomen. Maar ze had haar zwager niet willen beledigen en daarnaast wachtte Klara vast vol ongeduld op haar.

De weg van de haven naar het station had aan weerszijden stoepranden en was met grind bedekt, maar toch moesten ze steeds om diepe plassen heen stappen en wie niet uitkeek zakte in de rode modder. Vlak voor hen liep een groepje jonge Afrikanen, energieke knapen met kaalgeschoren hoofden. Ze hielden hun katoenen broeken op met een touw om hun middel, daaroverheen droegen ze wijde kleurige hemden of een rafelig jasje. Het waren duidelijk werkzoekenden die in Usambara geld wilden verdienen.

'Sodom en Gomorra,' zei Peter geërgerd. 'De zucht naar geld heeft hen te pakken. Ze lopen Mammon, de god van het geld, achterna, raken verslaafd aan de verleidingen van de kust in plaats van zich tot het christelijke geloof te bekeren, wat alleen zalig maakt. Er zijn al Afrikanen te zien die met hoge hoeden en leren laarzen rondlopen en de vrouwen dragen bonte rokken met ruches.'

Afkeurend keek hij naar de vele zwarte vrouwen op het station die de reizigers gevulde pannenkoeken, pinda's en bananen verkochten. De stad Tanga was tijdens de laatste jaren tot een poel des verderf geworden en stak in dat opzicht Dar es Salaam naar de kroon. Hij had een hekel aan de hele kust, daar heerste de hoer van Babylon. Hij was blij eindelijk terug naar de missie te kunnen.

Charlotte en George wisselden weifelende blikken uit en beiden besloten Peters gepraat voorlopig te negeren.

Het duurde een hele poos voor alle kisten en zakken die voor Hohenfriedeberg bestemd waren in een van de drie goederenwagons gestouwd waren. Charlotte keek gefascineerd naar de zwarte dragers. Ze lieten zich door missionaris Siegel niet tot haast aanzetten, het idee dat de trein op een vastgesteld tijdstip zou vertrekken leek hun volkomen vreemd. Bedaard gaven ze elkaar de goederen aan, zetten ze zorgvuldig neer, verschoven ze nog een keer zodat er niets zou omvallen. Slechts een paar van hen leken

Swahili te verstaan. Ze praatten met elkaar in een vreemde taal die Peter duidelijk maar ten dele verstond. Wanneer hij een van hen bij zijn naam riep, noemde hij hem Johannes, Noach of Jacob. Ze waren dus christenen die bij hun doop een Bijbelse naam hadden gekregen.

'We moeten nu echt instappen anders moeten we met de slechtste plaatsen genoegen nemen,' probeerde hij hen weer tot haast te dwingen.

De twee passagiersrijtuigen waren al behoorlijk vol. De meeste reizigers waren Afrikanen, daartussen lichtte de witte tulband van een Indiër op en hier en daar was de tropenhelm van een Europeaan te zien. Iedereen zat dicht op elkaar op de houten banken, de handbagage stond in het gangpad: leren koffers, gescheurde manden, met touw vastgesnoerde bundels. Ze vonden nog drie vrije plaatsen, wat tot Elisabeths irritatie betekende dat ze op Charlottes knieën moest zitten.

'Waar wind je je over op, Elisabeth? Fräulein Mine moet toch ook op jouw schoot zitten?'

'Maar zij is nog klein!'

George stapte als laatste in de trein. Hij had gevulde pannenkoeken samen met de mand van een van de zwarte vrouwen gekocht en daarbij nog een zak pinda's en twee rijpe mango's. Peter zette grote ogen op en vroeg wanneer hij dacht dat alles op te eten.

'Ik heb het als wintervoorraad ingeslagen,' reageerde George grijnzend en hij knipoogde naar Elisabeth.

Peter miste elk gevoel voor dergelijke humor. In zijn plaats lachte een buurman, een witte man die de Duitse conversatie had begrepen.

Buiten op het perron klonk een hard gefluit en boze stemmen. De Afrikaanse treinbeambte schold als een viswijf omdat een verlate reiziger nog snel op de trein was gesprongen. Daarop dreven dichte rookwolken over het perron en het met stro bedekte stationsgebouw, de vrouwen met hun manden met levensmiddelen en zelfs de spoorwegbeambte in zijn rode uniform en met zijn witte muts verdwenen in de walm.

Een hevige donderslag kraakte boven hen alsof er in de wolken een rotsblok gebarsten was. Een paar treinreizigers die bij de regelmatige cadans van de trein al zachtjes ingedut waren, schrokken op en keken uit het raam. De eerste regendruppels vielen op het dak, achter in de wagon brak ruzie uit over het al dan niet sluiten of openlaten van de ramen. Direct daarop stortte de regen met bakken tegelijk naar beneden, roffelde oorverdovend op het dak en overal werden haastig de ramen dichtgeschoven. Het lawaai van de donder klonk alsof enorme houten kisten met volle kracht op elkaar dreunden. De zwarte kinderen staken hun vingers in hun oren en knepen hun ogen dicht. Elisabeth liet de zak met pinda's vallen en kroop voor de zekerheid op George' knieën.

De gesprekken in de trein verstomden, iedereen luisterde naar het gekletter van de regen dat zelfs het lawaai van de trein overstemde. Opeens was Peters stem te horen, schor en vreemd gedempt.

'Een zondvloed over dit land. De hemel opent zijn sluizen en de aarde laat haar water vrij. Geen heuvel, geen rots, niet de hoogste berg zal aan de watermassa's ontkomen. Heer, zend een zondvloed over Afrika zodat alles wat leeft verdrinkt.'

Alle reizigers staarden hem in ontzetting aan, zelfs de Afrikanen en Indiërs die nauwelijks een woord hadden verstaan. Charlotte zag de baard van de missionaris op een vreemde manier trillen, toen keerde hij zich weer naar het raam en brak in hoongelach uit.

De rest van de treinreis sprak hij geen woord meer. Hij staarde nors uit het treinraampje, weerde de pannenkoeken af die George gul aan alle in de buurt zittende mensen aanbood en zuchtte ongeduldig wanneer de trein bij een van de vele stations stopte om reizigers in en uit te laten stappen. Als de goederenwagons geopend en spullen uitgeladen werden, dwaalde zijn blik naar het dak en

Charlotte wist zeker dat hij dan een schietgebedje naar de hemel zond. Er restte hun steeds minder tijd, ze deden er veel langer dan vijf uur over om Mombo te bereiken, wat Peters reisplannen danig in de war stuurde.

De regen was opgehouden, overal blonken plassen, roodgele beekjes stroomden gorgelend over de zacht geworden aarde en dwongen de reizigers op het station ze met behendige sprongen te ontwijken. De hellingen van Oost-Usambara verhieven zich grijs en rotsachtig, nevel steeg omhoog uit de dalen, het weelderige groen op de hoogvlaktes was in zachte witte sluiers gehuld. Links van de spoorbaan strekte de savanne zich uit, een groene bloeiende vlakte, onderbroken door struiken en lage heuvels. In de verte was de donkere band van de Panganirivier te zien. Rode lelies en blauw kaasjeskruid wiegden in de wind tussen de duizenden andere kleurige bloemen waarvan Charlotte de naam niet kende.

'Is het geen paradijs, George?'

'Ja,' bevestigde hij lachend. 'Voor een paar weken is het inderdaad een tuin van Eden.'

Het was al bijna vier uur in de middag toen ze eindelijk in Mombo aankwamen. Het voorlopige eindstation van de spoorlijn lag op een vierkant stuk ontgonnen land, midden in een dicht bos. Er was een verhard perron en een ruim pakhuis van steen met een golfplaten dak. Waarschijnlijk hadden ze hier best de nacht kunnen doorbrengen, niet erg comfortabel, maar in elk geval droog en tamelijk veilig. Helaas was Peter opnieuw tot leven gekomen en ook zijn Afrikaanse begeleiders hadden eigenaardig genoeg haast om de spullen uit de goederenwagon te halen en onder elkaar te verdelen.

'We gaan naar Wuga,' kondigde Peter aan. 'Ze kennen de weg, bij het vallen van de avond zijn we er.'

'Hoever is het dan?' informeerde George.

'We zullen een paar kilometer moeten afleggen, maar het is lang niet zo ver als naar Wilhelmsthal.'

Het zou tegen zes uur donker worden, dus het was niet verstandig al te lang te discussiëren. Peter kende het gebied, ook al dacht Charlotte te weten dat Wilhelmsthal in het westen lag, wat richting de missie Hohenfriedeberg was. De missionaris wees echter naar het oosten als hij het over Wuga had.

George was naar een paar Afrikanen gelopen die bij het station rondhingen en er blijkbaar op wachtten om als drager ingehuurd te worden. Hij keerde met twee mannen terug en een derde haastte zich naar het dichtstbijzijnde dorp om twee muilezels als rijdieren te halen. Een maatregel waarover Peter weer geïrriteerd het hoofd schudde omdat het de groep kostbare minuten kostte.

'Ik schat zo in dat we in een Afrikaanse nederzetting moeten overnachten,' fluisterde George tegen Charlotte toen hij haar in het zadel hielp. 'Voor zover ik de zwarte dragers begrepen heb is het een goede drie uur lopen naar Wuga.'

Elisabeth zat trots op de rug van de tweede muilezel. Ze had van kleins af aan gereden en was snel op haar gemak.

George ging net als de andere mannen te voet. Het werd algauw duidelijk dat hij er verstandig aan gedaan had om rijdieren voor Elisabeth en Charlotte te regelen, want het smalle pad was glibberig door de regen en liep al snel steil bergopwaarts. De kleine karavaan bewoog zich in een rap tempo en Charlotte bewonderde de slanke dragers die hun zware last zonder in te houden over gladde rotsen en los gesteente steeds verder omhoogvoerden. Op veel plaatsen was het pad door het roodachtige water van een bergbeek overspoeld en af en toe versperde een omgevallen boom de weg. Een gevolg van het snelstromende water dat zijn wortelstelsel jarenlang had ondermijnd waardoor hij uiteindelijk het laatste houvast verloren had. Iedereen was blij dat er op het moment geen onweer dreigde, anders was deze klim amper mogelijk geweest.

Elisabeth kletste opgewekt honderduit. Ze klaagde dat ze haar zwarte vriendinnetjes uit de trein niet meer kon zien, vroeg of ze vandaag nog bij tante Klara zouden aankomen en wilde van

George weten of hij een impala zou schieten voor het avondeten. George, die zijn geweer uit de hoes genomen en over zijn rug gehangen had, verklaarde lachend dat hij erover had gedacht, maar met zo veel mensen moest hij wel een olifant schieten, anders hadden ze niet genoeg.

'Je mag geen olifanten schieten, dat is verboden! Dat mag alleen als je er geld voor betaalt.'

'Slimme meid. Als iedereen zich daaraan zou houden.'

Het Duitse gouvernementsbewind had inderdaad het afschieten van olifanten ingeperkt. Voor de inheemse bevolking was het helemaal verboden en de vele jagers op groot wild waren zeker financieel daadkrachtig genoeg om een vergoeding te kunnen betalen. Bij hooggeplaatste figuren en goede vrienden nam men het sowieso niet zo nauw.

'Mama, de rotsen zijn allemaal van zilver.'

Het was glimmend gesteente, nog nat van de regen, dat in het zonlicht zilverachtig glansde. Het pad wond zich kronkelend langs overhangende rotsen vol kloven, voerde door velden en lichte begroeiing omhoog in het dichtbeboste berggebied. Weelderige varens en bloeiende grassen bedekten de berghellingen met daartussen oprijzende palmen, acacia's, en slanke Afrikaanse loofbomen die tot dan toe nog door niemand nauwkeurig onderzocht en benoemd waren. Vaak slingerden woekerende lianen zich tot in de kruin van de bomen, roze tulpachtige bloemen en lange gele en groene peulen waren zichtbaar tussen het gebladerte. Vlinders fladderden in felblauwe en donkerrode zwermen omhoog van de bloemen als de groep dichterbij kwam en af en toe streken hun zachte vleugeltjes langs de verhitte huid van de reizigers. Overal was het geluid van stromend water te horen, vaak alleen een zacht gekabbel, dan weer een krachtig bruisen dat aanzwol tot ze na de volgende bocht een glinsterende waterval aantroffen die in stromen van de helling naar beneden stortte.

Als Peter hen niet steeds tot spoed had gemaand was deze tocht door het natte, van vruchtbaarheid barstende gebergte een geweldige belevenis geweest. Charlotte was helaas maar ten dele in staat van de schoonheid van de natuur te genieten. Steeds weer moest ze haar rijdier aansporen, oppassen dat het niet uitgleed of schichtig werd en op sommige plaatsen die al te steil of te glad waren, zat er niets anders op dan af te stijgen en het dier aan de teugel mee te voeren. Ze was blij dat George zich om Elisabeths muildier bekommerde en het in moeilijke situaties bij het halster pakte.

Ondertussen waren ze al anderhalf uur onderweg in het oerwoud en nog steeds wond het pad zich in scherpe bochten omhoog. Lag Wuga soms op een bergkam? Wanneer ze af en toe wat verder konden kijken, konden ze op de hellingen de velden van de Afrikanen zien. Lindegroene bananenbosjes, donkergroene maisvelden, ook grijskleurig suikerriet. De meeste dorpjes lagen op kleine bergtoppen, dicht op elkaar staande groepjes hutten met rieten daken, omgeven door een brede afrastering van groene bosjes om de bewoners tegen aanvallen van wilde dieren te beschermen. Zouden ze doorreizende Europeanen vriendelijk ontvangen en hun een slaapplaats in hun hut aanbieden?

De hemel kleurde vlammend rood toen ze eindelijk de bergrug helemaal beklommen hadden. Ondanks de inspanning had Charlotte het koud, want in de schaduwen van het woud heerste een vochtige koelte. Op de rotsachtige kam hadden ze een prachtig uitzicht. Voor hen lag een weidse vallei, doorsneden met kleinere bergketens en diepe ravijnen waardoor zich een schuimende rivier slingerde.

'Daar ligt de missiepost Wuga,' zei Peter en hij wees met zijn hand.

Op een halfronde verhoging waren gebouwen te onderscheiden, door het schijnsel van de ondergaande zon in laaiend oranje gehuld. Er leek geen kerk bij de missie te horen. 'Tot daar is het zeker nog een uur lopen,' schatte George. 'We kunnen beter in een van de dorpen om een slaapplaats vragen.'

'Dat zijn heidenen die ons niet bij zich willen hebben,' waarschuwde Peter.

'We kunnen het altijd proberen,' sprak George hem tegen.

'Niet nodig zo kort voor het eindpunt. God zal ons leiden.'

George was niet de enige die het voornemen van Peter niet beviel. Ook de drie dragers die hij in Mombo had gehuurd, weigerden aanvankelijk om in het donker verder te gaan.

'Het woud is 's nachts vol geesten. Mpepo woont in rotsen en slaapt in bomen. Hij komt tevoorschijn als het donker is. Ook demonen van dieren hebben macht wanneer zon aan hemel tot as verbrandt…'

'Jezus Christus, de heerser over alle geesten en demonen is met ons. Onder zijn bescherming kan niets of niemand ons wat aandoen, zelfs geen boosaardige tovenares. Laten we voorwaarts gaan in de naam des Heren!' riep de missionaris pathetisch. De door hem meegebrachte dragers, bekeerde christenen, zetten zich in beweging en de door George ingehuurde Afrikanen sloten zich bij hen aan nadat ze wat droge takken aangestoken hadden om als fakkel te dienen. Peter gaf George een van zijn lantaarns. De afdaling naar het dal begon. Elisabeth hield zich fantastisch op haar rijdier. De zevenjarige beweerde helemaal niet moe te zijn en wees George' voorstel om achter haar te komen zitten zodat ze in zijn armen wat kon slapen verontwaardigd van de hand.

'Ga maar bij mama zitten, die wil vast wel bij je slapen.'

Het oerwoud was Charlotte niet vreemd. Ook bij de Kilimanjaro waren dichte bossen waar ze vaak doorheen gereden was, maar nooit 's nachts. Alles om haar heen leek veranderd te zijn. Het geschreeuw van de kleine apen tussen de takken was verstomd, de vogels zwegen, enkel het kabbelen en ruisen van onzichtbare beekjes begeleidde hen. Nachtbloeiende bloemen openden hun kelken en verspreidden een zacht zoete geur. Uit de bodem steeg een vreemd gronderige muffe damp op. Overdag was het al schemerig geweest onder het dak van de hoge oerwoudreuzen, nu echter heerste totale duisternis. Het gelige schijnsel van de fakkels liet rare trillende vormen in het donker ontstaan, dunne stammen rekten zich als uitgestrekte armen, grijze bladeren werden vertrokken mensengezichten. Neerhangende twijgen bewogen zo zachtjes dat Charlotte even geloofde dat een boomslang zich naar beneden liet glijden. Het nachtelijke woud sliep niet, integendeel, het was vol leven. Nachtvogels streken als schaduwen aan hen voorbij, boodschappers uit de *kuzimi*, het rijk van de geesten waar de gestorvenen naartoe gingen volgens het geloof van de Afrikanen. Demonisch glinsterende ogen staarden de vreemdelingen vanuit de duisternis aan.

De dragers die aan het hoofd van de groep liepen om met stokken en kapmessen het pad vrij te maken, begonnen in hun eigen taal zachtjes voor zich uit te prevelen. Soms gebruikten ze een woord dat uit het Swahili kwam en Charlotte begreep na een tijdje dat ze uit het hoofd geleerde, Bijbelse woorden opzeiden. Peter bleef zwijgen, hij had een kapmes gepakt en sloeg daarmee woedend op het kreupelhout in. Ondanks zijn ziekelijke voorkomen had hij zich als een volhardende trekker bewezen, er scheen meer kracht in hem te zitten dan het zich liet aanzien.

Waren ze nog wel op het pad of sloegen ze zich inmiddels een geheel eigen weg dwars door de wildernis? Ze hadden nu de bodem van de vallei bereikt, ergens vlakbij was het ruisen van water te horen, dat moest de rivier zijn die ze vanaf de bergkam hadden gezien. Voor hen was niets anders dan gebladerte en takken waar de lianen doorheen kronkelden. De bomen stonden steeds dichter op elkaar, op veel plekken moesten ze een omweg maken om de muildieren mee te kunnen nemen.

'Volgens mij zijn we Wuga al voorbij,' riep George naar de missionaris. 'Ik denk dat we meer links moeten aanhouden, richting de rivier. De heuvel ligt vlakbij...'

Hij kon zijn zin niet afmaken omdat Charlottes rijdier zo steigerde dat ze slechts met veel moeite in het zadel kon blijven zitten.

'Mama!' riep Elisabeth angstig.

Het dier maakte wilde sprongen en was bijna over het pad teruggedraafd als George het niet snel bij zijn halster had gegrepen. Het kostte hem al de kracht die hij bezat om het muildier tegen te houden, maar toen kwamen twee dragers hem te hulp en kon Charlotte afstijgen. Het dier bleek een bloedende wond aan zijn rechtervoorbeen te hebben opgelopen, hoe kon niemand zeggen.

'Waarom moest je die beesten ook per se meeslepen!' kiftte Peter. 'Je ziet zelf dat ze ons alleen maar ophouden.'

George hield verbeten zijn mond en deed zijn best de wond te verbinden terwijl de trotse bezitter van het dier, een van de drie mannen uit Mombo, bezorgd het halster vasthield. Het leek een beet te zijn. Misschien had het enthousiaste slaan met de stokken een slang opgeschrikt die zich bedreigd voelde en toegebeten had? Maar eigenlijk was de wond daarvoor te groot.

'Ga bij Elisabeth achterop zitten,' riep George ten slotte. 'We binden de gewonde ezel met een touw aan de anderen vast, dan loopt hij wel mee. Hier, pak aan.'

Hij gaf haar zijn geweer en ze hing het over haar rug zonder vragen te stellen. Hoe vreselijk het ook was, als het om de beet van een gifslang of een ander giftig reptiel ging, zouden ze het ongelukkige schepsel niet laten lijden.

George begaf zich naar het hoofd van de kleine karavaan, nam een van de Afrikanen de fakkel uit zijn hand en wees aan een weg naar links vrij te maken.

'Wat moet dat?' wond de missionaris zich op. 'Ik heb die mannen meegebracht, het zijn goede christenen en luisteren naar mijn...'

'Genoeg zo,' bromde George. 'Ik heb geen zin de nacht in het oerwoud door te brengen. We gaan nu in de richting die ik bepaal.'

Op deze barse woorden durfde Peter niets terug te zeggen, maar het gebaar dat hij maakte sprak boekdelen. Zijn volgelingen maakte het weinig uit, de mannen deden wat George hun opdroeg en het leek er bijna op alsof ze blij waren een vastbesloten leider te hebben. Langzaam zette het reisgezelschap zich weer in beweging. De lantaarns hadden het allang begeven en steeds opnieuw moesten ze op zoek naar droge stokken om nieuwe fakkels te maken. Ze liepen nu in een andere volgorde: voorop gingen drie mannen met stokken en kapmessen, daarna kwam George die zich ook met een kapmes bewapend had. Peter bleef bij de dragers in het midden van de groep, de beide muildieren vormden de achterhoede.

'Mama?'

Charlotte had een arm om Elisabeth geslagen. De kleine was doodmoe, maar kon door de opwinding niet slapen.

'Wat is er?'

'Daar is een gezicht tussen het hoge gras, heb je het gezien?'

Ze stak haar arm uit, maar Charlotte kon niets ontdekken, het schijnsel van de fakkel was de plek al voorbij.

'Het was vast een raar gevormde stam of een bosje varens, Elisabeth. Ik heb me daar eerder ook in vergist.'

'Het was zeker geen varen, mama. Ik heb het heel duidelijk gezien, alleen heb jij slechtere ogen dan ik, daarom herken je niets. Het zag eruit als een Afrikaanse krijger met hier en daar bruine en zwarte strepen en wit omrande ogen. En zijn neus was helemaal zwart geschilderd.'

Charlotte probeerde haar ongerustheid te verbergen. Was het mogelijk dat ze door oorlogszuchtige Afrikanen bespioneerd werden? Midden in de nacht? Bovendien werd gezegd dat de Waschamba vredig gezind waren...

'Probeer een beetje te slapen, Lisa. Ik hou je vast.'

'Zijn we al bijna in Wuga?'

'Zeker, mijn schat. George leidt ons er nu naartoe.'

'Dan zijn we er vast zo.'

De kleine leunde tegen haar moeder aan en leek nu werkelijk een beetje te willen dutten. Charlotte had zich vaak omgedraaid om naar het gewonde muildier te kijken dat tot nu toe dapper achter hen aan gestrompeld was. Nu voelde ze opeens dat haar eigen muildier onrustig werd en ook het gewonde dier drukte zich dicht tegen het hare aan. Iets in de ondoordringbare duisternis achter hen op het pad moest de dieren opgeschrikt hebben.

'Hou je fakkel omhoog,' riep ze naar de dichtstbijzijnde drager in het Swahili. 'Er is iets mis.'

De man reageerde niet direct, misschien had hij haar niet goed verstaan. Toen hij eindelijk de fakkel omhooghield gloeiden in het flakkerende licht twee ogen op. Charlotte rukte bliksemsnel het geweer van haar rug en Elisabeth schreeuwde het uit toen de kolf langs haar hoofd schampte. Een fractie van een seconde keek Charlotte de heerser van het oerwoud in het gelaat, dat mooi getekend en tegelijk verschrikkelijk was. Zijn ogen gloeiden moordzuchtig terwijl hij zich op zijn prooi stortte. En toen knalde het schot door de stilte van het nachtelijke woud.

'*Chui*!'

Apen krijsten boven hen in de bomen. Charlottes muildier hinnikte panisch en steigerde van angst. Elisabeth klampte zich bang aan zijn manen vast.

'Chui!'

Na de eerste schrik liep iedereen door elkaar, kreten galmden in de door fakkels verlichte nacht. Twee dragers hadden geweren en schoten op het vluchtende beest. Elisabeth huilde luidkeels van schrik. George tilde haar van de ezel en wiegde haar troostend in zijn armen.

'Verdomde knaap. Hij moet al een tijdje achter ons aan geslopen zijn. Heb je hem te pakken gehad?'

'Wat een vraag. Natuurlijk niet. Ik zou het nooit over mijn hart kunnen verkrijgen om een luipaard te doden.'

Charlotte trilde over haar hele lichaam. Ze wist dat ze onzin kletste. Natuurlijk had ze het roofdier gedood als het haar kind of haarzelf had aangevallen, maar in de haast had ze helemaal niet kunnen richten. Het luipaard had zijn sprong al ingezet en ondanks zijn schrik door het schot met zijn klauw de hiel van het ongelukkige muildier geraakt.

'God de Heer heeft zijn beschermende hand over ons gehouden,' mompelde missionaris Siegel met bevende lippen. 'We zullen een gebed uitspreken.'

Het leek noch George, noch Charlotte een geschikt moment om te bidden. De muildieren probeerden zich los te rukken en Elisabeth, die nu helemaal oververmoeid was, huilde nog steeds. Deze keer gehoorzaamden de Afrikanen echter de missionaris. Ze dankten Jezus Christus voor zijn bescherming, hij die alle demonen overwon en zelfs de Chui, de machtige brenger des doods, de heerser van het oerwoud, verdreef.

Charlotte vouwde ook haar handen terwijl Peter het Onzevader in het Swahili opzei. George hield de kleine op zijn arm en het lukte hem tegelijkertijd zijn geweer gereed te houden. Ze konden er in geen geval zeker van zijn dat het luipaard het niet nog een keer zou proberen. Bij het uitspreken van het amen was ook Elisabeth weer rustig. De muildieren snoven zachtjes, de meeste fakkels waren opgebrand en moesten vervangen worden.

'Stil!' zei George toen een van de dragers zijn kapmes ophief om een droge tak te kappen. 'Luister!'

Ze hoorden het ruisen van de rivier, af en toe krijste een aap die in zijn slaap gestoord was, iemand hoestte doordat de rook van een fakkel in zijn neus was gekomen. En toen voerde de nachtelijke wind opeens bevreemdende klanken naar hen toe. Het klonk als een onsamenhangend ver verwijderd klagen en Charlotte had even nodig om de melodie te herkennen.

'Open de deur, open de deur wijd, hier komt de Heer der heerlijkheid...'

'Dat... dat is een Duits kerstlied,' mompelde ze.

Het was volslagen krankzinnig deze melodie hier in het oerwoud te horen te midden van al die geheimzinnige natuur, de geurende planten, de magische betovering van de Afrikaanse wildernis.

'Hierlangs,' beval George zeer tevreden. 'Precies zoals ik gezegd heb.'

Nog geen kwartier later beklommen ze de heuvel en bereikten het missiegebouw waar de missionarissen met hun zwarte bekeerlingen Duitse kerkliederen oefenden.

De ochtendlijke hemel was bedekt met een lichte sluierbewolking. Een mild en toch helder licht lag over het landschap en toonde haar zachte schoonheid. Wat Charlotte gisteren nog als een steile bergkam voorgekomen was, leek nu een keten lage heuvels bedekt met donkergroene bossen waar slechts hier en daar een grijze rots vol kloven uit omhoogstak. In de diepte van het dal regen zich kleine verhogingen aan elkaar, een reeks slingerende lijnen die in de verte steeds minder duidelijk werd. De toppen van de heuvels waren met gras begroeid, er waren lage bosjes en varens te zien, een paar imposante bomen rezen omhoog als achtergebleven oerwoudreuzen. Op een paar van deze heuveltoppen waren hutten van de inheemse bevolking te onderscheiden en ook de kleurige rechthoeken van hun velden waar ze mais, bonen, tabak en suikerriet verbouwden. In westelijke richting, omgeven door wolkennevels, lagen de blauwachtig gekleurde hoogste toppen van het Usambaragebergte. Sommige waren meer dan tweeduizend meter hoog.

'Wat we allemaal niet hadden kunnen doen met dit romantische stukje aarde,' verzuchtte Peter. 'Helaas gaat het hier in Wuga niet al te goed, wat betreft de doelstellingen van de missie.'

Ze zaten op de eerste verdieping van het missiegebouw aan een tafel van aan elkaar vastgetimmerde kisten waarop een jonge Afrikaan juist het ontbijt geserveerd had. Hij had heel trots een beschilderde porseleinen theepot voor hen neergezet, waarschijnlijk het kostbaarste bezit van de vrouw van een der missionarissen die ze als haar oogappel bewaakte. De kopjes die erbij hoorden waren enigszins beschadigd. De borden, waarop verscheidene stukken droog gerstebrood en in olie gebakken bananenkoekjes lagen, waren van klei. Verder was er wilde honing en een zeldzaam lekker ruikende rode jam die Charlotte nog niet eerder gegeten had.

'Maar er gebeurt hier toch van alles, Peter?' wiep ze tegen. 'Kijk wat een drukte er beneden op de binnenplaats heerst. Ze hebben zelfs een drukpers die de zwarten kunnen bedienen.' Het missiegebouw was in basis een knoeiwerk. Vermoedelijk was het eerst alleen maar een huisje van baksteen met een rieten puntdak geweest waar men een tweede naast had gebouwd en die met elkaar verbonden had. Nu was er zelfs een veranda met een golfplaten dak waar de drukpers stond. Behalve het missiegebouw waren er enkele langgerekte bakstenen gebouwtjes die als woningen voor de Afrikanen en als klaslokalen dienden. Een kerk of kapel ontbrak. Alle gebouwen lagen gegroepeerd rond een met gras begroeide binnenplaats waar overdag het kleinvee rondliep. Bomen en struikgewas beschutten de binnenplaats in de open plekken tussen de gebouwen en hier en daar diende een opgehangen stromat ertoe mens en dier zo nodig tegen de rooftochten van de woudbewoners te beschermen.

Peter schoof zijn theekop opzij en bekeek Charlotte met een meewarige blik. Zeker, ze hadden hier in Wuga een drukpers. Er werden verzamelingen Bijbelse verhalen gedrukt in de taal van de Waschamba en sinds kort zelfs het evangelie.

'Maar waar is het allemaal goed voor als de reeds bekeerde christenen weer aan de duivel ten prooi vallen? Heb je niet gehoord wat Franz Gleiss gisteravond verteld heeft? Meer dan twintig zielen zijn gedurende de afgelopen maanden weer aan het heidendom verloren. Wat anderen voorspoedig opgebouwd hebben, brokkelt onder zijn handen af...'

Charlotte knikte ten antwoord omdat ze geen zin had in een discussie. Franz Gleiss had eigenlijk wel een goede indruk op haar gemaakt. Hij was een beetje breedsprakig en niet erg knap, maar hij verstond de taal van de Waschamba uitstekend en vertaalde teksten uit de Bijbel voor de Afrikanen. Zijn vrouw had harde gezichtstrekken die door het strak naar achteren getrokken haar nog scherper naar voren kwamen. Charlotte kon geen hoogte van haar krijgen. Ze was een zwijgzaam mens en ze maakte de indruk niet al te blij met het nachtelijk bezoek te zijn geweest. Al vroeg in de ochtend was ze met twee zwarte vrouwen naar de rivier afgedaald om de was te doen. Charlotte dronk een slok thee en luisterde of er geluid kwam uit de naastgelegen kamer. Elisabeth liet nog niet van zich horen. Ze was de avond ervoor oververmoeid geweest en pas laat ingeslapen.

'Ze drinken hier thee, misschien ook koffie. Een missionaris moet zich voeden met hetzelfde als wat zijn beschermelingen eten en drinken. Mais, bonen, honing, eieren en geitenmelk...'

'Ik ben blij dat er thee is bij het ontbijt en geen geitenmelk,' zei ze, maar bij het zien van zijn verwijtende blik voegde ze er gauw aan toe: 'maar ik ben dan ook geen missionarisvrouw.'

'Dat zeker niet.'

Peter Siegel had allang in de gaten dat George niet veel ophad met het bekeren van heidenen. Ze hadden er niet over gesproken, maar de ironische opmerkingen van Charlottes echtgenoot waren de missionaris niet ontgaan. In zijn ogen was George Johanssen een arrogant en goddeloos mens en de gebeurtenissen van de afgelopen nacht hadden die mening op de meest negatieve manier bevestigd.

Charlotte kauwde op een stuk in honing gedoopt gerstebrood en keek geamuseerd door het raam naar de binnenplaats. Er zat geen glas in het raam, wel bungelde er bovenaan het houten kozijn een rieten mat die men bij slecht weer naar beneden liet.

Tussen de kippen, eenden en geiten liepen zwarte kinderen rond die klaarblijkelijk uit de omliggende dorpen gekomen waren om naar de missieschool te gaan. Het waren uitsluitend jongens, een van hen droeg trots een vlekkerige leren schooltas op zijn rug. Een merrie en haar veulen dronken uit een stenen waterbak waarnaast de dragers uit Hohenfriedeberg hurkten, maiskoekjes aten en elkaar een kalebas doorgaven. Niet ver van hen vandaan trokken drie Afrikaanse koeien aan de verse grashalmen en leken ook belangstelling te hebben voor een bosje varens. Het was een vrolijk landelijk tafereel dat des te levendiger werd toen George met missionaris Gleiss uit een van de bijgebouwen kwam, gevolgd door de drager van wie het gewonde muildier was.

'Dat vee bezorgt ons alleen maar last! Waarschijnlijk wil de bijdehante knaap zijn verlies vergoed hebben.'

'Mogelijk. In elk geval is een muildier een kostbaar bezit voor een zwarte.'

Naast George' lange, slanke gestalte maakte de stevig gebouwde dominee Gleiss met zijn kaalgeschoren schedel een nogal boerse indruk. Charlotte bekeek haar man met een tedere blik. George had die nacht nog de wonden van het muildier verzorgd. Hij had zich net zo zorgzaam bekommerd om het geschrokken schepsel als hij om een gewond mens zou hebben gedaan. Nu leek hij druk met de eigenaar en de missionaris te onderhandelen en ze was benieuwd wat eruit zou komen. De drie dragers uit Mombo hadden dringend om hun loon gevraagd. Ze waren waarschijnlijk bang nog een nachtelijke wandeling te moeten maken. In geen geval wilden ze meegaan tot Hohenfriedeberg, maar nog vandaag naar Mombo terugkeren.

Peter had zijn karige ontbijt intussen genuttigd. Nu stond hij op en liep peinzend door de kleine kamer, bekeek het uit houten planken getimmerde dressoir, het houten kruis aan de gewitte muur en liet toen zijn blik over de boekruggen in de opgehangen schappen dwalen.

'Aardrijkskunde, taalonderzoek, botanica, waar zijn de werken die ons geestelijk voedsel geven? Er is hier niet eens een publicatie van dominee Bodelschwing te vinden.'

Charlotte spoelde het droge gerstebrood weg met een slok thee. Haar eetlust was verdwenen. Het had hier zo mooi en vreedzaam kunnen zijn, zonder het gevit van Peter.

Arme Klara. Je moest wel heel veel geduld kunnen opbrengen als echtgenote om het met zo'n man uit te houden. Ze had heel veel zin om Peter tegen te spreken, hem te provoceren en zijn woorden te weerleggen, maar ze deed het niet. Niets mocht haar innige relatie met Klara vertroebelen. Om harentwil zou ze zich beheersen en elke ruzie met Peter uit de weg gaan. Ze kon deze man toch zeker niet serieus nemen.

'Weet je wat ze met dat suikerriet doen wat ze daar op die helling verbouwen?' vroeg hij boosaardig en hij keerde zich van de boeken af.

'Ik geloof dat ze er een soort jenever van maken.'

'Precies,' riep hij met vlammende verontwaardiging. 'O, de duivel is overal. Hij loopt rond als een brullende leeuw en wie zich niet tegen hem verzet is een slechte herder. Hoe kan een missionaris zoiets toestaan en daarbij zelf ook een voorbeeld van dronkenschap geven?'

Charlotte antwoordde niet. Beneden was een groep grijze aapjes bliksemsnel uit een boom gesprongen en had zich op een mand eieren gestort die een meisje op de vensterbank had neergezet. Er was een hoop geschreeuw, het pluimvee gakte en stoof uit elkaar, de haastig toegeschoten Afrikanen gooiden stenen naar de dieren, tevergeefs.

'Heeft hij gisteravond niet alcohol geschonken en zelf ook gedronken?' ging Peter zachter verder omdat een zwarte jongen was binnengekomen om de tafel af te ruimen.

'Een klein glaasje brandewijn ter begroeting, nou en? Het was echt een weldaad na al die opwindende ervaringen. Ik denk niet dat iemand er schade van heeft ondervonden.'

'Als je de duivel een vinger toesteekt, dan pakt hij je hele arm en je ziel erbij. Het is eeuwig zonde. Een goede missionaris zou van deze post een waar hof van Eden kunnen maken, Gods rijk op aarde...'

'Neem me niet kwalijk, ik wil snel even bij Elisabeth kijken. Ze lijkt de hele dag door te willen slapen.'

'Maak haar gewoon wakker, we moeten snel op weg. Het is al na achten.'

Beneden hadden George' onderhandelingen iets opgeleverd. Het gewonde dier kon op de missiepost blijven en ter compensatie kreeg de eigenaar een ezel die bij de missie hoorde. De man leek niet helemaal gelukkig met deze ruil. Hij bekeek het grijze dier steeds opnieuw van alle kanten, keek in zijn bek, in zijn oren, onderzocht de hoeven, maar uiteindelijk leek hij in te zien dat een gezonde ezel beter was dan een gewond muildier.

Met een tevreden grijns keek George omhoog naar het raam en zwaaide naar Peter.

'Als jullie beiden klaar zijn met ontbijten, kunnen we weg. Missionaris Gleiss stelt ons heel vriendelijk drie muildieren en een drager ter beschikking.'

'Daarvoor danken we hem hartelijk,' riep Peter naar beneden. Charlotte had de deur naar de zijkamer al opengedaan, maar ze hoorde hem nog brommen dat drie dragers en één muildier beter waren geweest.

Een half uur later stond de karavaan klaar voor vertrek. De enige die absoluut geen zin had om de reis voort te zetten, was Elisabeth. Charlotte had haar wakker moeten maken en ook het ontbijt was niet naar de zin van de jongedame geweest. Het allerergste was dat haar moeder uitdrukkelijk had geweigerd Fräulein Mine uit de koffer te halen. De pop kon op de grond vallen als Elisabeth haar onderweg op haar arm had, daarom zou ze haar lieveling pas 's avonds in Hohenfriedeberg terugkrijgen.

Missionaris Gleiss schudde Charlotte en George de hand en streek de huilende Elisabeth over haar wang. Verlegen verzocht hij hun zijn vrouw te verontschuldigen. Ze was op het moment heel erg ongelukkig omdat ze een paar weken geleden een kind hadden verloren.

'Onze kleine Bertha was nog geen twee jaar oud toen de Heer haar tot zich nam. We moeten Gods wil deemoedig accepteren, maar voor mijn vrouw is het een hard gelag. Het is het derde kind dat ons is afgenomen en daardoor doet het zien van kinderen haar veel pijn. Vat u het alstublieft niet persoonlijk op.'

'Natuurlijk niet,' reageerde Charlotte getroffen. 'Breng alstublieft aan haar over dat ik het heel goed kan begrijpen. Ook ik heb kortgeleden een dergelijk verlies geleden.'

Donkere wolken hadden zich boven hen samengepakt en ze hadden haast om tenminste het oerwoud te bereiken waar ze beter beschut zouden zijn tegen de dreigende stortregen. Samen met de dragers en muildieren volgden ze een kronkelend pad in noordwestelijke richting en bereikten na ruim een uur een hoogvlakte waar tot hun vreugde een echte straat was.

'Die leidt naar Domäne Kwai,' verklaarde Peter.

Het in 1886 gebouwde biologische en landbouwkundige teststation waar onder andere de Duitse arts en microbioloog Robert Koch onderzoek deed naar verschillende tropische ziekten was al snel tot staatseigendom uitgeroepen en voor de kolonie van grote betekenis. Toch was de straat eerder een landweg met twee diepe sporen waar na de regen het water doorheen stroomde. Ze vermeden de modderige geulen en liepen in het midden, waarbij ze erop moesten letten hun voeten op het gras te zetten om niet in de blubber te zakken. Ondanks hun inspanningen waren na een kwartier de benen van mens en dier met roodachtige modder bedekt, een van de dragers was zelfs tot zijn knieën in de smurrie gezakt. Elisabeth was weer rustig, Fräulein Mine was vergeten en ze giechelde vol leedvermaak over George' met modder bespatte broek.

Ondanks de ongemakken keek Charlotte nieuwsgierig naar het landschap. Het oerwoud was hier op grote schaal gerooid en ruim aangelegde velden, waarop zowaar aardappels en haver verbouwd werden, ontvouwden zich voor hun ogen. Op de weilanden zag ze grote kuddes bruine en gevlekte koeien die zichtbaar goed gedijden. Houten keetjes boden de herders en arbeiders bescherming tegen de tropische regens.

'Sommige plantagemaatschappijen bezitten tien of meer plantages,' liet Peter zich weer horen. 'Ze zetten houtzagerijen op, trekken brede banen door het oerwoud en ontginnen de ene na de andere akker. Ze gebruiken de Afrikanen als goedkope arbeidskrachten, maar ze geven niets om hun zielen.'

'Zijn er niet ook kleine plantages?'

'Zeker, maar veel kolonisten komen als gelukszoekers hierheen en geven het weer op als in de eerste jaren de verwachte rijkdom uitblijft. Wij Duitsers tonen de Afrikanen dat het geld de wereld regeert, hoe moeten ze dan het ware christelijke geloof vinden.'

Deze keer had Peter niet helemaal ongelijk, dacht Charlotte. Met een kennersblik bekeek ze nauwgezet de aanplant en constateerde dat de koffieboompjes nogal miezerig waren. Geen wonder, er was bijna niets wat schaduw gaf op deze velden, alleen een enkele acacia of een eenzame bananenstruik. En het was goed mogelijk dat de bodem al uitgeput was.

'Nou, lieverd?' zei George vrolijke tegen haar. 'Ben je aan het bedenken hoe je deze plantage weer op de been kunt krijgen? Ik zie het aan het puntje van je neus.'

'Dat zou me zeker plezier doen,' gaf ze toe. 'Maar ik weet dat een zekere dokter Johanssen zich op een dergelijke plek niet thuis voelt.'

'Ach, het is best leuk en landelijk hier,' zei hij een beetje spottend. 'Veel koeien en als de bergen er niet waren kon je je in Oost-Friesland wanen.'

'Alleen kan van deze koeienmelk geen boter gemaakt worden.'

'Maar je kunt tabak aanplanten. De Afrikanen doen het ook.'

'Ja, tabak en suikerriet.'

'Jenever en roken,' stelde hij grijnzend vast. 'Misschien ga ik het landleven op zekere dag toch nog leuk vinden.'

Charlotte lachte om zijn scherts en was tegelijkertijd blij dat Peter aan het hoofd van de groep liep en hun gesprek niet kon horen.

Ze konden de met hoge bomen omzoomde weg een heel stuk volgen tot hij eindigde bij de poort van een plantage. Charlotte was graag naar binnen gegaan om de eigenaren te leren kennen en een beetje rond te kijken, maar Peter schudde zijn hoofd.

'Wat haal je je in je hoofd? Ze zullen ons op eten en drinken onthalen en overal willen rondleiden en dan moeten we de avond met hen doorbrengen en naar hun verhalen luisteren. We zouden een hele dag verliezen.'

Waarom had hij toch steeds zo'n haast? Wat was nou een dag? Ze bevonden zich in Afrika, waar men tijd in overvloed had. De missionaris scheen echter bezeten van de gedachte om vandaag nog Hohenfriedeberg te bereiken. Zo bleef er alleen tijd voor een korte rustpauze waarin ze de muildieren water gaven en een kleinigheid aten om vervolgens weer op te breken. Het was een zweterige reis. Vaak kronkelde het pad in scherpe bochten tegen de rotsen omhoog, voerde langs de berghelling en daalde dan weer af naar een dal. Varens groeiden in ongekende weelderigheid op de hellingen, witte orchideeën en wilde distels bloeiden op de velden, kleine lila viooltjes vormden dichte, heerlijke geurende kussens. Het waren Kaapse viooltjes.

Vroeg in de middag moesten ze dekking onder de hoge bomen zoeken tegen een regenbui, maar daarna klaarde het op en liet de zon de vochtigheid als een lichte nevel boven de bossen uitstijgen. Zodra ze het oerwoud weer in doken werden ze begeleid door het zachte gedruppel en gefluister van de waterdruppels die van de bladeren afvielen, via de stammen naar beneden rolden en in de vochtige bodem wegsijpelden. Bosapen stoeiden boven hen in het gebladerte en lieten kleine stortbuien op hen neerkomen. Eén keer brak een kudde lichtbruine antilopen los uit een dichtbegroeid bosje en vluchtte met grote sprongen bij hen vandaan. Ze gunden zich maar zelden een rustpauze, vochten zich steeds weer een weg tegen nieuwe hoogtes op, klommen over glibberige rotsen en omgevallen bomen en maakten de weg vrij met de kapmessen. Charlotte vreesde dat de dragers op een gegeven moment onder hun zware last zouden bezwijken, maar de Afrikanen schenen bovenmenselijke krachten te bezitten. Ze zetten hun blote voeten met zekerheid neer op kale rotsen en modderige oerwoudbodem, hielden hun last in balans en hadden daarbij nog de kracht hun stokken en kapmessen te gebruiken.

Ook George vertoonde weinig vermoeidheidsverschijnselen. Peter daarentegen hijgde hoorbaar, maar wilde zich niet laten kennen. Later op de middag begon Elisabeth, die zich tot dan toe goed had gehouden, te klagen dat haar achterwerk pijn deed van de harde rug van het muildier, iets wat Charlotte kon beamen.

'Let op, na de volgende bocht zien we de missiepost,' probeerde George haar op te monteren.

'Dat zeg je al de hele tijd! Maar achter de volgende bocht komt altijd weer een bocht en dan nog een en nog een...'

'Kijk, dat aapje hierboven lacht je uit,' riep Charlotte om de kleine af te leiden.

'Die stomme aap kan me niets schelen, ik wil naar huis, naar mijn vriendinnen en naar grootmoeder en tante Ettje en de jongens...'

Charlotte werd boos, maar George nam het meisje resoluut op zijn rug en droeg haar terwijl hij het halster van het ruiterloze muildier in de hand van zijn vrouw drukte. Het ging weer steil bergopwaarts. Ze moesten scherpe bochten bedwingen en steeds hoger wond het pad zich tegen de berg op totdat ceders en sparren tussen de loofbomen opdoken. Charlotte was al bang dat hun nog een nachtelijke wandeling te wachten stond toen zich opeens een uitzicht op een weids vruchtbaar dal voor hun ogen opende, na al de ontberingen een bevrijdende aanblik. Het groene dal was ingesloten door hoge bergen en leek op de vallei van Wuga. Ook hier verhieven zich lage heuvels en kegelvormige bergen op het grasland. Er waren dorpjes te zien waaraan rechthoekige velden grensden en op de oevers van de bruisende rivier graasden schapen en kuddes bruine runderen.

'Daar,' hijgde Peter en hij wees met een uitgestrekte arm naar een van de bergen. 'Daar ligt Mlalo. En daar ligt Hohenfriedeberg.'

Mlalo was een verzameling van ongeveer zeventig ronde hutten die dicht tegen elkaar aan op de ronde top van een steile berg stonden. Een ring van dicht struikgewas en bananenbosjes beschermde het dorp tegen indringers en aan de voet van de berg vormde een riviertje een schilderachtige waterval, waarvan het ruisen tot in de verre omtrek te horen was.

De missiepost lag aan de andere kant van de rivier en stond ook op een verhoging, maar een die vlakker was en waarop hoge bomen groeiden. Hohenfriedeberg leek aanzienlijk groter te zijn dan Wuga. Tussen de bomen lichtten meerdere witte gebouwen op en er was een kerk, te herkennen aan de spitse toren en het lange met stro gedekte middenschip.

'Een heus paradijs,' beweerde Peter. 'Jullie zullen zien hoeveel we hier bereikt hebben.'

Nu ze hun doel voor zich zagen liggen was alle uitputting vergeten. Elisabeth liet zich braaf weer op haar muildier zetten, Peter liep met nieuwe energie vooraan en de dragers begonnen opgewekt met elkaar te kletsen. Ze kenden de paden, die van nu af aan naar beneden liepen, goed en waarschijnlijk verheugden ze zich erop gauw weer met hun familie herenigd te worden. Alleen de muildieren lieten zich niet aansteken door de optimistische stemming. Ze gedroegen zich bijzonder nukkig en hadden na de inspannende dag geen zin om harder te lopen dan absoluut noodzakelijk was.

Hohenfriedeberg leek met zijn vele gebouwen meer op een dorp dan een missiepost. Daarbij vormde het het middelpunt van verschillende nieuwe nederzettingen die door bekeerde Afrikanen op de omliggende heuvels gebouwd waren. Peter kende ze allemaal en noemde vrolijk hun namen op. Daar lag Araratie, de naam was door de oprichter van de nederzetting zelf gekozen omdat hij zelf de doopnaam Noah gekregen had. Aan de andere kant lag Betania en daar verderop bevond zich Kana. Er waren ook nederzettingen die namen uit de Waschambataal droegen, Kialilo of Tschumbagem bijvoorbeeld, wat in het Duits zoveel als 'berg van hoop' en 'berg van vreugde' betekende.

'Waarom hebben die mensen hun oude nederzettingen verlaten en nieuwe gebouwd?' wilde Charlotte weten.

Ze zag dat George zijn wenkbrauwen optrok en fijntjes lachte. Hij scheen het antwoord te weten. Peter was echter blij zijn kennis door te kunnen geven.

'Nou, de bekeerde Afrikanen leven wel in vrede met hun heidense familie, maar ze horen niet meer bij hun oude dorpsgemeenschap. Dat is ook beter, anders zou het heidendom weer bezit van hen kunnen nemen. Daarom hebben ze hun eigen christelijke nederzettingen gebouwd.'

Door de velden liepen talloze smalle en brede beken die vanaf de bergen naar de rivier stroomden. Steeds opnieuw moest het reisgezelschap een van deze stroompjes oversteken. Vele waren slechts smalle geulen waar je gemakkelijk overheen stapte, andere stroomden breed en onstuimig over vlak gesteente zodat je erg uit moest kijken om niet je evenwicht te verliezen en in het ijzige water te vallen. Algauw liepen de eerste Afrikanen hun tegemoet, vooral kinderen van alle leeftijden die nauwelijks een stukje stof aan hun lijf droegen en hen met grote nieuwsgierige ogen opnamen. Ze werden gevolgd door de vrouwen van de dragers die hun mannen met lichte trillergeluiden begroetten. De mannen wisselden een paar snelle woorden met hen en streken met een hand over de kaalgeschoren hoofden van hun kinderen, maar geen van hen kwam op het idee te blijven staan.

De stralen van de zon raakten al aan de westelijke toppen en lieten hun rossige schijnsel over de hemel uitvloeien toen de reizigers de heuvel van Hohenfriedeberg beklommen. Ook hier renden Afrikanen hun tegemoet, jonge vrouwen gewikkeld in kleurige doeken, mannen in witte overhemden waaronder ze donkere rokken droegen en vooral kinderen, gekleed in lichte kielen. Tussen alle zwarte hoofden lichtten ook blonde haren op. Elisabeth kon het nauwelijks geloven, hier woonden werkelijk witte kinderen. Jonge jongens in kort broeken, bruinverbrand, met blond schouderlang haar om hun nek tegen de hete zon te beschermen. Drie kleine meisjes, jonger dan Elisabeth, gekleed in mooie jurkjes tot op de grond die ook in Duitsland in de mode waren. Alleen de sandalen aan hun blote voeten zouden in het vaderland vreemd overkomen. De jongste had haar duim nog in de mond.

Charlotte keek opgewonden uit naar Klara, maar ze kon haar nichtje niet ontdekken in het gewemel op de langgerekte, pittoreske binnenplaats. Geiten en schapen liepen tussen de mensen door. Afrikanen hielpen de dragers hun last neer te zetten en een zwarte vrouw reikte Charlotte een beker met heerlijk koele limonade aan.. George had Elisabeth van haar muildier afgeholpen en wendde zich toen naar Charlotte die met stramme benen uit het zadel gleed.

'Heb je haar al gezien?' vroeg hij schalks en hij wees naar het missiegebouw van twee verdiepingen.

Een tengere vrouw in een lichtblauwe jurk stond bij een raam en hield een kind op de arm. Klara had haar haar met een witte doek bedekt en haar gezicht kwam heel klein en bleek op Charlotte over. Op Samuels hoofdje was een roodachtig dons te zien. De kleine leek rood haar te krijgen.

'Klara!' brulde iemand naast haar. 'Wat sta je daar? Kom naar beneden, ik heb dorst en ben moe.'

Peters gezicht, dat net nog vrolijk en trots was geweest, had nu een lijdzame trek aangenomen.

'Ze heeft voor iedereen tijd, behalve voor mij,' voegde hij er verongelijkt aan toe bij het zien van Charlottes verbaasde blik.

De grote zaal waar men gezamenlijk de avondmaaltijd gebruikte, was heel sober gehouden. Alleen een donkerhouten kruis en een foto van dominee Bodelschwing tooiden de gewitte muren. Het meubilair bestond uit zelf getimmerde stoelen, een lange tafel en een lessenaar die voor Bijbelstudie en gebeden gebruikt werd. De Afrikaanse vrouwen hadden de tafel met twijgen en bloemen versierd en ook de gerechten waren smakelijk en goed bereid. Gebakken bananen met noten en ananas, kip gekruid met gember, ingemaakte bonen, compote van mango en pompoen met de geur van rijpe citroenen. Het was onmogelijk alles op te noemen wat die avond op tafel kwam. Desondanks voelde Charlotte zich verlegen, een gewaarwording die ze niet zo goed kon verklaren, vooral ook omdat Elisabeth, die midden tussen de kinderen zat, heel opgewekt was. Eigenlijk moest ze blij zijn dat haar dochter zich zo op haar gemak voelde. Zijzelf had er echter moeite mee zich te midden van de vriendelijke christenen, met een zwarte en een witte huidskleur, prettig te voelen.

'Laten we nog een keer God de Heer danken die jullie op deze reis zo trouw begeleid en veilig bij ons gebracht heeft...'

Missionaris Becker herhaalde de zin in een voor Charlotte onbekende mix van Swahili en de taal van de Waschamba, zodat ook de zwarte diakenen hem konden verstaan. Hij had een heel heldere stem en klonk enigszins bedrukt. Verder was hij een beminnelijke oudere heer met een witte baard en een flinke neus, de hals een beetje mager. Hij deed Charlotte denken aan een tuinkabouter.

Ze vouwde haar handen en boog haar hoofd. Terwijl de missionaris bad, kon ze het niet laten steels naar Klara te kijken. Ze hadden elkaar kort, veel te kort, kunnen begroeten. Een enkele omarming waar Klara zich, heel anders dan anders, snel weer uit losmaakte alsof ze bang was al te zeer aan haar ontroering toe te geven. Ook het onafgebroken praten en snikken wat haar nichtje op dergelijke momenten altijd overviel, was deze keer uitgebleven. Waarom? Had Klara het haar kwalijk genomen dat ze zonder haar naar Duitsland was gegaan? Maar dat was toch haar eigen beslissing geweest? Of toch niet?

Klara was niet naast haar aan de tafel komen zitten. Ze zat schuin tegenover Charlotte naast haar man en had de kleine Sammi op schoot. Klara's zoon had inderdaad een zacht felrood dons op zijn hoofd, verder zag hij er precies zo uit als op haar tekeningen. Een smal gezichtje met hele grote, een beetje beschaduwde ogen. Klara voelde haar blik en keek terug. Een klein lachje gleed over haar gezicht voor ze haar ogen weer neersloeg en haar gezicht weer een ernstige uitdrukking aannam. Charlotte was getroost. Het was het vertrouwde lachje van haar nichtje, schuchter en tegelijk oneindig teder. Nee, Klara was niet boos op haar, dat paste ook helemaal niet bij haar.

Het gebed van de missionaris werd met een gezamenlijk 'Amen' beëindigd en vervolgens stond de tweede missionaris, Paul Wohlrab, op om een gebed voor zijn collega Gleiss in Wuga uit te spreken die, zo had Peter ijverig bericht, op dit moment een zware strijd tegen het weer sterker wordende heidendom moest voeren. Net toen Charlotte bang was dat ook Peter Siegel nog met hen wilde bidden, stond mevrouw Wohlrab op om de kinderen naar bed te brengen. Twee Afrikaanse vrouwen hielpen haar en Charlotte was verbaasd te zien hoe gehoorzaam de kinderen hen volgden. Zelfs Elisabeth stond vrijwillig op en kwam naar Charlotte toe om zich goedenacht te laten wensen, gaf George een kus op zijn baardige wang en liep daarop achter de anderen aan.

'Maakt u zich geen zorgen,' zei de gezette mevrouw Wohlrab toen Charlotte vroeg of er nog wel plaats voor haar dochter was. 'De bedden van mijn twee oudsten zijn nog vrij. We schuiven een ervan in de meisjeskamer, dat lukt wel.'

'Dat is heel vriendelijk van u, maar Elisabeth kan ook bij mij en mijn man in het gastenverblijf slapen.'

'Ach, u ziet toch hoezeer ze zich bij mijn meisjes op haar gemak voelt.'

Mevrouw Wohlrab had zeven kinderen op de wereld gezet en zorgde daarbij ook nog voor twee nichtjes, de jongste dochters van haar zus die ook met een missionaris was getrouwd. De zwager was van Hohenfriedeberg naar Rwanda gestuurd en zijn vrouw was hem gevolgd. Ze konden hun tien kinderen echter niet meenemen. Twee meisjes bleven bij de Wohlrabs in Hohenfriedeberg, vier andere kinderen waren in Duitsland over familie verdeeld en de oudere zonen waren daar sowieso al om naar het gymnasium te gaan.

Charlotte moest eraan denken wat haar grootmoeder hierover gezegd zou hebben. Grete Dirksen had nooit vrijwillig een van haar kinderen of kleinkinderen uit huis laten gaan. Maar dominee Dirksen had dan ook niet de ambitie gehad de arme kinderen in het buitenland te bekeren.

Klara bleef naast haar man zitten en hield haar slapende zoon op schoot. Sleepte ze hem overal met zich mee? De kleine moest eigenlijk toch al kunnen lopen, maar Klara had hem tot nu toe nog geen enkele keer op de grond gezet. Ach, ze wilde zo graag met haar nichtje praten. Er was zo veel te vertellen, te vragen, uit te leggen, maar Klara werd geheel door haar echtgenoot en de levendige conversatie aan tafel in beslag genomen. Blijkbaar vertelde hij haar vooral vervelende dingen, want hij zwaaide opgewonden met zijn handen en schudde steeds zijn hoofd. Klara glimlachte meevoelend en voegde af en toe wat bevestigende woorden toe, maar de meeste tijd hield ze haar mond. Charlotte begon zich steeds meer te ergeren, niet alleen aan Peter die het zijn vrouw niet gunde om met haar, Charlotte, te praten, maar ook aan Klara die te laf was om zich tegenover haar man te handhaven.

Het deed er niet meer toe, de avond was voor haar en Klara verloren. In plaats daarvan kreeg ze van missionaris Becker te horen dat in een van de kisten die Peter in Tanga opgehaald en hiernaartoe gebracht had, een huisorgel verpakt was. Ze zouden beginnen het instrument in elkaar te zetten zodat de erediensten in de kerk in een waardig vaderlands kader gevierd konden worden. Hijzelf was helaas totaal niet muzikaal, maar missionaris Wohlrab had een muzikale opleiding gehad en kon koorzang begeleiden. Was het waar dat zij pianospeelde?

'Een beetje,' gaf ze voorzichtig toe.

'U zou ons er een groot plezier mee doen, mevrouw Johanssen. Hier op de missie heeft iedereen zijn eigen taken. Uw nichtje bijvoorbeeld schildert prachtige prenten die we voor onze zendingspreken zo hard nodig hebben. Daarnaast naait ze voor ons allemaal en repareert kapotte spullen. De Here God heeft haar wel een te kort been gegeven, maar hij heeft haar ook voortreffelijke gaven toebedeeld, vooral haar zachtmoedigheid en hoe ze vol overgave van haar kind houdt. Natuurlijk ook van haar man, dat spreekt vanzelf.'

Charlotte beloofde zich naar beste kunnen aan het huisorgel te wijden en hoopte hevig dat het in elkaar zetten van het instrument een hele tijd in beslag zou nemen. Ze had een hekel aan die jammerkasten waar je geen echte muziek op kon spelen, behalve misschien koorzangen en tranentrekkende christelijke composities. Maar als ze hier een poosje wilde wonen, kon ze zich niet aan een dergelijke taak onttrekken.

Wilde ze echt hier blijven tot George terugkwam van de expeditie? Als Klara er niet geweest was zou ze bij de eerstvolgende gelegenheid met Elisabeth naar Dar es Salaam zijn gegaan.

Toen missionaris Becker haar eindelijk met rust liet, bleef ze zwijgend op haar stoel zitten en knabbelde op een paar overgebleven noten. Het was jammer dat ze van de levendige gesprekken tussen missionaris Becker en de zwarte diakenen zo weinig verstond. Ze ving alleen af en toe een paar woorden Swahili op. Het scheen over een vrouw te gaan die na een lang verzet nu toch eindelijk 'tot Jezus' gekomen was. De drie diakenen waren jonge zwarte mannen die hier op Hohenfriedeberg naar school waren gegaan en daarna een opleiding tot leraar en gemeentehelper gevolgd hadden. Ze waren vurig betrokken bij het onderwerp, lachten en onderbraken elkaar bij hun beschrijvingen en Charlotte kwam tot de conclusie dat ze het verhaal van de net bekeerde vrouw steeds opnieuw en tot in detail vertelden.

Ik moet die taal leren, dacht ze, anders ben ik van alles afgesneden wat hier gebeurt. Plotseling voelde ze zich doodmoe, wat geen wonder was na de inspannende dag. Ze moest eerst eens goed slapen, morgen zou de wereld er heel anders uitzien. In principe waren deze mensen toch beminnelijk, een echte grote familie. Zwarten en witten aten gezamenlijk, waar vond je dat verder in Duits Oost-Afrika? Niet op de plantages en zeker niet in de kustplaatsen, waar de koloniale ambtenaren wel zwarte medewerkers voor allerlei banen aannamen maar in hun vrije tijd onder elkaar bleven.

Ze keek vragend naar George, omdat ze graag samen met hem naar het gastenverblijf wilde gaan. Hij was echter totaal verdiept in zijn gesprek met missionaris Wohlrab. Wohlrab was, in tegenstelling tot zijn collega Becker, een aantrekkelijke man. Slank en goed gebouwd met een donkere warrige snor. Charlotte leunde achterover en vroeg zich af of ze onopvallend George' arm zou aanraken om hem op haar attent te maken en besloot toen nog even te wachten bij het zien van zijn geïnteresseerde gezichtsuitdrukking.

'U wilt niet weten, beste dokter Johanssen, hoe moeilijk het hier in het begin met de Waschamba geweest is. De Afrikanen zijn in hun heidendom totaal afgestompt, ze leven net zoals hun voorouders deden en willen nergens over nadenken. Ze hebben weliswaar naar onze preken geluisterd en onze meegebrachte prenten bewonderd, maar het heeft heel veel werk en geduld gekost voor de eersten van hen bereid waren het geloof van hun voorvaderen ter discussie te stellen.'

'De Waschamba hebben dus zoiets als een eigen geloof?' vroeg George schijnbaar verbaasd. 'Bent u erachter gekomen waarin ze geloven?'

'Zeker,' zei de missionaris trots. 'Dat is tenslotte een van onze belangrijkste opdrachten, want als we de Afrikanen willen bekeren moeten we weten wat er in hun hoofd omgaat. En wat we ontdekt hebben is echt heel erg. Deze arme mensen zijn gevangen in de macht van de dood.'

'Macht van de dood? Wat vreselijk. Dan moeten ze toch voortdurend in grote angst verkeren.'

Wohlrabs ogen schitterden. Hij voelde zich begrepen en begon nu de geloofswereld van de Waschamba te beschrijven. Op de eerste plaats waren daar de geesten van de gestorvenen die de hele tijd gesust moesten worden. Daarnaast gelooft de Afrikaan in griezelige machten die in bomen en dieren, in rotsen, rivieren en op de savanne huishouden. Het allerergste echter zijn de tovenaars die hun wijsmaken dat ze het kwaad met duivelse magie kunnen bezweren.

'En? Kunnen ze dat echt?'

George oogstte een geïrriteerde blik van de missionaris en kreeg te horen dat de wilden orakels raadpleegden en offers brachten in plaats van de goddelijke gemeenschap met Jezus Christus te zoeken. In elke hut bevonden zich amuletten en fetisjen.

'Helemaal afschuwelijk zijn hun vieringen waar ze ons soms voor uitnodigen. Het gebeuren begint met dierenoffers en bloedige bezweringen en het eindigt altijd in wild gedans en daden van de grootste schaamteloosheid...'

George, die zich gedurende zijn reizen veel met vreemde geloofswerelden had beziggehouden, schudde schijnbaar afkeurend zijn hoofd en zei toen dat de Afrikanen eigenlijk in groten getale naar de missie zouden moeten rennen om de bevrijdende boodschap van het evangelie te horen. De ironie die in deze zin verborgen zat, ontging de missionaris volledig.

'Nou, intussen hebben we wel enige successen geboekt, beste dokter Johanssen. De eersten die gedoopt wilden worden waren negen jonge knapen van wie helaas slechts vijf echt gedoopt zijn. De anderen zijn door hun familie gedwongen zich weer van ons af te keren. Er werd hun gezegd dat ze anders nooit meer in hun dorp terug mochten komen en ze zouden ook geen vrouw krijgen.'

'Dat is hardvochtig,' reageerde George peinzend. 'Ik heb grote bewondering voor u, missionaris Wohlrab. U neemt een grote verantwoordelijkheid op uw schouders, want u leidt deze mensen op een vreemde weg.'

'We zeggen altijd tegen hen dat ook de discipelen van Jezus eens alles achterlieten om de Heer te volgen.'

'Dat is slim gezegd, al geeft het toch te bedenken dat Jezus' weg rechtstreeks naar het kruis voerde...'

'En van het kruis naar de overwinning, beste dokter Johanssen.'

'Tot de overwinning over de heidenen zeker.'

Het gesprek stokte. De missionaris werd nu langzamerhand toch wat wantrouwig en keerde zich liever tot Peter Siegel om hem nog een keer over de toestand in Wuga uit te horen. Charlotte moest een glimlach verbijten. Georg was niet alleen een tegenstander van de zending, hij was ook geen overtuigd christen, eerder een twijfelaar. Het stoorde haar niet, ook al was ze zelf streng protestants opgevoed. Integendeel, het was spannend om met hem over dergelijke dingen te praten, vooral omdat hij nooit probeerde zijn overtuigingen aan haar op te dringen. Vanavond was ze meer dan trots op hem en ze voelde zich zijn medeplichtige. Ze begreep nu ook de oorzaak van haar onbehagen. Zij en George waren vreemden hier. Ze konden niet delen in het naïeve geloof van de missionarissen en hun zwarte diakenen.

'Onze gasten zullen nu wel erg moe zijn,' zei missionaris Becker, die Charlotte al een tijdje geobserveerd had. 'Laten we een gebed uitspreken en een paar liederen zingen voor we ons te ruste leggen.'

Een van de diakenen lichtte hen bij met een lantaarn op de weg naar het gastenverblijf, ontstak de petroleumlamp in hun kamer en wenste hun een gezegende nacht.

Charlotte en George bleven nog een poosje buiten in het donker staan en luisterden naar het geluid van de waterval dat tot daar te horen was. De hemel was bewolkt, er was geen ster te zien en een ijzige noordoostenwind zorgde ervoor dat ze het koud kregen.

George trok Charlotte naar zich toe en sloeg zijn armen om haar heen om haar te verwarmen, maar toch rilde ze van de kou.

Zonder iets te zeggen gingen ze de zorgvuldig klaargemaakte kamer van het gastenverblijf binnen. Twee houten bedden wachtten op hen en een kleiner bed voor Elisabeth dat in elk geval deze nacht leeg zou blijven. Verder waren er een tafel, twee stoelen en een paar kleerhaken aan de muur. Hun koffers waren er al. Op de tafel stonden een stenen vaas met veldbloemen en een kruik met fris water, waarnaast een Duitse bijbel lag.

'Ze hebben echt moeite gedaan,' mompelde Charlotte terwijl ze de dekens terugsloeg. 'Dat zijn echte veren kussens.'

George rommelde aan zijn koffer, klapte hem open en pakte er een paar dingen uit. Zijn boeken die hij bij elkaar gebonden had liet hij liggen. In plaats daarvan hing hij een geweer en een patroongordel aan een van de haken.

'Ik denk niet dat we ons hoeven te verdedigen,' zei hij schertsend. 'Zoals ik de vrome missionarissen ken, hebben ze zelfs de heersers van het oerwoud bekeerd. Hier ligt het luipaard vredig naast het lammetje en de kippen lopen over zijn klauwen. We zijn in het paradijs beland, mijn schat.'

Ze glimlachte en begon zich uit te kleden, maakte haar opgestoken haar los en voelde dat hij naar haar keek.

'Laat om hemels wil dat afgrijselijke nachthemd liggen, ik wil je zien zoals je nu voor me staat, alleen gekleed in je lange haar...'

Zijn liefkozingen hadden iets troostends. Hij leek aan te voelen hoe ze naar zijn warmte verlangde. Hij nam de tijd, negeerde zijn eigen verlangen en streelde haar als was ze een verdrietig kind. Pas toen hij voelde dat de hartstocht haar ook te pakken kreeg werd zijn grip steviger, werden zijn tederheden haastiger en werd duidelijk hoe hij haar vol ongeduld begeerde. Het hoogtepunt kwam voor allebei sneller dan verwacht, een wilde uitbarsting van gevoelens, zo sterk als ze al lang niet meer beleefd hadden. Ondanks het genot dat ze ervoer, moest Charlotte huilen.

Had hij het gemerkt? Ze voelde hoe zijn hand over haar wang streelde en het spoor van haar tranen over haar slaap tot in haar haar volgde. George zei niets, hield haar alleen lange tijd vast, haar hoofd tegen zijn schouder.

'Hoelang blijf je nog hier?'

Hij moest zijn keel schrapen voor hij kon praten.

'Ten minste vier weken, misschien langer.'

Ze wist dat dat nogal ruim geschat was. Het was nu eind april, in de laatste week van mei zouden de deelnemers aan de expeditie zich in Mombassa verzamelen om gezamenlijk via het Britse Oegandaspoorlijn naar het Victoriameer te reizen.

'Elisabeth is dan volledig gewend. We zullen een prachtig landschap te zien krijgen, Charlotte. De boot vaart langs de oever van het Victoriameer via meerdere aanlegplaatsen. Het zal voor ons zijn alsof we een uitgestelde huwelijksreis inhalen.'

'Ja,' mompelde ze en ze streek zacht over zijn rug. Ze kon de littekens voelen die hij had opgelopen toen hij haar in Naliene uit het brandende missiehuis had gesleept.

'Alleen wij tweeën,' fluisterde hij teder. 'Met de anderen hebben we niets te maken. Die reis zal alleen van ons zijn, Charlotte.'

Ze kon niet verhinderen dat haar tranen weer begonnen te stromen en was nijdig op zichzelf. Waarom was ze zo zwak? Hoe moest hij van haar houden als ze zich zo zielig aan hem vastklampte? Ze beet op haar lip en voelde hoe hij haar slaap kuste en haar tranen met zijn tong oplikte.

'Ik blijf geen heel jaar weg, liefste. Je denkt toch niet dat ik zo lang van je gescheiden kan zijn? Laat me een paar maanden in Rwanda rondzwerven, daarna kom ik bij je terug. Ik zal in geen geval meegaan op de tocht die stroomafwaarts over de Kongo naar de Atlantische Oceaan voert...'

Zei hij dat uit eigen overtuiging of alleen maar om haar te troosten? In het schemerige licht van de petroleumlamp kon ze de uitdrukking in zijn ogen niet goed interpreteren.

‘Maak je geen zorgen, mijn schat. Ik red me wel. Dat is me tot nu altijd gelukt,’ fluisterde ze, ervoor zorgend dat haar stem vol vertrouwen klonk.

‘Dat weet ik, Charlotte. Ik weet dat je me begrijpt. Dat is precies waar ik op vertrouw.’

Juni 1907

George was weg. Hij was op avontuur gegaan en zij moest met haar verlangen leren omgaan. Waarom liet ze zich er zo door in beslag nemen? Als George zo goed zonder haar kon leven, dan zou haar dat ook lukken.

Ze begon opnieuw het pedaal van het huisorgel te bewerken toen haar plotseling een melodie te binnen schoot. Misschien dat dit weerbarstige instrument toch nog ergens goed voor was. De melodie klonk ongebruikelijk en leek totaal niet op de sentimentele Duitse stukken waar de missionarissen en de Waschamba zo van hielden, maar ze had er plezier in haar te spelen.

Charlotte was zo in haar muziek verdiept dat ze het lichtschijnsel dat even in de schemerige kerk viel niet opmerkte. Iemand had de deur opengedaan.

'Dat klinkt heel mooi, Charlotte. Wat is het?' Klara's gezicht was bezweet en had een blos, wat haar goed stond en haar er jonger uit liet zien. Ze had haar zoontje aan de hand die nu per se wilde lopen.

'Ik weet het zelf niet precies,' reageerde ze glimlachend. 'Het schoot me zomaar te binnen.'

Eigenlijk wist ze ondertussen wel dat ze zich door de liederen en ritmes van de Waschamba had laten inspireren. Niet de vrome christelijke liederen die de bekeerde Afrikanen zongen, het waren de klanken die ze bij haar uitstapjes met George naar verder afgelegen dorpen gehoord had. In de drie weken die hij hier op Hohenfriedeberg had doorgebracht waren ze er vaak met z'n tweeën op uit gegaan.

Sammi struikelde een paar passen richting Charlotte en ze strekte haar armen naar hem uit. Hij liep heel langzaam en voorzichtig, een beetje stijf ook, maar het lukte hem haar te bereiken en hij pakte angstig haar handen.

'Er zijn mensen van de plantage Neu Kronau langs geweest. Ze hebben de post voor de missie meegebracht.'

Klara gaf Charlotte een brief en ze herkende George' handschrift. Opluchting welde op, geen vreugde. In plaats daarvan voelde ze een stekende pijn in haar maagstreek.

'Waar is Peter?' zei ze ter afleiding en ze tilde Sammi op haar schoot.

Het was ongebruikelijk dat Klara haar in de kerk opzocht, meestal zat ze bij haar echtgenoot, die altijd weer iets van haar wilde. Het was maar heel af en toe mogelijk om een poosje met haar nichtje alleen te zijn en ook dan wilde de oude vertrouwdheid niet terugkeren. Peter stond tussen hen in en Klara leek niet van zins daar iets aan te veranderen.

'Peter is een toespraak aan het voorbereiden. Stel je voor, die arme Karl Manger is toch gestorven. We hebben zo voor hem en zijn jonge vrouw gebeden, maar de Heer heeft anders besloten en we moeten buigen voor zijn wil.'

De plantage Neu Kronau was een kleine koffieplantage ten noorden van Domäne Kwai. De eigenaar was bij het rooien van een stuk bos onder een omvallende boom gekomen. George had hem behandeld en absolute rust voorgeschreven. Karl Manger had meerdere ribben gebroken en ook zijn longen en milt hadden schade opgelopen. Helaas was George twee weken geleden vertrokken en had de gewonde niet meer kunnen bezoeken…

'Dat spijt me,' zei Charlotte bedrukt. 'En Peter moet de begrafenis verzorgen?'

Klara knikte. Ook al was ze verdrietig om het sterfgeval, haar ogen glansden hoopvol. Peter werd door de missionarissen Wohlrab en Becker weliswaar met broederlijke zorg, maar geenszins gelijkwaardig behandeld. Charlotte was er nog niet achter waarom dat het geval was. Klara's man kwam fysiek gezond en vol dadendrang op haar over. Toch mocht hij niet met Wohlrab of Becker mee als ze eropuit trokken om in de dorpen te prediken. Het was missionaris Peter Siegel toegestaan af en toe de Bijbelstudie of de zondagsdienst te verzorgen en verder was hij verantwoordelijk voor het onderwijs aan de Duitse kinderen, een taak die hij met tegenzin uitvoerde. Nu hadden ze hem dus aangewezen om de arme Karl Manger naar zijn laatste rustplaats te begeleiden.

'Hij vertrekt nog vandaag naar Neu Kronau. Ik wilde dat ik met hem mee kon gaan.'

Charlotte speelde nog een paar maten, maar de muzikale invallen waar ze eerder zo van genoten had wilden niet meer komen. Eigenlijk wachtte ze er alleen maar op tot Klara met de kleine Sammi eindelijk de kerk verlaten zou en de deur achter hen zou dichtvallen. Ze liet haar handen zakken en hield op met trappen.

Er waren haar slechts drie weken met George op Hohenfriedeberg gegund geweest. Drie geweldige weken waarin ze samen door de bossen hadden gezworven, te gast waren geweest in de dorpen van de Afrikanen en kleine meren en prachtige watervallen hadden ontdekt. Ze hadden gezwommen in het ijskoude water en waren dwaas en gelukkig als kinderen geweest. Toen was er echter een boodschapper met een bericht van hertog Von Mecklenburg op de missie verschenen en vanaf dat moment werd George iemand anders. De oude rusteloosheid nam weer bezit van hem, hij verdiepte zich in zijn boeken, tekende kaarten, maakte aantekeningen over zijn wetenschappelijke voornemens en wanneer ze met elkaar praatten, merkte ze dat hij maar met een half oor naar haar luisterde. 's Nachts was hij hartstochtelijk, wekte haar kort voor het ochtendgloren met nieuwe begeerte en wilde haar amper loslaten. En toch voelde ze aan dat ook dat een vorm van afscheid was. Het was met een zwaar hart dat hij bij haar wegging, maar er was iets wat hem bij haar wegtrok, een haar niet helemaal onbekend verlangen dat met het gevoel voor avontuur en vrijheid samenhing.

Was hij teleurgesteld geweest toen ze hem haar beslissing liet weten? Hij had haar nadrukkelijk gevraagd het eerste deel van de reis samen met hem door te brengen, ze was echter onverbiddelijk gebleven. Zijn voorstel was een concessie aan haar geweest die haar moest troosten, maar ze had geen troost nodig. Als hij een jaar weg wilde blijven, dan moest hij dat vooral doen. Zij had geen zin om in Bukoba onder de ogen van de expeditiedeelnemers afscheid van hem te nemen om daarna alleen en met een droevig hart de terugreis te aanvaarden.

George had haar besluit geaccepteerd en had zelfs beweerd dat hij haar begreep. Vlak daarna was hij met twee Afrikaanse begeleiders vertrokken om tijdig zijn uitrusting in Tanga op te halen en aansluitend naar Mombassa verder te reizen. Beneden in de vallei had hij nog een keer naar de missie gewuifd en Elisabeth had, zoals afgesproken, met een kleurige hoofddoek gezwaaid. Charlotte had er onbeweeglijk naast gestaan, verstijfd van verdriet, geplaagd door nare herinneringen aan een soortgelijk afscheid.

Nu deed ze het deksel van het huisorgel naar beneden en schold zachtjes voor zich uit omdat het hout ondanks de droogte kromtrok en het deksel klemde. Ze stond op, pakte de brief met spitse vingers en draaide hem een paar keer om. Hij was in Bukoba gepost, een dikke envelop waarin hij vermoedelijk ook zijn eerste reisverslagen bijgesloten had. Ze zou ze zorgvuldig bewaren, nu had ze echter geen behoefte aan zijn beschrijvingen.

Zoals gewoonlijk was de post eerst naar de missionarissen gebracht, die de brieven vervolgens verdeelden. Iedereen op de missie wist dus dat George haar had geschreven, ze zouden haar erop aanspreken, vragen hoe het met haar echtgenoot ging en dan met een meewarig glimlachje opmerken dat ze de lange tijd van de scheiding het beste met bezigheden kon overbruggen. 'We zijn hier één grote familie,' had mevrouw Wohlrab haar verzekerd en dat was de waarheid. Niets maar dan ook niets bleef voor de anderen verborgen, de heren missionarissen bemoeiden zich overal mee.

In haar kamer aangekomen ging Charlotte zuchtend op haar bed zitten en probeerde haar sombere stemming te onderdrukken. Waarom was ze zo prikkelbaar? Iedereen was bezorgd om haar, daar was niets op aan te merken. Ze moest zich echt beheersen zodat ze andere mensen geen onrecht zou doen.

Vastbesloten opende ze dan toch de envelop en trok de opgevouwen vellen papier eruit. Zoals ze al vermoed had, had hij haar een lange brief geschreven en veel dichtbeschreven vellen met zijn eerste reisverslagen bijgevoegd. Hij had zelfs al potloodtekeningen gemaakt. Minutieuze precieze afbeeldingen die hij, dat wist ze intussen, bliksemsnel en schijnbaar zonder zich te concentreren tijdens een gesprek op papier kon zetten.

De papieren trilden in haar handen. Wist hij niet hoeveel pijn hij haar hiermee deed? Jarenlang had ze dergelijke manuscripten van hem ontvangen, ze vol verlangen en enthousiasme gelezen, zich in vervoering laten brengen en gelijk geweten dat de maker van deze schilderingen onbereikbaar voor haar was. Nu hoorden ze bij elkaar en toch zat ze weer ver weg van hem in een kleine kamer en had niets dan zijn brieven.

Bukoba, 16 juni 1907, één dag voor het vertrek van de karavaan.

Mijn lieve, koppige echtgenote,

Vandaag is de dag aangebroken dat wij afscheid van elkaar hadden moeten nemen als alles gegaan was zoals ik wilde. Jij hebt anders besloten en misschien had je daar gelijk in. Het zou niet gemakkelijk geweest zijn elkaar in alle drukte behoorlijk gedag te zeggen. Moet ik je schrijven hoe erg ik je mis? Dat de gedachte je over een paar maanden weer in mijn armen te kunnen sluiten me als een brandende fakkel op al mijn wegen begeleidt? Ik heb veel fouten in mijn leven gemaakt en veel mensen die me dierbaar waren verdriet gedaan. Nu ook jou, mijn liefste. En toch vertrouw ik erop dat de liefde in onze harten diep genoeg geworteld is om alle tegenspoed te boven te komen. Ben ik een dwaas dat ik me vlei met deze hoop...

Haastig las ze de rest van de brief door, maar meer liefdesbetuigingen kon ze helaas niet vinden. Op zijn bekende ironische manier beschreef haar man de bootreis over het Victoriameer met het Engelse jacht Sibyl en maakte zich vrolijk over de feestelijke ontvangst in het paleis van de gouverneur van Entebbe, de hoofdstad van Oeganda. Men had de gasten ongeveer letterlijk overspoeld met whisky en gin, wat natuurlijk niet zonder gevolgen bleef. Toen ze de volgende ochtend in een zware onweersbui het anker lichtten waren er meerdere zieken onder de expeditiedeelnemers. Het jacht had een volle dag nodig voor de afstand van Entebbe tot Bukoba. Pas bij het vallen van de avond gleed het schip langs het dodeneiland in de ingang van de haven van de Duitse koloniale stad. De kust en het eiland waren door Bengaals vuurwerk in een vreemd flakkerend schaduwspel veranderd. 'Spookachtig,' had de hertog gemompeld. Hij was een minzaam mens, helemaal toegewijd aan het militaire leven, maar hij was ook bedeeld met een onschuldige romantische kant. Het was ongelofelijk wat er allemaal uit de kast werd getrokken voor de ontvangst van een zekere hertog Von Mecklenburg. Alleen al in Bukoba waren zo'n zevenduizend mensen aangetreden. Allereerst de zwarte grootsultan met zijn troepen, toen de voor de expeditie geworven mensen en niet in de laatste plaats de askari van de zevende compagnie van de Duitse beschermingstroepen. De hertog had deze optocht een 'trotse groet van de Duitse machtsontplooiing' genoemd. Wat hem bijzonder verheugde was dat de Engelse officieren en de bemanning van de Sibyl er diep van onder de indruk waren.

Je weet dat ik dergelijk machtsvertoon uit het diepst van mijn hart veracht en gelukkig delen ook andere leden van de expeditie deze mening. Morgen is dat alles voorgoed afgelopen. We zullen ons op onbekende paden begeven en mensen tegenkomen die de naam van onze illustere hertog nog nooit gehoord hebben. Ik zie koortsachtig uit naar het vertrek en ben bang dat ik deze nacht niet veel zal slapen. Als je dit schrijven ontvangt, mijn lieve vrouw, zijn we al diep in de bergen van…

De deur van haar kamer werd zachtjes opengetrokken en ze keek geïrriteerd op.

'Charlotte,' fluisterde Klara. 'Alsjeblieft, help me, ik weet me geen raad meer.'

Geschrokken gooide Charlotte de brief op haar bed. Klara's gezicht was verschrikkelijk bleek en haar van angst opengesperde ogen knipperden. Ze zag eruit alsof ze een geest was tegengekomen.

'Wat… wat is er aan de hand?'

'Kom.'

De middagmaaltijd beneden in de kleine zaal was nog niet begonnen. Je kon missionaris Becker met heldere stem een gebed horen uitspreken, daarna moesten ze allemaal nog een lied zingen voordat ze eindelijk mochten eten. Klara had Charlotte bij de hand gepakt en trok haar langs de half geopende deur van de zaal naar de trap.

'Is Sammi ziek geworden?'

'Zachtjes, Charlotte, ik smeek je. Nee, met Sammi gaat het goed, het is… ik kan het je niet zeggen. Niemand mag het weten, hij heeft me verboden erover te praten. Maar nu weet ik niet meer wat ik moet doen. Ik ben zo bang, Charlotte. Nog nooit, zelfs niet toen we alleen in het oerwoud achterbleven, ben ik zo vreselijk bang geweest.'

Ze kon niet ophouden met praten, fluisterde de woorden voor zich heen zonder Charlotte aan te kijken, terwijl haar koude vingers haar pols in grote vertwijfeling omklemden. Voor de kamer die ze met haar man en kind bewoonde, bleef ze staan. Haar ademhaling ging snel.

'Je mag het tegen niemand zeggen, beloof het me, Charlotte.'

'Het is al goed. Doe nu eindelijk open.'

Ondanks het felle licht van de middagzon was het schemerig in de kleine kamer, de biezen matten voor de ramen waren naar beneden gelaten. Sammi sliep vredig in zijn met de hand getimmerde kinderbedje. In de tegenover gelegen hoek, half verborgen door een kledingkast, hurkte in elkaar gedoken een trillende bundel mens. Peter Siegel was krijtwit, er had zich schuim rond zijn mond gevormd, zijn ogen leken in het schemerige licht twee zwarte gaten.

'Het begon na de overval,' fluisterde Klara. 'Eerst overviel het hem heel vaak, toen steeds minder. We hoopten allemaal dat hij er nu van genezen was...'

Charlotte staarde naar de gehurkte man die nu zijn gezicht vertrok en een hees gelach uitstootte, honend, net als tijdens de reis met de Usambaratrein. Op dit moment zag Peter er inderdaad uit als een geestverschijning.

'Satan,' kraste hij. 'Zien jullie hem niet? Zwart als de nacht, hij blikkert met zijn tanden naar mij... Hij volgt me overal, hij wil mijn onsterfelijke ziel...'

De aanval had hem gegrepen terwijl hij aan zijn toespraak schreef. Hij had koortsachtig gewerkt en steeds alles doorgestreept om dan weer opnieuw te beginnen. Toen, midden in een zin, had hij zijn pen laten zakken en naar de deur gestaard. Klara kende die blik, het hopeloze afgrijzen in zijn ogen. Ze had haar man omhelsd en beschermend een bijbel voor hem gehouden. Hij had daar niet op gereageerd en ze was begonnen op hem in te praten, had hem water laten drinken, hem door elkaar geschud. Niets hielp. De aanval leek zelfs nog erger dan alle voorafgaande te zijn.

'We moeten de dokter erbij halen, Klara,' zei Charlotte met een rustige stem.

Er was een missiearts, dokter Prolss, die echter meestal onderweg was omdat ook de andere missieposten en de plantages zijn hulp nodig hadden. Waar hij op dat moment was, wist niemand.

'Een arts kan hem niet helpen,' steunde Klara. 'Je hoort hem toch, Satan bedreigt hem. Zelfs de Heilige Schrift kan hem niet beschermen en hij heeft me streng verboden er tegen missionaris Becker en missionaris Wohlrab over te praten...'

En nu begreep Charlotte het. Klara hield deze toestand niet voor een geestesziekte, maar voor een aanval van een duivelse macht. Daarom hoopte ze dat de missionarissen Peter konden helpen, maar dan moest ze zijn verbod overtreden.

'Je kunt het toch niet voor hen geheimhouden. Hij wilde naar Neu Kronau gaan om de arme Karl Manger te begraven. Op zijn laatst na het middageten zullen ze naar hem vragen. Geloof je nou echt dat de aanval dan voorbij is?'

Nee, verklaarde Klara. Deze toestand hield meestal een paar uur, soms zelfs een hele nacht aan. Daarna was Peter steeds in een diepe, op de dood lijkende slaap gevallen. Als hij daaruit wakker werd, trok hij zich dagenlang terug, alleen Klara mocht bij hem blijven. Hij huilde dan veel en keerde stukje bij beetje tot het leven terug.

'Wohlrab en Becker weten er vast van,' zei Charlotte. 'Ze zullen zeker vanuit Dar es Salaam geïnformeerd zijn over hoe het er met Peter voor staat. Blijf bij hem, ik ga naar beneden.'

Klara was zichtbaar opgelucht dat de beslissing haar uit handen genomen werd, maar ze smeekte Charlotte nadrukkelijk het nieuws zo over te brengen dat alleen de missionarissen en niemand anders erover hoorde. Daarna knielde ze neer bij haar man en streelde zijn schokkende schouders.

Wohlrab en Becker behandelden het geval met uiterste discretie. Missionaris Becker ging direct op weg naar de plantage Neu Kronau, terwijl Wohlrab een bezoek aan de zieke aflegde. Hij las enkele stukken uit de Bijbel, riep Satan op in naam van de allerhoogste God deze plek te verlaten en toen Peter als gevolg daarvan op een vreselijke manier begon te lachen, schudde Wohlrab zorgelijk zijn hoofd.

'We kunnen niets doen,' verzuchtte hij. 'Wat hier ook aan de hand is, een ziekte of een duivelse bezetenheid, wij hebben niet de macht hem daarvan te genezen. Het enige wat ons overblijft is voor hem te bidden.'

Hij vroeg Charlotte haar nichtje bij te staan tot missionaris Siegel de aanval overwonnen had. Wat er daarna moest gebeuren, zouden ze later gezamenlijk bepalen.

'Laat niets naar buiten komen,' fluisterde hij tegen Charlotte voor hij de kamer verliet. 'Vooral de zwarten mogen er niets over horen.'

Missionaris Wohlrab keek nog eens schuw naar de zieke, die nog steeds met zijn kaken maalde waardoor het wittige schuim uit zijn mond opwelde, en haastte zich toen de trap af om de Bijbelstudie voor de zwarte diakenen te gaan verzorgen.

'Zing iets, Klara,' stelde Charlotte voor. 'Een slaapliedje of een kinderversje, misschien helpt het hem.'

Met een zachte bevende stem begon Klara 'Jezus ga voorop' te zingen en bij het horen van de klanken deed Peter daadwerkelijk zijn hoofd omhoog. Een zacht kloppen op de deur liet haar door angst gepijnigde nichtje echter direct weer verstommen.

'Wie is daar?'

'Johannes Kigobo.'

Charlotte opende de deur zover dat ze erdoorheen kon glippen en deed hem meteen weer dicht.

'Bwana Siegel is ziek. Je kunt niet naar hem toe, Johannes Kigobo.'

De jonge diaken was een pas naar achteren gestapt alsof hij bang voor haar was. Zijn uitdrukking toonde medelijden, maar tegelijkertijd een vreemde superioriteit.

'Johannes Kigobo heeft goede oren. Bwana Siegel is betoverd door medicijnman. Reist met wind in andere wereld en ziet boze geesten. Sterke tovenarij, slechte tovenarij...'

'Waar heb je het over?' fluisterde Charlotte geschrokken. 'Hoe kun je zulke dingen zeggen terwijl je toch christen geworden bent en Jezus volgt?'

'Jezus heerst over deze en andere wereld. Maar Satan en slechte tovenaars hebben veel macht over ons en soms kan ook Jezus niet helpen...'

'En wat heeft dat met bwana Siegel te maken?'

Johannes Kigobo zweeg en keek haar treurig aan. Hij was rotsvast van de waarheid van zijn vermoedens overtuigd.

'Bwana Siegel moet naar goede medicijnman van Waschamba. Johannes Kigobo weet waar goede tovenaar woont, neemt bwana Siegel mee naar hem toe, zal hem genezen.'

'Je vergist je, Johannes Kigobo. Missionaris Siegel heeft een beetje koorts, dat is alles.'

De jonge Afrikaan keek teleurgesteld, bewoog zijn hoofd heen en weer alsof hij vreesde voor een ernstig ongeluk en ging toen de trap af naar beneden. Charlotte kon hem even daarop door het raam op de binnenplaats zien lopen. Hij begaf zich naar het schoolgebouw, waar missionaris Wohlrub de Bijbelstudie hield.

Hoe was hij erachter gekomen wat er met Peter aan de hand was? Hoorde die knaap het gras groeien of zo?

'Wat wilde hij?' vroeg Klara toen ze de kamer weer binnenkwam. Het leek Charlotte niet het goede moment om haar nichtje de waarheid te zeggen, dus beweerde ze dat Johannes Kigobo gevraagd had om orgel te mogen leren spelen.

Ze bleef de rest van de dag en de hele nacht bij Klara, zorgde voor Sammi, troostte haar ongelukkige nichtje, zong met zachte stem oude kinderliedjes die de zieke daadwerkelijk kalmeerden. Pas laat in de nacht ontspande Peters verkrampte lichaamshouding en konden de twee vrouwen hem op het bed leggen. Hij zou nu slapen, de aanval was voorbij.

En eindelijk was de oude vertrouwdheid tussen hen er weer. Ze zaten naast elkaar op de grond met hun rug tegen de muur geleund en fluisterden samen zoals ze ook als kinderen hadden gedaan. Het vreselijke geheim was uitgekomen, Klara hoefde niet langer haar mond te houden. Ze stortte haar hart uit bij Charlotte, liet zich door haar in de armen nemen en huilde.

'Wat moet er nu van ons worden? Hoe kan hij over God preken terwijl hij zelf door de duivel achtervolgd wordt? De missievereniging heeft voorgesteld dat hij naar Duitsland teruggaat, maar dat kan toch niet? Zijn ouders zijn al oud en zo trots op hun enige zoon die in Afrika als missionaris de heidenen bekeert. Het zou hun hart breken als ze over zijn toestand horen...'

'Er zal wel een oplossing komen, Klara.'

Het was niet erg geriefelijk op de harde plankenvloer en de kille noordoostenwind die 's avonds vaak opstak in Hohenfriedeberg tochtte door de biezen matten voor de ramen. Toch bleef Charlotte bij Klara zitten, luisterde naar haar gejammer en koesterde stiekem een steeds heviger wrok ten aanzien van haar ongeduldige zwager. Hoe kon een mens zo nietsontziend eerzuchtig zijn? In Hohenfriedeberg hadden ze geprobeerd hem te ontzien, hem een taak te geven. Maar meneer de missionaris was daarvoor allesbehalve dankbaar geweest. Integendeel, Peter Siegel wenste niet de tweede viool te spelen, hij wilde zelf een missiepost leiden. Waarom had hij dominee Gleiss in Wuga anders zo afgekraakt? Natuurlijk, Peter had gehoopt dat de man overgeplaatst zou worden en dat hij dan zelf de missiepost kon overnemen. Dat was niet zo mooi van hem. In elk geval kon hij deze hoop nu gerust begraven.

'Het ergste is de godslasterlijke praat die hij uitbraakt als hij in deze toestand is. Ach, Charlotte, hij heeft over de meest heilige dingen gelachen, ik kan gewoon niet herhalen wat voor verschrikkelijke dingen hij heeft gezegd. De duivel spreekt via hem…'

'Onzin! Hou nou eens op met dat stomme geklets. Peter is ziek, dat is het. Hij heeft de overval op de missie in Naliene niet verwerkt. Ik ben er vast van overtuigd dat hij rust nodig heeft om te herstellen. Uiteindelijk wordt hij wel weer beter.'

'Denk je? Ach, had je maar gelijk, Charlotte.'

'Natuurlijk heb ik gelijk.'

Charlotte sprak met een zelfverzekerde stem om Klara een beetje moed te geven. Eigenlijk leek het haar hoogst onwaarschijnlijk dat Peter ooit weer zijn beroep als missionaris zou kunnen uitoefenen.

'Ach, Charlotte, als jij niet bij me was geweest, zou ik totaal wanhopig zijn. En daarbij heb je zelf genoeg verdriet, arme jij.'

Charlotte voelde daarentegen dat de pijn die George' brief opnieuw had doen oplaaien, veel minder geworden was. Klara had haar hulp nodig, dat was het enige wat belangrijk was, al het andere telde nu niet.

De volgende dag na het middageten verzocht missionaris Wohlrab Charlotte om een gesprek in de werkkamer van de beide missionarissen. Het was een onopgesmukte rechthoekige ruimte op de begane grond, meteen links naast de voordeur, die voorzien was van hoge ramen zodat de heren alles wat op de binnenplaats gebeurde konden volgen. Planken met boeken en stapels papier vulden een muur, een grote tafel was bedekt met papieren en schrijfbenodigdheden, een houten kruis van donker hout hing aan een andere muur, een bijzonder mooi Afrikaans beeldje stond in het midden van de tafel.

'We wachten nog op uw nichtje,' verklaarde missionaris Becker, die twee stoelen bijgetrokken had. 'Het leek ons belangrijk ook met haar te praten, omdat ze een grote invloed op haar echtgenoot heeft. Ach, het is moeilijk in woorden uit te drukken hoe zwaar deze ongelukkige geschiedenis op mijn ziel drukt. Het zijn moeilijke tijden, beste zuster Charlotte. Ook gisteren heb ik troost moeten geven terwijl eigenlijk alleen de Here God troost kan bieden...'

Hij zwatelde over de begrafenis op de plantage in Neu Kronau, waar hij de jonge weduwe en het personeel met zijn redevoering tot tranen toe geroerd had. Mevrouw Manger had hem hartelijk bedankt en hem een gift voor de missie overhandigd. En dat terwijl ze zelf in nood verkeerde doordat er nog veel schulden op de plantage rustten...

Klara kwam binnen met dominee Wohlrab. Bij het zien van Charlotte klaarde haar bezorgde gezicht een beetje op en ze ging naast haar nicht zitten.

'Hij slaapt,' zei ze zachtjes. 'Zo diep en vast alsof hij nooit meer wakker wil worden.'

Missionaris Wohlrab wisselde een blik met Becker, ging toen op een vrije stoel zitten en opende het gesprek met de verzekering dat ze de zieke broeder Siegel op alle mogelijke manieren zouden ondersteunen. Hoe precies moesten ze nu met elkaar bepalen.

Klara's hoopvolle uitdrukking deed Charlotte pijn, want ze vreesde dat de twee geestelijken hun beslissing allang genomen hadden.

'U heeft ons wel laten weten dat missionaris Siegel aan stuiptrekkingen lijdt, maar de ware aard van zijn ziekte is ons niet medegedeeld,' begon Becker het gesprek. 'U liet het voorkomen dat hij aan de beterende hand was.'

Klara knikte nadrukkelijk en bevestigde dat haar man al bijna een jaar niet zo'n ernstige aanval had gehad.

'Dan is het voorval van gisteren des te betreurenswaardiger...'

'Hij heeft rust nodig,' zei Klara en ze keek daarbij hulpzoekend naar Charlotte. 'Een paar weken zorg zullen hem beter maken. Het nietsdoen zal hem zwaar vallen, maar ik zal onverbiddelijk zijn, dat beloof ik u.'

'Natuurlijk, rust en zorg zijn belangrijk,' stemde missionaris Wohlrab in. 'Het is alleen de vraag of Hohenfriedeberg de juiste plaats voor zijn genezing is. Naar mijn mening is het veel beter als onze medebroeder in een sanatorium wordt opgenomen.'

'Hij wil onder geen beding terug naar Duitsland.'

'Maar, mijn beste zuster Klara, hoezeer we het ook zullen betreuren u te verliezen, u moet ook aan uzelf en uw kind denken. Uw man moet herstellen en daarvoor is een missiepost in Afrika niet de juiste plek.'

Charlotte was niet bereid de twee heren er zo gemakkelijk vanaf te laten komen.

'Is het niet de verzorging van de zieken die dominee Bodelschwing zo na aan het hart ligt?' informeerde ze onschuldig.

'Niet in zo'n geval, beste zuster Charlotte. We verplegen de leprozen, zoals u weet. Ook de krankzinnigen en zwakzinnigen zullen we bij ons opnemen zo gauw we een huis voor hen gebouwd hebben. De aanvallen van broeder Siegel zijn echter van een geheel andere orde en hebben een zeer specialistische behandeling nodig.'

'Wat voor behandeling?'

Missionaris Wohlrab haalde diep adem, het antwoord viel hem duidelijk niet gemakkelijk.

'Wel, ik kan er niet echt over oordelen, dat moeten bevoegde mensen van de kerk doen. Maar ik vraag me af of in dit geval niet een duivelsuitdrijving uitgevoerd moet worden. Begrijp me goed, beste zuster Klara, de protestantse kerk doet eigenlijk niet aan dergelijke katholieke praktijken, er zijn echter uitzonderingen...'

Klara staarde hem met van ontzetting opengesperde ogen aan. Een duivelsuitdrijving, dat was verschrikkelijk en toch gaf het haar een sprankje hoop.

'Daarvoor moet uw man naar Duitsland gaan, beste zuster Klara. Het is heel goed mogelijk dat zo'n behandeling hem kan genezen.'

'Het is de juiste weg, daar ben ik zeker van,' liet zich nu ook Becker horen. 'Het lijkt me wreed om onze arme broeder nog langer te laten lijden als er toch hoop voor hem is.'

Klara's tranen vloeiden rijkelijk. Ze bedankte beide missionarissen en beloofde alles in het werk te stellen om haar man over te halen te vertrekken. Wohlrab en Becker verzekerden haar op hun beurt dat ze hun invloed zouden doen laten gelden op haar man, gezamenlijk zouden ze hem naar zijn genezing leiden. Het moest nu snel gaan, het beste was nog deze week.

Charlotte had de uiteenzettingen van de twee missionarissen met groeiende verontwaardiging aangehoord. Een duivelsuitdrijving, ze durfden wel! Maar natuurlijk, de twee mannen wilden Peter Siegel zo snel mogelijk kwijt zijn, omdat zijn ziekte hun zendingswerk in de weg stond. Hoe moest je de Afrikanen uitleggen dat een van de missionarissen duidelijk van de duivel bezeten was en Jezus Christus hem niet kon helpen.

'Misschien hoeft mijn zwager voor een dergelijk ritueel helemaal niet naar Duitsland te reizen,' zei ze schijnbaar hoopvol. 'Gisteren nog noemde een van de Waschamba een medicijnman die de boze geest uit Peter Siegel zou kunnen verdrijven...'

De uitwerking van haar woorden overtrof al haar verwachtingen. Beckers gezicht bevroor tot een grimas, Wohlrabs mond hing open en hij had moeite lucht te krijgen.

'Als dat een grap moet zijn, dan is hij goddeloos en smakeloos,' zei hij verontwaardigd op scherpe toon.

'Nee, ik meen het serieus. De jonge man wilde Peter Siegel helpen. Hij geloofde dat een slechte medicijnman de te beklagen missionaris heeft betoverd. Tijdens zo'n betovering is Jezus Christus machteloos. Alleen een goede medicijnman kan de vloek opheffen.'

Missionaris Becker had zichzelf weer in de hand. Zonder zijn glimlachje kwam hij onaangenaam en koud over.

'Wie was deze knaap en hoe wist hij ervan? Hebt u de zwarte broeders soms verteld dat missionaris Siegel de duivel ziet?'

Klara ontkende en sloeg haar ogen angstig naar haar nicht op. Charlotte zou het liefst hardop hebben gelachen. Hoe belachelijk waren die missionarissen toch. 'O, ik denk dat de Afrikanen een speciaal instinct voor dergelijke dingen hebben. Ze horen het gras groeien, om het zo maar eens te zeggen...'

'Daar hebben we het al,' mompelde Becker. 'Deze onzalige geschiedenis heeft al verwarring in hun gemoed veroorzaakt. Een missionaris die door de duivel bezeten is, iets ergers kon ons nauwelijks overkomen.'

Vanaf de binnenplaats drongen heldere kinderstemmen door in de kamer. Zwarte en witte jongens oefenden zich in haasje-over, de meisjes keken toe en lachten wanneer een van de jongens omvergesprongen werd. Missionaris Becker verklaarde het gesprek voor beëindigd.

'We zullen handelen zoals afgesproken en we rekenen op uw medewerking, beste zuster Klara. U weet dat we alleen het beste met uw man voorhebben en daarom moet hij Hohenfriedeberg zo snel mogelijk verlaten.'

Charlotte bracht de rest van de dag door bij Klara. Ze keek alleen af en toe om naar haar dochter die vrolijk met de andere kinderen speelde en later braaf naar het Bijbeluurtje ging. Peter sliep tot aan de avond, kreeg bij het wakker worden heftige koude rillingen en was korte tijd aanspreekbaar.

'Het is alleen maar koorts,' mompelde hij. 'Ik ben er zo weer bovenop. Leg mijn toga klaar, Klara. En mijn hoed. Mijn lichte schoenen...'

Hij praatte over de begrafenis die hij zo meteen verzorgen zou en Klara deed net alsof alles in gereedheid was om hem maar niet op te winden. Korte tijd later sliep hij weer in. 's Nachts werd hij wakker en dronk wat water, tegen de ochtend vroeg hij welke dag van de week het was.

'Het is maandag.'

'Maandag,' herhaalde hij langzaam.

Hij deed zijn ogen dicht en Charlotte voelde aan dat hij zich er nu pas bewust van werd wat hem overkomen was. Ondanks alles voelde ze oneindig met hem mee. Hoe vertwijfeld moest een mens zich voelen die dacht dat hij van de duivel bezeten was.

Ze nam deel aan de ochtenddienst en vroeg aansluitend aan Johannes Kigobo en Jonas Sabuni of ze haar op een rit wilden begeleiden.

'Waar wil je heen, bibi Johanssen?' vroeg Johannes Kigobo nieuwsgierig.

'Naar het zuiden, daar waar het Domäne Kwai ligt.'

'Dat is ver weg, dan zijn we 's avonds niet op tijd terug.'

'We rijden er niet helemaal naartoe, Johannes Kigobo. Alleen maar tot Neu Kronau.'

'Ah, Jonas Sabuni begrijpt,' reageerde zijn kameraad snel. 'Bibi Johanssen wil witte vrouw troosten.'

'Je bent slim, Jonas Sabuni!'

Zwijgend reden ze achter elkaar. Voorop Johannes Kigobo, dan Charlotte op het paard en Jonas Sabuni vormde de achterhoede. In het oerwoud werd het paard schichtig door het schemerige licht en de ongewoon smalle paden. Het had ook moeite met de droge beekbeddingen die ze nu, in de droge tijd, konden gebruiken. De muildieren waren minder gevoelig, ze stapten bedaard over omgevallen bomen en zetten hun hoeven zeker neer op de gladde stenen, alsof ze over een brede weg liepen.

Tegen de middag bereikten ze eindelijk een stoffige weg die tussen weilanden en een recent gerooid stuk land door, enige kilometers naar het zuiden voerde. Op het ontgonnen land lagen gevelde stammen en takken op een slordige hoop. Vogels hipten op de stompen en pikten in het vers gebarsten hout.

'Daar verderop is het gebeurd,' zei Johannes Kigobo en hij wees op een omgevallen stam waarvan de kroon nog vol met bladeren zat.

Charlotte begreep wat hij bedoelde. Daar was de ongelukkige planter dodelijk gewond geraakt.

'Moge zijn ziel in vrede rusten,' mompelde ze en de twee Afrikanen herhaalden haar woorden.

Kigobo en Sabuni reden verder met gebogen hoofd en wierpen schuwe blikken op de machtige boom die in zijn sterven degene gedood had die hem gekapt had. Charlotte wist wat ze dachten. Het nieuw verworven christendom kon het oeroude geloof in hun hoofden niet uitwissen. De geesten van de doden leefden, ze waren vertoornd en hadden macht over de levenden. Ze aarzelde, toomde toen haar paard in en steeg af om een paar bladeren van een struik te rissen en deze op het ontgonnen stuk land te werpen. De twee Waschamba keken stil toe, gleden vervolgens van hun muildieren en volgden haar voorbeeld om de geesten van de doden gunstig te stemmen. Charlotte kreeg er geen slecht geweten door, ook al zou haar grootvader, dominee Henrich Dirksen, haar hiervoor waarschijnlijk uit de gemeente verstoten hebben. Ze had jaren geleden al geleerd dat je er goed aan deed de geesten van Afrika te respecteren.

Voor hen doemde een hek op gemaakt van brede houten planken, erachter slingerde zich een weg door een veld met laag struikgewas naar het woonhuis van de plantage. Het was een eenvoudig bakstenen gebouw, het dak gedekt met rode dakspanten. Ernaast bevond zich een kleiner gebouw dat vermoedelijk als opslagruimte en waskeuken diende. Bloemperken met allerlei heesters versierden de ingang, aan een houten stellage hing een kinderschommel. Bij het hek aangekomen ontdekten ze er vlak achter een bruin stuk rots waarin de woorden PLANTAGE NEU RONAU, EIGENAAR: KARL MANGER gebeiteld waren.

De rots was vast en zeker vanuit de bergen hierheen gebracht. Men had hem een stuk in de grond begraven en één kant gladgeslepen om het opschrift aan te kunnen brengen. Het moest voor Karl Manger erg belangrijk geweest zijn om zijn naam voor altijd aan zijn bezit te verbinden.

In de buurt van het woonhuis waren twee Afrikaanse vrouwen te zien die tussen meerdere blikken schalen op de grond zaten en groenten schoonmaakten. Op Charlottes gebaar opende Kigobo het hek en ze reden langzaam naar het huis toe. Het was echt heel klein, ook al had het twee verdiepingen. Aan de westkant bevond zich een houten afdak met eronder een stenen terras dat echter afbrokkelde. De eigenaar leek al zijn energie op de landbouw gericht te hebben, het comfort voor zichzelf en zijn familie kwam op de tweede plaats.

Een grote vijver, gevoed door een beek, reflecteerde glinsterend het zonlicht en er stonden een paar stenen waterbekkens naast die bij de winning van koffiebonen gebruikt werden. Op het moment leek er niemand aan het werk te zijn. Er zaten alleen wat bonte eenden aan de oever van de vijver die mistroostig naar de gasten keken. Toen ontdekte Charlotte een roodbruine hond op het pad vlak voor de trap die naar de voordeur leidde. Een ongebruikelijk groot dier met een dichte vacht die zo bewegingsloos op de grond lag dat hij bijna met het rode stof versmolt. Het leek geen inheemse hond te zijn, waarschijnlijk had de planter hem uit Europa meegenomen.

Niemand kwam het groepje tegemoet om hen welkom te heten. De twee Afrikaanse vrouwen gingen gewoon verder met het schoonmaken van wortels en versnipperden groene blaadjes in de schalen. Af en toe wierpen ze een zorgelijke blik op de nieuwkomers. De hond hief zijn kop van zijn uitgestrekte voorpoten op, keek hen gelijkmoedig aan en dutte verder. Het dier had een machtige kop met een brede snuit, zijn krullerige hangoren hadden een zwarte rand.

'*Simba*,' grapte Charlotte. 'Leeuw.' Het enige wat ze daar mee bereikte was dat haar twee Afrikaanse metgezellen nog banger werden.

'Waarom blaft hij niet?' vroeg Kigobo onzeker.

'Misschien vindt hij ons aardig.'

'Hond wacht tot we bij deur zijn. Dan springt hij omhoog en vreet ons op, net als leeuwen.'

'Een hond voelt het aan als je bang voor hem bent, Sabuni. Alleen dan valt hij aan.'

'Jonas Sabuni weet dat. Jonas Sabuni gaat niet naar deur omdat Jonas Sabuni bang is.'

Ook Johannes Kigobo vertrouwde de roodbruine leeuwachtige hond niet, dus steeg Charlotte af en liep alleen richting de voordeur met de bezorgde blikken van de twee Waschamba in haar nek. Er bewoog nog steeds niets in het huis. De grote hond deed zijn ogen open en keek haar vermoeid aan.

'Simba?' vroeg Charlotte zachtjes. 'Je heet vast Simba, heb ik gelijk?'

Voorzichtig stak ze een hand uit. De hond hief zijn kop op en besnuffelde haar hand uitvoerig om vervolgens met zijn staart wat stof omhoog te roffelen. In elk geval had hij gekwispeld, ook al was het maar zwakjes. Zou hij om zijn baas treuren?

Ze vatte moed, liep langs hem heen de drie treden naar de voordeur op en trok aan de bel. Het lawaai zorgde ervoor dat de hond zich zijn taak als bewaker herinnerde en overeind kwam om te blaffen, een diep hard geluid. De twee Afrikanen verstijfden. Toen steeg Kigobo van zijn muildier af en scheen vastbesloten om met ware doodsverachting Charlotte bij te staan. Op dat ogenblik opende een zwarte bediende de deur en de hond viel stil.

'*Karibu*, welkom.'

De bediende droeg een lichte jurk die waarschijnlijk ooit van haar bazin was geweest, op haar hoofd had ze een vreemde puntige muts die Charlotte nooit eerder gezien had. De vrouw was niet jong meer, wat alleen aan de ingevallen wangen en diepliggende ogen te zien was, want haar huid was glad zonder enige rimpel.

'Bazin slaapt, kinderen ook. Kom binnen, we zijn blij. Ik breng gasten limonade, kom binnen.'

Terwijl Charlotte haar bedankte en de smalle gang binnenging, riep de bediende met luide stem meerdere namen, maar alleen een oude man met dunne benen in een gescheurd jasje kwam haastig uit het bijgebouwtje gestrompeld en maakte aanstalten samen met Kigobo en Sabuni voor het paard en de muildieren te zorgen.

De woonkamer was niet al te groot en leek op de woonkamers van alle plantagebezitters. Er was een gemetselde open haard, een tafel met stoelen, schappen aan de wanden waarop allerlei rommel, maar nauwelijks een boek stond. Daarbij een besneden opstaande kast van donker hout, vermoedelijk uit Duitsland meegebracht. De ingelijste schilderijtjes aan de muren toonden Duitse landschappen. Op de kast stonden foto's van ouders en verdere familie uit het vaderland. De zwarte bediende was intussen verdwenen, waarschijnlijk om aan mevrouw Manger te vertellen dat ze gasten had. Charlotte ergerde zich aan zichzelf omdat ze niet uitdrukkelijk had gezegd dat ze haar bazin niet voor haar hoefde te wekken, dat ze best even kon wachten. Ontevreden ging ze op de armleuning van een van de fauteuils zitten, een nogal stijf meubelstuk met groene bekleding dat dicht bij de haard stond. Het was geen goed idee geweest om hier zo halsoverkop naartoe te gaan, ze kwam niet gelegen en stoorde de jonge vrouw in haar verdriet.

Nu pas merkte ze dat ze niet alleen was. De roodbruine leeuwhond was achter haar aan geslopen en besnuffelde nu uitvoerig haar schoenen. Hij snoof zo heftig dat zijn lippen trilden en plofte voor haar op de grond neer. Niet langzaam en bedachtzaam maar met een harde bons, gevolgd door een kreun van welbehagen. Wat een vreemd beest.

'Jij komt hier ook niet vandaan, hè? Naar je vacht te oordelen zou je in Noorwegen moeten wonen.'

Hij keek haar met ronde ogen aan, verschoof toen zijn leeuwenkop een beetje en legde zijn vochtige snuit op haar schoenen. Charlotte, die zijn gedrag niet goed wist te interpreteren, bleef stijf rechtop zitten en waagde het niet haar voeten te bewegen tot ze merkte dat de hoeder des huizes weer was ingedommeld.

'Schnapsi! Grote god, neem me niet kwalijk alstublieft. Schnapsi, sta op.'

De hond verplaatste zich nog geen centimeter. Het verbaasde

Charlotte niet dat hij op zo'n idiote naam niet reageerde. Hoe kon je een zo stoere hond nou Schnapsi noemen?

Mevrouw Manger kwam heel jong op Charlotte over, bijna een meisje dat net van kostschool af was. Ze was vast knap als ze een beetje moeite deed. Nu had ze haar donkerblonde haar nonchalant opgestoken en haar bleke gezicht met de spitse kin leek te klein voor haar grote, beschaduwde ogen. Ze praatte met een hoge kinderstem die door de opwinding schril klonk.

'Vergeef me dat ik u zo onbehoorlijk ontvang...'

'Alstublieft... ik weet toch in wat voor situatie u zich bevindt. Ik wil u niet lang ophouden...'

'Nee, nee. Ik ben blij met uw bezoek. Het is prettig met iemand te kunnen praten. Hier zijn alleen maar zwarten en we begrijpen elkaar niet altijd even goed... Witte gasten zijn zeldzaam, vooral vrouwen. U bent mevrouw Johanssen, hè? Ik heb over u gehoord...'

De greep van haar koele hand was verrassend stevig. Charlotte zag dat ze ondanks de warmte een wollen omslagdoek had omgedaan. Dat begreep ze heel goed. Eenzaamheid en verdriet konden een mens zelfs in de warmte laten rillen.

De zwarte bediende bracht een kan limonade en mevrouw Manger haalde de goede kristallen glazen uit de kast, een kostbaar bezit zoals ze trots benadrukte, die een onderdeel van haar bruidsschat was geweest.

'Ik heet Ida, mag ik u Charlotte noemen?'

Ida Manger was praatgraag en leek inderdaad blij een witte in vertrouwen te kunnen nemen. Openhartig vertelde ze Charlotte haar levensverhaal.

'We zijn hier vijf jaar geleden aangekomen. Mijn god, ik had nooit gedacht dat het zo zwaar zou zijn. We hadden niet eens een huis, alleen een hut van leem en twijgen zoals de Afrikanen ze bouwen. Het ergste waren de ratten die overal rondliepen en overal aan knaagden. Bij de geboorte van mijn oudste heeft een Afrikaanse me geholpen, de dokter kwam pas drie dagen later...'

Charlotte luisterde geduldig. Karl Manger leek geen liefdevolle echtgenoot te zijn geweest, hij had veel van zijn jonge vrouw gevraagd. Pas twee jaar geleden had hij een stevig huis van baksteen laten bouwen en toen zijn vrouw wat meubelstukken en servies uit het bezit van haar ouders had laten overkomen was hij woedend over de hoge vrachtkosten geweest. Haar bruidsschat gaf hij volledig uit aan de opbouw van de plantage. Hij betaalde het loon van de arbeiders, kocht duur gereedschap, zaaigoed, vee en trekdieren.

'Eerst hebben we het land van de Oost-Afrikaanse maatschappij gepacht, dat kostte niet zo veel. We hadden de opdracht jaarlijks minstens vijftig hectare land te cultiveren. Wie een kwart van het gepachte land gecultiveerd had, mocht het van de maatschappij kopen. Mijn man was ambitieus, hij heeft de plantage al in het afgelopen jaar verworven. Veel andere planters hebben daar veel langer voor nodig en kopen slechts een gedeelte van het land. Het is eigenlijk spotgoedkoop, drie roepies per hectare...'

Dat was niet veel. De verkoop van vijftig kilo aardappels bracht al zeven roepies op, omgerekend naar Duitse valuta ongeveer negen mark. Toch had Karl zich bij een geldverstrekker in Tanga in de schulden gestoken. Hij wilde het land per se zijn eigen bezit noemen, ook al was de bruidsschat van zijn vrouw al opgebruikt. Hij zou het geld gemakkelijk in één jaar terugverdienen, had hij beweerd. Weliswaar droegen de koffiebomen pas na zeven jaar de eerste vruchten, maar hij had op de landbouwoogst vertrouwd. En toen had de aardappelrot een streep door de rekening gehaald.

'Hij vraagt een vreselijk hoge rente, die weerzinwekkende man.' Ida Manger schudde moedeloos haar hoofd. Het was allemaal een chaos. Ze had de papieren van haar man nog nooit ingezien, hij had alles altijd alleen willen doen. Ze wist niet eens hoe hoog de schulden waren. Ze hechtte wel aan dit land waar haar man al zijn hoop op had gevestigd, maar van een plantageonderneming begreep ze niets. Misschien kon Charlotte haar een goede beheerder aanraden?

'Op het moment weet ik niemand. Het zal heus niet zo moeilijk zijn een geschikte persoon te vinden. Het moet geen avonturier zijn, maar een serieus iemand die al wat ervaring opgedaan heeft…'

Ze viel even stil en overlegde kort bij zichzelf, toen besloot ze snel alles op één kaart te zetten.

'Luister, Ida, ik wil je helpen, daarom doe ik je een voorstel.'

Het was niet wat ze van plan was geweest en toch leek het haar op dat moment een goede oplossing.

'Ik koop een gedeelte van het bezit, laten we zeggen de helft. Dan kun je je schulden aflossen en hou je nog geld over om een beheerder en de arbeiders te kunnen betalen. Wat vind je daarvan? Ik moet tegen de avond terug in Hohenfriedeberg zijn. Denk na over mijn voorstel. Buiten dat ben ik altijd bereid je met raad en daad bij te staan. Het was aangenaam je te leren kennen.'

'Blijf toch, Charlotte. Ik laat een maaltijd voor je bereiden en je kunt op de plantage overnachten, we zetten gewoon een bed in de woonkamer…'

'Ik kom terug, dat beloof ik. Nu moet ik echt terug, het gaat slecht met mijn nichtje.'

Ida Manger vroeg niet wat er aan de hand was met Charlottes nichtje. Op het ogenblik ontbrak het haar aan de kracht zich voor de zorgen van anderen te interesseren. Ze begeleidde haar bezoek wel tot voor het huis en nam de gelegenheid waar tegen de twee vrouwen uit te voeren die nog steeds bij de blikken schalen zaten.

'Ze hadden allang aan het koken moeten zijn. Alles moet ik tegen ze zeggen, niets doen ze uit zichzelf. Ach, mijn beste, het is vreselijk door dergelijke creaturen omringd te zijn. Wanneer kom je terug? Volgende week? Dat is fantastisch. Ik zal thee laten zetten en notenkoekjes bakken zoals ik ze uit mijn jeugd ken.'

Kigobo en Sabuni zaten met de oude man voor het bijgebouw te roken. Ze hadden het paard en de muildieren onder een boom vastgebonden zodat ze een beetje schaduw kregen en ze haver gegeven. Voor de dieren stonden emmers die ze allang leeggedronken hadden.

'Geen goede man,' zei Kigobo toen hij naast de grijze steen met Karl Mangers naam erop afsteeg om het hek te openen. 'God moet veel genade opbrengen voor zijn ziel.'

'Heb je het over de plantagebezitter?' vroeg Charlotte nieuwsgierig.

'Geen kwaad spreken over dode man,' zei Sabuni en zijn gezicht kreeg een zorgelijke trek.

Kigobo spuwde en grimaste walgend.

'Bibi Johanssen heeft gezien hoe oude man strompelt? Bwana Manger heeft hem met stok geslagen, toen is been gebroken en heup was ziek. Geen goede man. Jezus moet veel bloed geven voor zonden van bwana Manger.'

Bij het passeren van de plek waar de Duitser de dood had gevonden bukten ze zich alle drie en ritsten bladeren van de bosjes om de geesten hun tol te betalen. Op dat moment bemerkte Charlotte een beweging achter hen in het opgedwarrelde stof van de weg. 'Ga naar huis!' riep ze luid.

De roodbruine hond ging tussen de twee geulen van de weg zitten en nam haar met een verwijtende blik op.

'Je kunt niet mee. Verdwijn!'

Schnapsi bewoog zich niet, maar toen ze verder reden, volgde hij hen. Sabuni steeg af en verzamelde stenen om naar het dier te gooien. De hond jankte toen hij geraakt werd, draaide zich om en sukkelde terug.

'Ga eenden jagen,' riep Charlotte hem achterna.

Ze verlieten de weg en reden een tijdje door het bos, daarna volgden ze een uitgedroogde bedding en beklommen een van de hogere heuvels. De top was begroeid met gras en lage bosjes zodat je ver over het landschap uit kon kijken. Charlotte liet haar blik over de blauwige bergen in het westen dwalen en keek toen naar beneden in het dal waar de akkers en koffievelden van Neu Kronau lagen. De aren van de gerst bogen als een felgroene zee in de wind. Aardappelplanten en groentes stonden in lange rijen en op de hellingen groeiden de struikachtige jonge koffieboompjes tussen hoge bananenbosjes. Ze voelde hoe haar hart sneller begon te kloppen. Over twee jaar konden ze hier de eerste koffiebonen oogsten. Zouden al die beboste heuvels nog bij de plantage horen? Vermoedelijk wel en eigenlijk kon het haar niet schelen.

'Daar,' riep Sabuni en hij wees met zijn vinger naar een struik. Charlotte kon nog net de roodbruine dikke kop zien voor hij verdween.

'Vervloekte kerel! Hij is ons toch gevolgd.'

'Ja, slim en zacht als Simba.'

De hond ging met hen mee naar missiepost Hohenfriedeberg, waar hij groot opzien baarde en behoorlijk wat angst opwekte. Charlotte zag zich gedwongen hem mee naar haar kamer te nemen, waar ze hem brood en dikke maispap voerde, een maaltijd die hij gulzig opslokte. Daarna strekte hij zich uit naast haar bed en begon zacht te snurken.

Juli 1907

Mijn lieve vriendin Charlotte Johanssen,

Je zult zeker verbaasd zijn dat ik mij op deze manier bij je in herinnering breng. Ik had zo gehoopt dat ik je nog eens als mijn gast had kunnen begroeten, maar ik wachtte wekenlang tevergeefs op je bezoek. Nu hebben de gebeurtenissen elkaar snel opgevolgd en heb ik je raad meer dan ooit nodig. Jij bent een ervaren slimme vrouw, beste Charlotte. Je hebt hetzelfde noodlot ondervonden dat ook mij getroffen heeft. En mochten deze redenen nog niet genoeg zijn, dan wil ik daaraan toevoegen dat ik van het begin af aan sympathie voor je opgevat heb. Daarom vertrouw ik onvoorwaardelijk op je en hoop dat je mij wilt helpen.

Een paar dagen geleden werd ik verrast door een brief van mijn oudere broer George. Heb ik je niet verteld dat hij al in mijn jeugd steeds mijn beschermer was? En zo is het nog steeds. Hij stuurde me drie kaartjes voor de bootreis naar New York en verder naar het zuiden met de stoomboot Rock. Het moet hem een vermogen gekost hebben. George wil mij en mijn kinderen in zijn familie opnemen. We zullen in Iowa een nieuw vaderland vinden. Je kunt niet geloven hoe opgelucht ik was toen ik dit bericht ontving, want de zorgen voor onze toekomst hadden zich als een hoge berg opgestapeld. Voor alles moet ik Neu Kronau verkopen en aangezien ik weinig ervaring met dergelijke dingen heb, hoop ik op jouw ondersteuning.

Moet je je voorstellen, die vreselijke man uit Tanga heeft me via een boodschapper laten weten dat hij me voor het gerecht wil brengen omdat de schuld niet is betaald. En dat was nog niet genoeg: heel achterbaks bood hij aan om de plantage voor een kleine som van me te kopen en daarmee zou ook de schuld afgelost zijn. Als ik weiger met zijn voorstel in te stemmen, zal hij beslag laten leggen op mijn vee en de oogst. Lieve vriendin, ik meen me te kunnen herinneren dat je aanbood een deel van mijn plantage te kopen. Misschien is het mogelijk dat je het hele bezit koopt en de schuld voor mij vereffent?
Ik wacht vol ongeduld op je antwoord omdat ik niet veel tijd meer heb. De reisbiljetten moeten binnen twee weken ingewisseld worden, anders vervallen ze...
Vandaag heb ik het graf van mijn man met amaryllis en acaciatwijgen versierd. We moesten allemaal huilen, het is zo moeilijk deze plek te verlaten. En toch is mijn hart al een beetje bij mijn geliefde broer in Iowa, die zo vrijgevig voor ons allemaal wil zorgen.

In diepe vriendschap en dankbaarheid,
Ida Manger

P.S. Ik heb me vergist. Ik dacht dat de geldverlener in Tanga een jood was, maar hij is een Indiër met de naam Kamal Singh.

Charlotte dacht weer aan de brief die ze twee weken geleden had ontvangen nu ze door de straten van Tanga wandelde, de roodbruine leeuwhond aan haar zijde. Het was amper te geloven, maar deze zo gevaarlijk uitziende knaap volgde haar trouw en toegenegen op de voet. Wanneer ze bij Klara en Peter in de kamer was, wachtte hij geduldig voor de deur tot ze weer naar buiten kwam.

Tijdens de gezamenlijke maaltijden lag hij achter haar stoel en iedereen die voorbijkwam liep met een respectvol boogje om hem heen. Hij sukkelde achter haar de schoolruimte, ja, zelfs de kerk in, waar hij onderdanig tussen de banken ging liggen.

Elisabeth was de enige die de roodbruine kameraad graag mocht. Ze was zonder angst naar hem toe gelopen om hem te aaien. Helaas bewees de hond zich niet als vrolijk speelkameraadje. Hij liep geen stokken achterna en had er ook geen plezier in om met de kinderen te stoeien. Zijn genegenheid gold alleen Charlotte. Ze moest in het diepst van zijn hondenziel een snaar beroerd hebben die hem ertoe gebracht had haar als een schaduw te volgen.

Er bleef niets anders over dan de rol te accepteren die hij haar toegedacht had. Ze noemde hem Simba, haar leeuw.

Tijdens de afdaling naar Mombo liep hij een doorn in zijn poot op en Charlotte legde er een verbandje om dat hij 's nachts opat. In Mombo moest ze een treinkaartje voor hem kopen omdat het onmogelijk was hem in de goederenwagon vast te binden, hij beet gewoon het touw door. Op de markt in Tanga liep hij twee kramen omver en stal een kip die hij trots voor de voeten van zijn bazin deponeerde. Geïrriteerd kocht ze een halsband voor hem om van verdere onaangename verrassingen gevrijwaard te blijven. Ook nu hield ze hem aan de lijn.

Het adres dat Ida Manger haar gegeven had bevond zich in een drukke winkelstraat. Kamal Singh was allang van Zanzibar teruggekeerd en beproefde zijn geluk nu op het vasteland. Het was voor hem gemakkelijker dan vroeger om goede zaken te doen doordat de koloniale regering de Indische kooplui sinds kort niet meer probeerde te verjagen, maar ze juist vooruithielp. Kamal Singh had Charlotte destijds in Dar es Salaam aan een winkel geholpen en zo goed mogelijk ondersteund. Tegelijkertijd had hij haar echter ook bedrogen, toen bleek dat voor de goederen die hij achter in haar winkel opsloeg geen belasting was betaald. Op een dag had de politie onverwachts in de Inderstraat gestaan en Kamal Singhs bezittingen in beslag genomen. Zijzelf had kunnen bewijzen dat ze niets met zijn bedrog te maken had. De Indiër was stilletjes naar Zanzibar vertrokken, van waaruit hij zijn handel voortzette. Charlotte had nooit helemaal kunnen doorgronden hoe deze man over haar dacht. Misschien zou dat vandaag duidelijk worden.

De winkel verkocht de gebruikelijke spullen die in de grote steden aangeboden werden, al viel het Charlotte op dat naast de goedkope prullaria die de Afrikanen graag kochten ook veel duurdere artikelen in het assortiment waren opgenomen. In een zijkamer had men zijden tapijten en rijk geborduurde stoffen uitgestald, verder porselein uit China, zilveren juwelen en zelfs twee splinternieuwe grammofoons.

Charlotte had Simba voor de winkel vastgebonden, waar hij pal voor de voordeur ging liggen, met als gevolg dat niemand meer naar binnen durfde.

'Ik zou Kamal Singh graag willen spreken,' zei ze in het Engels tegen de elegante Indische die achter in de winkel zat en theezette.

'Hij is er niet,' was het kalme antwoord.

'Maar ik ben schriftelijk aangekondigd. Mijn naam is Charlotte Johanssen.'

De Indische goot doodgemoedereerd kokend water in de theepot en zette met delicate, beringde vingers de deksel erop.

'Wacht even alstublieft, mevrouw Johanssen.'

Simba trok aan de lijn en maakte vreemde knorrende geluiden, het houten deurdeel waaraan Charlotte hem vastgebonden had bewoog krakend.

'Waar moet ik op wachten? U zei net dat Kamal Singh er niet is.'

'U wordt naar hem toe gebracht.'

Eindelijk verwaardigde de vrouw zich van haar zitplaats op te staan en ze verdween achter een lichtblauw gordijn. Direct daarop glipte een jongen ergens vandaan de winkel in. Een knaap met een bruine huid, glad zwart haar en dikke lippen. Zijn overhemd en de halflange kaki broek waren erg versleten. Klaarblijkelijk verdiende hij hier als loopjongen slechts een paar peseta's.

'Menos zal u naar Kamal Singh brengen,' zei hij met een ernstig gezicht en ze maakte een buiging.

Op respectvolle afstand keek hij toe hoe Charlotte de grote hond losmaakte. Toen kwam hij dapper naast haar lopen, al draaide hij wel steeds zijn hoofd bezorgd om naar de roodbruine reus. De wind die in dit jaargetijde hard vanaf de zee waaide, maakte het de hond lastig, vooral als die van achteren kwam en zijn lange vacht in de war bracht. Dan schudde hij zich zo wrevelig uit dat zijn oren om zijn dikke kop fladderden.

'Mooie hond,' zei Menos na een poosje. 'U hoeft voor niemand bang te zijn, lady. Hij zal u zelfs tegen een leeuw beschermen.'

'Hij eet ook zo veel als een leeuw,' antwoordde ze glimlachend. 'Hij houdt vooral van kippen en eenden.'

Menos leidde haar in noordoostelijke richting door de stad tot ze tussen de palmen door het smaragdgroene water van de baai kon zien.

'Daar is het huis van Kamal Singh, lady. Ik breng u tot aan de ingang.'

Het gebouw waar hij met zijn vinger naar wees bevond zich achter een witte muur en was gedeeltelijk verborgen achter de groene toppen van acacia's en palmen. Charlotte zag hoge vensterbogen, versierd met oosters houtsnijwerk en twee met tin versterkte vierkante torentjes. Kamal Singh leek in een soort paleis te wonen.

Een tweedelige poort hield ongewenste bezoekers tegen. Hij was luxueus uit ijzer gesmeed en zag eruit als een rij speren waarvan de vergulde spitsen naar de hemel wezen. Een stevig gebouwde Afrikaan stond aan de andere kant van de poort, leunde met zijn rug tegen een muur en rookte een sigaret. Toen hij haar aan zag komen, doofde hij zijn sigaret zorgvuldig in het droge zand en ging in de houding staan. Zou hij vroeger als askari bij de beschermingstroepen gediend hebben? De fantasierijke kleding en muts wezen daarop.

'Mevrouw Johanssen?'

De woorden klonken vreemd uit zijn mond, ook al deed hij veel moeite om ze correct uit te spreken. Charlotte zei in het Swahili dat Kamal Singh haar verwachtte. Hij knikte dienstvaardig en schoof de zware hendel omhoog.

Ze gaf Menos twee roepies die hij met een diepe buiging aannam en in zijn broekzak stopte. Hij wierp nog een laatste blik op Simba en liep haastig weg. De poortwachter deed eerbiedig een stap achteruit toen ze met de aangelijnde hond door de poort liep, ook hem leek de grote hond verdacht. Charlotte bleef al na een paar passen staan om het sprookjesachtig mooie park te bewonderen. Een tuin zoals beschreven in *Duizend-en-één-nacht* omgaf de villa. Plantenbakken stonden op marmeren verhogingen. Rechthoekige waterbassins, door grachtjes met elkaar verbonden, weerspiegelden het zonlicht en schiepen een illusie van koelte. Langs de muren woekerden struiken en daartussen verhieven zich palmen, moerbeibomen en sinaasappelbomen. In een hoek van de tuin bevond zich een bamboebosje. Hoe zou dit park er vlak na de regentijd uitzien als het nu al, in de droge tijd, zo'n oase was.

Een bediende met een witte tulband ontving haar bij de voordeur. Charlotte bond Simba voor het huis vast, het zou onbeleefd zijn geweest de villa met een hond binnen te gaan. Ze hoorde hem boos blaffen terwijl ze de bediende door de hal en een brede trap op naar de eerste verdieping volgde.

Kamal Singh had het huis niet zo vorstelijk ingericht als ze eerst vermoed had, maar alleen al de vele tapijten die dicht bij elkaar de vloeren bedekten waren waarschijnlijk een vermogen waard. Overal waren bediendes en jong vrouwelijk personeel te zien die echter niet veel uitvoerden, gewoon ergens zaten en op aanwijzingen leken te wachten. Op de bovenverdieping liepen ze door een lange, smalle kamer waarvan de wanden aan weerszijden met boekenkasten met glazen ruiten gevuld waren. De ene na de andere kast gevuld met in zwart en bruin leer gebonden boeken. Een jonge man met een zwarte baard en gekleed in een zijden kaftan kwam hun tegemoet. Hij keek Charlotte arrogant aan met zijn flitsende gouden ogen, en terwijl hij voorbijliep dacht ze iets vijandigs in zijn gezicht te zien. Wie was hij? Een van Kamals zonen? Een zakenpartner? Een schoonzoon? Ze raakte verward. Iets in dit huis benam haar de adem en liet beelden en herinneringen in haar opwellen die haar onbekend waren. Daar, die hout besneden vitrinekast waar jachtwapens in bewaard werden, had ze die niet eerder gezien? Dat schilderij met zijn gouden lijst waarop een tempel afgebeeld was, kende ze dat niet?

Ik zal het ergens in een boek gezien hebben, zei ze tegen zichzelf. Maar toen zag ze tot haar verbijstering een donkerrood met wit en zilver geborduurd kamerscherm waarop twee kraanvogels tussen tere planten afgebeeld waren. Het leek uit een van haar dromen afkomstig te zijn.

Ik ben gestoord, dacht ze. Iets in mijn brein is overhoop geraakt. En toch, ze was twee jaar oud geweest toen haar moeder haar van Bombay naar Duitsland had gebracht. Konden je herinneringen zo ver teruggaan?

Kamal Singh ontving haar in een sobere vierkante kamer waar alleen een ingelegde tafel en enkele mooi besneden stoelen stonden. Het uitzicht vanuit de drie gebogen ramen was daardoor des te mooier, je keek direct op de zee uit.

Hij bleef zitten toen ze binnenkwam en maakte alleen een handgebaar om de bediende duidelijk te maken dat hij moest verdwijnen. Kamal Singhs gezicht onder de grote tulband leek kleiner te zijn geworden. Zijn huid was nog steeds glad, maar zijn ogen lagen dieper in hun kassen en zijn baard was nu wit in plaats van grijs. De wijde gele kaftan verhulde bijna zijn hele gedaante, alleen zijn hand die op de ingelegde tafel rustte was zichtbaar en kwam haar rimpelig en breekbaar voor.

'Mevrouw Charlotte Johanssen,' zei hij licht spottend. 'We hebben elkaar lang niet gezien. Welkom.'

Hij wees op een stoel en klapte in zijn handen. Een jonge bediende kwam binnen met een blad waarop twee porseleinen kopjes met daarin hete geurige thee en meerdere schalen met allerlei gebak stonden.

'Neem me niet kwalijk dat ik u niet zelf bedien, zoals ik het vroeger zo vaak heb gedaan. Men wordt gemakzuchtig bij het ouder worden, mevrouw Johanssen.'

'Ik denk graag terug aan die tijd in Dar es Salaam,' zei ze, in een poging vriendelijk te zijn. 'U hebt me heel erg geholpen, hoewel later...'

Hij glimlachte en boog zich over zijn kopje om de geur van de thee op te snuiven.

'Laten we het verleden met rust laten, alles heeft zich ten goede gekeerd, zowel voor u als voor mij. Kijk naar buiten, Charlotte. Wat ziet u?'

Hij deed zijn arm omhoog en wees naar het raam, de wijde mouw van zijn kaftan gleed een beetje naar beneden waardoor zijn dunne pols vrijkwam.

'De zee, turquoise in de buurt van de oever, verder weg diepblauw en in de verte glinstert het al zilver.'

'Niet meer?'

'Schepen, kleine zeilbootjes met door de wind gebolde witte zeilen. Een stoomboot die net de haven heeft verlaten en koers naar het zuiden zet. En heel ver weg lijkt een groot zeilschip te varen, misschien zelfs een driemaster.'

'Onbelangrijke dingen, Charlotte. Weet u wat ik zie als ik hier zit en naar buiten kijk?'

Zijn stem had een dromerige klank aangenomen, ook dat was nieuw, vroeger had hij nooit op zo'n manier gesproken. Ineens wist ze wat hij bedoelde.

'Indië.'

Hij leek niet verbaasd dat ze zijn gedachten had geraden.

'Er ligt een hele oceaan tussen en toch kunnen mijn ogen de bergen en de heilige rivier zien. Verwondert u dat niet, Charlotte?'

'Nee.'

Charlotte dronk een slok thee en wilde toen voorzichtig het doel van haar bezoek ter sprake brengen, maar de Indiër was haar voor.

'Johanssen,' zei hij op een andere toon. 'Is dat niet de man die toentertijd vanuit de regen uw winkel binnenliep?' Hoe kon hij dat weten? Had hij haar vanuit zijn eigen winkel in de gaten gehouden? Onzin, hij had het vast aan Klara gevraagd.

'Dokter Johanssen is mijn echtgenoot, inderdaad. Hij heeft twee jaar in de kliniek voor de inheemse bevolking in Dar es Salaam gewerkt.'

'En wat doet hij nu?'

Was dat vriendschappelijke belangstelling of wilde hij haar uithoren? Het ging hem eigenlijk niets aan, tenslotte vroeg zij hem ook niet naar zijn familie.

'Hij neemt deel aan de expeditie van hertog Von Mecklenburg naar Rwanda.'

Charlotte besloot nu eindelijk over het eigenlijke doel van haar bezoek te beginnen.

'Ik ben hier om de schuld van Karl Manger te betalen.'

'Waarom doet u dat?'

Zijn vraag klonk bijna verwijtend. Het schoot haar te binnen dat hij vroeger geprobeerd had haar bij zijn zaken te betrekken. Was hij nog steeds beledigd dat ze daar niet op in was gegaan?

'Ik heb de plantage van zijn weduwe gekocht. Dat heeft ze u geschreven. De hoogte van de schuld is mij bekend en ik heb die overgenomen.'

Ze wist ook wat de rente was die hij over de drieduizend roepia berekende, die was buitensporig, bijna een derde, en ze hoopte een beetje met hem te kunnen onderhandelen.

'Waar hebt u een plantage voor nodig, Charlotte?'

Hij had zijn donkere wenkbrauwen opgetrokken en keek haar aan met een mengeling van medelijden en spot. Charlotte voelde dat ze kwaad werd.

'Ik heb die vooral nodig voor mijn nichtje Klara en haar familie,' zei ze kort. 'Maar ook voor mijzelf. Ziet u, ik verlang naar een plek waar ik me thuis kan voelen. Een stukje van dat wonderbaarlijke landschap is nu van mij, ik zal er een huis bouwen, koffiebonen oogsten, misschien sisal aanplanten, aardappelen, mais, koren... Ik hou van het leven op een plantage.'

Buiten begon Simba ongeduldig te blaffen, maar Kamal Singh leek het lawaai niet op te merken. Charlotte verzocht hem haar het precieze bedrag te noemen en stelde glimlachend voor de rentevoet nog eens te heroverwegen. Kamal Singh was echter onvermurwbaar en rekende haar het bedrag tot op de laatste cent voor. Er bleef haar niets anders over dan te betalen. Ze schreef een cheque uit van de Oost-Afrikaanse bank waar George voor zijn vertrek een rekening voor haar had geopend. Ze had daarvan ook een groot bedrag aan Ida Manger betaald. Ze wilde George het geld later teruggeven, ze zou het uit de erfenis van Elisabeth halen.

'Ik wens u geluk en vrede,' zei Kamal Singh met een ernstig gezicht. Vervolgens legde hij haar cheque zorgvuldig tussen zijn papieren en verscheurde voor haar ogen de schuldbekentenis. 'En mocht u onverhoopt nog eens in nood raken, Charlotte, denk dan aan uw vriend Kamal Singh. Hij zal er voor u zijn zolang hij op deze aarde leeft.'

'Dank u wel,' zei ze met koele vriendelijkheid terug. 'Ook mijn beste wensen begeleiden u. Het ga u goed.'

Al in de hal riep ze luid Simba's naam en hij hield direct op met blaffen. Buiten besnuffelde hij haar enthousiast, zijn staart beschreef wilde kringen in de lucht. Natuurlijk had hij zijn lijn doorgebeten, ze zou een ketting moeten aanschaffen.

September 1907

De wind dreef de zwarte rookwolken rechtstreeks naar hen toe. De walm drong bijtend in ogen en longen en liet hen hoesten alsof ze de tering hadden. 's Ochtends was er een beetje regen gevallen dat de oplaaiende vlammen had geblust, maar op de grond en onder de takken smeulde het nog. Wanneer het tot in de middag droog bleef, zou de brand opnieuw ontvlammen.

'Veel bos moet sterven in vuur,' hoestte Johannes Kigobo. 'As vliegt op en maakt gezichten zwart als gezichten van Waschamba.'

Charlotte kon niet antwoorden doordat een hoestaanval haar liet schudden en ze gaf haar muildier de sporen om zo snel mogelijk uit de rokende ontginning weg te komen. Het zou stom zijn geweest om de al gerooide bomen te laten liggen, dus had ze haar mensen eropuit gestuurd om de takken af te kappen en dan het vuur aan te steken. De rest van het verbrande hout zou later moeizaam afgevoerd moeten worden. Daarna konden ze beginnen de wortels en stenen te verwijderen en de ontginning langzaam in akkerland te veranderen. In het komende jaar wilde Charlotte de eerste sisalplanten poten.

Simba liep bij wijze van uitzondering vooraan, ook hij had haast om aan de rookwolken te ontkomen. Hij kende de weg die Charlotte intussen meerdere keren per week aflegde en liet graag zijn natte markering achter op rotsen of bomen om aan te geven dat dit gebied zijn territorium was.

Ze verlieten de weg en volgden een smal pad dat zich bergopwaarts door het bos slingerde. Het ruisen van de beek begeleidde hen op hun rit. Soms was het geluid wat verder weg en dan weer nam het toe in intensiteit en kwam de beekbedding glinsterend tussen bomen en bosjes tevoorschijn. De beek had vele gezichten. Hij stroomde gladjes over vlak gesteente, wervelde tussen rotsblokken en omgevallen bomen door, en het mooiste was hij als zijn water vanaf een hoogte naar beneden stortte, bruisend en schuimend in een witte nevel. Boven op de bergkam wond het pad zich door een kaal veld met losse stenen om aan de andere kant in scherpe bochten naar de vallei af te dalen. Al vanuit de verte was het geroep en geklets van de arbeiders te horen, ze leken hard aan het werk te zijn. Dat was ook geen wonder, want de bakstenen die ze daar in de leemgroeve aan het maken waren, waren voor hun eigen huizen bestemd. Zo had Max von Roden het ooit op zijn plantage bij de Kilimanjaro geregeld en Charlotte wist dat het een slimme maatregel was. Zwarte arbeiders die met hun familie in een eigen huis konden wonen en daarbij wat grond en een tuin kregen, hadden weinig zin om een andere plek te zoeken en bleven op de plantage. Op deze manier hoopte ze een vaste groep arbeiders te vormen, zodat ze niet zoals Karl Manger op de onbetrouwbare knapen was aangewezen die dan weer op een plantage, dan weer bij het spoor aanmonsterden en ten slotte naar de kust trokken om daar hun verdiensten er in korte tijd doorheen te jagen.

Ze had al twee betrouwbare medewerkers. Johannes Kigobo en Jonas Sabuni waren, ondanks de bezwaren van de missionarissen in Hohenfriedeberg, naar haar toe gekomen. Sabuni had zijn vrouw en drie kinderen meegebracht en was de eerste die een van de nieuw gebouwde huisjes zou betrekken. Johannes, die nog vrijgezel was, deelde een kamer met drie andere arbeiders in de aanbouw aan het woonhuis.

Hun aankomst bij de leemgroeve lokte gejubel uit. De Afrikanen lieten hun kuipen en houten steenmallen staan en kwamen hun tegemoet. Dat was niet verbazingwekkend, want ze had twee pakpaarden bij zich die rijst, bananen, groenten en ook rietsuiker en tabak op hun rug droegen. De meeste arbeiders verbleven hier meerdere dagen achter elkaar, sommige hadden vrouw en kinderen bij zich en Charlotte had opdracht gegeven tenten voor hen op te zetten. Het enige meer permanente bouwsel was een schuilhut, gemaakt van stammen en twijgen, die de reeds gevormde bakstenen tegen de regen moest beschutten omdat ze anders zacht zouden worden voordat ze de oven in gingen. De oven had Karl Manger laten bouwen. Hij was uit afgehouwen stenen opgebouwd en vanbinnen met baksteen gemetseld.

'Jullie hebben hard gewerkt,' prees Charlotte toen ze de stapel rode stenen beoordeelde. Slechts bij een paar zou je een kritische opmerking kunnen maken dat de leem niet zorgvuldig genoeg in de kuip gedaan was, zodat ze aan de hoeken afbrokkelden.

Kigobo, die zich een soort voorman voelde, overzag het afladen van de levensmiddelen en lette erop dat iedereen zijn bestelde spullen ook betaalde. Het was Charlotte opgevallen dat de prijzen van de Indische winkels in Wilhelmstal buitensporig hoog werden zo gauw er een tekort was, dus had ze zelf rijst, bonen, meel, stoffen en tabak ingekocht om ze voor een fatsoenlijke prijs aan haar personeel door te verkopen.

Ze ging op een stapel afgebakken stenen zitten en aaide Simba over zijn dichte nekvel. De hond besnuffelde haar liefdevol. Hij had uit de beek gedronken en zijn snuit liet vochtige plekken achter op haar jasje. De tevreden grijnzende gezichten van de Afrikanen en hun haast om de verworven goederen snel in hun tenten op te bergen deden haar genoegen en vervulden haar na lange tijd met echte tevredenheid. Misschien had ze toch de juiste beslissing genomen, ook als de moeilijkheden in het begin groter waren dan verwacht en ze het bijna niemand naar de zin had kunnen maken.

Direct na haar terugkeer uit Tanga was ze met haar dochter, Klara, Peter en de kleine Samuel naar hun nieuwe woonplaats vertrokken en had de plantage nagenoeg verlaten aangetroffen. Slechts heel weinig arbeiders waren gebleven, vooral zieken en een paar vrouwen met hun kinderen. De mannen die konden werken hadden hun heil ergens anders gezocht. Ook het woonhuis was niet erg uitnodigend. Mevrouw Manger had het op een paar zelf getimmerde stoelen en een wankel dressoir na helemaal leeggehaald. En dat terwijl Charlotte haar een behoorlijke som geld voor meubels en gereedschap betaald had. Waarschijnlijk had ze alles wat ze te gelde kon maken aan de buren en Afrikanen verkocht: de bedden en matrassen waren weg, evenals de gordijnen, en uiteindelijk kon Charlotte blij zijn dat haar lieve vriendin Ida niet ook de ruiten uit de ramen versjacherd had. Heel erg vervelend was dat ook veel van de door Karl Manger nieuw aangeschafte machines en werktuigen misten, waaronder de ploeg, de installatie die stroom opwekte en een heleboel houwelen en spades. Hoeveel van het vee Ida verkocht had was moeilijk in te schatten, maar Kerefu, de oude man met de slechte heup, vertelde haar dat ten minste een paar koeien en een aanzienlijk aantal schapen en geiten van eigenaar gewisseld waren.

Dat ze er maar gelukkig mee werd! Charlotte koesterde de kwade verdenking dat de zorgzame oudere broer de dure reisbiljetten niet zonder bijbedoelingen gestuurd had. Ook in Amerika zag het er voor emigranten niet altijd even rooskleurig uit en arbeidskrachten die bij de familie hoorden waren goedkoop, want tenslotte werkten ze enkel voor kost en inwoning.

Gelukkig bevond Peter zich nog in de fase van diepe neerslachtigheid, zodat hij geen bezwaren tegen de verhuizing maakte. Hij vroeg niet eens waar ze hem heen brachten. Zonder tegenspraak trok hij met vrouw en kind in de bovenverdieping van het huis, stond daar tot diep in de nacht voor het raam en staarde naar de lichtjes van de glimwormen in de bosjes. Pas als de maan aan de horizon verscheen en de sterren helder aan de hemel boven de plantage stonden, maakte hij zich los van zijn observatiepost en ging op de wollen deken liggen die Klara bij gebrek aan een bed op de vloer had uitgespreid.

Elisabeth daarentegen maakte geen geheim van haar ongenoegen. Dit moest een plantage zijn? Dit gebrekkige huisje met maar vier kamers die ook nog eens helemaal leeg waren?

'En waar zijn de zwarten? Er is hier niemand, mama. Je hebt een afschuwelijke lege plantage gekocht. Ik wil hier niet blijven, ik wil terug naar de missie.'

De eerste nacht was zo verschrikkelijk dat Charlotte serieus spijt had van haar overhaaste aankoop. Een hevig onweer had zich boven het land samengepakt, de atmosfeer was zo geladen dat Charlotte elke haar op haar hoofd voelde en zelfs Elisabeth ophield met klagen.

Klara, die eerst vol dankbaarheid en vreugde op Charlottes besluit gereageerd had, was na deze nacht op van de zenuwen. Twee koffers waren volledig doorweekt, de muren en vloer van de bovenverdieping bleken bij nadere inspectie schimmelig en tot overmaat van ramp had Sammi koorts. Hij moest kougevat hebben.

'Denk je nou echt dat we hier kunnen leven? Je weet net zo goed als ik dat George nooit op een plantage zal willen blijven en Peter ook niet. Tenslotte is hij dominee en geen planter.'

Charlotte, die zelf ook niet goed geslapen had, moest zich tot het uiterste beheersen om niet naar Klara uit te vallen en haar ondankbaarheid te verwijten. Waarom had ze die verdomde plantage eigenlijk gekocht? Alleen maar om voor Peter en Klara een bestaan mogelijk te maken.

'Peter kan hier herstellen,' zei ze met moeizaam verworven kalmte. 'De plantage zal in jullie onderhoud voorzien en Peter heeft tijd om over zijn toekomst na te denken.'

'Daar ben ik nog niet zo zeker van, de omstandigheden zijn hier allesbehalve heilzaam. De schimmel, Sammi's verkoudheid...'

De maat was vol. Dat uitgerekend de zachtmoedige Klara met verwijten over haar heen viel was meer dan ze kon verdragen.

'Grote goedheid,' viel Charlotte uit. 'Zie je niet dat de zon schijnt? Maak het raam open en hang de natte spullen te drogen. En hou op met Sammi te betuttelen, hij gaat heus niet dood van een beetje hoesten.'

Elisabeth had een muildier de stal uit gevoerd en bepakt met een bundel. Daarin bevonden zich haar boeken, de sinds lang verwaarloosde Fräulein Mine en een enkele bruine schoen wiens wederhelft onvindbaar was geweest.

'Wat ben jij van plan?'

'Ik rij terug naar Hohenfriedeberg, mama. We hebben zo meteen Bijbelles bij missionaris Wohlrab.'

'Je blijft hier.'

'Ik wil hier niet blijven,' huilde het meisje. 'Ik wil naar mijn vrienden. Hier heb ik niet eens een bed.'

Charlotte greep vastbesloten het halster van het muildier en ook Simba bemoeide zich er al blaffend mee. Alleen de komst van een groepje Afrikanen die op dat moment bij het toegangshek van de plantage opdoken, voorkwam een verdere escalatie. Het waren Johannes Kigobo en Jonas Sabuni met zijn vrouw en kinderen. Ze waren die ochtend in alle vroegte, uit eigen beweging uit Hohenfriedeberg vertrokken om bibi Johanssen naar Neu Kronau te volgen en voor haar te gaan werken.

Voor Charlotte was hun verschijning een ware verlossing. 'Jezus wil je helpen, bibi Johanssen,' zei Sabuni. 'Hij stuurt je Jonas Sabuni en Martha Mukea en daarbij ook nog Johannes Kigobo, ook al is hij lui en kletst liever dan dat hij werkt. We zullen veel plezier hebben.'

Inderdaad ging het vanaf dat moment beter. De kleine, pezige Martha Mukea bezat een onschuldige vrolijkheid die een andere stemming in huis bracht. Haar zoontjes waren maar een beetje jonger dan Elisabeth en haar dochtertje Ontulwe was vier jaar. Het meisje was een teer poppetje en tegelijk een deugniet. Ze hechtte zich direct aan Elisabeth, die nu opeens 'de grote' was en verantwoordelijkheid moest tonen. Tot Charlottes verrassing beviel haar weerbarstige dochter deze rol. Tenminste voor een poosje werd Elisabeth de bezorgde grote zus.

Martha Mukea kwam Klara te hulp. Ze waste de kleren, voerde de geiten en hielp Charlotte de moestuin te vergroten. Sabuni bewees zich als een begaafde kok die niemand behalve zijn vrouw in de keuken duldde en met mais, bonen, aardappels en geitenvlees de lekkerste maaltijden maakte. Als je echter vroeg wat hij allemaal in de gerechten had verwerkt, kreeg je geen antwoord.

Johannes Kigobo was ook heel bereidwillig, maar het werd al snel duidelijk dat hij twee linkerhanden had, voor praktisch werk was hij nauwelijks bruikbaar. Wel bezat hij een goede handelsgeest, dus nam hij de inkoop van levensmiddelen in Wilhelmstal op zich en rekende aansluitend tot op de laatste cent nauwkeurig met Charlotte af. Hij was er trots op dat ze hem geld toevertrouwde en zwoer dat hij zijn bazin nooit zou bedriegen. Zo'n zonde zou Jezus hem ook moeilijk kunnen vergeven...

De arbeiders in de leemgroeve hadden intussen al hun levensmiddelen ontvangen en betaald, maar maakten geen aanstalten weer aan het werk te gaan. Het leek er meer op dat ze eerst een rustpauze wilden inlassen. Charlotte schoof Simba's snuit van haar schoot en gaf opdracht een deel van de afgebakken stenen in biezen matten te wikkelen en op de muildieren te laden. De overgebleven stenen werden in manden gelegd die drie van de arbeiders op hun rug vastmaakten. Het was eenvoudiger geweest het bouwmateriaal met de paardenkar naar Neu Kronau te vervoeren, maar daarvoor was het pad te smal en te steil.

Voordat Charlotte vertrok liet ze weten wat de taken voor de volgende twee dagen inhielden en kwam met het nieuws dat de golfplaten voor de daken gisteren al met de trein gearriveerd waren. Over een paar dagen zouden de eerste huisjes bewoonbaar zijn.

Haar woorden hielpen niet erg om de Waschamba tot werk aan te zetten. Ze beloofden weliswaar om veel bakstenen te maken, maar eerst was het *pumsika*, pauze.

De terugweg verliep door de zwaar met stenen beladen dragers en muildieren langzamer dan de heenweg. Charlotte voelde een loodzware vermoeidheid over zich heen komen. Het was dat ze steeds de bewegingen van het muildier moest compenseren, anders was ze in het zadel in slaap gevallen. Gedurende de afgelopen weken waren haar nachten kort geweest en haar dagen boordevol werk, zodat ze weinig tijd had gehad om ongelukkig te zijn over de afwezigheid van George. Ze had er plezier in om op de plantage orde op zaken te stellen en tegelijk wist ze dat ze een beheerder moest aanstellen, want als George terugkwam zou ze met hem niet hier maar aan de kust gaan wonen. Ze had een advertentie in verschillende kranten laten zetten, maar geen van de mannen die zich op de plantage hadden gemeld leken haar geschikt voor de baan. De ene had geen ervaring, een andere kwam te betweterig op haar over. Een Deen verscheen met een drankfles in zijn broekzak en een jonge boer probeerde zelfs de plantage van haar af te troggelen. Ze had Ignaz Kummer geschreven en naar Jacob Götz gevraagd. Het antwoord was helaas niet wat ze hoopte. Het ging goed met de plantage bij de Kilimanjaro, maar Jacob Götz was vorig jaar vertrokken en Kummer had nooit meer iets van hem gehoord, wat betekende dat ze op zichzelf was aangewezen. De aardappeloogst kwam eraan, het koren werd rijp, mais en bonen moesten geoogst worden. Ze had een tijdje een timmerman uit Bremen in dienst die het dak van het woonhuis repareerde, de vochtige houten vloeren verwijderde en verving door nieuwe planken. De man werkte hard en gestaag, maar hij trok na gedane arbeid weer verder. Een kippenhok en een omheining wilde hij niet maken. Daar had ze geen vakman voor nodig, elke domkop kon zoiets in elkaar timmeren. Het was sowieso een schande dat ze de kippen binnen een hek moest houden, een hond die op pluimvee jaagde hoorde doodgeschoten te worden.

De bezoekjes van de buren waren verheugend. Ze moedigden haar aan, gaven goede raad en brachten praktische geschenken mee. Anders dan bij de Kilimanjaro leken zich hier tussen de plantage-eigenaren wel echte vriendschappen te ontwikkelen.

Behalve de buren kwamen er ook andere gasten op de plantage, de meeste bleven maar een paar dagen. Omdat het kleine woonhuis geen logeerkamer had, moesten ze in tenten slapen. Een Engels jachtgezelschap dat begin september bij hen binnenviel hield het na één nacht al voor gezien. De dames en heren kampeerden met hun zwarte bedienden op de velden rond het huis en nodigde de plantagebezitters 's avonds uit voor een royale maaltijd van gazellevlees en allerlei meegebrachte lekkernijen. Ze waren helemaal verbluft dat geen van de gastheren en -vrouwen meer dan een van de aangeboden drankjes wilde aannemen. Helemaal raar vonden ze het gegeven dat er op Neu Kronau geen whisky of brandewijn was en zelfs geen Duitse jenever die toch bij elke gelegenheid van pas kwam, of het nou om koorts, dorst of snijwonden ging.

Toen het gezelschap de volgende dag opbrak en vertrok, haalden ze in Neu Kronau opgelucht adem, want deze opgewekte heerschappen hoorden niet tot de bezoekers die ze voor langere tijd om zich heen wilde hebben. Pas tegen de middag kwam Kerefu met het bericht dat een van de Engelsen achter was gebleven. Het ging om een jonge man, genaamd Jeremy, die zich de avond ervoor wat al te gretig tegoed had gedaan aan de whisky en in de stal zijn roes had uitgeslapen. Hij had Charlotte die avond behoorlijk op de zenuwen gewerkt omdat hij steeds haar nabijheid zocht en de ene jachtanekdote na de andere vertelde. Dat er mensen bestonden die zijn hartstocht niet deelden kon hij zich niet voorstellen, dus had hij zich haar terughoudende reactie persoonlijk aangetrokken en troost in de whisky gezocht. Hij was een aantrekkelijke man met ijsblauwe ogen en weelderig rossig haar, het kleine baardje op kin en wangen stond hem goed. Voor zover Charlotte het begrepen had was hij in Afrika om het avontuur en zichzelf te zoeken.

Hij zag er nogal ellendig uit toen hij laat in de middag in het woonhuis verscheen. Omdat ze medelijden met hem had, gaf ze hem een van hun kostbare hoofdpijnpoeders en praatte even met hem. Algauw liet hij weten dat het jachtgezelschap hem niet echt beviel en vroeg hij of hij een paar weken op de plantage mocht blijven, hij wilde zich graag nuttig maken. Er bleef Charlotte niet veel anders over dan zijn verzoek in te willigen, al verwachtte ze er niet veel van. Ze vergiste zich enorm. De enthousiaste jager timmerde een voortreffelijk kippenhok met omheining en metselde zelfs een paar muren van de arbeidershuisjes.

'De Afrikanen laten toch alles weer in verval raken,' zei hij daarna grijnzend en hij spuugde een grashalm uit waar hij graag op kauwde. 'In plaats van luxe woningen voor de arbeiders te bouwen, kunt u beter uw eigen huis vergroten. Ik heb een goed idee...'

Ze hechtte weinig waarde aan zijn voorstellen, die voor haar situatie veel te buitensporig waren. Ze had een eenvoudig praktisch huis nodig, geen villa in Engelse landhuisstijl. Maar het was amusant om met hem te praten, want hij kon goed luisteren en heel levendig vertellen. Daarnaast had hij geen druppel alcohol meer gedronken sinds hij voor haar werkte.

Ze hadden de rook al zien opstijgen toen ze over het veld met de losse stenen reden. Na de korte bui in de ochtend was het warm geworden en de wind had het vuur in de ontginning weer aangewakkerd. Bij de weg aangekomen deden ze halsdoeken en de slippen van hun jas voor hun gezicht om zich tegen de gloeiend hete rookslierten te beschermen. Over een paar dagen zou het meeste kreupelhout verbrand zijn, misschien lukte het haar om nog voor het begin van de regentijd de verkoolde resten weg te halen. Nog belangrijker was het muren op te trekken en de golfplaten te plaatsen. Het was nu eind september, in november begon de grote regentijd.

Op de plantage was het leven teruggekeerd. Zwarte kinderen liepen hun tegemoet en openden met veel geruk en getrek het hek. De eenden bij de vijver vlogen op bij het zien van Simba, die echter deed alsof hij ze niet gezien had. Ze hadden over het terras een stuk zeildoek gespannen om een beetje schaduw te hebben. Daar zat Klara te naaien terwijl Sammi met de kinderen van Martha Mukea op het grasveld speelde. Peter en Kigobo maakten zich nuttig als meubelmakers, want er was nog steeds gebrek aan de meest basale meubelstukken. De twee konden erg goed met elkaar opschieten en hun goede bedoelingen werden zeer gewaardeerd, ook al waren de resultaten bedenkelijk. Charlotte was blij dat Peter langzaam herstelde en zelfs praktische bezigheden zocht. Hij had geen nieuwe aanval gehad en hij leek zijn zendingswerk niet te missen. In plaats daarvan bracht hij de avonden en nachten achter zijn zelf getimmerde tafel door en vulde bij het schijnsel van de petroleumlamp blad na blad papier. Wat hij schreef kreeg niemand behalve Klara te lezen en zij zweeg erover. Wat Charlotte betrof mocht hij rustig schrijven, misschien was het een manier om met zichzelf in het reine te komen.

Tot zover kon ze heel tevreden zijn. Het enige wat schrijnde was dat Elisabeth gedurende de week in Hohenfriedeberg woonde om daar naar school te gaan. Ze was alleen de weekenden op de plantage. Het was een voorlopige regeling die zowel haarzelf als haar dochter steeds minder beviel. Zo gauw ze een geschikte beheerder had gevonden, zou ze Elisabeth zelf weer les gaan geven.

Klara zwaaide al uit de verte naar haar. Ze leek buiten zichzelf van vreugde en Charlotte kon al snel onderscheiden dat ze een envelop in haar hand had, een van de dikke grijze enveloppen die George gebruikte voor het versturen van zijn manuscripten. Haar hart maakte een sprongetje. Godzijdank, hij had geschreven. Ze had al twee maanden niets van hem gehoord en ook al wist ze dat de expeditie zich ver van alle postroutes bevond, was ze zich toch zorgen gaan maken.

'Zo veel bakstenen,' riep Klara haar vrolijk tegemoet. 'Je zou denken dat je een hele stad wilt bouwen, Charlotte. Kijk wat de postbode gebracht heeft.'

'Waar is Jeremy?' wilde Charlotte weten. 'Ik heb hem vanmorgen nog niet gezien.'

'O, ik geloof dat hij op jacht wilde. Hij heeft drie Afrikaanse arbeiders meegenomen, zijn geweer omgehangen en weg was hij.'

Verderop klonk een kreet van pijn, gevolgd door een vloek. Inderdaad, missionaris Peter Siegel had een 'godverdomme' geroepen. Klara legde de post en haar naaiwerk opzij en strompelde haastig naar de zogenaamde meubelmaker om naar de beschadigde duim te kijken.

'Vinger is rood als zon bij avond, straks wordt hij geel als zon in middag en groen als blad van koffiebomen. Daarna krijgt hij kleur van blauwe hemel.'

'Hou je mond, Johannes Kigobo, het is niet om te lachen, misschien laat de nagel los. Martha Mukea! Breng een kom koud water en een doek...'

Hoofdschuddend liet Charlotte zich op een stoel vallen, keek nog eens onderzoekend naar het bouwterrein om vast te kunnen stellen of de bakstenen wel netjes opgestapeld werden en pakte toen de post. Rekeningen, uitnodigingen van buren, twee kranten uit Duitsland natuurlijk met wekenlange vertraging, de nieuwste editie van *Der Planzer*, een brief van Ettje uit Leer... O jee, dat was vast geen goed nieuws, grootmoeder lag al weken in bed.

Ze bewaarde George' dikke envelop, die een omweg via Hohenfriedeberg gemaakt had, voor het laatst en opende eerst de rekeningen. Ze bekeek ze nauwkeurig en verdeelde ze in twee stapels. De brief van Ettje bevatte inderdaad slecht nieuws: dominee Harm Kramer, Menna en Maries vader, was onverwachts aan een beroerte overleden. Charlotte was ontsteld, maar haar verdriet bleef binnen de perken. Grootmoeder was weer opgeknapt, strompelde rond in het huis en scheen Antje net als daarvoor het leven zuur te maken.

Terwijl Klara nog steeds Peters vinger koelde en Kigobo weer een voorzichtige hamerslag liet horen, maakte Charlotte de brief van George open. Er kwam een dik pak dichtbeschreven papier tevoorschijn, voorzien van lijsten en tekeningen, zorgvuldig genummerd. De brief aan haar leek in haast geschreven te zijn, de letters ver uit elkaar en onregelmatig, alsof hij het papier op zijn knieën had gehad.

Mijn geliefde Charlotte,

Ik had lange tijd geen gelegenheid om deze post te versturen en nu hoop ik dat mijn aantekeningen, die ik niet eens gekopieerd heb, veilig bij je aan zullen komen. We hebben opwindende gebeurtenissen meegemaakt, ook wat kleine ongevallen die gelukkig redelijk goed zijn afgelopen. Het klimaat in Rwanda lijkt op dat van het Usambaragebergte. Malaria komt hier nagenoeg niet voor, wat ik door bloedonderzoek bij de inheemse bevolking heb kunnen vaststellen...

Hij leek totaal vervuld te zijn van zijn belevenissen. Uitvoerig schreef hij over de ontmoeting met de Watusi-sultan Msinga, de machtigste man in Rwanda. De Duitse koloniale regering mocht dan wel in naam het land bezitten, men liet de sultan zijn gang gaan zonder zich met zijn regering te bemoeien. Daar was een goede reden voor. Hij heerste over ongeveer anderhalf miljoen mensen, onder wie een groot aantal voortreffelijke krijgers met wie de Duitse beschermingstroepen het liever niet aan de stok kregen. Deze sultan was met veel pracht en praal voor zijn gasten verschenen, liet zich in een biezen mat dragen en gaf zijn gasten enorme kuddes runderen, geiten en schapen cadeau.

De Watusi lijken uiterlijk op de Massai, ze zijn lang en heel slank. Hun gezichten zijn smal, de ogen groot. Het zijn ongewoon knappe mensen. Maar vergis je niet, deze edele krijgers hebben de oerbewoners van het land, de Wahutu, jarenlang wreed onderworpen. Ik was zelf getuige van een onaangename scène toen men bij aankomst van de sultan de nieuwsgierige Wahutu als slaven met stokslagen opzijdreef. De Wahutu zijn boeren, tegenover het herders- en krijgersvolk van de Watusi staan ze machteloos. In dit verband was de inval van onze hertog om de sultan uitgerekend met een jachtbuks inclusief patroongordel als gastgeschenk te vereren geweldig…

Teleurstelling maakte zich van haar meester bij het lezen van deze regels. Had hij haar niets beters te vertellen dan de etnologische inzichten die hij in Rwanda had opgedaan? Daarover kon ze ook in zijn manuscripten lezen. Ze draaide het blad om en constateerde dat George' handschrift steeds slordiger werd. Had hij bij slecht licht zitten schrijven, zodat hij zijn eigen handschrift op het witte papier nauwelijks nog ontcijferen kon? Aha, in elk geval de laatste zinnen leken een paar tedere woorden voor haar te bevatten.

Ik denk veel aan je, mijn lieve vrouw, en ook aan onze kleine Elisabeth. Zal ze me misschien al vergeten zijn als ik baardig en door de zon verbrand bij jullie terugkom? En jij? Wat zul jij tegen de uitgemergelde, uitgeputte man zeggen die op de missiepost verschijnt en beweert jouw echtgenoot te zijn? Ik zit 's avonds vaak voor de tent en kijk naar de sterrenhemel. Is het echt al twee jaar geleden dat diezelfde lichtkoepel zich boven ons welfde toen we samen naast de tamarindeboom lagen? Nog maar een paar weken, dan zien we elkaar terug, jij mijn grote, mijn enige liefde.

George

Nog maar een paar weken, dacht ze bitter. Hoezo? Hij weet heel goed dat de expeditie veel langer zal duren en hij geniet er met volle teugen van.

'Mevrouw Johanssen? Wilt u zich verwaardigen datgene te aanschouwen wat ik nederig aan uw voeten heb gelegd?'

Jeremy's vrolijke ironische toespraak rukte haar uit haar treurigheid. Ze keek op van George' brief en verstijfde van ontzetting.

'Bevalt hij u? Een reusachtige knaap, ik heb hem de hele dag gevolgd. Nu is hij van u, zijn vel zal goed uitkomen boven de haard.'

Ze hadden het luipaard al gevild en het vlees aan de wilde dieren overgelaten. Het gevlekte vel hing samen met de machtige kop over een stang die door twee van haar arbeiders werd gedragen. Jeremy stond ernaast, streek met vier vingers het haar van zijn voorhoofd en keek haar uitdagend aan.

'Hoe komt u erbij drie van mijn arbeiders op uw belachelijke jacht mee te nemen?' viel ze naar hem uit.

Zijn gezicht versteende, waardoor hij eruit zag als een koppig kind.

'Ik ben de hele dag bezig geweest teneinde u deze buit te brengen...'

'Heb ik u daarom gevraagd? Ik haat het als iemand zo'n prachtig dier zonder duidelijke reden afschiet.'

Verderop staarde Klara geschrokken naar hen, ook Kigobo en Peter hieven hun hoofd op. De kinderen, die net nog vrolijk gelachen en gespeeld hadden, verstomden en keken naar het bloederige vel van het luipaard. Simba, die zoals gewoonlijk naast Charlottes stoel zat, was overeind gekomen en gromde vijandig naar de jachtbuit.

'Als dat het geval is,' zei Jeremy en hij pakte het luipaardvel, 'dan ben ik hier op het verkeerde adres. Het ga u goed, lady!'

Tien minuten later reed hij weg.

Januari 1908

Beste vriendin,

Ik hoop ten zeerste dat u geniet van al het moois dat een bloeiende plantage in de mooie Usambarabergen u kan geven zonder de zee te missen die ons beiden van Indië scheidt. Een spoedeisende aangelegenheid brengt mij ertoe u dit schrijven via een bode te doen toekomen. U herinnert zich misschien nog de knaap die u jaren geleden, tegen mijn advies in, in huis hebt genomen. Hij heeft uw vriendelijkheid slecht beloond als hij bij u weggelopen is.
Het is nu een paar jaar geleden dat hij in mijn huis op Zanzibar om werk kwam vragen en ik zo onbezonnen was om hem in dienst te nemen. Een handige, helemaal geen domme knaap met slechts één fout: hij is een sluwe schurk. Wat hij heeft uitgehaald nadat ik hem heb weggejaagd, weet ik niet, maar een van mijn zakenrelaties vertelde me gisteren dat de kleine boef in Dar es Salaam in de gevangenis zit: hij heeft zijn baas bestolen.
Het is mogelijk dat zijn lot u onverschillig laat, maar aangezien ik met het stijgen der jaren wat sentimenteler ben geworden, heb ik het gevoel dat u misschien bezorgd bent om Schammi.

Met een hartelijke groet verblijf ik,
Uw vaderlijke vriend
Kamal Singh.

De noordoostenwind blies kleine blauwe golfjes naar het vasteland, hier en daar was een witte schuimkop te zien. In de buurt van de oever leek het water turquoise gekleurd, koel, helder. Charlotte leunde tegen de reling van de kuststomer en tuurde naar het nevelige eiland dat in de verte als een grijsgroene schim voorbijgleed. Zanzibar, de vrijmoedige, de schoonheid. Het eiland dat als geen ander een hevig verlangen opwekte, het land van belofte, de plek waar dromen werkelijkheid konden worden.

Nadat ze Afrika twee jaar geleden verlaten had, was op dit betoverende eiland de pest uitgebroken. Geen buitenlands schip waagde het nog de haven van de hoofdstad aan te doen, wat de kustplaatsen van de Duitsers ten goede was gekomen, vooral Tanga had van de quarantaine geprofiteerd. Maar dat lag intussen in het verleden. Het eiland van de kruiden had zijn oude voorrangspositie weer ingenomen en geen plek op de wereld kon dat betwisten. Bracht de wind niet op datzelfde moment de geur van foelie en anijssterren naar haar toe? Nee, dat was onzin, hier aan boord van de drukbezette kuststomer rook het naar beits en teer, vermengd met de onderliggende stank van rotte vis die de vochtige moessonwind met zich meedroeg.

Zanzibar was een verre verschijning aan de horizon, onbereikbaar, zoals die dag elf jaar geleden toen ze er met George op weg naartoe was geweest, met verlangen in haar hart en tegelijk vol angst. George… Er was niets veranderd.

'Als Schammi toen in de missieschool op de Immanuelskaap gebleven was, had zijn weg naar God gevoerd,' zei Peter verwijtend naast haar. 'Ik heb voor deze jongen gevochten, maar hij wilde jou en je man volgen. En zo kan het ongeluk zich voltrekken…'

Charlotte wilde geen ruzie met hem maken en hield haar mond, ook al was ze het niet met hem eens. Schammi, de kleine verloren jongen op de markt van Dar es Salaam, zijn smalle gezicht met de grote ogen. Hij was een sluwe vos, dat had zij ook geweten. Hij was ijdel, schoot zijn doel voorbij, overschatte zichzelf. Toen Max, zijn geliefde meester, zijn grote voorbeeld, zo plotseling overleed, was Schammi weggelopen. Dat was meer dan zeven jaar geleden, hij moest nu ongeveer twintig jaar oud zijn, een jonge man. Maar dat hij een dief was geworden, dat kon Charlotte niet geloven.

'Hij was niet dom, hij had zijn school af kunnen maken en diaken kunnen worden,' praatte Peter verder. 'Hij had vast een baan bij de overheid kunnen krijgen, maar hij is ten prooi gevallen aan de zuigkracht van de kust, de onreinheid, het schuim. Zanzibar, die poel des verderf, heeft hem verslonden.'

Achter hen was een schril gelach te horen. Een groep zwarte vrouwen hurkte op het dek, een vreemdsoortige verzameling vastgebonden pakjes om zich heen verspreid. Waarschijnlijk wilden ze in Dar es Salaam naar werk zoeken. Twee witte postmedewerkers zaten op gemakkelijke stoelen te roken. Niet ver van hen vandaan hurkte een haveloze Afrikaan die met een stokje zijn teennagels schoonmaakte. Simba, die Charlotte ook op deze reis als een schaduw volgde, lag uitgestrekt op het dek met zijn kop op zijn poten. Af en toe keek hij verwijtend naar haar omhoog, alsof hij zich afvroeg waarom ze in vredesnaam op zo'n vreselijk schommelding was gestapt.

De brief van Kamal Singh had er in elk geval voor gezorgd dat Peters slechte humeur in een klap verdwenen was. Hij zag dat zijn voorspellingen bevestigd werden en wilde onverwacht krachtig tot daden overgaan. Als man van God was hij bereid naar de kust te reizen om de afvallige uit zijn benarde positie te bevrijden.

Charlotte had ook medelijden met de ongelukkige Schammi, maar de situatie kwam haar niet goed uit omdat ze de plantage vanwege alle op handen zijnde werkzaamheden liever niet wilde verlaten. Aan de andere kant kon ze Peter in geen geval alleen laten gaan. Ten eerste omdat ze niet veel vertrouwen had in zijn onderhandelingsvaardigheden, maar ook omdat Klara haar gesmeekt had in elk geval met haar man mee te gaan. Tenslotte kon hij onderweg weer een van zijn aanvallen krijgen.

Als door een gelukkig toeval hadden de Krugers, die een naburige plantage bezaten, net nu een man naar de plantage gestuurd, die hun geschikt leek als beheerder voor Neu Kronau. Björn Husdahl was een Noor en maakte op Charlotte aanvankelijk een nogal desolate indruk. De boomlange kerel was zo mager dat ze even dacht dat hij leed aan een ziekte. Ook zijn gezicht, dat voor het grootste deel onder een volle donkere baard verborgen was, leek haar erg ingevallen. Alleen zijn felblauwe ogen namen hem voor haar in. Ze hadden de weidse verre blik van mensen die met de zee leefden.

Zijn Engels was nauwelijks te volgen, niemand op de plantage sprak Noors, en Duits scheen Husdahl alleen in uiterste noodzaak te willen spreken. In elk geval kende hij Swahili, wat hij echter alleen in gesprek met de Afrikanen benutte. Hij leek sowieso geen grote prater te zijn, hij maakte zich liever verstaanbaar met gebaren die hij met een paar korte woorden ondersteunde. Toch had Charlotte een goed gevoel over hem. Ze bood hem aan een paar dagen te blijven. Daarna zouden ze bij elkaar gaan zitten en spijkers met koppen slaan.

De kuststomer meerde af bij de steiger van het douanegebouw en Charlotte kon Peter slechts met moeite van zijn idee afbrengen om eerst de evangelische missie op te zoeken.

'Bij een dergelijke onderneming kan een goed woordje van de plaatselijke missionaris veel betekenen,' argumenteerde hij.

'We proberen het eerst op eigen kracht,' hield zij koppig vol.

Hoe naïef was hij eigenlijk? Men was hier vast en zeker op de hoogte van zijn waanvoorstellingen en zou hem vermoedelijk niet serieus hebben genomen. Nee, ze wilde deze vervelende geschiedenis zo snel mogelijk achter zich laten, de missionarissen van de Immanuelskaap zouden de boel alleen maar vertragen.

Peter Siegel was het niet gewend zich in de wil van een vrouw te schikken. Beledigd stond hij een tijdje op het strand en scheen zijn plan alleen te willen uitvoeren, voordat hij eindelijk toegaf, niet in de laatste plaats omdat de afstand van de haven omhoog naar de missiepost te voet minstens een half uur in beslag zou nemen en hij geen geld had om een riksja te huren. Terwijl hij met haar meeliep naar het stadhuis kankerde hij op Simba, die naar zijn mening beter op de plantage had kunnen blijven, en luisterde vervolgens hoofdschuddend toe hoe ze probeerde erachter te komen waar ze naartoe moesten. Men stuurde haar eerst naar de basis van de Duitse politie, van daaruit naar de gevangenis die direct achter het douanegebouw lag en uiteindelijk, na een wachttijd die eeuwig leek te duren vond Charlotte een beambte die bevestigde dat er inderdaad een zekere Schammi in hechtenis zat. Als ze iets voor de jongen wilden doen, moesten ze snel zijn, want de rechtszitting waarbij het definitieve oordeel zou worden uitgesproken, zou morgen beginnen. De gevangenis voor Afrikanen zat vol dieven, helers en andere oplichters en het was een lastige zaak. Vroeger had men dat gespuis er gewoon flink met de zweep van langs gegeven. Nu echter gold de Duitse koloniale wet, die voorschreef dat men de kerels op regeringskosten moest voeden en een proces geven, dat niet meer dan een paar maanden dwangarbeid opleverde.

Charlotte viel hem vriendelijk in de rede. ‘Het zou heel aardig van u zijn als u ons de naam kunt geven van degene die een klacht heeft ingediend.’

De Duitse bureaucratie bewees zich ook hier weer. Na enig zoeken vond een zwarte medewerker de bewijsstukken en noteerde de gewenste informatie in mooi golvende letters op een papiertje.

Machmet Gupta
Inderstraat
Huisnummer 56

‘Staat daar ook wat er gestolen is?’ informeerde ze en ze verdraaide haar nek om zelf een blik op de papieren te kunnen werpen.

De Afrikaanse medewerker spande zich in om de schriftelijke

aantekening te ontcijferen, fronste zijn voorhoofd en hield het blad dichter bij zijn ogen.

'Een S-w-a-s-w-a-n-d' spelde hij en hij trok onzeker zijn schouders op.

'Een wat?'

Hij ondernam een nieuwe poging en begon plotseling te stralen.

'Een *clock* Swaswand.'

'Een klok,' zei Peter met een bezorgd gezicht. 'Hij heeft een klok gestolen, mogelijk zelfs meerdere. Maar wat is een Swaswand?'

Charlotte wilde het niet geloven. Het was werkelijk te zot. Schammi had een Schwarzwalder klok gestolen. In Hamburg had ze zo'n klok in een winkel ontdekt, maar ze had hem helemaal niet mooi gevonden. Een huisje met een paartje in Schwarzwalder klederdracht en een koekoek die elk vol uur met veel lawaai uit een klein raam tevoorschijn sprong. De ijzeren gewichtjes aan het uiteinde van de ketting om de klok op te winden hadden de vorm van sparappels. Had Schammi dit wonder niet kunnen weerstaan?

'Kom op.' Charlotte draaide zich energiek om en liep naar de deur. Peter volgde haar niet-begrijpend.

Hij had geen idee waarom Klara's nicht zo gauw ze buiten waren in lachen uitbarstte. Toen ze het hem uitlegde vond hij het helemaal niet grappig.

'Het zijn net kinderen,' mompelde hij. 'Elke snuisterij brengt ze in verleiding. We moeten hen leiden, anders zijn ze verloren.'

Het was rond het middaguur niet erg druk in de Inderstraat. Het viel Charlotte op dat veel oude ruïnes en schuurtjes afgebroken waren om plaats te maken voor nieuwe huizen. Tussen deze witte gebouwen hadden veel kleine handelaren en ambachtslieden een hutje gefabriceerd dat meestal uit een enkele ruimte en een stoffen afdak bestond. Het waren vooral Afrikanen die de huur voor een betere standplaats niet konden betalen.

Machmet Gupta was niet een van deze armere kooplui en zijn

assortiment richtte zich zeker niet op Afrikanen, want die hadden zich nooit de zijden tapijten, gouden boeddhafiguren of ingelegde tafels van ebbenhout kunnen veroorloven. Wel leek hij een levendige handel in Afrikaanse houtsnijkunst te voeren: afgodsbeeldjes, dieren, zelfs mooi uitgevoerde houtsnedes. En inderdaad, vlak bij de ingang kon men een Schwarzwalder koekoeksklok bewonderen. Op welke avontuurlijke manier zou dit Duitse handwerk in Dar es Salaam terecht zijn gekomen?

'Waarmee kan ik u van dienst zijn?' De winkeleigenaar onderbrak zijn gesprek met een andere klant en stond op van zijn stoel. Hij was een kleine man wiens baardige gezicht onder zijn tulband niet veel verraadde over zijn leeftijd. Hij was vermoedelijk een jaar of veertig. Charlotte vroeg naar verschillende prijzen en merkte hoe de zwarte ogen van de man haar taxeerden. De prijzen die hij noemde waren verschrikkelijk hoog, hij schatte haar in als welgesteld.

Pas toen de andere klant de winkel had verlaten, begon Charlotte over het doel van haar komst.

'Schammi? U kent hem? Een vlegel die me bestolen heeft...'

Nee, hij was onder geen enkele voorwaarde bereid zijn aanklacht in te trekken, de ellendige dief had zijn straf verdiend. Hij, Machmet, had hem opgenomen, hem als een vader verzorgd, hem werk gegeven en het had hem alleen maar schade berokkend.

'Wat hebt u eraan wanneer hij tot dwangarbeid wordt veroordeeld?'

De handelaar had het over de aardse gerechtigheid die aan Allah's gerechtigheid voorafgaan moest. En verder was het lot van ieder mens in het boek des levens opgeschreven, daar kon niemand iets aan veranderen. Hij leek geen sikh, maar een moslim te zijn.

'Leert uw geloof niet dat men berouwvolle zondaren vergeven moet?' probeerde Peter.

Hij had geen geluk. Schammi was allesbehalve een berouwvolle zondaar. Hij was er 's nachts met zijn buit vandoor gegaan en had hem de volgende dag verkocht. Dat wist hij zeker, want hij kende de koper. Vervolgens had Schammi zich meerdere dagen in de kliniek voor de inheemse bevolking verstopt, maar uiteindelijk was het gelukt de dief te pakken te krijgen.

'De koper is niet toevallig een zekere Kamal Singh?' vroeg Charlotte verder.

Machmet probeerde zijn onthutsing te verbergen terwijl hij met een vinger onder zijn tulband tastte en uitvoerig achter zijn oor krabde.

'Kamal Singh? Hoe komt u op Kamal Singh?'

'Nou, dat zou niet zo raar zijn. Schammi kent hem, hij heeft ooit voor hem gewerkt.'

Zo moest het gelopen zijn. Hoe had Kamal Singh anders van de arrestatie van de jongen geweten?

'Hoe het ook zij, de klok is weg en het verlies is voor mij.'

Het was mogelijk dat Kamal Singh een goede koop had gedaan, hij was zelf ook een sluwe vos. Het kon echter ook zijn dat hij Machmut Kupta het gestolen goed had teruggegeven. In dat geval was de klok die bij de ingang hing het bewijsstuk. Helaas was het onmogelijk deze zwendel te bewijzen. Singh zou zich zeker niet als getuige beschikbaar stellen. Maar misschien kon ze Machmet Gupta te slim af zijn.

'Wel, ik ben een goede vriendin van Kamal Singh en kan hem vragen de klok terug te geven.'

Haar woorden hadden effect. De koopman begon zich op te winden en zijn stem klonk schril.

'Kamal Singh, Kamal Singh. Hij heeft hier niets mee te maken. Helemaal niets. Iemand anders heeft de klok gekocht!'

Hij stak zijn korte armen in de lucht en schold luidkeels op het dievengespuis die het de zakenlui in deze stad het leven zo moeilijk maakte. Een zilveren kan was ontvreemd, talloze andere kleinigheden, waaronder twee gouden ringen en zelfs een naaimachine uit Duitsland.

Simba begon te grommen en blafte twee keer diep vanuit zijn borst omdat hij dacht dat de wild gebarende dwerg zijn bazin bedreigde.

Charlotte onderbrak Gupta. 'Ik vind dat we tot overeenstemming moeten komen. U wilt uw verlies gecompenseerd zien en ik wil mijn medewerker Schammi mee naar mijn plantage nemen. Wat vindt u ervan als ik u de schade vergoed?'

Ze trapte een open deur in. Machmet verklaarde dat de gestolen klok een kostbaar stuk was, niet te vergelijken met de snuisterij die daar bij de deur hing. Die sloeg alleen de uren, bij de andere klok tjilpte elk kwartier een allerliefst vogeltje en op het hele uur kwam een andere vogel, een koekoek, naar buiten schieten en zong een mooi lied. Een meesterwerk van Duitse techniek waar je in Afrika lang naar moest zoeken.

'Al goed, noem me uw prijs.'

Hij draaide zijn ogen naar het plafond en beweerde dat iets zo zeldzaams niet met geld te betalen was om vervolgens heel gedurfd tweeduizend roepies te vragen.

'Hij liegt,' fluisterde Peter in het Duits. 'Kijk maar, die klok daar heeft twee deurtjes, dus ook twee vogels, het moet dezelfde zijn. Helaas werkt de klok niet, anders konden we bewijzen dat hij een oplichter is.'

'De prijs lijkt me aan de hoge kant,' regeerde Charlotte en ze wendde zich weer tot de dwerg.

'Wat zijn tweeduizend roepies als u daarmee een goede daad verricht, beste mevrouw?' vroeg deze sluw. 'U wilt de jongen toch helpen, nietwaar? Schammi ligt in de gevangenis aan de ketting, daar heb ik hoogstpersoonlijk voor gezorgd.'

Charlotte pakte Peter, die in gerechtvaardigde woede wilde uitbarsten, bij zijn arm. Het had geen zin zich op te winden.

In plaats daarvan deed ze een nieuwe aanval.

'Dat is vast waar, sahib Machmet. Kijk, ik kom van mijn plantage in het Usambaragebergte en ken de prijzen aan de kust niet. Ik denk dat ik eerst met mijn vriend Kamal Singh ga overleggen, hij is een ervaren zakenman.'

Het opnieuw noemen van Kamal Singh leek Machmet onzeker te maken. Weer een bewijs van de grote invloed die deze ongrijpbare Indiër uitoefende. Hij hield vele touwtjes in handen.

'Hoezo overleggen? De tijd dringt. Morgen begint het proces al en als de knaap eenmaal rechtmatig veroordeeld is...'

'Ik zal de telefoon gebruiken, dat duurt niet lang.'

De koopman beet geïrriteerd op zijn lippen en keek haar met zijn smalle fonkelende ogen boos aan.

'Wat biedt u?'

'Vijftig roepies en geen peseta meer.'

'Dat is niet de moeite waard om over te onderhandelen.'

'Vijftig roepies, maar eerst gaat u mee naar het politiebureau en trekt u uw aanklacht in. Alleen in dat geval zal ik mijn goede vriend Kamal Singh niet lastigvallen met deze kleinigheid.'

Die vijf woorden hadden de gewenste uitwerking. Mijn goede vriend Kamal Singh. Machmet snoof en liet zijn armen zakken. Hij keek nog een keer afwegend naar Charlotte en vervolgens naar Peter, wiens adamsappel nerveus op en neer bewoog onder zijn sikje. Voor de winkel begon Simba boos te blaffen en aan het hek te trekken.

'Ik zal hem vergeven,' mompelde Machmet Gupta ten slotte. 'Moge Allah het in zijn oordeel meerekenen wanneer de jongste dag aanbreekt. En haal nu eindelijk die hond weg, hij maakt mijn hek kapot.'

Hij riep de zwarte jongen en gaf hem opdracht de winkel af te sluiten om vervolgens zelf de sleutel in het hangslot om te draaien. Hij schudde nog een keer aan het hek om zich ervan te verzekeren dat alles goed dichtzat.

De bevoegde ambtenaar had middagpauze. Charlotte en Peter moesten samen met Machmet Gupta in de gang voor zijn kantoor wachten. Ze waren niet alleen. Drie Afrikanen zaten bij hun komst al geduldig op de grond, een jong Ghanees paar leunde tegen de muur en de twee stoelen werden bezet door twee Indiërs die de koopman met een lichte buiging en een ondoorgrondelijk lachje begroetten. Toch waren zij de eersten die in het kantoor geroepen werden, men liet Duitse landgenoten niet graag wachten. Machmet Gupta maakte er een hele vertoning van. Hij beschreef hoe Schammi's ophanden zijnde veroordeling zijn hart pijnigde en verklaarde de klacht in te willen trekken, zodat het ongeluk van een jongeman niet op zijn geweten zou drukken. De Duitse beambte was niet erg onder de indruk. Een dief was nu eenmaal een dief en moest zijn gerechte straf krijgen. Waar zou het met de wereld naartoe gaan als ze zo'n jongen eerst opsloten en vervolgens weer lieten lopen? De zaak sleepte zich voort tot Charlotte ongeduldig verklaarde dat Schammi een medewerker van haar was en ze de schade had verrekend.

'Ik hoop alleen dat u zich niet voor de gek heeft laten houden, mevrouw Johanssen,' zei de ambtenaar met een scherpe zijdelingse blik op de Indiër. 'Maar goed, als u de jongen mee wilt nemen naar het Usambaragebergte, dan is de zaak hiermee afgedaan.'

Charlotte kende Schammi bijna niet terug. Hij wankelde toen hij uit de nauwe ingang van de gevangenis kwam, een lange, ongelooflijk magere jongen, alleen gekleed in een gescheurde en gevlekte broek die zijn kuiten bloot liet. Toen hij zijn hoofd optilde herkende ze zijn smalle gezicht en de te grote bruine ogen. Er liep een litteken, waarschijnlijk van een zweepslag, schuin vanaf zijn voorhoofd over zijn rechterwang. Hij had geluk gehad dat zijn oog onbeschadigd was gebleven.

'Schammi!' riep Peter vol medelijden. 'Wat je ook uitgehaald hebt, van nu af aan hoor je weer bij ons. Net zoals de verloren zoon uit de Bijbel door zijn vader met vreugde binnengehaald werd.'

Schammi staarde Charlotte aan of ze een geestverschijning was. Ze had het gevoel dat hij zich voor haar schaamde, vooral omdat hij eerst weg leek te willen lopen. Maar hij bleef staan en ze zag dat de tranen over zijn gezicht stroomden.

'Ik heb een ijverige arbeider nodig, Schammi,' zei ze, terwijl ze haar best deed om haar ontroering niet te laten blijken. 'Je kent het werk op een plantage, wil je bij mij komen werken?'

De jonge man zei niets en wreef met de rug van zijn handen over zijn wangen. Zijn bewegingen waren ongewoon langzaam, bijna tastend, als waren ze nog stijf van de kettingen.

'Schammi kan niet werken.'

'Waarom niet?'

'Schammi is ziek. Zijn rug is kapot en wil niet genezen.'

'Je rug?'

Hij draaide zich niet om dus ging ze achter hem staan en bekeek zijn naakte rug. Zoals ze al gevreesd had, was hij met striemen bedekt die zo dicht bij elkaar lagen dat er brede wondranden ontstaan waren. Sommige waren al korstig, andere waren ontstoken en etterden. Nu begreep ze waarom hij in de kliniek geweest was.

'Heeft Machmet Gupta dat gedaan?' vroeg ze geschrokken.

'Sahib Gupta, ja.'

'Dat is toch onmenselijk,' wond Peter zich op. 'Die kerel moet aangeklaagd worden. En dan hebben wij hem ook nog eens vijftig roepies betaald.'

Charlotte zweeg. Een aanklacht zou niet veel opleveren. De Indiers golden niet als inheems en hadden voor het gerecht een gunstiger positie dan de Afrikanen. Wat het sluwe joch ook uitgevreten had, het moest in Machmet een waanzinnige woede ontketend hebben, maar dat rechtvaardigde op geen enkele manier een dergelijk wreed optreden. 'Ik zal je werk geven waarbij je je rug kunt sparen tot hij genezen is. Wil je met ons meekomen? Bibi Klara wacht op je.'

Bij het noemen van Klara gleed er een zwak lachje over Schammi's gezicht. Hij knikte en wreef weer over zijn wangen. De ban was gebroken en opeens begon hij te praten en kon hij niet meer ophouden.

Ja, hij zou meegaan en werken. Hij zou nooit meer weglopen en zijn bibi Charlotte te schande maken. Ze was als een moeder voor hem en bwana Roden was een goede vader voor hem geweest. Toen de bwana stierf was ook zijn eigen hart opgehouden met slaan. Maar nu sloeg het weer. Hij zou hard werken voor bibi Charlotte, ook voor bwana Siegel en helemaal voor bibi Klara, die niet goed kon lopen en altijd achter de naaimachine had gezeten...

Peter stelde voor in de missie op de Immanuelskaap te overnachten, daar was een arts die Schammi's rug kon behandelen. Charlotte had echter weinig zin nog langer in Dar es Salaam te blijven. De stad stond haar plotseling tegen en ze wilde liever vandaag dan morgen naar Tanga terug. Misschien waren ze nog op tijd voor de kuststomer.

Die hoop ging niet in vervulling. De kleine kuststomer was al weg toen ze bij de haven aankwamen. Maar de oceaanstomer ging nog vandaag richting Europa, de passagiers waren zich al aan het inschepen. Ze zouden iets meer moeten betalen en zouden dan meteen aan boord kunnen.

Schammi's spraakzaamheid kende geen grenzen. Hij moest steeds opnieuw huilen, en dan lachte hij weer en scheen overweldigd door het onverwachte geluk dat hem ten deel was gevallen. Terwijl ze op het strand naar een roeiboot zochten die bereid was drie mensen en een grote hond naar de stoomboot te brengen, stond zijn mond geen ogenblik stil.

'Schammi zal Hamuna terugzien en Sadalla en Juma ook... We zullen geen ruzie meer maken, want Schammi is een ander mens geworden...'

Charlotte begreep dat ze hem het een en ander uit moest leggen.

'Luister, Schammi. We gaan niet naar de plantage bij de Kilimanjaro. Die is niet meer van mij, ik heb haar verkocht. We reizen nu naar het Usambaragebergte, daar bezit ik een andere plantage.'

De jonge man was ten diepste teleurgesteld. Pas toen Peter hem verzekerde dat deze plantage ook heel mooi was en hem zeker zou bevallen, werd zijn treurigheid wat minder. Het belangrijkste was dat hij bij zijn bazin was en bij bibi Klara en bwana Siegel.

'Daarnaast...'

Charlotte aarzelde, ze wist dat Schammi niet blij zou zijn met het volgende nieuwtje, maar het was beter er niet te lang mee te wachten.

'Daarnaast ben ik weer getrouwd, Schammi. Misschien herinner je je nog wel de man die ooit in de regen in onze winkel kwam? Dokter Johanssen is zijn naam.'

Hij slikte en keek haar met zijn grote ogen verwijtend aan.

'Zo is het leven,' zei hij ten slotte en hij zuchtte diep. 'Vrouw kan niet alleen blijven zonder man. Dokter Johanssen... Dan is hij nu mijn bwana. Dokter Johanssen... Dokter Johanssen...'

Peter onderhandelde met een Afrikaanse botenbezitter die hen naar de stoomboot kon brengen en wenkte hen. Blijkbaar waren ze het eens geworden. Dat werd tijd ook, want de enorme oceaanstomer liet de machines al draaien, een grijze rookwolk steeg op en er was een hees getoeter te horen.

'Ja, dokter George Johanssen is mijn echtgenoot. Ik heet nu dus Charlotte Johanssen. Kom, Schammi, we moeten instappen, Peter zal je helpen.'

'Dokter Johanssen,' herhaalde Schammi en hij schudde zijn hoofd. 'Er is een *bwana daktari* in de kliniek met zo'n naam.'

'Ja, mijn man heeft daar vroeger gewerkt. Nu, kom op, Simba, doe niet zo moeilijk.'

Charlotte moest de tegenstribbelende hond achter zich aan trekken, want het arme dier haatte scheepsdekken, of het nou om een roeiboot of om een stomer ging.

'Nee, bibi Charlotte. Daktari Johanssen is nog altijd in kliniek. Schammi heeft hem gezien. Daktari George Johanssen ligt met hoge koorts in kliniek.'

Ze had steeds maar met een half oor naar hem geluisterd, want ze moest de koppige hond toespreken, maar nu drong ineens de betekenis van Schammi's woorden tot haar door.

'Wat zeg je daar, Schammi? Dat kan niet waar zijn. Mijn man is op expeditie in Rwanda...'

Schammi haalde onzeker zijn schouders op.

'Dan is arme Schammi zeker helemaal gek geworden. Daktari Johanssen is grote dunne man met blond haar en baard. Hoge koorts. Praat steeds Engels en Arabische talen. Soms ook Duitse taal en veel woorden die Schammi niet kent...'

Alles viel op zijn plek. En toch kon het niet waar zijn. George was in Rwanda. Als hij ziek was geworden, dan hadden ze hem toch naar een kliniek daar in de buurt gebracht... Naar Bukoba of Entebbe... Dan had ze bericht gekregen... Of niet soms?

'Peter, kom weer uit de boot, we nemen een riksja naar de Sewa Hadji-kliniek!'

'Daktari Johanssen werkt hier niet.'

'Dat weet ik. Ik zoek een patiënt die zo heet.'

De Afrikaanse medewerkster zat achter een glazen afscheiding en had de taak aanmeldingen in ontvangst te nemen en inlichtingen te geven. Ze had niet veel te doen, de meeste bezoekers en patiënten liepen haar gewoon voorbij.

'Een Engelsman?'

Charlottes hart miste een slag. Dus toch.

'Ja, hij is Engels. Ik ben zijn vrouw, Charlotte Johanssen.'

De Afrikaanse stond op van haar stoel en slenterde bedaard haar hokje uit. Achter Charlotte kwam een familie met meerdere kinderen voorbij, de jongste werd door zijn moeder gedragen en huilde luidkeels. Twee Ghanese vrouwen hielden een oude vrouw tussen hen in en sleepten haar de kliniek binnen terwijl ze onophoudelijk tegen haar praatten.

Waar ging die Afrikaanse medewerkster heen? Waarom gaf ze haar geen informatie? Charlotte klampte zich vast aan het houten plankje dat onder de glazen afscheiding bevestigd was en probeerde de opkomende paniek in toom te houden. Had Schammi het niet over koorts gehad? O god, twee jaar geleden had George ook zo'n vreselijke koorts gehad, toen vreesde ze voor zijn leven. Was hij misschien zelfs...

Buiten blafte Simba. De aanhankelijke hond was op dit moment voor haar een last. Ze had hem aan de stam van een palm vastgebonden, maar omdat hij zo heftig aan de lijn trok, moest Peter in zijn buurt blijven. Schammi, die behoorlijk bang was voor de grote hond, stond naast Charlotte en keek bedrukt voor zich uit. Hij was ongelukkig omdat hij zijn bazin zo'n schrik bezorgd had.

'Misschien heeft Schammi naam verkeerd verstaan,' zei hij zacht. 'Daktari heeft tegen zuster gezegd, maar Schammi heeft veel pijn toen en suizen in oren, net als zee.'

Charlotte zei niets en staarde naar de gang die naar de ziekenzalen en operatiekamers leidde en waar zo veel mensen gewoon in verdwenen. Waarom bleef ze hier staan?

'Wijs me waar je hem gezien hebt, Schammi.'

Op dat moment bewoog zich een in het wit geklede, sierlijke verpleegster tussen de toestromende mensen door. Haar zoekende blik viel op Charlotte en bleef met een vreemd geringschattende uitdrukking op haar gericht.

'U hebt naar dokter Johanssen gevraagd?'

Haar woorden klonken meer dan afwijzend. Charlotte begreep niet waarom ze zo kil werd aangesproken en werd er alleen maar banger door.

'Zeker, ik wil naar hem toe.'

'Dat is niet mogelijk.'

'Waarom niet?'

De verpleegster wendde haar blik niet af. Ze had een smal, hoekig gezicht en hele grote bruine ogen. Vijandige ogen. Charlotte zweeg verward. Waarom wilde men haar geen informatie geven? Haar niet bij haar man laten? Of was hij inderdaad al dood?

'Er mag niemand bij hem.'

'Ik ben zijn vrouw!'

Het gezicht van de jonge verpleegster werd hard en haar mond vertrok zich tot een lelijke streep.

'Hij heeft geen vrouw.'

Nu had Charlotte er genoeg van. 'Ik wil onmiddellijk een van de artsen spreken!' zei ze op hoge toon.

'Niemand heeft tijd.'

'Dan zal ik mijn man zelf wel vinden.'

De verpleegster week achteruit toen Charlotte woedend langs haar heen stormde, maar kwam haar toen achterna, haalde haar in en versperde haar de weg.

'U kunt niet naar hem toe,' riep ze met schrille stem. 'Hij wil niemand zien. Ook geen vrouw. Hij heeft geen vrouw. Ga weg, hij wil u niet zien...'

'Ga opzij. Ik wil naar mijn man. Nu!'

Eindelijk verscheen een van de artsen, ook een Indiër, een slanke man aan wie de uitputting van een lange werkdag was af te zien.

'Shira, wat is er aan de hand?'

De verpleegster hield haar mond, maar ze bleef staan.

'Ik heb tegen haar gezegd dat dokter Johanssen niemand wil zien.'

'Het is al goed, Shira,' reageerde de arts vermoeid. 'Ga naar dokter Colbert, hij heeft hulp nodig bij het behandelen van een wond. Schiet op nu.'

De zuster bleef nog even besluiteloos staan, wierp toen een blik vol haat op Charlotte en liep langzaam weg.

'U bent mevrouw Johanssen? Ik ben dokter Kalil,' zei de arts vriendelijk en hij glimlachte vervolgens naar Schammi, blijkbaar herkende hij hem. 'Hoe gaat het met je rug? Ettert hij? We zullen er zo naar kijken, je moet alleen wel even wachten, er zijn nog meer patiënten...'

Zonder Charlottes antwoord af te wachten leidde hij haar door de gang en vertelde ondertussen dat dokter Johanssen aan de beterende hand was. Ze moest echter niet schrikken, je kon de ontberingen nog aan hem aflezen.

'Het... het gaat dus beter met hem?' stamelde ze.

'De omstandigheden in aanmerking genomen, zoals men zegt. Dat heeft hij u toch geschreven, nietwaar?'

Een oneindig zware last viel van haar af. Hij leefde, hij werd weer beter. Al het andere was niet belangrijk. Hij had haar geschreven, zijn brief was vast nog onderweg, de post had vertraging opgelopen.

Er kampeerden talloze mensen in de gang. Ze aten en dronken, vrouwen gaven baby's de borst, anderen lagen te slapen. Het waren bezoekers van afgelegen nederzettingen die hun zieke verwanten niet in de steek wilden laten. Dagelijks brachten ze eten en kochten soms zelf medicijnen die de kliniek niet kon leveren. De Indische arts werd steeds weer aangesproken, luisterde geduldig naar klachten en verzoeken, zei iets opbeurends, maakte een grapje en maakte zich dan snel weer los om verder te gaan.

'Ze wachten hier wekenlang,' legde hij Charlotte uit. 'Ze slapen op de vloer en waken bij hun zieken of dragen de doden weg om ze te begraven. Er zijn echter ook veel patiënten naar wie niemand omkijkt. Soms weten we niet eens hun naam...'

De ziekenzaal van de mannen was een langgerekte kamer met ramen die hoog in de muur geplaatst waren, zodat men van buiten niet naar binnen kon kijken. De bedden stonden dicht naast elkaar in twee lange rijen, daartussen zaten verwanten en bezoekers op de vloer. Ook in het middenpad dat eigenlijk vrij moest blijven, lagen allerlei bundels en tassen van de zieken of hun familie. Ondanks het hoge plafond rook het er verschrikkelijk smerig. Een verstikkende mengeling van menselijke afscheiding, etensgeurtjes, urine, parfum en de misselijkmakende lucht van etterende wonden. Nu begreep Charlotte waarom George haar toen op Zanzibar niet mee naar de kliniek had willen nemen, hij had haar deze ellende willen besparen.

Als verdoofd volgde ze de arts door het middenpad, struikelde over een bundel en moest zich aan een beddenspijl vasthouden. De jonge man op het bed bewoog zich niet. Zijn naakte lichaam zag er op het witte laken uit als een met zwarte huid overtrokken skelet, zijn hoofd was in een verband gewikkeld dat alleen zijn ogen vrijhield.

'Veel erge dingen hier,' mompelde Schammi, die achter haar aan liep. 'Maar dokters werken goed, veel zieken weer gezond.'

Ze knikte en probeerde te glimlachen terwijl haar ogen ondertussen van bed naar bed dwaalden en naar George uitkeken. Het was niet echt stil op de ziekenzaal. Er klonken kreten van pijn en gekreun, maar er waren ook zieken die in kleermakerszit op hun bed zaten en met verwanten kletsten. Er werd zelfs gelachen terwijl in het bed ernaast een zieke roerloos op de dood wachtte.

'Daar is hij,' zei de arts en hij wees naar een wit gordijn achter in de zaal. 'We hebben hem een beetje afgeschermd. Aan de ene kant omdat hij de enige witte is en aan de andere kant omdat hij zich direct met ons werk begon te bemoeien zo gauw het een beetje beter met hem ging.'

Hij trok het gordijn een stukje opzij en glipte naar binnen. Charlotte hoorde hem achter het witte doek zachtjes praten, maar kon geen antwoord van George opvangen.

'Kom alstublieft,' nodigde dokter Kalil haar uit.

De metalen ringen van het gordijn ratelden over de stang en Charlotte zag een wit bed met daarachter een kale muur. George zat met opgetrokken benen op het bed, een dienblad op zijn knieen dat hij als onderlegger gebruikte, een potlood in zijn hand.

'Charlotte,' fluisterde hij, alsof hij moeite had haar te herkennen.

Het met papieren bedekte dienblad gleed opzij. Hij wilde het tegenhouden, maar hij kon zich niet overeind houden en liet zich terugvallen.

'Ik dacht al dat je me helemaal vergeten was. Zo veel brieven en geen antwoord... Gelukkig, nu ben je er.'

Ze liep langzaam naar hem toe, ging op de rand van het bed zitten en pakte zijn handen. Wat waren ze smal en knokig. Ze voelde de koortsrillingen die hem overvielen en waardoor hij onvermijdelijk begon te hoesten.

'Hoe... hoe kun je zoiets zeggen, George? Ik wist toch helemaal niet waar je was... Mijn god, het was een ongelooflijk toeval dat ik je zelfs maar gevonden heb. Schammi had je hier gezien...'

'Schammi?'

Hij had zijn handen losgetrokken en streelde haar zacht over haar wangen, zijn vingers waren heet en trilden. Als hij nu aan de beterende hand was, hoe erg moest het er dan eerder met hem voorgestaan hebben?

'Je hebt hoge koorts, George.'

'Maak je geen zorgen, mijn schat,' troostte hij haar. 'Ik ben hier in goede handen. Dokter Kalil is een geweldige arts...'

'Ik had nog een veel betere arts kunnen zijn als u zich aan mijn instructies gehouden had,' protesteerde de Indische arts. 'Helaas bent u een uiterst moeilijke patiënt. Als het ook maar een beetje beter met u gaat, begint u rond te lopen en wilt u wonden verbinden, ja, zelfs operaties uitvoeren.'

'Ja, ik ben tegendraads,' schertste George en hij liet uitgeput zijn hoofd terugvallen. 'Ik vertrouw geen van mijn collega's en wil geen medelijden wanneer het slecht met me gaat.'

Charlotte boog zich over hem heen, raakte zacht zijn schouders aan en kuste hem. Zijn lippen waren ruw en gebarsten. Hij beantwoordde haar kus slechts zwakjes.

'Over een paar dagen kunt u hem meenemen,' hoorde ze dokter Kalil opgewekt zeggen. 'Hij neemt alleen maar de plaats van anderen in en weet altijd alles beter. We zijn blij als we hem kwijt zijn.'

Ontwikkelde iemand die dagelijks met de dood moest omgaan, de neiging om dergelijke zwarte humor tentoon te spreiden? Zij vond zijn botte humor in elk geval niet grappig. Haar vage duistere voorgevoelens waren niet ongegrond geweest, dat was haar nu heel duidelijk. Ze had de hele tijd het idee gehad dat George in gevaar was en ze had gelijk gekregen. Zelfs als hij over een paar dagen genezen zou zijn, was hij nog lang niet buiten levensgevaar, want de kiem van deze koorts droeg hij al een hele tijd bij zich. Het kon elk moment weer toeslaan en ooit, wanneer zijn lichaam niet sterk genoeg meer was om zich te verweren, zou het hem fataal worden.

Ze bracht de rest van de dag aan zijn bed door en overnachtte met Peter en Schammi toch maar op de missiepost, omdat Simba in geen enkel hotel welkom was. De volgende dag besloot ze dat Peter samen met Schammi alvast naar Neu Kronau moest gaan, ze zou zelf later met George nakomen. Simba bleef steeds vlak bij haar zodat ze een verder beroep moest doen op de gastvrijheid van de missionarissen. Ze waren attent, namen haar vriendelijk in hun midden op en vermeden het bij hun gesprekken 's avonds om over Peter te praten. De missionarissen leken er blij mee te zijn dat hij onder de zorg van Charlotte op de plantage verder kon herstellen. Wat er verder van hem zou worden was of nog niet duidelijk of niet voor haar oren bestemd.

's Ochtens deed ze inkopen met Simba, zorgde voor zijn voer en vulde haar eigen maag, waarna ze naar de kliniek ging en ze Simba bij de ingang vastbond. Hij had inmiddels begrepen dat hij moest wachten tot ze terugkwam, want hij jankte maar even en ging dan met zijn kop op zijn voorpoten liggen. In plaats van te gaan slapen hield hij echter de ingang van het ziekenhuis nauwlettend in de gaten, om maar niet het moment te missen dat zijn vrouwtje weer naar buiten kwam.

Bij het naderen van het witte gordijn dat George' bed van de rest van de ziekenzaal afschermde, glipte de sierlijke Indische die dokter Kalil met Shira aangesproken had net naar buiten. Ze droeg een dienblad waarop kleine schaaltjes stonden en liep haastig en zonder Charlotte aan te kijken langs haar. Op de tweede dag trof ze haar man zonder kleren aan op het bed zittend. Hij was zich aan het wassen en doopte een doek in een kom met water die Shira hem voorhield. De Indische staarde Charlotte met een ondoorgrondelijke blik aan, terwijl ze George een schone doek aanreikte. Daarna verzamelde ze de vieze was, pakte de kom en ging weg.

George' lichaam was zo uitgeteerd dat je zijn ribben kon tellen en hij haastte zich om een hemd en een broek aan te trekken. Schaamde hij zich soms voor zijn eigen vrouw? Maar voor de verpleegster had hij zich niet geschaamd.

Ook al verzette Charlotte zich ertegen, ze voelde hoe deze gedachte haar een steek in het hart bezorgde. De kleine Indische kon naar hem toe wanneer ze maar wilde, kon met hem praten en hem aanraken zoals het bij de taken van een verpleegster hoorde. Shira was meer dan een verpleegster. Het was duidelijk dat ze, om welke reden dan ook, vond dat ze aanspraak op George kon maken. En er was Charlotte nog iets anders duidelijk geworden: de brieven die George in de kliniek aan haar had geschreven, waren nooit verstuurd en daar kon alleen Shira voor gezorgd hebben.

George moest dat intussen ook begrepen hebben, maar hij zei er niets over. Hij verklaarde veel te willen slapen en goed eten, hij was blij met de vruchten en lekkere dingen die Charlotte voor hem meenam en vroeg naar Elisabeth en hun leven in het Usambaragebergte.

'Je hebt dus een plantage gekocht? Ik had het kunnen weten. Al toen we voorbij het Domäne Kwai reden was het me duidelijk dat je vingers jeukten...'

'Nee, nee, ik heb het alleen maar gedaan omdat ik een plek voor Klara, Peter en Sammi zocht...'

Hij lachte haar uit en streek over haar haar. Hij vond het leuk de lange opgestoken vlecht los te maken en beweerde heel nieuwsgierig naar Neu Kronau te zijn. De gesprekken duurden nooit lang, meestal sliep hij al snel van uitputting weer in. In zijn slaap verdween alle vrolijkheid uit zijn gelaatstrekken. Ze werden hard en toonden een soort diepe berusting waar Charlotte van schrok. Als hij droomde leek hij gekweld en gooide zich kreunend van de ene op de andere zij, maar hij kreeg nog maar zelden een koortsaanval.

De dromen moesten een andere oorzaak hebben.

Toen ze hem ernaar vroeg, vertelde hij over een uitbarsting van de Namlagira, een werkende vulkaan die ten noorden van de Kivumeer in Congo-Vrijstaat lag. Midden in de nacht, ze lagen al in hun tenten, hoorden ze opeens een bulderend geruis, net als golven in de branding van de zee. Er verscheen een rode vuurzuil in de verte die zich verdeelde in duizenden kleine vonkjes die zich als een leger goud- en roodgloeiende sterren naar beneden stortte. Het was van een onuitsprekelijke schoonheid die tegelijkertijd dood en verwoesting met zich meebracht.

Nadat hij uitverteld was, vertrouwde hij haar een kleine leren koffer toe waarin zijn manuscripten zaten. Ze moest hem bij de vrome missionarissen stallen en door de zo gevaarlijk uitziende leeuwhond laten bewaken.

'Simba is echt een passende naam voor het dier. Het is een opluchting voor me dat je een beschermer hebt gevonden,' zei hij niet helemaal serieus.

'Inderdaad, hij volgt me waar ik ook heen ga.'

'Dat vind je vast fijn, toch?'

George glimlachte en keek haar met zijn bekende doordringende blik aan. Zijn glimlach was kwajongensachtig en toch lag er nog iets anders in, een zweem van triestheid en een slecht geweten. Nee, dokter Johanssen had niets met de trouwe hond gemeen, hij was niet iemand die haar volgde en altijd in haar buurt moest zijn. Hij ging zijn eigen weg, die, zo had hij eens beweerd, altijd naar haar terugvoerde.

Hij had haar intussen ook verteld hoe hij van Rwanda in de kliniek van Dar es Salaam beland was. Zijn verslag was onvolledig, veel liet hij onvermeld, waarschijnlijk om haar te sparen, maar ze begreep dat hij al aan het begin van de reis een koortsaanval had gehad. Hij had een tijdje geprobeerd zichzelf te behandelen, later sloeg de kinine niet meer aan en was hij door een paar Afrikaanse dragers terug naar Bukoba en de plaatselijke kliniek gebracht.

Maar in plaats van zich over te geven aan de handen van de daar aanwezige artsen was hij een paar dagen later al met de stomer over het Victoriameer gevaren en van daaruit met de trein terug naar Mombassa gereisd. Wat hem dreef was de hoop op een ontmoeting met de Duitse staatssecretaris voor Koloniale Zaken Bernhard Dernburg, die op dat moment in Duits Oost-Afrika verbleef. Het was de enige gelegenheid om de door hem hogelijk gewaardeerde politicus persoonlijk over de toestand in Rwanda te berichten en daarbij ook de gruwelen te noemen die zich in Belgisch-Congo afspeelden. De koorts had echter een streep door zijn rekening getrokken. Nog maar net in Mombassa aangekomen kreeg hij opnieuw een koortsaanval, die hem dwong meerdere dagen en nachten lijdzaam in een hotelkamer te liggen.

'Het was een idioot idee, ingegeven door een koortsfantasie,' gaf hij zelf toe. 'Dernburg was allang weg toen ik in Dar es Salaam aankwam, ik was weken te laat. Dus gaf ik mij over aan de bescherming van mijn vriend, dokter Kalil, schreef tedere brieven naar jou en bracht de tijd door met op je te wachten, mijn schat.'

Op de ochtend van de derde dag verklaarde hij dat hij zich dood verveelde in de kliniek. Hij was gezond en wilde eindelijk het beloofde land zien dat ze stiekem in zijn afwezigheid verworven had.

'Ik verlang echt naar het teruggetrokken leven op een plantage, liefste. Het zingen van de arbeiders op de velden, het loeien van de koeien, de verse melk, bananen, mais en ook nog eigen aardappelen. Je zult me binnen een paar weken vetgemest hebben.'

Dokter Kalil had haar verteld dat George ondanks zijn waarschuwingen toch patiënten had behandeld, wat tot ergernis bij de artsen in de kliniek had geleid. George zelf had dit amper doorgehad en Charlotte kon goed begrijpen dat hij de ellende van de zieken niet werkeloos had kunnen aanzien. Toen ze de kliniek verlieten betaalde hij royaal voor zijn verblijf, deed er nog wat extra bij en zei grijnzend dat ze vooral niet moesten denken voor altijd van hem verlost te zijn.

'Op een dag kom ik terug, mijn vrienden.'

Zijn aankondiging klonk Charlotte onheilspellend in de oren, maar hij bedoelde vast dat hij hier ooit weer als arts wilde werken. De sierlijke Shira liet zich die ochtend niet zien en Charlotte vroeg ook niet naar haar.

Simba begroette zijn vrouwtje met teder gehijg, stootte haar aan met zijn natte neus en op weg naar de haven trok hij hard aan de lijn alsof hij haast had de stad te verlaten. George negeerde hij volledig.

'Wat een geweldig beest,' merkte hij op. 'Het zal vast niet fijn zijn bij deze hitte zo'n dikke vacht mee te moeten dragen.'

De hond scheen hem te fascineren. Op de tocht met de kuststomer van Dar es Salaam naar Tanga zat George op een stoel, die Charlotte voor hem gehaald had. Het snelle lopen naar de haven had hem vermoeid. Simba lag tussen de verspreide bagage, dicht tegen het dek gedrukt, hij had klaarblijkelijk last van zeeziekte. Steeds weer boog George zich naar voren om de hond zacht over zijn rug te aaien, maar Simba nam er net zo weinig nota van als van de wind die zijn woelige vacht in de war bracht.

'Heeft hij misschien dorst?'

'Hij krijgt te drinken wanneer we in Tanga zijn. Alles wat ik hem nu geef komt er direct weer uit.'

'O jee, dat betekent dat we van nu af aan geen lange zeereizen meer kunnen maken.'

'In het Usambaragebergte is daar ook weinig gelegenheid voor.'

'Dat heb je slim bedacht, mijn schat,' reageerde hij lachend.

Tijdens de treinreis over het Usambaraspoor sliepen man en hond. George zat naast haar, Simba lag aan haar voeten. Bezorgd vroeg Charlotte zich af of Peter haar telegram had ontvangen en hen met een muildier en wagen in Mombo zou opwachten. Nu ze George weer enigszins hersteld bij zich had, begon ze zich weer ongerust over haar plantage te maken. Zou de nieuwe beheerder betrouwbaar blijken te zijn? Misschien was hij er allang vandoor en liep alles op Neu Kronau in het honderd. Ach, ze was zo trots op haar plantage en wilde hem graag in een goede staat aan George laten zien.

George werd bij elk station wakker, schraapte zijn keel en ging verzitten. Voor hij weer insliep wierp hij een snelle blik op Simba bij hun voeten en glimlachte naar Charlotte alsof hij zich ervoor wilde verontschuldigen dat hij zulk slecht gezelschap was.

'Rust lekker uit, we hebben nog een halve dagreis voor de boeg,' zei ze teder.

Wanneer hij in zijn slaap tegen haar aan leunde, kwam hij haar voor als een hulpeloos kind dat totaal op haar was aangewezen. Ze wilde voor hem zorgen, er altijd voor hem zijn en ervoor waken dat de koorts die in zijn lichaam sluimerde geen macht over hem kreeg.

'Mombo! Mombo!'

Niemand in de trein had haast bij het uitstappen, alleen Simba deed zijn kop omhoog en hield Charlotte nauwlettend in de gaten. In de wittige walm van de locomotief kon Charlotte vaag het grote magazijn en het stationsgebouw onderscheiden. Een paar Afrikanen stonden klaar met hun muildieren om ze te verhuren. Er wachtten meerdere paard-en-wagens voor het pakhuis, waarschijnlijk bevonden zich in de goederenwagons verschillende bouwmaterialen, voornamelijk ijzer en cement.

'Mama! George!'

Dat was de ongeduldige stem van Elisabeth. Het was een pak van haar hart, ze hadden dus een wagen gestuurd. Nu zag ze ook Johannes Kigobo, die zijn nek naar zijn bazin uitrekte, en naast hem hupte haar dochter ongeduldig op de plaats. Ze kwam al tot de schouder van haar Afrikaanse begeleider.

Toen ze uitstapten stortte Elisabeth zich eerst op George. Hij tilde haar omhoog, draaide met haar in het rond en zette haar toen weer neer om vervolgens hijgend te beweren volkomen uitgeput door deze krachtsinspanning te zijn. Elisabeth lachte vrolijk, dat spelletje had hij al vaker met haar gespeeld, maar Charlotte wist dat het deze keer ernst was.

Het muildier en de wagen wachtten achter het pakhuis. Voorin zat niet Peter Siegel, maar Björn Husdahl, wat een aangename verrassing was voor Charlotte. Hij was dus gebleven, misschien had hij het zelfs naar zijn zin. De Noor zat bedaard op de kist die als bok diende en rookte zijn pijp. Toen Charlotte naar hem toe liep om hem te begroeten knikte hij alleen kort en wees met zijn pijp naar achteren in de wagen. Ze hadden het zeildoek weggehaald want er viel nauwelijks regen meer en van dekens een soort bed gemaakt. Charlotte had getelegrafeerd dat George nog ziek was.

George wilde echter niet op het ziekbed liggen. Hij zette een paar tassen opzij en ging naast de Noor zitten. In zijn plaats liet Simba zich op het geïmproviseerde bed zakken. Charlotte en Elisabeth gingen naast hem zitten, terwijl Kigobo af en toe ging zitten en verder naast het rijtuig liep.

Hij is ijdel, dacht Charlotte geïrriteerd. Natuurlijk wil hij zich niet als een ernstig zieke laten vervoeren, maar hij had op zijn minst op het bed kunnen gaan zitten om zijn krachten te sparen. In plaats daarvan hurkte hij daar vooraan op een paar wankele koffers en probeerde enkele zinnen uit de zwijgzame Husdahl te krijgen. Kende George soms Noors? In elk geval een paar brokjes die hij met Engels vermengde, want de twee leken elkaar te verstaan.

Toen ze Wilhelmsthal gepasseerd waren en op de weg verder naar het noorden hobbelden, had Elisabeth haar moeder al de belangrijkste nieuwtjes verteld. Op de plantage werd heel hard gewerkt. Elke dag stuurde Björn de mensen naar de velden en hij kon behoorlijk onaangenaam worden als ze niet gehoorzaamden. Dan begon hij opeens heel hard te schreeuwen en werd iedereen bang. Dat gebeurde gelukkig niet vaak en verder was hij heel stil, zei bijna geen woord. Hij leek alleen tante Klara te mogen en begroette haar steeds met een kleine buiging, waarbij hij ook zijn hoed afdeed.

'Praat niet zo hard, Lisa, hij kan je horen.'

'Hij verstaat niet veel Duits, mama. En verder zeg ik toch niets slechts over hem...'

'En kan hij met Peter opschieten?'

'Ja. Oom Peter heeft zondag een dienst gehouden en alle arbeiders zijn gekomen, Björn Husdahl ook. Later heeft hij oom Peter zelfs bedankt en hem een hand gegeven. En voor tante Klara maakte hij weer zijn grappige buiging. Echt, mama, het is vreselijk saai als oom Peter mij lesgeeft, om van uit je vel te springen. Ik moet de hele tijd verhalen uit de Bijbel opschrijven en hij wil helemaal niet met me rekenen...'

'Nu is George er weer, Elisabeth.'

'Gelukkig wel.'

Later kwam George bij Charlotte zitten en vertelde Elisabeth over een bijenkast in een acaciaboom waar de deelnemers van de expeditie nietsvermoedend onder waren gaan zitten. Ze hadden het zich net gemakkelijk gemaakt toen de bijen hen aanvielen.

'Hihi, hebben ze je gestoken, George?'

'Helaas.'

'En hertog Von Mecklenburg ook?'

'Die ook, ze trokken zich niets aan van zijn adellijke titel.'

'En heb je geprobeerd bij de honing te komen?'

'Ben je gek? We zijn weggerend zo snel als we konden.'

Hij vroeg haar van alles en maakte haar aan het lachen, beloofde uitstapjes met haar te gaan maken en haar van nu af aan dagelijks moeilijke rekenopgaven te geven. Pas toen ze niet zo ver meer van Neu Kronau verwijderd waren en de zon bijna achter de bergtoppen in het westen verdween, werd hij zwijgzamer en leunde met zijn rug tegen de lage houten zijwand van de wagen. Charlotte voelde met toenemende tederheid aan hoe de gesprekken hem vermoeid hadden. Ze had hem graag in haar armen genomen, maar ze wist dat hij dat in geen geval zou toestaan.

Ze bereikten het hek van Neu Kronau op het moment dat de

witgele bal van de zon achter de bergen zonk en een rossig glanzend vuur over de bossen en de hemel stuurde. Gejubel kwam hun tegemoet. De Afrikanen hadden ongeduldig op de terugkeer van hun bibi Johanssen gewacht en hadden er plezier in de wagen tot aan het woonhuis te begeleiden. George' benen trilden een beetje toen hij uit het rijtuig klauterde en hij moest zich aan een hoek van de wagen vasthouden, maar hij verborg zijn zwakte handig en keek grijnzend toe hoe Charlotte haar mensen begroette.

'Je lijkt wel zoiets als hun mama te zijn,' schertste hij later toen ze in de woonkamer aan het eten waren. 'Je beheerder is geen gewone kerel en ik denk wel dat hij zijn werk verstaat, de Afrikanen zijn echter eerder bang voor hem dan dat ze hem mogen.'

Dat had Charlotte ondertussen ook gemerkt en Klara bevestigde het.

'Hij is een hard mens, Charlotte, maar hij heeft een zachte kern en hij is een gelovig christen.'

Björn had het aanbod om samen met hen te eten afgeslagen. Hij nuttigde zijn maaltijden alleen in een klein huisje. Het was niet meer dan een hut, die hij in haar afwezigheid had laten bouwen. Het was op de manier van de Afrikanen uit hout en leem opgetrokken, de muren stonden al en de deur was erin gezet, alleen het dak ontbrak nog, wat hem er niet van had weerhouden erin te trekken. Hij had aan George uitgelegd dat hij liever alleen in een hutje dan in het stenen bijgebouw woonde, waar alleen een houten wand hem van de anderen scheidde. Hij was opgegroeid in eenzaamheid en had na een lange werkdag zijn rust nodig.

'Hij is een norse, knorrige kerel, maar ik mag hem wel,' zei George en hij hield zijn waterglas in de hoogte. 'We zullen hier allemaal goed met elkaar op kunnen schieten. Laten we drinken op een vreugdevolle tijd in Neu Kronau.'

Hij bukte zich om Simba te aaien, die zich vlak bij de tafel uitgestrekt had, en probeerde hem met een stukje kip voor zich in te nemen. Simba nam het vlees minzaam aan om zich vervolgens weer van George af te keren en liefdevol de schoenen van Charlotte te besnuffelen.

Maart 1908

'Bibi Johanssen, kom snel, bwana Husdahl gooit nieuw huis om.'

Charlotte hield een hand boven haar ogen en keek knipperend richting de bosrand. Daar stond Jonas Sabuni midden op de stoffige weg en zwaaide met beide armen alsof er een ernstig ongeluk gebeurd was. Zuchtend keerde ze haar muildier en wierp nog een laatste blik op de koffieboompjes die dit jaar echt al de eerste witte knoppen lieten zien, nog zwak en zeker niet met de belofte van sterke bloemen, maar toch. Ze reed bijna dagelijks naar de koffievelden om de boompjes op de gevaarlijke boorkever en wantsen te controleren, die op andere plantages grote schade hadden aangericht.

'Wat is er nu weer aan de hand, Sabuni?' riep ze wrevelig, terwijl ze naar hem toe reed.

'Bwana Husdahl heel boos. Hele dag wij hebben stenen gemetseld en hij maakt alles kapot. Kom en kijk, bibi Johanssen.'

'Jullie hebben vast weer scheef gemetseld.'

'Muren zijn niet krom. Alleen een beetje bol, zoals dikke man. Zulke muren houden goed, beter als rechte wand...'

Ze zou de plooien weer glad moeten strijken en wat had ze daar genoeg van. Björn Husdahl was zonder twijfel een bekwame man, maar de manier waarop hij met de Afrikanen omging was niet handig. Dagenlang communiceerde hij met hen via gebaren en een paar woorden en dan opeens beviel hem iets niet en begon hij te bulderen.

'Nou, bwana Husdahl is heel precies en wil niet dat het huis bij de eerste storm omvalt...'

Het deed haar verdriet omdat ze wist hoezeer de Afrikanen hun best hadden gedaan op de muur. Natuurlijk waren ze geen ervaren metselaars en hadden in hun ijver slordig werk afgeleverd. Husdahl was nergens te bekennen toen ze bij het huis aankwamen en ook de meeste Afrikanen waren weg. Charlotte stuurde Schammi eropuit om twee arbeiders te halen die samen met Kigobo het puin weg moesten ruimen en de specie van de heel gebleven bakstenen slaan, zodat die later weer gebruikt konden worden.

Schammi had zich goed aangepast in Neu Kronau. Hij hield vlijtig de lijsten van de arbeiders bij, hielp Peter in de school en was voor elk werkje in te zetten dat weinig lichaamskracht vergde. Natuurlijk gebruikte hij zijn rug als excuus, ook al was die inmiddels genezen. Hij had alleen nog last van de brede littekens. Het was duidelijk voor Charlotte dat Schammi in beginsel liever met papieren, boeken en potlood te maken had dan handenarbeid verrichtte.

Het was al twaalf uur, dus het had geen zin nog eens uit te rijden. Charlotte vertrouwde het muildier toe aan Kigobo en liep naar het huis om met de anderen te eten.

George had zich met Elisabeth in de koele woonkamer teruggetrokken, waar ze samen aan tafel over verschillende tekeningen gebogen zaten. Waarschijnlijk was George er weer met het meisje op uit geweest om de natuur na te tekenen. Elisabeth was begaafd en George vond dat ze dit talent in geen geval moesten verwaarlozen. Charlotte deed haar tropenhelm af en bewonderde de kunstwerken van haar dochter, waarna ze bij hen aan tafel ging zitten. George keek haar met een klein glimlachje van opzij aan, maar hij zei niets. Pas toen Elisabeth met haar tekeningen naar Klara was gegaan, vertelde Charlotte hem over de vervelende gebeurtenissen van die ochtend.

'Nu zul je je beheerder opnieuw op de vingers moeten tikken,' zei George met een zucht en hij streelde meelevend haar hand.

'Hij had geen ongelijk, maar zijn reactie was veel te heftig en onbeheerst,' zei ze kortaf terug en ze pakte de *Deutsch-Ostafrikanische Zeitung* op die een paar dagen eerder met de post gekomen was.

Ze was teleurgesteld. In haar oren klonk zijn opmerking ironisch. Nog de avond ervoor hadden ze ruziegemaakt over waarom ze eigenlijk een beheerder nodig had als ze zelf toch de hele dag op de plantage onderweg was en het liefst alles alleen wilde beslissen. Gedurende de afgelopen weken waren er steeds kleine meningsverschillen tussen hen ontstaan die ze aanvankelijk lachend, later met toenemende wrevel en sedert enige dagen met ruzie uitvochten. Het gesprek van de dag ervoor had Charlotte gekwetst en zijn huidige reactie, hoe oprecht ook gemeend, droeg niet echt bij tot een verzoening. Natuurlijk had hij in zekere zin gelijk: sinds hij weer beter was besteedde ze veel tijd aan de plantage, voor George bleven alleen de avonden over en dan was ze doodmoe. George daarentegen was iemand die 's nachts werkte. Vaak schreef hij tot ver na middernacht en wanneer Charlotte bij het eerste ochtendgloren opstond, sliep hij nog diep en vast. Natuurlijk was dat niets nieuws, maar toch was het een teleurstelling voor haar dat hij zich zo weinig voor datgene interesseerde wat haar zo volkomen in beslag nam. Hij wandelde wel over de graslanden, observeerde de vijver, inspecteerde de huizen van haar arbeiders en praatte met hen. Hij reed met Elisabeth over de velden, telde de koeien en kalveren in de weilanden en maakte ironische opmerkingen over de moestuin. Die zag er net zo uit als de tuin van haar grootmoeder, beweerde hij grijnzend, maar wanneer ze over bloeiende koffiebomen, boorwormen, aardappelkevers of sisalplanten praatte, ging hij daar niet op in. Hij discussieerde met Peter over de betekenis van de Bergrede, speelde met Sammi en kreeg het voor elkaar dat Klara hem uitlegde hoe je een dubbele zoom naaide. Hij interesseerde zich ongeveer voor alles en leerde zelfs de taal van de Waschamba, vroeg naar hun religieuze gebruiken en maakte daar aantekeningen van.

Ze had hem eropuit laten trekken met de expeditie en maandenlang op hem gewacht, ze las zijn manuscripten en prees hem, maar had hij ooit een woord van lof over haar werk op de plantage geuit? En het was toch zijn eigen beslissing geweest om een tijdje met haar hier op Neu Kronau door te brengen?

Charlotte ritselde met het tijdschrift om de stilte te doorbreken. Het zwijgen drukte op haar, hopelijk kwamen Peter en Klara gauw naar beneden voor het eten. Het was echter stil in huis. Vermoedelijk hielden ze zich met Elisabeths tekeningen bezig. Ook buiten op de bouwplaats was het stil. De arbeiders zouden waarschijnlijk pas later in de middag met steenhouwen beginnen. Charlotte sloeg een blad om en het knisperen van het papier leek haar onaangenaam luid.

'Dit tijdschrift zou echt verboden moeten worden,' verbrak George opeens heftig de stilte.

Ook dat irriteerde haar, alleen al omdat de buren het tijdschrift ophemelden en beweerden dat de zorgen van de planters eindelijk hardop uitgesproken werden.

'Nou ja, misschien is het allemaal een beetje overdreven,' zei ze langzaam en ze keek naar hem over de rand van haar tijdschrift.

'Ik vind het gewoonweg smakeloos,' schimpte hij. 'Hoe boosaardig om gouverneur Von Rechenberg een "zwak voor zwarten" te verwijten. En waarom? Omdat hij zich in strijd met de belangen van de hebzuchtige witte planters inzet voor de rechten van de Afrikanen. Von Rechenberg is een voortreffelijk man, de kolonie heeft nog nooit zo'n goede gouverneur gehad. Deze Willi von Roy is geen journalist, maar een gekochte vuilspuiter.'

In principe was ze het met hem eens, ze had zich zelf ook behoorlijk aan het artikel geërgerd. Toch hield iets haar tegen om George nu gelijk te geven. Misschien was het de buitengewone scherpte waarmee hij zich uitdrukte en die ze toeschreef aan zijn algehele ontevredenheid.

'Maar het is toch ook niet juist dat de gouverneur nu helemaal geen land meer aan Duitse emigranten wil geven? Waarom niet?

Zo veel mensen in het rijk hebben geen werk, leven in armoede, hun familie lijdt honger. Waarom wil hij hun de weg naar een betere toekomst versperren?'

George keek haar heel even aan, zijn blik vol bitterheid.

'Omdat dit land van de Afrikanen is, Charlotte,' antwoordde hij met een ongebruikelijk harde stem. 'Zie je niet wat er hier in Usambara gebeurt? Hoe ze het woud in grote percelen ontginnen, de weilanden laten begrazen, de ceders vellen in het hooggebergte om er potloden van te maken?'

'Grote goedheid, de Afrikanen rooien het bos toch ook? Dat hebben ze altijd gedaan, je hoeft je neus maar naar buiten te steken om de brandlucht te ruiken.'

'Het was onze taak om ze te waarschuwen en niet grootscheeps mee te doen. Hebben we het niet altijd over de superioriteit van het blanke ras? Als dat al het geval is, dan zijn wij voor de inheemse bevolking van dit land verantwoordelijk.'

Charlotte kreunde plotseling. De ruzieachtige sfeer die tussen hen gegroeid was, dreef hen allebei voort en geen van beiden schenen ze bereid bij te draaien.

'Waarom doe je toch altijd alsof de Afrikanen arme hulpeloze kinderen zijn? Weet je dan niet waarom de Waschamba zich op steile bergkammen vestigen? Omdat ze zich tegen de roofzuchtige Massai moeten beschermen. Moord en doodslag komt ook voor tussen Afrikaanse stammen, de een onderdrukt de ander en dat, god weet, niet met zachte middelen. Heb je me niet zelf over de Watusi verteld die de stam van de Wahutu al sedert jaren aan zich onderwerpen en hen tot slaven hebben gemaakt?'

Ze zag hoe zijn vingers zich om de tafelrand vastklemden en schrok bij het zien van zijn witte, bijna blauwe knokkels.

'Ik heb nooit beweerd dat de Afrikanen betere mensen zijn dan de Europeanen,' antwoordde hij met een kalmte waarachter een storm dreigde. 'Maar dit land is van hen, wij hebben niet het recht ons hier te vestigen.'

Simba was overeind gekomen en begon te blaffen. Toen niemand daarop reageerde ging hij naar Charlotte toe en legde zijn snuit op haar knie. Geprikkeld schoof ze hem opzij.

'Dan vind je dus ook dat ik geen recht heb hier in Usambara een plantage te bezitten? Is dat het?'

'Precies, dat is het, Charlotte!'

Woedend stond ze op en liep naar buiten, op de voet gevolgd door Simba. Mooi was dat! Maar natuurlijk, George Johanssen hoefde zijn levensonderhoud niet met zijn handen te verdienen, het geld vloeide vanuit zijn bezit in Engeland naar hem toe zonder dat hij er ooit iets voor had hoeven doen. Blijkbaar kwam hij niet op de gedachte dat ze deze plantage niet voor zichzelf maar voor haar nichtje en haar familie had gekocht, dat dit bezit later de erfenis voor haar dochter zou zijn. Ach, dergelijke overwegingen kon hij helemaal niet navoelen. Hij kwam uit een rijke familie, deed waar hij zin in had, reisde waarheen hij maar wilde en schreef boeken die nauwelijks iets opbrachten. Zo iemand kon gemakkelijk over een rechtvaardige wereld praten. Nog nooit had hij de nood en het onrecht van deze wereld aan den lijve ondervonden. Afrika was van de Afrikanen? Wat een onzin! Had Max niet ooit gezegd dat in dit land plaats genoeg was voor iedereen? Verdomd, hij had gelijk.

Buiten zichzelf van kwaadheid liep Charlotte over het grasveld en liet de oude Kerefu uit zijn middagdutje opschrikken. Hij moest een muildier voor haar zadelen, en snel. Toen ze opsteeg hoorde ze de deur van het huis opengaan, maar ze keek niet om.

'Mama, wil je niets eten?'

'Ik eet later wel.'

Het rode stof stoof om de poten van het muildier dat een lichte draf aannam. Simba rende hen voorbij, keerde weer om en draaide in een cirkel om hen heen alsof hij haar terug naar het huis wilde drijven.

'Ga weg! Laat me met rust!'

De hond begreep haar niet en liep achter haar aan.

George deed geen poging haar terug te roepen, maar ze zou er sowieso niet op hebben gereageerd. Zelfs niet als hij achter haar aan gekomen zou zijn, maar zoiets zou hij nooit doen. Hij liep geen enkele vrouw achterna, dat hoefde hij niet. Bitter dacht ze aan Shira, de sierlijke Indische verpleegster die zo koppig om hem gevochten had. Ze had het er nooit met George over gehad, zij had ook haar trots. Hij hoefde niet te weten hoe mateloos jaloers ze op deze akelige vrouw geweest was.

Ze volgde de weg tot haar ergste woede gezakt was. Ze merkte dat haar muildier steeds langzamer begon te lopen en voelde hoe het verdriet over deze rampzalige ruzie in haar opwelde. Maandenlang had ze naar hem verlangd, had duizend angsten om hem uitgestaan toen hij ziek was, hoe was het mogelijk dat ze elkaar nu zo kwetsten? Even kwam ze in de verleiding om om te keren en hem om vergeving te vragen, maar ze deed het niet. Het was beter om de middag te gebruiken voor een rit over haar bezit en 's avonds, als ze allebei gekalmeerd waren, een eerlijk gesprek te voeren. Zo kon het niet verdergaan.

De paden waren uitgedroogd, in de velden waren de donkergroene randen van de smalle beken te onderscheiden waar het gras en de kruiden weliger groeiden. Ook op de akkers was de droogte merkbaar, vooral als de wind opstak en de vruchtbare aarde in rode wolken wegwaaide. Al over een paar dagen konden de eerste regens beginnen, dat zou haar landerijen goeddoen. Maar de kleine regentijd bleef ook vaak uit en dan moest ze irrigatiekanalen laten graven zodat de groenten niet zouden verdrogen. Voor de aanbouw aan het woonhuis kon ze echter geen regen gebruiken. Als het tropenonweer losbarstte, zouden ze de steenproductie moeten uitstellen. Was het nou goed of slecht als er regen kwam, vroeg Charlotte zich af en ze merkte al snel dat ze niet in staat was een heldere gedachte te vormen.

Verward spoorde ze het muildier tot een snellere draf aan zonder echt te weten waar ze heen wilde. Daar waar de weg aansloot bij de weg die naar het Domäne Kwai voerde, stuurde ze het dier naar een smal pad dat heuvelopwaarts door de velden naar het westen liep. Het was een van de met elkaar verweven zwerfpaden die door de Afrikanen waren aangelegd. Sommige liepen over haar grondgebied, andere dienden als verbindingswegen met bevriende stammen en werden ook voor de jacht gebruikt. Dit pad had ze een tijdje geleden met George tot in een klein met gras begroeid dal gevolgd, een romantisch stukje aarde dat Charlotte aan een alpenweide had doen denken. Grijze brokken steen lagen verspreid in het gras alsof een reuzenkind zijn blokken had weggegooid. Weelderige varens en kleurige bloemen groeiden tussen de grashalmen en toen ze dichterbij kwam stegen er ontelbare bonte vlinders op uit het gewas. Ze waren toen teruggegaan omdat de beek beneden in het dal te breed en te wild was geweest om doorheen te kunnen rijden. Ze had het jammer gevonden omdat het beboste berggebied aan de andere kant van het dal bij haar bezit hoorde en ze de omgeving graag verkend had.

Vandaag liep er veel minder water door de beek. Charlotte liet haar rijdier drinken en dreef het toen naar de andere kant. Simba liep genietend door het heldere water. Hij was een rare hond, als het regende zocht hij zo snel mogelijk onderdak om maar niet nat te worden, maar in beken en rivieren zwom hij met veel plezier. Op de andere oever schudde hij zich uitgebreid uit, snoof aan een bosje en deed zijn poot omhoog om het gebied aan beide kanten van het water in bezit te nemen.

Het pad slingerde zich tussen de rotsblokken door en verdween in het lage kreupelhout dat de voet van het tegenover gelegen gebergte bedekte en dat ze uit de verte al nieuwsgierig bewonderd had. Tussen de oerwoudreuzen op de hellingen glinsterden leistenen wanden, misschien waren er ook bergkommen waar het wild zich graag schuilhield voor de roofdieren. Ze bedacht geërgerd dat ze de vorige keer ook best de beek hadden kunnen oversteken, zo sterk als George beweerde was de stroming helemaal niet geweest. Ze had toen niet aangedrongen omdat ze rekening met hem wilde houden. Het was hun eerste uitstapje na zijn ziekte geweest en ze was bang dat hij zich te veel zou inspannen. Ze herinnerde zich nu ook dat hij bij hun vroegere ritten bij de Kilimanjaro overdreven voorzichtig was geweest. Als hij samen met haar onderweg was zocht hij niet het avontuur, dat deed hij alleen op zijn reizen en expedities.

Had ze er echt ooit van gedroomd om samen met hem door de wildernis te rijden, zandstormen te doorstaan, de dodelijke gevaren van de enorme zandduinen te trotseren? Het was allemaal een illusie. Tot dusverre had hij ervoor gezorgd dat hun uitstapjes niet avontuurlijker waren dan de middagexcursie van een schoolklas.

Ze had net de eerste bomen bereikt toen ze Simba hoorde grommen en keek zoekend om zich heen. Bespeurde de hond een gevaar? Ze was niet gewapend zoals meestal als ze over de velden reed, de Waschamba gedroegen zich vriendelijk en behalve luipaarden waren er geen gevaarlijke roofdieren.

Het gegrom van Simba werd dreigender en nu hoorde zij het ook. Vreemde geluiden drongen vanaf de beboste berg tot hen door. Het klonk als het gebrul van beesten. Charlotte dacht een stier te herkennen en dan weer de kreet van een luipaard, vogelgeluiden, het geschreeuw van een aap... Was de hitte haar naar het hoofd gestegen? Deze geluiden konden onmogelijk van dieren zijn, hoe zou een stier daarboven op de berg moeten belanden? Ze kromp in elkaar toen ze een beweging tussen de bomen waarnam. Het was een merkwaardig wezen dat daar in het rond sprong, een soort bosgod met kromme horens, half mens, half stier, een magisch voortbrengsel van het woud. Het muildier was geschrokken opzijgesprongen en ze moest de teugels hard aantrekken om te voorkomen dat hij op hol zou slaan. Simba drukte zich plat in het gras en staarde met glanzende ogen naar de griezelige verschijning.

Een masker! Grote god, ze had zich voor de gek laten houden. Het was een Afrikaan, waarschijnlijk een medicijnman, een tovenaar van de Waschamba die een stierenmasker over zijn hoofd had getrokken. Een groot gevaarte, van bruin leer gemaakt en met enorme geschilderde ogen waarin spleten gekerfd waren. De hoorns die het masker bekroonden waren buitensporig groot en kromden zich tegen elkaar zodat in het middel een cirkel ontstond.

Het gehuil en gebrul werd luider, maar het waren enkel menselijke stemmen die verschillende dierengeluiden nadeden. Er verscheen een tweede zwarte met een luipaardenvel over zijn rug. Hij had zijn gezicht kunstig met witte en zwarte verf beschilderd en droeg de kop van het luipaard als een muts op zijn kaalgeschoren schedel. Nu verschenen er meer. Mannen alleen met een lendendoek om en met amuletten behangen, vrouwen die rode doeken om hun hoofd gewikkeld hadden. Ze hadden bijna allemaal hun oorlelletjes doorboord om allerlei ronde voorwerpen in het gat te kunnen steken. Bij veel van hen was de huid gescheurd, die in flarden naar beneden hing.

De Waschamba trokken langs Charlotte zonder veel aandacht aan haar te besteden. De zeldzame blikken in haar richting waren noch vriendelijk, noch vijandig, ze waren leeg. Keerden ze van een begrafenis terug? Een van die geheime ceremonies waar de missionarissen in Hohenfriedeberg vol afschuw over verteld hadden? De Waschamba geloofden dat de geesten van bomen en dieren, zelfs van rotsen, een menselijke gestalte konden aannemen. Ook waren er mensen die zich in dieren veranderden, vooral hun tovenaars verstonden deze kunst. Ze konden contact leggen met de geesten van de andere wereld om ze gunstig te stemmen ten opzichte van de zielen van de gestorvenen. Bij dergelijke rituelen gebruikten ze maskers, zo had men haar dat tenminste uitgelegd.

Ze bleef roerloos staan terwijl de griezelige processie voorbijtrok, riep alleen af en toe de grommende hond tot de orde omdat ze bang was dat hij een van de gemaskerde mannen zou aanvallen.

Voor deze mensen was het christendom iets volkomen vreemds, ze leefden in hun eigen, door medicijnmannen gevormde geloofswereld en Charlotte voelde zich een onwelkome indringer. Weliswaar hoorde deze berg bij haar bezit, ze had hem gekocht, maar wat betekende dat nou? De verbinding van de Waschamba met deze plek was veel diepgaander. Hier woonden de zielen van hun doden, hier praatten ze met de geesten van bomen en rotsen, hier trokken ze in dierengedaantes door de bossen en kwamen bij elkaar voor hun magische rituelen en nachtelijke vuren.

Ze twijfelde of ze verder zou rijden. Misschien was het beter dit pad niet te volgen omdat het vermoedelijk naar een van hun heilige plekken of begraafplaatsen voerde, maar tegelijk was ze ook nieuwsgierig naar hoe zo'n oord eruit zou zien. Ze zou niets aanraken, geen sprietje vertrappen, geen steen verplaatsen, enkel de plek bekijken en dan weer verder rijden. Later kon ze misschien aan Kigobo en Sabuni vragen wat de betekenis was van wat ze had gezien en konden de twee tot het christendom bekeerde Afrikanen haar wat wijzer maken.

Voorzichtigheidshalve wachtte ze tot de stoet door het dal en over de ronde toppen van de heuvels getrokken was, pas toen reed ze verder. De Afrikanen hadden net zo weinig aandacht aan haar besteed als aan een steen langs de weg, nog minder zelfs want een steen had een ziel, wist ze. Toch was ze er niet zo zeker van of ze het goed vonden dat ze naar hun verborgen heilige plekken zocht.

Het muildier liep gewillig naar boven. Charlotte knipperde tegen de zon die richting het westen koerste totdat het bladerdak zich boven haar sloot. Het was aangenaam koel in het woud. Na een poosje kreeg ze het zelfs koud en ze was blij toen het pad uit het bos vandaan voerde en over een zonovergoten vooruitstekende rots liep. Hoe hoger ze kwam, hoe mooier het uitzicht naar beneden in de diepte was. Al snel ontdekte ze een paar koffievelden van haar plantage en toen ook het woonhuis, zo klein als speelgoed.

Op veel plaatsen droop water van de rotsen omlaag. Nu waren

het ongevaarlijke stroompjes, maar in de regentijd zouden het onstuimige watervallen worden. Er waren vogelgeluiden te horen, deze keer waren het echt vogels. Apen rumoerden tussen de takken van de bomen. Eén keer zag ze vlak boven haar haar hoofd een boomslang. Het leek net een groene liaan en ze bukte zich snel om het dier niet op te schrikken.

Als die heilige plek hier ergens in het bos verborgen was, dan waarschijnlijk niet vlak bij het pad. Ergens achteraf, in een kom of op een rotsplateau, er zouden sporen moeten zijn. Tenslotte waren hier een hoop mensen voorbijgekomen, misschien hadden ze doden met zich mee gedragen... Ze keek naar haar hond. Simba volgde haar zonder veel interesse voor zijn omgeving. Af en toe tilde hij een poot op of gromde zachtjes, dan maande ze hem tot stilte en gehoorzaamde hij.

Het werd tijd dat ze aan de terugweg ging denken als ze niet de nacht in de vrije natuur wilde doorbrengen. Besluiteloos keek ze naar het voor haar liggende pad dat nu duidelijk weer naar een rotsachtige plek voerde, felle lichtstralen schitterden door het gebladerte. Ze moest al vlak bij de top zijn, al was dat moeilijk in te schatten doordat het pad in scherpe bochten bergopwaarts en weer naar beneden slingerde.

Waarschijnlijk werd het ook te steil voor het muildier, dacht ze berustend. Toch spoorde ze hem aan om ten minste die ene rots te bereiken en vandaaruit een laatste blik op de omgeving te werpen. De rotswand die zich nu links van haar verhief, bestond uit scheef over elkaar liggende lagen van glimmende leisteen die, nu de zon in het westen stond, nog zwakjes glinsterden. Verwonderd bekeek ze het grijze gesteente en voelde een zacht trillen in haar lichaam. Wat was er met haar aan de hand? Plotseling voelde ze een dringende behoefte deze rotswand aan te raken om iets van zijn magische kracht in zich op te nemen. Ze stuurde haar rijdier over de losse stenen die zich aan de voet van de rots verzameld hadden en knipperde tegen het licht omdat ze dacht de omtrek van een stier in de bergwand vol spleten te kunnen onderscheiden. Of was het een antilope? Een gnoe? Ze stak haar hand uit en betastte de nog door de zon verwarmde ruwe rots, gleed met haar vingers over de oneffenheden van het gesteente, probeerde de eerder geziene lijnen na te tekenen. Opeens hoorde ze Simba woedend blaffen en voelde op datzelfde moment hoe het muildier onder haar in elkaar kromp. Iets groots en donkers sloeg met een enorme klap vlak bij haar op het pad, het muildier maakte een panische sprong en ze viel uit het zadel.

Het dreunde in haar oren alsof de hele berg over haar heen stortte. Ze gleed de diepte in, voelde hoe ze over het harde gesteente rolde, tegen scherpe randen sloeg en, slechts even opgehouden door een paar dunne stammen, onstuitbaar in de afgrond viel. Er was geen pijn, ze wist alleen dat ze zich ergens aan vast moest grijpen, wilde ze niet onderaan de rotsen te pletter vallen, maar haar lichaam wilde haar niet gehoorzamen. Uiteindelijk botste ze tegen een grote hindernis en bleef liggen. Een hagel van kleine steentjes die ze bij haar val had losgemaakt en meegesleurd, stortte over haar heen, maar ze voelde het nauwelijks. Haar hoofd bonkte, ze was duizelig en misselijk. Ze verloor bijna het bewustzijn, merkte amper dat een vochtige hondentong over haar wang likte. Ze hoorde stemmen, krijsend, brommend, fluisterend, woorden die samenvielen, die als lange linten in de wind bewogen, in de knoop raakten, weer uit elkaar schoten en wegfladderden. Na wat leek op een eeuwigheid werden de stemmen zachter, onhoorbaar bijna tot alleen het dreunen in haar hoofd en de misselijkheid overbleven. En nu voelde ze ook een geniepig branden en trekken over haar hele lichaam.

Voorzichtig deed ze haar ogen open en zag grijze schaduwen. Maanlicht. Had ze hier werkelijk zo lang gelegen? Ze zag dorre takken voor haar gezicht, daarachter de vorm van een grote hond, Simba's glanzende ogen. Hij stak zijn kop vooruit en beroerde haar wang met zijn natte neus. Zijn warme tong brandde op haar huid.

Ze moest vol krassen zitten en overal schaafwonden hebben. Hopelijk had ze niets gebroken.

'Simba, brave hond. Loop naar huis, haal hulp.'

Hij likte haar hals, haar arm. Toen ze hem probeerde te ontwijken, voelde ze de harde stam in haar rug, onregelmatig met een ruwe bast. Er staken allemaal droge takken om haar heen alle kanten op, die haar waarschijnlijk nog wat extra verwondingen hadden bezorgd. Maar de gevallen reus in haar rug had haar het leven gered. Hij lag dwars over de rotsachtige helling en had zo voorkomen dat ze in de afgrond was gestort.

Moeizaam probeerde ze te begrijpen wat er nu eigenlijk precies gebeurd was. Iets was vanaf de berg op het pad gevallen, iets zwaars zoals een grote tak of een steen, waarschijnlijk een rotsblok. Haar rijdier was er zo van geschrokken dat hij schichtig was geworden en haar had afgeworpen. Het muildier! Waar was het gebleven? Lag het arme beest met verbrijzelde botten beneden in het dal of was hij met een leeg zadel terug naar huis gelopen? Hoe dan ook, ze zouden naar haar komen zoeken. Er waren een paar Afrikanen op de plantage die de kunst van het spoorzoeken verstonden. George kon het ook. George...

Bij de gedachte aan haar man schoten de tranen in haar ogen. Ze probeerde zich voorzichtig uit de takken los te maken, maar zo gauw ze haar hoofd een beetje optilde, begon alles te draaien en benam de misselijkheid haar alle kracht.

Een hersenschudding. Ze moest hard met haar hoofd tegen een rots geslagen zijn. Langzaam deed ze haar arm omhoog en betastte haar schedel. Precies, er zat een zwelling op haar achterhoofd en ze voelde ook iets vochtigs en kleverigs aan haar vingers. Bloed. Ook haar arm zat onder de bloederige schrammen. Voorzichtig probeerde ze haar benen te bewegen. Alles leek in orde te zijn, alleen haar linkerenkel deed pijn als ze haar voet draaide. Zou ze bij haar val met haar voet in de stijgbeugel zijn blijven steken?

Uitgeput luisterde ze naar het bonzen in haar hoofd, waar nu ook de zachte geluiden van het nachtelijke bergwoud bij kwamen. Nachtvogels riepen met vreemde, op die van mensen lijkende stemmen, een klein dier kroop over de boomstam en stootte daarbij een sissend geluid uit. Toen schrok ze van geblaat, de schreeuw van een kleine springbok in doodsnood. Ze had open wonden, schoot het door haar hoofd. Wat als een luipaard het bloed rook en haar voor een hulpeloze buit aanzag?

Simba lag naast haar, zijn ogen geduldig op haar gericht. Af en toe schoof hij wat dichter naar haar toe en stootte haar aan met zijn neus als om haar te manen hier eindelijk weg te gaan. Wanneer ze niet reageerde legde hij zijn brede kop weer op zijn poten en snoof bedrukt. Nee, Simba zou niet terug naar de plantage lopen om hulp te halen, hij zou hier bij haar blijven en haar bewaken. Daar was ze blij om.

De maan was vol en de sterrenhemel zo helder dat ze haar omgeving goed kon zien. Als ze nu maar niet zo draaierig was. Misschien kon ze zich tot aan de weg slepen, ook al zou haar voet problemen geven en ze betwijfelde of ze de steile klim omhoog naar het pad zou redden. Ik moet geduld hebben, wachten tot mijn hoofd weer rustig is, dacht ze, en dat kan een paar uur duren. Ik blijf hier gewoon rustig liggen en rust uit, verzamel mijn krachten tot aan het eerste ochtendlicht. Ze tilde haar hoofd op om het pad te kunnen onderscheiden dat zich een behoorlijk stuk boven haar bevond. Meteen begon alles weer te draaien, nog erger dan daarvoor, maar dat kon ook komen doordat de helling haar vreselijk steil en glad leek. Zelfs als ze op handen en voeten zou kruipen, zou het niet gemakkelijk zijn.

Ze bleef hulpeloos liggen waar ze was, hoewel ze probeerde een iets comfortabeler houding te vinden. De pijn liet zich nu goed voelen, alles deed zeer en haar huid brandde als vuur. Haar heup deed pijn, net als haar enkel en linkerarm. De buil op haar hoofd bonsde onophoudelijk. Om zichzelf af te leiden dacht ze eraan dat ze op zijn laatst tegen zes uur als ze gezamenlijk aten naar haar op zoek waren gegaan. Klara had vast en zeker bij het personeel naar haar geïnformeerd en George zou met een paar Afrikanen de weg af rijden, uitgerust met lantaarns en fakkels. Zouden ze haar sporen ontdekken die naar het dal leidden?

Simba gromde waarschuwend, zijn nekharen gingen omhoog. Charlotte werd koud van angst. Er loerde iets in de buurt, een geruisloos gevaar dat de hond met zijn scherpe zintuigen waarnam. Een luipaard kon moeiteloos over de gevallen boomstam lopen en zijn klauwen bewezen hem zelfs op de rotsen een goede dienst.

De hond kwam overeind, zijn grommen werd dieper. Charlotte zag Simba's ogen glinsteren, hij had zijn lippen opgetrokken zodat zijn witte tanden zichtbaar waren. Hoorde ze daar iets kraken alsof een twijg afbrak? Bewoog zich iets over de stam naar haar toe? Charlotte zoog scherp de lucht in en nu rook ze het ook, de wilde geur van een grote roofkat.

Simba sprong met een dreigend gegrom over haar heen, de geluiden die uit zijn borstkas drongen, donker en woest, hadden niets meer gemeen met het dier dat haar zo vertrouwd was. Trillend kroop ze in elkaar. Ze voelde geen pijn meer, ook de duizeligheid was verdwenen, haar gedachten werden volledig beheerst door de angst dat zij of de hond door een roofdier gedood zouden worden. In paniek probeerde ze een achterpoot van Simba te grijpen om hem terug te halen, toen ze opeens een lawaai hoorde dat op een schot leek, of vergiste ze zich? Simba blafte nu, zijn tegenstander leek terug te deinzen en de hond was duidelijk van plan hem achterna te gaan.

'Simba! Nee! Blijf hier!' riep Charlotte met een laatste inspanning.

Een tweede knal mengde zich met het venijnige blaffen van de hond en deze keer was Charlotte er zeker van dat ze een geweerschot had gehoord. Simba werd niet rustiger, integendeel, de knal leek zijn woede alleen maar te versterken.

'Simba!' klonk een stem uit de verte. 'Charlotte!' Boven op het pad doemden lichten op.

‘We zijn hier beneden,’ riep ze ongelovig. ‘Kijk uit, er zijn rotsblokken naar beneden gevallen...’

Meer kon ze niet uitbrengen. Ze werd overvallen door zulke heftige koude rillingen dat haar tanden klapperden.

Jonas Sabuni klauterde naar beneden en werd op een haar na door de opgewonden hond aangevallen. Hij was met een touw om zijn heupen gezekerd en Charlotte klampte zich aan zijn rug vast terwijl hij de helling weer opklom. Boven aangekomen verdwenen ook haar laatste krachten en ze zakte machteloos van Jonas’ rug in George’ uitgespreide armen. Hoe ze in haar bed belandde wist ze later niet meer. Ze herinnerde zich alleen dat George haar zwijgend onderzocht, wonden verbond en haar water met een middel tegen de hoofdpijn te drinken gaf. Hij stopte haar in en zat bij haar op de rand van het bed. Hij staarde haar zonder iets te zeggen en met vertwijfelde ogen aan, en ging toen naast haar liggen met zijn gezicht naar haar toe.

‘Het is mijn schuld,’ fluisterde hij hees.

‘Nee, George,’ wierp ze tegen. ‘Ik wist toch dat je het op een plantage niet uit kunt houden.’

‘Ik ben niet de man die je verdiend, Charlotte. Ik wil niets liever dan je recht doen, maar het lukt me niet.’

‘Hou op!’

Ze zwegen een poosje en vervolgens stak ze langzaam haar hand naar hem uit. Hij pakte hem, voorzichtig vanwege een wond op de rug ervan, en streelde haar vingers.

‘Ik heb geen plantage nodig, George.’

‘En ik heb geen expedities nodig, Charlotte.’

‘Nooit meer?’

‘Nooit meer, verdomme nog aan toe.’

Deel III

Juli 1908

Dar es Salaam, schilderachtig rustend in het witte zand van de kust, was een glinsterende wispelturige schoonheid. Het plein voor de saaie witte koloniale gebouwen waar de stramme parades werden gehouden. Een gistend kakelbont gewemel van mensen tussen de kleurige marktkramen. Een zachte droom van palmen en acacia's in de opstijgende ochtendnevel. Nog nooit had Charlotte deze stad zo intensief bekeken als nu ze koortsachtig door de straten liep, op jacht naar geschikte onderwerpen.

Ze stevende af op de Afrikaanse markt achter de Inderstraat, waar ze wilde proberen een van de zwarte vrouwen met hun opgestapelde fruit te fotograferen en stopte toen bij een smalle doorgang tussen twee gebouwen en keek keurend door de lens van haar Drexler & Nagel-handcamera. Zou een foto dit beeld net zo weergeven als haar ogen het zagen? In de steeg zat een oude man op de drempel van zijn huis met naast hem een kussen waarop een baby sliep. Er vlakbij groeide een teer boompje in een stenen bak en wierp draadachtige schaduwen op de strook licht in het midden van de steeg. Er zaten twaalf platen in haar camera. Twee ervan had ze al gebruikt voor opnames op het strand. Ze kon het gewoon niet laten het uitzicht op de zee tussen de palmen door vast te leggen, ook al waren de resultaten nooit wat ze ervan hoopte.

Ze spande zich in om zo rustig mogelijk te blijven staan zodat de foto niet bewogen zou zijn, draaide de verstelbare lens in de juiste stand en bediende de ontspanner die aan een snoertje naar beneden hing. Het was zo gemakkelijk met dit lichte model dat niet meer dan honderdvijftig gram woog en onder de naam Contessa

1 pas net op de markt gekomen was. Ze moest eraan terugdenken wat een gedoe het was geweest in de fotostudio in Emden waar haar ouders zich met haar en Jonny hadden laten fotograferen. Ach, wat was dat lang geleden, maar de verbleekte foto hing nog steeds in de woonkamer van haar grootmoeder onder de inmiddels broos geworden rouwsluier.

Als ze haast maakte kon ze op de markt nog een paar goede foto's maken. Het had die ochtend geregend, wat een zeldzaamheid was in de droge periode, dus ze zou geen last hebben van het stof. Ze gebruikte de kleine hendel om de glasplaat te verwisselen. Nu had ze nog negen opnames, daar moest ze zuinig mee zijn.

Ze had George uitgelachen toen hij haar de camera cadeau gaf. 'Wat moet ik daarmee?' had ze gevraagd, terwijl ze van pret met haar ogen rolde.

'Foto's maken. Je zult zien hoeveel plezier je daarmee zult hebben.'

'Fotograferen? Ik?'

Hij had de camera en alles wat erbij hoorde in Duitsland besteld, richtte een donkere kamer in en ontwikkelde de foto's. Ze zat naast hem bij het omfloerste licht van de lantaarn en staarde in de ondiepe schaal met ontwikkelvloeistof waarin het fotopapier dreef. Langzaam, het leek net tovenarij, begonnen de contouren van de afbeelding zich af te tekenen. Eerst nog onduidelijk en dan steeds scherper tot uiteindelijk de definitieve foto te zien was. George haalde hem met een tang uit het bad en legde hem dan in een andere vloeistof om te fixeren. Daarna hoefde de foto alleen nog maar te drogen en dan kon ze hem vastpakken en in een album of lijstje doen. Sinds een paar dagen bezaten ze zelfs een kopieerapparaat waarmee ze de foto's kon vermenigvuldigen, zo vaak als ze maar wilde. Ze kon de foto's naar Klara of Ettje in Leer sturen en toch zelf een exemplaar houden.

In het begin was ze teleurgesteld geweest. Niet alleen omdat veel foto's mislukt waren, ze lieten ook nooit zien wat haar aan een landschap of situatie zo gefascineerd had. Ze had wat tijd nodig om te begrijpen dat ze met het oog van de lens moest kijken die geen kleuren, bewegingen of geur kon vastleggen. In plaats daarvan tekende het messcherpe contouren, gaf licht en schaduwen weer en kon met grijstinten spelen. Vaak toonde de foto's details die ze met het blote oog niet eens gezien had, wat George, die een fanatiek tekenaar was, aan het lachen maakte.

'Als je ervoor was gaan zitten om die gebouwen te tekenen, zouden al die dingen je zijn opgevallen. Nu doet het apparaat het werk voor je.'

'Heb jij dat dan allemaal gezien toen we ervoor stonden?'

'Nou ja, niet alles. Ik had geen pen en papier bij me...'

Het waren vooral de portretfoto's die het meeste indruk op haar maakten, die haar zelfs schokten. Het waren meestal foto's van Afrikanen die ze toevallig trof en vroeg of ze hen mocht fotograferen. Wanneer ze die foto's later bekeek, kwam het haar voor dat de opnames ongelooflijk veel over deze onbekende mensen prijsgaven, zelfs datgene wat ze voor de wereld verborgen wilden houden. Het glazen oog van de lens legde hun zorgen, hun lijden, hun vertwijfeling, hun hoop met genadeloze precisie vast.

Ze stak de Inderstraat over, aarzelde even of ze een opname van de kleine werkplaats van een ketelmaker zou maken, toen ze opeens omringd werd door een groep Europeanen die, ook uitgerust met camera's, hetzelfde idee hadden. Het waren voornamelijk Duitsers, maar ze hoorde ook wat Franse en Engelse woorden in het geroezemoes. Omdat ze geen zin had zich onder het reisgezelschap te begeven, liep ze gauw weg. Ze gingen natuurlijk op safari, in elk geval de mannen. Geen enkele welgestelde Europeaan die zich de reis naar Afrika kon permitteren, liet zich dat pleziertje ontnemen. Een leeuw moest het zeker zijn, misschien ook een neushoorn en een paar antilopen. Het mooiste was natuurlijk een olifant, ook al moesten ze een hoog bedrag voor de schietvergunning betalen. Pas toen ze een paar huizen verder was draaide ze zich nog een keer om, niet met de bedoeling de in het wit geklede heren met de fonkelnieuwe tropenhelmen te bekijken, maar omdat daar vlakbij haar oude winkel met de woning erboven gestaan had. Ze dacht eraan hoe ze hier nu meer dan twaalf jaar geleden met haar toenmalige echtgenoot, Christian Ohlsen, en haar kleine nichtje aangekomen was en met veel volharding en handigheid, en niet in de laatste plaats met de ondersteuning van de louche Kamal Singh, een florerende zaak had opgebouwd en alle tegenslagen getrotseerd had. Tot Singh aan belastingontduiking schuldig werd bevonden. Ach, haar winkel... Het Duitse koloniale bestuur had het huis na de inbeslagneming laten afbreken. Wat jammer dat ze toen nog geen fototoestel had bezeten, anders had ze nu nog een foto ter herinnering gehad. Haar blik viel op het witte reisgezelschap en opeens kreeg ze een jonge man in het oog, een slanke pezige man met halflang haar dat onder zijn tropenhelm vandaan kwam en in de zon koperkleurig oplichtte. Toen ze zijn gezicht beter wilde bekijken, draaide hij zich abrupt om en trok de tropenhelm dieper over zijn voorhoofd. Had hij gemerkt dat ze naar hem keek en voelde hij zich lastiggevallen? Of keerde hij zich gewoon naar een bekende om?

Hoe dan ook, ze had niet veel zin om Jeremy terug te zien, misschien omdat ze een slecht geweten had. In elk geval kon ze er gerust op zijn dat de jonge Engelsman niet totaal aan de alcohol verslaafd was geraakt. Integendeel, hij was goed terechtgekomen en ging met de rijke witte nietsnutten om die naar Afrika kwamen om daar hun domheid en arrogantie tentoon te spreiden.

Opeens bood zich een geweldig onderwerp aan toen twee askari bij een Afrikaanse pannenkoekenverkoopster bleven staan en met levendige gebaren over de prijs van de met kip gevulde pasteien begonnen te onderhandelen, en meteen was Jeremy Brooks vergeten. Hopelijk was de foto niet bewogen. Ze had met opzet de sluiter gebruikt die naar men zei voor de beste momentopnames zorgde. Later fotografeerde ze twee Indische handelaren voor hun hoog opgestapelde vruchten, een groep zwarte kinderen die tussen de huizen met knikkers en stokjes speelden en ten slotte kon ze het niet laten een riksja op de foto te zetten waarin een katholieke missionaris zich door een jonge Afrikaan over de markt liet vervoeren.

De laatste twee platen verbruikte ze bij de haven, een van haar lievelingsplekken als ze op zoek naar onderwerpen was, ook al was het niet mogelijk de geuren, het lawaai en al helemaal niet de schitterende blauwgroene kleuren van het water vast te leggen. Ze hield van het gekrioel als een grote rijksstoomboot of een ander schip voor anker ging en de Afrikanen haastig hun roeiboten in de golven duwden om bagage en passagiers aan land te brengen. De schilderachtige palmen en de missiegebouwen op de Immanuelskaap waren helaas een teleurstelling geweest. Zoals zo vaak verdween de exotische betovering van deze plek op de zwart-witfoto's. Ook de opnames van de stad vanaf de haven gezien werkten ontnuchterend. Huizen, struikgewas, de torens van de evangelische en katholieke kerken, de slanke minaret met op de voorgrond de witte douanegebouwen, allemaal beelden die niets van de fascinatie weergaven die ze voor deze stad had.

Op het moment dat het kanon met een doffe knal het middaguur aankondigde, had ze alle platen opgebruikt en ging ze op de terugweg. Die voerde in oostelijke richting langs het strand totdat ze op een gunstige plek omhoog kon klimmen en met een paar passen bij het grote omheinde huis was dat George en zij een paar maanden geleden gehuurd hadden.

Het huis was in Arabische stijl gebouwd. Onopgesmukt aan de buitenkant ontvouwde het zijn schoonheid pas als je door de poort in de muur op de binnenplaats kwam. Hier waren een tuin en een vierkante vijver aangelegd. Sinaasappel- en citroenboompjes bloeiden in kuipen, een moerbeiboom beschaduwde de bloembedden waarin vuurrode struiken en witte irissen stonden. De ingang naar de woonruimtes werd door een met pilaren ondersteunde veranda afgeschermd, waartegen zich een plant met felgroene zacht geveerde bladeren omhoogslingerde die steeds weer teruggesnoeid moest worden. De plant droeg zoet geurende witte bloemen die later rode bessen werden. Mooi waren ook de besneden houten kozijnen van de ramen van het gebouw, waarin de verstrengelde patronen van de planten uit de tuin terugkwamen en die Charlotte aan de verhalen uit *Duizend-en-één-nacht* deden denken. Soms herinnerde ze zich de decors die de kermisreizigers vroeger in Leer opbouwden en die haar toen zo prachtig oosters toeschenen. Nu wist ze hoe afschuwelijk die overdadig in schreeuwende kleuren beschilderde houten wanden waren geweest. Op de binnenplaats kwam Jim, de huisbediende, haar in wapperende gewaden tegemoet, zijn ronde kinderlijke gezicht vol berouw.

'Bibi moet niet boos zijn op Jim, alsjeblieft. Jim wilde met bibi meegaan, zoals bwana Johanssen gisteren nog gezegd heeft, maar Jim was in de keuken om borden te wassen en heeft niet gemerkt dat bibi wegging...'

Ze glimlachte en zei tegen de opgewonden jongen dat ze heel bewust alleen was vertrokken omdat ze bij het fotograferen geen huisbediende nodig had. Hij kalmeerde een beetje, maar vroeg haar aan bwana Johanssen uit te leggen dat hij niet uit luiheid thuisgebleven was.

George was sinds haar ongeluk overbezorgd en liet haar niet graag alleen door de stad zwerven, vooral als ze Simba beval thuis te blijven, zoals ze vandaag had gedaan. De hond had gehoorzaamd, al was het erg onwillig geweest en alleen omdat hij bij George in de buurt kon zijn. Behalve Charlotte was George inmiddels de enige mens in wie de hond vertrouwen had. George, die zich al vanaf het begin om Simba bekommerd had, had hem oprecht in zijn hart gesloten en zuchtte van tijd tot tijd diepbedroefd dat hij voor altijd slechts op de tweede plaats in Simba's hondenleven zou komen, al knipperde hij daarbij schalks met zijn ogen.

'Hij zou zijn leven voor jou hebben gegeven, Charlotte,' had hij herhaaldelijk tegen haar gezegd. 'Als we niet in de buurt waren geweest en hem hoorden blaffen... Het is maar de vraag of hij het tegen een luipaard had kunnen opnemen. De schoten hebben de roofkat verdreven...'

Nu trof ze haar man gemakkelijk zittend in zijn ochtendjas aan, een stapel post op zijn schoot. Grijnzend nam hij haar stoffige kleren, de camera die aan een riem om haar hals hing en haar triomfantelijke blik op.

'Weer alleen op jacht geweest? Wie heb je deze keer geschoten?'

Ze moest zich de hond van het lijf houden die kwispelend op haar af kwam en zijn kop tegen haar heup wreef.

'Twee Indische kooplui, een oude man met een baby, twee askari en een Afrikaanse pannenkoekenverkoopster,' somde ze op terwijl ze Simba achter zijn oren krabde. 'En daarbij een paar palmen voor de blauwe zee en de rijksstoomboot de *Kaiser*.'

George keek haar aan met zijn indringende grijze ogen, onderzoekend en tegelijk vol tederheid.

'Een goede opbrengst,' zei hij goedgehumeurd en hij legde de stapel brieven en kranten opzij. 'Al ben ik bang dat de blauwe zee je opnieuw zal teleurstellen.'

'Maar de silhouetten van de palmen zijn prachtig.'

Hij lachte en stond op om de Contessa 1 van haar over te nemen en droeg die naar de donkere kamer om de platen eruit te halen. Als ze zich haastten konden ze nog één of twee foto's ontwikkelen voor hij naar zijn werk in de kliniek ging.

De fotografie was een hartstocht die hen nog dichter bij elkaar bracht. Ze waren in april in dit huis getrokken, hadden hun meubels uit Tanga laten overbrengen, er wat bij gekocht en het comfortabel ingericht. Elisabeth ging naar een rijksschool voor witte kinderen, George werkte weer in de kliniek voor de inheemse bevolking terwijl Charlotte haar tijd vulde met volkomen nieuwe bezigheden die George van harte aanmoedigde. Het was niet alleen de fotografie, hij stimuleerde haar ook om korte stukken te schrijven, prees haar voortdurend en zorgde ervoor dat een paar van deze artikelen gepubliceerd werden. 's Avonds speelden ze vierhandig piano en ook al was Charlotte de betere pianiste, George kwam steeds met ongebruikelijke interpretaties die Charlotte deels twijfelend, deels enthousiast overnam.

Nooit eerder waren ze elkaar zo na geweest als in deze gelukkige dagen. Ze praatten verhit over foto's en teksten, ruzieden lachend om een punt of een komma, gaven uiteindelijk allebei toe, maar hielden zich toch staande tegenover elkaar. De liefde, die zo lang alleen een onuitgesproken verlangen tussen hen was geweest, begon zich nu eindelijk ook in hun samenleven te ontplooien en vaak had Charlotte het gevoel dat ze haar man nu pas echt leerde kennen. Het was een opwindend avontuur dat ze met veel angst en hoop was aangegaan en dat haar nu dagelijks gelukkigzalige inzichten gaf. Nee, ze had zich al die jaren geleden niet vergist, George was altijd al de man geweest die voor haar bestemd was. Hij fascineerde haar dagelijks met nieuwe ideeën en gesprekken, hij gaf haar warmte en houvast en hij was een liefdevolle vader voor Elisabeth. Ook de nachten met hem waren gelukkig en ze kwam zijn tederheden vol nieuwsgierigheid en overgave tegemoet. Er was maar één ding dat afbreuk deed aan haar geluk: ze werd niet zwanger. Misschien had het met de miskraam te maken, maar dat wilde ze niet geloven. Ze was vroeger ook niet gemakkelijk in verwachting geraakt, wat enerzijds een zegen, anderzijds ook een vloek was geweest. Het was haar diepste wens om een kind van George gezond ter wereld te brengen. Ze was nu achtendertig, veel tijd had ze niet meer.

'De opname in de steeg,' riep ze in de richting van de donkere kamer waarin George verdwenen was. 'En dan de foto met de askari, ik wil weten of hij bewogen is.'

'Zoals de dame wenst.'

Jammer genoeg had ze het moment gemist om samen met hem de donkere kamer in te glippen, nu zou ze moeten wachten, want de deur mocht tijdens het ontwikkelen in geen geval geopend worden. Met een lichte zucht liet ze zich op een stoel vallen en greep naar een stapel papier die echter geen nieuwe teksten, maar een al gecorrigeerd manuscript in George' netschrift bleek te zijn. Het waren observaties die hij tijdens de expeditie met hertog Von Mecklenburg had opgeschreven en die vooral de gebeurtenissen in Congo betroffen. Deze waren zo onuitsprekelijk gruwelijk dat Charlotte huiverde bij het lezen. Ook de Duitsers hadden de Afrikanen niet altijd even zacht behandeld, maar sinds de Maji-Maji-opstand probeerde men hier een humanere weg in te slaan. In de staat Congo daarentegen bedienden huursoldaten zich nog altijd van de wreedste middeleeuwse methoden om de mensen tot onbetaalde arbeid te dwingen. Iedereen die niet voor de witte overheersers rubber verzamelde of op olifantenjacht ging, werd doodgeschoten. Hele dorpen waren op deze manier uitgeroeid en als bewijs van hun succes lieten de soldaten de afgehakte handen van de doden zien. Van dergelijke impopulaire praktijken werd tegen hertog Von Mecklenburg en zijn gezelschap natuurlijk geen gewag gemaakt. In plaats daarvan lieten de verantwoordelijke gezagsdragers zich voorstaan op een maandelijkse productie van achthonderd tot duizend kilo rubber, die voor de constructie van auto's intussen gretig aftrek vond. En om maar niet te spreken over de enorme hoeveelheid ivoor. In het gebied leefden veel olifanten.

Ze liet de bladen zakken. De teksten nog een keer lezen was onnodig en belastend. Ze had zich een tijdje afgevraagd of niet deze ervaringen mede oorzaak waren geweest aan George' koortsaanvallen, ook terwijl ze wist dat dokter George Johanssen haar hiervoor zou uitlachen. Het waren de lichamelijke inspanningen, de ontberingen en niet in de laatste plaats het ontoereikende voedsel dat de koorts deed uitbreken, zo luidde zijn standpunt. Gevoelens als verdriet, vertwijfeling of afgrijzen hadden daar niets mee te maken, alleen een vrouw kon zoiets bedenken.

'De foto van de steeg is geweldig geworden, mijn schat,' riep

George triomfantelijk. 'Grote goedheid, je bent een echte kunstenares.'

'Je lacht me zeker uit,' riep ze twijfelend terug en ze had er nu nog meer spijt van dat ze niet in de donkere kamer was.

'Ik meen het serieus, Charlotte. Je hebt een goed oog voor geschikte onderwerpen. Het is werkelijk een plezier deze foto's te ontwikkelen.'

'Maar bij de andere wil ik toekijken.'

'Natuurlijk, dat doen we vanavond op ons gemak. Ik moet nu zo weg.'

Ze pakte de brieven en kranten die met de post gekomen waren en bladerde ze door. Ja, intussen snapte ze George wel. Hij onderhield contact met talloze mensen, verstuurde regelmatig artikelen en manuscripten en ontving nieuws uit alle delen van de wereld. Op de plantage in het Usambaragebergte kwam de post in het gunstigste geval één keer in de twee weken, hier in de hoofdstad werd die dagelijks bezorgd. Zouden er artikelen van haar verschenen zijn? Vermoedelijk wel, want er zaten twee Engelse kranten bij, *The Guardian* en *The Observer*, waar ze niet op geabonneerd waren, en verder nog de *Berliner Morgenpost*. Ze was er blij mee, maar ze liet ze ongeopend om ze later samen met George te lezen en vooral te kijken of men de teksten als origineel had afgedrukt of, wat irritant was, ingekort.

Een brief uit Leer viel haar in handen. Wat fijn om eindelijk weer nieuws uit het oude vaderland te krijgen. Hopelijk stond er niets naars in. Ze ritste de envelop open en las de brief haastig door. Nee, er was niets verschrikkelijks gebeurd. Ettjes man Peter was weer ziek geweest. Hij had het aan zijn longen, hoestte veel en was kortademig. Pas in de zomer was hij echt hersteld. Hun oudste zoon Heinrich was bij een meubelmaker in de leer. Hij vond het echter moeilijk en droomde van een beter leven in Amerika. De tweede zoon, die vernoemd was naar zijn vader, had zijn school afgemaakt en wilde naar zee. Jonny, de jongste, was nu veertien en de beste van de klas. Het was jammer voor hem, zeiden zijn leraren, hij had ook naar het gymnasium gekund, maar daar was geen geld voor geweest. Grootmoeder had veel in de tuin gezeten, midden in de brandende zon in haar zwarte jurk. Het had haar goedgedaan, want de reuma was sindsdien veel minder. Ettje schreef weinig over Paul en Antje en hun kinderen. Ze vermeldde alleen terloops dat ze gezond waren. Zouden ze ruzie hebben gehad?

Charlotte dacht eraan dat grootmoeder waarschijnlijk niet lang meer te leven had, een gedachte die haar verdriet deed. Haar neef Paul verheugde zich vast al op de erfenis en zou er alles aan doen om zijn zus Ettje te benadelen. Gelukkig was Ettje ook niet dom en haar man Peter nog minder. Een grote familie was een veilig toevluchtsoord en tegelijk een verraderlijke val, dat had Charlotte bij haar terugkeer in Duitsland aan den lijve ondervonden. Hoe jammer ze het ook vond dat ze haar grootmoeder en Ettje niet kon zien, ze was blij weer in Afrika te wonen.

Ze stuitte op twee brieven die aan George gericht waren, één uit Egypte, de andere uit Berlijn en een die aan haar gericht was. Ze fronste haar voorhoofd, want ze kende het handschrift intussen goed. Kamal Singh had haar al vaker geschreven sinds ze in Dar es Salaam woonden. Hoe hij achter haar adres was gekomen bleef zijn geheim. Omdat hij naar Schammi informeerde, had ze hem geantwoord en zo had zich een briefwisseling ontwikkeld die van haar kant alleen uit beleefdheid gevoerd werd. Kamal Singhs brieven arriveerden nu met enige regelmaat in huis. Ze waren altijd vriendelijk, maar in sommige opzichten echt merkwaardig.

'Hij wordt oud en maakt zich ongerust over zijn leven na de dood,' had George schouderophalend geoordeeld.

Hij was niet al te zeer gesteld op de Indiër, ook al had Kamal Singh hem nooit moeilijkheden bezorgd. Charlotte had een afwijkend vermoeden te kennen gegeven. Kamal Singh had geweten dat George in het ziekenhuis voor de inheemse bevolking lag en haar niet alleen ter wille van Schammi naar Dar es Salaam gelokt, maar ook omdat ze haar man daar zou terugvinden. George had zich hierover vrolijk gemaakt en haar een spitsvondige denkster genoemd. Kamal Singh was inderdaad moeilijk te doorgronden, maar tot zoiets buitenissigs achtte hij hem niet in staat.

Eén keer had de Indiër ernaar geïnformeerd of Charlotte een van zijn winkels in Dar es Salaam wilde overnemen, hij wist zeker dat zij daarvoor de juiste persoon was. Het aanbod had haar dagenlang beziggehouden, vooral ook omdat George haar er gek genoeg toe had aangemoedigd, maar uiteindelijk had ze Kamal Singh een afwijzing gestuurd. Ze vond het vervelend dat hij steeds weer over hun oude vriendschap begon en haar bleef uitnodigen hem in Tanga te bezoeken. Met een onbehaaglijk gevoel herinnerde ze zich de vijandige blik van een van de jonge mannen die ze in zijn huis was tegengekomen. Net als toen ging ze ervan uit dat het om een van zijn zonen of schoonzonen ging en het was goed mogelijk dat de familie van Kamal Singh zijn blijvende vriendschap met Charlotte wantrouwend volgde.

Met een zucht ritste ze de envelop open en ontvouwde de tekst die zoals altijd op luxueus papier geschreven was en waar de ingedrukte vorm van een lotusbloem op stond.

Mijn lieve vriendin,

De kringloop van alles wat leeft is een vreemde zaak, want hij wordt niet door ons bepaald, maar door de zelf verlichte enige God. Hij werpt ons, zondige mensen, terug in de onvolmaaktheid zonder herinnering aan het verleden, zonder hoop voor de toekomst tot we op een zekere dag boven alle dwalingen en hartstochten verheven worden en verlossing vinden.
Maar ik wil u niet met het gejammer van een oude man vervelen. Het doet me plezier dat u een nieuwe hartstocht, de fotografie, ontdekt hebt en begrijp dat uw leven met muziek,

liefde en de zorg voor uw dochter tot aan de rand gevuld is. Het is jammer dat u geen tijd gevonden hebt mij in mijn huis in Tanga op te zoeken, want nu is het te laat.
Wanneer u deze brief leest zal ik niet meer in Afrika zijn. De zee waar ik zo vaak vanuit mijn raam over uitgekeken heb, brengt me naar het oosten, naar die plaats waaraan ik door mijn herinnering gebonden ben. Veertig jaar hard werken heeft deze herinnering niet kunnen uitwissen en nu zal ik haar met mijn handen aanraken, zodat ze vergaat als een gebouw van stof dat de wind wegdraagt.
Vaarwel, Charlotte. Dat onze wegen zich hebben gekruist was voor mij lange tijd het grootste raadsel dat de enige Heer mij gepresenteerd heeft. Nu zal ik ook deze beklemming loslaten, zodat mijn ziel niet langer belast zal zijn met liefde en haat. Maar mijn goede wensen zullen u verder begeleiden.

Uw vriend,
Kamal Singh

Charlotte las de laatste alinea twee keer en begreep er desondanks niets van. Sowieso was deze brief nogal raadselachtig, het enige wat duidelijk werd was dat hij naar Indië afgereisd was. Naar zijn vaderland, niets bijzonders.

De deur van de donkere kamer ging open en ze hoorde George zachtjes schelden omdat Simba zo dicht voor de deur lag dat hij bijna op hem was gaan staan.

'Je kunt de foto's nu bekijken, lieveling,' hoorde ze zijn opgewekte stem zeggen. 'Wat is er? Heb je slecht nieuws gehad?'

'Lees maar en kijk of je er wijs uit kunt worden.'

Hij las de brief haastig door zonder bril omdat hij al laat was en zich nog om wilde kleden voor hij naar de kliniek ging. Ook hij keek raar op bij de laatste alinea, kneep zijn ogen samen en schudde zijn hoofd.

'Het lijkt erop dat hij een oude aangelegenheid moet regelen.'

'Maar waarom is het hem een raadsel dat onze wegen zich gekruist hebben? Wat heb ik met dat alles te maken?'

Hij trok zijn schouders op en gaf haar een kus. Daarop knipoogde hij en maakte er een grapje van. 'Wie weet? Het lijkt erop dat hij een heel bijzonder zwak voor je heeft, mijn geheimzinnige Indische prinses.'

Oktober 1908

De askari van de tiende compagnie marcheerden op het plein voor het gouvernementspaleis in onberispelijk schone kakikleurige uniformen, hun gezichten gefronst in een poging om ondanks het opwaaiende stof een vastberaden uitdrukking te laten zien. Je kon goed zien aan de zwarte soldaten dat ze plezier hadden in de parade. Trots presenteerden ze hun geweren en patroongordels en de muziek van de militaire kapel klonk zo hard dat de zwarte officieren uit alle macht hun bevelen moesten brullen om boven de blazers en trommels uit te kunnen komen.

Ondanks het getoonde enthousiasme had Charlotte weinig aardigheid in deze parade, hij kwam op haar over als dwaas en lachwekkend. Hoezeer men de zwarte soldaten ook drilde in een stijve houding en strenge discipline, hun bewegingen verraadden toch de nonchalante soepelheid van de Afrikanen.

'Is het niet geweldig?' riep de jonge echtgenote van een luitenant van de beschermingstroepen geestdriftig. 'En wat een geluk hebben we met het weer.'

'Zeker,' zei George met een ironische grijns. 'Een stortbui had de parade grondig bedorven.'

Dat in dat geval gouverneur Von Rechenberg en zijn gasten, evenals de witte officieren onder het bevel van luitenant-kolonel Von Schleinitz, onder de stralend witte zuilengang een toevlucht zouden hebben gevonden en alleen de askari kletsnat geworden zouden zijn, zei hij er maar niet bij.

Charlotte nam niet deel aan de gesprekken van de uitgenodigde gasten, ze had te veel te stellen met Simba die absoluut niet bereid was geweest thuis te blijven. Nu zat hij naast haar met zijn oren naar achteren vanwege de harde blaasmuziek en ook al gedroeg hij zich vreedzaam, de aanwezigheid van een hond, en dan nog wel zo'n grote, bevreemdde de andere gasten van de gouverneur. Ook al omdat iedereen ter ere van de verjaardag van keizerin Augusta Victoria in zijn beste kleren verschenen was. De heren in witte pakken of paradeuniformen, de dames in lichte, met kant afgezette jurken. Sommigen droegen zelfs de intussen in Europa zo populaire wijde blouses met daarbij lange, nauwe rokken, maar geen van de vrouwen waagde het zonder ondersteunend korset in de openbaarheid te verschijnen. Ook Charlotte, die dat vervelende kledingstuk meestal niet droeg, had zich vandaag ingesnoerd.

'Je zult hem buiten vast moeten binden als we naar de ontvangstzaal gaan,' zei George en hij voegde er zachtjes aan toe: 'dan hebben we in elk geval een smoes om gauw weer weg te gaan.'

'Sst,' reageerde Charlotte, ofschoon niemand bij het lawaai van de blaasmuziek iets gehoord kon hebben.

Tot slot van de parade stelden de met zweet bedekte troepen zich saluerend voor de gouverneur op en de kapel speelde 'Heil dir im Siegerkranz, Retter des Vaterlands...' Von Rechenberg bedankte de troepen met een korte speech in het Swahili. Vervolgens richtte ook luitenant-kolonel Von Schleinitz, de commandant van de beschermingstroepen, enkele woorden tot zijn askari, waarbij Charlotte vaststelde dat de toespraak van Von Rechenberg weliswaar minder energiek had geklonken, maar wel in een uitstekend Swahili was uitgesproken. De gouverneur was ook uiterlijk allesbehalve een officier. Gezicht en figuur waren eerder plomp en gedrongen, de enorme donkere snor ontsierde hem meer dan dat hij er knapper van werd. Toch was hij een competente politicus en Afrikakenner. Hij was jarenlang districtsrechter in Duits Oost-Afrika geweest en had daarna het ambt van consul op Zanzibar bekleed. Bij de gelegenheid van een officieel bezoek aan de kliniek voor de inheemse bevolking had Von Rechenberg dokter George Johanssen ontmoet en was gebleken dat de gouverneur een enthousiast lezer van zijn boeken en artikelen was. George had een poosje met hem gepraat en later met waardering aan Charlotte verteld dat Von Rechenberg niet alleen vloeiend Swahili, maar ook Arabisch en Gujarati, de taal van veel Indiërs, beheerste. Aan dit half uur durende gesprek hadden ze de uitnodiging voor de huidige receptie in het gouvernementspaleis te danken.

'Kom, mijn schat,' drong George aan en hij duwde haar de zaal in. 'Laten we iets te eten nemen, anders is straks al het lekkers weg. Ik heb kaviaar op hardgekookte eieren gezien.'

Binnen werden al de eerste toespraken gehouden. George pakte twee glazen van een blad en gaf er een aan Charlotte. Het was koele ananassap, gemixt met iets scherp alcoholisch en erg lekker. Ze voelde hoe hij ongedwongen een arm om haar schouders legde en omdat ze midden tussen de Indische zakenlui stonden, leunde ze heimelijk tegen hem aan. Ze luisterden naar de gezwollen woorden van een ambtenaar die de keizerin als beschermster van de Duitse kolonie kenschetste en tegelijk de grote verworvenheden van het bestuur in Duits Oost-Afrika prees.

'Heb je dat gezien?' fluisterde George in haar oor. 'Die Willi von Roy heeft zich onder de gasten gemengd. Daar rechts staat hij met papier en potlood en gespitste oren.'

De man naar wie George met zijn kin wees kwam op Charlotte totaal onopvallend over, op straat had ze hem waarschijnlijk niet opgemerkt. Dus dat was de gevreesde uitgever van de *Deutsch-Ostafrikanische Zeitung* die de gouverneur belasterde als 'negervriend', de Afrikanen werkbeesten noemde en de inspanningen van Von Rechenberg om de landbouw van de Afrikanen te bevorderen bitter bestreed. Willi von Roy had de Duitse planters achter zich en wakkerde graag hun haat voor de gouverneur aan, die zelf weinig mogelijkheden had om zich tegen de kwaadaardige pen van de journalist te verdedigen.

Na de zoveelste speech en nog een glas van het verraderlijke sap fluisterde Charlotte: 'We kunnen nu wel weg, toch?'

Inderdaad begaven sommige gasten zich al naar de uitgang, vooral zakenmensen die naar hun winkel wilden. 'Een ogenblik nog, lieveling. Ik wil mijn betoverende echtgenote graag aan de gouverneur voorstellen...'

'Je betoverende echtgenote is aangeschoten...'

'Des te beter.'

George leidde Charlotte tussen de gasten door die intussen groepjes gevormd hadden. Men bleef onder elkaar. Indische en Ghanese zakenlui wisselden nieuwtjes uit, Arabische handelaren spraken met elkaar in hun eigen taal, de lagere Duitse ambtenaren mengden zich niet onder hun meerderen. Alleen de vrouwen zaten ongedwongen bij elkaar, al leek ook hier een zekere rangorde te bestaan die zich uitte in houding en manier van spreken en die zonder twijfel samenhing met de positie van hun echtgenoten. George trok zich er niets van aan en begroette in het voorbijgaan kennissen van alle rangen en standen, schudde zijn collega dokter Kalil de hand en zei gedag tegen een van de zwarte bedienden wiens moeder hij een paar dagen eerder in de kliniek behandeld had. Niemand leek het hem kwalijk te nemen. Charlotte had het gemak waarmee George zich in gezelschap bewoog altijd bewonderd. Het viel hem niet moeilijk sympathie op te wekken en tegelijk wist ze dat hij in werkelijkheid geen enkele echte vriend had. George Johanssen hield zijn innerlijk zorgvuldig verborgen, zelfs de vrouw van wie hij hield liet hij slechts aarzelend binnen in die verboden kamer.

De gouverneur was in gesprek met twee jonge officieren, een luitenant-kolonel en een luitenant die duidelijk net vanuit Duitsland gearriveerd waren. Von Rechenberg onderbrak hun discussie om zich tot dokter George Johanssen en zijn echtgenote te wenden. Ondanks zijn onaantrekkelijke uiterlijk bezat de gouverneur een innemende glimlach en hij kuste Charlottes hand op een lichte, bijna gracieuze manier. Von Rechenberg was al een eind in de veertig en nog steeds niet getrouwd, wat zijn vijanden aanleiding gaf allerlei boosaardige vermoedens te uiten.

'U komt uit Oost-Friesland, mevrouw? Dat zou ik eerlijk gezegd nooit geraden hebben. En naar ik gehoord heb schrijft u ook?'

'Zo nu en dan...' reageerde Charlotte, die haar best moest doen om niet te laten merken dat ze aangeschoten was.

'Hebt u over de vele gevallen van de pokken gehoord, dokter Johanssen?' vroeg Von Rechenberg. 'Vooral bij de Kilimanjaro en in Usambara worden ze steeds talrijker de laatste tijd. Ook in het gebied van de centrale spoorlijn doen zich epidemieën voor.'

'Ja, ik heb erover gehoord. Er worden ook steeds meer mensen die lijden aan de pokken naar de kliniek gebracht. Tragisch, want als de ziekte eenmaal uitgebroken is, komt onze hulp te laat. Het enige wat we kunnen doen is de familieleden inenten. Maar we bereiken er maar weinig.'

'Juist. We plannen voor het komende jaar een groots opgezette inentingscampagne om zo veel mogelijk Afrikanen te beschermen. Daarvoor hebben we natuurlijk veel vrijwilligers nodig, voornamelijk artsen...'

Charlotte schrok. Wilde hij George echt verplichten om met een groep collega's rond te reizen om de Afrikanen tegen de pokken in te enten? Grote god, hoe noodzakelijk en verdienstelijk dat werk ook mocht zijn, George was niet gezond, de koorts kon op zo'n inspannende reis gemakkelijk weer opvlammen.

'Wel, ik vind het een goede zaak. Als mijn bezigheden in de kliniek het toestaan, sta ik graag tot uw beschikking.'

'Daar hou ik u aan, dokter Johanssen. Mevrouw Johanssen, het zou me een plezier doen u binnenkort weer te ontmoeten, feesten en partijen zijn er gelukkig genoeg bij ons. Het was me een groot genoegen...'

Hij maakte een kleine buiging, pakte een nieuw glas en keerde zich naar een Indiër die geduldig gewacht had op een kans om met hem te praten. Charlotte voelde hoe George zijn arm licht om haar schouders legde en haar richting de uitgang dirigeerde.

'Moest je hem dat nou beloven?'

'Alleen als het werk in de kliniek het toelaat, mijn schat. En ik denk niet dat dat het geval zal zijn.'

Van buiten drong hondengeblaf tot hen door en een dof gerommel kondigde een onweersbui aan.

'Van wie is dit verdomde dier?' brulde een jonge witte officier met schorre stem die duidelijk een paar glazen te veel had gedronken. Zijn gezicht was rood aangelopen, zijn ogen stonden glazig. 'Als dat beest niet onmiddellijk ophoudt met janken, knal ik het af.'

'Die hond is van mij,' zei Charlotte tegen de dronken man. 'Als u het waagt uw wapen op hem te richten, krab ik u de ogen uit.'

'Kijk maar uit, jonge vriend,' voegde George er grijnzend aan toe. 'Ze doet het echt.'

Charlotte maakte Simba los, die blij zijn snuit tegen haar buik drukte en zo haar jurk bedierf en toen renden ze ervandoor in de hoop het korte stuk naar huis nog met droge voeten af te kunnen leggen, maar ze raakten doorweekt door de neerkletterende regen voor ze de reddende poort in de muur bereikten.

Simba, die een geweldige hekel had aan regen, sprong haastig vooruit. George pakte Charlottes hand en rende vrolijk naast haar, zijn gezicht naar de hemel opgeheven om het regenwater in zijn mond op te vangen. Charlotte trok de hoed van haar hoofd, haar natte rok kletste tijdens het lopen tegen haar benen, maar het maakte haar niets uit. Druipend en lachend liepen ze de binnenplaats van hun huis op, waar de regen de vijver in een borrelende zee veranderd had en bleven hijgend in de hal staan. Het water liep uit hun haar over hun gezichten, Simba schudde zich heftig uit en besproeide de toegesnelde bedienden met een regen aan druppels. Beduusd keken de Afrikanen van de een naar de ander. Waren daktari en bibi Johanssen dronken of zelfs ziek?

In de slaapkamer stroopten ze hun natte kleren af en bedreven onstuimig de liefde, hun lichaam en haar nog nat van de warme vloed, het lawaai van de donder en de neerstortende regen in hun oren. Later, toen George een laken over hen heen trok, constateerden ze dat ze niet eens de bamboe jaloezieën naar beneden hadden gedaan en giechelden.

Februari 1909

De hutten van de Waschamba stonden dicht op elkaar op een kale bergtop. Ertussen heerste een onoverzichtelijke warboel van kippen, geiten, honden en rondlopende kinderen. Onder een paar bananenstruiken die naast het onderkomen van het stamhoofd groeiden, zaten de bezoekers op een kluitje bij gebrek aan ruimte. Jonge krijgers, bewapend met speren en stokken, bewogen zich in kleine groepjes tussen de hutten. Ogenschijnlijk kalm namen ze de pas aangekomenen op, zwijgend en afwachtend, met een spoor van wantrouwen. Eerder, toen ze hun gasten tegemoet waren gelopen om ze naar het dorp te begeleiden, waren het er tien of vijftien geweest, nu echter leken er steeds meer van die bijna naakte knapen uit de bodem tevoorschijn te komen.

De vijf askari zweetten in hun uniformen, weerden met halfslachtige bewegingen de vliegen af en keken mismoedig naar het groepje dorpsoudsten dat nog steeds levendig aan het ruziën was over de voors en tegens van de inentingskwestie. George had zich met Charlotte in de spaarzame schaduw van een bananenstruik teruggetrokken, naast hen hurkte de tolk en Simba was een eindje verderop in het stof gaan liggen. De andere medereizigers waren aan de voet van de heuvel bij de rijdieren achtergebleven. George had liever afgezien van de askari en de tolk, maar de gouvernementele regering had ze aan hen toegewezen en alle protesten waren aan dovemansoren gericht.

'Ze zeggen dat hun voorvaderen hen altijd hebben beschermd,' zei de tolk die zelf een Waschamba was. Hij had op een missiepost Swahili en zelfs wat Duits geleerd. Hij droeg een afgedragen wit uniformjasje en een Arabische pofbroek, maar zijn grootste trots was een gerafelde strohoed die in Duitsland gemaakt was.

'Als ze zich nu laten inenten, is het mogelijk dat de voorvaderen boos worden...'

George knikte. Hij had zich al in Neu Kronau met de taal van de Waschamba beziggehouden en kon ze goed verstaan. Deze afgelegen dorpen waren tot nu toe van de pokken verschoond gebleven, maar ook in de door epidemieën getroffen gebieden waren ze niet altijd met open armen ontvangen. Anders dan andere artsen dwong George niemand tot inenting, hij vertrouwde op zijn besliste optreden en overredingskunst.

De zwarte kinderen bleven bij de bezoekers uit de buurt en bekeken hen vanaf veilige afstand. Het waren mooie kinderen, nieuwsgierig en ondeugend, helemaal niet bang en toch voorzichtig, zoals ze geleerd hadden. Charlotte had ze graag gefotografeerd, maar ze had al haar platen allang gebruikt.

Er waren geen vrouwen te zien. Ze hielden zich in hun hutten verborgen en observeerden de gebeurtenissen waarschijnlijk door de kieren. Af en toe zorgde de wind voor een stofwolk en zette de bladeren van de bananenstruiken in beweging, het droge loof voor de ingang van de hutten ritselde. Een gele hond waagde zich tot op een paar passen van Simba, maar die negeerde hem volledig. Het was veel te warm om onnodig energie te verspillen.

Ze waren sedert vier weken in het noorden van Usambara onderweg om de Afrikanen tegen de pokken in te enten. George had uiteindelijk toegegeven aan het dringende verzoek van de gouverneur, maar deze keer had hij Charlotte gevraagd met hem mee te gaan. Aanvankelijk was ze er niet helemaal zeker van of dit aanbod oprecht gemeend of een voorwendsel was, want hij had haar beloofd geen expedities meer te ondernemen. Toen ze toestemde was zijn blijdschap daarover zo duidelijk dat ze zich schaamde voor haar wantrouwen.

'Het is weliswaar geen rit door de Sahara, maar desondanks een reis door een weinig onderzocht gebied. Je moet niet raar opkijken als we door de daar levende Afrikanen vijandig worden bejegend.'

'Door de Waschamba? Lieve hemel...'

Hij grijnsde omdat hij het zelf ook niet echt geloofde en werd toen ernstig.

'We zullen veel ellende te zien krijgen, Charlotte. Kinderen met de pokken zijn geen mooi gezicht. Ik zeg het alleen om je erop voor te bereiden.'

'Ik weet hoe iemand die de pokken heeft eruitziet, George. In Leer waren er vroeger ondanks de inentingen meerdere gevallen. Sommige ouders beweerden zelfs dat hun kinderen door de inenting pokken hadden gekregen.'

'Dat is nagenoeg onmogelijk,' wierp hij enigszins geïrriteerd tegen. 'Het serum wordt van het korstje van de koepokken gemaakt en daar kunnen mensen niet ziek van worden. Men noemt het vaccinatie.'

'Wanneer vertrekken we?'

'Denk nu niet dat het een avonturenreisje wordt, mijn schat. Je moet me bij mijn werk assisteren en daarover zal ik je instrueren.'

Ze was enthousiast, luisterde oplettend naar zijn uitleg, bekeek vol ontzag de instrumenten, het verband en de kleine glazen flesjes met het serum. Het was haar taak al deze dingen op een witte doek uit te stallen en hem aan te reiken wat hij nodig had. Later moest ze de flesjes weer afsluiten, de lancetten schoonmaken en alles weer inpakken. Het stelde niet veel voor, maar ze maakte deel uit van zijn werk en dat maakte haar trots. Daarnaast nam ze zich voor haar camera mee te nemen en een serie buitengewone opnames te maken.

Eind januari, toen de wegen in het gebergte na de regentijd weer begaanbaar waren, reisden ze met de Usambaratrein over de bloeiende savanne. In Mombo wachtte Schammi hen op met de ezelwagen om Elisabeth naar Neu Kronau te brengen. Daar zou ze blijven tot Charlotte en George van hun missie terugkwamen en haar weer mee naar Dar es Salaam zouden nemen. Schammi kwam nogal kortaf op Charlotte over. Ze dacht een stil verwijt in zijn ogen te lezen, maar in haar gelukkige opwinding maakte ze zich er niet druk over. Waarschijnlijk had hij de woede van beheerder Husdahl gewekt en een van diens onbeheerste donderbuien over zich heen gekregen. Nu, Klara zou hem wel weten te troosten.

De tocht naar het noorden van het gebergte was inspannend, want George had een hekel aan de wegen en leidde de groep in plaats daarvan over de paden van de Afrikanen door onherbergzaam gebied. Gehuld in een zachte ochtendmist ontvouwde de natuur zich in een overweldigende schoonheid voor hen. Geen witte was in staat de planten en bomen te benoemen die in dit ongerepte bos groeiden en ook de kleurige bloemen die de bergweiden bedekten waren hun slechts voor een klein deel bekend.

En weer leerde ze haar man van een nieuwe kant kennen. George leidde de kleine groep reizigers met veel tact. Bij belangrijke beslissingen raadpleegde hij zowel de mening van de askari als van de andere deelnemers, voornamelijk bekeerde Waschamba. Pas dan gaf hij zacht en met een rustige stem zijn instructies, die onmiddellijk opgevolgd werden. In het begin had hij zich in de dorpen op de tolk verlaten, later sprak hij de bewoners zelf aan, legde uit waarvoor ze gekomen waren en vergat nooit zijn diensten als dokter aan te bieden. Hij toonde respect voor de genezingsmethoden van de medicijnmannen en wanneer het tot een ontmoeting kwam, begroette hij hen als gelijkwaardige collega's. Vaak behandelde hij wonden en gaf middelen tegen kramp en diarree, maar gaf ook eerlijk toe dat hij tegen de slaapziekte en andere tropische aandoeningen geen werkzame medicijnen bezat. Als hij een zieke behandelde was hij heel serieus en enig ongenoegen tussen hen ontstond alleen dan wanneer Charlotte niet snel genoeg de gevraagde medicijnen, verband of instrumenten aangaf.

Eindelijk leek er een beslissing genomen te zijn door de raad van de oudsten, want een paar van de grijsaards kwamen overeind terwijl het stamhoofd, een kleine uitgemergelde man die behalve een leren schortje niets aanhad, voor de hut bleef zitten.

'Ik denk dat je zo onze kisten kunt uitpakken,' zei George, die dergelijke situaties goed aanvoelde en de uitkomst zag aankomen. Inderdaad stuurde het stamhoofd direct daarop een jonge krijger naar hen toe met het verzoek zijn volk tegen de pokken te beschermen. De askari ontspanden zich, de mannen grepen naar hun meegebrachte waterflessen en gunden zich een slok, hun geweren voor het grijpen op hun knieën. George stuurde een van hen naar de wachtende begeleiders beneden om de medicijnkisten naar boven te brengen. Vervolgens legde hij het stamhoofd uit dat hij geen zieken kon inenten, maar dat alle gezonde mensen hun linkerarm moesten wassen en in een rij gaan staan.

Terwijl Charlotte serum, lancetten en verband uitpakte en een witte doek over de kist gooide om alles op uit te stallen, werd ze door talrijke ogen wantrouwig bekeken, en al liet ze niets merken, ze was gespannen over hoe de ceremonie deze keer zou verlopen.

De gehoorzaamheid van de Afrikanen hing af van de autoriteit van hun stamhoofd. Als hij door iedereen geaccepteerd was, volgden de meesten hem zonder tegenspraak. Alleen de vrouwen, die bang waren voor het lot van hun kinderen, protesteerden altijd. Veel vrouwen verstopten hun kleintjes, andere moesten met geweld uit hun hutten worden getrokken en zelfs de woede van hun mannen kon hen er niet toe brengen hun baby's aan de daktari uit Europa over te dragen. Was het stamhoofd echter zwak, dan lieten maar weinig bewoners zich inenten. De anderen keken met een donkere uitdrukking op hun gezicht toe, sommigen spuwden zelfs op de grond en verwensten de witte daktari die hun stambroeders in de arm sneed en verklaarde dat deze kleine wond snel een etterbuil zou worden die later zou uitdrogen en afvallen. Hoe moest zo'n gezwel tegen de pokken beschermen? Het was veel waarschijnlijker dat je er ziek van werd en doodging.

In dit dorp wilde het stamhoofd moedig als eerste de procedure over zich heen laten komen. Tot Charlottes verbazing stond hij daarvoor niet op, George moest naast hem knielen en hem de inenting zittend toedienen. Intussen waren bijna alle dorpsbewoners op de been, ook de vrouwen hadden hun hutten verlaten en verdrongen zich nieuwsgierig rondom hun stamhoofd om te zien wat de witte daktari met hem deed.

Het dorpshoofd verdroeg de pijn zonder een spier te vertrekken, hield zijn arm stil terwijl George de in serum gedrenkte katoenen draad in de wond legde en er ten slotte een verbandje omheen wikkelde. Het dunne windsel diende er alleen toe de wond enigszins schoon te houden. Morgen of misschien al die avond zou het sowieso afgerukt worden omdat de ingeënte wilde zien of de aangekondigde etterbuil al zichtbaar was. Als dat het geval was, zo had de daktari hun uitgelegd, was de inenting succesvol.

Aarzelend waren nu ook de anderen bereid de ingreep te ondergaan. Allereerst de jonge krijgers, die zich echter veel minder dapper dan hun stamhoofd toonden en bij het kleine sneetje de meest afschuwelijke gezichten trokken. Erger was het bij het inenten van de kinderen, vooral de kleintjes op de arm van hun moeder begonnen vaak te huilen. Veel huilden al voordat ze aan de beurt waren. Charlotte keek bezorgd naar de glazen schaal met de katoenen draadjes. Het was het laatste dorp van hun reis, hopelijk hadden ze genoeg om alle dorpelingen van een inenting te voorzien.

Toen ze tegen de middag afrondden waren er nog vijf draadjes over in de schaal.

George werd gevraagd naar een van de vrouwen van het dorpshoofd te kijken die ziek in haar hut lag, een groot bewijs van vertrouwen. Hij pakte zijn dokterstas, maar toen Charlotte hem wilde volgen, schudde hij zijn hoofd.

‘Pak de spullen bij elkaar,’ zei hij een beetje verstoord.

‘Misschien heb je me nodig…’

‘Doe alsjeblieft wat ik zeg, Charlotte.’

Ze gehoorzaamde, al was ze gekwetst. Waarom wilde hij haar beschermen terwijl hij zichzelf in gevaar bracht? Vermoedelijk was de ziekte van de arme vrouw besmettelijk, maar had Shira, de Indische verpleegster, hem in de kliniek in dergelijke gevallen niet ook geassisteerd? Even welde opnieuw de jaloezie in haar op, maar op dat moment begreep ze dat George haar uit liefde wilde beschermen en schaamde ze zich.

De witte daktari bleef niet lang in de hut en Charlotte nam bedrukt aan dat hij niets had kunnen doen. Ze had het bij het rechte eind, dat zag ze aan zijn verbeten gezicht toen hij naar buiten kwam. Ondanks de korte blonde baard kon ze duidelijk de twee verticale groeven rechts en links van zijn lippen onderscheiden die zich diep in zijn wangen hadden ingegraven.

George bedankte heel uitgebreid voor het aanbod om in het dorp te overnachten. Charlotte verstond enkele zinnen van het Waschambadialect en begreep dat hij nog vandaag een stuk van de route bergafwaarts richting Neu Kronau wilde afleggen. De reis was ten einde. Als alles volgens plan verliep, zouden ze de volgende middag al op haar plantage zijn. Ook al verheugde ze zich op het weerzien met Klara en Elisabeth en was ze nieuwsgierig naar de vorderingen op Neu Kronau, toch voelde ze zich onverklaarbaar triest, alsof met het ten einde komen van deze reis iets kostbaars onherroepelijk verloren zou gaan.

Het korte gesprek met George gedurende de terugweg hielp niet echt haar stemming te verbeteren.

‘Wat had de vrouw in de hut? Had ze de slaapziekte?’ vroeg ze voorzichtig.

Voor de eerste keer deze reis maakte George een uitgeputte indruk. Hij deed echter moeite een lachje tevoorschijn te toveren.

‘Nee, Charlotte. Ik vermoed dat ze syfilis heeft. Waarschijnlijk al sinds enkele jaren, de arme ziel is met zweren overdekt.’

‘Maar dan...’

Hij knikte somber en kneep zijn ogen samen alsof hij boos was.

'Zeker. Ze zal niet de enige zijn. De dorpsoudste heeft vier vrouwen en hij is zelf ook ziek.'

'Is hij daarom blijven zitten?'

'Waarschijnlijk is zijn rug zo kromgegroeid dat hij niet meer kan staan. Het is tragisch, Charlotte. We proberen hen tegen de pokken te beschermen, maar we hebben geen middelen tegen de vele tropenziektes en ook niet tegen de syfilis en tuberculose die we waarschijnlijk zelf naar Afrika hebben gebracht. Wie wil de kostbare behandeling voor deze vrouw betalen? We kunnen niet eens wat doen voor hun gezamenlijke kinderen die zonder twijfel ook besmet zijn.'

Ze voelde zijn hulpeloze woede, die zich niet alleen tegen de hoge prijzen van medicijnen en de onverschilligheid van witte artsen richtte. Zijn woede gold Gods schepping zelf die de een tot lijden veroordeelde, terwijl hij ander een lekker leventje schonk.

'Vermoedelijk zorgt de inenting ervoor dat de syfilis des te sneller in het lichaam van het stamhoofd voortwoekert. Het is mogelijk dat hij zelfs in de komende dagen al sterft.'

Charlotte zei niets. De inenting belastte het lichaam, sommigen hadden dagenlang koorts. In zo'n situatie konden andere ziekten uitbreken die de ingeënte al bij zich droeg. Juist om deze reden vermeed men het zieke mensen tegen de pokken in te enten. In dit geval had George het toch gedaan omdat anders het hele dorp had geweigerd.

'Wat verschrikkelijk,' mompelde ze ontdaan. 'In elk geval zijn tenminste de anderen nu tegen de epidemie beschermd. In principe is het geweldig dat de regering deze maatregelen treft. Je hebt gelijk, George, die Von Rechenberg is weliswaar een beetje merkwaardig, maar hij is een bekwame man.'

'Natuurlijk,' antwoordde hij met een bitter glimlachje. 'Je moet alleen niet denken dat we enkel uit humane overwegingen zo veel geld uitgeven. Het zijn de zwarte arbeidskrachten die de regering moet behouden, hoe moet de kolonie anders geld opleveren?'

Ze overnachtten op een bergweide aan de oever van een heldere beek. Nog één keer werden de tenten opgezet. De kok vilde de twee konijnen die de Askari hadden geschoten en bereidde daar een maaltijd mee.

George trok zich al vroeg in de tent terug. Hij vulde bij het schijnsel van de petroleumlamp de laatste lijsten voor de regering in en maakte aantekeningen. Toen Charlotte, die bij het vuur met de tolk had zitten praten, even later onder het tentdoek kroop trof ze haar man al in bed aan.

'Kom bij me.'

Hij strekte zijn armen naar haar uit en ze kwam glimlachend naar hem toe, in afwachting van een laatste heerlijke liefdesnacht onder het tentdoek midden in de wildernis. Ze werd teleurgesteld. Zijn omhelzing was liefdevol en ongebruikelijk zacht. Er lag een zwaarmoedige tederheid in besloten waar ze van schrok. Ze begreep plotseling hoe hulpeloos hij zich voelde in deze wereld die hij als boosaardig ervoer en die hij toch niet veranderen kon. Hij leek bijna een kind dat bescherming bij haar zocht. Ze had hem nog nooit zo meegemaakt, zelfs niet tijdens zijn koortsaanvallen. Ontroerd vlijde ze zich tegen hem aan, streek met haar vingers door zijn warrige haar en kuste zijn slapen en oogleden.

'En, hoe is onze reis je bevallen?' mompelde hij met een spoortje van zijn vertrouwde ironie. 'Was het dat grote avontuur dat je samen met mij beleven wilde?'

Hij had de lamp uitgedaan, maar ze kon zijn ogen zien glinsteren. Ze waren vernauwd en leken haar heel licht.

'Dat was het, George. Het was oneindig mooi en tegelijk treurig en vol verschrikkingen. Ik ben heel blij dat ik dat alles met jou heb mogen meemaken.'

Hij verborg zijn gezicht tegen haar schouder en bleef zo lang roerloos liggen dat ze dacht dat hij al in slaap gevallen was. Toen hoorde ze hem zachtjes fluisteren.

'Jij bent het anker dat me vasthoudt. Het huis dat me herbergt. De haard die me verwarmt. Zonder jou ben ik een verloren ziel, Charlotte.'

Hij ademde diep in, kuste haar hals, haar schouder, en ze voelde het snelle kloppen van zijn hart. George Johanssen had in dit ogenblik meer van zichzelf laten zien dan ooit tevoren.

'Ik hou van je,' fluisterde ze en ze wist dat deze woorden bij lange na niet toereikend waren om uit te drukken wat ze voelde. 'Ik zal je nooit verlaten, zo lang als ik leef.'

Hij drukte zich even dicht tegen haar aan om haar toen abrupt los te laten en op zijn rug te gaan liggen. Het moment was voorbij.

'Laten we een paar dagen op je plantage blijven,' stelde hij voor. 'Ik heb zin om met je rond te rijden en te kijken of alles in orde is. Als je wilt zal ik ook mijn mening geven, maar jij bent de baas, mijn schat.'

De volgende avond bereikten ze de weg die naar Neu Kronau voerde en de eerste aanplant verscheen links en rechts langs de weg. De rijders hadden de ondergaande zon in de rug, hun schaduwen strekten zich smal en lang voor hen uit. Toen de straat een bocht maakte legden hun donkere silhouetten zich over de omheiningen en hekken van de weilanden. Alles zag er goed uit. De jonge sisalplanten hadden de regens overleefd, bruine koeien en schapen graasden bedaard in de wei en toen ze bij de eerste koffieboompjes aankwamen, gleed Charlotte uit het zadel om ze van dichtbij te bekijken.

'Ze hebben knoppen gevormd,' jubelde ze terwijl ze opgewonden tussen de rijen boompjes door liep en hier en daar een twijg naar beneden boog. 'Hele bosjes knoppen. Als over een paar weken de regentijd begint, zullen ze bloeien.'

'We moeten een grote bos voor Klara plukken als welkomstgeschenk,' zei George grijnzend en hij had plezier in haar verontwaardiging. Geen twijgje aan haar boompjes mocht gebroken worden, de kostbare witte knoppen moesten allemaal, zonder uitzondering, in bloei komen en zich tot rode bessen ontwikkelen.

Niet alle koffieplanten waren in gelijke mate goed opgekomen. Sommige kwakkelden en hadden maar een paar knoppen voortgebracht, maar de meeste vertoonden een rijke dracht en Charlotte geloofde het bitterzoete aroma van de draadachtige bloemen al te kunnen ruiken.

'Wat fijn dat ik met een rijke plantagebezitster ben getrouwd,' grapte George. 'Maar laten we nu naar het huis rijden, mijn schat. Hoe mooi ze ook zijn, ik denk dat niemand van ons zin heeft om de nacht tussen jouw boompjes door te brengen en koffieknoppen als avondeten te knabbelen.'

Opgewekt steeg ze weer op haar paard en lachte om zijn scherts. De terneergeslagen hulpeloze man van gisternacht bestond niet meer. George had haar nog voor het eerste ochtendlicht met tedere begeerte gewekt, hun korte samenkomen was een van de heftigste die ze ooit met elkaar beleefd hadden. Daarna was er weinig tijd voor een intiem gesprek overgebleven. Buiten voor de tent waren de bedienden al druk bezig met inpakken en de kok maakte het ontbijt klaar. George was weer de ironische spottende man en daarnaast de betrouwbare gids en aanvoerder van hun kleine groepje. Charlotte zwoor voor zichzelf dat ze dat korte moment waarin hij haar zijn kwetsbaarheid had geopenbaard voor altijd in haar hart zou bewaren.

De askari en de zwarte bedienden zouden de nacht in Neu Kronau doorbrengen en morgen naar Mombo afdalen en vandaaruit op kosten van de regering met de Usambaratrein naar Tanga terugkeren.

In het schijnsel van de ondergaande zon arriveerden ze bij het toegangshek van de plantage. De witgepleisterde woongebouwen hadden een rossige glans, struiken en acacia's doemden donker voor de rode hemel op.

'De aanbouw is klaar,' riep Charlotte enthousiast. 'En nog een tweede bijgebouw aan de andere kant.'

'Een harde werker, die Noor, ook al is hij een beetje eigenaardig...' zei George. 'Kijk, ze hebben ons gezien.'

Martha Mukea kwam uit het nieuwe bijgebouw met een emmer in haar hand, de oude Kerefu strompelde achter haar aan en hield zijn hand boven zijn ogen om beter te kunnen zien in de schuin vallende stralen van de ondergaande zon. Wat ze tegen elkaar zeiden konden ze niet verstaan, maar Martha Mukea zette de emmer neer en liep haastig het huis in terwijl Kerefu met zijn armen zwaaide en iemand riep.

Twee jonge mannen kwamen uit de stal tevoorschijn, een van hen was Jonas Sabuni, de andere kende Charlotte niet. Direct daarop verscheen Elisabeth op de drempel van het woonhuis, twee kinderen hielden zich vast aan haar rok, de witte Samuel met zijn vlammend rode kroeshaar en de zwarte Ontulwe.

Simba rende blaffend vooruit, liet het stof opdwarrelen op de oprit, stak het rood beschenen grasveld over en schrok de eenden in de grote vijver op uit hun avondrust. Snaterend en kwakend fladderde de schare omhoog, sommige brachten zich in veiligheid in het water, de meeste vlogen over de vijver en kwamen aan de andere kant weer neer.

De huisbedienden kwamen aanlopen om bibi en daktari Johanssen te begroeten, een veilige afstand bewarend tot de vijf gewapende askari.

'*Jambo*, bibi Johanssen! Jambo, wat fijn dat je eindelijk weer bij ons bent!'

'Jambo, bibi Johanssen. We hebben veel om je gehuild. Jambo, daktari. Karibu, wat een geluk.'

'We dachten al dat je ons vergeten was.'

'Nu is alles weer goed. Bibi Johanssen zal ons zeggen wat we moeten doen. Onze goede bazin is weer bij ons.'

Charlotte kon in het rumoer van de stemmen bijna niets verstaan, maar de blijdschap van de Afrikanen leek deze keer wel heel uitbundig. Bij de ingang van het huis was nu ook Klara verschenen. Naast de lange Schammi in zijn enkellange kaftan leek haar nichtje nog kleiner en breekbaarder.

Elisabeth hield Charlottes paard vast terwijl ze afsteeg en viel haar moeder om de hals zo gauw ze uit het zadel was.

'Mama, gelukkig dat je er bent! Het is echt vreselijk allemaal. Oom Peter had deze keer echt gelijk, maar die verdomde kerel brulde als een krankzinnige. Moet je je voorstellen, hij zou oom Peter met de zweep hebben geslagen als tante Klara en ik niet tussenbeide gekomen waren...'

'Wat? Over wie heb je het?'

Charlotte duwde het meisje een eindje van zich af om haar gezicht te kunnen zien. Elisabeths blauwe ogen waren samengeknepen van woede, haar uitdrukking was oprecht verontwaardigd.

'Over wie ik het heb? Over meneer Husdahl natuurlijk, over wie anders. Wat een geluk dat hij weg is.'

'Björn Husdahl is weg? Maar waarom? Sinds wanneer?'

'Sinds een week. En oom Peter is echt heel ziek. Behalve tante Klara mag er niemand bij hem komen. En alleen omdat oom Peter de Afrikanen in zijn school les heeft gegeven zodat ze leren lezen en schrijven...'

Charlotte keek hulpeloos naar Klara, in wier smalle gezicht al het leed van de wereld leek te zijn samengekomen. Peter had een terugval gehad, alle hoop op genezing was tevergeefs geweest.

'George,' riep Elisabeth impulsief en ze maakte zich van Charlotte los om zich in de armen van haar stiefvader te werpen. 'Ach, George, als jij hier was geweest was dat allemaal niet gebeurd. Jij had die kerel zeker tot rede gebracht.'

'Je hebt veel vertrouwen in mijn capaciteiten, juffertje, maar laat de stoffige reizigers eerst eens naar binnen gaan, dan kun je me alles precies vertellen, oké?'

'Je moet gelijk bij oom Peter gaan kijken, George. Dat is het belangrijkste.'

Charlotte hield Klara in haar armen die ter plekke in tranen uitbarstte. Nee, ze had eerder niet gehuild, ze had de hele tijd niets laten merken, vooral Peter mocht niet zien hoe verdrietig ze was, en ook de kinderen en de bedienden...

'Ach, Charlotte, ik ben zo blij dat je er weer bent. Nu kun jij de verantwoordelijkheid voor ons allemaal weer overnemen, samen met George. De Here Jezus helpe mij, maar als die lieve Schammi er niet geweest was had ik me het liefst in de vijver gegooid.'

'Hoe kun je zoiets zeggen, Klara? Je hebt een man en een zoontje.'

'Nee, nee, ik zou het ook niet echt gedaan hebben... Ik dacht alleen soms dat alles dan zo veel gemakkelijker zou zijn. Ik kan helemaal niets doen, Charlotte. Ik kan Peter niet eens helpen... Hij zegt geen woord tegen me.'

'Je moet geduld hebben, Klara. Je weet beter dan ik dat hij na zoiets slechts langzaam weer op de been komt.'

De uitputting van de lange rit was verdwenen. Charlotte was de meesteres van de plantage, het was aan haar de teugels in handen te nemen en ze deed zonder aarzelen wat er van haar verwacht werd. Met vaste stem gaf ze instructie de bagage uit te laden en op te bergen. De paarden te verzorgen. Avondeten voor iedereen te koken. Bedden voor de askari en hun medereizigers op te maken. Waarom waren de lampen niet bijgevuld? Wie had vergeten het kippenhok dicht te doen? Waarom waren de zadels niet gepoetst? Waarom stonden er in de keuken allemaal emmers ongedopte bonen? Waarom was de huiskamer niet geveegd?

'Wat is dat hier voor een janboel? Waarom doet hier niemand zijn plicht zonder dat iemand hem de hele tijd achter de vodden zit? We hebben dorst, Schammi! Martha Mukea, breng de kleintjes naar bed.' Haar zwarte bedienden haastten zich om haar opdrachten uit te voeren en op hun gezichten lag een tevreden glimlach. Niemand nam haar het gefoeter kwalijk, zo was ze nu eenmaal, hun bibi Johanssen. Ze kon boos worden maar ook prijzen. Ze had alles in de gaten, lette op iedereen en zorgde voor eenieder afzonderlijk als een moeder.

Alleen Elisabeth was niet erg enthousiast. Haar viel de taak toe Schammi van zijn geliefde vriendin Ontulwe te scheiden, wat elke keer op een luid huilconcert uitdraaide. Maar tante Klara hield vast aan dezelfde regels als mevrouw Wohlrab in Hohenfriedeberg: witte kinderen mochten wel met zwarte kinderen spelen, ze sliepen echter apart.

'Hè, mama,' kreunde Elisabeth. 'Ik miste je zo en nauwelijks ben je hier of ik moet me alweer aan je ergeren.'

George had geholpen met de bagage. Nu droeg hij zijn dokterstas en zijn koffertje met papieren de woonkamer binnen. 'Klara is boven bij Peter,' zei Charlotte tegen hem. 'Het zou goed zijn als je gelijk bij hem gaat kijken.'

George deponeerde zijn papieren op een veilige plek op het dressoir en grijnsde naar Charlotte. 'Jij bent de baas, mijn schat. Ik zal eens zien wat ik kan doen.'

'Alleen als je denkt dat het zinvol is, George,' riep ze hem na, maar hij liep de trap al op. Alleen Klara en Elisabeth verschenen voor het eten, George bleef boven bij Peter.

'Het is een wonder, Charlotte, hij heeft hem aan het praten gekregen. Ach, je bent met een geweldige man getrouwd. George is zo invoelend en hij zegt precies de juiste dingen.'

'Heb je dat nu pas door, tante Klara?' riep Elisabeth er verbaasd tussendoor. 'George kan alles en hij weet ook alles.'

Charlotte keek glimlachend naar de triomfantelijke uitdrukking van haar dochter en moest aan de avond ervoor denken. Hoe vreemd dat een man als George die zo veel kwaliteiten bezat, toch steeds aan zichzelf en de wereld twijfelde. Bij al zijn slimheid was hij niet in staat het leven te nemen zoals het kwam.

'Wat is er nu eigenlijk gebeurd tussen Peter en Björn Husdahl?'

Haar vraag lokte hevige gemoedsuitbarstingen uit bij alle aanwezigen. Klara kreeg rode ogen en kon slechts met moeite haar tranen inhouden, Elisabeth omklemde strijdlustig haar lepel en ten overvloede bemoeide ook Schammi, die net het eten binnenbracht, zich ermee. Er werd weinig goeds over de Noor gezegd. Hij had de arbeiders zo hardhandig behandeld dat veel van hen waren weggelopen. De anderen waren steeds banger voor de beheerder geworden die sinds Charlotte en George de plantage hadden verlaten, met een *kiboko*, een nijlpaardzweep had rondgelopen.

'Bwana Husdahl lang niet gepraat, alleen met ogen gefonkeld. En dan opeens, als niemand verwacht, brult hij tegen ons als duivel en slaat erop los. Dat geen goede man. Waarom heel huis voor zich alleen gebouwd? Omdat hij daar niet gestoord wordt als hij zwarte vrouwen meeneemt.'

'Wat zeg je daar?' vroeg Charlotte ontsteld. 'Is dat waar, Klara?'

Klara's wangen waren bij Schammi's laatste zin rood geworden en nu knikte ze aarzelend. Ja, ze had vanuit het raam gezien dat 's avonds zwarte meisjes de hut van Husdahl binnenglipten. Waarschijnlijk had hij ze betaald of zelfs gedwongen. De arme zielen waren zeker niet vrijwillig naar hem toe gegaan.

'Was dat de reden voor de ruzie?'

Er waren veel oorzaken geweest. In de eerste plaats was Peter ontzet geweest over Husdahls wrede behandeling van de Afrikanen. Vervolgens had hij zich erover opgewonden dat de beheerder nieuwe arbeiders aanstelde die hij van Arabische mensensmokkelaars betrok. Deze lui zweerden samen met op geldbeluste stamhoofden die hun eigen mensen verkochten, waarna ze gedwongen werden voor weinig geld op de plantages te werken. Het was een nieuwe manier van slavenhandel waar jammer genoeg veel plantagebezitters gebruik van maakten.

Peter speet het vooral voor de vele Afrikanen die van de plantage wegliepen. Hij had velen van hen al tot het christelijke geloof bekeerd, en wat zou er nu van hen terechtkomen?

En inderdaad had Peter in zijn naïviteit aangedrongen op de bouw van een kapel, vooral omdat de beheerder elke zondag naar de dienst in de school kwam. Husdahl had niet eenmaal gereageerd op dit dringende verzoek, in plaats daarvan had hij de missionaris verweten de Afrikanen van hun werk te houden. Waarom moesten ze leren lezen en schrijven? Om de Bijbel vanbuiten te kennen? Om bij de een of andere overbodige godsdienstoefening midden in de week Duitse psalmen te blèren? Bomen moesten ze kappen, onkruid wieden, sisal en aardappels planten. Alleen daarvoor deugden de zwarten, met al die andere onzin hoefde je ze niet te vermoeien. De lieve God zou wel voor ze zorgen, daar had hij geen missionaris voor nodig.

Deze laatste uitlating had tot de definitieve breuk geleid, omdat Peter zich in zijn eer als geestelijke aangetast voelde. Hij had de beheerder een ongewoon scherp antwoord toegeslingerd, het ene woord lokte het andere uit en plotseling had Husdahl zijn zweep tevoorschijn gehaald.

'Hij hield hem in zijn vuist, Charlotte,' vertelde Klara met trillende stem. 'Ik weet niet of hij hem daadwerkelijk geslagen zou hebben, maar alleen al zijn rood aangelopen gezicht en vertrokken mond... Ik ben voor Peter gaan staan en opeens stond je dochter naast me...'

Charlotte zei niets. Ze waren allebei zo dapper geweest en toch had ze hun het liefst op hun kop gegeven. Een zo onbeheerst man als Björn Husdahl was tot alles in staat.

'Volgende ochtend hij was weg,' voltooide Schammi het verhaal. 'Eerst wij waren bang hij naar Mombo gereden om door telefoon met bibi Charlotte te praten. Maar 's middags hij nog steeds niet terug. Martha Mukea heeft in zijn hut gekeken, al zijn spullen waren weg, alleen bed en emmer stonden er nog...'

Wat een vreemd mens. Hij had nog loon tegoed, dat leek hem echter niet te kunnen schelen.

'Het is niet anders,' zuchtte Charlotte. 'We moeten naar een vervanger uitkijken.'

Björn Husdahl was een bekwame man geweest, het zou niet eenvoudig, misschien onmogelijk zijn om een gelijk gekwalificeerde beheerder te vinden.

Pas na uren, toen Elisabeth allang sliep en ook het zachte gesprek dat Charlotte en Klara hadden gevoerd verstomde, verscheen George weer in de woonkamer. Hij zag er bleek en hongerig uit en ook al keken zijn grijze ogen ernstig, om zijn mond kon je het begin van een glimlach zien.

'Hij heeft naar je gevraagd, Klara.'

Charlottes nichtje kwam uit haar stoel omhoog en staarde hem met hoopvolle ogen aan.

'Gaat het beter met hem?'

'Een beetje. We hebben lang gepraat en ik geloof dat hij zich iets lichter voelt. Hij zal zeker kunnen slapen.'

'O, George,' fluisterde Klara gelukkig. 'Ik weet niet hoe ik je moet bedanken.'

Ze maakte een onhandige beweging, alsof ze hem om de hals wilde vallen, maar dat durfde ze toch niet. In plaats daarvan strompelde ze met een zacht gemompeld 'welterusten' de kamer uit. Charlotte luisterde naar de langzame stappen waarmee Klara de trap op ging. Ze zette eerst haar gezonde voet op een tree, dan trok ze zich aan de leuning omhoog en haalde vervolgens haar zieke been bij. Hoe vaak had ze dit geluid niet gehoord in het huis van haar grootmoeder toen ze nog kinderen waren. Ze had altijd het gevoel gehad dat ze Klara moest beschermen en zo was het nog steeds.

Schammi was nog wakker en bracht George een dienblad met allerlei gerechten die hij in de keuken voor hem had bewaard. Terwijl hij de schalen op tafel zette glimlachte hij naar Charlotte. Zijn zorgzaamheid was eigenlijk niet bedoeld voor George, die was bedoeld voor de echtgenoot van zijn bibi Charlotte.

'In het begin kletste hij een hoop onzin,' vertelde George. 'Maar hoe langer het gesprek duurde, hoe helderder hij werd.'

'Hij heeft toch niet weer de duivel gezien?'

'Ik weet het niet, hij had het over maskers en zwarte geesten. Ik heb niet verder gevraagd.'

Ze keek toe hoe hij op de in honing gedrenkte mango aanviel. De dikke maispap liet hij staan, maar hij pakte wel een stuk gerstebrood dat Marta Mukea gebakken had.

'Waarover hebben jullie dan gepraat?'

Hij keek haar met nadenkende ogen aan terwijl hij op het bikkelharde brood knabbelde.

'Over God en de wereld. Afrika en Europa. Zijn ouders, zijn opleiding tot dominee. Op het laatst had hij het over Naliene en de overval. Het verloren paradijs, de duistere macht van de duivel...'

'Arme jij,' verzuchtte ze en ze streelde zijn baardige wang. 'En dat alles heb je urenlang moeten aanhoren.'

Hij hield haar hand vast en drukte die even tegen zijn slaap.

'Hij heeft zijn geloof verloren, Charlotte,' zei hij bezorgd. 'Dat heeft hij niet met zoveel woorden gezegd, maar uit alles wat hij me verteld heeft moet ik dat concluderen. Hij twijfelt aan het bestaan van een goedwillende God, wat voor hem absoluut ongehoord is en wat hij aan niemand kan bekennen, vooral aan zichzelf niet.'

'Weet je dat zeker? Hij wil tenslotte een kapel bouwen en houdt elke zondag een kerkdienst, probeert de Afrikanen tot het christendom te bekeren...'

'Ik weet het, maar in zijn waanvoorstellingen ziet hij zijn twijfel in de tronie van de duivel terug.'

Charlotte haalde diep adem. George' uitleg kon haar niet echt overtuigen. Er leden meer mensen onder twijfels over hun geloof zonder dat ze gelijk aan de waanzin ten prooi vielen. Het leek haar meer voor de hand liggend dat hij niet helemaal goed bij zijn hoofd was, net als een naaimachine die de naden deed scheuren als je de pedalen per ongeluk de verkeerde kant op stuurde. Maar George was de dokter, waarschijnlijk had hij gelijk met zijn vermoeden.

'Ik ben doodmoe,' bekende haar man en hij rekte zich uit waardoor de wankele stoel een bedenkelijk gekraak liet horen. 'Laten we naar bed gaan.'

Ze kleedden zich uit bij het licht van de lamp, glipten in het door

Mukea opgemaakte bed en kropen slaapdronken behaaglijk tegen elkaar aan.

'Je zult hier moeten blijven tot je een geschikte beheerder hebt gevonden,' mompelde George.

Ze wist dat hij gelijk had, alleen beviel haar de gedachte helemaal niet.

'Nee, ik reis over een paar dagen met jou en Elisabeth naar Dar es Salaam.'

Hij knorde, het leek op lachen.

'Denk je soms dat ik niet voor mezelf kan zorgen, mijn schat?'

Dat was inderdaad wat ze dacht, maar ze paste er wel voor op het hardop te zeggen. In plaats daarvan zocht ze zijn lippen en kuste hem.

'Wat denk je van mij?' mompelde ze verwijtend. 'Geloof je soms dat ik wekenlang zonder jou kan?'

April 1909

De vliegen waren deze middag een regelrechte plaag. Vermoedelijk kwamen ze op de geur van de citroenlimonade af of het lag gewoon aan het broeierige weer dat ze in zwermen rondzoemden. Ze kropen over de kleurige kussens die Klara voor de stoelen op het terras had gemaakt, ze gonsden rondom de bloeiende planten in de potten en liepen brutaal over het opengeslagen kasboek waarin Charlotte haar boekhouding bijhield. Klara had een stuk papier tot een waaier gevouwen en probeerde daarmee de opdringerige beesten af te weren, maar de zoemende schare had weinig respect voor haar wapen.

'Het zal wel weer gaan regenen.'

Klara moest een beetje opzijleunen om de hemel te kunnen zien, want het houten afdak boven het terras hield de wolken verborgen. Charlotte keek niet eens op. Het afnemende licht en de voorbijtrekkende schaduwen lieten haar duidelijk weten dat zich daarboven iets aan het samenpakken was. En waarom ook niet? Het moest flink regenen zodat de knoppen aan haar koffieboompjes zouden opengaan.

Klara pakte zuchtend haar naaiwerk weer op. Ze hield niet van de tropische buien die de stoffige aarde in een oogwenk in een rode modderpoel veranderden en het onmogelijk maakten naar buiten te gaan. Het was nu eenmaal regentijd, gelukkig de kleine, al duurde die ook meerdere weken.

'Als Peter nu maar terugkwam,' zei Klara met gedempte stem om Charlotte niet bij haar werk te storen. 'Waarom moet hij ook van die lange wandelingen maken?'

Sinds George en Elisabeth twee weken geleden naar Dar es Salaam waren vertrokken, had Klara zo veel mogelijk Charlottes gezelschap gezocht. Overdag was dat vrijwel niet mogelijk omdat haar bedrijvige nicht meestal onderweg was. Vandaag was het echter betaaldag geweest. Alle arbeiders waren naar het huis gekomen met hun bonnetjes en Charlotte had de hele dag naast de deur achter een tafel gezeten en uitbetaald. Nu was ze bezig de boekhouding op orde te brengen.

'Maak je niet ongerust,' mompelde Charlotte terwijl ze de bedragen netjes noteerde. 'Johannes Kigobo is met hem meegegaan, die past wel op hem.'

'Natuurlijk, je hebt helemaal gelijk. Ik wil je ook niet lastigvallen, Lotte. Ziet het er goed uit voor de plantage? Je kijkt zo ernstig.'

'Het zal er beter uitzien als we de koffie eenmaal geoogst en voor een goede prijs verkocht hebben.'

'Lieve hemel, heb je niet gezegd dat we pas in december kunnen oogsten? Maar we hebben toch aardappels, gerst en groente verkocht?'

'Zeker...'

Charlotte verdiepte zich weer in haar berekeningen. Tot nu toe had de plantage meer gekost dan die opleverde. Vooral de lonen tikten aan en ook levensmiddelen, cement, trekdieren, een nieuwe kar, een paar zwarte runderen, schapen, kippen, gereedschap. De lijst was lang en dat had ze te danken aan haar gierige voorgangster die nog geen hamer of zaag voor haar had achtergelaten en alle beesten, tot de laatste toe, te gelde had gemaakt. Waarschijnlijk zou ze zelfs de eenden in de vijver hebben verkocht als het haar gelukt was ze te vangen. De overleden Karl Manger had tenminste een waterbekken gebouwd voor de schoonmaak en gisting van de koffievruchten. De pers had Charlotte voor veel geld van de weduwe gekocht. Hopelijk werkte het geval. Ze had het naast de stal onder een golfplaten afdak gestald, maar toen ze er laatst naar had gekeken leek de grote trechtervormige kuip haar nogal roestig.

Naast haar hapte Simba naar een vlieg, at hem op en legde zijn kop weer op zijn uitgestrekte voorpoten. Hij kon de plaaggeesten op zijn neus lange tijd goedmoedig observeren, bewoog niet eens als ze de gevoelige huid kietelden, en dan opeens hapte hij toe. Als hij zijn kleine slachtoffer eenmaal opgevreten had, verstarde hij weer roerloos op de grond alsof hij nooit een vlieg kwaad deed.

'Ik hou van het leven hier op Neu Kronau,' begon Klara opnieuw. 'Natuurlijk, in Naliene was het ook fijn, alleen moest ik daar zo hard werken dat ik nu nog niet weet hoe het me gelukt is. Hier hebben we trouwe en vriendelijke Afrikanen om ons heen en ook de natuur is sprookjesachtig mooi. De bergen zien er steeds anders uit. Soms zijn het net machtige donkergroene golven, dan weer zijn ze pastelkleurig in de witte mist en soms zie je een reeks donkere getande lijnen op de blauwachtige grond. En de glinsterende rotsen daarboven, de doorgroefde hellingen. Stoor ik je met mijn geklets, Lotte?'

'Vertel verder, Klara. Ik ben blij dat je het hier naar je zin hebt.'

'O ja, Lotte. Vooral nu ik mijn eigen kleine moestuin heb direct achter het huis. Ik weet dat die lieve Schammi weinig zin heeft om daar te schoffelen en de paardenmest door de aarde te werken, maar hij doet het om mij een plezier te doen. En Sammi, mijn kleine lieveling, heeft al in januari dikke oranje wortels uit de grond gehaald.'

Klara had als kind altijd al geweten hoe Charlotte zich voelde en ook nu had ze Charlottes twijfel en moedeloosheid aangevoeld. Waarom deed ze zo veel moeite voor dit bezit, stak er veel werk en geld in terwijl ze hier zelf niet wilde wonen? Zo gauw ze een nieuwe beheerder had gevonden zou ze naar George en Elisabeth in Dar es Salaam gaan.

'Jij hebt ons een thuis gegeven, Charlotte,' ging Klara verder. 'Dat zullen we nooit vergeten.'

'Ik heb je ook een thuis ontnomen, Klara,' antwoordde Charlotte zachtjes.

'Ach, onzin! Ik ben toen uit vrije wil met jou en Christian naar Afrika geëmigreerd en ik heb er tot nu toe nooit spijt van gehad.'

Klara hield het overhemd waar ze mee bezig was een stukje van zich af om te kijken of de vliegen vlekken hadden achtergelaten op het schone witte katoen.

'Het gaat veel beter met Peter,' vervolgde ze. 'Je had gelijk, Lotte, het was niet echt een ernstige aanval en ging snel voorbij. Natuurlijk ook dankzij George' ondersteuning en alles bij elkaar denk ik dat Peters toestand hier op de plantage is verbeterd.'

Toen de kinderen naar het terras toe kwamen, legde Charlotte haar pen neer. Ze keek nog een keer kritisch naar de rijen getallen en vergeleek ze met de krabbelige cijfers die Husdahl had genoteerd. Hij had een vreselijk, amper leesbaar handschrift, maar zijn boekingen leken te kloppen. Ze klapte het kasboek dicht. Het had weinig zin om verder te gaan wanneer het op het terras zo'n drukte was. Nu voegde ook Mukea zich bij hen om te vertellen dat de apenbroodboom snel zou gaan bloeien en vanaf de andere kant naderde Schammi met de arbeiderslijsten in zijn hand. Zijn betrokken gezicht liet weten dat weer een groot aantal van de door Husdahl nieuw geworven Afrikanen er direct na ontvangst van hun weekloon vandoor waren gegaan, wat haar voor het probleem stelde nieuwe arbeiders te moeten zoeken. Net was ze nog vrolijk geweest, had zich verheugd over Klara's dankbare woorden, nu echter zakte haar stemming weer tot het nulpunt. Ze ergerde zich eraan dat het leven op de plantage op betaaldagen tot stilstand leek te komen. Er was bijna geen arbeider op de velden te bekennen omdat ze allemaal zo nodig naar Wilhelmsthal moesten rennen om bij de eerste de beste Indiër hun weekloon uit te geven aan snuisterijen en andere rotzooi.

Boven hen hadden de wolken zich samengetrokken tot een donkere, dreigende deken, de bergtoppen werden verborgen door de mist en je kon de donder in de verte al horen. In elk geval zouden de kooplustige Afrikanen op hun uitstapje naar Wilhelmsthal flink nat worden. Een windvlaag joeg over het terras. Charlotte kon nog net Klara's naaiwerk grijpen zodat het niet weg zou waaien, maar daarbij prikte ze zich aan een speld.

'Verdomde puinhoop.'

Charlotte voelde Klara's verwijtende blik en schaamde zich. Ze moest niet vloeken waar anderen bij waren en al helemaal niet in de aanwezigheid van de kinderen en het Afrikaanse personeel. Waarom was ze eigenlijk zo geïrriteerd? De arbeiders hadden hun loon eerlijk verdiend, het was alleen jammer dat ze het verkwistten. Ach, het was zoals altijd de scheiding van George waardoor ze onbillijk werd en een hekel aan zichzelf kreeg.

'Mama, de bomen vliegen,' riep Sammi en hij wees opgewonden naar het bosje eucalyptusbomen dat zich ten zuiden van hen in de buurt van de arbeidershuisjes bevond. De zonet nog bewegingloze twijgen zwiepten nu heftig in de wind. Vogels fladderden op en zochten beschutting in de naburige struiken. Ook de geiten op het weiland dromden bij elkaar, alleen de muildieren en de paarden graasden doodkalm verder.

'Grote God, het barst zo los. Waar blijft Peter? Hij zal toch niet door het onweer overvallen worden...'

'En wat dan nog, Klara? Hij zal wel ergens kunnen schuilen. Het is tenslotte niet de eerste tropenbui die hij meemaakt.'

Mukea tilde de kinderen van Klara's schoot en hielp haar de op tafel verspreid liggende klosjes garen en speldenkussentjes te verzamelen. Schammi droeg de kleurige kussen het huis in en Charlotte klemde het kasboek en alle papieren onder haar arm. Boven hen donderde het alsof een enorme zak gevuld met lucht openbarstte en daar kwam de regen naar beneden. Emmers, kuipen, hele zeeën stortten op het landschap en veranderden het binnen een paar minuten in een rood moeras.

Vreemd genoeg voelde Charlotte zich bevrijd nu de regen eindelijk uit de hemel kletterde. Ze ging bij het raam staan, leunde met haar ellebogen op de vensterbank en staarde naar het razende, schuimende natuurgeweld, naar de zich krommende eucalyptusbomen, naar een lege blikken emmer die door de aanval van de regen heen en weer op het erf rolde. Verder weg bij het toegangshek kon ze onduidelijk drie zwarte gedaanten onderscheiden die door de regen naar de arbeidershuisjes renden. Een van hen hield een doorweekte kartonnen doos boven zijn hoofd, een ander droeg een volle zak over zijn schouder waar het water vanaf droop.

'Lieve Here Jezus...'

Een reeks harde donderslagen overstemde Klara's kreunende gebed en Charlotte draaide zich medelijdend om naar haar nichtje.

'Ze zijn vast in de buurt, Klara. Misschien bij de arbeiderswoningen of bij de stallen. Kigobo weet hier in de buurt goed de weg.'

'Kijk daar, Charlotte!'

Klara's uitgestoken vinger wees langs Charlotte naar het raam. De wind had de regen tot onder het afdak opgezweept zodat het water langs het glas naar beneden liep, maar de silhouetten van twee bruine paarden waren goed te herkennen. Ze waren over het hek bij de ingang van de plantage gesprongen en draafden nu over het veld richting het woonhuis, de weg vermijdend die intussen in een gorgelende wilde beek veranderd was. Beide dieren waren zonder ruiter, de ene droeg een zadel waarachter een geweerloop uit een houder omhoogstak, de andere was beladen met een blikken trommel en allerlei in wasdoek gewikkelde bundels.

'Ach, lieve hemel! De paarden zijn op hol geslagen,' zei Klara. 'Geen wonder bij dit noodweer.'

'Schammi! Zeg tegen Sabuni en Kerefu dat ze de dieren moeten vangen. Maar voorzichtig, ze lijken in paniek te zijn...'

Het gezadelde paard had nu het erf bereikt en Charlotte zag zijn flanken trillen. Toen de wind de lege emmer rammelend tegen de huismuur gooide, schrok het beest hevig en steigerde waardoor het geweer uit de houder gleed en in een plas water viel, wat zijn eigenaar niet leuk zou vinden.

Sabuni waagde zich niet bij de onrustige dieren zodat Charlotte zelf met behulp van de oude Kerefu de angstige beesten ving, ze geruststellend toesprak en de stal in leidde. De aanwezigheid van hun soortgenoten had een kalmerende invloed en nu lieten ze toe dat men hen afzadelde en de bagage wegnam.

'Wrijf ze droog en zet de spullen in een hoek,' beval Charlotte Kerefu en Sabuni, die nu in de buurt durfde te komen. Ze had haast om weer in het huis te komen, want ze was bij de reddingsactie volkomen doorweekt geraakt. Ondanks de zwoele dag was de regen fris. Ze bibberde toen ze haar natte kleren uittrok, nog steeds geïrriteerd dat Sabuni bang voor een verschrikt paard was.

'Charlotte,' schreeuwde Klara vanuit de huiskamer naar boven. 'O, heilige Heer Jezus Christus! Daar komt Kigobo door de regen aangelopen.'

Charlotte liet het korset achterwege en glipte snel in een onderbroek, hemd en jurk. In elk geval was de Waschamba er weer, dan kon Peter ook niet ver weg zijn. Het maakte haar zenuwachtig dat Klara altijd meteen helemaal buiten zichzelf raakte.

In de huiskamer was haar nichtje trillend op een stoel neergezonken. Voor haar op de drempel stond de druipende Kigobo in een plas water. Ook hij beefde over zijn hele lichaam en hij had zijn ogen zo ver opengesperd dat het wit achter het donkerbruin zichtbaar was. 'Niet bang zijn, bibi. Alleen grote rots en heel veel aarde komt van berg naar beneden. Roetsjen over struiken en bomen, vallen diep in dal naar beneden tot waar Mombobeek loopt. Hebben beek verstopt, overal is water. Water van boven, van beneden, van alle kanten. Jezus heeft ons nieuwe zondvloed gestuurd omdat mensen zo erg zondigen...'

Charlotte had een paar seconden nodig om te begrijpen waar hij het over had. Steenslag? Een lawine? Een aardverschuiving?

'Waar is mijn man?' onderbrak Klara hem vertwijfeld. 'Toch niet onder de rotsen?'

'Nee, nee, bibi Siegel,' riep Kigobo en hij maakte een afwerende beweging met zijn handen. Charlotte zag dat de lichte huid aan de binnenkant kapot was. Ook op zijn armen en benen had hij schaafplekken. Ze voelde hoe een hete paniek haar overviel.

'Bwana Siegel niet onder rotsen. Wij aan andere kant van dal toen God van rots met steen en aarde gooit. Horen luid geraas van donder en rotsen en zien paarden. Bruine paarden lopen in paniek door water en modder, daar waar Mombobeek is verstopt. Lopen ons voorbij, arme dieren. Lopen snel als wind en zijn weg...'

'De aardverschuiving heeft Peter en Kigobo niet geraakt, Klara,' vatte Charlotte zijn gestamel samen en ze voelde zich ongelooflijk opgelucht.

'Maar waar is Peter? Waarom is hij niet met je meegekomen? Is hij ziek of zo?' vroeg Klara de Waschamba angstig.

Het donderde nog af en toe, wat het gesprek niet gemakkelijker maakte, en ook was Kigobo van de doorleefde verschrikking nog helemaal in de war en wist niet goed onderscheid te maken tussen belangrijke en onbelangrijke dingen.

'Bwana Siegel vol met modder. Zit op rots die ligt op gras en houdt hand vast van andere bwana. Andere bwana heeft gelegen in modder en stenen die van berg gekomen zijn. We zien eerst alleen hoed, dan zien man maar alleen hoofd en schouder. Bwana Siegel dapper als leeuw, klimt over modder en rots, zinkt weg tot aan riem, gaat verder en trekt andere man op gras. Johannes Kigobo niet zo moedig, klein beetje. Heeft geholpen vreemde man uit modder te trekken en nu naar bibi Johanssen gelopen, veel mensen halen en kar en muildieren.'

'Ach, lieve hemel,' kreunde Klara die de draagwijdte van wat er gebeurd was pas na een tijdje begreep. 'Zo'n aardverschuiving komt toch niet zo snel tot stilstand, vooral met deze regen. Misschien zijn ze allebei allang onder de modder gestikt.'

'Waar is het gebeurd, Kigobo?' vroeg Charlotte. 'Je moet ons ernaartoe brengen. Schammi! Roep wat mensen bij elkaar. Kerefu moet de muildieren zadelen en de wagen inspannen.'

'Misschien liever wachten tot regen en bliksem voorbij zijn...' probeerde Schammi.

'Naar de hel met de regen! Doe wat ik zeg!'

Het was dezelfde berg als waarop Charlotte haar ongeluk had gehad, alleen in dit geval verder noordelijk, op een plek waar slechts sporadisch bomen op de helling stonden en waar al vaker rotsblokken naar beneden waren gekomen.

Ondanks haar lamme been wilde Klara niet thuisblijven. Schammi moest haar op de wagen tillen en ze was ook te voet meegegaan als ze daarmee haar man had kunnen helpen. Charlotte had een wijde jas over haar jurk heen aangetrokken en een tropenhelm op haar hoofd gezet die ze met een sjaal vastbond. Ze had laarzen van Peter aangedaan, maar met de onophoudelijke regen hielp het allemaal niet veel. De hele reddingsploeg was al snel tot op de huid doorweekt. De Afrikanen klaagden over de koppige muildieren die zich noch door flink schoppen, noch door Simba's geblaf tot een snellere draf lieten aansporen.

'Boze berg,' mompelde Kigobo, die dicht bij Charlotte bleef. 'Akelige berg, bibi Johanssen. Daar wonen geesten van dode Waschamba. Wilde Waschamba die niet Jezus Christus volgen zoals wij doen. Ze hebben daar geheime plek met rotsen en hout en touwen, niemand weet precies. Daarheen brengen ze hun doden zodat ze naar geesten van voorouders gaan. Dan dansen en bidden ze en bedrijven *ngoma*, magische ceremonie. Maar berg boos omdat geesten hem geen rust gunnen. Daarom hij gooit met stenen en aarde en drijft man en vrouw en dier naar beneden in dal en veel gaan dood.'

De uitleg leek Charlotte een beetje warrig, ook doordat ze door het snelle rijden en de regen niet elk woord kon verstaan. Na haar eigen ongeluk had ze bij Kigobo voorzichtig naar het Waschambaheiligdom geïnformeerd, maar toen had hij zich eruit gepraat, hij wist er niets van. Nu had de verschrikking zijn tong losgemaakt.

Op de heuvel, onbeschermd tegen regen en wind, hielden ze halt en zochten met hun ogen de bodem van het dal af. Rotsen en losse stenen lagen op elkaar gestapeld in de rode modder, ertussen staken afgebroken stammen van grote ceders en sparren omhoog, afgerukte takken, afgescheurde kronen. De berg waarvan de lawine zich losgemaakt had, leek, afgezien van een paar spitse rotspunten, ongevaarlijk en vlak, worteluiteinden en boomstronken rezen omhoog. Op veel plaatsen hadden zich stortbeken gevormd die de helling af liepen en kleinere stenen en aarde het dal in spoelden.

Het zou moeilijk worden om dicht genoeg bij de aardverschuiving te komen doordat op deze plek het dal zich vernauwde en bijna volledig met modder en stenen gevuld was. De regen stroomde nog steeds naar beneden en wie zich dicht bij de neergestorte aarde en rotsmassa's waagde moest er rekening mee houden dat ze opnieuw in beweging konden komen. Muildier en wagen moesten boven op de ronde top van de heuvel blijven wachten, het was veel te gevaarlijk om naar beneden te rijden. Klara stond rechtop in de kar en hield zich vast aan de stangen die het dekzeil droegen en staarde vol ontzetting naar het rampgebied beneden. Ze kon haar man zien, nietig, klein en kwetsbaar zat hij op een rotsblok, een lichte stip midden in de grijsrode modderhel. Naast hem lag het levenloze lichaam van de man die Peter had willen redden, totaal besmeurd met rode modder. Charlotte stelde voor takken en dunne stammen als brug over het moeras te schuiven, maar ze liet de Afrikanen de vrije keus of ze aan de gevaarlijke onderneming wilden meewerken. Niemand weigerde, ze gingen snel aan het werk. Jonas Sabuni bereikte Peter als eerste, maar die wilde zijn post niet verlaten voordat de gewonde in veiligheid was gebracht.

Ze hadden geluk. Tijdens de reddingsoperatie hield het eindelijk op met regenen. Met z'n vieren sleepten ze de bewusteloze man de heuvel op en hesen hem niet al te zachtzinnig in de wagen, waarin Klara de dekens op elkaar gelegd had om de arme man een enigszins zacht bed te geven.

Het was nog niet te zeggen of hij ernstige wonden had opgelopen, daarvoor moesten ze hem eerst wassen. In elk geval was hij nu bij bewustzijn en spuwde de doorgeslikte modder naar buiten.

Peter beefde van kou en uitputting, maar hij weigerde om zich door de Afrikanen te laten dragen en strompelde op eigen kracht omhoog. Klara sloeg haar arm om Peter heen en snikte van geluk. Tot Charlottes verbazing was hij zelfs sterk genoeg om Klara te troosten voordat zijn benen het uiteindelijk begaven. Hij zat in elkaar gedoken onder het zeildoek en liet toe dat Klara hem als een klein kind in warme doeken wikkelde.

'Je hebt het leven van die man gered, Peter,' stamelde ze steeds opnieuw. 'En bijna was je er zelf bij omgekomen. O, Peter, je bent echt een held.'

Peter kwam zonder de hulp van de anderen uit de kar en hielp zelfs zijn vrouw met uitstappen. De onbekende moest door meerdere Afrikanen uit de wagen gedragen worden. Toen zijn voeten de grond raakten probeerde hij met veel inspanning op zijn eigen benen te blijven staan, maar hij zou in elkaar zijn gezakt als Kigobo en Sabuni hem niet aan beide kanten hadden ondersteund. Het was niet gemakkelijk voor de twee Waschamba, want ze waren een flink stuk kleiner dan de vreemdeling.

'U hebt veel geluk gehad,' zei Charlotte. 'Zijn al uw ledematen nog heel?'

De roze gemarmerde wolken waren grijs geworden. In de vallende duisternis leek het gezicht van de man grof en afstotend. Zijn ogen waren rood en opgezwollen, zijn bovenlip was gescheurd en bloederig. Doordat de leemlaag op zijn huid was opgedroogd en gebarsten, zag hij eruit alsof hij ernstig was verbrand.

'Ik ben oké, lady.'

Het kostte Jeremy Brooks veel moeite om deze vier woorden uit te brengen en net toen het hem was gelukt werd hij door een hoestbui overvallen. Hij kokhalsde en spuwde rode modder uit. Waarschijnlijk was hij een tijd onder de lawine bedolven geweest.

'Grote god,' mompelde Charlotte. 'Breng hem voorzichtig naar de logeerkamer. We moeten hem eerst wassen, daarna zal ik naar zijn verwondingen kijken...'

Björn Husdahl had twee aanbouwen laten optrekken. In de grootste, waarmee Charlotte indertijd was begonnen, was een eenvoudig ingerichte woonkamer die ook als studeer- en logeerkamer werd gebruikt. Onder het dak diende een vliering als provisieruimte voor meel, suiker, graan en andere levensmiddelen die veilig voor de ratten opgeborgen moesten worden. De tweede aanbouw functioneerde als waskeuken.

Het leek Jeremy Brooks niets uit te maken wat ze met hem deden. Toen de Afrikanen hem over het erf sleepten hield hij zich stil. Charlotte liet hem vooralsnog aan de zorg van de bedienden over en trok zelf droge kleren aan. Daarna wilde ze boven bij Klara en Peter gaan kijken hoe het ervoor stond, maar toen ze vlak bij de kamerdeur was hoorde ze het gespetter van water en aarzelde. Martha Mukea kwam naar buiten met een lege emmer en grijnsde ondeugend naar Charlotte.

'Bibi Siegel heeft wit laken opgehangen zodat Marthe Mukea niet kan zien hoe blote bwana Siegel in tobbe met warm water zit. Bibi Siegel heeft lappen en wast bwana schoon.'

'Goed, Mukea. Breng nog twee emmers water naar de logeerkamer. Schammi kan bwana Jeremy wassen.'

Mukea liep haastig weg, nog steeds grijnzend. Charlotte luisterde kort naar het gespetter achter de deur en stelde zich voor hoe Klara, die zo ingetogen en preuts was, de rug van haar man waste. Het moest een merkwaardig gezicht zijn: Peter Siegel gehurkt in het kleine kinderbadje dat buurvrouw Kruger voor de kleine Sammi had afgestaan.

Ze liep weer naar beneden om de verbandtrommel te halen, een klein kistje waarin ze verband, een koortsthermometer, pincetten, zalfjes en drankjes tegen allerlei kwaaltjes bewaarde. Het was vervelend dat George er niet was, hij had natuurlijk veel beter geweten wat haar te doen stond. Simba lag op de vloer en liet zijn natte vacht drogen. Hij besnuffelde het kistje en besloot met Charlotte mee te gaan. Met dit kistje liep zijn vrouwtje meestal naar de arbeiderswoningen en hij vond dat ze daar in elk geval zijn bescherming nodig had. Maar toen hij opkrabbelde riep Charlotte: 'Blijf hier, Simba! Je bent nat en je stinkt vreselijk.'

Hij luisterde niet en liep achter haar aan. Toen ze de deur naar de aanbouw opendeed, ging hij abrupt zitten en gromde zachtjes.

'Hou op,' hoorde ze een hijgende stem vanuit de logeerkamer roepen. 'Ga weg! Ga jezelf wassen, zwarte.'

Voorzichtig duwde ze de deur een beetje open en gluurde naar binnen. Jeremy Brooks zat volkomen naakt op het logeerbed. Het ging blijkbaar beter met hem, want hij hield zijn arm omhoog om ergens mee te gooien. Welk voorwerp hij weg wilde slingeren kon ze niet zien.

'Bibi Charlotte heeft opdracht gegeven, ik moet bwana Brooks met water wassen...' hoorde ze Schammi jammeren.

Het projectiel was een natte lap, zag ze nu. Schammi raapte het op van de vloer en doopte het opnieuw in de emmer.

'Waar is mijn bagage?'

'Schammi heeft gebracht droge broek en jasje voor bwana. Heeft gebracht overhemd en schoenen en ook...'

'Naar de duivel ermee.' Jeremy liet zich uitgeput op het bed terugvallen. Eigenlijk had Charlotte nu zachtjes de deur dicht moeten doen en hard moeten aankloppen om de jonge man de gelegenheid te geven zich te bedekken, maar ze deed het niet en bleef roerloos bij de kleine opening staan. Hij was mooi, deze lastige recalcitrante knaap. Afgezien van wat blauwe plekken en schaafwonden was zijn naakte lichaam in volmaakte harmonie. Elke spier, elke pees had het juiste formaat, alsof een kunstenaar er lang op had gestudeerd om een zo uitgebalanceerd mogelijk beeld te scheppen. Zelfs het lichaamsdeel dat Charlotte tot nu toe bij iedere man erg lelijk had gevonden leek haar nu aantrekkelijk en onschuldig te midden van het donzige nestje rood haar. Het mooie tafereel werd echter bedorven doordat Jeremy zijn gezicht en haar nog niet gewassen had, dat in modderige pieken van zijn hoofd af stond.

'Breng de blikken kist hiernaartoe, wil je?' hijgde hij nu en hij probeerde weer te gaan zitten.

'Bibi Charlotte heeft dat niet bevolen. Schammi moet water halen en helpen wassen, droge kleren brengen...'

'Waar zijn mijn spullen?' donderde de Engelsman.

'Bij paarden en muildieren in stal,' reageerde Schammmi onbewogen.

'Ook de blikken kist?'

'Veel bundels en ook een blikken kist.'

Jeremy leunde op zijn linkerarm en Charlotte zag hoe zijn middenrif heftig op en neer bewoog. Bezwerend stak hij zijn andere arm uit naar Schammi. 'Luister, jongen, als je die kist voor me ophaalt, dan geef ik je er iets uit.'

Schammi stond nog steeds over de emmer gebogen met de uitgewrongen lap in zijn handen. Charlotte zag zijn profiel, hij keek aandachtig naar Jeremy. Hij was nieuwsgierig natuurlijk.

'Wat zit erin, bwana Brooks?'

'Dat zal je verbazen. Nou, schiet op.'

'Bwana houdt arme Schammi niet voor de gek?'

'Ik zeg de waarheid.'

'Maar kist is zwaar.'

Jeremy kreunde en liet zijn uitgestrekte arm zakken. Hij vloekte mompelend in het Engels. Schammi, die meerdere Indische meesters gediend had, scheen hem op zijn minst gedeeltelijk te verstaan.

'Niet met nare dingen dreigen, bwana. Schammi zal gehoorzamen.'

Hij opende de deur naar het erf en stak voorzichtig zijn hoofd naar buiten. Hij constateerde dat de grond nog steeds modderig was en vol plassen stond en trok een lelijk gezicht. De jonge man was trots op zijn lange witte kaftan en hield hem smetteloos schoon. Het liefst had hij het klusje aan Kigobo of nog liever aan Sabuni doorgegeven, maar dan moest hij het cadeau met hen delen.

'Schiet op,' bromde de Engelsman vanaf zijn bed. 'Die kist komt hier niet vanzelf naartoe gelopen.'

Schammi begaf zich in de duisternis. Direct daarna was op het erf het licht van een kleine lantaarn te zien, dat zich langzaam verwijderde. Jeremy lag roerloos op zijn bed en wachtte. Geluidloos duwde Charlotte de deur millimeter voor millimeter dicht, maar het verrotte hout liet juist op het moment dat de klink op zijn plaats klikte een verraderlijk gekraak horen. Had hij het gehoord? En wat dan nog? Tenslotte was het haar huis en haar plantage. Ze had het volste recht elke deur open of dicht te doen wanneer ze er zin in had.

Ze onderschepte Schammi op het erf. Hij hield de lantaarn en de zoom van zijn lichte gewaad in één hand en met de andere hield hij de kist op zijn rug in evenwicht. Blijkbaar waren de littekens op zijn rug niet zo gevoelig als hij steeds jammerend beweerde.

'Wat is dat?' vroeg ze streng.

Gebukt, zijn hoofd omhoog om de plotseling voor hem verschenen bibi Charlotte beter te kunnen zien, zei hij: 'Bagage voor bwana Brooks... Hij heeft bevolen dat Schammi zware kist haalt.'

'Breng hem terug naar de stal.'

'Maar...'

'Doe wat ik zeg, Schammi, en laat je niet nog een keer overhalen.'

Hij gehoorzaamde zwijgend en ze kon aanvoelen hoe teleurgesteld hij was. Jeremy Brooks zou zijn verdomde whisky zelf moeten halen, zo gauw hij weer een beetje op de been was. De flessen waren van hem, daar viel niet aan te tornen, en ook al had ze veel zin hun inhoud in de vijver te kieperen, ze zou ze niet aanraken. Uiteindelijk was ze niet zijn moeder of zijn zuster, hij moest het zelf weten of hij zich dood wilde zuipen of niet. Ze zou er alleen alles aan doen om ervoor te zorgen dat hij de rotzooi niet aan haar mensen doorgaf.

Tevreden ging ze het huis weer binnen en gaf opdracht Jeremy kip met currysaus, bananencompote, gerstebrood en een stuk zelfgemaakte kaas te brengen. Vergezeld van een kan citroenlimonade en de hartelijke groeten van bibi Johanssen. Ze zou de volgende ochtend bij hem langsgaan om naar zijn verwondingen te kijken en ze te behandelen, maar alleen als hij zich eerst gewassen had.

Charlotte was nooit een langslaper geweest. Hier op de plantage werd ze steeds tegen half zes, vlak voor het eerste morgenlicht, wakker en ze had geen idee of het beginnende licht, het hanengekraai of haar innerlijke wekker daarvoor verantwoordelijk was. Deze ochtend had niemand op de plantage een wekker nodig. Een heftige onweersbui kwam vanaf de bergen naar beneden en veranderde het nog vochtige erf opnieuw in een plassenlandschap. Charlotte stuurde Kigobo en de oude Kerefu ondanks de regen naar buiten om de verstopte greppels opnieuw uit te graven, anders was de zondvloed over de drempel van het huis gestroomd in plaats van dat die via het grasveld de vijver in was gelopen.

Ze dacht aan haar koffiebloemen die zich nu hopelijk openden en besloot zodra de regen ophield naar de aanplant te rijden. Ze zou de geur al van verre kunnen ruiken. De witte bloemen roken zoet en zacht als jasmijn en als ze uitgebloeid waren, bedekten ze de bovenkant van de twijgen van de kleine boompjes als witte watten sneeuw.

Klara en Peter namen vandaag de tijd met het opstaan, dus ontbeet Charlotte alleen, terwijl ze bladerde in een oud tijdschrift en bleef hangen in sombere gedachten. Zoals ze al gevreesd had was het moeilijk om snel een goede beheerder te vinden. De twee mannen die zich de afgelopen weken naar aanleiding van haar advertentie gemeld hadden, waren niet echt betrouwbaar op haar overgekomen en nu het vaak regende en onweerde zou de toeloop van sollicitanten zeker niet toenemen. Misschien had George gelijk en verwachtte ze te veel. Ze had vastomlijnde ideeën over hoe deze plantage geleid moest worden en zou het het liefst zelf doen. Zuchtend leunde ze achterover in haar stoel en schoof Simba's kop van haar schoot. Sinds George was vertrokken, was de hond begonnen aan tafel te bedelen.

Het is om het even, dacht ze. De eerste die ook maar een beetje geschikt is en met Peter en Klara kan opschieten, neem ik aan.

Ze begon zich er langzaam aan te ergeren dat Peter en Klara haar zo lang lieten wachten. Natuurlijk, Peter had gisteren iets verschrikkelijks meegemaakt, maar hij was 's avonds heel opgewekt geweest en het was nergens voor nodig dat hij nu de halve dag versliep. Ze wilde Schammi al naar boven sturen om te vragen of er iemand ziek was toen tot haar doordrong hoe belachelijk ze zich gedroeg. Was ze jaloers op hun samenzijn omdat ze zichzelf zo alleen voelde, omdat ze George zo miste?

'Ga kijken of bwana Brooks al wakker is,' beval ze Schammi in plaats daarvan.

Schammi keek haar met knipperende ogen verwijtend aan.

'Bwana Brooks is allang wakker, bibi Charlotte. Is als geest in donker over erf geslopen, was niet bang voor donder en bliksem. Is in stal geglipt. Heeft kist gehaald en naar logeerkamer gedragen...'

Dat had ze kunnen weten. Ze snoof geïrriteerd en keek onderzoekend naar Schammi's bedrukte gezicht.

'Je hebt hem er niet toevallig bij geholpen?'

Haar protegé sperde vol verontwaardiging zijn ogen open en verzekerde haar de blikken kist niet één keer aangeraakt te hebben. De kist was al in de logeerkamer toen bwana Jeremy hem bij zich geroepen had en om schoon water, zeep en een handdoek had gevraagd.

Hij had zich dus gewassen en aangekleed en waarschijnlijk daarvoor zijn tanden rijkelijk met whisky gepoetst. Ze zou hem laten wachten. Hij had hoe dan ook geen ernstige verwondingen, hoogstens een paar schaafplekken voor zover ze had kunnen zien.

Eigenlijk was haar bezoek overbodig, maar ze had heel veel zin hem een preek te geven omdat hij geprobeerd had Schammi te verleiden tot het drinken van sterkedrank.

Eindelijk kwam er geluid van boven. De kleine Sammi huilde, vermoedelijk omdat Klara hem zijn hemd aantrok. Peter riep luidkeels om Martha Mukea en toen hoorde ze hem de trap af komen.

Hij wenste Charlotte een gezegende ochtend en wreef zijn koude handen voor hij bij haar aan tafel ging zitten. Een schuchtere zonnestraal liet de plassen op het erf oplichten, het ochtendonweer was voorbijgetrokken.

'Het spijt me dat we zo laat voor het ontbijt zijn,' verontschuldigde hij zich en hij schonk zich koffie in.

'Geen probleem, Peter. Vertel me liever hoe het met je gaat.'

Het ging uitstekend met hem, hij was zelfs tot praten geneigd. Glimlachend hield hij zijn koffiekop met beide handen vast en keek dromerig naar het zonnige erf terwijl hij over Gods oneindige goedheid praatte die de mensen juist dan het leven redde als er geen hoop op hulp meer leek te zijn. Buiten liepen de eerste bruine geiten op stijve poten door de plassen en staken hun kop door het keukenraam in de hoop op wat groenteafval en fruitresten.

'Ik geloof er vast in dat ik dit werk moet afmaken. Wat er gisteren is gebeurd was een bewijs van goddelijke genade waarvoor we de Heer danken moeten. Hoe kunnen we die dank beter tot uitdrukking laten komen dan met een bouwwerk dat in de Afrikaanse wildernis een signaal afgeeft van Jezus Christus. Een kapel...'

'De postbode,' riep Charlotte ertussendoor. 'Mijn goedheid, kijk eens hoe nat hij is. Schammi, geef het door aan de keuken en leg droge kleren klaar.'

Peter had tot zijn teleurstelling al snel gezien dat alle brieven aan Charlotte waren gericht, schoof de stapel naar haar toe en pakte zelf de drie kranten. Ze had de dikke envelop uit Dar es Salaam allang ontdekt en ritste hem vol verwachting open. Hij was van George afkomstig.

Er kwam een kleine gesloten envelop tevoorschijn, een stapel manuscripten met George' gedrongen regelmatige handschrift en, niet in de laatste plaats, een brief.

Mijn geliefde,

Wanneer ik 's avonds aan mijn bureau zit moet ik vaak denken aan die lang vervlogen tijden in Caïro waar een jonge arts zijn eerste onhandige zinnen opschreef om naar een klein meisje in Oost-Friesland te sturen. Ach, ik weet het, je was toen allang geen klein meisje meer, maar een respectabele echtgenote. In mijn herinnering echter was je nog dat tengere kind met de gouden ogen die ik bij de Plytenberg allerlei onzin had verteld. En als een enthousiaste vijftienjarige heb je mijn dwaze brieven beantwoord zonder te vermoeden hoe dierbaar je me daardoor werd. Lach me niet uit, mijn schat, ik breng de avonden heus niet alleen door met dromen over het verleden. Zoals je ziet heb ik al vlijtig het een en ander geschreven en daarnaast gunt Elisabeth me geen rust, ze heeft haar belangstelling voor de medische wetenschap ontdekt. Ik heb een paar boeken voor haar gekocht die ze weliswaar zonder enig systeem, maar met veel nieuwsgierigheid doorwerkt om aansluitend de arme George met vragen te belagen. Ze heeft een goed bevattingsvermogen, een voortreffelijk geheugen en een ongelooflijke fantasie, een vermoeiende mengeling. Nu wil ze met me mee naar de kliniek, wat ik natuurlijk weiger, je weet waarom.
Wat betreft de bijgesloten envelop: deze werd twee dagen geleden door een koerier naar de villa gebracht en het kostte enige overredingskunst om duidelijk te maken dat ik ten eerste de echtgenoot van Charlotte Johanssen en ten tweede bereid ben je zo snel mogelijk dit schrijven te overhandigen. Bij dezen.

Ik zal nog wel een tijdje van je moeten dromen, want ik ben bang dat tot nu toe geen enkele beheerder jouw toets der kritiek heeft kunnen doorstaan. Neem je tijd, liefje, en regel het op zo'n manier dat je er zelf tevreden mee bent. Wanneer je dan weer bij ons bent, zul je een prachtige fototentoonstelling in onze huiskamer aantreffen. Ik heb al je foto's ontwikkeld en zal de kunstenares om toestemming vragen om enkele daarvan voor mijn nieuwste boek af te staan. Als je een beetje tijd overhebt, schrijf ons. Elisabeth zendt je duizenden groeten en kussen. Een deel ervan mag je aan Klara, Sammi en Peter doorgeven. De schrijver van deze regels weigert om dergelijke tederheden per post te sturen. Hij zal ze allemaal bewaren en ze je mondeling doen toekomen zo gauw je weer bij ons bent.

George

Ze moest zich beheersen om niet in tranen uit te barsten. Ach, waarom had ze zichzelf toch met deze plantage opgezadeld? Waarom kon ze niet gewoon naar Mombo rijden en op de Usambaratrein stappen om zich bij George en Elisabeth te voegen?

'Weet je, Charlotte...' zei Peter en hij schraapte zijn keel. 'Het gaat veel beter met mij. Als je heimwee naar je familie hebt, dan kan ik ook wel de leiding van de plantage op me nemen. God zal me leiden en me bijstaan om een dergelijke taak naar behoren uit te voeren. In elk geval zolang je geen geschikte beheerder hebt gevonden...'

Ze was ontroerd. Hij had haar verdriet gezien en wilde helpen. Peter mocht dan wel een moeilijk, innerlijk verscheurd mens zijn, hij had een goede kern.

'Dat is lief van je, Peter,' zei ze glimlachend en ze pakte zijn hand. 'Maar ik weet zeker dat we snel iemand zullen vinden.'

Peter als opzichter van de plantage, onvoorstelbaar. Liever bleef ze dan nog een paar weken, al viel het haar zwaar. Vastbesloten legde ze George' manuscript opzij om dat 's avonds in alle rust door te werken en pakte de gesloten envelop. De afzender was een zekere dokter Walther Niebauer, advocaat en notaris in Dar es Salaam, iemand van wie ze nog nooit gehoord had. Er kwam een brief tevoorschijn en nog een envelop waarop haar naam stond geschreven. Ze herkende het handschrift van Kamal Singh en kreeg een akelig voorgevoel dat er iets ergs gebeurd was. In de tweede envelop zaten een kleurige tekening en een kort krantenartikel dat al oud moest zijn, want het papier was bijna bruin. Hoofdschuddend bekeek ze de tekening. Er was een jonge zwartharige vrouw op afgebeeld, gekleed in een ouderwetse lichtblauwe jurk met ruches. Ze droeg het haar strak naar achteren getrokken, haar ogen waren lichtbruin, de mond zacht en kinderlijk. Charlotte probeerde niet eens eerst het verbleekte krantenartikel te ontcijferen, maar richtte zich op de brief.

Zeer geachte mevrouw Charlotte Johanssen,

In mijn hoedanigheid als notaris deel ik u mede dat de opening van het testament van de overleden Kamal Singh op woensdag 5 mei, om 14.00 uur 's middags in zijn huis in Tanga zal plaatsvinden.
In de bijlage treft u een gesloten envelop aan die de gestorvene voor zijn vertrek naar Indië bij mij in bewaring heeft gegeven. Hij verzocht me deze, in geval van zijn overlijden, nog voor de voordracht van het testament aan u te overhandigen.

Met vriendelijke groeten,
Dokter Walther Niebauer
Advocaat en notaris
Berlijn – Dar es Salaam

Kamal Singh was dood! Het raadselachtige schrijven in januari was het laatste bericht dat ze van hem ontvangen had. Heel onverwachts liepen nu toch de tranen over haar wangen. Hij was een uitzonderlijk moeilijk te doorgronden mens geweest die toch om de een of andere reden aan haar gehecht was geweest. Ach, ze zou hem missen. Nu had ze er spijt van dat ze de vele brieven die hij haar de afgelopen maanden geschreven had slechts oppervlakkig had beantwoord. Ze had zich er niet toe kunnen zetten om een keer op bezoek te gaan en nu was het te laat.

'God zij zijn arme ziel genadig,' zei Peter die ze de brief had toegeschoven. 'Hij heeft zijn hele leven gesjacherd en gesjoemeld, maar Jezus Christus is voor alle zondaars gestorven, dus ook voor hem.'

Op dit moment kwam Klara de kamer binnen, gevolgd door Mukea die de kleine Sammi op de arm had. Zijn hartsvriendin Ontulwe moest in de hal wachten tot Sammi had ontbeten, pas dan mochten de twee onder toezicht van Mukea met elkaar spelen. Of Klara haar zoon zou toestaan een modderheuvel op het erf te bouwen was de vraag.

'Ach, Charlotte, het spijt me. We zijn zulke langslapers. Gelukkig is de post gekomen, dus je had iets te doen. Mukea, je moet de drie overhemdjes wassen die ik voor Sammi heb genaaid. Zit stil, mijn kleine, je moet eerst je pap eten. Zeg het gebed voor het eten, Peter, zodat we kunnen beginnen. Sammi is vreselijk onrustig. Het zal wel aan al dat onweer liggen, dat maakt hem bang...'

Hoewel Charlotte al ontbeten had, deed ze toch mee met het gebed en ze verzweeg voor Klara dat haar vrome echtgenoot al een kop koffie had gedronken zonder eerst te bidden. Na het amen stond ze op om met het krantenknipsel naar het raam te gaan. Misschien was het artikel beter te ontcijferen bij feller licht.

Inderdaad. Nu zag ze ook dat iemand met een fijn potlood een paar woorden in de kantlijn genoteerd had.

The Times of India, 11 november 1869

Grote god. Geen wonder dat het papier zo broos was, dit kleine bericht was veertig jaar oud. Wat kon Kamal Singh wel voor reden gehad hebben om haar dit vreemde knipsel te laten bezorgen?

Diefachtig personeel

Afgelopen weekend is een dief het landhuis van districtsrechter Charles Lindley binnengedrongen en heeft onder andere een kostbare zilveren fotolijst gestolen die op het privébureau van de districtsrechter stond. De hoofdverdachte is een voormalige bediende van Indische nationaliteit die door Lindley wegens verschillende voorvallen bestraft en ontslagen was.

Charles Lindley?

Achter haar sloeg Sammi met zijn lepel op de rand van zijn bord. Klara probeerde haar zoon over te halen nog een beetje van de lekkere pap met honing te eten. Peter bemoeide zich ermee en verweet Klara veel te toegeeflijk te zijn. Het was de hoogste tijd dat de jongen leerde zijn ouders te gehoorzamen.

Charlotte staarde naar het stukje papier in haar hand. Had ze het goed gelezen? Heette deze districtsrechter werkelijk Charles Lindley?

'Wat is dat voor papier waar je de hele tijd naar staart, Lotte?'

'Alleen maar een artikel uit een oude krant, Klara.'

'O, en wat staat erin?'

Charlotte antwoordde niet. De meisjesnaam van haar moeder was Emily Lindley geweest. Ze was de dochter van een Britse ambtenaar en een Indische moeder. Charlotte had echter geen idee wat hun voornamen waren en of haar grootvader districtsrechter geweest was. Deze onwetendheid had ze te danken aan haar grootmoeder van vaderskant, Grete Dirksen uit Leer. Na de schipbreuk waarbij haar ouders en kleine broertje de dood vonden, hadden de Indische grootouders naar Leer geschreven en gesmeekt hun kleindochter groot te mogen brengen. Maar dan kenden ze Grete Dirksen nog niet. Niemand ter wereld had haar zover kunnen brengen een van haar kinderen of kleinkinderen af te staan. Ze had de brief in de keukenkachel verbrand en daarmee eens en voor altijd de namen van de ongewenste Indische familie uitgewist.

'En wat is dat voor mooie tekening?' drong Klara verder aan. 'Wie is dat?'

'Geen idee. Heb je de brief gelezen? Kamal Singh is gestorven.'

'O, mijn god.'

Peter merkte op dat de Indiër vast iets aan Charlotte had vermaakt, anders zou ze niet voor de voordracht van het testament zijn uitgenodigd.

'Misschien heeft hij je geld nagelaten?' giste Klara opgewonden. 'Of een van zijn huizen. Lieve hemel, wie weet is het wel die prachtige villa in Tanga waar je over verteld hebt.'

'Hij heeft zijn rijkdom met bedrog verworven, Klara. Als ik Charlotte was zou ik zo'n erfenis weigeren.'

'Op 5 mei? Dat is al volgende week...'

Charlotte bestudeerde de tekening nog een keer en probeerde elk detail in zich op te nemen: de donkere gewelfde wenkbrauwen, de kleur van de ogen die met haar jurk harmoniseerden, de smalle wangen, de tere, een beetje spitse kin... De gedachten gonsden door haar hoofd. Een diefachtige bediende die bestraft en ontslagen was. Die terugkwam om een fotolijst te stelen. Een zilveren fotolijst die op het bureau van de districtsrechter had gestaan. De fotolijst zou zeker niet leeg geweest zijn. Wat zou erin gezeten hebben? Een foto van koningin Victoria? Een portret van zijn echtgenote? Een tekening van zijn dochter?

Had Charles Lindley een dochter? En zo ja, heette ze dan misschien Emily? Emily Lindley die verliefd werd op de Duitse kapitein Ernst Dirksen. Stelde de tekening Emily Lindley voor? Charlottes moeder?

Had haar moeder zulke ogen gehad? Ach, ze was nog maar tien jaar oud geweest toen haar moeder stierf, ze kon zich het niet herinneren. En op de oude foto in Leer kon je haar gezicht ook toen al nauwelijks herkennen.

Als deze tekening werkelijk Emily Lindley voorstelde, hoe was die dan in handen van Kamal Singh gekomen? Was hij zelf die dief geweest? Had hij de verraderlijke tekening uit de zilveren lijst genomen voor hij die verkocht? Waarom had hij de tekening al die jaren bewaard?

Een harde klap gevolgd door gerinkel doorbrak haar gepieker. Klara's zoon had zijn papkom per ongeluk van de tafel gestoten. De kom was op de vloer in stukken gevallen en de inhoud werd door Simba met genotzuchtig gemak verorberd.

'Laat dat kind toch eindelijk gaan, hij wil gewoon nog niets eten, Klara,' viel Charlotte uit. 'Zo'n vertoning elke morgen is toch niet nodig.'

'Alsjeblieft, Charlotte, dat is onze zaak.'

Klara sloeg haar ogen neer. Zij en haar man waren van mening dat een kind altijd zijn bord moest leegeten. Eigenlijk zouden ze het ongehoorzame knaapje nu een nieuwe kom pap moeten voorzetten.

Charlotte begreep dat ze te ver was gegaan. Ze stopte de tekening en het artikel terug in de envelop, vouwde de brief van de advocaat dubbel en legde alles op het dressoir om later een beslissing te nemen.

Met de verbandtrommel onder haar arm marcheerde ze door de gang en klopte energiek op de tussendeur.

'Meneer Brooks, bent u wakker?'

Geen antwoord. Charlotte zuchtte diep. Blijkbaar deed de whisky zijn werk. Kordaat sloeg ze met haar vuist tegen de deur, twee keer, drie keer, toen begon Simba verontwaardigd te blaffen.

'Meneer Brooks?'

Nog steeds geen antwoord.

Voorzichtig duwde ze de deur een eindje open en gluurde door de kier. Het bed was een warboel van kussens, lakens en de verfrommelde wollen deken.

'Jeremy? Jeremy Brooks?'

Hij was weg. Hij had niets achtergelaten behalve vijf, nog verzegelde flessen gevuld met het goud van de Hooglanden. Hij had ze in een halve kring op de tafel gezet en er een briefje bij gelegd.

Voor de meesteres van de plantage, voor in- of uitwendig gebruik.

In dankbaarheid,
Jeremy Brooks

Net zoals elke ochtend verdeelde Charlotte de verschillende werkzaamheden onder haar arbeiders. Ze legde precies uit wat ze moesten doen en lette erop dat ze het juiste gereedschap meenamen. Het was een langdurige aangelegenheid die door Schammi's pietluttige manier van doen niet gemakkelijker werd gemaakt. Aan de andere kant was ze blij dat hij de marken en het daggeld pas na nauwkeurige controle verdeelde. Toen iedereen eindelijk was weggegaan, liet ze een muildier zadelen en reed weg zonder een bediende mee te nemen. Ver zou ze toch niet komen, daarvoor waren de wegen veel te slecht, maar ze wilde in elk geval een paar van de koffieplanten kritisch bekijken, evenals de groenteakkers en bij de arbeiderswoningen langsgaan. Daarnaast had ze tijd nodig om na te denken.

Ze hield van deze ritten over haar plantage, die ze liever niet aan anderen overliet, omdat ze zelf wilde zien hoe alles ervoor stond. George had een keer glimlachend opgemerkt dat ze in dat opzicht op haar grootmoeder in Leer leek, die dagelijks met hark en schoffel door haar moestuin ging. Ach, George, die voor alles een ironische opmerking klaar had. Wat zou hij tegen die vreemde Jeremy Brooks gezegd hebben, die bij stikdonkere nacht en onweer een kist whisky uit de stal sleepte en toen vijf flessen voor haar achterliet. Zou het zijn hele voorraad zijn geweest? Hoe dan ook, het was hem weer gelukt om haar met een cadeau mateloos te ergeren.

Ze spoorde haar muildier aan en voelde hoe het opspattende regenwater haar broekspijpen natmaakte. Simba rende naast haar. Keek steeds weer naar haar op en leek van dit uitstapje net zo te genieten als zijzelf.

De regen maakte het gras mals en liet allerlei kruiden en bloemen aan de kant van de weg opkomen. Helaas schoot ook het onkruid omhoog op de akkers. Haar arbeiders waren al aan het werk bij de aardappels en tussen de maisplanten. Hun gezang was hoorbaar op het ritme waarmee ze hun gereedschap lieten zwaaien. Charlotte steeg af en overtuigde zichzelf ervan dat er geen schadelijke diertjes op de aardappelplanten zaten. Vandaag zou ze niet bij de sisalplanten gaan kijken, ze kon alleen maar hopen dat ze niet te veel schade hadden opgelopen door de nattigheid. En de koffiebloemen? Ze snoof de lucht op, maar behalve de geur van de vochtige aarde rook ze alleen het aroma van bloeiende acacia's. Aan de overkant, op de velden waar het vee graasde, stond een klein bosje acacia's, waarschijnlijk bracht de wind hun geur mee.

Ze reed over een afgeplatte heuvel om de aanplant van de Afrikanen beter te kunnen zien. Iedere familie had een eigen stukje land gekregen dat door de vrouwen met mais, bananen, gierst, cassave en bonen beplant werd. Ze zag inderdaad zwarte vrouwen en meisjes ijverig in de tuintjes werken en schudde glimlachend het hoofd over de Afrikanen die niet zoals de Duitsers afgepaste bedden aanlegden, maar de planten in vrolijke eensgezindheid door elkaar lieten groeien. Ze moest even wachten op Simba die het hol van een klein knaagdier uitgroef, dat zelf allang via de achteruitgang gevlucht was. Op haar gemak reed ze verder, snoof steeds opnieuw de lucht op en vroeg zich af of het echt de geur van acacia's was die ze rook of misschien toch iets anders, zachter, minder zoet maar daardoor lekkerder...

Even verderop vloog een zwerm spreeuwen op uit de eucalyptusbomen, cirkelde luidruchtig boven de velden en trok vervolgens naar het zuiden, in de richting van de weilanden waar het vee graasde. Charlotte vervolgde peinzend haar weg. Ze had de rest van de post niet eens geopend. Er zaten waarschijnlijk een paar rekeningen bij, misschien kondigde een geïnteresseerde voor de baan als beheerder zijn bezoek aan. Ze moest weer aan Kamal Singh denken. Wat als hij werkelijk iets aan haar vermaken wilde? Hoe kwam hij erbij haar in zijn testament op te nemen? Hoe langer ze over het geheimzinnige schrijven van zijn advocaat nadacht, hoe ongemakkelijker ze zich voelde. En dan die brief van Kamal Singh. Schreef hij niet over een herinnering die hem veertig jaar had achtervolgd en die op de een of andere manier met haar familie te maken had? Waarschijnlijk was het geen al te fijne herinnering.

Voor een moment kwam een van de hoge bergtoppen uit de wolken tevoorschijn en Charlotte herkende zijn puntige vorm. Ontoegankelijk en afwijzend rees de grijze rots tegen de lichte achtergrond op, op sommige plaatsen begroeid met ceders en sparren.

Wat er vroeger ook gebeurd is, dacht ze, ik wil het niet weten. Hij had zijn geheim mee in zijn graf genomen en daar moest het blijven. Ze wilde in geen geval met zijn begerige familie over een of ander bezit ruziemaken.

Het was het beste als ze de opening van het testament bewust voorbij liet gaan. Opgelucht dat ze eindelijk een besluit had genomen gaf ze haar rijdier de sporen om zo snel mogelijk bij de koffieaanplant te komen. In de verte doken de eerste velden al op. Charlotte ging in de stijgbeugels staan om beter te kunnen kijken en vervloekte in stilte de mist die haar zicht belemmerde. Waarom stegen hier nog steeds nevelslierten omhoog terwijl verderop de bergen al te zien waren? Vergiste ze zich of lag er boven op de takken een laagje wit schuim?

'Schiet op, lui beest, rij door!'

Geen twijfel mogelijk, het waren bloemen. Ze zaten in dichte bosjes op de vele takken, de een na de ander als kleine sneeuwballen en elk van deze schuimbolletjes bestond uit vele kleine bloemetjes. Zes langwerpige bloemblaadjes openden zich rondom de stamper, zes wasachtige meeldraadjes verhieven zich om hun zaden te verdelen. Charlotte was van haar muildier afgestegen en liep tussen de koffieboompjes door, verbaasde zich over het wonder van de ontluikende knoppen en liet zich in vervoering brengen door de geur die aan jasmijn of hyacinten deed denken. Dit jaar zou ze koffievruchten oogsten, haar arbeiders zouden de rode bessen plukken en in manden naar het waterbassin bij de vijver dragen. Hemel, ze moest de pers uitproberen. Als de grote draaikuip niet meer functioneerde, was het belangrijk op tijd een nieuwe te kopen. Ze moest zakken aanschaffen, rieten matten waar de bonen op konden drogen, een weegschaal. Had ze wel genoeg manden? Binnenkort zou ze afdalen naar Wilhelmsthal en bij de Indische kooplui langsgaan. Of zou het voordeliger zijn de spullen in Tanga te bestellen? Als het transport met de trein nou maar niet zo duur was. De vrachtprijs voor een pers was bijna de helft van zijn koopprijs, maar als je dragers inhuurde was het niet veel goedkoper...

Ze had de eenzame ruiter op de weg helemaal niet opgemerkt. Pas toen Simba zachtjes begon te grommen, draaide ze zich om. De man dreef zijn paard over de glibberige weg op een manier alsof het hem niet uitmaakte als ze uitgleden en allebei hun nek braken. Pas toen hij het muildier zag dat ze aan een struik had vastgebonden, zag hij zich genoodzaakt zijn rijdier in te tomen en in een gematigder tempo dichterbij te komen. Charlotte bekeek onderzoekend het bruine paard dat haar ergens bekend voorkwam en toen de ruiter zijn vlekkerige hoed uit zijn gezicht duwde, was er geen twijfel meer mogelijk.

'De witte bloemen staan goed bij uw zwarte haar,' zei Jeremy Brooks, zonder haar te groeten.

'U bent een verbazingwekkende man, meneer Brooks,' antwoordde Charlotte koel. Ze was nog steeds geïrriteerd over de vijf flessen whisky die hij in de logeerkamer voor haar had achtergelaten. 'Gisteravond was u zo zwak dat u geen woord kon uitbrengen en nu zit u al weer vroeg in het zadel.'

'Ik beschik over een tovermiddel dat me altijd weer op de been brengt…'

'Dat weet ik…'

Hij bleef ernstig en keek vanaf zijn paard op haar neer. Ze registreerde voor de eerste keer bewust dat hij bruine ogen had. Zijn gezicht was gladgeschoren en ondanks zijn jeugd tekenden zich in zijn ooghoeken al de eerste rimpeltjes af, een tol die veel Europeanen voor de Afrikaanse zon moesten betalen.

'Dacht ik het niet,' reageerde hij met een theatrale zucht. 'Ook dit geschenk kan in uw ogen geen genade vinden. En ik heb het nog wel met pijn in het hart gegeven, mooie dame.'

Hij had een zelfbewuste charme die haar tegelijk verwarde en afstootte en waarmee hij vast succes had bij zekere dames. 'Mag ik vragen wat u al zo vroeg de bergen in gedreven heeft, meneer Brooks?' vroeg ze snibbig, maar hij liet zich door haar afwijzende toon niet van de wijs brengen.

'Dat mag, mevrouw. Ik was mijn hoed kwijtgeraakt en heb me op weg begeven om het kostbare voorwerp te zoeken. Het gaat niet om zomaar een hoed, maar om de herinnering aan een mooie vriendschap…'

Overdreef hij? Welke idioot kroop er nou voor een hoed in een modderlawine rond die elk moment weer in beweging kon komen? Toch, als ze zich het goed herinnerde, had hij gisteravond inderdaad geen hoed opgehad, terwijl hij nu dit met modder besmeurde hoofddeksel droeg waarvan de rand op één plek totaal aan flarden was.

Ze besloot er niet verder op door te gaan en hem in plaats daarvan naar zijn verdere plannen te vragen. 'En, wat gaat u nu doen, meneer Brooks?'

Hij zei niets en keek toe hoe ze haar muildier losmaakte en in het zadel steeg. Simba gromde zacht en rilde. Het was zonneklaar dat hij Jeremy Brooks niet mocht.

'Ik sta bij u in het krijt, lady, dus als u er niets op tegen heeft wil ik mij op de plantage nuttig maken.'

Ze had haar rijdier al de weg op geleid. Hij sloot zich nonchalant bij haar aan en leek met haar mee naar huis te willen rijden. Ze zou zijn aanbod eigenlijk moeten waarderen, maar er bekroop haar een ongemakkelijk gevoel.

'De luipaarden in de omgeving zijn niet vrijgegeven voor de jacht,' zei ze onvriendelijk.

'In orde. Wat vindt u van een waterburcht voor uw eenden? Ik zou het op een eilandje in de vijver kunnen bouwen zodat de arme beesten veilig zijn voor de hond.'

Een waterburcht voor haar eenden! Tegen wil en dank moest ze lachen. Wat was hij toch een vreemde vogel, al had George wel gelijk gehad, hij had fantasie.

'Wat valt er te lachen? Ik heb kunnen vaststellen dat mijn kippenhok nog steeds dienstdoet en uw hond neemt het mij tot op de dag van vandaag kwalijk dat ik de jacht op het pluimvee voor hem heb bedorven. Hoor maar hoe hij tegen me gromt.'

'Simba, hou je stil.'

Zwijgend reden ze naast elkaar. Charlotte in het midden van de weg tussen de twee modderige sporen, Jeremy op de met gras begroeide linkerkant van de weg. De hond rende vooruit, niet zonder af en toe een boom of paaltje te markeren en naar de twee ruiters om te kijken.

'Wat is er, lady?' vroeg Jeremy ongeduldig toen ze niet op zijn aanbod inging. 'Het hoeft niet per se een waterburcht te zijn, geef me gewoon een opdracht en ik voer hem uit. Ik wil zelfs de wereld uit zijn hengsels rukken en de maan uit de lucht plukken als u dat wenst.'

Nu moest ze weer lachen en deze keer deed hij mee, trok zijn hoed van zijn hoofd en zwaaide hem met een wilde kreet heen en weer. Charlottes muildier maakte geschrokken een sprongetje en Simba blafte.

'Nou ja, misschien kunt u een keer naar mijn pers kijken. Ik heb hem van mijn voorgangster gekocht, maar ik weet niet zeker of hij het doet.'

'Een pers,' herhaalde hij nadenkend. 'Is dat niet het apparaat dat de koffiebessen plet zodat je bij de bonen kunt komen?'

Kijk aan, dacht ze, daar lijk ik de goeie gevonden te hebben. Hopelijk zou hij de pers niet volledig ruïneren.

Omdat het weer goed bleef, maakte ze een kleine omweg naar de velden met het vee en constateerde dat sommige paaltjes weer door de termieten aangevreten waren. Ze moest die paaltjes zo snel mogelijk vervangen anders liepen de koeien en schapen weg. Maar ook die nieuwe paaltjes zouden de vraatzuchtige beesten binnen de kortste tijd vernietigd hebben.

'U kunt de termietengangen uitroken,' stelde Jeremy voor.

'Dat hebben mijn Afrikanen al een paar keer geprobeerd, maar ze komen steeds weer terug.'

Tijdens de rit naar huis vertelde hij over inheemse stammen die de termieten met wierook of beukenhout bestreden. 'Nog beter werken de spreuken van de tovenaressen en medicijnmannen, die helpen bijna altijd,' verklaarde hij tot haar verrassing met grote overtuiging.

'Gelooft u daarin, meneer Brooks?'

'In de macht van tovenaressen? Absoluut. Twee jaar geleden strandde ik midden op de droge savanne, de munitie was op, al het water was verbruikt...'

Ze liet hem praten en volstond erin zwijgend te luisteren.

'Meende u dat, wat betreft de pers?' vroeg ze aan Jeremy toen ze voor het huis van hun rijdieren gleden.

‘Vanzelfsprekend, lady.’

‘Hij staat daar onder het golfplaten afdak. Maar kom eerst mee naar binnen om te eten.’

‘Dank u, ik eet vanavond pas.’

Hij trok zijn hoed dieper over zijn voorhoofd en liep naar het gammele bouwsel dat de pers slechts provisorisch tegen de regen beschermde.

’s Middags begon het weer te onweren en algauw zagen ze de arbeiders met hun harken en schoffels van het land terugkeren. Met dergelijk weer viel er niets te doen. Peter stond in de woonkamer op de eerste etage op een wankele stoel en zwaaide met een hamer om een gat in het dak met een plank dicht te timmeren. Hij had al meerdere spijkers krom geslagen, maar wilde van geen ophouden weten. Klara’s smeekbeden om dergelijk werk aan Jonas Sabuni over te laten, negeerde hij.

Martha Mukea kwam uit de waskeuken tevoorschijn en klaagde dat ze drie witte onderbroeken die al aan de lijn hingen nog een keer moest wassen.

‘Bwana Jeremy druk aan werk en olie spat op witte was.’

Charlotte keek heel even op van haar boekhouding en gaf met gefronst voorhoofd opdracht de was voorlopig in de aanbouw met de logeerkamer op te hangen. Zou het slijpen en dreunen in de werkplaats dan nooit ophouden? Het was een wonder dat de Engelsman zo lang zonder zijn whisky kon, misschien had hij ergens een reservevoorraadje verstopt. Haar ‘cadeau’ had ze in elk geval uit de logeerkamer gehaald en in haar slaapkamer bij de verbanddoos gestald.

Aan het eind van de middag klopte Jeremy op haar deur. Hij had zijn handen en gezicht zo’n beetje met regenwater gewassen. Zijn kleren en haar waren met een grijze substantie besmeurd en hij rook verschrikkelijk naar petroleum.

‘Uw gehoorzame dienaar meldt zich, de pers is roestvrij en werkt onberispelijk.’

Charlotte legde het tijdschrift *Der Planzer* opzij, waarin over allerlei schimmelziekten bij sisalplanten werd bericht, en keek naar het sombere gezicht van de jonge man. Zijn boodschap klonk niet alsof hij trots was op een bijzondere prestatie, eerder stug en uitdagend.

'Echt waar? Dat is geweldig!'

'U kunt hem gerust uitproberen, de slinger werkt zo licht dat zelfs een kind hem kan bedienen.'

Ze geloofde er geen woord van en besloot direct een kijkje te gaan nemen.

Toen ze abrupt van haar stoel opstond en op hem afliep, deed hij een paar stappen achteruit. 'Kijk uit, ik zit onder de olie.'

De ware reden voor zijn terughoudendheid was echter dat ze zijn alcoholkegel niet zou ruiken. Hij had dus inderdaad ergens een reservefles verstopt, vermoedelijk op de zolder van het gastenhuis tussen de mais- en gerstzakken. Het ging haar niets aan, tenslotte was het zijn whisky, zijn leven.

De pers had een paar deuken, maar die had hij vast eerder ook al gehad. Verrast constateerde Charlotte dat Jeremy de waarheid had gesproken. De slinger liet zich zonder veel moeite ronddraaien en de meloenschillen die ze bij wijze van test in de trechter gooide, werden door de machine geplet en in stukken weer uitgespuugd.

'Wat heb ik gezegd?' zei de Engelsman triomfantelijk en hij gaf de hendel een klap met de vlakke hand zodat hij drie keer ronddraaide alvorens tot stilstand te komen. 'Het was smerig werk omdat ik alle roest eraf moest schuren en toen alles weer moest invetten.'

'Dat hebt u heel goed gedaan, meneer Brooks.'

Verrast en een beetje ontroerd zag ze dat hij blij was met deze lof.

Er viel een stilte tussen hen. Ze konden het geluid van de regen horen die vanaf het golfplaten dak op het erf drupte, een geit mekkerde, ergens huilde een kind. Jeremy's rechterhand streek over het gladde metaal van de machine, zijn vingers betastten de bovenste rand van de trechter als om te voelen of deze niet te scherp was. Hij had zijn ogen toegeknepen, net als iemand die tegen de wind in moest lopen.

'Dank u wel,' mompelde hij uiteindelijk. 'Precies dat wilde ik van u horen, mevrouw Johanssen.'

Nu had ze eigenlijk terug naar het huis moeten lopen om een bediende te vragen de pers met doeken af te dekken en ook Mukea moest weten dat ze de was kon verhangen. Ze deed niets van dat alles, maar bleef zwijgend naast hem staan en vocht met allerlei gedachten en gevoelens die ze tegenover hem eigenlijk niet ter sprake mocht brengen.

'Hoe zien uw plannen voor de komende weken eruit?' vroeg ze in plaats daarvan op zakelijke toon.

'Ik heb al gepakt, lady.'

Hij gaf de metalen kuip een vriendelijk afscheidstikje. 'Morgenvroeg ben ik weg.'

'En hoe zit het met de waterburcht?'

Hij lachte en was nu weer de charmante vrijmoedige jonge man die zich door niets uit het lood liet slaan.

'Die zal ik voor u bouwen als ik weer eens langskom.'

Hij pakte zijn hoed die hij aan een spijker had opgehangen van de muur en streek met zijn vingers door zijn koperkleurige haar, voor hij hem opzette. Met lange passen liep hij op de deur van de werkplaats af.

'Blijf hier, Jeremy,' riep Charlotte, een spontane ingeving volgend.

Hij bleef staan op de drempel en draaide zich besluiteloos naar haar om. Toen lachte hij opeens.

'Dank u wel, lady, ik voel me diep vereerd.'

Hij hield de deur voor haar open en keek haar na vanaf de drempel, terwijl zij de geiten bij haar potplanten wegjoeg, met Mukea over de was praatte en ten slotte in het huis verdween.

Toen hij haar de volgende dag begeleidde op haar buitenrit, had hij zijn besluit genomen en deed haar allerlei voorstellen om de plantage te verbeteren, sommige bruikbaar, sommige te gek voor woorden.

'Je hebt goed werk verricht, Charlotte,' zei Peter toen ze 's avonds met z'n drieën bij elkaar zaten. 'Zovelen die tot zonde zijn vervallen, komen door hard te werken weer op het goede pad.'

'Ik ben niet van plan van Jeremy Brooks een nieuw mens te maken, dat kan ik helemaal niet. Hij is een handige en slimme jongen die ik goed kan gebruiken.'

'Hij heeft een goede kern,' zei Klara. 'Het waren vast akelige omstandigheden die hem aan de drank hebben gebracht. Als hij zo vrolijk lacht is het net een kleine jongen. Heb je wel gemerkt hoeveel moeite hij doet om bij je in de smaak te vallen, Lotte?'

'Alsjeblieft, Klara,' steunde Charlotte, die blij was dat Jeremy haar niet kon horen. Hij stond erop gedurende zijn verblijf op de plantage in de hut van Björn Husdahl te wonen en was er al die eerste avond met al zijn bezittingen in getrokken. Charlotte had zich erover verwonderd, vooral omdat het in deze tijd van het jaar vaak regende en de nachten onbehaaglijk koel en vochtig konden zijn. Maar zowel Peter als Klara prees Jeremy's beslissing. Op deze manier bleef de logeerkamer vrij voor mogelijke bezoekers en daarbij was er een grotere ruimtelijke afstand tussen haar en een ongetrouwde man, wat fatsoenlijker was nu George in Dar es Salaam verbleef.

'De kamer in de aanbouw is maar drie deuren van jouw slaapkamer vandaan, Charlotte,' gaf Klara te bedenken.

'Je vergeet Simba.' Charlotte lachte. 'Hij zou iedere gast die het waagde in de buurt van die deur te komen met huid en haar opvreten.'

Inderdaad werd Simba niet vriendelijker jegens Jeremy. Overal waar de jonge man opdook ontving de roodbruine hond hem met een vijandig gegrom waarbij hij zelfs zijn nekharen overeind zette, zodat Charlotte genoodzaakt was haar beschermer tot de orde te roepen.

'Hij is niet vergeten dat u een jager bent,' maakte ze er een grapje van en ze probeerde Simba's opstandige vacht met zachte aaien weer glad te strijken.

'Maar hond en jager zijn partners,' protesteerde Jeremy mokkend. 'Waarom snapt hij niet dat ik aan zijn kant sta?'

'Hij heeft de verkeerde naam,' verklaarde Charlotte grijnzend. 'Simba de leeuw. U hebt al te veel leeuwen geschoten, meneer Brooks.'

'Ik heb al in geen maanden een leeuw geschoten.'

's Avonds verscheen Jeremy af en toe bij het woonhuis, klopte beleefd aan de voordeur en vroeg of hij bij hen mocht komen zitten. Hij was aangenaam gezelschap, kletste ongedwongen en kon om zichzelf lachen. Ook had hij een theatraal talent om over al zijn belevenissen te vertellen, al gaf hij daarbij nooit iets over zichzelf prijs. Hij had veel gereisd en allerlei eigenaardige mensen ontmoet. Zijn verhalen wemelden van zonderlinge persoonlijkheden uit alle landen van de wereld. Vaak verbaasde hij hen met goocheltrucs, liet mutsen, potloden en zelfs Charlottes hoofddoek verdwijnen om ze dan op de vreemdste plekken weer tevoorschijn te laten komen. Andere keren bedacht hij onschuldige gezelschapsspelletjes waarmee hij hen een hele avond bezighield. Hij toonde grote bewondering voor Klara's tekentalent en vroeg of hij haar voltooide tekeningen mocht zien.

'Morgen ga ik me met de termieten bezighouden,' zei Jeremy tegen Charlotte toen hij haar in de deuropening goedenacht wenste.

Ze keek hem glimlachend na tot hij in de duisternis verdwenen was en luisterde nog even naar de zachte geluiden van de nachtvogels en het gekabbel van het regenwater in de geulen die naar de vijver liepen. Toen ze de deur dichtdeed en vergrendelde werd het haar zwaar om het hart. Wat kon hij meeslepend zijn met zijn vrolijkheid en al die idiote invallen.

De volgende avond verscheen de Engelsman niet in het woonhuis. Charlotte vond het niet erg. Klara was boven gebleven omdat Sammi een beetje koorts had, Peter had zich in een tijdschrift verdiept en Charlotte legde briefpapier en haar vulpen klaar om aan George en Elisabeth te schrijven. Ze deed het met een slecht geweten omdat ze nog steeds geen beheerder voor Neu Kronau gevonden had. Waarom was ze zo kritisch? Waar wachtte ze op? Tenslotte hoefde ze niet met een beheerder te trouwen, ze moest hem alleen maar de plantage toevertrouwen.

Maar toch, dacht ze en kauwde op haar vulpen, een plantage is zo veel meer dan alleen een stuk land waarop koffie en sisal verbouwd wordt. Een plantage, dat is leven…

Onverwachts bewoog haar pen zich over het papier. De zinnen regen zich aan elkaar zonder dat ze er van tevoren over nagedacht had.

Mijn liefste,

Je hebt ooit eens gezegd dat geen enkele witte het recht heeft om in Afrika land te verwerven, het te beplanten en er zwarten op te laten werken. Ik heb dat nooit kunnen begrijpen en er vaak over gepiekerd omdat ik je geen onrecht wil doen. Maar intussen weet ik dat het land voor mij een heel andere betekenis heeft dan voor jou.
Jij begeeft je op het land, bewondert zijn schoonheid, daagt zijn verschrikkingen uit om je ermee te meten en vervolgens trek je verder en schrijft je boeken. Ik daarentegen graaf mijn wortels diep de aarde in, ik voel dit land, ik hou van dit land, het geeft me vreugde en verdriet en ik ben verantwoordelijk voor zijn welzijn zoals een moeder voor haar kind.
Nu lach je me vast vreselijk uit, mijn geliefde. Ja, ik weet dat jij dergelijke dingen veel beter kunt uitdrukken, wanneer ik het probeer klinkt het pathetisch en afschuwelijk onnozel. Daarom vraag ik je om deze brief aan niemand te laten zien, gooi hem weg, verbrand hem en laat hem vooral niet aan Elisabeth lezen.

Ik probeer het nog een keer, misschien lukt het me nu beter mezelf begrijpelijk te maken. Neu Kronau, dat zijn vooral de mensen voor wie ik verantwoordelijk ben. Niet alleen Klara, Peter en Sammi, maar ook al mijn zwarte bedienden en arbeiders, zowel degenen hier in huis als buiten in de arbeiderswoningen. En zelfs de Afrikanen in de omliggende dorpen. Neu Kronau, dat zijn mijn dieren, de velden, bergen, wouden, mijn akkers, de sisalplanten, de bloeiende koffieboompjes. Dat alles leeft en ik moet ervoor zorgen. Waarom dus zou ik geen recht op dit land hebben terwijl zo veel wezens mijn zorg nodig hebben?

Ze leunde achterover en las het geschrevene nog eens over. Zou George haar begrijpen? Ze zag hem voor zich, de goudgerande bril op zijn neus, daarachter zijn intelligente ogen die een mens zo indringend aan konden kijken. Glimlachend stelde ze zich voor hoe hij bij het lezen van haar ontboezemingen zijn voorhoofd fronste, af en toe het papier wat verder van zich af hield om moeilijk leesbare gedeeltes beter te kunnen ontcijferen. Zou hij haar uitlachen? Vermoedelijk zou hij grijnzen en een paar vrolijke opmerkingen onderdrukken. Maar dan zou hij serieus worden en over haar woorden nadenken. Ach, wat miste ze hem. Het zou zo fijn zijn over al deze dingen met hem te kunnen praten in plaats van ze op te schrijven en twee weken op antwoord te moeten wachten.

Ze beschreef het wonder van de koffiebloemen. De wollige witte vormen op de bovenste twijgen van de boompjes, waarvan de eerste al uitgebloeid waren en vrucht gezet hadden.

Op het moment dat ze daarmee klaar was moest ze even ophouden en bedenken hoe ze Jeremy's verschijnen op de plantage moest beschrijven. De aardverschuiving had zich in de omgeving voorgedaan waar ze zelf ooit in de knel was gekomen en ze wilde George in geen geval laten schrikken. Uiteindelijk verzweeg ze gewoon waar ze Jeremy gevonden hadden en vertelde alleen dat het

Peter geweest was die de jonge man het leven had gered. Klara was ongelooflijk trots op haar man.

Jeremy Brooks is een ongewone, maar heel amusante jonge man die nog een tijdje op de plantage zal blijven. De jacht op groot wild houdt hij voorlopig voor gezien, in plaats daarvan lijkt hij onverwachte talenten voor de landbouw te hebben. Het is hem gelukt de termieten bij de weilanden voor het vee te verdelgen. Of zijn methode zich blijvend zal bewijzen moet nog blijken. Ook kan hij goed omgaan met de zwarte arbeiders, hij praat ongedwongen met ze, maar hij heeft hun manier van werken snel begrepen en laat zich niets wijsmaken. Het is verbazingwekkend hoe bereidwillig ze zijn instructies opvolgen. Verder heeft hij allerlei zonderlinge ideeën die ik hem nog uit het hoofd moet praten.

Ze zou een afzonderlijke brief aan Elisabeth bijsluiten. Was ze nog iets vergeten? O ja, die vervelende kwestie van de opening van Kamal Singhs testament, waar ze in geen geval bij zou zijn. Wanneer George deze brief ontving was die datum sowieso al verstreken.

Ik verlang naar je, mijn liefste, en ik mis je. Mijn nachten zijn eenzaam, alleen Simba ligt naast mijn bed en snurkt soms zo hard dat ik er wakker van wordt. Nog maar een paar weken, op zijn laatst eind mei, dat weet ik zeker, dan zijn we weer bij elkaar.

Je liefhebbende Charlotte.

Twee weken later bracht de postbode zoals verwacht een antwoord van George Johanssen naar Neu Kronau. Tot Charlottes verrassing was het dit keer geen dikke envelop vol manuscripten, maar een enkele brief.

Mijn geliefde Charlotte,

Het is nu zes weken dat we van elkaar gescheiden zijn en ik ben bang dat je ook deze maand geen geschikte beheerder zult vinden. Ik sta vaak voor je foto's die mij de wereld vanuit jouw gezichtspunt tonen en vraag me af of ik ooit zal leren de dingen zo te zien zoals jij ze, mijn schat, beschrijft. Datgene wat je over je liefde voor het land en de Afrikaanse mensen schrijft, heeft me erg geraakt. Nee, je hebt je goed uitgedrukt, waarom heb je zo weinig vertrouwen in jezelf, in dat opzicht? Ik heb er lang over nagedacht en je hebt zeker gelijk. Ik voel het anders, ik zou nooit vervulling kunnen vinden in een stuk land. Mijn wortels slepen over de grond zonder zich ergens in te graven. Misschien was ik een ander mens geworden als wij tweeën elkaar eerder gevonden hadden? Ja, je zou de jonge George Johanssen hebben verdiend, de man die vol enthousiasme de wereld ontdekte en zich door de schoonheid in vervoering liet brengen, die er nog in geloofde dat je duurzaam geluk kon vasthouden. Een man in de leeftijd van jouw Jeremy die je onder je hoede genomen hebt en om wie je je zo ongerust maakt...
Ik heb een week verlof van de kliniek en kom met Elisabeth naar Neu Kronau. Wanneer je dit bericht in handen hebt, duurt het nog maar een paar dagen tot we bij je aankomen.

Pas maanden later zou haar duidelijk worden waarom George deze reis naar haar ondernam en verweet ze zichzelf zijn brief niet aandachtiger gelezen te hebben. Nu echter las ze alleen de laatste zin nog eens over, gooide het papier op tafel en gaf zich over aan haar gelukzalige voorpret. Hij zou komen en haar dochter meebrengen! Ze zou nooit geloofd hebben dat dokter George Johanssen zijn patiënten voor een week in de steek zou laten omdat hij heimwee naar zijn vrouw had. Daarbij was zij het die verantwoordelijk was voor deze lange scheiding, een scheiding die ze, dat moest ze eerlijk toegeven, allang had kunnen beëindigen.

Ze begon te rekenen. De twee zouden naar alle waarschijnlijkheid 's ochtends vroeg in Tanga de trein nemen en tegen de middag in Mombo aankomen. Daar zouden ze muildieren huren en via Wilhelmsthal en Domäne Kwai omhoogrijden naar Neu Kronau. Het was echter de vraag of ze de afstand over de doorweekte ondergrond in een middag konden afleggen. Waarschijnlijk moest George vanwege Elisabeth op een van de omliggende plantages overnachten. Ook Peter en Klara dachten dat de twee vermoedelijk een van de komende dagen in Neu Kronau zouden arriveren.

De zon zwom als een glanzende bal door de grijze sluierwolken van de avondhemel toen Charlotte en Jeremy van hun rit over de plantage terugkeerden. Ze waren voor een regenbui het bos in gevlucht en van hun paarden afgestegen om beschutting te vinden onder het dichte bladerdak. Jeremy had haar zijn jas aangeboden, wat ze lachend had afgeslagen. Daarna hadden ze zwijgend gewacht tot de regen ophield. Op de terugweg vroeg hij haar van alles over de productie van sisalvezels, waar inmiddels overal ter wereld veel vraag naar was, en hij deed allerlei gewaagde voorstellen.

'Als we meer land vrijmaken en sisal planten, veranderen we de plantage in een goudmijn, dat weet ik zeker.'

'We hebben nu al te weinig arbeiders,' reageerde Charlotte, 'en buiten dat komt de koffieoogst eraan. Laten we eerst maar eens kijken hoe de sisal het hier doet...'

Ze hield op met praten omdat Simba opeens voor hen uit rende en in één keer over het toegangshek sprong. Charlotte had een vermoeden wat de hond daartoe aangezet had. Haar hartslag versnelde en ze tuurde opgewonden richting het huis. Ervoor stonden meerdere mensen, onder wie twee heel slanke, lange mannen en een meisje. Een van de mannen was Schammi, duidelijk te herkennen aan zijn lange kaftan, de andere, een witte in een licht tropenpak, George! Hij leunde met zijn rug tegen de huismuur, met zijn armen gevouwen tegen zijn borst, en leek al een hele tijd naar haar te kijken. Nu moest hij zich echter tegen de hond verweren die in wilde vreugde over het weerzien tegen hem opsprong.

Jeremy had niets van dit alles gemerkt. Simba's sprong over het hek had zijn eerzucht gewekt. Hij lachte overmoedig, stuurde zijn paard een eindje terug om een aanloopje te nemen en vloog in één nonchalante sprong over de hindernis. Sabuni, die met twee van zijn kinderen kwam aanlopen om het hek open te doen, vluchtte angstig het weiland in. Zo'n roekeloze ruiter als bwana Brooks hadden ze nog nooit gezien. De triomfantelijke uitdrukking op het gezicht van de jonge man verdween echter snel toen Charlotte hem achteloos voorbijreed richting het huis.

'George, Elisabeth, daar zijn jullie al!'

Haar dochter maakte zich los van de kleine Sammi en Ontulwe, die zich ter begroeting enthousiast aan haar vastgeklampt hadden, en stormde op Charlotte af. Het lichte linnen jurkje dat ze droeg was al te kort geworden. Hemel, ze had haar kind maar een paar weken niet gezien en toch was ze alweer gegroeid.

'Laat me los, ik wil mijn mama begroeten.'

Protestgehuil mengde zich met Klara's zachte vermaningen. Elisabeth sleurde haar moeder zo ongeveer van haar paard en drukte zich zo dicht tegen haar aan dat Charlotte een slecht geweten kreeg. Hoe had ze het meisje zo lang alleen kunnen laten?

'Mama, stel je voor, George heeft gezegd dat ik dokter kan worden. Wat vind je daarvan?'

'Dat is een geweldig idee, mijn schat. Laten we eerst naar binnen gaan. Kigobo, Kerefu, zorg voor de paarden. Mukea, leg een schoon laken over de tafel. De kok moet de bonen en het geitenvlees klaarmaken, ik zal hem wat van mijn kruidenvoorraad geven...'

George wachtte geduldig tot de opschudding een beetje geluwd was voor hij naar Charlotte toe kwam en haar naar zich toe trok. 'Je ziet eruit als een jong meisje,' mompelde hij. 'Het buitenleven doet je goed, mijn schat.'

Voor een moment ademde ze de geur van zijn kleren en lichaam in, bevend van verlangen om hem te kussen, maar ze waren niet alleen en moesten rekening houden met de anderen. Hij deelde haar verlangen, dat merkte ze aan zijn diepe ademhaling en de hitte van zijn hand die langzaam, bijna achteloos over haar rug naar haar taille gleed. Haar huid prikte onder de stof van haar jurk en ze keerde zich snel van hem af om naar binnen te gaan.

'En u, meneer Brooks,' riep George, die op de drempel was blijven staan. 'Komt u niet mee naar binnen?'

Jeremy had zijn bruine paard aan de halter genomen om hem naar de stal te brengen zonder om te kijken.

'Ik wil niet storen...'

'Onzin. Hou ons gezelschap, meneer Brooks, alstublieft.'

Aarzelend gaf de Engelsman toe, liet zijn paard over aan de oude Kerefu en volgde George het huis in.

Het was een vrolijke avond. Een vrolijk samenzijn van kinderen en volwassenen dat Klara deed herinneren aan de fijne tijden in Leer als de hele familie voor een feestelijke gelegenheid bij elkaar kwam in het huis van grootmoeder. Elisabeth, die eigenlijk moe had moeten zijn van de lange rit, vertelde Charlotte de ene na de andere schoolanekdote, betrok ook tante Klara en oom Peter erbij en stond erop de slapende Sammi helemaal in haar eentje naar bed te brengen.

George was na het eten naast Jeremy gaan zitten en wijdde zich zodanig aan de jonge man dat Charlotte bijna jaloers werd. Goed, George leek belangstelling te hebben voor de jonge Brit en hun interesses leken elkaar te overlappen, van de jacht op groot wild tot aan auto's. Ook bleek Jeremy twee van George' boeken gelezen te hebben, waarvan hij zich nog veel kon herinneren. Telkens als ze naar het gesprek tussen de twee mannen luisterde, moest Charlotte vaststellen dat hier een heel andere Jeremy Brooks zat dan degene die ze tot nu toe kende. Lag het eraan dat George hem uitdaagde en zijn argumenten serieus nam? Dat hij geen oppervlakkigheid toestond, maar hem ook niet kwetste en hem gewoon op een vriendelijke manier vragen stelde?

'Dus u denkt dat onze mooie wereld binnen afzienbare tijd geen witte vlekken meer heeft, meneer Brooks?'

'Heel zeker. Het zal nog een paar jaar duren, maar op een gegeven moment zal elk hoekje opgemeten zijn. U hebt er zelf een bijdrage aan geleverd, dokter Johanssen, toen u in Rwanda was.'

'Dat is waar, ook al heb ik me tijdens die expeditie niet met cartografie beziggehouden. Vaak komt deze inspanning vreemd op mij over. Wie heeft er nu wat aan als een gebied in kaart is gebracht?'

'Nou, dat lijkt me duidelijk. Degenen die dat land bezitten, Britten, Belgen of Duitsers, willen ook weten hoe het eruitziet.'

George schudde schijnbaar ongelovig zijn hoofd.

'Maar de Afrikanen die daar leven weten heel goed hoe hun land eruitziet. Men hoeft het hun alleen maar te vragen, toch?'

Jeremy begon te lachen en ook George die hem met zijn grijze ogen zo indringend had aangekeken, zag er opeens geamuseerd uit.

'Met alle respect, dokter Johanssen, maar zo'n naïeve bewering heb ik nog nooit gehoord. Allereerst is er een groot verschil tussen een exacte wetenschappelijke opmeting en de beelden in het hoofd van een Afrikaan. En daarnaast zullen de zwarten, zelfs als ze elke steen van hun land kennen, niet erg genegen zijn hun kennis met anderen te delen. De redenen daarvoor liggen voor de hand.'

'Ik zie dat niet zo. Waarom zouden ze de witten niet vertellen hoe hun savannes en bossen eruitzien, waar hun paden lopen, in welke heilige oorden hun geesten leven?'

Jeremy fronste zijn voorhoofd en staarde George aan. Toen knikte hij.

'Omdat ze daarmee hun vaderland prijsgeven. Ik begrijp wat u wilt zeggen, dokter Johanssen. Degene die het land opmeet en optekent, die wil zijn stempel erop drukken. Hij zal de paden van zijn voorganger vernielen en nieuwe wegen aanleggen, hij zal de bossen kappen en akkers ontwikkelen en hij zal de oude goden verjagen om zijn eigen kerken te bouwen. Pas als hij dat alles bereikt heeft, is het land werkelijk van hem.'

'Zoiets zou het kunnen zijn, meneer Brooks,' antwoordde George ernstig.

Klara en Peter namen als eerste afscheid. Elisabeth was zittend al bijna in slaap gevallen, en wilde liever hier in de huiskamer naast de snurkende Simba slapen dan alleen in de logeerkamer. Jeremy schudde George langdurig de hand, wenste Charlotte beleefd welterusten en verdween in de sterrenloze duisternis zonder een lantaarn mee te nemen.

Charlotte keek hem niet na zoals ze anders deed. Zonder iets te zeggen had George zijn arm om haar heen gelegd en schoof haar langs de slapende Elisabeth de slaapkamer in. Ze voelde zijn hete adem in haar nek. Hij nam haar in alle haast, wat ze aan de lange scheiding weet, rukte ongeduldig aan knopen en haakjes, trok de haarspelden en linten uit haar haar en gooide ze op de grond. Ook zij was gepassioneerd, bood zich verleidelijk, bijna schaamteloos aan hem aan en schrok toen van de harde greep waarmee hij haar armen op het laken drukte.

'Je doet me pijn, George.'

Geschrokken liet hij haar los en vroeg om vergeving, maar ook toen hij haar wat voorzichtiger vastpakte voelde ze een spanning die meer was dan alleen lichamelijk verlangen. Woede mengde zich met zijn hartstocht, een woede die zich niet alleen tegen haar maar ook tegen zichzelf richtte en die ze op haar manier interpreteerde. Blijkbaar was hij gekomen omdat hij zich aan haar ergerde, maar dat wilde hij haar niet in het gezicht zeggen om geen ruzie uit te lokken.

Teleurgesteld lagen ze naast elkaar. Charlotte had zich snel na het hoogtepunt uit zijn armen losgemaakt en zich voorovergebogen om de deken over hen heen te trekken. Toen ze weer ging liggen, pakte hij haar handen en hield ze vast. De lamp op het dressoir flikkerde doordat de olie bijna op was, in het onrustige licht leek George' profiel scherp en benig. Hij was tien jaar ouder dan zij, het komende jaar zou hij vijftig worden. Opeens overviel haar een overweldigende tederheid voor de man naast haar die jaren geleden, als jong heethoofd, haar hart gestolen had en nu langzaam ouder werd. Was het verwonderlijk dat hij boos was over de lange scheiding? Hij had haar toch bekend hoezeer hij haar nodig had. Ze had graag met een vinger over zijn wang gestreken, maar hij hield haar handen stevig vast.

'Ga slapen, liefje,' fluisterde hij in haar oor. 'Je moet morgen weer op tijd op.'

Natuurlijk wist hij dat ze altijd vroeg opstond. Hijzelf daarentegen zou tot ver in de ochtend doorslapen.

'Ga je nog werken?' vroeg ze toen hij aanstalten maakte om zijn overhemd aan te trekken.

'Ik kan naar hiernaast gaan als je last hebt van het licht.'

Het licht stoorde haar niet, het feit dat hij nu wilde opstaan om aan zijn manuscript te gaan werken wel. Het was dwaas, want zo was het altijd gegaan. Waarom dacht ze zich eenzaam en verlaten te voelen als hij nu uit bed ging?

'Wacht, ik ben niet moe, George. Blijf nog een poosje bij me, alsjeblieft.'

Hij keek haar onderzoekend aan alsof hij door haar ogen diep in haar ziel wilde kijken.

'Wat nu, mijn schat?' zei hij fijntjes lachend en hij ging weer naast haar liggen. 'Heb je me gemist of zo?'

Waar de tranen ineens vandaan kwamen wist ze niet, maar het

was onmogelijk ze tegen te houden. Ze snikte hardop en klemde zich aan hem vast als een klein meisje. Ja, ze had naar hem verlangd, stamelde ze met een door de tranen verstikte stem, dagelijks, elk uur, niet alleen 's nachts. Ze had zijn stem gemist, zijn ironische glimlach, de gesprekken met hem en zelfs zijn betweterigheid, zijn verstandige en ongebruikelijke opvattingen over het leven.

'Ik wil een kind van je, George.'

'Een kind? Ach, Charlotte. Liefste!'

Hij hield haar in zijn armen, liet haar tegen zijn borst snikken en ze voelde hoe hij haar hals en voorhoofd kuste tot ze uitgehuild was en haar natte gezicht met een punt van laken afveegde.

'Ik heb over je dochter nagedacht, Charlotte,' zei hij na een poosje.

Dat was niet wat ze wilde horen. Natuurlijk was ze blij dat George en Elisabeth zo goed met elkaar konden opschieten, maar waarom zei hij niets over haar verlangen naar een kind van hen samen?

'Elisabeth,' mompelde ze en ze schraapte haar keel. 'Wat heeft ze uitgehaald?'

'Niets, integendeel. Ik vind haar heel getalenteerd en intelligent. We moeten erover nadenken hoe we haar verder zullen begeleiden.'

Charlotte draaide zich op haar rug en knipperde naar de houten balken van het plafond waarvan het pleisterwerk alweer afbrokkelde. Misschien had ze het zo vurig gewenste kind zojuist ontvangen?

Ze streek het verwarde haar uit haar gezicht. 'Hoe bedoel je dat?'

Hij was nu ook op zijn rug gaan liggen en hield alleen zijn hoofd een beetje opzij om haar aan te kunnen kijken.

'De scholen van de overheid in Dar es Salaam leiden hoogstens op tot telefoniste of lerares. Het belangrijkste vindt men dat de meisjes op hun toekomstige huwelijk voorbereid worden, wat op zich geen slechte zaak is...'

'O ja, vind je dat?' plaagde ze hem vrolijk.

'Zeker, mijn schat. Ik ben je grootmoeder nog steeds dankbaar dat ze zo'n degelijke huisvrouw van je gemaakt heeft.'

Charlotte wist dat hij dat niet in ernst meende. George liet de organisatie van het huishouden in Dar es Salaam graag aan haar over, maar hij had het ook niet erg gevonden als ze daar geen zin in had gehad.

'En je vindt dat Elisabeth niet op het huwelijk voorbereid hoeft te worden?'

'Dat heb ik niet gezegd. Het zou alleen zonde zijn van haar capaciteiten als het daarbij bleef. Heb je gelezen dat er in Pruisen tegenwoordig gymnasiumopleidingen voor meisjes zijn en zelfs meisjesuniversiteiten?'

Daar had ze inderdaad over gelezen en ze had het eigenlijk niet echt kunnen geloven. Wat was ze vroeger jaloers geweest op haar neef Paul die naar het gymnasium in Leer mocht, terwijl zijzelf alleen naar de gewone volksschool ging, net als alle andere meisjes. En nu was het mogelijk voor een vrouw om aan de universiteit te studeren!

Ze keek George met een tedere glimlach aan. Het paste bij hem dat hij zich hiervoor inzette terwijl zo veel andere mannen hun hoofd schudden. Er bestonden zelfs zogenaamde wetenschappers die wilden bewijzen dat het vrouwelijk brein vanwege zijn lichtere gewicht minder in staat was tot presteren dan het mannelijke en dat daarom een vrouw onmogelijk met goed gevolg een universitaire studie zou kunnen voltooien.

'Dan was jij het dus die dat idee in haar hoofd gezet heeft,' constateerde ze geamuseerd. 'Ze vertelde me al bij onze begroeting dat ze dokter wilde worden.'

Hij grijnsde. 'Ik denk dat we het aan moeten durven, Charlotte. Je dochter zal algauw tien jaar oud zijn en haar opleiding is nogal warrig. Ze heeft zowel allerlei bruikbare als overbodige dingen geleerd op verschillende scholen en daarbij heb ik haar nog het een en ander over literatuur en medicijnen bijgebracht, maar als ze niet gauw geregeld naar een goede school gaat, krijgt ze het heel moeilijk.'

Net nog had Charlotte zijn voorstel geweldig moedig en vooruitstrevend gevonden en hem ervoor willen zoenen, maar nu werd ze zich ervan bewust dat het niet alleen om mooie ideeën ging. Elisabeth moest naar een gymnasium voor meisjes, en wel over niet al te lange tijd.

'Maar... maar hier in Afrika bestaat zoiets niet.'

George deed zijn armen omhoog en schoof zijn handen achter zijn nek, toen keek hij weer naar haar. Deze keer was zijn blik ernstig.

'Nee, Charlotte. Voor dit doel moet Elisabeth naar Duitsland. Dergelijke meisjesgymnasia zijn allemaal private ondernemingen, we moeten er samen een uitkiezen en haar bij een familie onderbrengen.'

Ze zweeg. Wist hij wel wat hij van haar vroeg? Ze moest Afrika verlaten en met hen naar Duitsland reizen, mogelijk naar Pruisen waar nog steeds Elisabeths grootouders en oom op hun landgoed in Brandenburg woonden en misschien aanspraak op haar zouden maken. Wat zou er gebeuren als ze daar bij een gezin woonde en opeens de grootouders voor de deur stonden om hun kleindochter mee te nemen? Zou het er werkelijk iets toe doen dat George Elisabeth geadopteerd had? Misschien zou ze haar dochter voor altijd kwijtraken.

'Ik weet dat het een beslissing is die we lang en zorgvuldig moeten overwegen, Charlotte. Elisabeth is jouw dochter, maar ik heb haar geadopteerd en het moet jou duidelijk zijn hoezeer ik aan haar gehecht ben.'

'Dat weet ik toch, George,' mompelde ze met een pijnlijk vertrokken gezicht. 'Maar ik hou van haar, hoe kan ik haar nou naar Duitsland sturen? Zo oneindig ver weg...'

'Denk er in alle rust over na, Charlotte. We zullen haar bezoeken en misschien een gedeelte van het jaar in haar buurt doorbrengen...'

Hij had nog andere ideeën, wilde met haar naar Caïro trekken, zich in Marokko settelen of misschien in Italië. Vandaaruit was het niet zo heel ver naar Duitsland, ze konden elkaar opzoeken, Elisabeth zou in de vakanties bij hen zijn. Ze konden daar ook land kopen en bebouwen, een zaak beginnen of zelfs een fotostudio openen.

'Misschien,' mompelde ze en ze deed moe haar ogen dicht. 'Ik moet er een nachtje over slapen.'

O, hoe goed kon ze nu haar grootmoeder Dirksen in Leer begrijpen. Nooit, in geen geval zou Grete Dirksen haar kleindochter Charlotte hebben weggegeven. En zeker niet haar eigen dochter. Waren grootmoeder en moeder daarom vreselijk egoïstisch?

Ze voelde hoe George zich over haar heen boog en haar voorhoofd kuste. Hij trok de deken recht en vervolgens hoorde ze hem opstaan, zijn manuscript uit zijn reistas pakken en geruisloos de kamer verlaten.

Toen ze zoals gewoonlijk voor zonsopkomst wakker werd had ze een onbehaaglijk gevoel dat ze aanvankelijk niet kon verklaren tot het tot haar doordrong dat ze geen zachte ademhaling naast haar hoorde en ook niet de warmte van zijn lichaam voelde. George lag niet naast haar.

Hij zat, al helemaal aangekleed, in de huiskamer beneden, maar hij had geen lamp aangedaan om de slapende Elisabeth niet te storen.

'Wat is er?' fluisterde Charlotte bezorgd terwijl ze zich over hem heen boog.

'Niets.' Hij legde zijn hand in haar nek. 'Ik ben van plan met je mee te gaan op je ochtendrit, mijn schat.'

Zacht trok hij haar tegen zich aan om haar een kus te geven en ze schrok een beetje doordat zijn lippen heet en droog aanvoelden.

'Je hebt toch geen koorts?'

'Een beetje. Ik heb al iets ingenomen.'

'Dan kun je je beter ontzien, George.'

'Wie is hier de dokter? Jij of ik?' vroeg hij grijnzend en hij stond op.

Ze kleedde zich aan en zorgde ervoor dat er een stevig ontbijt werd opgediend, waarvan George echter niets nam behalve koffie en een stukje koud vlees. Jeremy verscheen vroeger dan gewoonlijk. Hij had het licht door het raam gezien en gaf graag gevolg aan George' vriendelijke uitnodiging om bij hen aan tafel te komen zitten. Ze praatten over de plantage, vooral over de vol spanning verwachte eerste koffieoogst. Daarna bracht Jeremy ceders en rubber ter sprake, mogelijke steunpilaren voor de plantage die Charlotte niet mocht verwaarlozen, en hij beschreef vol trots zijn methode om de termieten te bestrijden.

'Er is er geen één teruggekomen,' lachte hij triomfantelijk en hij sloeg de rest van zijn koffie achterover. 'Het moet daarbeneden bij de velden de ronde hebben gedaan dat Jeremy Brooks het gevecht tegen de houtvreters is aangegaan.'

Charlotte glimlachte om zijn geestdrift en waarschuwde hem dat termieten hardnekkige plaaggeesten waren waarvoor je steeds op je hoede moest blijven. Een tijdje ruziede ze met hem over de aanplant van rubberbomen en gaf ten slotte toe dat hij niet helemaal ongelijk had, maar dat er op dit moment niet genoeg geld en arbeidskrachten beschikbaar waren. 'Dat is dan een opdracht voor de toekomstige beheerder,' zei George, die tot nu toe nauwelijks aan het gesprek had deelgenomen en in plaats daarvan achterovergeleund in zijn stoel voor zich uit gestaard had.

'Dat is waar,' verzuchtte Charlotte.

Ze vertrokken bij het eerste licht. De bergen rondom zaten nog in de mist en vochtigheid steeg in witte slierten omhoog vanaf de velden en struiken. Apen sprongen tussen takken heen en weer en lieten hier en daar dauwdruppels op de ruiters neerregenen. Het gekwetter van de vogels klonk uit alle richtingen en vulde de lucht met krassende, fluitende en zangerige geluiden. Charlotte reed zwijgend naast George, achter hen kwam Jeremy en als hekkensluiter Simba die haar op elke rit ongevraagd begeleidde.

'Is het niet mooi?' vroeg Charlotte aan George.

'Ja,' erkende hij. 'De wereld is mooi en op zijn allermooist in de ochtend.'

Wat later bleef hij een beetje achter zodat Jeremy bij Charlotte kon aansluiten. De twee overlegden over het werk van die dag, stelden vast welke taken het meest dringend waren en welke arbeiders daarvoor het meest geschikt. Jeremy kende alle namen van de Afrikaanse arbeiders die op de plantage woonden, wist ze in te schatten en kon voor een deel ook zeggen hoe hun vrouw en kinderen heetten.

Terwijl Jeremy de termietenheuvel zorgvuldig inspecteerde, bleef Charlotte bij George die op een rotsblok was gaan zitten en Simba's nek krabde.

George keek met knipperende ogen naar het keiharde gangenstelsel van het termietenbouwsel waar Jeremy met een stok in de aarde porde.

'Hoe heeft hij de lieve diertjes verdreven?'

'Hij heeft er een of andere vloeistof in gegoten. Het zou een recept van een medicijnman van een stam in Congo zijn.'

'En werkt het?'

'Tot nu toe wel.'

George hoestte en keek omhoog naar de hemel die betrokken raakte met donkere regenwolken. Een briesje bracht de geur van koffiebloemen met zich mee, ook de acacia's, tamarindes en andere planten stonden in bloei. Het was de vruchtbare tijd waarin alles weelderig groeide en bloeide.

'Hoe oud is Jeremy?'

'Dertig misschien?' schatte Charlotte.

‘Ja, dat kan kloppen. Verdomd jong, nietwaar?’

Hij tilde zijn hoofd op en bekeek haar met een veelzeggend glimlachje. Charlotte bloosde. Hoe kwam ze op het dwaze idee dat George jaloers was op een onnozele hals als Jeremy?

‘Ik denk dat ik beter terug kan rijden en nog even ga slapen,’ zei George en hij redde haar daarmee van haar verlegenheid.

Langzaam stond hij op van zijn harde zitplaats, maar hij besteeg zijn paard met gebruikelijk gemak en toen Charlotte hem omslachtig uit wilde leggen hoe hij terug moest rijden, lachte hij haar uit.

‘Ik ben een oude woud- en veldloper, lieveling. Ik ga altijd mijn neus achterna en kom terecht.’

Ze keek hem na terwijl hij over de weg terugreed, zijn hoed over zijn voorhoofd gedrukt, zijn wijde jasje fladderend om zijn schouders. Na een poosje leken paard en ruiter klein en kwetsbaar tegen de achtergrond van de donkere bosrand en toen zijn gestalte achter een heuvel verdween, voelde ze de onzinnige aandrang achter hem aan te gaan. Wat was er mis met haar?

‘Hé, lady, alle gangen zijn galmend leeg. Wat zegt u nou?’

‘Geweldig,’ riep ze en ze veegde met de rug van haar hand een traan uit haar ooghoek.

Bij haar terugkeer bleek dat George helemaal niet sliep. Hij zat met Elisabeth en Klara in de huiskamer. Klara had zoals gewoonlijk een naaiwerkje onder handen en Elisabeth worstelde met Latijnse werkwoorden.

‘George heeft gezegd dat ik Latijn moet kunnen als ik dokter wil worden.’

Charlotte had geen tijd zich er verder mee te bemoeien. De arbeiders hadden zich buiten verzameld en moesten naar taak ingedeeld worden met het juiste gereedschap. Ze ergerde zich er echter aan dat George haar de beslissing over Elisabeths toekomst praktisch uit handen had genomen. Waarom praatte hij het kind aan dat ze dokter moest worden en leerde haar alvast Latijn? Hoe kon ze nu nog nee zeggen?

George leek haar gedachten geraden te hebben. Terwijl zij met de ondersteuning van Jeremy haar instructies gaf, zag ze haar man naar het strooien hutje lopen waar Peter de zwarte kinderen lesgaf. George, die zo vaak gezegd had dat het geen zin had de Afrikanen te leren lezen en schrijven, ging bij de kinderen op de grond zitten en tekende letters op een leitje.

Ook 's middags, toen ze met Jeremy nog een kort rondje naar de koffieplanten maakte en vanwege een plensbui haastig terugkeerde, sliep George niet. Ze vond hem zittend aan de tafel, gebogen over zijn manuscript met een stapel tijdschriften naast zich. De hand die de pen vasthield trilde licht.

'Je hebt nog steeds koorts, George,' mompelde ze en ze legde een arm om zijn schouders. 'Zei je niet dat je iets had ingenomen?'

Zijn rug en schouders voelden smal aan, maar dat was altijd zo geweest. George was taai en beschikte ondanks zijn magere lijf over buitengewoon veel kracht en uithoudingsvermogen.

Hij pakte haar handen. 'Dat gaat wel over, mevrouw de verpleegster,' reageerde hij luchtig.

Pas veel later begreep ze waarom ze deze avonden als zo onwerkelijk ervaren had, want eigenlijk verliepen ze opgewekt en in ongeremde vrolijkheid. Het waren vooral de drie mannen, George, Peter en Jeremy die het woord voerden, verwikkeld raakten in discussies over God en de wereld en er nauwelijks meer uit kwamen. Ook Charlotte mengde zich in de gesprekken, soms spontaan, vaak ook om Peter en Jeremy enigszins tegen George' goed gerichte provocaties te beschermen.

'Soms denk ik dat de lieve George zijn doel voorbijschiet,' fluisterde Klara tegen Charlotte. 'Hij heeft een groot talent om anderen in verwarring te brengen, vind je niet, Lotte?'

Charlotte moest haar gelijk geven. Het spel dat George zo graag met zijn gesprekspartners speelde was op het randje en diende er niet langer toe de weg vrij te maken voor nieuwe denkbeelden, maar was een soort vechtsport geworden. Vreemd genoeg gingen Peter en Jeremy bereidwillig op George' uitdagingen in, lieten zich beetnemen en waren toch niet boos op hem. Als altijd beheerste George de kunst mensen te betoveren, en na alle opgewonden discussies gingen de mannen steeds met een vriendelijke handdruk uit elkaar.

'Hij is echt een aardige vent,' merkte George meerdere malen op als ze op het eind van de avond samen overbleven.

Omdat ze niet reageerde begon hij met allerlei fantasierijke tederheden haar lust op te wekken, trok stukje bij beetje haar kleren uit, liet zijn vingers over haar huid spelen en liet zich bedwelmen door haar opwinding. Als hij haar ten slotte nam, had ze het idee alsof hij zich in een diepe afgrond stortte, vastbesloten, de tanden op elkaar, zonder enig geluid te maken. Geen van deze nachten bracht haar vervulling, noch stilden ze haar lichamelijke begeerte of haar verlangen naar hem. Verging het hem net zo? Wanneer ze 's ochtends zachtjes opstond en het lamplicht op zijn gezicht viel dacht ze zijn oogleden te zien trillen, maar anders dan op de eerste dag stond hij niet op om haar op haar rit te vergezellen.

'We zullen geen kind krijgen, Charlotte,' zei hij onverwachts op een morgen. 'Na je miskraam heb ik een ingreep laten doen. Ik wilde niet dat je nog eens zo moest lijden.'

Het was een klap in haar gezicht. Hoe had hij dat kunnen doen zonder met haar te overleggen? Hoezo besloot hij er helemaal in zijn eentje over of ze een kind zouden krijgen? Was het niet haar zaak of ze leed of niet?

Hij strekte zijn arm naar haar uit, wilde haar tegen zich aan trekken, wilde dat ze begrip toonde, maar ze week achteruit, trok haastig in een hoek van de kamer haar kleren aan en verliet de slaapkamer. Vanaf dat moment raakten ze elkaar niet meer aan.

Een paar dagen later kondigde hij aan te moeten vertrekken,

hij werd in de kliniek verwacht. Charlotte voelde hoe haar hart samentrok. Daar was het, het afscheid waar ze zo tegen op had gezien, ook al was daar eigenlijk geen reden voor. Deze ochtend stuurde ze Jeremy er alleen op uit en bleef thuis om met Klara, Peter, Elisabeth en George te ontbijten. Het was een aangenaam warme dag onder een heldere wolkeloze hemel. Schammi en Martha Mukea hadden de ontbijttafel op het terras gezet. Achter het huis schold Sabuni op de brutale geiten die het houten hek naar Charlottes tuin opengestoten hadden en zich nu tegoed deden aan de verse sla. De geur van de bloeiende sinaasappelboompjes waaide naar hen toe en Charlotte dacht zelfs haar koffiebloemen te kunnen ruiken. Ach, ze was veel te lang op de plantage gebleven, ze was zo aan alles gehecht en het zou haar zwaar vallen zich ervan los te rukken.

'Wil je Elisabeth niet liever bij mij laten, George? We komen je zeker snel achterna.'

George leunde achterover in zijn stoel en had voor een moment zijn ogen gesloten, nu richtte hij zich abrupt op en greep naar zijn koffiekopje. Hij keek naar het jonge meisje en vroeg toen: 'Elisabeth, wil je niet nog een keer naar de vijver lopen om naar de jonge eendjes te kijken?' Enthousiast schoof ze haar stoel naar achteren en rende weg.

Eenmaal alleen vroeg George met een onschuldig glimlachje: 'Ben je bang dat ik te veel invloed op haar heb?'

'Wel, ik moet toegeven dat ik me geërgerd heb. Je had het eerst met mij kunnen overleggen voor je het idee om naar het gymnasium te gaan in haar hoofd plantte.'

Hij bracht het kopje naar zijn lippen, merkte dat het leeg was en zette het weer op de tafel. Schammi haastte zich om hem verse koffie in te schenken.

'Je hebt gelijk,' mompelde George. 'Ik was te voorbarig. Als je bij ons in Dar es Salaam zou zijn geweest, hadden we in alle rust over Elisabeths toekomst kunnen praten.'

O, zo zat het dus. Nu was het haar schuld. Ze was te lang op de plantage gebleven en had zich niet om haar kind bekommerd. Het verwijt deed pijn, vooral omdat het niet helemaal onterecht was.

'Ik zei toch dat we je snel achternakomen,' regeerde ze nors. 'Maar je ziet hoe fijn ze het hier vindt. Elisabeth heeft de eerste vijf jaar van haar leven op een plantage doorgebracht, ze is ongebonden en vrij in de natuur opgegroeid...'

Met een langzame beweging streek George over Simba's grote kop, voelde aan de kleine botuitstulping aan de achterkant, liefkoosde de ruige hangoren.

'Laten we het haar vragen...'

Elisabeth hoefde maar heel even na te denken en verklaarde toen op de plantage te willen blijven.

'Maar alleen als je er niet verdrietig om bent, George...' zei ze vleiend en ze sloeg haar armen om hem heen.

'Verdrietig?' riep hij en hij lachte. 'Ik kan een beetje bijkomen voordat je me weer de oren van het hoofd vraagt, jongedame.'

Toen hij alleen wegreed stonden Elisabeth en Charlotte gearmd op het terras. Ongeveer honderd passen voor George bij het hek aankwam, draaide hij zich om en zwaaide. Charlotte stak aarzelend een hand op, onzeker of zijn afscheidsgroet voor hen beiden of alleen voor Elisabeth bedoeld was. Maar hij had zich alweer omgedraaid om iets naar Schammi en Kigobo te roepen die het hek voor hem open wilden doen. Charlotte zag de twee verbluft achteruitgaan terwijl George zijn paard aanspoorde en over de hindernis sprong. Vervolgens verdwenen paard en ruiter achter het eucalyptusbosje.

'Hij kan veel beter paardrijden dan Jeremy, toch, mama?'

'Natuurlijk, schatje.'

'Hij is ook veel slimmer. George weet alles. En hij is zo grappig...'

Charlotte knikte en voelde haar hart zwaar worden. Had ze het meisje beter met George naar Dar es Salaam kunnen sturen? Ach, waarom waren ze ook zo van elkaar vervreemd? Zijn kus was vluchtig geweest, bijna koel, en ook zij had zich er niet toe kunnen zetten hem haar pijn om het afscheid te tonen.

'Mama, je moet vanavond mijn Latijnse werkwoorden overhoren. Kun je eigenlijk wel Latijn?'

'Nee, maar het zal op de een of andere manier wel lukken, mijn schat.'

Haar dochter leerde een taal die zijzelf niet beheerste. De taal van academici, de hoogopgeleide mannen, de wetenschappers en artsen. Het was geweldig dat het nu mogelijk was voor vrouwen dat bastion binnen te dringen. Waarom was ze zo zelfzuchtig en wilde ze haar meisje deze kans ontnemen? George had helemaal gelijk. Ze zouden een mogelijkheid vinden om Elisabeth naar een goede school te sturen en toch in haar buurt te blijven. Waarom niet Marokko? Wat was er tegen Egypte? Had zijzelf George niet een keer voorgesteld naar het land van de Nijl te emigreren?

Ze besloot haar buren te bezoeken en dan naar Wilhelmsthal te rijden, ergens moest toch een geschikte beheerder te vinden zijn? Na drie dagen onderweg te zijn geweest bleef het gewenste resultaat nog steeds uit. Het enige wat men haar kon beloven was dat ze iemand langs zouden sturen als het zo uitkwam.

Jeremy had tijdens haar afwezigheid voortreffelijk werk geleverd en kon oprecht trots op zichzelf zijn. 's Avonds bleef hij echter in zijn hut en sloeg alle vriendelijke uitnodigingen om zich bij hen te voegen af.

'U moet zich met uw dochter bezighouden, lady.'

'Elisabeth heeft veel plezier in de spelletjes die u altijd bedenkt.'

'Misschien...'

Hij kwam vreemd schuw op haar over, keek haar slechts vanuit zijn ooghoeken aan en leek zijn opschepperige uitspraken helemaal vergeten te zijn. Lag het eraan dat Elisabeth een nogal duidelijke antipathie voor de jonge man had opgevat? Of was hij weer begonnen met drinken?

'Wat hebben we hem misdaan?' vroeg Charlotte aan haar nichtje toen ze in de vroege avond op het terras zaten.

Klara trok een paar strepen over haar tekenblok, kneep haar ogen samen en begon de schaduwen te arceren. Sinds Elisabeth op de plantage was, tekende ze weer meer. Vaak zaten tante en nichtje naast elkaar voor het huis, ieder gewapend met tekenblok en potloden, en probeerden dezelfde boom, een kleurige kruik of een rotsachtige berghelling op papier te zetten.

'Ik denk dat Jeremy jouw man heel hoog heeft zitten, Lotte,' zei Klara na enige aarzeling.

Ook nu haar nichtje werkelijk heel erg op haar moeder Fanny leek, keken haar blauwe ogen nog net zo teder als vroeger. Klara, het kleine nichtje met haar lamme been die Charlotte tegen Ettje en Paul had moeten beschermen, die met haar in hetzelfde bed had geslapen, die haar hartslag kende en van haar dromen wist.

'Maar daarom hoeft hij toch niet als een kluizenaar...'

'Begrijp je het dan niet, Lotte,' fluisterde Klara en ze keek voorzichtig om zich heen, ook al zat behalve zij alleen Mukea op het terras. 'Jeremy Brooks heeft een... zwak voor je.'

'Ach, Klara,' schimpte Charlotte. 'Dat heb je al eerder beweerd, wat een onzin!'

'Ik zeg alleen wat ik denk, Lotte. Natuurlijk kan ik me vergissen, maar je moet echt snel naar je man teruggaan.'

'Ja, je hebt gelijk,' mompelde Charlotte.

Ze keek naar Klara's tekening waarop de eendenvijver ontstond, daarachter het acaciabosje en in de verte, slechts met een paar streken aangeduid, de steil oplopende berghelling waar varens in dichte bosjes tussen de rotsen woekerden.

Bij Dar es Salaam is de zee, dacht ze en ze probeerde zich het ruisen en slaan van de golven op het witte zand voor te stellen, de turquoise gekleurde baai, het palmenbosje. Maar de wind droeg juist de geur van de bloeiende koffieboompjes mee en de herinnering aan de zee verbleekte.

’s Avonds voerde ze een gesprek met Peter en constateerde dat ze open deuren intrapte.

‘Het is niet goed wanneer man en vrouw van elkaar gescheiden zijn,’ verkondigde hij met een vroom gezicht. ‘Ga met God, Charlotte. Ik zal de plantage leiden tot we een beheerder gevonden hebben.’

Hij had inderdaad de beste bedoelingen en luisterde geduldig toen ze hem zijn werkzaamheden uitlegde. Vooral de boekhouding, de betaling van de arbeiders, kleine aankopen, beheer en verkoop van levensmiddelen aan de Afrikanen, regelmatig bericht sturen naar Dar es Salaam...

‘En verder?’

‘We zullen zien, Peter.’

Jeremy had Charlotte al dagen niet meer op haar ritten vergezeld. Hij dook alleen op wanneer ze de Afrikanen naar hun werk stuurde om met hen samen op pad te gaan en bleef dan meestal de hele dag weg. Wat hij precies uitvoerde wist ze niet, zeker was alleen dat het werk sindsdien goed en zonder overbodige pauzes werd uitgevoerd. Charlotte gaf het niet graag toe, maar haar zwarte arbeiders luisterden veel beter naar bwana Brooks dan naar bibi Johanssen.

Deze ochtend stuurde ze Schammi naar Jeremy’s kleine huis om hem voor een buitenrit uit te nodigen, maar hij liet op zich wachten. Pas toen ze echt geïrriteerd begon te raken verscheen hij eindelijk, gaapte en beweerde op dit vroege tijdstip nog doodmoe te zijn.

‘Dat spijt me, meneer Brooks. Ik wist niet dat uw slaapgewoontes veranderd waren, eerder was u ’s ochtends altijd opgewekt.’

‘Dingen veranderen, lady.’

Naast elkaar reden ze naar een van de koffievelden, zoals Charlotte de laatste tijd elke dag gedaan had, stegen af en inspecteerden de boompjes. Waren de bladeren gaaf of aangevreten door schadelijke beestjes? Zouden ze problemen met de boorworm krijgen? Veel bomen hadden bovenin al kleine donkergroene vruchten ontwikkeld, terwijl op andere twijgen nog bloemen zaten.

'Ik heb een vraag aan u, meneer Brooks,' zei ze en ze schoof haar hoed verder over haar voorhoofd. De zon was al zo sterk dat de laatste dauwdruppels zich als kringetjes in de bladeren brandden. 'Dat is te zeggen, het is eerder een verzoek...'

'Zeg het maar, lady,' reageerde hij aanmoedigend alsof hij erop gewacht had.

Hij bevond zich maar een halve meter van haar vandaan, aan de andere kant van de boompjes, maar de zon schitterde in het gebladerte zodat ze zijn gezichtsuitdrukking niet kon onderscheiden.

'U bent de afgelopen weken een grote steun voor me geweest, daarom zou het fijn zijn als...'

'U wilt naar uw man,' onderbrak hij haar. 'Dat is in orde, lady, daar hoort u thuis.'

Hij klonk onvriendelijk, bijna onbehouwen. Als hij bij een andere gelegenheid deze toon tegen haar aangeslagen had, zou ze boos geworden zijn.

'En u wilt nog wel een aantal weken hier blijven en missionaris Siegel een handje helpen?'

'Waarom niet?' zei hij en hij kneep met zijn vingers een blad af.

'Daarvoor zal ik u altijd dankbaar blijven, meneer Brooks!'

Natuurlijk kon ze hem niet om de hals vallen, zoals ze het liefste had gedaan, maar in haar stem klonk diepe dankbaarheid door en ondanks de zonneschittering in het gebladerte dacht ze te zien dat zijn gezicht vertrok.

'Laten we verder rijden,' zei hij nors. 'Het wordt heet, dan is het beter als de arbeiders vroeg beginnen.'

Hoofdschuddend volgde ze zijn raad op, besteeg haar muildier en reed achter hem aan alsof het aan hem was te bepalen waar ze heen gingen. Na een poosje draaide hij zich om en grijnsde brutaal naar haar.

'Wat hebt u met mijn geschenk gedaan, mevrouw Johanssen?'

'Welk geschenk bedoelt u?'

Ze hoorde hem lachen.

'De whisky. Als u het spul niet nodig hebt, dan weet ik nog wel een afnemer.'

's Middags ontbood ze hem op het terras en probeerde op zijn gemoed te werken. Hij had nu al wekenlang geen slok meer van het spul gedronken en het duidelijk ook niet nodig gehad. Waarom wilde hij er nu in hemelsnaam weer mee beginnen?

'U bent nog zo jong, meneer Brooks,' zei ze moederlijk, 'en u hebt zo veel talenten. Laat de whisky staan, alstublieft. Doe het voor mij...'

Hij leek zich er vrolijk over te maken zoals ze daar in haar witte jurk voor hem op de stoel zat met de ellebogen op tafel, haar hoofd beschermd door een strooien hoed.

'Er is een zendelinge aan u verloren gegaan, mevrouw Johanssen,' zei hij met een grimas toen ze klaar was met haar toespraak.

Ze wilde hem een verontwaardigd antwoord geven, maar hij was haar voor en begon met een zachte, ongebruikelijk ernstige stem te praten.

'U ziet er aantrekkelijk uit in die lichte jurk, lady. U bent sowieso verdomd aantrekkelijk en het is maar goed dat u weggaat, anders had ik misschien een onvergeeflijke fout gemaakt.' Daarna stond hij op en liep met lange passen over het erf en toen over het pad naar de stal.

Charlotte staarde hem verbluft na. Wat een idiote kerel. Nou, hij zou zich tenminste een tijdje aan zijn belofte houden, dat moest voldoende zijn, meer kon ze niet vragen.

De volgende ochtend droeg ze de whisky eigenhandig in alle vroegte naar de vijver en goot de geurige bruine vloeistof in het groene vijverwater waarin het gouden slierten maakte en toen snel verdween.

'Eenden gaan huppelen en dansen door whisky,' grinnikte

Kigobo, die toegekeken had. 'Daarna ze zijn moe en gaan lang slapen. Goed moment voor Simba, eendenjager.'

Charlotte gaf hem de lege flessen, waar hij om de een of andere reden veel waarde aan hechtte, en gaf opdracht om hun bagage over twee muildieren te verdelen. Elisabeth en zij zouden al snel weggaan om op tijd voor het vertrek van de Usambaratrein in Mombo te zijn. Als ze genoeg tijd had, zou ze vanuit het postkantoor in Wilhelmsthal de Sewa Hadji-kliniek opbellen om ervoor te zorgen dat George hen morgenmiddag bij de haven in Dar es Salaam zou ophalen. Ja, het zou fijn zijn als hij daar bij de aanlegsteiger zou staan om hen te begroeten.

'Kijk daar, bibi Johanssen,' zei Kigobo en hij stak zijn arm uit. 'Gasten komen, kan nu niet wegrijden.'

Charlotte zuchtte geïrriteerd en keek naar de reizigers die net stilhielden bij het toegangshek van Neu Kronau. Het waren drie Indische ruiters, vergezeld door enkele Afrikanen. Waarschijnlijk waren het kooplui die iets kostbaars wilden aanbieden en verkopen. Nou, ze had niets nodig.

'Zeg tegen hen dat de bazin weg moet en niets kan kopen, Kigobo. Ze kunnen echter gerust op de plantage uitrusten van hun reis en iets eten voordat ze verdergaan.'

Het was maar goed dat de meevoelende Klara zo goed als geen geld had, anders had ze vast tapijten, vazen en andere rotzooi van de kooplui gekocht die je aan de kust voor een tiende van de prijs kon aanschaffen. Charlotte bedacht of ze niet beter via de aanbouw naar binnen kon gaan om de ontmoeting met de gasten te vermijden. Indische handelaren waren uitermate vasthoudend en als ze er eenmaal achter waren wie de meesteres van de plantage was, zouden ze haar niet zo snel meer uit hun klauwen laten ontsnappen. Charlotte had zelf ooit een winkel gehad, ze kende de kunstjes.

Maar toen de mannen op het erf van hun paarden afstegen, werd ze onzeker. Ze kende een van de jonge mannen, had de blik in zijn donkere ogen al eens eerder op zich gevoeld en herinnerde zich heel goed dat het geen aangename ontmoeting was geweest. Hij droeg nu een witte tulband, een wijde rijbroek en een lange dichtgeknoopte jas. Destijds had hij een wapperend zijden gewaad aangehad.

De drie Indiërs wisselden een paar woorden met elkaar. Aan hun lichaamshouding was te zien hoe ze zich tot elkaar verhielden. De jonge man die ze dacht te herkennen was duidelijk de baas, de twee anderen hoogstens jongere familie of misschien bedienden.

'Mevrouw Johanssen?' hoorde Charlotte hem tegen de oude Kerefu zeggen.

Kerefu knipperde tegen de zon en wees toen in haar richting. Als ze gedacht had deze ontmoeting te kunnen vermijden, dan was het nu te laat. De blik in de zwarte ogen dwaalde over het grasveld en bleef bij haar steken, deze keer echter niet vijandig, eerder nieuwsgierig en heel aandachtig.

Natuurlijk, nu schoot het haar weer te binnen. Dit was de jonge man die ze in de villa van Kamal Singh was tegengekomen. Dat maakte het bezoek dubbel zo lastig, maar er was niets aan te doen, ze moest de drie Indiërs ontvangen, maar wel zo kort mogelijk.

Ze begroetten haar buitengewoon beleefd, prezen het huis, de bloembedden, de mooie omgeving, en verontschuldigden zich voor het onverwachte bezoek. Net zo beleefd antwoordde ze dat hier op het platteland alle gasten welkom waren, of het nu dag of nacht was. De jonge man stelde zich voor als Tarut Singh, zijn metgezellen heetten Bahn en Jay.

'We hebben elkaar al eens ontmoet, mevrouw Johanssen, al was het maar kort. Misschien herinnert u het zich niet meer. Helaas liet ik de gelegenheid onbenut me aan u voor te stellen...'

'O, ik herinner me het nog precies. Het was in het huis van mijn vriend Kamal Singh, die intussen helaas gestorven is.'

Taruts verbazing was alleen te zien aan de wenkbrauw die hij even optrok. Waarschijnlijk had hij gedacht dat ze dit treffen allang vergeten was.

'Mijn vader heeft deze wereld vier maanden geleden verlaten om zich met God te verenigen. Hij was naar Bombay gereisd en stierf op de terugweg aan koorts. Hij heeft, zoals zijn wens was, een zeemansgraf gekregen.'

'Het spijt me heel erg...'

Ze had het bij het rechte eind gehad, deze jonge man was een van Kamal Singhs zonen. Hij had het tegenover haar slechts af en toe over zijn familie gehad en ze had niet helemaal begrepen of en hoe vaak hij getrouwd was. Het enige wat ze wist was dat hij twee broers en meerdere eigen kinderen had. Tarut Singh leek niet erg op zijn vader. Hij was lang en had een regelmatig gezicht met een dichte verzorgde baard. Maar hij miste de diplomatie van zijn vader, de beleefde glimlach en zijn vermogen zijn gedachten en gevoelens te verbergen. Tarut Singh kwam veel directer en eerlijker op haar over dan zijn vader, al was hij waarschijnlijk net zo'n goede zakenman.

Ze nodigde hem en zijn metgezellen op het terras, liet koffie, limonade en iets te eten halen en stuurde Schammi naar Kerefu om de paarden en muildieren weer af te zadelen, omdat ze later zou vertrekken. Schammi rende er met een fladderend gewaad vandoor om zijn opdracht uit te voeren en bleef daarna uit de buurt. Vermoedelijk had hij nog een slecht geweten vanwege de koekoeksklok die hij aan Kamal Singh had willen verkopen.

'U staat op het punt om op reis te gaan?' informeerde Tarut Singh. 'Dan zal ik het kort houden.'

'Dat is heel vriendelijk van u...'

Het was haar intussen duidelijk waarom de jonge man de lange rit door het Usambaragebergte ondernomen had en ze vergiste zich niet. Tarut Singh begon zonder omhaal over de opening van het testament waarbij ze niet verschenen was. Zijn vader had haar in zijn testament bedacht en als goede zoon was hij vastbesloten de wil van zijn vader te respecteren. Charlotte glimlachte.

'Als u een schriftelijke afstandsverklaring van mij wenst, dan geef ik u die graag. Ik heb geen idee op welke manier ik in uw vaders testament bedacht ben, maar ik wil niets hebben, ongeacht wat het is.'

'Weet u dat heel zeker, mevrouw Johanssen?' informeerde hij en hij keek haar doordringend aan. Hij had de ogen van zijn vader. Wanneer het licht er schuin in viel was er in het zwart een gouden glans te zien. Dezelfde ogen die zij van haar moeder geërfd had.

'Heel zeker, *sardar* Tarut Singh.'

Hij knikte naar een van zijn begeleiders die daarop een document uit zijn tas haalde en het voor Charlotte openvouwde. Aha, ze hadden zich goed voorbereid. Ze pakte het vel papier aan en las de tekst zorgvuldig door. Het was in twee talen, Engels en Swahili, opgesteld en hield niet meer in dan dat ondergetekende van alle aanspraken afzag die in het testament waren vermeld.

Tarut Singh keek aandachtig toe hoe ze het document met de gereedgehouden vulpen ondertekende, daarna ontspande hij zich en glimlachte. Charlotte stelde verrast vast dat het een hartelijke glimlach was.

'Ik dank u, mevrouw Johanssen. Denk niet al te slecht over ons alstublieft. Mijn vader heeft vele nakomelingen en het is niet eenvoudig iedereen recht te doen zonder de door hem gecreëerde zakenrelaties in gevaar te brengen.'

'Ik begrijp het...'

Het imperium van Kamal Singh zou na zijn dood niet in stand blijven. Vermoedelijk werd het nu onder de echtelijke en buitenechtelijke erfgenamen verdeeld, daar zou ook haar handtekening niets aan veranderen. 'Er zijn evenwel nog wat kleinigheden die mijn vader sowieso voor u bestemd heeft. Niets van grote waarde, maar misschien zijn het aandenkens die voor u van betekenis zijn. Het gaat om enkele meubelstukken.'

‘Meubelstukken?’ vroeg ze verbaasd. ‘Wel, ik heb eigenlijk geen meubels nodig…’

‘Misschien zijn ze u in het huis van mijn vader in Tanga opgevallen. Een kamerscherm met twee geborduurde kraanvogels. Een ingekleurde tekening van een Indische tempel en een vitrine met jachtwapens. Mijn vader heeft deze meubelstukken ongeveer tien jaar geleden uit Bombay laten komen. Ze zijn afkomstig uit een landhuis dat hij gekocht had om te verhuren, al heeft het gebouw blijkbaar al die jaren leeggestaan.’

Charlotte begon zich weer ongemakkelijk te voelen. Wat stak er achter de herinneringen die ze met deze dingen verbond en die zo diep in haar innerlijk sluimerden?

‘Mijn vader was erg gesloten wat betreft zijn verleden. Ik weet alleen dat hij Indië zijnerzijds niet vrijwillig verliet, hij moest vluchten. Maar dat was het niet alleen. Er was daar een vrouw die hij nooit heeft kunnen vergeten.’

Ondertussen waren koffie, koud vlees en groentes op tafel gezet en Taruts metgezellen tastten hongerig toe. Hijzelf at niets.

‘Hebt u enig idee hoe dat alles met elkaar samenhangt, mevrouw Johanssen?’

Ze dacht aan het portret van haar moeder dat in een lade van het dressoir in Dar es Salaam lag, aan het oude krantenartikel… Kamal Singh had haar deze dingen via zijn notaris doen toekomen. Welk geheim er ook achter zat, de kennis erover was niet voor zijn zoon bestemd.

‘Het spijt me erg, ik kan er geen wijs uit worden.’

Hij luisterde met een onbewogen gezicht naar haar antwoord. Waarschijnlijk geloofde hij haar niet, maar hij vond het zinloos om verder te vragen. Hij had er toch niets aan gehad om over een ongelukkige liefde en de diefstal van een ingelijst portret van een vrouw te speculeren. Kamal Singh had zijn levensweg beëindigd, zijn lichaam rustte voor eeuwig op de bodem van de zee. ‘Dan dank ik u van ganser harte, mevrouw Johanssen,’ sloot Tarut

Singh het gesprek af. 'Ik beloof u dat ik de vriendschap die mijn vader voor u voelde zal blijven respecteren.'

Frasen die niets te betekenen hadden. Kamal Singh leefde niet meer. Deze jonge man zou misschien zijn opvolger worden, misschien ook niet. Er waren nog andere gegadigden, dat wist ze zeker.

Het was bijna negen uur, als ze zonder treuzelen vertrokken konden ze de trein naar Mombo nog halen. Ze keek even vragend naar Mukea en de bediende wees met haar vinger naar boven. Aha, Elisabeth was nog bij Klara, het afscheid van haar tante en de kleine Sammi viel het meisje zwaar. Simba lag op het erf, hapte af en toe naar een vlieg en keek steeds weer onrustig naar zijn vrouwtje. Hij voelde aan dat ze wilde vertrekken en wilde in geen geval achterblijven.

'Ook ik zal me voor altijd vriendschappelijk met u verbonden voelen...' reageerde Charlotte. 'Blijf op mijn bezit zolang u wilt, u zult mij nu echter moeten verontschuldigen.'

Tarut Singh stond op en bijna op hetzelfde moment kwamen ook zijn twee begeleiders overeind uit hun stoelen. Hij had zijn personeel goed getraind.

'Ik wens u een goede reis, mevrouw Johanssen. Wat de meubels betreft, ze staan bij een van onze zakenvrienden in Dar es Salaam tot uw beschikking. We wilden ze bij uw huis afleveren, maar er was niemand om de spullen in ontvangst te nemen. Men heeft ons verteld dat uw man een paar dagen geleden is vertrokken voor een expeditie in het gebied van de centrale spoorlijn om daar de Afrikanen tegen de pokken in te enten.'

'Dat... dat moet een vergissing zijn.'

De jonge Indiër begreep dat hij blijkbaar iets verkeerds had gezegd. Anders dan zijn vader, die nu een slimme wending aan het gesprek zou hebben gegeven om de kreukels weer glad te strijken, bleef hij echter bij de waarheid.

'Vreemd, het was iemand van de Sewa Hadji-kliniek die ons deze informatie gaf.'

Charlotte besloot met Schammi naar het postkantoor in Wilhelmsthal af te dalen. Het moest om een verwisseling gaan, misschien hadden ze de pokkenvaccinatie in het noorden van Usambara bedoeld die ze samen met George had uitgevoerd, al was dat eind januari geweest en nu was het juni. En toch kon het niet kloppen. George zou het haar hebben laten weten als hij van plan was aan een dergelijke reis te beginnen.

Nog geen twee uur later kwamen ze in Wilhelmsthal aan en wachtten een half uur op een bankje voor het postkantoor tot de verbinding met de Sewa Hadji-kliniek eindelijk tot stand was gebracht.

'Mevrouw Johanssen? U spreekt met dokter Kalil. Wat kan ik voor u doen?'

Er was ruis op de lijn, maar ze kon horen dat er op de achtergrond gepraat werd. Hij was niet alleen in het kleine kantoortje.

'Ik... ik zou graag mijn man willen spreken.'

Zwijgen, ruisen. Het kraakte alsof iemand door droog kreupelhout liep. Toen hoorde ze dokter Kalil zijn keel schrapen. Haar hart hield even op met kloppen.

'Dat... dat is helaas niet mogelijk, mevrouw Johanssen. Voor zover ik weet heeft hij u een telegram gestuurd...'

'Een telegram? O, dat moet ergens verloren zijn geraakt. Ik heb in elk geval niets ontvangen. George heeft me dus een telegram gestuurd. Ja, dat had ik kunnen raden.'

Vertwijfeling maakte zich van haar meester. Het was geen misverstand, hij was echt op expeditie gegaan. Had hij niet gezegd dat hij dergelijke uitdagingen niet meer nodig had? Maar ja, zij had diezelfde dag beweerd geen plantage meer nodig te hebben.

'Uw man is drie dagen geleden vertrokken naar het gebied van de centrale spoorlijn, nauwkeuriger gezegd, naar Morogoro in het Ulugurugebergte. U hoeft zich geen zorgen te maken, mevrouw Johanssen, de reis zal niet veel langer dan vier weken in beslag nemen.'

'Vier weken?' stootte ze ontzet uit, maar hij leek haar vraag niet gehoord te hebben.

'Dokter Johanssen wordt door twee van mijn beste mensen begeleid,' ging hij verder. 'Het is een goede zaak waarvoor hij zich inzet, mevrouw Johanssen. We kunnen voor de pokkenpatiënten die naar ons toe gebracht worden zo goed als niets doen. Alleen uitvoerige vaccinatie kan de epidemie stoppen.'

'Dat weet ik, dokter Kalil,' hoorde ze zichzelf zeggen. 'Deze inentingen zijn heel belangrijk en ik ben er trots op dat mijn man een bijdrage levert.'

'George is een buitengewoon moedig mens die zich ongeacht zijn eigen gezondheid voor andere mensen inzet. Maar wat praat ik, dat weet u zelf het best, mevrouw Johanssen.'

'Ja, natuurlijk... Ik dank u.' Charlotte excuseerde zich nog een keer hem in zijn werk gestoord te hebben en nam afscheid. Nog voor ze uitgesproken was, klikte het hard in de lijn. Dokter Kalil had al opgehangen.

Zwijgend bleef ze even staan en luisterde naar de volkomen stilte in de kleine metalen kast om dan met een langzame beweging de hoorn aan de haak te hangen.

Drie dagen geleden was hij vertrokken. Gewoon weggegaan zonder haar op de hoogte te stellen. Als ze vandaag op weg was gegaan, had ze de villa morgenmiddag leeg aangetroffen. O, wat was hij toch gemeen. En zij had nog wel hemel en aarde bewogen om naar hem in Dar es Salaam te kunnen reizen. Ze had hem willen verrassen, zich verheugd op zijn verblufte reactie aan de telefoon. Ach, ze had zich al voorgesteld hoe hij in Dar es Salaam bij de aanlegsteiger op haar wachtte als de kuststomer aanmeerde. Ze voelde een pijnlijk verlangen in zich opwellen.

'Dank u wel,' mompelde ze en ze gaf de jonge witte postbeambte het geld voor het telefoongesprek. Even vocht ze tegen haar tranen en wilde eigenlijk zo snel mogelijk weg uit het postkantoor, maar bij de deur herpakte ze zich en ging weer terug.

'Is er misschien een paar dagen geleden een telegram voor mij uit Dar es Salaam aangekomen? Charlotte Johanssen te Neu Kronau.'

De witte beambte schoof zijn pet naar achteren en wreef met een geruite zakdoek over zijn bezwete voorhoofd. Een paar dagen geleden? Dat was onmogelijk, want telegrammen werden altijd direct bezorgd. Op Charlottes aandringen verwaardigde hij zich toch om het na te kijken en stuitte in de desbetreffende archiefmap inderdaad op een telegram. Iemand had er een ordner bovenop gezet, zodat men er eenvoudigweg overheen gekeken had.

'Ik vind dit heel vervelend, mevrouw Johanssen. Zoiets komt bij ons in de regel niet voor, maar u weet hoe het is met die zwarten. Men kan die knapen domweg niet vertrouwen...'

Charlotte bedankte hem en nam het opgevouwen stuk papier mee naar buiten waar Schammi geduldig wachtte op een bankje met Simba naast zich. Ze las al staande de korte tekst.

Reis voor pokkenvaccinatie naar het Ulugurugebergte. Verheug me erop jou en Elisabeth over vier weken weer te zien. Ik hou van je, George.

Over vier weken. Ze beet haar tanden op elkaar en verdrong de teleurstelling die haar bijna de adem benam. 'We rijden terug, Schammi,' zei ze uiteindelijk bedrukt en ze keerde zich naar haar rijdier.

'En hoe is het met bwana daktari? Hij is weggegaan met trein?'

'Ja, Schammi. Bwana daktari is met de centrale spoorlijn naar het westen gereisd om daar de Afrikanen tegen de pokken in te enten. Hij komt over vier weken terug.'

'Dan kan bibi Charlotte op Neu Kronau blijven,' jubelde Schammi. 'Bibi Klara zal blij zijn, net als bwana Brooks.'

In principe had hij gelijk. Charlotte besloot eerst naar het restaurant te gaan, iets te eten en te drinken en dan op haar gemak naar Neu Kronau terug te rijden. Vier weken, dat was een laatste gelegenheid om eindelijk een beheerder aan te stellen. Als dat gelukt was zou ze naar Dar es Salaam gaan om in de villa alles voor George' terugkeer voor te bereiden. Hij moest weten dat ze niet boos op hem was.

In Neu Kronau namen ze het nieuws kalmer op dan Charlotte had verwacht. Peter prees George' moed en zijn niet-aflatende inzet voor de mensen die in het gebied van de centrale spoorlijn hopeloos aan de epidemie waren overgeleverd. Elisabeth was wel teleurgesteld, maar tegelijk blij op de plantage te kunnen blijven in plaats van in Dar es Salaam naar school te moeten. Alleen Klara merkte Charlottes verdriet op en deed haar best haar nicht op haar manier te troosten.

'Het was eigenlijk wel slim van hem, Lotte. Hij heeft je nog wat tijd gegeven om hier de zaken te regelen en is ondertussen weggegaan om goed werk te doen. Je kunt hem natuurlijk verwijten dat hij zijn beslissing niet met jou heeft overlegd, maar wees eerlijk, Lotte, had je hem deze reis verboden? Nee, hij heeft er goed aan gedaan. Wie had kunnen vermoeden dat de post uitgerekend zijn telegram zou kwijtraken...'

Jeremy zweeg aanvankelijk toen Charlotte hem de situatie uitlegde. Het was laat in de middag, de arbeiders keerden terug van de velden en hij moest ervoor zorgen dat alle werktuigen en gereedschappen opgeborgen werden. Toen Charlotte later over het grasveld terug naar huis ging, volgde de Engelsman haar. Zwijgend liep hij een poosje naast haar en leek naar woorden te zoeken.

'Het was een verrassing, nietwaar? De reis van uw man.'

Had ze zichzelf verraden? Ze had haar best gedaan om de trip van George als iets volstrekt normaals voor te stellen, al was het dan wat onverwacht. Jeremy's vraag klonk echter onverwachts meevoelend.

'Zijn telegram is niet aangekomen,' verklaarde ze.

Hij knikte en keek haar van opzij aan. Zonder iets te zeggen liepen ze naast elkaar naar het huis. Onder zijn doordringende blik vond Charlotte het moeilijk haar gespeelde gelijkmoedigheid vol te houden. Snel schoof ze haar hoed wat verder over haar voorhoofd.

'U maakt zich zorgen om hem, klopt dat?'

Was er een nieuwe klank in zijn stem? Iets wat helemaal niet paste bij zijn anders zo ongedwongen manier van doen. Plotseling kreeg Charlotte een brok in haar keel. Ze slikte en moest zich afwenden.

'Waarom... waarom zou ik me zorgen moeten maken?'

'Omdat u van hem houdt.'

Ze bleef staan met haar hand aan de rand van haar hoed om haar gezicht te verbergen, al had hij allang gezien dat ze de tranen nabij was.

'Hij komt terug.'

Zijn stem had de kalmerende klank van iemand die uit vaste overtuiging spreekt. Het was troostend deze stem te horen, bijna net zo troostend als een omhelzing.

'Hij houdt van u en zijn liefde zal hem in leven houden tot hij weer bij u is. Dat weet ik heel zeker, Charlotte.'

Hij had haar bij haar voornaam genoemd, wat de vertrouwelijkheid tussen hen nog versterkte. Ze deed haar hoofd omhoog om hem beter aan te kunnen kijken en schaamde zich niet meer voor haar tranen. Hoe was het mogelijk dat uitgerekend Jeremy, die onvolwassen lichtzinnige man, zo goed begreep wat er in haar omging. Misschien had hij in zijn jonge leven meer hoogten en dieptes beleefd dan de meeste anderen.

'Dank je wel, Jeremy,' mompelde ze verstikt, meer kon ze niet uitbrengen.

's Avonds had ze zich definitief met George' beslissing verzoend. Samen met Klara stelde ze een nieuwe advertentie op en verklaarde op zijn laatst over drie weken naar Dar es Salaam te gaan. Ze kibbelde een poosje met Peter over hoogopgeleide vrouwen die hij afkeurend 'blauwkousen' noemde. Hij kon wel begrijpen dat George alleen maar het beste wilde voor Elisabeth, maar God had Eva uit een rib van Adam geschapen zodat ze een deel was van haar man en aan hem onderdanig. Een gestudeerde vrouw kon vanuit christelijk gezichtspunt niet haar ware bestemming vervullen: voor haar man een trouwe echtgenote en voor zijn kinderen een liefhebbende plichtsbewuste moeder te zijn.

De volgende dag stortte Charlotte zich op het werk. Ze nam weer taken op zich die ze tot dan toe aan Jeremy had overgelaten, zwierf over haar bezit op een muildier of te paard, hield toezicht op de arbeiders en schold op ze als ze ze te langzaam of onhandig vond. Ze wond zich op toen weer tien of twaalf Afrikanen zomaar verdwenen waren, liep naar hun onderkomens om de zieken te verzorgen en keerde pas bij het vallen van de avond in huis terug.

'Als je zo doorgaat word je nog ziek,' verzuchtte Klara.

'Ach wat, werken doet me goed!'

Wat ze er niet bij zei was het feit dat de dagen sneller voorbijgingen als ze bezig was. 's Nachts lag ze ondanks haar vermoeidheid wakker, woelde in haar bed heen en weer en dacht dat de tijd nooit voorbij zou gaan.

Jeremy was eerst verbluft geweest over haar werkwoede, maar hij beklaagde zich niet en bemoeide zich alleen met dingen als het nodig was. Meerdere malen constateerde Charlotte geërgerd dat hij achter haar aan reed en aanvullingen gaf op haar instructies aan de Afrikanen. Eén keer stuurde hij de arbeiders zelfs naar een ander veld, dat volgens hem als eerste van onkruid bevrijd moest worden. Ze wilde hem geen verwijten maken, tenslotte was ze er blij mee dat het welzijn van de plantage hem aan het hart ging. In principe had hij de capaciteiten om een goede beheerder te zijn, ze kon zich alleen niet voorstellen dat hij dit werk ook voor langere tijd betrouwbaar zou uitvoeren.

Slechts een paar dagen later werd haar vrees bevestigd. Jeremy wachtte haar op toen ze 's ochtends vroeg over het erf naar de stal liep. Sedert enige tijd had ze de gewoonte aangenomen in een lange jas en een mannenbroek te rijden, het was praktischer en scheen indruk op de zwarte arbeiders te maken.

'Wil je een paar minuten van je kostbare tijd aan mij besteden, Charlotte?'

Berustend bleef ze staan en riep naar Kerefu dat hij alvast haar paard moest zadelen. Jeremy slenterde naar haar toe en schopte met zijn voet een kleine steen opzij voor hij ter zake kwam.

'Het lijkt me dat ik nogal overbodig ben...'

'Nee, nee, Jeremy! Ik heb je nodig. Heel erg zelfs.'

Haar schrik scheen hem ontzettend op te luchten, toch ging hij op dezelfde manier verder.

'Ik vraag me af waarvoor. Je bent mans genoeg om de plantage in je eentje te leiden, Charlotte.'

'Ik kan niet overal tegelijk zijn, Jeremy, en daarnaast luisteren de Afrikanen beter naar jou, alleen omdat je een man bent.'

Ze kon duidelijk zien hoe de spieren in zijn gezicht vertrokken, maar hij verbeet zijn lachen. In plaats daarvan zocht hij een ander steentje uit en schopte het naar Simba die voor de stal zat en op zijn vrouwtje wachtte.

'Jeremy, over niet al te lange tijd ga ik naar Dar es Salaam, laat me alsjeblieft niet in de steek.'

'Goed dan,' mompelde hij en hij keek het steentje achterna.

Ze dacht eraan dat ze George gauw weer zou zien en haar hart was vol verlangen.

Deel IV

Juli 1909

Jim liep met een boogje om de slapende Simba heen en zette het blad voorzichtig op het tafeltje naast bibi Johanssen. Charlotte bracht de meeste tijd door in de tuin van het huis, waar de wind de geur van de bloeiende sinaasappelboompjes meevoerde en het water van de rechthoekige vijver deed rimpelen. Alleen voor Simba liep ze een paar keer per dag naar de zee, waar ze een tijdje met haar rug geleund tegen de stam van een palmboom stond en voelde hoe de zuidoostenwind in de palmbladeren ruiste en aan haar kleren trok. Kleine pluizige wolkjes dreven snel langs de diepblauwe hemel, gleden voorbij de schitterende zon en maakten grijze schaduwen op het lichte zand. Simba rende er achteloos overheen wanneer Charlotte een stok in het water gooide. De reusachtige roodbruine hond stortte zich blindelings in de golven, soms zwom hij zo ver weg dat ze bang was dat de eb hem de baai in zou trekken. Maar het grote beest vocht zich altijd een weg terug naar het strand, rende naar haar toe en schudde driftig het zoute water uit zijn lange vacht. De stok die hij herwonnen had gaf hij echter niet terug.

Hier in de tuin was de wind draaglijk. Ze had een tafel en stoel op de veranda laten zetten, legde stenen op de papieren waar ze mee bezig was en liet zwarte koffie gekruid met kardemon naar buiten brengen. De meubels die Kamal Singh haar had nagelaten stonden nog steeds in de opslag, ze zou later samen met George beslissen of ze ze wilde houden of niet.

George had veel geschreven. Bij haar terugkeer had ze meerdere stapels manuscripten aangetroffen en nu broedde ze dag en nacht over de bladzijden om al zijn teksten grondig te corrigeren. Steeds weer stuitte ze op de opmerking: 'foto nr... bijvoegen' en ze wist dat het om haar foto's ging. George, die er zo op aangedrongen had een camera aan te schaffen, fotografeerde zelf slechts zelden.

'Ik wil de dingen met mijn eigen ogen bekijken, mijn schat, en niet door het zwarte oog van een lens,' had hij vaak benadrukt.

Glimlachend nam ze de volle kop van Jim aan, legde haar potlood even opzij en leunde achterover in haar stoel. George moest vele uren in de donkere kamer hebben doorgebracht. De muren in de woonkamer hingen vol met haar foto's, die hij niet alleen ontwikkeld maar ook geordend en van een nummer voorzien had. Ze was er trots op deze keer een zichtbare, belangrijke bijdrage aan zijn nieuwe boek te leveren. Misschien zou zelfs haar naam vermeld worden. Ze was er niet op uit bekendheid te verwerven als fotografe, het ging haar erom George' publicaties te illustreren, zijn opvattingen te ondersteunen.

'Het is tijd om Elisabeth van school te halen, Jim.'

Hij knikte bereidwillig en liep weg om zich mooi te maken voor de wandeling door de stad. Jim was nog ijdeler dan Schammi, om wie ze vaak had moeten glimlachen wanneer hij probeerde bij de meisjes in de smaak te vallen. Maar terwijl Schammi met zijn smalle gezicht en grote ogen beslist knap genoemd kon worden, was de kleine Jim met een brede neus en flaporen bedeeld. Wel beschikte hij over een betoverende en onschuldige vrolijkheid die, zoals Elisabeth steeds weer vertelde, voor veel zwarte meisjes zeker aantrekkelijk was. Het was goed mogelijk dat haar ideeën over mooi en lelijk heel anders uitvielen dan die van de Afrikaanse meisjes.

Ze nam voorzichtig een slokje van de warme, geurige drank en zette toen haar kopje neer om zich weer aan haar werk te wijden. Haar rug deed pijn van het lange zitten, op de plantage was ze altijd de hele dag in beweging geweest. Maar ze was koppig en hoopte klaar te zijn met corrigeren wanneer George terugkwam. Het kon niet lang meer duren, ze was al bijna twee weken in Dar es Salaam.

Er was nog geen nieuws uit Neu Kronau, daarvoor werkte de post te langzaam. Ze stelde zich ermee gerust dat iemand een telegram zou hebben gestuurd of opgebeld als zich een noodsituatie had aangediend. Wel had ze hier in huis een lange brief van Ettje gevonden die haar veel verdriet bezorgde. Ettje berichtte over de dood van grootmoeder. Grete Dirksen was meerdere dagen niet meer uit bed gekomen en uiteindelijk rustig ingeslapen. Ze had de respectabele leeftijd van achtentachtig jaar bereikt en haar man, dominee Henrich Dirksen, veertien jaar overleefd. Haar dood betekende het einde van een lange heerschappij in huize Dirksen die nu op Paul en Antje overging die bij grootmoeder ingewoond hadden. Helaas leek het tot heftige ruzies over de erfenis gekomen te zijn, waar vooral tante Edine uit Aurich, de nog levende dochter van het domineesechtpaar, en neef Paul aan deelnamen. Oom Gerhard in Hamburg bleef ondanks alle inspanningen onvindbaar en zou dus ook niets erven. Er was sowieso niet veel. Het ging eigenlijk alleen om het huis, de oude piano, een paar meubels en wat spaarcenten die grootmoeder in een suikerbus bewaard had.

Charlotte had besloten dat het beter was om de klagerige brief van Ettje niet naar Klara door te sturen, maar haar het treurige nieuws in haar eerstvolgende brief te vertellen. Klara hoefde niet te weten dat Paul en Ettje intussen aartsvijanden waren en ook de kinderen bij de strijd betrokken. Ach, met de dood van de oude vrouw was een tijdperk ten einde gekomen, het huis uit haar jeugd was nu van Paul en Charlotte had zo het idee dat noch zij, noch Klara daar welkom waren.

Jim haastte zich langs haar heen naar de poort, getooid met een schone witte muts en een zilveren oorring. Elisabeth had vriendschap gesloten met Florence Summerhill, de dochter van een Engelse zakenman, die niet ver bij hen vandaan woonde, zodat Jim en de bediende van de Engelse familie de meisjes afwisselend van school haalden. Florence was twee jaar ouder dan Elisabeth en het was helaas te voorzien dat ze over niet al te lange tijd naar een internaat in Engeland zou gaan. Maar voorlopig waren de meisjes onafscheidelijk en schenen ook op school samen allerlei kattenkwaad uit te halen.

Charlotte merkte dat haar gedachten afdwaalden. Ondanks de sterke koffie viel het haar zwaar zich op de tekst te concentreren. Het was het wachten dat haar afmatte, dat lange wachten dat haar gedachten deed afdwalen en haar tot vreemde piekerijen verleidde. Ze stelde zich voor dat hij al in Morogoro was, misschien zat hij al in de trein en discussieerde met zijn medereizigers over het resultaat van de vaccinaties of hij zat in elkaar gedoken op de houten bank en sliep. Het was echter ook mogelijk dat hij nog een laatste, ver afgelegen dorp bezocht, over omgevallen oerwoudreuzen klauterde, steile hellingen beklom, door moerassen waadde... Er moest een moment komen dat het serum op was, dan was de missie afgelopen en keerde hij terug naar Dar es Salaam.

Ach, ze kon nu zo goed invoelen hoe hij 's avonds alleen in zijn studeerkamer had gezeten en aan haar gedacht had. Ze had zijn brieven met tedere ogen herlezen en ze vond het nu ongelooflijk romantisch dat hij haar aan de lang vervlogen tijden herinnerde toen ze nog van elkaar gescheiden waren. Nu voelde ze weer hoe pijnlijk de eenzaamheid was, hoe zeer het deed op een geliefde te moeten wachten, dagelijks, elk uur aan hem te denken, naar het tikken van de klok te luisteren en niets anders te kunnen doen dan geduld te hebben.

Een windvlaag stoof onder het afdak van de veranda en ze moest snel ingrijpen om te voorkomen dat de papieren wegwaaiden. Op hetzelfde ogenblik sprong Simba overeind, liep naar de poort en blafte boos. Iemand had aan de bel getrokken.

Mimi, het Afrikaanse huismeisje, zat bij de kok in de keuken en Charlotte was veel te ongeduldig om op haar te wachten. Haastig stond ze op, legde nog een steen op de papieren en liep over het gazon naar de poort.

'Af, Simba. Ga terug. Hup, schiet op.'

Voor de poort wachtte een zwarte boodschappenjongen die vanwege het hondengeblaf angstig op een meter afstand bleef. Toen hij de grote roodbruine leeuwhond in de gaten kreeg zag hij zijn ergste angsten bevestigd en begon hevig te trillen. Veel witten in de buurt hadden op zwarten afgerichte vechthonden, misschien had de arme kerel al eens kennisgemaakt met een dergelijke bewaker.

'Stop het bericht maar onder die steen. Had je nog een andere opdracht? Nee? Hier, die is voor jou.'

Ze gooide een halve roepie naar hem toe en zag hem bliksemsnel met zijn loon weghollen. Hoofdschuddend liep ze naar de plek waar hij de brief had neergelegd en constateerde dat het om een dubbelgevouwen velletje papier ging.

Beste mevrouw Johanssen,

Aangezien ik op het moment niet gemist kan worden, verzoek ik u om mij in de Sewa Hadji-kliniek op te komen zoeken. We hebben bericht van uw man.

Dokter Kalil

De wind trok aan het papier en wilde het uit haar handen rukken terwijl ze met haar rug steun zoekend tegen de muur leunde en steeds opnieuw die merkwaardige zin las.

We hebben bericht van uw man...

Bericht van George? Maar waarom stuurde hij een bericht naar de Sewa Hadji-kliniek? Hij zou toch in de komende dagen in Dar es Salaam terugkeren... Een onbestemde angst vlamde in haar op, breidde zich uit in haar hele lichaam als een laaiend vuur en benam haar bijna de adem.

'Mama? Gaat het wel goed met je? Je bent helemaal bleek...' klonk een lichte stem.

Ze dwong zichzelf om te glimlachen en stak het briefje snel in haar jaszak. Elisabeth die met Jim op sleeptouw op de poort afslenterde had scherpe ogen en voelde de stemmingen van haar moeder heel goed aan.

'Met mij gaat het goed. Hoe was het op school?'

'Saai! Is George er nog steeds niet?'

'Nee...'

Elisabeth drukte een kus op Charlottes wang, kroelde Simba's wollige oren en liep de tuin in. Ze was intussen bijna net zo groot als haar Afrikaanse begeleider. Jim met zijn zwarte huid en het blonde witte meisje met de blauwe ogen vormden een ongebruikelijk paar. Ze verstonden elkaar echter prima, kletsten Engels, Duits en Swahili met elkaar en Jim was er trots op dat hij de leren schooltas van zijn jonge bazin naar huis mocht dragen. Zelf was hij nooit naar school geweest.

'We eten vandaag een beetje later, ik moet nog iets doen.'

Dat beviel Elisabeth helemaal niet, maar haar moeder sprak op een toon die duidelijk maakte dat ze geen tegenspraak duldde. Charlotte bracht de manuscripten naar de studeerkamer en legde ze op George' bureau. Ze trok haastig een jas aan, bond een sjaal om haar hoed zodat hij niet weg zou waaien en verliet het huis, Simba zoals altijd op haar hielen.

Het was al laat in de middag toen ze bij het ziekenhuis aankwam. Uit de ingang kwam haar een groep Afrikaanse vrouwen tegemoet, gekleed in bonte kleren en behangen met koperen kettingen, sommige hadden kleine kinderen op de arm. Een van de vrouwen huilde, de anderen kletsten echter en lachten ongedwongen met elkaar. Charlotte wrong zich tussen hen door de kleine hal in waar het zo stonk naar zweet en andere uitwasemingen dat haar maag zich omkeerde van walging. Even was ze bang dat ze moest overgeven of flauw zou vallen en zocht met haar hand steun tegen de muur. Waarom wond ze zich eigenlijk zo op? Waarschijnlijk was er niets aan de hand. George had gewoon een bericht aan zijn collega's gestuurd met het verzoek dat aan haar door te geven.

'Mevrouw Johanssen?'

Tussen de langslopende bezoekers was de in het wit geklede gestalte van een verpleegster opgedoken. Ze kende die stem, hij behoorde tot de vrouw die ze op dit ogenblik het allerminst wilde tegenkomen. Maar Shira, de ijverige medewerkster van haar man, stond vlak voor haar en nam haar op met harde donkere ogen.

'Ik kom voor dokter Kalil.'

Zonder iets te zeggen ging Shira haar voor door de gang waar meerdere zieken en bezoekers hun kamp hadden opgeslagen en Charlotte kon niets anders doen dan haar volgen. Haar handen waren koud en klam, het zweet stond op haar voorhoofd en haar knieën trilden zo erg dat ze bijna over een stapel kleren was gevallen die iemand naast zijn bed gelegd had.

Shira bleef staan voor een deur en legde haar hand op de deurknop. Charlotte dacht dat de jonge Indische haar al binnen wilde laten, maar ze draaide zich met een vastbesloten beweging om. Haar smalle gezicht stond gespannen en leek nog hoekiger dan anders toen ze tussen haar tanden door siste: 'U hebt hem nooit begrepen. Alles wat misgegaan is, komt alleen door u.'

Charlotte was zo verbluft door deze onverwachte uitval dat ze zweeg. 'Dokter Johanssen is een prachtig mens en een geweldige arts,' ging Shira met zachte stem verder. 'U bent het niet waard ook maar een tipje van zijn kleding aan te raken. U bent een egoïstisch, koud mens die zijn liefde niet verdient...'

Hete woede steeg op in Charlotte. 'Waar is dokter Kalil?' zei ze op scherpe toon tegen de Indische. 'Breng me ogenblikkelijk naar hem toe. Hij heeft me een bericht verstuurd en verwacht me.'

De blik die Shira Charlotte toewierp deed denken aan een slang die zijn prooi in het vizier neemt. 'U zult hem niet weerzien, nooit meer. En dat is maar goed ook.'

Shira's mond vertrok. Ze draaide haar hoofd opzij en duwde eindelijk de deur open.

In de kleine verblijfsruimte voor het medisch personeel heerste een vreselijke chaos. Papieren, theekopjes, medische instrumenten, half opgegeten maaltijden en vele andere dingen lagen en stonden verspreid op de tafel, aan een stoel hing een blauwe zijden sjaal, onder de tafel lagen twee, niet bij elkaar passende leren sandalen. 'Wacht hier. Dokter Kalil opereert op het moment.'

De stem van de Indische klonk nu gemaakt onverschillig. Met een uitgestreken gezicht wachtte ze tot Charlotte langs haar heen de kamer binnengegaan was en sloot de deur.

Met bevende vingers maakte Charlotte de knoop los waarmee ze de sjaal over haar hoed had vastgemaakt. De hoed viel op de grond, maar ze maakte geen aanstalten hem op te rapen. De angst had haar in zijn greep, nog erger dan daarvoor. Koud, donker en afgrondelijk diep.

Ze had niet kunnen zeggen hoelang dokter Kalil haar liet wachten. Het leek een eeuwigheid, al waren er in werkelijkheid misschien slechts een paar minuten verstreken. De arts zag er zoals altijd uitgeput uit. Had ze hem ooit fris en uitgerust gezien? Verstrooid verontschuldigde hij zich voor de wanorde, pakte de blauwe sjaal en rolde hem op zodat ze kon gaan zitten, hoewel ze daar geen belang aan hechtte. 'Gisteren keerden de twee assistenten van uw man terug uit het Ulugurugebergte,' begon hij ten slotte hulpeloos. 'Ik kon pas tegen de middag met hen praten, u weet...'

Een donkere verpleegster kwam binnen, pakte een blad papier van de tafel en ging weer weg. Dokter Kalil wilde verdergaan, maar Charlotte was hem voor. 'Wat is er met mijn man gebeurd?'

'Mijn beste mevrouw Johanssen... Ik weet dat u een verstandige vrouw bent en niet hysterisch zult worden...'

Hij klonk totaal niet overtuigd, meer alsof het een dringend verzoek was.

'U hoeft geen consideratie met mij te hebben... Ik wil de waarheid weten.'

'Zoals het er nu uitziet werden de vaccinatiemedewerkers bij hun laatste actie in een dorp overweldigd en gevangengenomen. Waarom weet ik niet. Feit is dat de twee doktersassistenten konden vluchten terwijl het lot van uw man tot dusverre onduidelijk is.'

Ze staarde de dokter ontzet aan. Wat wilde hij daarmee zeggen? Betekende het dat George nog steeds gevangenzat en niemand wist of hij nog wel leefde?

'Wanneer is dat gebeurd?' vroeg ze met trillende stem.

'Drie dagen geleden, mevrouw Johanssen,' antwoordde de Indische arts en hij keek haar bezorgd aan. 'U kunt natuurlijk met de doktersassistenten praten, de twee zijn vandaag in de kliniek verschenen om weer aan het werk te gaan. Het was puur geluk dat ze zich konden bevrijden en vluchten, maar ze zijn nog een beetje van slag. Het verbazingwekkende is dat we er tot nu toe altijd van uitgingen dat de bewoners van het Uluguruberggebied ongevaarlijke en vriendelijke mensen waren...'

'U wilt dus zeggen dat mijn man sinds drie dagen spoorloos verdwenen is in het Ulugurugebergte,' bracht Charlotte ontsteld uit.

'Er wordt naar hem gezocht, mevrouw Johanssen. Verder is het algemeen bekend dat uw man zich heel goed kan redden in de wildernis. Misschien is hij allang aan de Afrikanen ontkomen en duikt hij binnenkort in Dar es Salaam op, of hij geeft een teken van leven, een telefoontje, een telegram. U moet zich niet al te veel zorgen maken.'

Het was allemaal erg genoeg en toch, ondanks alles voelde ze een zekere opluchting. Er was in elk geval hoop dat hij nog in leven was.

'U weet net zo goed als ik, dokter Kalil, dat mijn man niet gezond is en dat de koorts elk moment weer de kop kan opsteken,' herinnerde ze hem.

Eén blik op zijn gekwelde gezicht liet haar weten dat ook hij zich geen illusies maakte. Hij schonk haar een glas water in en terwijl ze dronk, vertelde hij dat een groep askari de opdracht had gekregen om de Afrikanen ter verantwoording te roepen. Het was het beste als ze terugging naar huis en het resultaat van deze actie afwachtte.

'Ik wil graag de twee doktersassistenten spreken die George vergezeld hebben.'

'Ik stuur ze naar u toe, mevrouw Johanssen. Moet iemand u naar huis brengen? Bent u duizelig?'

Ze zette het lege glas op een stapel papier die dreigde over een verzameling bruine flesjes heen te vallen.

'Het gaat prima met me, dokter Kalil. Dank voor uw moeite. Als er nieuws is...'

Hij knikte en verzekerde haar dat zij de eerste was die het zou horen en bracht haar vervolgens naar de deur. Even dacht ze dat hij een ondersteunende arm om haar schouders wilde leggen, maar dat deed hij niet, hij opende alleen de deur voor haar.

Hoe ze bij het strand beland was kon ze zich later niet meer herinneren. Ze vond zichzelf in het witte zand zittend zonder schoenen terug, haar blote voeten in de branding. Het bruisen van de golven vermengde zich met het ruisen van de wind die aan haar losgeraakte haar trok en haar vertwijfelde snikken dempte.

U zult hem niet weerzien, nooit meer. En dat is maar goed ook.

De woorden van de Indische bleven maar door haar hoofd malen en deden haar bijna haar verstand verliezen. Pas toen de hond naast haar kwam zitten en met zijn natte tong over haar wang likte, hield ze op met huilen en veegde haar gezicht af met de mouw van haar jas.

Ze dwong zichzelf op te staan en ging langzaam op weg naar huis.

Thuis vertelde ze Elisabeth dat ze in de kliniek had vernomen dat de expeditie een omweg maakte en dat George daardoor een paar dagen later terugkwam. En ook al deed ze grote moeite om ongedwongen over te komen, Elisabeth liet zich niet om de tuin leiden.

'Je bent verdrietig, hè, mama? Ik vind dat George deze omweg wel had kunnen laten zitten. Weet hij dan niet dat we op hem wachten?'

Charlotte trok haar dochter op schoot en trok aan haar haar dat ze liever niet liet kammen.

'Ik denk dat hij het wel weet, Lisa. Je moet het maar zo bekijken, hoe langer we op hem wachten, hoe groter onze vreugde als hij weer bij ons is.'

De twee zwarte doktersassistenten, Mtschalo en Bugi, die George op zijn expeditie hadden begeleid, kwamen nog diezelfde avond naar haar huis. Charlotte verzekerde zich ervan dat Elisabeth boven in haar kamer sliep en liet de twee bezoekers in de woonkamer. De Afrikanen keken schuw naar de vele foto's aan de muren en namen pas na een tijdje plaats op de hen toegewezen stoelen. Beiden waren afkomstig van de kust en werkten al een aantal jaren in de Sewa Hadji-kliniek. Ze waren trots op hun baan, droegen een witte muts op hun geschoren hoofden en een wit jasje over enkellange tunieken. 'Mtschalo heeft tegen daktari Johanssen gezegd: wij goed gewerkt, waarom rijden wij niet naar huis? Maar daktari wilde nog één dorp vaccineren. Alleen dat ene dorp... Dorp van geesten en ongeluk. Toen zijn krijgers gekomen. Veel. Met speren en pijl-en-boog. Ook met geweren. Daktari praat met hen, willen niet luisteren. Wij moeten allemaal mee... In dorp zij binden ons vast aan boom. Ze schreeuwen en dreigen met speren en wij allemaal denken: leven is afgelopen. Alleen daktari Johanssen zegt tegen ons dat wij moeten rustig zijn en wachten. Mensen van dit dorp hebben zich vergist. Omdat ze denken: wij hebben verbond met ander dorp, dat zijn hun vijanden...'

'En wat gebeurde er toen?'

De twee keken elkaar aan en aarzelden. Toen Mtschalo, die tot nu toe het woord had gevoerd zweeg, vervolgde zijn metgezel het verslag. 'Krijgers brengen daktari in ronde hut,' verklaarde

Bugi. 'Mtschalo en Bugi blijven vastgebonden aan boom. Dan komt nacht. Weinig vuur, dan alleen sterren en maan. Dan zegt Mtschalo, hij kan touw loskrijgen. Heel zachtjes krijgt Mtschalo handen vrij, maakt ook Bugi los en wij lopen weg...'

Ze keken Charlotte bedrukt aan. Zij begrepen ook wel dat de woede van de inheemse krijgers zich dan op de daktari zou richten, die nog als enige in hun macht was. Bitter bedacht Charlotte dat George in een dergelijke situatie heel zeker geprobeerd zou hebben ook zijn kameraden te bevrijden. Maar wat had het voor nut die twee verwijten te maken? Het was nu toch al te laat.

'Jullie hebben echt geluk gehad,' zei ze in plaats daarvan en ze probeerde haar boosheid te onderdrukken. 'En hoe zijn jullie toen terug naar Morogoro gegaan?'

'Vinden twee dragers van onze expeditie die met ons naar Morogoro gaan...'

Enkele van de inheemse dragers moesten de vijandelijkheden voorzien en zich op tijd verstopt hebben en zo aan gevangenneming zijn ontsnapt.

'Was mijn man in goede gezondheid of had hij koorts?'

Daktari Johanssen was niet ziek geweest, misschien alleen een beetje moe. Hij had de laatste dagen met een kromme rug in het zadel gezeten, maar hij wist de weg en had zich nooit vergist. Daarom zouden ze allebei tot Jezus Christus bidden dat hun goede daktari ongedeerd en gezond terug zou komen. Ze wilden ook een offer brengen om de goden van Uluguru gunstig te stemmen, want het was altijd beter alle goden aan je kant te hebben.

Charlotte had de twee Afrikanen onthaald op rijst, bananen en geitenvlees, wat ze gretig opaten. De citroenlimonade vonden ze echter niets, ze hadden op Duits bier gehoopt. Ze bleven nog een paar uur en vertelden over de expeditie, prezen daktari Johanssen en bwana gouverneur die de Afrikanen tegen de pokken beschermden. Toen ze eindelijk opstapten, waren ze er vast van overtuigd dat de witte arts weer gauw bij hen zou zijn.

Charlotte lag nog lang wakker, luisterde naar de nachtelijke geluiden en af en toe strekte ze haar arm uit om het lege hoofdkussen naast haar te betasten. Het verslag van de twee Afrikanen had haar ergste angsten bevestigd. Of George was nog steeds in de macht van de krijgers en dan kon de zogenaamde strafexpeditie van de askari nog levensgevaarlijk voor hem uitpakken, of hij was aan zijn belagers ontsnapt en probeerde zich alleen en zonder rijdier een weg te slaan door het moeilijk begaanbare gebergte. En zo mogelijk vocht hij daarbij niet alleen tegen de wildernis maar ook tegen de koorts.

Ze haalde zich van alles in het hoofd, zag hem uitgeteerd door de koorts in een eenzaam ravijn liggen en dan weer stelde ze zich voor dat men zijn lichaam naar Afrikaans gebruik ten grave droeg, gewikkeld in een bruine doek waar aan de bovenkant zijn blonde haar uitstak. Als hij daarentegen ergens in het oerwoud stierf, dan zou er niets van hem overblijven, de Afrikaanse aarde nam al haar kinderen weer in haar schoot op om zo de eeuwige kringloop van leven en sterven te sluiten.

Het liep tegen vier uur in de ochtend toen ze de lamp aanstak en op de kleine klok naast haar bed keek. Nog twee uur tot de zon opkwam. Wat had dokter Kalil gezegd? Ze moest naar huis gaan en afwachten. O nee, de tijd van wachten was voorbij. Ze zou met alles wat haar ter beschikking stond voor George' leven vechten.

'Johannes Kigobo heel moe,' zei Jonas Sabuni grijnzend. 'Slaapt als aapje op rug van mama.'

Charlotte glimlachte verstrooid en bond de sjaal vaster over haar hoed. De enige personenwagon van de trein was helemaal bezet. Niemand stoorde zich eraan dat alle ramen openstonden en de wind naar binnen waaide. Desondanks was Kigobo in een diepe slaap gevallen zo gauw ze het treinstation bij de haven van Dar es Salaam verlaten hadden.

Er waren vier dagen verstreken sinds Charlotte in de Sewa Hadji-kliniek van George' verdwijning had gehoord. Ze had geen nader bericht gekregen, wat zoveel betekende als dat haar man geen teken van leven had gegeven en ook de zoekactie van de askari tot nu toe zonder resultaat was gebleven.

Direct na de eerste slapeloze nacht had Charlotte een telegram naar Peter en Klara in Neu Kronau gestuurd:

Reis naar Morogoro. Stuur Johannes Kigobo en Jonas Sabuni naar Dar es Salaam.

Ze wist dat ze hun lot in eigen hand moest nemen. Simpelweg te wachten zoals dokter Kalil haar in de kliniek had aangeraden bracht George niet bij haar terug. Ze zou zelf op zoek gaan naar haar man en daarbij had ze in elk geval twee betrouwbare begeleiders nodig.

De twee Afrikanen die ze had uitgekozen waren volhardende, sterke mannen. Allebei waren ze in de wildernis van het Usambaragebergte opgegroeid, konden sporen lezen en zouden zich ook in het Ulugurugebergte kunnen redden.

Kigobo en Sabuni waren twee dagen later al in Tanga aangekomen, waar Charlotte hen op het station opwachtte, vandaaruit gingen ze met de kuststomer verder naar Dar es Salaam. Het was de verste reis die de beide Waschamba ooit gemaakt hadden en het werd Charlotte al gauw duidelijk dat ze daarmee veel te veel van hen vroeg. Weliswaar kenden ze het Usambaraspoor en waren daarmee een of twee plaatsen verderop gereisd, maar nooit tot aan de kust. Tanga, de witte stad aan de smaragdgroene lagune, had de twee onwetende Afrikanen een waar paradijs toegeleken. Bij de aanblik van de zee hadden ze hun ogen en mond opengesperd en Charlotte had al haar overredingskracht nodig gehad om ze aan boord van de kuststomer te krijgen, die ze voor een duivelswerk van boze geesten aanzagen. Sabuni werd ter plekke zeeziek. Hij zat ineengedoken op het houten dek of hing als een hoopje ellende over de reling en spuwde de net gegeten krakelingen weer uit. Daarbij mompelde hij smekend tegen Jezus Christus of die hem alsjeblieft van dit puffende stampende monster wilde halen en hem bij zich in de hemel opnemen. Het speet Charlotte oprecht en ze betreurde het bijna de trouwe Waschamba uit hun gewone leven weggerukt te hebben.

Terug in Dar es Salaam legde ze haar dochter uit dat ze George in Morogoro moest ophalen en bracht haar onder bij de Summerhills, tot groot enthousiasme van Elisabeth en Florence. Aansluitend drong ze er bij haar zwarte begeleiders op aan om direct te vertrekken. Charlotte wist dat elke dag die ze onbenut liet, een verloren dag was en erger nog, de tijd die ze met zinloos wachten verspilde, verwijderde haar steeds verder van haar geliefde man.

'Geratel van trein lijkt op mama die op akker met houweel hakt,' kletste Sabuni vrolijk verder. 'Wiegt aapje heen en weer, maakt aapje moe, aapje moet slapen.'

'Dat is helemaal niet zo dom van hem,' zei Charlotte. 'We komen pas vanavond in Morogoro aan, jij moet ook een tijdje je ogen dichtdoen, Sabuni.'

'Jonas Sabuni kan niet slapen. Moet uit raam kijken. Alles loopt voorbij, boom, gras, *dondoro, tembo, twiga*... Jonas Sabuni moet kijken, kan niet ophouden, tot ogen vallen naar buiten en kop is leeg als holle kalebas...'

Anders dan haar opgewonden bediende had Charlotte amper oog voor de springbokken, olifanten en giraffes die hem zo begeesterden.

'Op het volgende station moet je uitstappen en iets te eten voor ons kopen. Ik geef je het geld. En Kigobo moet een eindje met Simba lopen.'

Ze waren die ochtend tegen negen uur op de trein gestapt, nu was het na twaalven en het langste gedeelte van de afstand lag nog voor hen. Ze vond de reis eentonig in vergelijking met het prachtige landschap waar het Usambaraspoor doorheen liep. Het traject van de centrale spoorlijn begon in Dar es Salaam en volgde de oude karavaanweg richting Tabora over vlak land. Je zag open bosjes, struikgewas, schermacacia's, soms de spookachtige vorm van een oeroude baobab en bij de rivieren groeiden dichte mangrovebosjes. De savanne begon al weer grijs te kleuren, hier en daar waren nog groene eilandjes te zien rond afzonderlijke waterplassen die nu echter de een na de ander uitdroogden. Vogels dromden samen op deze eilandjes, liepen stijfjes door het gras en bewogen bij elke pas de roodwitte kop naar voren en weer terug. Eén keer zag ze een maribu, een gebochelde grijze knaap die op een stoffige bibliothecaris leek.

'Als Kigobo met Simba op station loopt, moet hij hond goed vasthouden,' zei Sabuni met kinderlijk leedvermaak. 'Simba is hongerig naar samosa's.'

Charlotte leunde moe naar achteren op de houten bank en keek ongeduldig uit het raam of er niet eindelijk in de verte een gebouw in zicht kwam. Het volgende station, Ruvu, kon niet meer dan een klein vlekje zijn, een haastig opgetrokken plat stationsgebouwtje met een golfplaten dak en hoogstens een paar opslagschuurtjes. In de buurt waren meerdere dorpen waar de inwoners eveneens van de spoorbaan profiteerden, vooral de vrouwen die de reizigers levensmiddelen verkochten en zo een beetje geld verdienden.

Wat ging die trein toch langzaam, dacht Charlotte. Hij kroop gewoonweg over de rails en moest telkens weer riviertjes oversteken, wat het tempo aanzienlijk vertraagde. Al een stuk voor de brug begon de locomotief te blazen en te fluiten en ging langzamer rijden om bedaard over de houten brugconstructie te rollen. Pas een stuk verder maakte hij weer vaart.

'Daar is het station, bibi Johanssen!' Sabuni wees opgewonden naar het raam. 'Veel vrouwen, veel lekkere maispannenkoekjes en mango's.'

Ondanks de inspanningen van zijn vriend om hem te wekken bleef Kigobo slapen zodat Charlotte zelf met de hond naar buiten moest. Simba onderging de treinreis gelaten. Hij tilde zijn poot op tegen de muur van het stationsgebouw en markeerde voor de zekerheid nog een paar acacia's in de buurt. De zwarte vrouwen met hun geurige pannenkoekjes negeerde hij totaal. In plaats daarvan probeerde hij tevergeefs twee kippen te vangen die een medereiziger in een gevlochten kooi op het perron had gezet.

Charlotte had de rest van de reis een zeurende hoofdpijn. Geen wonder, want het tochtte vreselijk in de coupé en daarnaast was er het gebruikelijke luidruchtige geroezemoes in het Duits, Engels en Swahili. Ze was blij dat aan elke kant een metgezel zat met de grote hond aan haar voeten zodat andere reizigers weinig kans hadden haar aan te spreken. Alleen een jonge Duitser met een fonkelnieuwe tropenhelm boog zich voorover en vroeg nieuwsgierig of ze de sisalplantage bij Ruva kende. Toen ze echter negatief antwoordde, richtte hij zich tot iemand anders.

Kort voor zonsondergang stapten ze in Morogoro eindelijk uit de trein. Charlotte voelde zich ziek en koortsig. De lichte gebouwen van het stadje leken onder een rode stofwolk te liggen en de blauwige contouren van de bergen in de verte waren slechts met moeite te onderscheiden. De Ulugurubergen moesten tot tweeduizend meter hoog zijn, een landschap dat het Usambaragebergte in schoonheid zeker evenaarde. Maar voor Charlotte, die met een bonzend hoofd en zere ledematen op het perron stond, leken de donkere heuvels op een groep afschuwelijke drakenlijven die aan de andere kant van Morogoro op haar wachtten.

Er was maar één restaurant in de plaats die ook kamers verhuurde en die waren zo klein dat het eerder hondenhokken leken. De waard, een boertig type met vlassig haar, wilde Simba eerst niet binnenlaten. Pas toen Charlotte aanbood voor de hond te betalen was hij opeens inschikkelijk.

'Maar neem het beest vannacht mee in uw kamer, anders bijt hij misschien een van onze andere gasten,' gaf hij haar onvriendelijk te verstaan.

Toen ze later met Simba aan de lijn de lawaaierige gelagkamer binnenliep en aan een vrije tafel ging zitten, staarde de waardin haar ontzet aan. Ze durfde echter niets te zeggen. Charlotte bestelde een maaltijd voor zichzelf, zorgde ervoor dat ook haar begeleiders buiten te eten kregen en verzocht om etensresten en een bak water voor haar hond. Aan de overige tafels zaten voornamelijk witte mannen. Duitse ambtenaren van de overheid en de post, sisalplanters uit de omgeving en zelfs een handjevol zakenlieden die op doorreis waren naar de honderd kilometer westwaarts gelegen plaats Kilosa, waar een paar weken eerder een station geopend was. Alleen aan een van de grotere tafels ontdekte Charlotte tussen de mannelijke gasten twee jonge witte vrouwen. Te oordelen naar hun kleding en gedrag waren het zeker geen echtgenotes en het was duidelijk wat hun bedoeling was. Charlotte moest aan Sarah William denken, de altijd opvallend uitgedoste 'dame' met haar ontelbare jurken en hoeden die toentertijd met hen op de rijksstoomboot naar Duits Oost-Afrika gereisd was en van wie ze al jaren niets meer gehoord had. Ook Sarah had haar levensonderhoud op deze bedenkelijke wijze verdiend, had zich overgegeven aan de zonde. Toch had ze ook goede kanten gehad en was ze tijdens de zo moeilijke begintijd in Dar es Salaam een trouwe vriendin voor haar en Klara geweest.

Charlotte voelde hoe ze werd geobserveerd. De mannen wisselden opmerkingen uit en stelden met zachte stem vragen aan de waardin, die die met een blik op haar vrouwelijke gast beantwoordde.

Ze deed of het haar allemaal niet aanging. Ja, ze was alleen. Een vrouw zonder mannelijke begeleiding. Haar twee zwarte bediendes waren niet welkom in de gelagkamer en telden voor de Europeanen sowieso niet mee.

Uiteindelijk stond een van de mannen op, een gedrongen kerel met een volle blonde baard en een lichte, door de zon verbrande huid. Hij bleef op zijn plaats staan, steunde met zijn handen op de tafel en maakte een beleefde buiging in haar richting.

'Sta mij toe, mevrouw, dat ik mij aan u voorstel. Johan Gudensen. Ik bezit een sisalplantage twintig kilometer ten zuiden van hier. Mede uit naam van mijn vrienden heet ik u hartelijk welkom.'

Het was stil geworden, alleen aan de stamtafel die vlak bij de tapkast stond, werd nog gepraat. De overige mannen en ook de twee vrouwen staarden nieuwsgierig naar Charlotte.

'Heel vriendelijk van u, meneer Gudensen, dank u wel.' Ze glimlachte gereserveerd en gaf tegelijk Simba, die gromde, een stootje met haar knie. 'U hebt daar een vervaarlijke lijfwacht,' merkte een man met een zwarte baard en een adelaarsneus op. 'Wat is het voor ras? Is hij op zwarten afgericht?'

'Hij is aan komen lopen.'

'Zo'n hond zou ik goed kunnen gebruiken. Mijn naam is Josef Gebauer. Ik heb een winkel hier, beconcurreer die vervloekte Indiërs. Bij mij is alles te koop, van pannen tot en met vliegende tapijten, haha...'

'Wilt u ons de eer doen bij ons aan tafel te komen zitten, jongedame?' vroeg een andere man, die zich voorstelde als Horst Knappert en naar haar inschatting een lage ambtenaar was. De hogere rangen hadden de gewoonte onder elkaar te blijven, je zag ze vrijwel nooit in een openbare gelegenheid.

Charlotte twijfelde. Het was hoogst ongepast een dergelijk voorstel aan te nemen. Het was eigenlijk ook niet zoals het hoorde om een nette vrouw zoiets voor te stellen. Aan de andere kant leken deze mannen niet dronken of gewelddadig, hoogstens verveeld. Waarschijnlijk gebeurde hier in de omgeving niet al te veel. Het kon geen kwaad hun een paar vragen te stellen.

'Wel, het is normaliter niet mijn gewoonte om me bij vreemden op te dringen...'

'U zou ons een groot plezier doen.'

Men haalde een stoel voor haar en maakte ruimte. Simba kroop onder de tafel en besnuffelde uitgebreid de vele broeken en ook de rokken en schoenen van de twee vrouwen. De oudere van de twee slaakte een gilletje, maar kalmeerde al snel en bleef stokstijf zitten nadat Charlotte had gezegd dat ze de hond in geen geval aan het schrikken moest maken.

'Mijn naam is Charlotte Johanssen.'

'Johanssen? Toch niet... Hebt u iets met de dokter te maken die boven in de bergen is verdwenen?' informeerde de blonde sisalplanter.

'Hij is mijn man.'

'Uw... man? Grote god. Wilt u naar hem op zoek gaan?'

'Zeker, daarom ben ik hier.'

De sfeer aan tafel veranderde. Men had haar als een welkome afleiding beschouwd, een onconventionele, uitgesproken aantrekkelijke vrouw, die misschien makkelijk te krijgen was, waarom zat ze anders hier alleen in de herberg? Witte vrouwen, vooral degenen die er goed uitzagen, waren schaars hier in de kolonie. Maar nu lag alles anders.

'Dat zal niet eenvoudig zijn, mevrouw Johanssen,' zei de jonge ambtenaar Knappert meevoelend. 'Zelfs de askari hebben uw man niet gevonden. Ze zijn gisteren teruggekomen, hebben het hele dorp overhoopgehaald en veel Afrikanen aan het werk gezet.'

Ook de blonde sisalplanter keek haar met zijn bleekblauwe ogen bezorgd aan. Wat een geweldige vrouw, leek hij te denken, een vrouw die moedig helemaal alleen door het land reisde om haar man te zoeken, zo eentje moest je thuis hebben... als je al een vrouw vond om mee te trouwen...

'Uw man was een bijzonder sympathiek mens, mevrouw Johanssen... Eh, ik bedoel natuurlijk, uw man is een bijzonder sympathiek mens,' verbeterde hij zichzelf snel. 'We hebben hier samen aan tafel gezeten, dat is nu vier of vijf weken geleden... Jij was er ook bij, toch, Josef?'

'Jazeker,' knikte de koopman met de zwarte baard en hij keek daarbij naar zijn handen die een bierpul vasthielden. 'We hebben driftig gediscussieerd, het ging er tot laat in de nacht vrolijk aan toe.'

'Een echt charmante man, dokter Johanssen,' mengde een van de vrouwen zich in het gesprek. 'Hij was heel onderhoudend en vriendelijk.'

Ze was nog heel jong en droeg haar blonde haar in een losse knot op haar achterhoofd waar steeds opnieuw strengen uit loslieten die ze herhaaldelijk achter haar oren deed.

Ja, dacht Charlotte. George kon mensen betoveren, mannen zowel als vrouwen. Dit jonge ding was in elk geval in zijn ban geraakt. Was ze soms jaloers, in een situatie waarin ze voor zijn leven vreesde?

'Hij is een bekend schrijver, toch?' merkte de jonge ambtenaar op. Hij was tenger en had een alledaags gezicht dat je snel weer vergat. 'Ja, zeker,' ging hij verder als om zichzelf te bevestigen. 'Dokter George Johanssen. Ik heb een van zijn boeken gelezen en was erg onder de indruk.'

'Men zegt dat hij met hertog Von Mecklenburg naar Rwanda is gereisd...'

Iemand had een glas bier voor mevrouw Johanssen besteld en de sisalplanter drukte haastig zijn sigaar uit in de asbak, zodat ze geen last van de rook zou hebben. De jonge blondine fluisterde met haar buurvrouw en allebei keken ze verstolen medelijdend naar Charlotte. Ze voelde een steek in haar hart.

'Weet iemand van u misschien iets meer over de zoekactie van de askari? Wat hebben de Afrikanen verteld? Waarom was mijn man daar niet te vinden?'

De sisalplanter Gudensen en de koopman Gebauer wisselden een blik, trokken hun schouders op en beweerden geen idee te hebben. Ze kon morgen in de Boma, het versterkte gebouw waar het bestuur en de troepen ondergebracht waren, verder informeren. Charlotte had al snel door dat die twee meer wisten dan ze kwijt wilden, wat geen goed teken was. Ten slotte besloot de jonge

Horst Knappert, die een fatsoenlijke vent leek te zijn, haar vraag te beantwoorden.

'Voor zover ik gehoord heb, mevrouw, hebben de zwarten beweerd dat uw man hun ontvlucht is. Dat is natuurlijk gemakkelijk gezegd, want er is geen enkel bewijs voor. Het was vast een leugen, net als zo veel andere dingen die ze beweerden. Nou ja, zo zijn die Afrikanen nu eenmaal, vooral als ze uitvluchten zoeken...'

'Welke andere dingen?'

De jonge ambtenaar greep zijn glas en nam een grote slok. Gudensen wiep hem een verwijtende blik toe, Gebauer draaide zich om naar de waardin en bestelde nog een biertje.

'Dat had hij, god weet, niet vanavond hoeven te vertellen,' mompelde hij. 'Net nu we zo gezellig bij elkaar zitten.'

'Tja, mevrouw,' ging de ambtenaar verder. 'Ik vertel het niet graag, maar het lijkt me ook niet goed het voor u te verzwijgen. Bovendien is het misschien helemaal niet waar.'

'Het is vast en zeker gelogen,' kwam de handelaar er geërgerd tussen. 'U maakt haar alleen maar bang, Knappert.'

Charlotte voelde afkeer jegens deze mensen in zich opkomen en was het liefst opgestaan en weggelopen. Op dat moment kwam Simba echter met een woedend gegrom onder de tafel uit en iedereen viel stil en trok zijn benen in. 'Dat beest hoort niet in de gelagkamer,' riep de waard van achter de tapkast. 'Dat heb ik die dame al een keer gezegd.'

'Kalm maar,' zei de sisalplanter. 'Breng nog een rondje op mijn rekening.'

Het gezelschap ontspande weer en Charlotte dwong zichzelf ondanks de onaangenaamheden te blijven zitten en meer over de verblijfplaats van George uit te vinden.

'Welke andere dingen?' vroeg ze opnieuw aan de jonge ambtenaar.

'Allerlei onzin die de zwarten zomaar verzinnen,' antwoordde hij. 'Dat de daktari maar één dag bij hen geweest is en dat ze hem toen hebben weggestuurd. Blijkbaar was hij ziek en waren ze bang dat hij hen aan zou steken. Dokter Johanssen zou de pokken gehad hebben.'

'De... de pokken?'

'Zo is het wel genoeg, losgeslagen kletsmajoor,' schold koopman Gebauer over de tafel. 'Onbewezen geruchten verspreiden, vindt u dat leuk? Een ongelukkige vrouw die naar haar man op zoek is, angst aanjagen. Bah, wat bent u toch een smeerlap.'

'Dat moet u zeggen, Gebauer!' reageerde de ambtenaar prompt en hij wijdde zich doodkalm aan zijn gratis biertje.

De koopman richtte zich nu tot Charlotte en zei met een kalmerende, innemende glimlach: 'Laat u niets wijsmaken, mevrouw. Ik ben ervan overtuigd dat uw man nog in leven is. Als u van plan bent mensen in te huren om onderzoek naar zijn verblijfplaats te doen, kan ik u zeker behulpzaam zijn...'

'Dat is een goed idee,' viel de sisalplanter hem enthousiast bij. 'Het is altijd beter alles in het werk te stellen, zodat je jezelf later niets te verwijten hebt.'

Charlotte knikte afwezig. Was het daadwerkelijk mogelijk dat George, die sinds jaar en dag met pokkenpatiënten te maken had, die nu al voor de tweede keer onderweg was om de inheemse bevolking in te enten, zelf het slachtoffer was geworden van deze verraderlijke ziekte? Was hij zelf dan niet ingeënt? Natuurlijk was hij dat, ze wist alleen niet hoelang het geleden was.

'Ik kan u een goed stel sterke rijdieren aanbieden voor een bescheiden prijs, vooral muildieren, maar ook een paar goede paarden. Daarnaast natuurlijk een volledige uitrusting, proviand, wapens. Ik kan ook voor een kok en een paar zwarte dragers zorgen. En als belangrijkste heb ik de beschikking over een paar ervaren woudlopers die u gerust de leiding over een dergelijke onderneming kunt toevertrouwen.'

Langzaam kwam Charlotte weer tot zichzelf en begreep dat Josef Gebauer al een complete groep reizigers voor haar aan het samenstellen was. Natuurlijk, hij was een zakenman, maar lang niet zo gewiekst als Kamal Singh eens was, die zich nooit had opgedrongen. Gebauer leek hier echter een soort monopolypositie te hebben, tenminste zo kwam het over. Ze zou inderdaad niet om deze mensen heen kunnen als ze haar plan door wilde zetten.

'Luister naar mij, mevrouw Johanssen,' maakte de jonge ambtenaar Knappert zich kwaad. 'Een dergelijke zoekactie is volkomen zinloos en kost u alleen maar heel veel geld. Hoe moet men een pokkenpatiënt vinden die ergens in de bergen rondloopt? Terwijl het zelfs de askari niet gelukt is...'

'Hoe kunt u zoiets beweren?' onderbrak Gudensen hem verontwaardigd. 'Hebt u geen vertrouwen in God? Mevrouw Johanssen zal doen wat haar geweten haar ingeeft en we zullen haar graag behulpzaam zijn. Tenslotte zijn we Duitse landgenoten, nietwaar? Mijn plantage is hier niet ver vandaan, mevrouw Johanssen, en het zou me een plezier doen u als mijn gast te verwelkomen zolang u op de terugkeer van uw man wacht. Uiteindelijk kunt u moeilijk de hele tijd in deze herberg wonen. Het zal u op mijn bezit zeker bevallen.'

Charlotte trapte niet in zijn allesbehalve onbaatzuchtige voorstel. Ze bedankte de sisalplanter voor zijn royale uitnodiging die ze helaas niet kon aannemen omdat ze zelf de Ulugurubergen in zou trekken om haar man te vinden.

'Maar... dat kan toch helemaal niet, mevrouw Johanssen,' riep hij ontzet.

'U zult verdwalen en een zekere dood tegemoet gaan of iets nog ergers als u in handen valt van de zwarten,' viel Horst Knappert hem bij en de twee vrouwen sloegen geschrokken hun handen voor hun mond.

'We zullen zien, mijne heren,' reageerde Charlotte met een vaste stem en ze stond op. 'Ik wens u een goede nacht.'

Die nacht deed Charlotte nauwelijks een oog dicht. Niet alleen de zorg om George liet haar wakker liggen, ook Simba liet haar telkens als ze een beetje ingedommeld was uit haar slaap opschrikken. Veel gasten verlieten de herberg pas ver na middernacht en met veel lawaai, waar hij steeds met boos geblaf op reageerde.

Geradbraakt stond ze de volgende ochtend op van haar ongerieflijke bed en schoof het gordijn een stukje opzij. Een zwarte bediende droeg een emmer afval over het erf, drie bruine kippen pikten naar een paar graankorrels die men voor hen had uitgestrooid, de ruziënde stemmen van de waard en waardin stegen omhoog. Van Kigobo en Sabuni was geen spoor te bekennen. Charlotte besloot de twee te laten slapen en alleen de post van de beschermingstroepen op te zoeken. Met een beetje geluk zou de dienstdoende officier haar verder kunnen helpen.

Er hing een witte nevel die de morgenzon weliswaar licht maar zonder glans deed doorkomen. Ook het dorp en het omliggende landschap waren in een fijne mist gehuld, het groen van de struiken en bomen kwam melkachtig over, de bergen in het zuiden hadden grijze en bruine pasteltinten aangenomen. Behalve het station en een klokkentoren waren er weinig grotere gebouwen in Morogoro, alleen het postkantoor, het districtskantoor, de herberg en een handjevol woonhuizen die men voor de daar gevestigde Duitse ambtenaren opgetrokken had. De Boma, waarin het garnizoen van de Duitse beschermingstroepen was gevestigd, was zoals te doen gebruikelijk als een kleine vesting gebouwd, ook al leek niemand voor een serieuze aanval te vrezen. Voor de muren hing een groepje zwarte vrouwen en kinderen rond. Vermoedelijk was het vandaag betaaldag en de vrouwen van de askari wachtten hier op hun echtgenoten om hun het geld af te nemen voor het op een of andere manier verdween.

Op de binnenplaats van de Boma werd dit vermoeden bevestigd. Alleen de wachten waren op hun post, de andere askari stonden in een rij voor het loket van de betaalmeester. Het duurde even voor iemand de bezoekster opmerkte en haar, zoals ze wenste, naar het kantoor van de troepencommandant bracht.

Luitenant Ernst von Diel ontving haar met de nodige beleefdheid, al was het de jonge officier aan te zien dat dit bezoek voor hem een ongemakkelijke aangelegenheid was.

'Mevrouw Johanssen, we hadden u al verwacht. Hebt u geschikt onderdak gevonden? Natuurlijk kunnen we u ook hier in de Boma een onderkomen bieden.'

'Dat is heel aardig van u, luitenant, maar dat zal niet nodig zijn.'

Een beetje zenuwachtig bood hij haar een stoel, gaf zijn huisbediende opdracht thee en iets te eten te brengen en ging toen tegenover haar zitten.

'Welnu, helaas zijn er tot nu toe nog geen goede berichten, beste mevrouw Johanssen, ik kan u echter verzekeren dat wij ons niet zo snel gewonnen geven. De inheemse bevolking kan zich nog zo koppig gedragen, ik ben er zeker van...'

Ze luisterde geduldig, ook al vertelde hij haar niet veel nieuws. De jonge ambtenaar van gisteravond was heel goed op de hoogte geweest.

Luitenant Von Diel was overdreven netjes gekleed in een smetteloos licht uniform. Zijn wangen waren gladgeschoren en met een of ander geurwatertje ingewreven dat zoetig in de lucht hing, zijn staalblauwe ogen met de donkere wimpers keken haar doordringend aan. Eigenlijk was hij precies de vlotte jonge officier die alle vrouwenharten veroverde. Wat zou hem naar Duits Oost-Afrika gedreven hebben?

'Een voorstel mijnerzijds, beste mevrouw Johanssen,' zei hij ten slotte en hij wenkte zijn huisbediende om zijn gast een kop thee in te schenken. 'Morogoro is geen plek voor een knappe jonge vrouw. Hoe fijn ik het ook zou vinden u een tijdje bij ons te hebben, ik denk toch dat u in uw huis aan de kust beter op uw plaats bent. Ga terug naar Dar es Salaam en wacht daar in alle rust op het nieuws dat wij nog te weten zullen komen.'

Ze had niets anders verwacht en roerde gelaten een lepeltje suiker door haar thee.

'Ik ben van plan om op eigen gelegenheid naar mijn man te zoeken, luitenant. Zou u zo vriendelijk willen zijn mij op een kaart aan te wijzen waar het dorp ligt waar hij gevangen is genomen?'

Hij verwijdde verrast zijn neusgaten en zei toen op strenge toon: 'Dat kunt u beter uit uw hoofd laten, mevrouw Johanssen. Wij hebben daar een strafexpeditie uitgevoerd, het dorp en de omgeving zijn grondig uitgekamd. U kunt er zeker van zijn dat ons niets ontgaan is.'

'Ik ga het toch proberen.'

Hij scheen niet op tegenspraak gerekend te hebben en al helemaal niet van een vrouw, want zijn geforceerd gereserveerde gezicht verduisterde.

'Ik moet u dringend verzoeken deze onzin achterwege te laten, mevrouw Johanssen. Ten eerste heerst er een pokkenepidemie in het Ulugurugebergte en ten tweede kan het tot aanvaringen komen met de inheemse bevolking. We hebben de knapen stevig onder handen genomen, maar het is gebleken dat ze net als altijd onhandelbaar zijn.'

Hij interpreteerde haar zwijgen als instemming en haalde toen, als het ware om haar tegemoet te komen, een met de hand getekende kaart uit een lade van zijn bureau tevoorschijn. Charlotte herkende de horizontaal lopende lijn van de centrale spoorlijn, enkele dorpen zoals Morogoro en Kilosa die direct aan het spoor lagen en daaronder het Ulugurugebergte. Het noordelijke deel was smal en donker gearceerd om steile bergkammen aan te geven, naar het zuiden werd het breder en viel uiteen in meerdere lage hellingen en een hoogvlakte. Zwarte punten gaven de nederzettingen van de Afrikanen aan, dunne blauwe lijntjes markeerden rivieren en beken, kronkelige lijntjes stelden de paden van de Afrikanen voor. Aan de rand waren een paar hoogteaanduidingen gekrabbeld die ze echter niet kon ontcijferen.

'Kijk. Het dorp bevindt zich op een hoogvlakte in het zuidelijke deel van het gebergte, een zeer onherbergzame streek. Je kunt je afvragen waarom uw man zo nodig tot zover door wilde gaan. Het is sowieso al verdomd moeilijk om de zwarten als arbeiders te ronselen als ze zo afgelegen wonen, dus waarom zouden we ze inenten?'

Hij ging met zijn vinger over de kaart zonder ergens stil te houden, zodat ze niet meer dan een vaag idee had welke van de geregistreerde dorpen de juiste was.

'Voor zijn vertrek heb ik overigens nog een kort gesprek met uw man gehad,' vertelde hij terwijl hij de kaart opvouwde om hem weer in de la te doen. 'Hij is tenslotte een bekend auteur.'

De toon waarop hij deze laatste zin uitsprak had een licht ironische klank. Charlotte voelde aan dat deze jonge luitenant niet tot de bewonderaars van George' publicaties behoorde.

'Sommige beschrijvingen in zijn boeken zijn inderdaad briljant, daar is niets tegen in te brengen. Maar hij lijkt zich meer zorgen te maken over het lot van de inheemse bevolking dan het welvaren van onze kolonie. Ik moet toegeven, in dat opzicht had ik meer verwacht.'

Charlotte ging niet op zijn opmerking in en vroeg hem in plaats daarvan haar de kaart nog een keer te laten zien omdat ze een paar aantekeningen wilde maken. Onwillig opende Ernst von Diel zijn bureaula en haalde de kaart er weer uit. 'U kunt het er niet bij laten zitten, hè,' bromde hij verstoord. 'Waarom bent u zo koppig? U zult alleen uw ongeluk tegemoet rennen en ons een hoop moeilijkheden bezorgen...'

'Luitenant Von Diel,' onderbrak ze hem. 'Ik hou van mijn man. Wat zou u in een dergelijke situatie van uw vrouw verwachten? Dat ze thuis blijft zitten met haar handen in haar schoot?'

Hij werd stil, haar woorden hadden hem geraakt. Luitenant Von Diel was vast en zeker een rokkenjager, maar net als alle verleiders wilde hij eigenlijk het liefst een trouwe en moedige echtgenote voor zichzelf. Zijn koele blik werd onzeker, zijn linkerwang vertrok.

'Ik zou in elk geval verwachten dat ze een beetje verstandig blijft,' antwoordde hij ten slotte op mildere toon.

'Dan weet u niet wat liefde is!' slingerde ze hem hartstochtelijk voor de voeten.

Verlegen stond hij op en kwam achter zijn bureau vandaan.

'Er zijn bij de strafactie enkele voorwerpen in bewaring genomen,' merkte hij op zonder haar aan te kijken. 'Dingen die duidelijk tot de bezittingen van de expeditieleden behoorden. Ze worden morgen met de trein naar Dar es Salaam en naar de Sewa Hadji-kliniek vervoerd. U kunt er even een blik op werpen, misschien zit er iets bij wat van uw man geweest is.'

'Dank u wel, luitenant.'

'Helaas is dat alles wat ik voor u doen kan. En nu wilt u me misschien excuseren, de plicht roept.'

Een geüniformeerde askari leidde Charlotte door een witgeverfde gang, ging meerdere hoeken om, dan een smal gangetje in en trok uiteindelijk een deur open. Aan de muren van het kleine magazijn waren planken bevestigd waarop houten kistjes en kartonnen dozen lagen, daarnaast een stapel schoenen, jassen en mutsen. De vloer bestond uit aangestampt leem. In een hoek lagen allerlei spullen die ze eerst niet goed herkende omdat de streperige schaduwen van de houten luiken er precies overheen vielen. Pas toen de askari de luiken terugduwde, kon ze het allegaartje beter bekijken.

Bruine medicijnflesjes in meerdere formaten met of zonder schroefdop lagen op een kleine hoop, sommige waren beschadigd en ze waren allemaal leeg, Ze ontdekte twee leren tassen waar waarschijnlijk verbandspullen ingezeten hadden, verder verschillende kledingstukken die ooit wit waren geweest. Jasjes, overhemden, een broek, een enkele sok. Schoenen zonder veters, twee tropenhelmen met gescheurde randen. Ze zag een gekraste lantaarn en drie zadels, waarschijnlijk voor muildieren. Daarbij een verzameling verschillende wapens: een oud jachtgeweer, een revolver, verscheidene kapmessen. Op een niervormig schaaltje lagen drie lancetten en een gebroken glazen ampul. Verder was er nog een zakmes met een paarlemoeren greep, zelfs een gouden ring. Niets ervan was van George. Aarzelend ging ze op haar knieën zitten en stak haar hand uit naar een in leer gebonden notitieboek, maar toen ze het opendeed zag ze dat de bladzijden onbeschreven waren en opgezwollen door de vochtigheid. Ze legde het weer terug.

'Niets,' zei ze ontgoocheld tegen de askari die haar doen en laten observeerde en ze probeerde haar tranen te bedwingen. Hij bespeurde haar verdriet en knikte meelevend.

Terug op de binnenplaats van de Boma maakte ze Simba los en ging met de hond aan de lijn terug naar de herberg om iets te eten en te kijken hoe het met haar bedienden was. Ze voelde zich teleurgesteld en ontmoedigd, vooral omdat ze meer verwacht had van haar bezoek aan de troepencommandant. Ondertussen was de ochtendmist opgelost en de contouren van het landschap kwamen scherp naar voren in het harde zonlicht. De plaats was tot leven gekomen. Een groep zwarte arbeiders werkte aan het spoor. Naast het postkantoor werden nieuwe gebouwen gemetseld, Afrikaanse vrouwen mengden de specie met hun blote voeten. Sabuni en Kigobo zaten gehurkt te midden van andere zwarte bedienden, lieten zich verwennen met maispap, bananen en groentes en vermaakten hen in ruil daarvoor met allerlei grappige anekdotes. Ze praatten in een mengelmoes van Waschamba en Swahili, Duitse uitdrukkingen en als alle woorden tekortschoten gebruikten ze hun niet onaanzienlijke acteurstalenten. Vooral Sabuni had de lachers op zijn hand toen hij heel aanschouwelijk beschreef hoe hij op het stalen monster van een schip zijn lekkere maispannenkoekjes kwijtgeraakt was. Charlotte wist heel goed hoe beroerd hij zich gevoeld had, maar hij was nu de eerste om er om te lachen.

Een deur werd opengegooid en het rode gezicht van de waard kwam tevoorschijn. Hij schold zijn zwarte medewerkers uit voor een lui zootje en lijntrekkers en wees hen erop dat er een hoop werk te doen was in de stal en de tuin. Zijn personeel leek gewend te zijn aan zijn grove manier van doen, want ze kwamen zonder zich te haasten overeind, grijnsden vrolijk en slenterden weg.

'Wilt u de kamer ook voor vannacht huren?' vroeg de waard op kruiperige toon aan Charlotte. 'Mijn vrouw heeft iets te eten voor u gemaakt, of hebt u al gegeten? We verwachten deze avond enkele interessante mensen uit Dar es Salaam. Een postbeambte met zijn familie en twee dames die door een huwelijksbureau zijn gestuurd...'

Charlotte was eigenlijk van plan geweest om uit te zoeken wat voor winkels er waren en wat inkopen te doen. Het meeste was ze waarschijnlijk genoodzaakt bij Josef Gebauer in te slaan, maar er zouden hier in het dorp vast ook Indische kooplui zijn. Ondertussen brandde de zon al met volle kracht en daarom besloot ze eerst eens goed te ontbijten om later met een helder hoofd haar zaken te kunnen regelen. 'Dat is heel aardig van uw vrouw,' zei ze dus tegen de waard en ze volgde hem naar binnen.

'Goedemorgen, mevrouw Johanssen,' begroette de waardin haar beleefd. 'Ik zal uw ontbijt halen.' Charlotte ging aan een lege tafel in de buurt van de tapkast zitten.

Haar gedachten gingen terug naar haar boodschappen en de handelaar Josef Gebauer. Ze had een flinke som geld bij de Duitse Oost-Afrikaanse bank opgenomen, dat ze in een buideltje om haar nek droeg. Zolang Simba in de buurt was, zou ze niet bestolen worden, maar ze wilde het ook niet verspillen.

Het eten was buitengewoon overvloedig, al was het niet echt lekker. Er was koud vlees van de vorige dag met een scherpe pepersaus, klef tarwebrood, een gerookte ham die de waard speciaal van de kust liet komen en als toetje was er compote waarin ze doorgekookte mango, bananen en ananas kon proeven. Eigenlijk kon alleen de koffie ermee door, hoewel bitter en heel slap.

Zonder veel animo nam ze hapje na hapje om op krachten te blijven en voelde hoe ze de moed begon te verliezen. Natuurlijk had ze geweten dat het niet gemakkelijk zou worden om haar plannen door te zetten, vooral als vrouw en helemaal alleen. Maar nu leken alle obstakels die voor haar opdoemden opeens veel groter en ze begon te twijfelen aan de zin van deze zoektocht.

Gudensen, Gebauer en Knappert hadden niet helemaal ongelijk, evenals luitenant Ernst von Diel. Hoe moest ze iemand vinden die alleen en koortsig door de bergen zwierf? Was dat wat ze van plan was niet totale waanzin? George was een ervaren woudloper, dat had hij altijd van zichzelf gezegd. Waarschijnlijk was hij allang in veiligheid, had zich naar een ziekenhuis gesleept of wachtte misschien zelfs al in Dar es Salaam op haar. Maar wat als hij het niet gered had? Als hij ergens eenzaam in de Ulugurubergen lag, ziek van de koorts en aan het eind van zijn krachten? Ook als deze zoektocht zinloos was, was het altijd nog beter dan in Dar es Salaam te wachten en duimen te draaien.

Ze informeerde de waard dat ze de kamer voorlopig wilde houden en trok zich terug om even te gaan liggen. De beide Waschamba had ze naar het postkantoor gestuurd om na te vragen of iemand voor haar gebeld had of dat er een telegram gekomen was. Ze keerden terug met het bericht dat Peter Siegel vanuit Wilhelmsthal had opgebeld en naar haar had gevraagd. Hij liet haar hartelijk groeten en wenste haar Gods zegen.

Charlotte had zo gehoopt dat de beller George was geweest dat het haar grote moeite kostte haar teleurstelling te verbergen. Blijkbaar had Klara haar man naar Wilhelmsthal gestuurd om per telefoon wat meer te weten te komen over Charlottes reis.

'We gaan boodschappen doen,' zei ze tegen haar begeleiders en ze deed Simba aan de lijn.

Ze had een beetje geslapen en voelde zich wat beter, ook de twijfel en de angst waren verdwenen. In het heldere zonlicht van de vroege middag zagen het dorp en de omgeving er veel vrolijker en kleurrijker uit en ook de geluiden klonken opgewekter. Er stonden mangobomen langs de kant van de weg, de ovale groenige vruchten waren rijp en daar waar een vrucht naar beneden gevallen en opengebarsten was verzamelden zich de insecten, aangetrokken door de verleidelijke zoete geur. Vrouwen keerden terug van de velden, blootsvoets, hun gewaden gescheurd en met rood stof bedekt. Ze droegen manden met bonen en noten op hun hoofd en riepen grapjes naar elkaar.

Waarom heb ik niet net zo veel vertrouwen in mijn lot als die vrouwen, vroeg ze zich peinzend af. Niemand wist of en wanneer de volgende regentijd zou aanbreken en toch lachten ze en hoopten gewoon dat alles goed zou komen.

Er waren inderdaad meerdere Indische winkels in Morogoro en daarnaast ook Indische en Afrikaanse ambachtslieden die zich in de buurt van de markt gevestigd hadden. Meestal bezaten ze niet meer dan een creatief in elkaar getimmerd optrekje met een golfplaten dak tegen de regen en sommige Afrikanen hadden slechts een strooien hutje. De winkel van Josef Gebauer daarentegen was een streng stenen gebouw met een bovenverdieping waar waarschijnlijk een deel van zijn voorraad opgeslagen was. Achter de winkel lag een braak stuk land, omgeven door een schutting, waar een paar vervallen hutjes op stonden. Kippen scharrelden tussen onverzorgde struiken en verdroogde acacia's en drie muildieren graasden in het dorre gras. Charlotte kon zich met de beste wil van de wereld niet voorstellen hoe deze man haar van voldoende rijdieren voor haar zoekactie kon voorzien, maar ze vergiste zich enorm. Josef Gebauer moest al ongeduldig op haar gewacht hebben, want nauwelijks had de koperen winkelbel getingeld of daar kwam hij al aangesneld vanuit het achtergedeelte van zijn winkel om zijn welgestelde cliënte te begroeten.

'Een hele goede dag gewenst, mijn beste mevrouw Johanssen. Het verheugt me dat u de weg naar mijn zaak gevonden hebt. Kijk lekker rond, u zult zien dat er voor elke smaak en elke behoefte wel iets bij zit...'

Hij was overduidelijk in de veronderstelling dat hij Charlotte gemakkelijk af zou kunnen zetten, maar ze had goed opgelet toen ze door de straten liep en hier en daar naar de prijzen geïnformeerd, en toen Josef Gebauer de zijne noemde kwam hij er algauw achter dat de knappe mevrouw Johanssen zich niets liet wijsmaken.

Charlotte koos wat spullen uit voor haarzelf en haar twee metgezellen: biezen matjes, dekens, kleding, serviesgoed, een tent en onderhandelde met Gebauer tot ze het eens waren over de prijzen. Vervolgens begon ze over zijn aanbod om voor dragers en muildieren te zorgen.

'Ik heb niet veel rijdieren op uw terrein kunnen ontdekken, meneer Gebauer...'

De handelaar haastte zich om haar ervan te verzekeren dat ze de dragers en muildieren die ze zo hard nodig had alleen via hem kon verwerven.

'Alleen ik beschik over deze mensen, mevrouw Johanssen. U kunt niet aan mij voorbij en al helemaal niet als het om gidsen gaat. U hebt toch mensen nodig die u kunt vertrouwen, of wilt u een stelletje schurken inhuren?'

Hij vertelde een gruwelijk verhaal over een Duitse vlinderjager uit Lippe-Detmold die jaren geleden heel naïef en onwetend naar Duits Oost-Afrika gereisd was en door een criminele expeditieleider van al zijn spullen beroofd was. En hoe joviaal hij zich ook voordeed, dit keer bleef Josef Gebauer bij de onderhandelingen onvermurwbaar en hij was niet bereid ook maar één roepie van zijn vraagprijs af te halen.

Charlotte barstte bijna van kwaadheid. De tijd drong. Als haar speurtocht nog enig nut wilde hebben, moest ze het zo snel mogelijk met hem eens worden.

'Ik zal erover nadenken,' zei ze beheerst, ook al begon haar hart heftig te kloppen bij deze schijnmanoeuvre. 'Morgen of overmorgen kom ik weer langs...'

Haar terughoudendheid maakte indruk. Josef Gebauer fronste zijn voorhoofd en gaf in overweging dat hij de mensen en rijdieren nog moest ronselen en dat kon tijd kosten. Ze wist toch hoe die Afrikanen waren, die hadden alle tijd van de wereld en keken niet op een paar uur.

'Nou ja, zo gaat dat nu eenmaal hier in Afrika,' reageerde ze met een uitgestreken gezicht, en ze schudde hem de hand en ging op weg naar de herberg.

Ze zou kort voordat de avond viel teruggaan en nog een keer met hem onderhandelen.

Als hij dan nog steeds voet bij stuk hield, zou ze op zijn voorwaarden in moeten gaan.

Terug op haar kamer dronk ze wat water en ging op het bed liggen. Tegen vijf uur in de middag werd ze wakker van het gefluit van de stoomlocomotief, een geluid dat het lawaai uit de keuken en op de binnenplaats overstemde. Charlotte kleedde zich aan, riep haar bedienden bij zich en lijnde de hond aan.

'Gaan we nog een keer boodschappen doen?' vroeg Kigobo, die weinig zin had bij de leuke zwarte bediende weg te gaan van wie hij net iets lekkers gekregen had.

Charlotte bleef hem het antwoord schuldig, want juist op dat moment kwam een man de binnenplaats op geslenterd. Hij was jong en goedgebouwd, welig koperkleurig haar krulde onder zijn hoed vandaan en glansde in de zon.

Jeremy Brooks beweerde dat hij zich op de plantage stierlijk verveeld had. Hij was uiteindelijk ook geen planter, eerder een lanterfanter die het nooit lang op één plaats uithield.

'En waarom ben je uitgerekend naar Morogoro gegaan?' vroeg Charlotte en ze probeerde niet boos te zijn omdat hij de leiding van de plantage ondanks zijn belofte nu alleen aan Peter had overgelaten. Peter had haar al eerder verrast, misschien zou hij ook dit keer boven zichzelf uitstijgen.

'Ik had zo'n gevoel...'

Ze zaten in de herberg aan een van de kleinere tafels die voor doorreizende vreemden bestemd waren. Jeremey was tegenover Charlotte gaan zitten. Hij steunde met zijn ellebogen op het tafelblad en leunde naar voren als hij met haar praatte. Zijzelf bleef stijf rechtop zitten en drukte haar rug tegen de leuning van de stoel, maar hoe ze ook probeerde afstandelijk te blijven, ze kon haar opluchting over zijn onverwachte verschijning niet verbergen. Deze jongen die zichzelf een lanterfanter noemde, lukte het om haar een gevoel van vertrouwen te geven waardoor de problemen waarmee ze te maken had opeens niet meer zo onoverkomelijk leken.

'Een gevoel?'

'Noem het zoals je wilt, Charlotte. Een gevoel, een vermoeden, een instinct. In elk geval maakte je telegram me ongerust en ik dacht dat ik me hier misschien nuttiger kon maken dan op de plantage.'

Charlotte aarzelde en nam hem zwijgend op. Aan de ene kant kon ze hem heel goed gebruiken, aan de andere kant had ze een slecht gevoel bij het idee samen met hem de wildernis in te trekken.

'Het is een aanbod, Charlotte,' zei hij en hij sloeg zijn ogen neer. 'Misschien werk ik je ermee op de zenuwen. Zeg het maar. Wil je iets eten? Ik heb in elk geval iets stevigs nodig en een groot glas bier tegen de dorst.'

De waardin haastte zich naar hun tafel en vroeg met een welgemeende glimlach naar hun wensen. Charlotte kon aan haar gezicht zien hoe nieuwsgierig ze was. Ze vroeg zich natuurlijk af wat mevrouw Johanssen, die zogenaamd gekomen was om naar haar man te zoeken, met deze goed uitziende jonge man te maken had.

'We hebben vandaag varkensvlees met curry en gember en daarbij rijst en groentes. Wilt u ook een kamer huren, meneer...'

'Jeremy Brooks. Nee, dank u, ik slaap liever in de open lucht. Breng eten voor twee personen en fatsoenlijk bier. Dit is niet lekker.'

De waardin verontschuldigde zich en verdween met een rood gezicht om een nieuwe kroes te halen.

Hij is een echte charmeur, dacht Charlotte, en ze grijnsde even, om toen weer een ernstig gezicht te trekken.

'Vertel,' eiste ze. 'De plantage.'

Hij ging verzitten en streek over zijn ongeschoren kin.

'Jawel, mevrouw. Het gaat heel goed met de plantage omdat er intussen een voortreffelijke beheerder is op komen dagen. Toen ik hem zag dacht ik eerst dat het een zwerver was, maar de man heeft zich ontpopt als een gelukstreffer en mij werkeloos gemaakt.'

Hij keek haar uitdagend aan, greep de kroes die de waardin voor hem had neergezet en proostte naar Charlotte. 'Een zwerver?' vroeg ze verrast.

'Ja,' antwoordde Jeremy en hij knikte goedkeurend naar de waardin dat het bier dit keer naar tevredenheid was. 'Een nogal onooglijke kerel, niet al te groot, wel gespierd. Hij is een goede ziel, hij noemt zich Jacob Götz en beweert al eerder voor u gewerkt te hebben.'

'Mijn god, Jacob Götz!' riep ze uit.

Ze vertelde over haar plantage bij de Kilimanjaro, over de twee vrienden Jacob Götz en Wilhelm Guckes, zonder wie ze het bezit na de dood van haar man nooit had kunnen behouden, over de geniepige brandstichting en de rampzalige dood van Wilhelm Guckes. Er kwamen zo veel mooie en verschrikkelijke herinneringen naar boven dat ze haar verhaal abrupt afbrak uit angst dat ze te veel van zichzelf zou prijsgeven.

'Hij heeft zich dus weer hersteld, daar ben ik heel blij om.'

Jeremy had oplettend geluisterd en ze kon aan hem zien dat er veel vragen door zijn hoofd gingen. Hij beteugelde echter zijn nieuwsgierigheid, nam een grote slok bier en veegde het schuim van zijn bovenlip.

Op dat ogenblik kwam de waard het eten brengen en de Engelsman wachtte geduldig tot hij alles had neergezet en hun smakelijk eten wenste.

Charlotte besloot nu verslag te doen van de laatste dagen en weken en begon met zachte stem te praten. De herberg was intussen volgelopen met gasten die hen nieuwsgierig opnamen en Jeremy moest zich vooroverbuigen om haar te kunnen verstaan. Hij luisterde aandachtig toen ze hem de beangstigende details van George' verdwijning beschreef en onderbrak haar geen enkele keer. 'Vertrouw je mij?' vroeg hij eenvoudigweg op het moment dat ze klaar was.

'Ja... Natuurlijk,' reageerde ze aarzelend.

'Geef me vijfhonderd roepies. Morgenvroeg staat het reisgezelschap met uitrusting klaar om te vertrekken op de binnenplaats.'

'Zeker niet, Jeremy! Begrijp me niet verkeerd, ik heb er geen problemen mee om je geld toe te vertrouwen, maar ik kan je onmogelijk al het werk alleen laten doen.'

Hij keek haar fronsend aan, kreeg in de gaten dat ze het meende en stopte vastbesloten een lok haar achter zijn oor.

'Dan doen we het samen. Is dat wat je wilt?'

'Dat zou ik prettiger vinden, Jeremy.'

'Goed dan,' verzuchtte hij opgelucht. 'En wat doen we met hem daar?' Hij wees met zijn vinger onder de tafel waar Simba het zich gemakkelijk had gemaakt op Charlottes voeten.

'We zullen hem mee moeten nemen,' antwoordde ze lachend. 'Hij volgt me sowieso, waar ik ook naartoe ga.'

'Een echte speurhond lijkt hij niet te zijn,' bromde Jeremy. 'Zoals ik hem ken zal hij kippen stelen in de dorpen van de Afrikanen en ons een hoop last bezorgen.'

De roodbruine hond knipperde naar de Engelsman en trok zijn bovenlip een beetje op zodat zijn sterke hoektanden zichtbaar werden.

'Ik denk dat hij George mist,' zei Charlotte bezorgd. Ze bukte zich om het trouwe monster over de brede kop te aaien.

Die avond trok ze zich vroeg terug. Moe kroop ze in haar bed in het kleine kamertje van de herberg en luisterde nog even naar de stemmen die opklonken uit de gelagkamer voor ze in slaap viel.

Ze sliep zo vast dat ze pas wakker werd van het geblaf van Simba. Iemand klopte op haar kamerdeur.

'Goedemorgen. Ik wacht op de binnenplaats op je,' hoorde ze de vertrouwde stem van de Engelsman zeggen.

Grote god, het was allang licht, ze had zich verslapen. Haastig kleedde ze zich aan, stak haar haar op en zocht haar spullen bij elkaar. Toen ze de binnenplaats op liep leunde Jeremy met zijn armen over elkaar tegen een muur van het gebouw en kauwde op een grasspriet. Sabuni en Kigobo waren nergens te bekennen.

'Dat werd tijd,' merkte hij op terwijl ze naar hem toe liep. 'Ik had gedacht dat je zo snel mogelijk wilde vertrekken en me al uren achter de vodden zou zitten.'

Het was bijna acht uur, hij kon niet langer dan twee uur op de been zijn. Toch ergerde ze zich aan zichzelf en mompelde een verlegen verontschuldiging.

Hij zette zijn hoed op zijn koperkleurige haar. 'Dan gaan we eropuit.'

Vanaf dat moment was Jeremy Brooks een ander mens. Hij maakte de koopman Gebauer op een vriendelijke, maar superieure manier duidelijk dat hij zijn zwarte dragers en gids niet nodig had, enkel wat aanvullende dingen, mits prijs en kwaliteit in orde waren. Het was nauwelijks te geloven, maar Gebauer slikte de bittere pil. Jeremy schafte alleen het hoognodige aan en liet het op de muildieren laden die Kigobo en Sabuni ondertussen gebracht hadden. Waar ze vandaan kwamen verklapte Jeremy niet, maar aan het verslagen gezicht van de handelaar te zien was Jeremy direct met de eigenaar in onderhandeling gegaan.

Charlotte was onder de indruk, ze had hem onderschat. Hij had natuurlijk al ettelijke jachtgezelschappen uitgerust waarmee hij op safari was gegaan en wist waar het bij een dergelijke onderneming op aankwam. Het belangrijkste was dat hij gewiekst en met veel zelfvertrouwen optrad. Ze was het met al zijn beslissingen eens en betaalde de overeengekomen prijs.

Vroeg in de middag bereikten ze de eerste grotere uitloper van het gebergte, een steile, meer dan tweeduizend meter hoge bergkam. Kigobo en Sabuni jubelden van vreugde en riepen steeds opnieuw dat het hier net was als in hun geboortestreek Usambara, alleen sommige planten kwamen bij hen niet voor.

'Berg is net kleine broer van Usambara, bibi Johanssen. Kleine broer van Usambara doet daktari Johanssen geen kwaad. Hier veel planten zijn die mensen gezond maken...'

Ze volgden het pad een tijdje heuvelopwaarts door licht struikgewas tot ze in een dicht bos uitkwamen en de muildieren rust nodig hadden. Het was koel onder de hoge bomen en heel vochtig door de vele beken die bergafwaarts stroomden en het bos rijkelijk van water voorzagen. De rechthoekige ontgonnen stukken land met bananenstruiken en mais wezen erop dat er een dorp in de buurt was, maar door de dichte vegetatie was er niets van te zien.

Sinds ze vertrokken waren voelde Charlotte zich rusteloos, iets wat ze slechts met moeite voor haar metgezellen kon verbergen. Ze was blij dat ze eindelijk onderweg waren, George' sporen konden volgen en dichter bij hem kwamen. Tegelijkertijd was ze heel bang voor het onvoorstelbare waar ze niet aan wilde denken en toch zou moeten verdragen als het noodlot het zo besliste. Er kwamen een paar opgeschoten jongens uit het dorp aanlopen en ze staarden hen nieuwsgierig aan. Charlotte probeerde met hen in gesprek te komen. Hadden ze misschien bwana daktari gezien? En zo ja, wanneer? Was iemand uit dit dorp als drager met de expeditie meegegaan?

Het was niet eenvoudig zich verstaanbaar te maken voor de jonge knapen, het waren Waluguru die slechts een paar woorden Swahili kenden en Charlotte verstond hun taal niet. Na een poosje kwamen een paar vrouwen aarzelend dichterbij en probeerden aan het gesprek deel te nemen. Het enige wat Charlotte bereikte, was dat de vrouwen haar twee geiten en een mand eieren wilden verkopen.

'Ook goed,' zei Jeremy meesmuilend. 'Koop ze maar. En kijk uit dat je hellehond de eieren niet opvreet.'

Hij bemoeide zich verder niet met haar onderhandelingen en liep weg om, zoals Charlotte vermoedde, zijn behoefte te doen. Bij zijn terugkeer bleek echter dat hij zelf informatie had ingewonnen.

'Er zijn inderdaad twee mannen uit dit dorp als dragers met de expeditie meegegaan, maar ze willen ons het dorp waar je man gevangen werd genomen niet wijzen.'

'Maar waarom niet? Ik wil er goed voor betalen...'

Hij haalde zijn schouders op en veegde een groene kever van zijn mouw.

'Het heeft iets met de askari te maken. Die waren hier voor ons en hadden hetzelfde verzoek, ze wilden er alleen niet voor betalen. Voor zover ik heb begrepen is er geweld gebruikt.'

'Ik wist meteen dat die luitenant Von Diel niet deugde,' zei Charlotte driftig. 'Hij is de meest armzalige officier van de beschermingstroepen die ik ooit ben tegengekomen...'

Maar Jeremy kapte haar af en Charlotte hield haar mond. Wat was hij zelfverzekerd geworden, deze jonge Engelsman.

'Verder schijnen er ook stammentwisten te zijn. De Afrikanen hier in het noorden en de mensen verder naar het zuiden op de hoogvlakte mogen elkaar niet.'

'Dat heb je allemaal in het dorp gehoord?' vroeg Charlotte ongelovig. 'Hoe kon je met de Afrikanen praten? Ik heb geen woord verstaan.'

'Het komt erop aan met wie je praat. De twee dragers spraken goed Swahili.'

Hij grijnsde trots en ze deed haar best om te glimlachen.

'Ik schat zo in dat in elk geval een van de twee dragers wel met ons mee wil rijden om het dorp te laten zien. Het bevindt zich op het Lukwanguleplateau, ongeveer dertig kilometer ten zuiden van hier.'

'Dat klinkt goed, Jeremy. Ik ben heel dankbaar voor je hulp.'

Hij keek haar met zijn ogen knipperend aan en trok de rand van zijn hoed naar beneden, zichtbaar onzeker over wat hij daarop moest antwoorden.

Na een korte onderhandeling en het kopen van meer levensmiddelen waren uiteindelijk beide dragers bereid met hen mee te gaan. Ze moesten echter eerst hun spullen pakken en afscheid nemen van hun familie. En daarnaast moesten ze de medicijnman raadplegen, want de mensen van het Lukwanguleplateau waren vijandig en haatdragend waardoor de reis voor hen misschien levensgevaarlijk was.

Charlotte gaf zich berustend gewonnen. Ze zouden pas de volgende morgen verder kunnen gaan.

Weer een zinloos oponthoud. In elk geval nodigden de vrouwen Charlotte nu uit in het dorp en schrokken niet eens terug voor de voortdurend achter haar aan lopende hond. Hoe meer kippen, mais en bakbananen ze kocht, hoe vertrouwelijker ze werden. Het bleek ook dat ze veel meer Swahili verstonden en ook spraken dan ze eerst hadden willen toegeven. Charlotte maakte van de gelegenheid gebruik naar George te informeren.

'Bwana daktari grote dunne man met blonde baard. Is hier geweest en heeft ons in arm gestoken. Nu wij hebben geen pokken meer, nooit meer. Alle mensen in dorp gezond voor altijd.'

Charlotte had de ronde littekens van het inenten al gezien op hun bovenarmen. Ook de kinderen hadden ze, alleen enkele van de jonge krijgers leken de vaccinatie geweigerd te hebben.

'Bwana daktari is goede man. Geeft medicijn aan ziek kind, aan oude man. In de avond zit met mannen bij vuur. Veel geklets. In de nacht zit in hut, maar slaapt niet. Heeft een licht in kleine doos van blik en tekent met houtstaaf in klein boek...'

George was dus gelijk aan het begin van de expeditie in dit dorp geweest. Het ging blijkbaar goed met hem en hij had zich vol belangstelling onder de Afrikanen gemengd. 's Nachts had hij bij het schijnsel van de lantaarn zijn eerste indrukken opgeschreven zoals zijn gewoonte was.

'Jij zijn bibi?'

De ronde zwarte ogen van de Waluguruvrouwen waren meevoelend op haar gericht.

'Ja, ik ben zijn bibi,' bevestigde Charlotte.

'Dan ik jou geven iets van bwana daktari.'

De vrouw was niet jong meer en leek problemen te hebben met haar heup, want ze kwam heel moeizaam overeind uit haar gehurkte positie. De droge bananenbladeren bij de ingang van de hut ritselden toen ze naar binnen ging. Op het moment dat ze weer naar buiten kwam, zag Charlotte dat haar ogen straalden.

'Dat heeft bwana daktari achtergelaten in hut. Veel toverkracht. Klein houtje trekt bwana naar jou terug.'

Verrast herkende Charlotte het potlood in haar hand, een van George' ontelbare, steeds opnieuw geslepen potloodstompjes, die in al zijn zakken zaten. Deze was ooit felblauw geweest met een zilveren randje aan het bovenste uiteinde, nu zat het vol krassen, de kleur was bijna helemaal afgebladderd, het zilveren randje dof.

Charlotte werd opeens overvallen door een overweldigend verlangen naar haar man en was het liefst in tranen uitgebarsten. George' handen hadden dit potlood vastgehouden, hij had er zijn aantekeningen mee gemaakt en was daarna vergeten het weer in zijn jaszak te stoppen.

'Ik... dank je wel,' stamelde ze aangedaan en ze probeerde haar gevoelens in bedwang te houden, maar alles brak opeens los: de zware inspanningen, de hoop, de angst, de zorgen om weer een nieuwe vertraging. Charlotte snikte en snikte en de vreemde Waluguruvrouw trok haar tegen haar brede borst en wiegde haar troostend in haar sterke armen als was ze een klein kind.

De vrouwen nodigden haar uit de nacht door te brengen in hun hut, maar Charlotte bedankte vriendelijk voor het aanbod. Ze wilde Jeremy niet beledigen, die speciaal voor haar de tent had laten opzetten. In het dorp, waar deze avond een feestmaal werd aangericht met de drie *mbusi* die ze hun zelf gegeven had en ontelbare kroezen rijstbier, was het voor haar toch te lawaaierig geweest. Ze zat een korte tijd bij de vrouwen en kinderen terwijl om hen heen de eerste dansers, meest opgeschoten jeugd, hun kunsten vertoonden en de arme geitjes aan het spit gedraaid werden. Het vlees was heerlijk, al hield ze niet erg van de Afrikaanse gewoonte om als het vlees gaar was, de eerder afgehakte kop er weer op te zetten om het gebraad op een indrukwekkende manier te kunnen presenteren.

De drie zwarte dragers uit Morogoro en haar beide Waschamba leken zich op dit feest prima thuis te voelen en ook Jeremy liet zich de kans niet ontnemen om tussen de dorpsoudsten plaats te nemen. Charlotte, die hem vanaf een afstandje gadesloeg, vergeleek zijn gedrag ten opzichte van de Afrikanen onwillekeurig met dat van haar echtgenoot.

George was rustig en altijd even vriendelijk als hij met Afrikanen praatte. De ironie waar hij in het contact met witte gesprekspartners zo van hield was in een gesprek met zwarten niet op zijn plaats. Hij ging respectvol met hen om, stelde vragen en luisterde, maar hij had tegelijkertijd iets schoolmeesterachtigs over zich. Jeremy gedroeg zich totaal anders. Hij was levendig en kletste uitvoerig en met luide stem. Luisteren deed hij niet graag, in plaats daarvan maakte hij grappen en was blij als erom gelachen werd. Hij kon kwaad worden om een kleinigheid en tekeergaan zonder dat hij ooit gewelddadig werd. Net als George genoot Jeremy bij de zwarte begeleiders groot aanzien en ook Mugabi en Sabuni waren enthousiast dat juist Jeremy Brooks deze onderneming leidde.

Hij leek wel een beetje op Max, dacht ze.

Max von Roden, haar tweede echtgenoot en de vader van Elisabeth, met wie ze zo gelukkig op de plantage bij de Kilimanjaro was geweest voordat hij tijdens de jacht op groot wild dodelijk was gebeten door een zwarte mamba. Hij was in alles zo volkomen anders geweest dan George en toch had ze ook toen George Johanssen niet helemaal kunnen vergeten. Als een flakkerend fata morgana aan de horizon had hij haar bijna haar hele leven begeleid.

Na een poosje nam ze afscheid van de vrouwen en verliet het dorp om de voor haar opgezette tent te zoeken. Ook Jeremy kwam overeind en slenterde achter haar aan.

'Ik hoop dat je niet al te teleurgesteld bent door de vertraging,' zei hij.

Ze draaide zich naar hem om en in twee sprongen was hij bij haar. Hoe verder ze zich van het dorp verwijderden, hoe zwakker het rode schijnsel van het vuur achter hun rug werd. Hun schaduwen die voor hen uit geworpen werden versmolten met de grond van het bos. Boven hen was een koele maansikkel te zien tussen de boomkruinen, vergezeld van een handvol fel stralende sterren.

'Ik weet dat er niets aan te doen was en desondanks was het een succesvolle dag. Kijk wat een van de vrouwen me gegeven heeft.'

Ze haalde het potlood tevoorschijn uit haar zak en hield het als een trofee omhoog. Hij moest twee keer kijken om het kleine voorwerp in het schijnsel van de sterren te kunnen herkennen.

'Dat is... van je man?'

'Ja, hij had het in de hut achtergelaten. De vrouw gaf het aan mij omdat ze gelooft dat het betoverd is. Een soort magische kracht die George oproept. Is dat niet ontroerend?'

Hij keek haar kort van opzij aan. Nog nooit hadden zijn ogen zo groot en glanzend bruin geleken als hier in het nachtelijke oerwoud. Zwijgend liepen ze verder. In de buurt van de muildieren legde hij een paar dekens op de grond en strekte zich erop uit. Vanuit het dorp drongen vrolijke stemmen tot hen door, het ritmische klappen, de schrille trillergeluiden van de vrouwen.

Charlotte maakte de tent open en wilde hem al welterusten wensen toen ze hem zacht hoorde vragen: 'Je houdt heel veel van je man, nietwaar?'

Ze zei niets en hij voegde er nauwelijks hoorbaar aan toe: 'Dan zal ik alles doen wat in mijn macht ligt om hem voor je terug te vinden, Charlotte. Dat zweer ik.'

Zelfs in de meest onherbergzame streken van het Usambaragebergte was het mogelijk om in de droge tijd een afstand van dertig kilometer in één dag af te leggen. Vooral als de reizigers goed konden rijden en inheemse gidsen bij zich hadden. Hier in Uluguru schenen echter andere wetten te gelden.

Charlotte was zoals gewoonlijk vlak voor het aanbreken van de dag wakker geworden en genoot van de paar kostbare minuten tussen nacht en ochtend, het ogenblik om je te verheugen op een nieuwe dag. Het mooie moment duurde helaas maar een paar seconden en werd bijna direct vervangen door de knagende pijn in haar borst. Ze was alleen in de tent, George' vertrouwde warme lichaam was niet bij haar, zou misschien nooit meer naast haar liggen…

Nu hoorde ze Jeremy's stem. Rauw en met hoorbaar ongeduld gaf hij de dragers instructies om de bagage op te pakken. Ze liet het aan hem over het vertrek te organiseren. Hij was de door hem zelf benoemde leider van de groep en tot nu toe was dat goed gegaan. Wel vond ze het belangrijk voor haar eigen persoonlijke spullen te zorgen, overzag het opvouwen van haar tent en zadelde zelf haar rijdier.

Na een snel ontbijt gingen ze op weg. Het zou een zware dag worden die niet met succes werd bekroond. Urenlang volgden ze een smal pad dat zich halverwege de bergkam over de helling slingerde en hen telkens weer met nieuwe scherpe bochten en hindernissen verraste. Het pad was maar een paar voet breed. Wie het ook ooit in de rotswand had uitgehakt, had aan voetgangers, niet aan ruiters gedacht. De meeste tijd moesten ze hun muildieren aan de teugel meevoeren. Met zachte dwang leidden ze hen over gladde plekken waar beken over het pad spoelden, trokken de arme beesten over rotsspleten heen en dwongen ze tussen laag overhangende lianen door te lopen. Vaak werd het zicht bemoeilijkt door de mist, er leek geen enkele plek te zijn waar ze de groene hel konden overzien om in te kunnen schatten waar ze zich bevonden.

Meerdere malen moesten ze het pad vrij ruimen van los gesteente dat vanaf de kam naar beneden was gerold. Ze gingen voorzichtig en weloverwogen te werk om geen giftige insecten of slangen op te schrikken die onder de stenen hun toevlucht zochten.

Tegen de middag was de mist opgelost, de weelderig door elkaar heen groeiende planten en het stenige pad tekenden zich nu scherp af onder de matblauwe hemel. Waarom kwam in deze bergen elke steen en elke rots als een duistere vijand op haar over? Het was hetzelfde leisteen dat ook in het Usambaragebergte in de zon glinsterde en waarvan de aanblik haar altijd met verwondering vervuld had. Hier daarentegen voelde het blinkende licht als pijnlijke bliksemschichten in haar ogen.

'Geesten willen offers voor doorreis,' zei een van de Walugurudragers toen ze bij een bocht even uitrustten..

'Dan hebben ze zich er voor niets op verheugd,' bromde Jeremy en hij veegde het zweet van zijn bovenlip.

'Wat voor offer?' wilde Charlotte weten.

'Zilver. Leg onder deze steen paar roepies, dan weg is vrij en geest draagt bibi daktari als harde wind.'

Charlotte keek naar Jeremy's onbewogen gezicht en verbaasde zich erover dat hij bij deze overduidelijke oplichterij zo rustig kon blijven.

'Een storm in de bergen is nou niet wat we op dit moment nodig hebben,' antwoordde de Engelsman op droge toon. De dragers zetten een teleurgesteld gezicht.

Tegen de middag zocht Kigobo Charlottes gezelschap. Hij hield uitstekende takken voor haar omhoog en duwde het struikgewas opzij. Toen hij het tijd vond praatte hij in het Waschamba, zijn moedertaal, op haar in.

'Zijn grote leugenaars en lafaards, bibi Johanssen. Zijn weggelopen wanneer vijanden kwamen en bwana daktari gevangennamen. Willen ook nu weglopen, omdat heel bang...'

Daar was Charlotte inmiddels ook achter gekomen, maar net als

Jeremy hoopte ze dat de twee dragers zouden blijven, al was het alleen maar voor het loon dat ze nog tegoed hadden.

'En nog iets, bibi Johanssen,' voegde Kigobo er misnoegd aan toe. 'Veel vriendschap met mensen uit Morogoro. Spreken dezelfde taal, zijn van dezelfde stam, denken gelijke gedachten... Jonas Sabuni en Johannes Kigobo lezen in hoofden van mensen uit Uluguru. Slechte gedachten krioelen daar als giftige spinnen en kikkers met brede bek.'

Rond twee uur begon het dichte regenwoud uit te dunnen en Jeremy klom op een uitstekende rots om zich op de omgeving te oriënteren. Hij bewoog zich daarbij met de nonchalante elegantie die Charlotte aan de sprongen van een groot roofdier deed denken die nooit meer kracht dan nodig gebruikten. Bij zijn terugkeer vermeldde hij tevreden dat ze eindelijk de plek bereikt hadden waar de noordelijke bergkam in meerdere vlakke bergruggen uiteenliep. De kleine hoogvlakte van Lukwangule kon niet meer al te ver weg zijn. Ze hielden een eerste lange rustpauze en deze keer kwam Jeremy naast Charlotte op de rand van een rots zitten om het vervolg van de reis met haar te bespreken.

'We hebben een verdomd moeilijke groep bij elkaar gebracht,' zei hij somber. 'Ik had het moeten weten, maar de kans om twee mensen mee te nemen die niet alleen als tolk kunnen dienen maar ook weten waar het dorp ligt was simpelweg te verleidelijk.'

Ze kon aan hem zien dat hij teleurgesteld was en zichzelf verwijten maakte. Het was nu het belangrijkste de twee dragers goed in de gaten te houden, zodat ze er niet vroegtijdig vandoor gingen.

'Ze willen hun geld toch niet mislopen?' merkte Charlotte op.

'Nou, we hebben ze al voor een deel moeten uitbetalen en het feest in het dorp was ook op onze kosten. Waarschijnlijk laten ze het ervan afhangen. Als alles rustig blijft, blijven ze trouw. Zo gauw er ergens gevaar dreigt, zijn we ze kwijt.'

Ontevreden schudde ze haar hoofd. Hoe moest dat verdergaan? Waren die twee nu al niet meer een last in plaats van een hulp?

Uiteindelijk ging het erom achter de verblijfplaats van George te komen door zo veel mogelijk Afrikanen naar hem te vragen. Dan hielp het niet echt als deze twee Waluguru de mensen van het Lukwangule slecht gezind waren.

'Daar zit wat in, Charlotte,' gaf Jeremy toe. 'En toch wil ik als eerste met de mensen uit het dorp praten waar je man gevangenzat. Zij moeten toch het beste weten wat er van hem geworden is.'

'Wees voorzichtig,' waarschuwde ze hem bezorgd. 'De askari zullen niet al te zachtzinnig met hen omgegaan zijn. Het is heel goed mogelijk dat ze zich vijandig zullen opstellen.'

'Ik zal goed opletten. Als we daar geweest zijn gaan we verder in noordelijke richting,' vervolgde Jeremy, terwijl hij zijn blik liet rusten op de twee Waluguru die samen bij de beek zaten en druk in hun eigen taal met elkaar praatten. 'Wanneer je man helder van geest was, en daar ga ik van uit, dan is hij niet naar het zuiden gelopen, waar de droge savanne begint en geen Duitse nederzettingen te vinden zijn. Hij zal terug naar het noorden gegaan zijn om in de buurt van de centrale spoorlijn uit te komen.'

'Misschien,' mompelde ze. 'George heeft al veel gereisd en zich vaak in uitgestorven gebieden moeten redden. Duitse nederzettingen zijn niet belangrijk voor hem.'

Jeremy zweeg even en scheen bij zichzelf te rade te gaan. Vervolgens benadrukte hij dat ze overal rekening mee moesten houden en zelfs de kleinste mogelijkheid moesten onderzoeken. Maar ze had gelijk, het belangrijkste was de Afrikanen te ondervragen.

'We zullen hem vinden, Charlotte,' zei hij ten slotte met vaste stem en hij legde bemoedigend een hand op haar schouder.

Charlotte was er nog niet zo van overtuigd. Geloofde hij werkelijk dat ze George konden vinden? Maar waarom had hij er anders op gestaan haar op deze zoektocht te vergezellen?

'Straks keren we uitgeput terug uit de bergen en vinden George gezond en wel in Dar es Salaam,' probeerde ze er een grapje van te maken.

'Dat zou niet zo erg zijn, toch?'

'Ik zou er alles voor overhebben, Jeremy.'

Hij knikte een paar keer zonder haar aan te kijken en nam toen de stand van de zon op.

'We gaan verder,' riep hij naar de Afrikanen. 'Had ik al verteld dat deze grote hond iedereen opvreet die zonder mijn toestemming weggaat? Hij eet het liefst mensen die er stiekem vandoor gaan...'

Simba had het minste moeite gehad met de lastige reisomstandigheden en blafte nu vrolijk omdat ze eindelijk verdergingen. Lange blikken volgden hem. De twee Waluguru en de drie Afrikanen uit Morogoro waren er niet helemaal zeker van of bwana Brooks weer een van zijn grappen had gemaakt of dat het hem deze keer ernst was. De twee Waschamba die de hond al langer kenden waren niet in het minst bang voor zijn indrukwekkende hoektanden. Maar de Waschamba zouden ook niet proberen weg te lopen. Nu het regenwoud lichter werd en er ook geen mist meer opsteeg, konden ze een paar velden en de ronde lemen hutten van een dorp onderscheiden. Charlotte vond de nederzetting nogal klein. Niet meer dan twintig, hooguit vijfentwintig hutten stonden dicht op elkaar, met bijna helemaal eromheen een grijsgroen hek dat de kippen en geiten binnen moest houden. Het bleek helaas moeilijk om met de dorpsbewoners in contact te komen. Het kleine reisgezelschap verplaatste zich drie keer naar een andere plek rond het dorp en wachtten erop dat iemand naar hen toe zou komen, maar noch de kinderen, noch de jonge krijgers verschenen bij de kampplaats. Dat was een slecht teken. Jeremy probeerde het toch en ging in gezelschap van een van de Waluguru-dragers naar de groene omheining. Pas bij de derde keer lukte het hun een paar woorden met een oudere man te wisselen. Nee, ze hadden niets gestolen en ook niemand gevangengenomen, deelde hij hun kortaf mee. En ze hadden ook niemand gezien. De kippen en geiten hadden ze zelf nodig, want de askari hadden hun mais en een groot deel van de voorraad gierst meegenomen.

'Die geweldige luitenant Von Diel heeft zijn actie zo grondig uitgevoerd dat de Afrikanen hem de komende tien jaar niet meer vergeten,' bromde Jeremy somber.

'Maar ze moeten zich George toch herinneren,' drong Charlotte aan, wier oordeel wat betreft de commandant van de beschermingstroepen allang vaststond. 'Hij heeft ze toch tegen de pokken ingeënt.'

'Daar was niets van te zien.'

'Dat bestaat toch niet...'

Ze zuchtte moedeloos. Op de een of andere manier had ze zich deze zoekactie gemakkelijker voorgesteld. Ach, de waarheid was dat ze zich helemaal niets had voorgesteld, ze was er gewoon blind op uit getrokken. Waarschijnlijk had die stomme Von Diel gelijk en was het nagenoeg onmogelijk in dit woeste landschap en tussen vijandige Afrikanen iemand te vinden die spoorloos verdwenen was. Waar moesten ze ook zoeken? Achter elke rots, in elke spleet kon zich iemand verbergen en het was zonder meer mogelijk dat ze die ochtend in de mist langs George gereden waren zonder hem op te merken.

'Het is niet ver meer,' zei Jeremy troostend. 'Maar als je moe bent kunnen we ook hier ons kamp opslaan en morgen verder naar het volgende dorp rijden.'

'Het gaat prima met me, Jeremy.'

Ze deed moeite om ontspannen en rechtop in het zadel te zitten, vooral ook omdat hij haar steeds opnieuw met een bezorgde blik opnam en dicht bij haar kwam rijden om zich ervan te vergewissen dat ze de waarheid sprak. Ze reden al een tijd over het Lukwangu-leplateau, een schraal landschap waar een smal beekje doorheen liep waar amper nog water in stond. Wie hier langere tijd leefde werd zeker niet dik. Misschien was er na de regentijd een beetje akkerbouw mogelijk, maar nu tijdens de droogte staken alleen nog dorre stengels uit de winderige velden omhoog. Af en toe toonden bevallige acacia's hun fijn vertakte twijgen, ze groeiden dicht bij elkaar alsof ze hoopten elkaar tegen uitdroging te beschermen. En één keer ontdekten ze een eenzame, mooi gevormde tamarinde. Het waarschuwende geluid van de aardaapjes klonk schel in hun oren, maar de grappige diertjes lieten zich slechts zelden zien. Ze waren allang in hun holletjes geglipt en bleven daar tot het hoefgetrappel van de muildieren niet meer te horen was.

Jeremy's waarschuwing voor Simba leek te werken. De twee Walugurudragers dachten er duidelijk niet meer aan om het reisgezelschap te verlaten. Integendeel, ze maakten een heel tevreden indruk, liepen vrolijk voorop, praatten opgewekt met elkaar en vroegen niet meer elke vijf minuten om een pauze zoals ze die ochtend hadden gedaan.

'Daar is dorp van boze mensen,' zei een van hen opeens. 'Veel krijgers met speer en schild. Komen aangelopen en doen vriendelijk. En dan nemen ze daktari gevangen, binden aan boom, stoppen in hut...'

De nederzetting was al van verre te zien omdat ze op een vlakke verhoging lag en behalve een flink aantal ronde hutten zelfs een groot rechthoekig langhuis bezat. Hier was geen grijsgroen hek, alleen een schutting met verschillende gaten, maar ook andere schuttingen die ze gezien had waren niet goed onderhouden geweest. Toch was er iets raars aan de nederzetting. Was het het feit dat er tussen de hutten geen één bananenstruik stond en er alleen wild struikgewas groeide?

'Als bibi geeft ons peseta's, wij gaan erheen en vragen naar daktari,' stelde een van de Waluguru moedig voor.

'Ik ga zelf,' liet Jeremy weten, 'en jullie gaan met me mee.'

Ook Charlotte wilde bij deze actie aanwezig zijn, maar Jeremy stond erop dat ze onder bescherming van de Waschamba op veilige afstand zou wachten.

'Is het niet vreemd dat die twee opeens zo ijverig zijn?' vroeg Charlotte terwijl ze langzaam dichterbij reden.

Jeremy knikte. 'Dat vind ik ook.'

De Engelsman had zijn ogen tot spleetjes geknepen en staarde onophoudelijk naar de schamele grijze hutten. Het geweer dat hij anders op zijn rug droeg, hield hij nu in zijn rechterhand en Charlotte wist dat het ontgrendeld was.

'Denk je dat ze ons zullen aanvallen?'

'Dan hadden ze dat allang gedaan.'

Hij had gelijk. Vanaf de heuvel waren ze in het schrale landschap al een tijd te zien geweest. Als de bewoners van dit dorp kwaad in de zin hadden, hadden ze allang een groep krijgers naar hen toe kunnen sturen. Ze waren maar met z'n negenen, waarvan vijf Waluguru. Bij een aanval zouden ze zeker overwonnen worden.

'Iets klopt er niet aan dit dorp, Jeremy.'

Hij vloekte zacht en toomde zijn rijdier in. Achter hen sprak Sabuni uit wat hen allang duidelijk had moeten zijn.

'Geen *kanga*, geen mbusi, geen *toto*. Dorp is leeg. Alle mensen weggelopen.'

Natuurlijk. Daarom kwam het dorp zo doods over. Nergens krioelden kinderen en dieren tussen de hutten. De bananenstruiken waren gekapt en 's nachts kwamen nieuwsgierige wilde dieren door de gaten in de schutting.

'Misschien is het een val,' opperde Charlotte.

Niemand geloofde daar echt in, ook al niet omdat de twee Waluguru blijkbaar goed geïnformeerd waren en zich daarom zo onwaarschijnlijk moedig gedroegen. Kennelijk wisten ze het al uren, maar hoe? Hadden ze sporen van de dorpsbewoners gezien? Of misschien hadden ze via gebaren met de zwijgzame Afrikaan die Jeremy geen inlichtingen wilde geven gecommuniceerd?

'Als die hond ergens goed voor was, had hij kunnen uitzoeken of iemand zich in de buurt heeft verstopt,' bromde Jeremy. 'Helaas is het enige wat deze knaap interesseert pluimvee waar hij zijn maag mee kan vullen.'

'Daar kan hij niets aan doen. Simba is nu eenmaal geen jachthond en ook geen wachtloper.'

Jeremy bleef bij zijn voornemen om met de twee Walugurumannen het dorp in te gaan en rond te kijken.

'Wees alsjeblieft voorzichtig, Jeremy.'

'Maak je je ongerust over mij?' vroeg hij en hij knipperde met zijn ogen, al kon ze zien dat haar bezorgdheid hem goeddeed.

'Natuurlijk maak ik me zorgen om je,' antwoordde ze eerlijk.

Ze bleef met de anderen dicht bij de schutting staan. De drie muildieren hielden ze aan de teugel zodat ze in geval van nood snel konden opstijgen.

Charlotte merkte dat ze steeds gespannener werd. Zouden ze in dit dorp sporen van George vinden? Misschien zelfs een aanwijzing voor waar hij zich bevond? En wat als hij werkelijk de pokken had? Kon een pokkenpatiënt zich door de bergen slepen? Ze werd duizelig van opwinding en deed haar ogen dicht. Het licht was roodachtig achter haar gesloten oogleden, vormde zachte wervelingen zoals het vibreren van het morgenrood, een leger wolkenflarden. Ze voelde hoe alles om haar heen draaide, hoe de maalstroom haar wangen aanraakte, aangenaam koel, bijna als een streling, een beroering als een kus...

Een schreeuw brak door haar beginnende flauwte. De schrille angstkreet van een vrouw.

Ze deed haar ogen open en hield zich vast aan de zadelknop om niet van haar rijdier te vallen.

Hees gekrijs, gehoest. Een woedend gesis. Weer een schreeuw die dit keer meer op gehuil leek.

'Mpepo. Kwade tovenares. Mpepo!'

Wat om hemels wil voerde Jeremy uit daar in het dorp. Ze kwam omhoog uit het zadel en probeerde tussen de hutten door iets te zien. Rood stof wervelde op waarin zich donkere gestalten bewogen en nu hoorde ze ook het geroep van de Waluguru en daartussendoor de strenge bevelen van Jeremy.

'Doe haar geen pijn. Zeg dat we haar alleen iets willen vragen, verder niets. Verdomme, heb je me niet gehoord? Je moet haar niet slaan.'

'Here Jezus, bescherm ons,' mompelde Kigobo, die het muildier van Jeremy vasthield. 'Hebben tovenares gevangen. Moeten allemaal bidden tegen kwade tovenarij van Mpepo.'

'Een… tovenares?'

Bang staarden de Waschamba naar het verlaten dorp. Vrouwen stelden in hun ogen niet veel voor. Ze werkten op het land, zorgden voor de kinderen, bedienden hun mannen. Een mpepo kon de sterkste krijger echter doen beven, want anders dan een medicijnman was een mpepo onberekenbaar. Ze kon helpen, maar ook vernietigen. Als ze in een goede bui was genas ze zieken, als ze razend was kende ze middelen die iemand onherroepelijk ter dood brachten.

Ondertussen konden Charlotte en haar Waschamba de vier personen nu goed onderscheiden, die in wolken van rood stof bijna bij de schutting waren. De twee Waluguru leken om de een of andere reden niet erg bang voor de mpepo te zijn. Ze hadden de vrouw bij haar polsen gepakt en trokken haar de heuvel af. De zogenaamde tovenares was op een grijs vod rond haar heupen na helemaal naakt. Haar uitgerekte, uitgedroogde borsten hingen als lege zakken tot op haar navel. Nooit eerder, zelfs niet na de Maji-Maji-opstand, had Charlotte zo'n uitgemergeld lichaam gezien. Blijkbaar hadden de Afrikanen deze oude vrouw achtergelaten en haar zo tot een zekere hongerdood veroordeeld. Waarom was moeilijk te zeggen. Misschien had ze geen familie en had niemand zin om de zorg voor haar op zich te nemen.

Jeremy liep achter het groepje van drie, zijn geweer in de aanslag, zijn gezicht vertrokken van afschuw.

'We hebben het oude wijf daarboven gevonden, maar ze wilde niet met ons meekomen.'

'Waarom moesten jullie haar pijn doen? We hadden haar toch

ook in haar hut kunnen ondervragen?' zei Charlotte boos.

'Ze had geen hut. Zat gewoon op de grond en begon te schreeuwen toen ze ons zag.'

Alle misselijkheid en ook het draaierige gevoel waren op slag verdwenen. Charlotte keek vol medelijden op de oude vrouw neer en bespeurde tegelijk een sprankje hoop. Misschien wist deze vrouw iets wat hen verder kon helpen.

'Laat haar los en geef haar te drinken,' beval Jeremy. 'En pas op dat ze er niet vandoor gaat.'

Daar hoefden ze niet bang voor te zijn. Zo gauw de Waluguru haar polsen loslieten, zakte de vrouw op de grond en kroop in elkaar. Een hoestend, vluchtig ademend bundeltje mens. Meelijwekkend, knokig met onmogelijk dunne armen en benen. Alleen in de enorm grote ogen die ze nu op haar kwelgeesten richtte, leek nog leven te zijn.

'Misschien zij toch geen tovenares,' mompelde Sabuni in de war. 'Alleen oud wijf dat bij niemand hoort.'

Ze scheen niet te begrijpen dat de kalebas die ze in haar richting gooiden voor haar bestemd was. Het ding botste tegen haar knie en viel in het stof. De vrouw bewoog zich niet en staarde alleen vol ontzetting naar het voorwerp dat men naar haar toe geslingerd had. Charlotte steeg af en pakte de tinnen beker die ze gebruikten om water uit een beek te scheppen, Ze liep heel langzaam op de vrouw af, raapte de kalebas van de grond en goot water in de beker.

'Drink.'

De vrouw begreep het. Ze strekte haar arm uit en pakte de halfvolle beker uit Charlottes hand. Ze moest vreselijke dorst hebben, want boven in het dorp was zeker geen bron, de bewoners hadden het water beneden bij de beek moeten halen.

Charlotte keek toe hoe de zwarte vrouw het water in langzame slokken door haar keel liet glijden. Zou ze ziek zijn? Haar hoofd was gladgeschoren, haar oorlellen die de Afrikanen zo graag doorboorden en met kleurige voorwerpen versierden, waren gescheurd en hingen in flarden tot op haar schouders.

'Ze heeft vast honger,' zei Jeremy. 'Hé, pak wat van het koude vlees van gisteravond.'

Met tegenzin deden de Waluguru wat hij vroeg en trokken mismoedig wat gebraden vlees uit hun voorraadtassen, legden het op een doek en kruimelden er gedroogde maispap overheen. En toen Jeremy nog steeds niet tevreden was voegden ze er een gebakken banaan aan toe. De hardgekookte eieren wilden ze in geen geval weggeven. De oude vrouw had de beker leeggedronken en bekeek nieuwsgierig wat de twee mannen voor haar klaarmaakten.

Maar hoe ze ook probeerden haar duidelijk te maken dat ze het op moest eten, ze nam geen hap en probeerde het voedsel niet eens aan te pakken.

'Als ze hier inderdaad is achtergelaten, moet ze toch half verhongerd zijn,' overwoog Charlotte.

Jeremy trok een beetje wanhopig zijn schouders op. 'Laten we proberen haar een paar vragen te stellen.'

Dat was moeilijker dan gedacht omdat de Waluguru een volledig ander dialect spraken en moeite hadden zich voor de vrouw verstaanbaar te maken. Eerst gaf ze helemaal geen antwoord en staarde alleen met grote angstogen naar Charlotte. Waarschijnlijk was ze de eerste witte vrouw die ze ooit gezien had. Pas toen een van de dragers er ten slotte toe overging met zijn knie tegen haar schouder te stoten deed ze eindelijk haar mond open. Ze had een heel hoge stem, een beetje hees, en klonk bijna als een opgewonden kind.

Ja, ze had de daktari gezien. Hij was groot en dun, had licht haar en een baard.

'Waar is hij nu?' drong Charlotte aan, maar de vrouw babbelde gewoon verder.

Ze vertaalden voor Charlotte dat ze geen hut meer had sinds haar twee zoons waren gestorven en haar man haar verstoten had.

Ze leefde aan de rand van het dorp en mocht alleen gedurende de regentijd soms in een hut schuilen. Ze moest het doen met wat men haar gaf en als er te weinig te eten was, leefde ze van mieren en gras. Ook mocht ze niet bij de beek drinken waar de vrouwen hun water haalden…

'Vraag of ze gezien heeft wat er met de witte daktari is gebeurd.'

Eindelijk leek ze het begrepen te hebben. Ze hield op met tijdens het praten heen en weer wiegen en staarde Charlotte met een vreemd geschrokken uitdrukking aan.

'De daktari is weg. Weggereden op zijn muildier.' Ze stak haar stakerige arm uit en wees naar het zuidwesten. 'Daarheen.'

'Daarheen? Toch eerder naar het noorden, lijkt me.'

De oude vrouw schudde haar hoofd terwijl ze praatte en soms kon je haar tanden zien, die heel slecht en ongebruikelijk groot waren. De Waluguru wedijverden bij het vertalen, want nu stroomden de woorden uit haar mond. Nee, hij was naar de savanne gereden. De daktari was een medicijnman, een groot magiër. Hij was heel sterk en kon over de wolken lopen. Bliksem en donder gehoorzaamden hem. De storm had hem naar de savanne gedragen en daar liep hij samen met de buffels en de gnoes die steeds verder naar het westen trokken, het water achterna, de grazige weiden…

'Ik denk dat ze haar hebben achtergelaten omdat ze niet helemaal goed bij haar hoofd is,' zei Jeremy die niet blij was met haar antwoorden. 'In het geval dat de Afrikanen je man echt een muildier hebben meegegeven, is hij vast en zeker naar het noorden gereden om het treinstation in Morogoro te bereiken.'

Hij gaf opdracht om de oude vrouw nog een keer te drinken te geven en trok Charlotte opzij om in alle rust met haar te kunnen praten.

'Waarom zou ze tegen ons liegen, Jeremy? Misschien vond George het smalle bergpad te riskant en wilde hij liever over de savanne rijden.'

'Alleen? Zonder levensmiddelen? Zonder wapens? Of denk je dat ze hem zijn geweer hebben laten houden?'

'Misschien wilde hij via de savanne naar Kilosa, daar is inmiddels ook een treinstation. Of naar Iringa...'

Voor de eerste keer sinds ze onderweg waren werd hij kwaad.

'Kilosa! Dat is twee keer zo ver weg als Morogoro. Niemand met een beetje verstand zou proberen daarheen te gaan. En al helemaal niet naar Iringa. Dat is nog eens tweehonderd kilometer over de savanne en door de regenwouden.'

'Maar... als hij echt de pokken had, dan is hij zeker niet naar een treinstation gereden, Jeremy. Hij had toch niemand willen besmetten...' Jeremy keek haar doordringend aan en ze kreeg in de gaten dat ze onzin praatte. Als George de pokken had gehad, dan was hij niet ver gekomen, ook niet tot Morogoro.

'Luister, Charlotte,' zei de Engelsman zacht. 'We gaan het volgende doen...'

Een boze kreet onderbrak hem, een tweede volgde en daarop hoorden ze Kigobo licht en met leedvermaak lachen. 'Oud wijf is zo snel als aap... snel als salamander.'

De oude vrouw had een moment afgewacht dat niemand op haar lette en zich toen met een paar sprongen in veiligheid gebracht. Hoewel ze uitgeteerd was, leek ze over buitengewone lichaamskracht en veel behendigheid te beschikken. De Afrikanen zochten een poosje naar haar, keken in alle hutten en achter de bosjes, maar ze was spoorloos verdwenen.

'Misschien is ze toch mpepo,' zei Sabuni zorgelijk. 'We weten alleen niet goede of slecht mpepo. Gelukkig is Jezus grote bwana en baas over alle tovenaars.'

Een scheurend geluid deed Charlotte opschrikken uit haar slaap en ze begreep dat een harde windvlaag onder het tentdoek gekomen was. Al sinds de vorige avond blies de wind huilend en fluitend rond haar tent. Ze stootte met haar hoofd tegen het tentdoek toen ze haastig overeind kwam en hoorde een diep vijandig gegrom.

'Simba, Simba, waar ben je?'

De hond had de avond ervoor nog bij haar in de tent gelegen, maar nu leek hij buiten gevaar bespeurd te hebben. Ze tastte naar de lucifers en stak haar lantaarn aan, gooide een jas over haar schouders en kroop uit de tent. Opwaaiend stof kwam haar tegemoet, wolken schoten als fladderende gerafelde doeken langs de hemel en lieten alleen hier en daar wat sterrenlicht door. In het schijnsel van de lantaarn kon ze onduidelijk het silhouet van een vastgebonden muildier onderscheiden. Daar waren ook de resten van het kampvuur waarbij ze gisteravond gegeten hadden, de ketel, blikjes, een paar bekers en borden. De wind had de as al in alle richtingen verspreid en zoals ze kon zien in het dansende licht van de lantaarn had het tentdoek daar ook een deel van gekregen.

Waar was de hond? Zijn grommen was nu in een boos geblaf overgegaan, zodat ze uit voorzorg in de tent terugkroop om haar geweer te pakken. Het moest ongeveer een uur voor zonsopkomst zijn, de Afrikanen sliepen nog, alleen Kigobo en Sabuni waren al wakker en met Jeremy op jacht gegaan.

'Simba! Kom hier!'

Ze zag een grote schaduw in het licht van de lantaarn. De koperen ketel rammelde toen Simba er per ongeluk tegenaan liep. Hij hijgde opgewonden en likte Charlottes hand.

'Wat is er aan de hand?' mompelde ze en ze ging op haar knieën voor hem zitten. 'Een leeuw? Jachtluipaard? Pas je goed op onze muildieren?'

De zwarte ogen van de hond glansden in het lichtschijnsel. Liefdevol gaf hij met zijn vochtige neus een duwtje tegen haar wang. Nee, dacht Charlotte. Er was geen roofdier in de buurt, anders was hij niet zo snel rustig geworden en ook de rijdieren waren ontspannen. Toen de wind even ging liggen kon ze in de verte het vreemde griezelige lachen van de hyena's horen, maar die vielen nooit een kampplaats aan, daarvoor waren ze te laf.

‘Kom, Simba.’

Ze trok de hond de tent in om zich tegen de wind en het stof te beschermen en besloot nog een beetje te doezelen tot Jeremy terugkwam. De voorraden raakten op en daarom was het noodzakelijk dat hij dieren schoot. Gelukkig liet hij zijn buit nooit lijden. Jeremy was een goede schutter. Dat wist ze van haar Waschamba, die steeds met hem mee op jacht gingen. Vooral Sabuni was vol lof en beweerde dat bwana Brooks met gesloten ogen een impala kon raken. Hij was als de geest van de savanne, stil, dodelijk en barmhartig.

Charlotte had haar zin doorgezet en Jeremy er uiteindelijk toe overgehaald in elk geval tot aan Kilosa over de savanne te rijden. In ruil daarvoor had ze hem moeten beloven dat ze niet langer dan nodig in Kilosa zouden blijven en aansluitend met de centrale trein rechtstreeks naar Dar es Salaam zouden terugkeren. Het was stom om zonder plan en zonder doel rond te dwalen, op die manier zouden ze George zeker niet vinden tenzij het toeval hen over hem liet struikelen, wat niet al te waarschijnlijk was.

‘Je kunt dit niet lang meer volhouden, Charlotte,’ had Jeremy bezorgd gezegd. ‘Zelfs voor een man is het een zware reis. Wat als je ziek wordt?’

‘Ik word niet ziek, Jeremy. Niet voor ik George gevonden heb.’

Hij had een vreemd kwakend lachje uitgestoten, dat klonk alsof het lachen hem in de keel bleef steken. ‘Je bent zo god weet het koppigste mens tussen Londen en Kaapstad die ik ooit ben tegengekomen,’ had hij gemompeld, maar ze dacht in zijn stem ook een zeker respect te horen doorklinken.

De savanne was eind augustus kurkdroog, het laatste gras verdord. Veel rivierarmen waardoor nog maar een paar dagen geleden water stroomde, waren nu veranderd in modderige beekjes. Over de modder vormde zich een harde korst die soms openbarstte als een wond die niet wilde helen. Eén keer zagen ze een groot beest, een nijlpaard of een olifant, dat in zo'n modderpoel gevangenzat en aan de dood was overgeleverd. Het ongelukkige wezen bewoog niet meer, maar er moest nog leven in hem zitten, want de hyena's en gieren bleven op respectvolle afstand.

Onbarmhartig lag de gloeiende hitte over het verdroogde landschap en maakte elke beweging tot een kwelling. Charlottes ogen brandden, haar lippen waren gesprongen en de zwarte silhouetten van de acacia's leken in de trillende verte als bewegende beelden aan haar voorbij te trekken.

Waar zochten ze eigenlijk naar? De sporen die George' rijdier had achtergelaten waren allang verwaaid en toch moest hij over deze en geen andere weg gereden hebben, dat bevestigde zelfs de eeuwig twijfelende Jeremy en ook de Afrikanen gaven hem gelijk. De weg naar Kilosa liep langs verschillende rivieren waarbij door de breedste nog steeds water stroomde, smalle stroompjes weliswaar, maar genoeg om hun dorst te lessen. Op de tweede dag kwamen ze een groep inheemse jagers tegen die een kudde gnoes volgden. Het lukte Jeremy hun vertrouwen te winnen door twee gnoes te schieten waarvan hij er één aan hen cadeau gaf. Helaas begrepen noch de Waluguru, noch de overige zwarten de taal van dit jagers- en herdersvolk dat groot en sterk was en leek op de Massai. Alleen het woord daktari kenden ze. Ze wezen naar het noorden en beschreven met hun handen een gebouw, een van hen wreef over zijn borst en vertrok zijn gezicht. Een huis voor zieken. Een kliniek. En toen noemden ze de naam van de plaats: Iringa. Daar waren daktari, ook bwana daktari, veel bwana daktari.

'Hij is niet in Iringa, Charlotte,' steunde Jeremy. 'Maar als we in Kilosa zijn zullen we opbellen, ja? We telefoneren met alle postkantoren van de kolonie, met alle klinieken tot de leidingen barsten, dat beloof ik je plechtig.'

'Kalmeer, Jeremy. Heb ik gezegd dat ik naar Iringa wil rijden?'

Nog maar een paar dagen geleden had ze juist dat geëist. Nu had de voortdurende aanblik van de ogenschijnlijk oneindige, levensbedreigende savanne haar echter alle moed ontnomen. Elke dag voelde ze zich uitgeputter, had ze koortsaanvallen en nam ze steeds vaker kinine in die ze in een klein glazen flesje bij zich droeg. Jeremy zei er niets over, ook omdat ze niet wilde toegeven dat hij gelijk had gehad. Het had sowieso geen zin om over zwakte te klagen. Ze waren onderweg naar Kilosa omdat zij dat gewild had en nu zou ze ook doorbijten. Het kon niet ver meer zijn, de smalle waterloop die ze sinds gisteren volgden liep er rechtstreeks naartoe, dat hadden de inheemse jagers bevestigd. En ook haar instinct zei dat ze op de goede weg waren.

De hond had zich naast haar veldbed uitgestrekt en hield de vervelende wind tegen die telkens weer het tentdoek optilde. Nu Jeremy nog op jacht was zocht ze Simba's bescherming. Ze voelde zich in zijn nabijheid simpelweg veiliger, ook al had ze een geweer waarmee ze zichzelf prima kon verdedigen.

Het werd langzaam lichter, Charlotte strekte haar arm naar haar veldfles uit. Van slapen of zelfs doezelen zou niets meer komen, ze kon beter snel een dosis kinine innemen voor Jeremy terugkwam en dan de Afrikanen wekken. Ze konden weer een vuurtje maken en theezetten, er was nog genoeg hout omdat ze gisteren de verdorde takken van een acacia hadden gekapt.

De kinine smaakte bitter en ze wist dat ze er duizelig van zou worden, maar dat was altijd nog beter dan koorts krijgen. Ze huiverde van walging, dronk nog wat water en schroefde de dop op de veldfles. Vervolgens zette ze haar tropenhelm op en kroop uit de tent.

Een windvlaag zou de helm van haar hoofd geblazen hebben als ze er niet snel naar had gegrepen en in een oogwenk was ze door een dichte wolk stof omgeven die haar bijna de adem benam. Hoestend en kuchend probeerde ze in het zwakke licht van de aanbrekende dag iets te onderscheiden. Met luide stem riep ze de namen van de dragers, maar de wind liet de woorden verwaaien.

Waar waren de Afrikanen? Ze hadden gisteravond een windscherm van lappen direct naast de muildieren opgezet en waren dicht bij elkaar gaan slapen. Nu landschap en voorwerpen als grijze schimmen uit de nacht opdoemden, kon Charlotte niets meer daarvan ontdekken. Er waren geen opgehangen doeken en geen veldbedden, zelfs geen muildieren meer.

'Ze zijn weg! Verdomme, waarom lopen ze weg nu we bijna ons doel bereikt hebben?' riep Charlotte ontzet uit.

Woedend vocht ze zich een weg door het stof om de verlaten kampplaats beter te kunnen bekijken. Ze hadden alles meegenomen, de boeven. De dekens en tenten, de wapens, de kapmessen, het serviesgoed en natuurlijk de muildieren samen met de zadels die ze in Morogoro gekocht had. Ook de bezittingen van de twee Waschamba en Jeremy's bagage waren verdwenen. De drie bezaten niets meer behalve wat ze mee op jacht hadden genomen. Zelf droeg ze haar overgebleven geld in een leren buidel om haar hals, maar noodzakelijke dingen als lucifers, de rest van hun voorraden en het grootste deel van de munitie waren verloren.

'Jij stomme hond,' schold ze tegen Simba die achter haar aan liep en de grond besnuffelde. 'Ze zijn ervandoor gegaan terwijl wij nog in de tent lagen. Waarom heb je me niet gewaarschuwd?'

Nee, Simba was geen waakhond en ook niet als jachthond te gebruiken. Waar was deze berg vacht eigenlijk goed voor? Afgezien van het feit dat hij continu achter haar aan liep en anderen met zijn formaat angst aanjoeg deugde hij verder nergens voor.

'Zoek! Waar zijn ze heen gereden?'

Simba liep in een kringetje rond, nieste een paar keer en keek haar hulpeloos aan. Ergens buiten op de savanne weerklonk gelach, melodieus en honend tegelijk. Een tweede lach volgde tot een treurig gehuil zich ermee vermengde. De hyena's waren op pad. Misschien kwamen Jeremy en de Waschama met een buitgemaakte gnoe terug en likten de aaseters alvast hun lippen.

'Luister hoe ze ons uitlachen,' mopperde Charlotte boos en ze kroop terug in de tent om haar geweer te pakken. Op het moment dat ze weer tevoorschijn kwam, ontdekte ze een eindje verderop een rechthoekig donker voorwerp op de stoffige grond. Een kleine kartonnen doos met geweerpatronen. Vermoedelijk waren de dieven die in het donker kwijtgeraakt. Ze moesten daarlangs gereden zijn.

Charlotte schuimbekte van woede over de achterbakse aanslag. O, ze hadden het slim bekeken. Met de muildieren zouden ze vandaag nog Kilosa bereiken. Daar konden ze de gestolen spullen verkopen en aansluitend met de centrale trein verdwijnen. Zij, de bestolenen, daarentegen moesten de afstand te voet afleggen, waren daardoor langzamer en blootgesteld aan allerlei gevaren.

Ze liep naar het verloren doosje met de patronen, pakte het op en keek of er nog meer voorwerpen te vinden waren. De wind huilde en blies ronddraaiende rode stofwolken omhoog die als tollende duivels over de savanne dansten. Dunne schaduwen gleden als grijze lappen langs haar heen en verwaaiden in de bries. Ze hoorde Simba waarschuwend grommen en de grote hond zette dreigend zijn nekharen op.

Lag daar verderop niet een zakmes? Een van die leuke, helaas niet zulke sterke dingen die ze Josef Gebauer als toegift af gepingeld hadden? Ze liep een paar passen verder de savanne op, bukte zich en concludeerde teleurgesteld dat het gewoon een stukje hout was, gladgeschuurd door wind en zon. Toen ze overeind kwam werd ze duizelig en ze vocht een moment tegen de oprukkende zwartheid. Het moest aan het vreemde licht liggen dat zich vanuit het oosten als een zwavelgele sluier over de savanne legde...

Simba's diepe geblaf bracht haar weer bij zinnen. Wat was er met hem aan de hand? Hij kwijlde, raakte volledig door het dolle heen alsof hij op het punt stond een onzichtbare tegenstander aan te vallen. Charlotte keek zoekend om zich heen. Waar was de tent eigenlijk? De kampplaats? Een windvlaag had alles om haar heen in rood stof veranderd en benam haar bijna volledig het zicht.

Simba blafte weer en nu hoorde ze ondanks de wind een jammerend gejank, een klagend gelach. Toen een geluid dat klonk als hondengeblaf maar toch weer heel anders, lichter, gevaarlijker, gemengd met sissend gesnuif. De hyena's, dacht ze. Ze hebben honger en zwerven hier rond. Als ze met veel zijn, kan het gevaarlijk worden voor die arme Simba.

De wind nam eindelijk wat af en nu kon ze de hondachtige roofdieren zien die vlak in haar buurt rondslopen, de snuiten vooruitgestoken, de ruggen gekromd als wilden die zich afzetten voor een sprong. Ze liepen in groepjes van twee of drie, hun gulzige rode ogen flitsten. Charlotte pakte het geweer van haar rug, ontgrendelde het wapen en schoot een keer in de lucht. Een veelstemmig gehuil was het antwoord. De roofdieren stoven weg en ze hoorden hun melodieuze gelach dat zo onwaarschijnlijk menselijk klonk en daardoor iets heel griezeligs had.

'Kom nu, Simba. Terug naar de tent.'

De hond liep grommend om haar heen, leek haar in een bepaalde richting te willen drijven en omdat ze zelf onzeker was over waar de tent zich bevond, gaf ze toe aan zijn aandringen. Jeremy en de twee Waschamba konden niet ver weg zijn en hadden vast haar schot gehoord. Net toen ze de hond wilde uitschelden omdat hij haar voor de voeten liep, zag ze dat de hyena's terugkwamen. Het schot had ze maar voor kort afgeschrikt en nu naderden ze tegelijk vanuit meerdere richtingen, kwamen met z'n drieën of vieren dichterbij, agressief, klaar voor de aanval.

Maar hyena's waren toch aaseters? Ze vielen nooit andere dieren aan en al helemaal geen mensen… Of golden hier op de savanne andere wetten?

Ze wilde haar geweer herladen, maar de patronen die de dieven verloren hadden hoorden niet bij haar buks, ze pasten alleen in Jeremy's jachtgeweer. Gejaagd zocht ze in haar jaszakken, waarom deed ze eigenlijk nooit een patroongordel om? Ach, ze had op haar mannelijke begeleiders vertrouwd en nu ze hun bescherming nodig had was er niemand in de buurt.

Behalve Simba. Toen de leidende hyena de eerste aanval waagde, ging hij moedig de ongelijke strijd aan. Om zijn vrouwtje te beschermen nam hij het tegen een hele horde hongerige, tot alles bereid zijnde roofdieren op terwijl Charlotte niets anders overbleef dan met de geweerkolf om zich heen slaan. Simba stortte zich naar voren om toe te bijten, week toen even terug om de volgende aanvaller te grijpen. Hij trotseerde de aanstormende beesten, ving hun woedende beten met zijn lichaam op en beet terug zo goed hij kon. Felrood bloed liep uit zijn bek, kleurde het vel van oren, sijpelde uit de bijtwonden in zijn hals naar beneden in zijn borstvel en verfde het zand dieprood. Hij zou niet lang meer kunnen standhouden tegen de aanval van de meute, dacht Charlotte. Zijn dreigende geblaf werd al zwakker en ze hoorde hoe hij begon te rochelen. Ineens drong het tot haar door dat zij de prooi was om wie deze kwijlende roofdieren vochten, vers vlees. Zonder de hond was ze allang verloren geweest. Het schot vanuit de verte klonk als een zweepslag. Meteen hoorde ze Jeremy's hijgende stem.

'Blijf staan, beweeg je niet!'

Meer schoten knalden. Charlotte verstijfde ter plekke en voelde hoe een ijzige kou in haar omhoogkroop. Het schrille gejank van een getroffen hyena drong in haar oren. Schaduwen doken op uit de rode mist van de stofwolken, ze hoorde mannen brullen, zag twee Afrikanen met woedende bewegingen stokken en stenen naar de hyena's gooien. Toen vertroebelde haar blik en werd het zwart voor haar ogen. Twee sterke armen grepen haar vast.

'Charlotte! Charlotte!'

Ze zweefde. Boven zich zag ze de bleekblauwe ochtendhemel waar de wolken aan voorbijjoegen en Jeremy's angstig opengesperde ogen, vlak bij haar, dichterbij dan ooit tevoren. Ze proefde de zoutige smaak van zijn lippen. Was het mogelijk dat de Engelsman haar kuste, steeds opnieuw zijn lippen op de hare drukte? Een allesomvattende matheid verspreidde zich in haar, haar schedel bonsde zo heftig dat ze dacht dat hij zou barsten. Daartussendoor hoorde ze woorden, zinnen die ze niet begreep.

'Je hebt naar sporen van hem gezocht, nietwaar? Waartoe ben je nog meer bereid om hem terug te krijgen... Tot welke waanzin ben je in staat... Uit liefde... Uit liefde.'

'Dat was werk van kwade mpepo.'

'Van sheitani.'

'Kalm maar, Kigobo. Ze heeft allereerst water nodig.'

De ronde opening van een veldfles drukte tegen haar lippen. Ze hoestte.

'Alleen één slokje. Kom op, Charlotte, drink, dat zal je goeddoen.'

'Waar is Simba?' zei ze met krakende stem. 'Jullie moeten hem redden...'

Ze dronk een beetje water en liet toen haar hoofd uitgeput opzijvallen. Iemand streek teder haar losgeraakte haar weg en legde een vochtige zakdoek op haar voorhoofd. Met moeite opende ze haar ogen en begreep dat ze haar de tent in gedragen hadden. Jeremy's gezicht zweefde boven haar, het rossige dons van zijn baard liet hem er vreemd uitzien.

'We hebben de beesten verjaagd. Je hoeft je geen zorgen te maken,' zei hij zacht.

'Maar waar is Simba? Hij is gewond...'

Jeremy keek opzij. Hij nam de vochtige doek van haar voorhoofd en draaide hem om zodat hij meer verkoeling bracht. En hij besloot haar vraag naar waarheid te beantwoorden.

'Hij is verdwenen, Charlotte. We hebben naar hem gezocht, maar hij is onvindbaar...'

Ze wilde opspringen en kreeg toen pas in de gaten dat ze in zijn armen lag met haar hoofd op zijn knie.

'Je kunt niets uitrichten, Charlotte,' mompelde hij. 'De hyena's hebben hem meegenomen.'

'Laat me los! Ik moet naar Simba zoeken.'

Ze schudde van de hulpeloze snikken en sloeg gekweld haar

handen voor haar gezicht. Simba, haar trouwe kameraad, haar moedige beschermer. Waarom had ze hem niet kunnen helpen? Waarom moest hij zo verschrikkelijk aan zijn einde komen?

'Niet huilen, Charlotte,' hoorde ze Jeremy fluisteren. 'Je hond stierf in het gevecht en hij heeft zo veel vijanden over de kling gejaagd. Hij heeft je leven gered, misschien was dat zijn bestemming.'

Ook al bleven de tranen stromen, zijn woorden kalmeerden haar op een vreemde manier. Hij hield haar zonder iets te zeggen in zijn armen en ze probeerde zich niet los te trekken. Ze stond toe dat hij met de zakdoek haar gezicht afveegde, haar tranen droogde en ze voelde hoe haar lichaam zich ontspande.

'Vanavond, of op zijn laatst morgenvroeg zullen we in Kilosa aankomen,' fluisterde hij. 'Dan zien we wel verder, Charlotte.'

'Maar we hebben geen muildieren...'

'We redden het zo ook wel.'

Ze draaide haar hoofd en keek in zijn glimlachende gezicht vol toewijding en tederheid.

'Waarom doe je dit allemaal voor mij, Jeremy?' fluisterde ze nauwelijks hoorbaar. 'Ik bezorg je alleen maar problemen.'

'Ik hou van problemen. Vooral van de problemen die jij veroorzaakt.'

Een half uur later was ze zover hersteld dat ze met de voettocht over de ochtendlijke savanne kon beginnen. De wind was slechts een beetje afgenomen en stoof nog steeds in woedende vlagen over het verdorde landschap, donkere wolken joegen langs de hemel. Charlotte vermeed het om naar de plek te kijken waar Simba haar verdedigd had, de sporen van het ongelijke gevecht waren allang verwaaid. Af en toe waren donderslagen te horen, de eerste voorboden van de komende regentijd. De zware regens zouden pas over een maand beginnen en de flitsen die de horizon deden oplichten maakten alleen melding van de toorn van de Afrikaanse savannegoden.

Tegen de middag kwamen ze een groepje Afrikanen tegen die

hun vertelden dat hun geboortedorp in het oosten lag, waar veel water was en grote muggenzwermen.

'Dat zijn de moerassen ten zuidoosten van Kilosa,' zei Jeremy. 'Die kunnen we beter vermijden, anders lopen we nog malaria op.'

Niet ver van de rivier zetten ze de tent op en hielden afwisselend de wacht. De grote gnoe- en zebrakuddes waren al naar het westen getrokken, maar er waren nog steeds hongerige roofdieren die 's nachts bij het water rondzwierven. Hoewel ze doodmoe was stond Charlotte erop dat ze net als de mannen bij de wacht ingedeeld werd. Toen Kigobo en Sabuni het kamp bewaakten, kroop Jeremy bij Charlotte in de tent en ging naast haar liggen. Ze hield hem niet tegen. Zijn beschermende nabijheid was prettig en het was fijn om zachtjes met elkaar te praten. Ze letten er allebei wel op dat ze elkaar niet aanraakten. Toen hij eenmaal in slaap was gevallen kon ze zijn ademhaling horen en ook hoe hij af en toe met zijn tanden knarste. Eén keer dacht ze zijn hart te horen kloppen, al was het waarschijnlijk haar eigen hart dat die nacht erg onrustig was.

September 1909

Kleine stapelwolken balden zich samen boven de baai van Dar es Salaam zonder de kracht van de zon te kunnen verminderen. Het zou algauw oktober zijn, in Duitsland was het herfst. Het water had het diepe blauw van de lucht overgenomen, golven glinsterden in het ochtendlicht en rolden met zachte strelende bewegingen over het witte zand. Aan de tegenoverliggende kant van de baai lichtten de witte zeilen van de vissersbootjes op. Je kon zien hoe de Afrikanen met kalme bewegingen hun netten uitwierpen en dan in de boot gingen zitten om geduldig af te wachten wat Allah voor hen in petto had.

'Je hoeft niet helemaal tot aan de aanlegsteiger mee te gaan, Charlotte. We kunnen hier ook afscheid nemen van elkaar.'

Ze bevonden zich bij de booggangen van het douanekantoor, een langgerekt wit koloniaal gebouw dat boven het havengebied lag. Verderop, in het smalle turquoise glanzende kanaal dat het havenbekken en de Indische oceaan met elkaar verbond, kwam de kuststomer langzaam dichterbij.

'Waarom, Jeremy?' wiep Charlotte tegen. 'Denk je soms dat het mij stoort met jou samen gezien te worden?'

Ze had haar arm door de zijne gehaakt en voelde hoe hij haar dankbaar een kneepje gaf. Jeremy Brooks was een goede vriend, een betrouwbare beschermer, wat kon haar het geklets van de mensen schelen? Ze hadden niets te verbergen.

'Ik wil je toch vragen vanaf hier terug te gaan, Charlotte. Het is gemakkelijker voor mij je hier in de schaduw van het tolgebouw vaarwel te zeggen dan beneden in alle drukte.'

Ze hoorden de bel die de komst van de kuststomer aankondigde. Beneden aan het strand liepen de eerste nieuwe passagiers naar de aanlegsteiger, het gebruikelijke gedrang begon. Vooral de dragers met hun kisten en goederenbalen deden hun best een gunstig plekje op de steiger te veroveren. Het ging erom degenen die van de boot af kwamen niet in de weg te lopen en tegelijk op een goede plaats te staan om als een van de eersten op het schip te belanden. Dat ging meestal niet zonder strijd en luide woordenwisselingen, zodat de Duitse overheid vaak een groep askari stuurde om de orde te handhaven.

Charlotte besloot verstandig te zijn. Waarschijnlijk had Jeremy gelijk, daarbeneden kon je jezelf amper verstaan. Bovendien zag ze tegen dit afscheid op en ook al had ze erop gestaan hem naar de haven te vergezellen, ze zou blij zijn als ze het snel achter de rug had. Ze zag nog steeds de bedroefde gezichten van haar twee trouwe Waschamba voor zich, die beladen met geschenken en bagage vooruit waren gegaan en nu bij de steiger op Jeremy wachtten.

'Hart is zwaar,' had Kigobo tegen haar gezegd. 'Wanneer bibi Johanssen weer bij ons komt, we zullen allemaal lachen. Bibi en bwana Siegel en ook Martha Mukea. En Schammi. Wij allemaal zijn gelukkig als bibi Johanssen bij ons woont op Neu Kronau.'

Het had haar gespeten dat ze hem weinig hoop kon geven. Neu Kronau was haar dierbaar, maar het was niet de plaats waar ze nu moest zijn. Haar plaats was hier, in de villa in Dar es Salaam. Hier zou ze blijven tot George terugkwam. 'Nou dan...' zei ze langzaam tegen Jeremy en ze bleef staan. 'Ik ben je onmetelijke dank verschuldigd, Jeremy. Je bent zo trouw bij me gebleven en je hebt zelfs mijn leven...'

'Hou daarmee op,' bromde hij en hij bleef eveneens staan. 'Ik wilde alleen maar, verdomme, dat ik meer voor je had kunnen doen. Je verdient het om gelukkig te zijn, Charlotte.'

Charlotte glimlachte. Ze hadden telefoontjes gepleegd en telegrammen verzonden, mondeling informatie ingewonnen, kennissen en officiële instanties om nieuws gesmeekt. Niets. Goedbedoelende vrienden vertelden haar dat er reizigers waren geweest die maandenlang vermist waren geweest en toen plotseling weer waren opgedoken. De meesten lieten echter doorschemeren dat dokter George Johanssen naar hun mening allang dood was. Door zwarten doodgeslagen, gestorven aan koorts of de pokken. Tenslotte waren er sinds zijn verdwijning al zes weken verstreken, hij zou nu toch wel in de beschaving zijn teruggekeerd als hij er op de een of andere manier toe in staat was geweest. De zuidoostenwind trok aan de doek die ze om haar hoofd had gebonden en liet haar jurk fladderen. Hier in Dar es Salaam had ze zich weer in een dame veranderd. Ze droeg de kleren waar George zo van hield en de schoenen die hij voor haar had laten maken. Alleen de elegante witte parasol die hij een keer uit Tanga had meegenomen, had ze nog niet gebruikt. Ze had hem toentertijd vreselijk uitgelachen en hem gevraagd of hij echt van plan was een Engelse lady van haar te maken.

'Je hebt, zo god weet, genoeg voor mij gedaan, Jeremy,' zei ze nu met onvaste stem. 'Ik had graag gewild dat je nog wat langer in Dar es Salaam was gebleven, maar...'

Hij grijnsde. 'Er wordt goed op je gepast, Charlotte. En ik heb respect voor je kleine bewaakster.'

Jeremy was een paar dagen te gast in de villa geweest en Charlotte had zijn aanwezigheid heel prettig gevonden, want hij leidde haar af van haar zorgen. Ze wijdde hem in in de kunst van het fotograferen, leende hem boeken en speelde voor hem op de piano. Vaak zaten ze gewoon samen in de tuin en praatten. Het waren bijna nooit diepgaande gesprekken omdat Jeremy een groot talent bezat om serieuze vragen te ontwijken. In plaats daarvan vrolijkte hij haar op en sprak haar moed in. Vaak kletste hij allerlei onzin om haar aan het lachen te maken. Maar zo gauw Elisabeth 's middags uit school kwam, was het met de rust in de villa gedaan. Al op Neu Kronau had het meisje haar aversie tegen Jeremy duidelijk gemaakt en nu ze dicht op elkaar leefden was het tot akelige scènes gekomen. Elisabeth was jaloers op Jeremy en ze lette er pijnlijk nauwkeurig op dat hij niet de plaats van haar geliefde stiefvader innam.

'Hij maakt je complimentjes,' had ze haar moeder op een avond voor de voeten geworpen toen ze alleen waren. Charlotte, die wel aanvoelde dat haar dochter allang niet meer de onschuldige kleine wildebras was die zich nauwelijks aan regels en grenzen hield, moest moeite doen om niet verlegen te worden. Over een paar dagen zou Elisabeth haar tiende verjaardag vieren en ze had verkondigd dat ze maar één verlangen had: George moest thuiskomen, verder was niets belangrijk.

Charlotte had haar dochter streng terechtgewezen, maar Elisabeth gaf geen centimeter toe. 'Het is waar, mama, en hij staart de hele tijd naar je. Hij moet vertrekken. Naar de plantage of nog beter heel ver weg, naar de rand van de wereld.'

In het begin had Jeremy moeite gedaan om Elisabeth milder te stemmen. Hij stelde voor 's avonds samen spelletjes te doen, probeerde haar te boeien met zijn verhalen. Het hielp allemaal niets, het meisje liet zich niet vermurwen.

'Ik sta er bij haar slecht op,' zei hij uiteindelijk gelaten tegen Charlotte. 'Voor je dochter ben ik een ongewenste indringer en eigenlijk heeft ze geen ongelijk. Misschien kan ik beter gaan kijken hoe het op Neu Kronau gaat.'

De kuststomer legde aan bij de steiger, de smalle loopplank werd uitgelegd en ze zagen de vele kleurig geklede mensen die achter de reling wachtten.

'Toch betreur ik het dat je weggaat, Jeremy,' zei ze en ze stak haar hand uit. 'Ik zal je missen.'

Zijn hand omsloot de hare en hield hem vast. De handen van de Engelsman waren sterk, heel anders dan die van George, die waren smal met lange, slanke vingers.

'Echt waar?'

'Ja, Jeremy, heel zeker, en dat is geen holle frase.'

Hij zweeg en scheen een gevecht met zichzelf te voeren. Hij liet haar hand niet los. Toen leek hij een besluit te nemen.

'Luister, Charlotte,' zei hij met hese stem. 'Ik hoop echt voor je dat je man bij je terugkomt, maar mocht het lang duren en je hebt hulp nodig, dan sta ik altijd voor je klaar. Dat zweer ik.'

'Dat is... heel netjes van je, Jeremy.'

De Engelsman vertrok zijn gezicht en Charlotte zag zijn pijn weerspiegeld. 'Je hebt een ander mens van mij gemaakt,' mompelde hij en hij keek naar beneden, naar de aanlegsteiger waar juist onder luid geschreeuw een goederenbaal in het water was gevallen. 'Een vrouw zoals jij ontmoet je maar eens in je leven, daar ben ik van overtuigd. Als er ook maar een sprankje hoop voor mij bestaat, dan zal ik op je wachten, als het nodig is, jarenlang...'

In een plotselinge gevoelsuitbarsting drukte hij haar hand zo hard dat ze het bijna uitschreeuwde. Vervolgens stormde hij de stenen trap naar het strand af en dook tussen de vele mensen die op de kuststomer stapten. Al snel was ze hem uit het oog verloren. Peinzend begaf Charlotte zich op de terugweg. Ze vermeed de mooie straten van de Duitse wijk en nam liever de smalle weg die bovenaan de muur langs het strand liep. Ofschoon het al lang niet meer geregend had was de helling dichtbegroeid met slingerplanten en distels zodat ze uit moest kijken dat haar jurk niet bleef haken. Ze had hier een prachtig uitzicht over de glinsterende baai tot aan de Immanuelskaap, waar de prachtige donkergroene kokospalmen in de zuidoostenwind wiegden. Ze ademde diep de zoutige, een beetje stinkende geur van de zee in en een pijnlijk verdriet nam haar in zijn greep. Ze miste Simba, haar trouwe kameraad die zo dapper voor haar gestorven was. Ze miste George, haar wonderbaarlijke echtgenoot, haar grote liefde die ergens in den vreemde voor zijn leven vocht als hij niet allang dood was. En ze miste Jeremy, de ontembare jongensachtige Engelsman die haar zo onwrikbaar terzijde had gestaan.

Wat had hij bij het afscheid ook gezegd? Hij wilde op haar wachten zolang er nog een sprankje hoop voor hem was. Waar zou de Engelsman precies op hopen?

Hij was meer dan tien jaar jonger dan zij, zag er geweldig uit en had iedere andere vrouw kunnen hebben. Waarom schonk hij zijn hart uitgerekend aan haar, een getrouwde vrouw die haar echtgenoot met hart en ziel liefhad? Ze zou George nooit bedriegen en toch merkte ze dat een gevoel van tederheid voor de merkwaardige jongeman in haar opwelde.

Ze versnelde haar pas, begon steeds sneller te lopen tot ze tegen de wind in rende zonder erop te letten dat haar jurk aan de distels bleef hangen en fijn zand in haar schoenen drong. Steeds verder en steeds sneller droegen haar voeten haar over de zachte grond totdat ze zich alleen nog maar bewust was van het hameren van haar hart en haar hijgende adem. Pas toen ze de straat in sloeg die naar de villa voerde, viel ze terug in een gematigder tempo om buren en voorbijgangers geen aanleiding tot gefluister te geven.

Ze was duizelig van het harde lopen en even dacht ze een lange, slanke man op de straat te zien. Geen Afrikaan, maar een witte met een blonde baard, het gezicht beschaduwd door een lichtbruine tropenhelm. Gloeiend heet stroomde de hoop door haar heen, het kon George zijn, alleen toen ze beter keek was de gedaante verdwenen, een zijweg ingeslagen of simpelweg met een witte huismuur versmolten.

Een zinsbegoocheling, dacht ze bedrukt. Als je zo intens op iemand wachtte, haalden je ogen soms een slechte grap met je uit. Het was niet de eerste keer dat ze dacht George te zien. Het was haar al vaker overkomen, beneden in de stad. Eén keer was ze zelfs een grote slanke man achternagelopen in de vaste overtuiging dat het George was. Maar toen de man zich omdraaide en haar breed grijnzend aankeek, bleek het tot haar ontzetting een volkomen vreemde te zijn.

Rozig van de wind liep ze de tuin van de villa in. De stilte op de binnenplaats was prettig, de hoge muren hielden de meeste wind tegen. Slechts af en toe liet een windvlaag de twijgen van de sinaasappelboompjes trillen en het wateroppervlak van de vijver rimpelen. Jim had het tuinmeubilair klaargezet en het zonnescherm vastgemaakt, verder was er van haar personeel niets te zien. Noch in het huis, noch in de keuken leek zich iemand op te houden. Waarschijnlijk waren ze voor een uurtje naar hun onderkomens gegaan die aan de andere kant van de villa voor hen waren gebouwd.

Ze schonk zich een glas limonade in die in de ontvangstruimte op een blad klaarstond en besloot een paar belangrijke brieven te schrijven. Bij haar terugkeer van de mislukte zoekactie had ze een grote stapel post in de villa aangetroffen die ze tot nu toe slechts gedeeltelijk had beantwoord. Nu zou ze eindelijk de tijd nemen om Ettje in Leer te schrijven en ook Elisabeth aansporen er een korte brief aan toe te voegen. Het zou geen gemakkelijke brief worden, want ze wilde George' afwezigheid niet minder maken dan het was en zeker niet verzwijgen, maar toch moest het geheel optimistisch klinken. Ze wilde in geen geval dat de familie in Leer medelijden met haar had. Ettje had al genoeg te stellen met haar op geld beluste broer die haar nog steeds haar deel van de erfenis van grootmoeder betwistte. Op het bureau van George trof ze een kleine kartonnen doos aan die die ochtend met de post gebracht moest zijn. Ze had een slecht voorgevoel toen ze het touw losmaakte en inderdaad bleek de inhoud allesbehalve troostend. Er zaten privévoorwerpen van George in die hij op zijn werkplek in de kliniek bewaard had. Niets waardevols en toch dingen die niet in vreemde handen moesten vallen: meerdere foto's van haar en Elisabeth, een vergrootglas, een beker van beschilderd aardewerk, verschillende medische vakboeken, een notitieboek waarin hij bijzonderheden van zekere ziektegevallen en wat hij verder belangrijk vond had opgeschreven. Dokter Kalil had haar al meerdere malen verzocht de spullen in de kliniek op te komen halen, maar ze had zijn berichten genegeerd. Nu dwong men haar dus op deze niet al te fijngevoelige manier George' 'nalatenschap' in ontvangst te nemen.

Geïrriteerd deed ze het deksel op de doos en wilde hem al onder het bureau zetten toen ze Elisabeths lichte stem in de tuin hoorde.

'Mama, mama, waar ben je?'

'Ik ben hier, Elisabeth, in George' studeerkamer.'

Het was fijn dat het leven in huis terugkeerde. Elisabeths geschreeuw had ook de bedienden opgeschrikt. Jim liep op een drafje door de tuin om limonade in te schenken, Mimi's mollige gestalte verdween in de keuken en ook de zwarte kok, een korte magere Kikuju, haastte zich naar zijn werkplek.

'Eten zo klaar, bibi Johanssen. Goed eten van lekkere bananen en kip met pindasaus.'

Elisabeth deed de deur van de studeerkamer open en stak haar hoofd door de kier.

'Is hij weg?' vroeg ze wantrouwig.

Net nog had Charlotte zich over de komst van haar dochter verheugd, nu ergerde ze zich alweer. Elisabeth mocht dan het meeste wat Jeremy betrof goed ingeschat hebben, ze kon in elk geval beleefd blijven.

Ze reageerde opzettelijk koel. 'Als je Jeremy Brooks bedoelt, hij is zo juist met de kuststomer naar Tanga vertrokken, in gezelschap van Kigobo en Sabuni.'

Elisabeth was zeer tevreden met dit nieuws en glipte de kamer in. Haar vingers zaten onder de inkt. Het meisje zou wel nooit leren een vulpen op de juiste manier te hanteren.

'Jammer dat de twee Waschamba met hem meegegaan zijn. Ik mag ze graag, vooral Kigobo, hij is zo grappig.'

Elisabeth kletste lustig verder, vertelde over school, over de saaie leraren die niets maar dan ook niets wisten. Over haar vriendin Florence Summerhill, die misschien al heel snel met haar ouders naar Engeland zou reizen om daar naar een internaat te gaan.

'Als Florence weg is wil ik ook niet meer naar die stomme school.

George moet me lesgeven. En dan moet hij me mee naar Duitsland nemen om me naar een goede school te brengen, een gymnasium. Jij mag ook mee, mama.'

'Dank je, dat is heel lief van je. Ik dacht al dat je mij helemaal niet meer nodig had…'

Geschrokken staarde het meisje Charlotte aan om vervolgens naar haar moeder te stormen en beide armen om haar hals te slaan. Het was niet meer zo gemakkelijk als vroeger om op haar schoot te klimmen en daar in elkaar te kruipen, maar ze probeerde het niettemin.

'Zo heb ik dat toch niet bedoeld, mama. Je weet toch dat ik nooit, nooit bij je weg wil. Ik ga alleen naar een gymnasium als jij vlakbij woont. En George ook…'

'Zo meteen vallen we allebei van deze stoel,' gekscheerde Charlotte met tranen in haar ogen.

'Nee hoor,' weersprak Elisabeth stellig en ze ging rechtop zitten. De stoel kraakte. Moeder en dochter zaten stil en hielden elkaar zwijgend vast. Charlotte voelde Elisabeths warme wang tegen haar hals en ademde de frisse geur van haar blonde haar in.

'Mama?'

'Ja, Lisa.'

'Hij komt zeker.'

'Natuurlijk, mijn schat. George komt bij ons terug.'

'Ik weet het heel zeker, mama. Ik heb hem gezien.'

Charlotte streek het verwarde haar uit haar dochters gezicht en streelde teder haar slaap.

'Ik heb hem op de terugweg van school gezien, mama. Het was George echt. Alleen hij droeg een zonnebril, dat was vreemd. En toen ik hem riep, draaide hij zich niet om.'

'Wat raar,' zei Charlotte peinzend. 'Ik heb vandaag ook een man gezien van wie ik dacht dat het George was…'

Het was onnadenkend dergelijke dingen te zeggen. Ze moest geen hoop wekken bij het kind die alleen maar op een teleurstelling zou uitlopen. Het kon onmogelijk George geweest zijn, anders was hij toch allang naar de villa gekomen? Maar misschien was valse hoop beter dan helemaal geen hoop.

'Zie je wel,' zei Elisabeth triomfantelijk. 'Ik wed dat hij vanavond al komt, mama.'

'Misschien, liefje. Maar als het niet zo is, moet je niet verdrietig zijn.'

'Hij komt,' hield Elisabeth koppig vol, en ze maakte zich los uit Charlottes omarming en gleed van haar schoot. Ze stootte tegen de kartonnen doos en probeerde nieuwsgierig het deksel op te tillen.

'Wat is dat, mama? Een cadeau voor mij? Ik ben over drie dagen jarig.'

'Weg met die vinger. Cadeaus zijn er pas op je verjaardag, Lisa.'

Misschien was het wel slim om te doen alsof dit rampzalige pakket een verjaardagscadeau was. Ze wilde in geen geval dat Elisabeth de inhoud zag. Vastbesloten tilde ze de doos van het bureau en wilde hem op de grond zetten toen haar ineens iets opviel. Onder de doos hadden meerdere foto's gelegen en die waren nu verdwenen. Ze toonden Jeremy in allerlei rare houdingen die Charlotte voor de lol had genomen om hem te laten zien hoe je de opnames in de donkere kamer ontwikkelde en op papier bracht.

'Waar zijn de foto's, Elisabeth?' vroeg Charlotte streng terwijl ze zoekend om zich heen keek.

Haar dochter deed haar mond al open om een verontwaardigd antwoord te geven toen haar blik op de prullenmand viel. 'Daar, mama, je hebt ze zelf weggegooid.'

'Ik?' vroeg Charlotte geïrriteerd. Elisabeth, dat kleine kreng, had de foto's in stukken gescheurd, haar afkeer van Jeremy kende blijkbaar geen grenzen.

'Je kunt ze wel weer aan elkaar plakken,' zei het meisje, en ze bukte zich om de snippers uit de prullenmand te pakken en begon ze op het bureau heen en weer te schuiven.

'Waar denk jij mee bezig te zijn?' foeterde Charlotte.

'Ik heb het niet gedaan,' schreeuwde Elisabeth boos en ze stampte nijdig de kamer uit.

Maar wie had anders die foto's verscheurd en weggegooid? Geen van de huisbedienden zou het in zijn hoofd halen zoiets te doen. Jeremy? Hoe moest hij vanmorgen ongezien naar de studeerkamer zijn gegaan en waarom zou hij zich in vredesnaam aan die foto's vergrijpen?

Zuchtend begon Charlotte de papiersnippers met beide handen bij elkaar te schuiven toen ze opeens een briefje op de rand van het bureau ontdekte waar ze tot nu toe overheen gekeken had. Een klein stuk papier, een kwart pagina maar, zorgvuldig en netjes afgesneden en met potlood beschreven.

Het was zijn handschrift. George had dit briefje geschreven. Met trillende vingers plukte ze het blaadje van het bureau, zei tegen zichzelf dat het vast een oude aantekening was, een bladwijzer die uit een boek gevallen was. En toch...

Charlotte,

Vergeef me dat ik nu pas van me laat horen. Ik heb een tijdje in de wildernis doorgebracht, wat voor een woudloper zoals ikzelf niets ongebruikelijks is. Er is veel veranderd en ik denk dat het tijd is om de balans op te maken. In alle rust en met een heldere geest. Tenslotte zijn we volwassen mensen die elkaar moeten respecteren. Over een paar dagen ben ik weer terug, dan zullen we met elkaar praten.

George.

De letters zwommen voor haar ogen. Ze moest diep ademhalen, want ze had het gevoel in die eerste geluksroes flauw te vallen. Ze probeerde de tekst nog een keer te lezen, maar haar hand trilde zo erg dat ze geen woord kon ontcijferen.

'Bibi Johanssen in huiskamer komen. Eten is klaar.' De stem van haar bediende leek uit een andere wereld te komen. Ze staarde Jim aan alsof hij een spook was en pas toen ze zijn geschrokken gezicht opmerkte lukte het haar zich bij elkaar te rapen. George was hier geweest, zoveel was zeker. Maar wanneer? En waarom had niemand dat tegen haar gezegd?

'Is er terwijl ik weg was iemand in de villa geweest, Jim?'

De bediende schoof zijn witte ronde mutsje een eindje naar achteren, een gebaar dat op een slecht geweten duidde.

'Ja, bibi Johanssen. Een bezorger heeft pakket van kliniek gebracht voor mevrouw Charlotte Johanssen. Mimi heeft pakket aangenomen en naar deze kamer gedragen...'

'Dat bedoelde ik niet, Jim. Was er verder nog iemand hier? Iemand die je kent?'

Hij krabde aan zijn nek en haalde zijn schouders op. Nee, verder had hij niemand gezien.

'En waar ben je de hele morgen geweest?'

Net zoals ze al vermoed had waren de bedienden, meteen nadat bibi Johanssen en bwana Brooks weggegaan waren, naar hun eigen huisje gelopen om een beetje 'uit te rusten'. Iedereen die een sleutel van de voordeur bezat had ongezien in het huis kunnen komen om rond te kijken.

'Het is al goed, Jim. Mimi moet Elisabeth halen voor het eten. Ik kom eraan.'

Ze glimlachte geruststellend naar Jim, ook al bonkte haar hart en waren haar vingers koud en vochtig. Pas toen de bediende de studeerkamer verlaten had steunde ze met haar ellebogen op de tafel en verborg haar gezicht in haar handen.

Hij leefde! Hij was niet vermoord door Afrikanen en ook niet gestorven aan de koorts. Wat er ook met hem gebeurd was, hij had het overleefd.

Ze huilde van opluchting, veegde toen haar tranen weg met haar mouw en greep weer naar het briefje.

Hij had tijd in de wildernis doorgebracht. Wat bedoelde hij daarmee? Hadden de Afrikanen hem dan niet gevangengenomen? Of hadden ze hem een rijdier en wapens gegeven en hem aan zijn lot overgelaten in de rimboe? Was hij misschien helemaal niet ziek geweest? Ze zocht naar een zakdoek, snoot haar neus en las de tekst nog een keer. Het was duidelijk George' handschrift, en toch kon ze amper geloven dat hij het was geweest die deze koele, nuchtere regels aan haar had geschreven.

Wat was er gebeurd? Wat had hem zo veranderd? Waarom sloop hij stiekem de villa binnen om een bericht voor haar achter te laten en ging dan weer weg?

Ze probeerde tussen de regels door te lezen, maar ze begreep er niets van. Waarom dacht hij dat de tijd gekomen was om de balans op te maken? En natuurlijk waren ze twee volwassenen die elkaar respecteerden, waarom trok hij dat nu in twijfel?

Een onbestemde angst kwam in haar naar boven en verdrong het geluksgevoel dat net nog zo sterk was. Hield hij niet meer van haar? Ze dacht terug aan hoe ze op Neu Kronau afscheid van elkaar genomen hadden: koel, zonder tederheid door een dwaze onnodige ruzie. Was zijn liefde toen al gedoofd zonder dat ze het gemerkt had?

'Mama, kom je nu eindelijk?'

Verward stopte ze het stukje papier in haar mouw en haastte zich van de studeerkamer naar de huiskamer waar de tafel voor haar en Elisabeth gedekt was. Het meisje zat al ongeduldig achter haar bord, de handen gevouwen voor gebed, zoals ze geleerd had in Hohenfriedeberg.

'Heb je gehuild, mama?'

'Een klein beetje maar, het is alweer over.'

'Je moet niet huilen, mama. Vandaag komt George terug.'

'Misschien...'

'Zeker weten. En nu moet je bidden voor het eten.'

'Kom, Here Jezus...'

Ze was vastbesloten niets over het vreemde briefje aan haar dochter te vertellen. Wat het ook was dat fout was gegaan tussen hen, Elisabeth moest daar zo min mogelijk onder lijden.

'Nu George thuiskomt moet je die foto's wegdoen, mama. Ik denk dat hij jaloers zal worden als hij ze te zien krijgt.'

'Ach, Lisa, George hoeft toch niet jaloers op Jeremy te zijn...'

Gauw greep ze naar haar limonade en nam een grote slok om de brok in haar keel weg te spoelen. Grote god! Het kind had gelijk! Het was George geweest die de foto's op het bureau ontdekt en verscheurd had. Was hij echt jaloers, zoals Elisabeth beweerde? De twee hadden op Neu Kronau zo goed met elkaar op kunnen schieten. Maar George Johanssen was geen man die zijn jaloezie openlijk zou tonen, helemaal niet ten opzichte van een jongere man, daar was hij veel te trots voor.

'Mama, je eet helemaal niets. En mij dwing je altijd, ook als ik geen trek heb.'

Charlotte was te zeer in de war om de kleine op haar kop te geven. George had die foto's verscheurd en in de prullenbak gegooid. Uit jaloezie. Maar als hij echt jaloers was, dan hield hij nog altijd van haar...

'Waarom zeg je niets, mama?'

'Wil je... wil je niet een brief aan tante Ettje schrijven, Lisa?'

'Bah, aan tante Ettje? Ik schrijf liever aan tante Klara en oom Peter. En aan Schammi.'

'Maar tante Ettje wacht al heel lang op post van ons, Lisa. Wil je niet een tekening voor haar maken?'

'Nou, vooruit,' gaf Elisabeth zuchtend toe. 'Ik maak wel een tekening en dan zet ik er iets onder. Is dat goed?'

'Dat is prachtig.'

'Mag ik van tafel en gelijk beginnen?'

'Natuurlijk.'

Elisabeth sprong van haar stoel en stormde de trap op om haar tekenblok en kleurpotloden te halen.

Charlotte keek haar opgelucht na, gaf Jim opdracht de tafel af te ruimen en trok zich terug in de studeerkamer om na te denken. Opnieuw legde ze het briefje voor zich, piekerde erover, schudde haar hoofd en vroeg zich duizend dingen af zonder het antwoord te weten.

Door het raam kon ze zien hoe Elisabeth het zich gemakkelijk maakte in een tuinstoel. Ze trok haar knie op om het tekenblok ertegenaan te laten rusten en leek een van de sinaasappelboompjes op het oog te hebben. Jammer dat ze niet bloeiden, maar de regentijd zou algauw aanbreken. Over een paar dagen konden de eerste heftige stortbuien hier aan de kust al naar beneden komen. Even dacht ze aan haar koffieboompjes die, zoals Klara geschreven had, overdekt waren met groene en gele vruchten en opeens schoot haar een pijnlijke gedachte door het hoofd.

Kon de oorzaak van George' vreemde gedrag niet een heel andere zijn? Het had hem nooit moeite gekost om indruk op vrouwen te maken. Zelfs als hij ziek was, was hij buitengewoon charmant en bracht het vrouwelijk geslacht onder zijn betovering. Shira, de trouwe verpleegster, was daarvoor het beste bewijs.

Het besef was als een dolksteek in haar hart. De puzzelstukjes vielen op hun plaats. Balans opmaken. Als volwassen mensen met elkaar praten. Een andere vrouw zat erachter. Hoe had ze zo naïef kunnen zijn. Terwijl zij op Neu Kronau probeerde haar plantage van de ondergang te redden, had hij zich in Dar es Salaam met een ander getroost. Misschien kende hij die vrouw al langer? Er wachtte toch overal op de wereld een of andere vrouw op hem, of het nou in Egypte, Engeland of op Zanzibar was? Mogelijk ging het inderdaad om Shira, de Indische. De gracieuze verpleegster die hem zo toegewijd verpleegd had, die hij had toegestaan zijn naakte lichaam met warm water te wassen.

Trillend begroef ze haar gezicht in haar handen. Dat kon toch allemaal niet waar zijn? George hield van haar, dat wist ze zeker. Er moest een verklaring voor zijn gedrag zijn.

Over een paar dagen wilde hij langskomen. En waar was hij nu? In een hotel in Dar es Salaam? In de Sewa Hadji-kliniek? Bij kennissen? Ze sprong op en ijsbeerde door de kamer. Hij dacht dus in alle ernst dat ze hier rustig zou blijven zitten en afwachten tot hij zo goed was weer naar huis te komen. Dan kende hij haar toch slecht.

Vastbesloten liep ze naar de binnenplaats en de tekenende Elisabeth en maakte haar wijs dat ze nog een paar boodschappen moest doen. Vervolgens zwierf ze met Jim en een andere bediende door de stad. Deze keer zou hij haar niet ontsnappen en als ze hem achterna moest lopen en hem aan zijn arm vasthouden, dan zou ze dat doen. Hij zou haar tekst en uitleg geven, daar zou ze voor zorgen. In de Duitse wijk zag ze zwarte bedienden die de uitgedroogde straten met water besproeiden. Ook de groenstroken voor de hotels en winkels werden zorgvuldig bewaterd. Op het gevaar af zich belachelijk te maken stuurde ze Jim het Afrika Hotel en andere overnachtingsmogelijkheden in om naar dokter George Johanssen te vragen. Zonder resultaat. In het nieuwe postkantoor oogstte ze slechts meewarige blikken. Nee, men had dokter Johanssen al heel lang niet meer gezien.

Het had geen enkele zin om in het gekrioel in de smalle straatjes en op de marktjes naar een enkele man uit te kijken en toch deed ze het, in de hoop hem ergens tussen de vele mensen te ontdekken. Nooit eerder was de stad zo lawaaierig en stoffig op haar over gekomen. Nooit eerder had ze zich zo jachtig door de steegjes gehaast en nooit eerder was ze bij elk Duits woord dat in haar buurt werd gesproken in elkaar gekrompen. George kon toch niet in lucht zijn opgegaan?

‘Bibi Johanssen niets kopen. Waarom moeten we manden meenemen?’ klaagde Jim.

‘We kopen straks wat fruit.’

Vastbesloten ging ze naar de Sewa Hadji-kliniek en verzocht om een gesprek met dokter Kalil.

'Dokter Kalil opereert. Geen tijd. Helaas.'

De zwarte medewerkster had een heel innemende glimlach die ze iedereen schonk die langs haar balie liep.

'Dan wil ik graag dokter Johanssen spreken.'

'Dokter Johanssen niet hier werken.'

De glimlach van de vrouw was niet veranderd, maar in haar ogen was nu medelijden te lezen. In het geval dat George zich hier in de kliniek verstopte, had hij zijn voormalige medewerkers gevraagd hem niet te verraden.

Gelaten gaf ze de zinloze zoektocht op, kocht een paar ananassen en begaf zich op de terugweg. De laagstaande zon wierp glanzende strepen over het turquoise water van de baai en liet de zeilen van de kleine bootjes zilverig oplichten. Een Britse oceaanstomer was de smalle opening naar de haven binnengevaren en koerste nu af op de aanlegsteiger. De wind liet de grijze rookwolken die uit zijn schoorstenen opstegen uiteenrafelen en droeg het fluitsignaal van het schip tot ver in de stad.

De avond bracht ze door met Elisabeth. Ze schreef brieven, bewonderde de tekeningen van haar dochter en moedigde haar aan ook een paar regels aan Ettjes zonen te schrijven.

'Hij komt morgen, mama,' zei de kleine toen Charlotte haar boven in haar kamer welterusten wenste. 'Of misschien pas op mijn verjaardag.'

'Ja, dat kan.'

Ze had zich voorgenomen piano te gaan spelen, maar haar vingers wilden haar niet gehoorzamen. Waarom liet hij haar zo in spanning? Hoe kon hij dit Elisabeth aandoen? Het meisje wachtte zo vol verlangen op hem.

George was deze avond niet op komen dagen. Charlotte lag slapeloos in bed en luisterde naar het huilen van de wind die als een rusteloze geest rond de muren van de villa zwierf. Af en toe meende ze in de verte donderslagen te horen, dan weer leek het alsof de golven van de baai zo hard op het strand sloegen dat ze het tot in haar slaapkamer kon voelen. Pas tegen de ochtend, toen de wind ging liggen en de uitputting te zwaar werd, viel ze in een lichte slaap.

Ze had niet kunnen zeggen waardoor ze plotseling klaarwakker was. Misschien had een zacht geluid haar gewekt, een krakende deur, een stoel die verschoven werd. Toen ze haar ogen opendeed was het schemerig in de slaapkamer, het eerste zwakke ochtendlicht scheen voorzichtig door de gordijnen, een voorbode van de zonsopgang.

Hij was het, ze wist het zeker. Haastig sloeg ze een omslagdoek over haar nachthemd en liep op haar blote voeten door de huiskamer naar de studeerkamer. Ze kon zijn donkere silhouet onderscheiden tegen de biezen matten die voor het raam hingen. Hij was aan zijn bureau gaan zitten en had daarvoor de stoel verschoven, dat had ze dus goed gehoord. 'Doe geen licht aan.'

Ze had zich impulsief in zijn armen willen werpen, maar iets in zijn stem hield haar tegen. Trillend bleef ze bij de deur staan en staarde naar hem. Hij had zijn hoed niet afgezet zodat ze zijn gezicht niet kon zien.

'George...' fluisterde ze. 'Liefste, ik heb me zo ongerust om je gemaakt.'

'Ja, ik hoorde dat je in het Ulugurugebergte naar me gezocht hebt. Dat was heel ondoordacht van je, Charlotte. Je hebt een dochter voor wie je verantwoordelijk bent.'

Zijn woorden klonken verwijtend en helemaal niet dankbaar, zoals Charlotte eigenlijk verwacht had. Ziek van angst en verlangen had ze zich in groot gevaar begeven om hem te vinden en daarvoor maakte hij haar nu verwijten!

'Als ik had geweten dat je je alleen maar voor mij wilde verstoppen, was ik zeker niet naar je op zoek gegaan,' antwoordde ze gekwetst.

Hij deed zijn hoofd een beetje omhoog en ze zag dat hij een zonnebril droeg. Dat had hij vroeger ook af en toe gedaan omdat zijn ogen gevoelig waren voor de zon, maar nooit binnenskamers.

'Laten we geen ruzie maken, Charlotte. Het zou jammer zijn op die manier uit elkaar te gaan.'

Ze had het gevoel alsof hij een mes in haar lijf had gestoken, erger kon de pijn niet zijn. Bevend trok ze de omslagdoek vaster om haar schouders en drukte haar rug tegen de deurpost. Dus toch. Hij wilde haar verlaten omdat hij op een andere vrouw verliefd was geworden. Hoe had ze hem ooit kunnen vertrouwen? Het was uiteindelijk niet de eerste keer, ze had toch geweten dat hij Marie bedroog. Charlotte dacht aan de knappe Creoolse die in zijn huis op Zanzibar gewoond had en ook haarzelf had hij toen ze hem daar bezocht, bijna verleid. 'Nou dan,' zei ze bitter. 'Praat met me als een verstandige volwassenen. Maak de balans op. Ik ben benieuwd wat daaruit komt.'

Haar stem klonk lang niet zo sterk als ze gewild had, eerder bedrukt. Ondanks alle boosheid kon ze de vertwijfeling die in haar opwelde niet verbergen. Hij hield van iemand anders, hoe kon hij haar anders zo'n pijn doen?

Ze hoorde hem diep uitademen, het klonk bijna als een zucht. Zijn voornemen leek hem niet licht te vallen en zij had ook niet de bedoeling het hem makkelijk te maken.

'De jaren met jou waren de gelukkigste van mijn leven, Charlotte. Dat is mijn conclusie, de jouwe mag je zelf trekken. Maar zoals je weet is het geluk een wispelturig iets wat nooit lang op één plek blijft.'

'Zei jij niet ooit dat je het alleen maar hoefde vast te pakken wanneer het voorbijvloog?' zei ze spottend. 'Wel, laten we daarover niet kibbelen. Als jij denkt je geluk nu ergens anders te vinden, dan zal ik je niet in de weg staan.'

Het licht achter de rieten rolgordijnen was feller geworden en nam nu een roodachtige kleur aan. George' gestalte werd duidelijker. Ze herkende zijn crèmekleurige tropenpak, de groene doek die hij om zijn hals geknoopt had, de lichtbruine tropenhelm en zijn blonde baard die langer en voller was dan eerst. Zijn smalle handen die voor de helft door de afgerolde mouwen van zijn overhemd bedekt werden. De donkere ronde glazen van zijn bril. Kleedde hij zich zo merkwaardig omdat hij niet herkend wilde worden in Dar es Salaam?

'Ik denk eerder aan jouw geluk, Charlotte...'

Ze stootte een hysterisch lachje uit en drukte direct daarop haar hand tegen haar mond omdat ze bang was Elisabeth wakker te maken.

'Laat mijn geluk mijn zorg zijn, George. Aangezien jij zo goed voor jezelf hebt gezorgd, zal ook ik in staat zijn mijn eigen lot in handen te nemen.'

Hij zweeg en ze zag dat hij met een van de snippers papier speelde die op het bureaublad achtergebleven waren. Laat hem rustig jaloers op Jeremy zijn. Niet alleen op hem wachtte iemand die zich gelukkig zou prijzen als ze eindelijk de balans opmaakte.

'Als je wilt scheiden, Charlotte, dan zal ik alle schuld op me nemen en een bedrag vrijmaken zodat je genoeg voor een zorgeloos leven hebt.'

Wilde ze scheiden? Op deze vraag wist ze het antwoord niet, maar ze wist wel wat ze niet wilde.

'Ik heb jouw geld niet nodig, George,' zei ze bijna fier. 'En ik zal je alles terugbetalen wat ik voor de koop en het onderhoud van de plantage van je geleend heb.'

'Het is enkel een aanbod,' zei hij zacht. 'Ik weet hoe belangrijk de plantage voor je is. Het is jammer dat ik daar niet kan floreren zoals je planten doen. Ik ben nu eenmaal een rusteloze man, niet gebonden aan een vaste plek. En uiteindelijk heb je nu iemand gevonden die je hartstocht voor het land met je deelt. Jeremy Brooks is jong, vol energie en helemaal gek op je. Daar ben ik blij om.'

'Hoe onbaatzuchtig van je,' reageerde ze giftig terwijl het verdriet de tranen in haar ogen bracht. 'Moet ik er misschien ook blij om zijn dat jij je hartstochten met anderen deelt? Zeg me, George. Steekt achter dit alles niet toevallig een verpleegster met de naam Shira?'

'Laat Shira erbuiten,' antwoordde hij rustig. 'Zij heeft hier niets mee te maken. Het is allemaal mijn schuld, Charlotte. Ik heb altijd geweten dat ik niet geschikt ben voor het huwelijk en al helemaal niet voor een huwelijk dat jou gelukkig kan maken.'

'Waarom ben je dan met me getrouwd?'

'Omdat ik van je hou. En laat me nu alsjeblieft gaan. Ik reis naar Mombassa en wil de stomer niet missen. In de huiskamer staat een pakket voor Elisabeth. Ze mag me altijd schrijven, je weet hoe dierbaar je dochter me is.'

Er klonk een harde donderslag alsof de hemel boven hen in duizend kleine stukjes uiteenbarstte. De bliksem flitste, toen nog een keer, en even was de studeerkamer helder verlicht.

Zijn hand trok aan zijn halsdoek en bracht die met een snelle beweging voor zijn gezicht. Te laat. Ze had de littekens al gezien: op zijn handen, zijn voorhoofd, zijn hals. De pokken hadden hun sporen duidelijk nagelaten.

'Wat is er met je ogen?'

Ze pakte zijn arm, maar hij trok zich los en stormde weg. In de hal botste hij bijna op Mimi, die vanwege het onweer vlug naar Elisabeth wilde lopen, en Charlotte hoorde de ontstelde uitroep van haar bediende. Daarop sloeg de huisdeur dicht en bijna op hetzelfde moment explodeerde de donder zo heftig dat Charlotte dacht dat haar trommelvlies zou scheuren.

De pokken hadden hem verminkt. Het was zelfs mogelijk dat er nog meer gevolgen van de ziekte waren. Opeens begreep ze de reden van zijn vreemde gedrag. O god, wat was ze dom geweest.

'George!'

Ze holde achter hem aan, waarbij ze de van schrik verstijfde Mimi omverliep. Toen ze de huisdeur openrukte zag ze hem nog net door de poort in de muur glippen. Hij ging op de loop voor haar, de lafaard, snel als een haas omdat hij bang was voor haar medelijden.

De stomer, dacht ze ademloos. Die is gisteravond de haven binnengevaren, dan zal hij toch niet voor twee uur vertrekken? Het was geen rijksstoomboot die een stipte dienstregeling volgde, maar een Brits schip, en het was dus volkomen onduidelijk hoeveel tijd ze nog had.

Ze trok een rok en jasje over haar nachtpon aan, schoot in een paar schoenen en bond een zijden sjaal over haar losse haar.

Intussen was Jim binnengekomen. Hij hielp Mimi overeind en ze hoorde hoe die twee in de hal met elkaar smoesden.

Charlotte vroeg Mimi naar Elisabeth te gaan voor het geval het meisje bang was voor het onweer.

'Bibi Johanssen moet paraplu meenemen. Veel regen,' zei haar trouwe bediende. Ze sloeg het aanbod af.

'Dank je, Jim. Ik heb geen paraplu nodig.'

De eerste dikke druppels hadden donkere vlekken op het tuinpad gemaakt. Op het moment dat ze door de poort de straat op liep zette de zwarte wolkenhemel zijn sluizen open. Ze zag hoe de palmen bogen onder het gewicht van de watermassa's, rode waterstromen schoten over de droge weg naar beneden en namen alles mee wat niet vastzat: lege blikjes, flessen, een weggewaaide strooien hoed. Ze was in een oogwenk tot op haar huid doorweekt, maar ze schonk er geen aandacht aan. Zou hij door de stad naar de steiger lopen of zou hij er de voorkeur aan geven over het strand te gaan om maar zo min mogelijk gezien te worden?

Ze waadde door de borrelende beekjes die naar het strand stroomden zonder er rekening mee te houden dat haar rok rode vlekken kreeg door het water. Twee korte straatjes, dan een smalle weg tussen twee omheinde terreinen door. Nu stond ze bovenaan de kade waarvandaan ze het strand en de baai kon overzien. Zwarte onweerswolken hadden zich tot onheilspellende gedrochten samengeklonterd en schoven als vechtende draken op elkaar af. Het water in de baai was grijs en opgestuwd door de regen. Op de onrustige golven dreven nog slechts een paar schepen die eruitzagen als kinderspeelgoed. Zelfs de Britse stomer bij de aanlegsteiger leek klein en hulpeloos overgeleverd aan het natuurgeweld.

De wind sloeg de regen in haar gezicht zodat ze haar ogen met haar hand moest beschermen. De bliksem flitste met schitterend tegenlicht in de golven, direct erna kraakte de donder en het landschap verzonk opnieuw in ondoordringbare regenvlagen, maar de paar seconden waren genoeg geweest om het strand te verlichten. Ze had zich niet vergist. George liep daarbeneden langs de zee richting het havengebouw, voorovergebogen tegen de harde wind. De steile weg vanaf de kade naar het strand was een waterval geworden, toch probeerde ze daar naar beneden te gaan. Al snel verloor ze de grond onder haar voeten en gleed op haar rug tot op het strand.

'George! Loop nou niet weg! Verdomde lafaard,' riep ze tegen het gebulder van de zee en het onweer in. Natuurlijk hoorde hij haar niet.

Ze vocht zich uit alle macht een weg door het zachte zand tot aan de branding waar de bodem harder was en ze sneller vooruitkwam. Haar schoenen had ze allang uitgeschopt, ze trapte op stenen en aangespoeld hout, gebroken schelpen sneden in haar voeten.

'George.'

Eindelijk draaide hij zich om en bleef verrast staan. Een bliksemflits verlichtte zijn lange magere gestalte waar zijn kleren tegenaan plakten, de zonnebril hield hij in zijn hand.

'Wat wil je?' vroeg hij op vijandige toon zodra ze bij hem was en hij deed nog een halfslachtige poging zijn halsdoek voor zijn gezicht te trekken.

'De waarheid, George Johanssen.'

'Die zie je toch voor je,' spotte hij, en hij liet de halsdoek zakken en zette de tropenhelm af.

Zijn voorhoofd was tot aan de haargrens bedekt met littekens, evenals zijn neus en wangen, zijn hals, de bovenkant van zijn handen. De ziekte had zijn linkeroog beschadigd, daarom droeg hij een zonnebril.

'Beval ik je?' vroeg hij ironisch, maar zijn scherpe tong miste de vrolijkheid die hem anders kenmerkte.

Ze deed de knopen van zijn natte overhemd open en betastte zijn blote borst die niet ontsierd was door littekens. Haar handen schoven onder zijn kleren tot aan zijn schouders en streken zacht over de littekens in zijn hals.

'Hou op, Charlotte.'

'Ik hou van je.'

'Dat beeld je je alleen maar in. Je houdt allang van een ander. Maak het me niet zo moeilijk en laat me gaan met mijn waardigheid intact.'

'En als je tot aan het eind van de wereld voor me vlucht, George, zal ik je volgen.'

'Je houdt jezelf voor de gek, Charlotte.'

'Nee, jij bent degene die zich vergist.'

Ze voelde hoe zijn weerstand smolt en trok zijn hoofd naar zich toe. Ze zocht zijn lippen en merkte dat hij haar tegemoetkwam. Ze kusten elkaar en hun jachtige adem en het doffe snelle slaan van hun harten overstemden zelfs het geraas van de golven die met woedende kracht op het strand sloegen. 'Denk na, Charlotte,' mompelde hij. 'Wil je echt met een mismaakte man samenleven?'

Maar zijn vraag had geen betekenis meer, want hij had zijn beide armen om haar heen geslagen en zijn hartstocht logenstrafte zijn woorden.

'Ik wil met jou samenleven, George Johanssen. Met jou en niemand anders. En als je niet meer van me houdt, dan wil ik...'

'Stil,' zei hij teder en hij sloot haar mond met zijn lippen.

'U moet wel een beschermengel hebben, dokter Johanssen.'

De knappe roodharige mevrouw Summerhill glimlachte vol bewondering naar George en keek toen vragend naar haar man, die het zich met een glas whisky op een van de stoelen gemakkelijk had gemaakt. Meneer Summerhill knikte instemmend. Met de pokken in het lijf op een muildier van het Ulugurugebergte naar Iringa te rijden zou zelfs de meest geharde man zwaar vallen. Ook al was hij een paar dagen in een inheems dorp verpleegd en van levensmiddelen en water voorzien.

'Tja, zo verzamelen we onze eretekens, beste dokter Johanssen. Ik heb de mijne in Zuid-Afrika, in de Boerenoorlog, opgelopen en ik zal ze houden zolang ik leef.'

Hij wreef over zijn voorhoofd waar een diep rood litteken prijkte. De vader van Elisabeths schoolvriendinnetje was vroeger officier bij de Britse troepen geweest en had in de Boerenoorlog gevochten. Nu zijn haar dunner werd, zag je de herinnering daaraan des te duidelijker.

George grijnsde en hief zijn glas om naar meneer Summerhill te proosten. Hij droeg nog steeds een zijden sjaaltje om zijn hals. Maar de donkere bril liet hij achterwege.

'Dan drinken we op ons, veteranen,' schertste hij om vervolgens het lange tafellaken een beetje opzij te schuiven en met een glimlach onder de tafel te kijken.

'En ook op jou, kerel. Hoe je dat kunststukje ook voor elkaar hebt gekregen, het is geweldig.'

Simba knipperde slaperig naar hem en sloeg met zijn staart tegen de vloer. De jonge ambtenaar Horst Knappert had hem een paar dagen geleden naar Dar es Salaam gebracht. De hond was op een gegeven moment in Morogoro opgedoken, hinkend, vol littekens en etterende wonden. Het was een wonder dat hij niet aan zijn verwondingen was gestorven. Hij had een beetje rondgelummeld en geprobeerd de kippen van Josef Gebauer te grijpen, waarop de opgewonden koopman hem op een haar na met zijn buks had neergeschoten. Knappert, die toevallig net bij hem in de winkel was, had zich herinnerd dat de op een leeuw lijkende hond van mevrouw Johanssen was, en aangezien hij toch voor zijn werk naar Dar es Salaam moest, had hij de hond mee naar zijn huis gelokt, provisorisch zijn wonden verzorgd en mee op reis genomen. Simba was gewillig de trein in gegaan, maar zodra ze het station in Dar es Salaam hadden bereikt, trok hij zich los van de verblufte Knappert en stormde ervandoor. Het was alleen te danken aan het feit dat Simba een lamme achterpoot had, dat de ambtenaar in staat was hem bij te houden en bijna gelijktijdig met de hond bij de villa van de familie Johanssen arriveerde. Wat zich vervolgens in de tuin van het huis afspeelde was zo aangrijpend geweest dat Horst Knappert bijna de tranen in zijn ogen had gekregen. Vol luizen en littekens werd Simba weer in de schoot van de familie opgenomen als een lang verloren en dood gewaande vriend.

Charlotte kwam langzaam overeind om te gaan kijken of buiten op het terras alles in orde was, er leek onweer aan te komen. Elisabeth had met haar verjaardagsfeestje tot nu toe veel geluk gehad, alleen die ochtend had het een beetje geregend. George had 's middags allerlei wedstrijdspelletjes georganiseerd in de tuin voor haar en haar vriendinnen en nu zaten de meisjes bij het licht van kleurige lampionnen op het terras lekker te eten. Het geschenk van George aan Elisabeth had grote bewondering geoogst: een fiets met luchtbanden en een karbidlamp, zodat ze er ook in de schemering nog op kon rijden.

'Ik denk dat het tijd wordt om op te breken,' zei Charlotte glimlachend tegen de vier meisjes. 'De auto van de Summerhills komt al voorrijden.'

De Summerhills hadden een chauffeur in dienst, tenslotte hadden ze vroeger ook een koetsier gehad. Charlotte stuurde Jim naar de poort om de chauffeur binnen te laten en keerde daarna in de huiskamer terug.

'Het zal die twee heel zwaar vallen om van elkaar gescheiden te worden, helaas kan het niet anders,' zei mevrouw Summerhill net tegen George, en Charlotte begreep dat ze hem over hun voornemen vertelde om hun dochter Florence binnenkort naar een internaat in Engeland te sturen. Zodra ze Charlotte opmerkte, draaide ze zich naar haar toe en vervolgde: 'Tenzij, mijn beste, als u tot het besluit komt uw dochter ook naar dit instituut te sturen. Ik kan een goed woordje voor u doen, mevrouw Johanssen, we kennen het schoolhoofd heel goed...'

Charlotte wisselde een vrolijke blik met George, want over het onderwerp school waren ze nog lang niet uitgepraat. Elisabeth had de vorige avond toen George haar naar bed bracht opeens geheel nieuwe wensen geuit. Ze wilde in geen geval dokter worden, liever eigenaresse van de plantage. Dan kon mama bij George in de villa blijven en hoefde ze nooit meer naar Neu Kronau te reizen om naar de koffiebloemen te kijken. Dat zou zij, Elisabeth, dan overnemen.

'We zullen zien, mevrouw Summerhill, ik weet alleen niet of Elisabeth wel zo graag uit Afrika weg wil. Ze is hier geboren, het is haar vaderland.'

Er waren de gebruikelijke protesten toen de Summerhills aankondigden nu echt naar huis te moeten, ze hadden immers beloofd de twee andere vriendinnetjes mee te nemen en bij hun ouders af te leveren. De meisjes klaagden dat het nog te vroeg was en de arme Florence, die al wist dat ze binnen niet al te lange tijd weg moest, omhelsde Elisabeth al huilend.

'Je gaat pas over een paar maanden naar Engeland,' hoorde Charlotte haar dochter troostend zeggen. 'Dat duurt nog best lang.'

Later, toen Jim en Mimi de laatste borden en lichtjes van het terras het huis in droegen en George Elisabeth boven welterusten wenste, liep Charlotte naar de studeerkamer.

Ze was de dag ervoor aan een brief aan Jeremy begonnen, maar had het schrijven weer opzijgelegd omdat de goede woorden haar niet te binnen wilden schieten. Nu buiten de regen weer naar beneden gutste en de donder rommelde, kon ze de brief afmaken. Jeremy was jong en veel sterker dan hij zelf dacht. Hij zou zijn weg wel vinden, ook wanneer zij hem niets anders dan haar vriendschap kon bieden. Ze was zo verdiept in haar schrijven dat ze niet hoorde dat George de kamer binnenkwam. Pas toen ze zijn handen op haar schouders voelde, merkte ze dat hij over haar schouders meekeek en ze leunde achterover om hem het vel papier te laten zien.

'Zal hij niet teleurgesteld zijn?'

'Hij komt er wel overheen, liefste.'

Hij raakte teder haar wangen aan, streek met zijn wijsvingers langs haar slapen en volgde de boog van haar volle zwarte wenkbrauwen.

'En jij?' plaagde ze hem. 'Jij moet vast ook een paar brieven schrijven, of niet?'

'Nee, Charlotte.'

'Geen enkele?'

'Geen enkele.'

Zijn stem zei haar dat ze hem kon geloven. Er was nooit iemand anders geweest. Hij was van haar, was alles wat een man voor een vrouw kon zijn. Echtgenoot en geliefde, beschermer en kind. De schaduw aan haar zijde, het licht op haar pad. En hij nam haar serieus, zag een gelijkwaardige partner in haar, want juist nu hoorde ze hem iets zeggen wat haar hart sneller deed kloppen.

'Wanneer je klaar bent met je brief, mijn schat,' fluisterde hij teder, 'dan heb ik nog een paar manuscripten voor je. Je weet toch hoe belangrijk ik het vind dat jij ze doorneemt voordat ze naar de uitgever gaan. Niemand kent dit land zo goed als jij.'

Al meer dan 300.000 exemplaren verkocht in Nederland en België!

Lees ook de *Landhuis*-serie
van Anne Jacobs

Een prachtige trilogie over een verborgen verleden, waarin moed,
hoop en onvoorwaardelijke liefde centraal staan.